LEILA MEACHAM

Land der Verheißung

GOLDMANN
Lesen erleben

Leila Meacham

Land der Verheißung

Roman

GOLDMANN

Die Originalausgabe erschien 2014
unter dem Titel »Somerset« bei Grand Central Publishing,
a division of Hachette Book Group Inc., New York.

Dieses Buch ist auch als E-Book erhältlich.

MIX
Papier aus verantwortungsvollen Quellen
FSC® C014496

Verlagsgruppe Random House FSC® N001967
Das FSC®-zertifizierte Papier *Pamo House* für dieses Buch
liefert Arctic Paper Mochenwangen GmbH.

1. Auflage
Taschenbuchausgabe August 2015

Gestaltung des Umschlags und der Umschlaginnenseiten:
UNO Werbeagentur München
Umschlagmotiv: FinePic®, München
Umschlaginnenseitenmotiv:
© Judy Kennamer/Arcangel Images; FinePic®, München
Redaktion: Irmi Perkounigg
BH · Herstellung: Str.
Druck und Bindung: GGP Media GmbH, Pößneck
Printed in Germany
ISBN: 978-3-442-48277-1

All jenen, die kamen, blieben,
etwas veränderten
und sich das Recht erwarben,
Texaner genannt zu werden.

Stammbaum der Tolivers (1835 – 1900)

Ursuline ⚭ Silas William Toliver (*1806) ⚭ Jessica Wyndham

- Joshua (*1831) — Sohn von Ursuline und Silas William Toliver
- Thomas James Toliver (*1837) ⚭ Priscilla Woodward — Sohn von Silas William Toliver und Jessica Wyndham
  - Darla Henley ⚭ Vernon (*1865)
    - Miles (*1895)
    - Mary (*1900)
  - Regina (*1867)
  - David (*1868)

Stammbaum der Warwicks (1835 – 1900)

Jeremy sr. (*1806) ⚭ Camellia

- Jeremy jr, (*1837)
  - Beatrice ⚭ Jeremy III. (*1864)
    - Percy (*1895)
  - Brandon (*1867)
- Stephen (*1839)
  - Joel (*1865)
  - Robert (*1864)
- Robert (*1841)

Stammbaum der DuMonts
(1836 – 1900)

Henri DuMont ⚭ Bess
(*1808)

Armand (*1837)
Philippe (*1838)
Nanette (*1841)

Kinder von Armand:

Pixie ⚭ Abel (*1864)
Jean (*1867)

Kind von Pixie und Abel:

Ollie (*1895)

Stammbaum der Jaspers
(soweit für die Geschichte relevant)

Jasper
(*1818)

Petunia
(*1839)

Amy
(*1856)

Sassie
(*1876)

ERSTER TEIL

EINS

Queenscrown-Plantage nahe Charleston, South Carolina

Elizabeth Toliver musterte unter dem breiten Rand ihrer Gartenhaube hervor ihren jüngeren Sohn Silas, der von der Veranda aus die Eichenallee zum Anwesen der Familie hinunterblickte. Es war Anfang Oktober 1835, und Elizabeth schnitt gerade in einem der Rosengärten rote Lancasters ab, die sie seit Januar gehätschelt hatte. Erstaunlich, was Wasser, Mulch und Dünger bei spillrigen Stängeln bewirken konnten, dachte sie. Ein wenig Fürsorge, und schon setzte sich die Kraft der Natur durch. Eine einfache Erkenntnis, die der Mensch sich zu eigen machen sollte!

Doch leider hatte ihr Mann kein Gespür für die Bedürfnisse ihres zweiten Sohnes gehabt.

»Auf wen wartest du, Silas?«, rief sie.

Silas wandte ihr sein attraktives Gesicht mit all den Toliver-Attributen, besonders dem markanten Kinngrübchen, zu, welche ihn als Nachkommen jener langen Linie englischer Aristokraten auswiesen, deren Porträts Gäste im großen Eingangsbereich von Queenscrown begrüßten. Silas' smaragdgrüne Augen verengten sich unter seinen Brauen, die gut zu seinen widerspenstigen tiefschwarzen Haaren passten.

»Auf Jeremy.«

Elizabeth ließ die Schultern hängen. Silas machte sie für die Regelungen im Testament seines Vaters verantwortlich. »Du hättest ihn umstimmen können, Mutter«, hatte er ihr vorgeworfen. Er glaubte ihr nicht, dass sie nichts von der endgültigen Formulierung dieses Testaments geahnt hatte, obwohl er eigentlich wissen sollte, dass sie sein Wohlergehen stets über das ihre stellte. Damit würde sie leben müssen. Sie hörte Jeremy Warwick, der ihren Sohn, ihren vierjährigen Enkel und ihre künftige Schwiegertochter in das ferne, gefährliche Texas entführen würde, auf seinem weißen Hengst heranpreschen.

Jeremy zügelte sein schnaubendes Pferd, und noch bevor er Silas begrüßte und aus dem Sattel glitt, rief er ihr zu: »Morgen, Miz 'Lizabeth. Na, wie machen sich die Rosen?«

Das war sein üblicher Gruß, egal, wo sie sich aufhielten. Er diente dazu, sich nach ihrem Befinden zu erkundigen. Der Hinweis auf die Rosen besaß tiefere Bedeutung, weil sowohl die Warwicks als auch die Tolivers englischen Adelshäusern entstammten, die diese elegante Blume im Wappen trugen. Die Linie der Warwicks ging auf das Haus York zurück, repräsentiert durch die weiße Rose; die der Tolivers auf das Haus Lancaster, symbolisiert durch die rote. Obwohl sie Nachbarn und eng befreundet waren, wuchs in ihren Gärten keine Rose in der Farbe der jeweils anderen Familie.

An jenem Morgen zielte dieses »Wie machen sich die Rosen?« nicht auf das Befinden ihrer geliebten Pflanzen nach Monaten der Abwesenheit, in denen sie ihren Mann in einem Krankenhaus in Charleston gepflegt hatte, ab, sondern auf ihr eigenes, jetzt, da er seit vier Wochen unter der Erde lag. »Schwer zu sagen«, antwortete sie. »Das hängt vom Wetter in der nächsten Zeit ab.«

Elizabeth hatte eine Schwäche für Jeremy Warwick, seit sie in der Kindheit der Jungen seinen spöttischen, jedoch niemals verletzenden Humor entdeckt hatte. Er war, anders als ihr schlanker, sehniger, ebenfalls groß gewachsener Sohn, eher kräftig, der jüngste von drei Brüdern, deren Vater die benachbarte Baumwollplantage Meadowlands gehörte. Aufgrund der Ähnlichkeiten innerhalb der Familien, des Alters, der Herkunft und der Interessen waren er und Silas die idealen Freunde, eine Freundschaft, für die Elizabeth dankbar war, weil Silas und sein Bruder einander von Kindesbeinen an bekriegten.

Jeremys Miene verdüsterte sich, als er den Hintersinn ihrer Worte begriff. »Leider ist das Wetter nicht immer so, wie man es sich wünscht«, erklärte er.

»Ist der Brief eingetroffen, auf den wir warten?«, erkundigte sich Silas.

»Ja, endlich. Der und einer von Lucas Tanner. Er und seine Gruppe haben es geschafft.«

Elizabeth hatte keine Lust, ins Haus zu gehen. Wenn sie sich unter vier Augen unterhalten wollten, konnten sie das außer Hörweite tun. Manchmal erfuhr sie nur, was in ihrer Familie besprochen wurde, wenn sie schamlos lauschte oder einen der Bediensteten dazu anhielt. Sie hörte, wie Silas Lazarus anwies, Kaffee zu bringen. Gut. Das bedeutete, dass sie sich an jenem schönen Herbstmorgen auf der Veranda zusammensetzen würden.

»Wird mich der Inhalt des Briefs freuen?«, fragte Silas.

»Größtenteils ja«, antwortete sein Freund.

Elizabeth war klar, worüber sie reden wollten. Sie waren dabei, den Traum in die Tat umzusetzen, von dem sie schon seit Jahren sprachen. Als jüngste Söhne ihrer Familien waren sie beide in dem Wissen aufgewachsen, dass sie nach dem Tod ihrer Väter höchstwahrscheinlich nicht die Alleinerben der Baumwollplantagen ihrer Familien sein würden. In Jeremys Fall stellte das kein Problem dar, weil er sich gut mit seinen zwei Brüdern vertrug und sein Vater, der ihn abgöttisch liebte, dafür sorgen würde, dass er einen gerechten Anteil am Anwesen erhielt. Jeremy wollte einfach nur seine eigene

Plantage besitzen und so führen, wie er sich das vorstellte. Für Silas hingegen gestaltete sich die Situation anders. Benjamin Toliver hatte seinen Erstgeborenen Morris seit jeher als Erben von Queenscrown betrachtet. »So ist es nun mal«, hatte er gern zu Elizabeth gesagt, weil er sich innerlich nie vom Recht der Erstgeburt verabschiedet hatte, einem Relikt seiner englischen Herkunft, das bestimmte, dass immer der älteste Sohn den Familienbesitz erbte. In South Carolina war diese Erbfolge im Jahr 1779 abgeschafft worden.

Dazu kamen weitere Faktoren. Benjamin und Morris waren in den meisten Dingen einer Meinung gewesen, nicht nur deshalb, weil der Sohn es dem Vater recht machen wollte. Morris teilte die Überzeugungen seines Vaters bei allen Themen von Religion bis Politik aufrichtig, wogegen Silas bisweilen eine rebellischere Weltsicht an den Tag legte. Die Abneigung zwischen Vater und Sohn sowie zwischen Bruder und Bruder wuchs; da half es auch nicht, dass Elizabeth Silas, um die immer tiefer werdende Kluft zwischen ihnen zu überbrücken, mit besonderer Zuneigung bedachte. Benjamin war klar gewesen, dass Silas und sein Bruder aufeinander losgehen würden, sobald er unter der Erde wäre. Um das zu verhindern, hatte er die Plantage und das gesamte Vermögen der Familie – Grund, Haus samt Einrichtung, Vieh, Gerätschaften und Sklaven – Morris hinterlassen, so dass Silas, abgesehen von einem jährlichen »Gehalt« sowie einem prozentualen Anteil am Ertrag der Plantage als Landverwalter seines Bruders, mittellos dastand.

Kein Wunder also, dass der inzwischen neunundzwanzigjährige Silas sich betrogen fühlte und seiner Heimat den Rücken kehren wollte, um sich mit Jeremy Warwick zum »black waxy« im östlichen Teil von Texas aufzumachen, einem Boden, der sich angeblich hervorragend für die Pflanzung von Baumwolle eignete. Traurig nur, dachte Elizabeth, dass er mit Verbitterung seinem Vater gegenüber aufbrechen würde, denn sie wusste etwas, das Silas nicht ahnte: Benjamin Toliver hatte seinen jüngeren Sohn mehr geliebt als seine Frau. Sie würde in der Obhut des unbeholfenen Morris zurückbleiben, der höchstwahrscheinlich niemals heiratete, und ohne das Vergnügen, Enkel zu verwöhnen, alt werden müssen. So bedauerlich das auch war: Sie würde ihre Liebe zu ihrem entzückenden Enkel und der jungen Dame, die schon bald Silas' zweite Frau werden würde, beiseiteschieben und ihn nach Texas ziehen lassen, ohne ihm zu verraten, dass sein Vater sein Testament so formuliert hatte, um ihn zu befreien.

ZWEI

Silas spürte die Verzweiflung seiner Mutter, den Kummer der Witwe, die der kühle Herbstwind zu ihm herübertrug, konnte ihr jedoch nicht helfen. Er würde mit Sohn und Braut nach Texas ziehen. Die Diskussion mit seiner Mutter war nicht neu. Ihr bedeutete die Familie alles, ihm das Land, die Verbindung des Mannes mit seinem innersten Wesen. Ohne eigenes Land zu bestellen war ein Mann nichts, egal, welche gesellschaftliche Stellung seine Familie innehatte. Seine Mutter hatte alle nur erdenklichen Gründe ins Feld geführt, warum ihr jüngerer Sohn die Sicherheit seines behaglichen Zuhauses nicht verlassen, mit seiner Familie nicht kurz vor einem Aufstand nach Texas gehen konnte. Berichten zufolge wollten die texanischen Siedler ihre Unabhängigkeit von Mexiko erklären, was unweigerlich zu Krieg führen würde.

»Was soll ich tun, Mutter? Unter der Fuchtel meines Bruders bleiben, wo mein Sohn wie sein Vater niemals Herr seines eigenen Hauses sein wird?«

»Schieb nicht Joshua vor«, hatte seine Mutter entgegnet. »Es ist *dein* Wunsch – immer schon gewesen –, aber du musst an Lettie und deinen Sohn denken.« Sie hatte das Gesicht mit den Händen bedeckt ob all der Gefahren, die ihn in Texas erwarteten – schreckliche Krankheiten (1834 war in Stephen F. Austins Kolonie die Cholera ausgebrochen), Indianer, wilde Tiere, blutrünstige Mexikaner, riskante Flussdurchquerungen, extreme Witterungsverhältnisse … Die Liste der Schrecken war endlos; am meisten graute ihr davor, ihren Sohn, Joshua und Lettie nie wiederzusehen.

»Red *du* dich bitte auch nicht auf sie raus, Mutter. Wenn man mir Land irgendwo im sicheren Süden angeboten hätte, würdest du trotzdem wollen, dass ich in Queenscrown bleibe, damit wir alle als große Familie zusammen sind, ungeachtet der Tatsache, dass mein Vater mich praktisch verstoßen hat und mein Bruder mich nicht ausstehen kann.«

»Du übertreibst. Dein Vater hat das seiner Ansicht nach für Queenscrown Beste getan, und dein Bruder hasst dich nicht. Er versteht dich nur einfach nicht.«

»Und *ich* werde tun, was meiner Meinung nach das Beste für Somerset ist.«

»Somerset?«

»So werde ich meine Plantage in Texas nennen, zu Ehren des Duke of Somerset, des Vorfahren der Tolivers.«

Sein Ehrgeiz hatte seine Mutter verstummen lassen.

Ihren Kummer habe sie dem Testament ihres Mannes zu verdanken, hatte Silas sie erinnert, aber das rechtfertigte nicht sein schroffes Verhalten ihr gegenüber in den vergangenen Wochen, für das er sich schämte. Er liebte seine Mutter, und sie würde ihm sehr fehlen, auch wenn er sich des Gefühls nicht erwehren konnte, dass sie sich bewusst geweigert hatte, die ungerechte Vererbung des väterlichen Anwesens zu verhindern. Wenn Benjamin Toliver seinen Besitz gerecht aufgeteilt hätte, wäre Silas gar nicht auf die Idee gekommen, seinen Traum zu verwirklichen. Er hatte sich vorgenommen, alles in seiner Macht Stehende zu tun, um friedlich mit seinem Bruder zusammenzuleben. Der Junggeselle Morris liebte seinen Neffen und mochte die Braut von Silas, die sich wunderbar mit seiner Mutter verstand. Elizabeth erachtete Lettie als die Tochter, die sie nie gehabt hatte, und seine Verlobte sah sie umgekehrt als Ersatz für ihre eigene Mutter, die sie bereits in jungen Jahren verloren hatte. Ein friedliches Miteinander wäre möglich gewesen.

Sogar Morris erkannte, welchen Verlust sein Erbe ihm bringen würde. »Wir werden uns schon auf etwas einigen«, hatte er gesagt, doch für Silas konnte kein Angebot seines Bruders den Mangel an Zuneigung ausgleichen, den sein Vater ihm durch seinen Letzten Willen demonstriert hatte. Silas würde seinem Bruder nicht nehmen, was sein Vater diesem zugedacht hatte.

Deshalb wollte er nach Texas.

Silas beobachtete dankbar, wie Jeremy, der Mann, der sich mit ihm zusammentun wollte, von seinem nervös tänzelnden Hengst abstieg. Jeremy Warwick zwang seinem Pferd nur selten seinen Willen auf, weil er es gewohnt war, sich durchzusetzen. Diese Eigenschaft schätzte Silas, denn obwohl sein Freund für seinen gesunden Menschenverstand bekannt war, wagte er bisweilen auch Riskantes wie den gemeinsamen Aufbruch nach Texas.

Jeremy warf Silas die Posttasche zu, die er in Charleston abgeholt hatte. Silas öffnete die Riemen und überflog den Brief von Stephen F. Austin aus Texas, noch bevor die hochglanzpolierten Stiefel seines Freundes den Boden der Veranda berührten.

»Schlechte Nachrichten«, sagte Jeremy mit gedämpfter Stimme, so dass Elizabeth ihn nicht hören konnte. »Mr Austin ist bereit, uns so viele Hektar Land zu verkaufen, wie wir wollen, solange wir uns bereit erklären, in Texas zu leben, aber er warnt uns vor einem bevorstehenden Krieg. Eine Zeitung schildert die wachsende Unzufriedenheit der Siedler über die Politik der Regierung in Mexico City, und es ist auch ein Brief von Lucas Tanner dabei. Er schreibt, die Gegend ist genau so, wie er sie sich erhofft hat – fruchtbare, unberührte Erde, reichlich Holz und Wasser, gutes Wetter –, doch möglicherweise muss er darum kämpfen. Es ist schon zu einigen Scharmützeln mit Indianern und mexikanischen Milizen gekommen.«

»Wir wollen ja erst im kommenden Frühjahr aufbrechen. Vielleicht ist der Konflikt mit der mexikanischen Regierung bis dahin beigelegt. Trotzdem muss ich den anderen, die uns begleiten wollen, Bescheid sagen und sie auf das zusätzliche Risiko hinweisen«, erklärte Silas.

»Auch Lettie?«, erkundigte sich Jeremy mit leiser Stimme.

Das laute Schnippen der Gartenschere verstummte, plötzlich herrschte Stille auf der Veranda. Elizabeth lauschte. *Ja, Silas: auch Lettie?* Ihrem Sohn wurde die Antwort erspart, als Lazarus mit dem Ellbogen gegen die Tür drückte, um den Kaffee herauszubringen. Silas öffnete sie ganz für ihn.

Der grauhaarige Schwarze bedankte sich und stellte das Tablett auf dem Tisch ab, an dem bereits Generationen von Tolivers Mint Juleps und Nachmittagstee getrunken hatten. »Soll ich den Kaffee einschenken, Sir?«

»Danke, Lazarus, das mach ich schon. Sag Cassandra, dass der Kuchen köstlich aussieht.«

Lazarus und seine Frau Cassandra würden ihn nach Texas begleiten. Sie gehörten Silas, ein Erbe von Mamie Toliver, seiner Großmutter, die ihrem anderen Enkel nichts hinterlassen hatte. Silas fiel auf, dass Lazarus sich in letzter Zeit schwertat mit dem Gehen und seine Frau beim Teigkneten nicht mehr sang.

»Auch Lettie«, antwortete Silas und reichte Jeremy einen Teller, bevor er ihnen den dampfenden Kaffee einschenkte. »Allerdings muss ich in der Stimmung sein, es ihr zu sagen«, fügte er hinzu.

»Aha«, meinte Jeremy.

»Was soll das heißen?«

»Dass der Kuchen köstlich ist«, erklärte Jeremy und schob

einen großen Bissen in den Mund. »Wirst du mit Lettie zu Jessica Wyndhams Fest gehen?«

»Das möchte Lettie sich auf keinen Fall entgehen lassen. Sie hat Jessica unterrichtet, bevor die aufs Internat geschickt wurde. Die beiden mochten sich. Sie sind nur vier Jahre auseinander. Ich weiß nicht mehr so genau, wie Jessica aussah. Du?«

»Ich hatte sie als kleines Mädchen mit ernstem Gesicht und großen braunen Augen in Erinnerung, trotzdem habe ich sie, als sie heute Morgen am Pier in Charleston angekommen ist, gleich erkannt. Ihre Mutter und ihr Bruder waren dort, um sie abzuholen. Es gab eine Szene, als Jessica einem schwarzen Gepäckträger geholfen hat, der von einem Passagier schlecht behandelt wurde.«

»Von einem Weißen?«

»Ja, leider.«

»Dazu wird ihr Vater ein Wörtchen zu sagen haben.«

»Hoffentlich trübt das nicht die Stimmung beim Fest. Soweit ich weiß, scheuen die Wyndhams keine Kosten für die Feier zu Jessicas achtzehntem Geburtstag und ihrer Heimkehr von dem Mädchenpensionat in Boston. Außerdem haben sie Verwandte aus England zu Gast – Lord und Lady DeWitt.«

»Die Wyndhams können es sich leisten«, bemerkte Silas und nahm eine Karte aus der Posttasche.

»Der *Courier* bezeichnet Carson Wyndham als den reichsten Mann in South Carolina«, sagte Jeremy und aß einen Bissen Kuchen.

»Der Arme wird seine liebe Mühe haben, die Glücksritter der Gegend abzuwehren.«

»Vielleicht erspart Morris ihm das, indem er sie heiratet.«

Silas schnaubte verächtlich. »Morris kann einen Walzer nicht von einer Polka unterscheiden und das Taschentuch einer Dame nicht von einem Putzlappen, also halte ich es für ausgeschlossen, dass er sie für sich gewinnt. Warum heiratest *du* sie nicht, Jeremy? Ein gut aussehender Kerl wie du sollte leichtes Spiel haben.«

Jeremy lachte. »Das ist jetzt nicht gegen Lettie gerichtet, aber ich fürchte, eine junge kultivierte Dame wie Jessica Wyndham kann man nicht dafür interessieren, einen Mann zu heiraten, der sich in Texas niederlassen möchte. Außerdem hast du das Glück, dass Lettie völlig vernarrt in dich ist. Sie würde dir in die Hölle folgen.«

Silas breitete die Stephen F. Austins Brief beigelegte Karte aus und runzelte die Stirn über die Route, die dieser mit dunkler Tinte markiert hatte. Es handelte sich um eine immense Strecke, und das Terrain jenseits des Red River in Texas war heikel. Austin hatte eine Stelle mit einem Kreis gekennzeichnet, wo der Weg von der zu erwartenden Richtung abwich, und am Rand vermerkt: »Vorsicht, Jagdgründe der Komantschen.«

»Vielleicht bringe ich sie genau dahin«, sagte Silas.

DREI

Wo sollen wir Lady Barbara beim Lunch hinsetzen?«, fragte Eunice Wyndham, als ihre Tochter auf der Loggia erschien, wo gerade ein Tisch für zwölf gedeckt wurde. »Das wird ganz schön schwierig. Wenn sie mit dem Rücken zum Garten sitzt, sind ihre schütteren Haare in der Sonne deutlich zu sehen, und wenn ihr Gesicht im Licht ist, sind ihre Falten ausgeleuchtet. Die Frau ist ja so eitel.«

Jessica gab ihr keine Antwort, denn ihre Mutter, die nur laut nachdachte, erwartete keine, weil sie wusste, dass ihre Tochter sich nicht für solche Dinge interessierte, auch nach den zwei Jahren im Pensionat nicht, die diesen Mangel an Interesse hätten beseitigen sollen. Der Mittagstisch war auf der Loggia aufgestellt, um den Speiseraum für das große Bankett am folgenden Abend freizuhalten. Jessica hätte ihren Geburtstag und ihre Heimkehr lieber mit einem Picknick im Kreis der Familie gefeiert. Leider war auch die schwarze Bedienstete, nach der sie Ausschau hielt, nicht da. Sie hatte sie nicht einmal im Speiseraum, wo ähnliche Hektik herrschte, finden können.

»Mama, wo ist Tippy?«

»Vielleicht kann ich sie ans Kopfende des Tischs setzen und Lord Henry ans andere. Das deuten sicher alle als Zeichen der Hochachtung. Dann sitzen dein Vater und ich einander in der Mitte gegenüber.«

»Mama, wo ist Tippy? Ich habe überall nach ihr gesucht. Was hast du mit ihr gemacht?«

Eunice steckte eine schwungvoll beschriftete Namenskarte in einen Glaskartenhalter in Rosenblütenform und trat einen Schritt zurück, um ihr Werk zu begutachten. »Soll ich die Fliegenfänger aufstellen?«, fragte sie. »Ich habe zwei hübsche gekauft, als ich mit deinem Vater in Washington war. Die Fliegen dort sind einfach grässlich – schlimmer noch als hier. Aber möglicherweise ist es noch zu früh im Jahr, was meinst du?«

»Mama, wo ist Tippy?«

Endlich wandte Eunice sich ihrer Tochter zu. »Herrgott, Kind. Warum läufst du immer noch im Morgenmantel herum?«

Jessica ging zur Tür.

»Wo willst du hin?«

»In die Küche. Bestimmt hast du sie dahin verbannt.«

»Jessica, komm auf der Stelle zurück«, rief Eunice ihr nach, nahm einen Fächer und wedelte sich damit hektisch Luft zu. Jessica blieb stehen und drehte sich um. Die drei Dienstmädchen, alle in grauen Kleidern mit weißen Schürzen, erstarrten in der Bewegung. »Ich bin froh, dass dein Vater heute Morgen mit Lady Barbara und Lord Henry ausgeritten ist«, bemerkte Eunice. »So bleibt mir die Peinlichkeit erspart, dass meine Tochter in die Küche läuft, um ein Dienstmädchen zu holen, wenn es reichen würde zu klingeln.«

»Ich will Tippy sehen, Mama.«

»Sie schmückt gerade deine Geburtstagstorte.«

»Dann helfe ich ihr.«

Eunice sah entsetzt die Bediensteten an, die sie mit vor Schreck und Neugierde geweiteten Augen anstarrten. »Ihr könnt gehen«, herrschte sie sie an. »Macht euch bei Willie May nützlich.«

Nachdem die Dienstmädchen an Jessica vorbeigehastet waren, zog Eunice ihre Tochter eilig ins Zimmer und schloss die

Tür zur Loggia hinter ihnen. »Ich verbitte mir diesen Tonfall in Gegenwart der Bediensteten, Jessica. Du hast gestern am Pier schon genug Aufsehen erregt.«

»Ich habe dem Mann doch bloß mit dem Fächer einen Klaps auf die Schulter gegeben.«

»Du hast einen Neger gegenüber einem Weißen verteidigt!«

»Der Mann hat einen überlasteten Gepäckträger schlecht behandelt. Ich hätte mich auch dann eingemischt, wenn der Gepäckträger weiß wie Schnee gewesen wäre.«

Eunice' Gesicht fiel in sich zusammen wie ein durchweichter Kuchen. »Kind, was sollen wir nur mit dir machen? Wir haben uns alle so auf deine Heimkehr gefreut, besonders dein Bruder. Michael wollte dich unbedingt vom Schiff abholen, aber du hast ihn gestern schrecklich blamiert.«

»Von Rechts wegen hätte Michael dem Mann eine Ohrfeige geben müssen.«

Eunice fächelte schneller. »Wir hätten dich nicht auf diese Schule in Boston schicken dürfen – mitten ins Wespennest der Abolitionisten.«

»Nein, Mutter, in die Heimat der Freiheitsliebenden.«

»Ach, Jessie!« Wie immer von der Auseinandersetzung mit ihrer Tochter erschöpft, für die sie sich das Herz aus der Brust gerissen hätte, sank Eunice resigniert seufzend auf einen der Loggiastühle. »Was haben sie in dieser Schule nur mit dir angestellt?«

»Sie haben nur meine Überzeugungen gefestigt. Alle Menschen sind gleich, und keiner besitzt das Recht, einen anderen zu versklaven.«

»Sch!«, zischte Eunice und warf hastig einen Blick durchs Glas der Verandatür, um festzustellen, ob jemand lauschte. »Hör zu, du eigensinniges Kind. Du hast keine Ahnung, was sich in deiner Abwesenheit hier abgespielt hat. Wenn ja, würdest du wissen, wie gefährlich solche Reden für Tippy werden könnten.«

»Was ist denn passiert?«

»Sklavenaufstände, alle erfolglos, zum Glück nicht auf unserer Plantage, aber zu nahe bei uns, als dass dein Vater sie ignorieren konnte. Die Pflanzer sind nervös und bestrafen die Sklaven *unerbittlich* und …«, sie betrachtete Jessica mit einem eindringlichen Blick, »… *jeden*, der den Eindruck erweckt, gegen die Sache des Südens zu sein.«

»Sache? Die Abschaffung der Sklaverei ist eine *Sache*. Die Sklaverei selbst ist ein Dogma.«

Eunice hörte mit dem Fächeln auf. »Siehst du, genau das meine ich. Ich warne dich, Jessica. Obwohl dein Vater dir jeden Wunsch von den Augen abliest, ist er nicht bereit, solche Ansichten oder deine unverhohlene Freundschaft mit einer schwarzen Bediensteten zu tolerieren.« Sie schüttelte den Kopf. »Ich hätte damals nie zulassen dürfen, dass du dich mit Tippy anfreundest, aber du hattest ja sonst keine Spielkameraden. Ich hätte auch nicht auf meine Schwester in Boston hören sollen, die unbedingt wollte, dass ich dich aufs dortige Pensionat schicke, und auf keinen Fall hätte ich erlauben dürfen, dass Tippy dich begleitet. Aber …«, Eunice hob missbilligend eine Augenbraue, »… ich habe mir eingeredet, dass dein gesunder Menschenverstand dir raten würde, dich von ihr zu distanzieren, sobald ihr zu Hause seid.« Eunice legte müde eine Hand auf ihre Stirn. »Ich dachte, du würdest begreifen, dass Tippy ihren Platz hat und du den deinen.«

»Mama …« Jessica kniete vor ihrer Mutter nieder. Als sich ihre weiten Röcke um sie bauschten, fühlte Eunice sich an die rothaarige braunäugige Lieblingspuppe Jessicas erinnert, die fast ganz aus einem weiten Rock bestanden hatte. Aber da endete die Ähnlichkeit ihrer Tochter mit der Puppe auch schon. Eunice begriff es einfach nicht. Die Züge ihrer Tochter waren regelmäßig, ihre Zähne gerade, ihre Lockenmähne rot und ihre großen, ausdrucksvollen Augen dunkelbraun, doch all das reichte nicht, ihr blasses, sommersprossiges Gesicht attraktiv zu machen. Ihr Mann hätte sich gewünscht, dass sie hübsch, aber im Hinblick auf ihre Interessen so durchschnittlich gewesen wäre wie die Töchter ihrer Freunde, dass sie sich ausschließlich mit Kleidung, Festen und Flirts beschäftigt und sich damit begnügt hätte, die verwöhnte einzige Tochter eines der reichsten Männer im amerikanischen Süden zu sein. Doch Jessica hatte sich von Kindesbeinen an gegen die ihr zugedachte Rolle gewehrt. Weil sie ahnte, dass die Nachsicht ihres Vaters seine Enttäuschung über sie kaschieren sollte? Jessica dachte zu viel nach, stellte Fragen, provozierte, lehnte sich auf. Bei einer attraktiven Tochter hätte Carson Klugheit interessant gefunden, doch bei einer bestenfalls durchschnittlichen ärgerte sie ihn. Manchmal dachte Eunice, dass Jessica besser ein Junge geworden wäre.

»Das verstehe ich alles«, sagte Jessica, »aber ich kann es nicht akzeptieren. Ich würde Tippy nie in Gefahr bringen, doch ich kann und will sie nicht als Untergebene behandeln. Sie ist intelligent und kreativ auf eine Weise, wie ich es nie sein werde. Außerdem ist sie liebenswert und besitzt alle Eigenschaften, die ich mir bei einer Freundin wünsche. Ich möchte dich und Papa wirklich nicht in Verlegenheit bringen, aber ich will meine Freundin mit dem Respekt behandeln, den sie verdient, und nicht wie eine Sklavin.«

Eunice schlug die Hände vors Gesicht. »Oje … Wenn dein Vater dich hören würde …«

»Wäre er sicher sehr enttäuscht von mir.«

»Mehr als enttäuscht. Dein Vater hat eine Seite, die du nicht kennst. Wenn du deine Zuneigung für Tippy weiterhin so offen zeigst, werde ich dich nicht schützen können. Du musst auch an sie denken.«

Jessica nahm die Hände ihrer Mutter sanft von ihren Wangen und hielt sie fest. »Keine Sorge, Mama. Ich verspreche dir, der Familie keinen Kummer zu machen, indem ich lauthals meine Ansichten über die Sklaverei verkünde. Der Süden ist nun mal, wie er ist, und eine Stimme wird ihn nicht ändern, aber bitte erlaube Tippy, meine persönliche Bedienstete zu sein. Du weißt, dass bei ihr nur ein Lungenflügel richtig funktioniert und sie in der heißen Küche keine Luft bekommt.«

»Gut, solange du dein Versprechen hältst. Wenn nicht, schickt dein Vater sie auf die Felder, und sie muss in der Sklavenunterkunft schlafen. Er liebt dich wirklich sehr, aber dazu ist er fähig, das musst du mir glauben.« Eunice löste ihre Hände aus denen ihrer Tochter und strich ihr die roten Haare aus dem Gesicht. »Du hast uns sehr gefehlt, als du in Boston warst«, sagte sie mit sanfter Stimme. »Deswegen haben wir dich vor Schuljahresende nach Hause geholt, aber offen gestanden habe ich seit deiner Heimkehr keine Ruhe mehr. Beim Lunch und bei dem Fest werden die Leute über die Abolitionisten reden. Versprichst du mir, den Mund zu halten, wenn du nach deiner Meinung gefragt wirst?«

Jessica hielt sich den Mund zu und murmelte undeutlich: »Ich versprech's.«

»Sei nicht so albern«, rügte Eunice sie und verzog die Lippen zu einem Lächeln, das die Sorge in ihren Augen nicht ganz kaschieren konnte. »Und jetzt Schluss mit der Diskussion. Ich muss noch eine Menge erledigen.«

»Schickst du Tippy zu mir ins Zimmer? Niemand sonst kann mir die Haare so frisieren wie sie. Und stell dir vor, wie ich aussähe, wenn sie sich nicht um meine Garderobe kümmern würde.«

»Vergiss nicht, dass dein Vater gern unangekündigt auftaucht, und achte darauf, dass du dich mit Tippy tatsächlich nur über deine Haare und deine Kleidung unterhältst, falls er ins Zimmer kommen sollte. Sonst könnte es sein, dass Tippy in Zukunft Baumwolle pflücken muss und keine Zeit mehr hat, dich in puncto Bänder und Spitze zu beraten.«

»Ich denke dran.« Jessica stand auf und drehte sich in ihrem Satinmorgenrock um die eigene Achse, so dass der untere Teil um ihre schmale Taille wirbelte. »Morgen werde ich achtzehn. Wie konnte das nur so plötzlich passieren?«

»Allmählich solltest du ans Heiraten denken«, sagte Eunice.

»Denken ja, aber nicht *tun*. Welcher Mann würde schon einen Hitzkopf wie mich heiraten wollen?«

Ja, welcher?, dachte Eunice seufzend.

VIER

Tippy zog die Bürste über Jessicas Stirn bis ans Ende einer langen gewachsten Locke. Sie hatte diese Bewegung so lange wiederholt, bis Jessicas krause Haare wie glänzende rote Luftschlangen auf ihren Schultern wippten. Bald würde Tippy sie zu einer Abendfrisur formen, die sich an der englischen Romantik orientierte und die hübsche Bezeichnung »Madonna« trug. Dieser Stil erforderte einen Mittelscheitel mit Löckchen am Oberkopf und zu beiden Seiten des Gesichts. Ein Gewand aus cremefarbenem Brokat hing an einem anatomisch nach den Maßen Jessicas geformten Kleiderständer. Es war nach dem letzten Schrei geschnitten und brachte die helle Haut der Schultern, die schmale Taille und die schlanken Fesseln besonders gut zur Geltung.

»Der Stil ist ideal für Sie«, hatte Miss Smithfield, die das Kleid nach den Entwürfen und Stoffvorschlägen von Tippy genäht hatte, in ihrem Geschäft in Boston verkündet. Die Accessoires dazu lagen bereit – Satinslipper mit breiter Spitze, ellbogenlange Handschuhe, eine kleine Abendtasche in Grün, passend zu der Smaragdbrosche, die Jessicas Vater ihr zum Geburtstag geschenkt hatte.

Wenn Jessica aufrecht vor dem Spiegel saß, Tippy unmittelbar hinter ihr, sah sie nur deren feinen Haarbausch (merkwürdigerweise war er nicht borstig wie bei anderen Schwarzen und im Gegensatz zu ihrer dunkelbraunen Haut hellbraun), ihre abstehenden Ohren sowie ihre spitzen, sich ständig bewegenden Ellbogen. Tippy, kaum größer als ein

Kaminbesen und spindeldürr, hatte von ihrem Schöpfer bemerkenswert große Ohren, Hände und Füße mitbekommen, die sie auf Menschen, welche nichts von ihren Fähigkeiten wussten, grotesk wirken ließen.

»Was sich der Herr im Himmel wohl dabei gedacht hat, meinem Mädel die ganzen großen Sachen zu machen, aber keine heile Lunge?«, klagte Willie May oft.

Das fragte Jessica sich auch manchmal. Sie hielt Tippy zwar für den körperlich merkwürdigsten Menschen, den sie kannte, hatte jedoch ihre kleine Gestalt mit den nicht zueinanderpassenden Teilen immer schon bezaubernd gefunden. Mit ihrem wachen Verstand und ihrer lebhaften Fantasie erinnerte Tippy Jessica an einen Kobold aus ihrem Lieblingsmärchenbuch. Jessica stellte sie sich gern als Schokoladenelfe vor, die aus einer anderen Welt in diese gefallen war und deren übergroße feenzarte Ohren, Hände und Füße sich in Flügel verwandeln und sie in das Reich zurücktragen konnten, aus dem sie kam. Seit Jessica alt genug war, um zu begreifen, dass ihrer Freundin ein wesentlicher Teil eines Organs fehlte, machte sie sich Sorgen wegen Tippys Zerbrechlichkeit und hatte manchmal Angst, eines Morgens beim Aufwachen festzustellen, dass die Engel ihre Spielkameradin abgeholt hatten. Wenn sie sich Tippys flinke Finger beim Baumwollpflücken unter sengender Sonne vorstellte, wurde Jessica fast ein wenig übel, obwohl sie sich letztlich sicher war, dass ihr Vater Tippy das nicht antun würde. Doch er konnte – und würde – sie trennen, wenn ihm der Sinn danach stand. Das durfte Jessica nicht vergessen.

»Ich habe keine Wünsche mehr«, sagte Jessica. »Ist das nicht schrecklich, Tippy? Mit achtzehn keine Wünsche mehr zu haben.«

»Keine Ahnung, was das mit dem ›keine Wünsche mehr haben‹ heißen soll, aber eins is klar: Daheim wünsch ich mir Zuckerrohrsirup auf'm Maisbrot«, erwiderte Tippy.

Jessica drehte sich zu Tippy um und senkte die Stimme. »Musst du unbedingt wie eine ungebildete Landarbeiterin mit mir reden, Tippy?«

»Ja, damit ich nicht vergess, wo ich herkomm. Is für uns beide besser.«

Jessica wandte sich wieder dem Spiegel zu. »Jetzt tut es mir schon leid, dass ich dich nicht bei Miss Smithfield in ihrer Schneiderei gelassen habe. Mit Nadel und Faden hättest du dir gut deinen Lebensunterhalt verdienen können. Dort hättest du viele Wünsche gehabt, und sie wären alle in Erfüllung gegangen.«

Tippy flüsterte Jessica in Hochsprache ins Ohr: »Dein Daddy hätte seine Männer zu mir geschickt, und außerdem wäre ich sowieso nicht geblieben. Ich hätte dich nicht allein heimfahren lassen.«

Jessica lauschte, ob sich die Schritte ihres Vaters auf dem Flur näherten. Er würde nun, da sie erwachsen war, nicht, ohne zu klopfen, eintreten, ihr aber auch nicht viel Zeit lassen, bis er die Tür öffnete. Als Tippy am Morgen des vergangenen Tages aus der Küche in Jessicas Zimmer hatte zurückkehren dürfen, hatte Jessica ihr von der Warnung ihrer Mutter erzählt, die Tippy bereits von Willie May kannte. »Sie wollen uns auseinanderbringen, weil wir uns so nahe sind«, hatte Jessica erklärt. »Und Mama droht, dass du aufs Feld geschickt wirst, wenn ich nicht artig bin. Wir müssen so tun, als wären wir Dienstmädchen und Herrin.«

»Das wird nicht schwer«, hatte Tippy gesagt, »denn das sind wir ja.«

»Nur dem Wort nach.«

Sie waren sich einig, dass sie vorsichtig sein mussten. Willie May hatte es Tippy erklärt: Sie durfte Jessica nicht mehr ohne ein »Miss« und einen kleinen Knicks »Jessie« nennen. Gemeinsames Getuschel und Gekicher waren fortan verboten, genauso müßiges einander Vorlesen und offene Freundschaftsbekundungen. »Und …«, hatte Willie May mit einem strengen Blick hinzugefügt, »… du darfst auch nicht mehr wie eine weiße Dame reden und dein Wissen offen zur Schau stellen.«

Die Mädchen hatten die Daumen ineinander verhakt – ihr Ritual, um eine Abmachung zu besiegeln. Als Jessica vom Flur nur Stille hörte, sagte sie schmunzelnd: »Ich sorge schon dafür, dass du so viel Zuckerrohrsirup kriegst, wie du willst, und wenn ich ihn hier raufschmuggeln muss.«

»Nein, nein, Jessie – *Miss* Jessie. Keine Bevorzugung, bitte. Das ist zu gefährlich.«

Jessica seufzte. »Ich finde das widerlich und schäme mich für den Süden und meine Familie …«

»Sch, so darfst du nicht reden, ja nicht einmal denken.«

»Ich kann nicht anders.«

»Die neue Lehrerin aus dem Norden … Ich weiß, was sie vorhat, Miss Jessie. Bitte lass dich von der nicht in Schwierigkeiten bringen. Bitte …«

»Jessie! Ich bin's, Papa. Ich komm jetzt rein!«

Die laute Stimme des Mannes, den Jessica gleichermaßen liebte und fürchtete, dröhnte durch die Tür. Wenige Sekunden später flog sie auf, und Carson Wyndham marschierte mit klackenden hochglanzpolierten kniehohen Stiefeln herein. Der klein gewachsene, sportliche Mann mit den rötlichen Haaren, der kräftigen Statur und der herrischen Art schien von allen zu erwarten, dass sie ihm Platz machten – und wehe, sie taten es nicht!

Tippy reagierte schnell, sah Jessica im Spiegel an und sagte laut, als würde sie das Gespräch weiterführen: »… Ihre Haare sind hübsch so. Is 'ne Schande, sie hochzustecken.«

»Finde ich auch«, pflichtete Carson ihr bei und trat zu seiner Tochter an den Frisiertisch, um sie genauer zu betrachten.

»Warum, zum Teufel, meinen Frauen, sie müssten ihre Haare in Locken und Wellen und weiß Gott noch was legen, wenn sie so, wie der Herr sie geschaffen hat, viel schöner sind?« Seine Finger glitten über das feine Haarnetz, das an einer Ecke des Spiegels hing und das Jessica am vorigen Tag beim Lunch aufgehabt hatte. »Dieses Ding … wie es auch immer heißen mag … fand ich hübsch an dir, Jessie. Warum trägst du das nicht heute Abend?«

»Papa, ein *Haarnetz* trägt man doch nicht zum Abendkleid!«

Solche zutiefst weiblichen, eitlen und nichtigen Antworten hörte ihr Vater gern von ihr. Er bedachte sie mit einem Lächeln. »Vermutlich hast du recht. Gefällt dir die Brosche?«

»Ja, sehr. Danke noch mal, Papa.«

Die Brosche hatte er ihr beim Lunch im Beisein der engsten Freunde ihrer Eltern überreicht. Das Essen war als Teil ihrer Geburtstagsfeier gedacht gewesen, diente jedoch letztlich dazu, die fernen englischen Verwandten ihres Vaters, Lord Henry und Lady Barbara, Herzog und Herzogin von Strathmore, zu präsentieren. Wenn da nicht die fröhliche Lettie Sedgewick, abgesehen von ihrem Bruder die einzige Gleichaltrige, gewesen wäre, hätte Jessica fürchten müssen, vor Langeweile zu sterben. Die Gespräche hatten sich einzig und allein um Seine Lordschaft und seine rechthaberische Gattin gedreht, um den beklagenswerten Aufstieg der britischen Mittelschicht, den dreisten Versuch der Landarbeiter in Dorset, eine Gewerkschaft zu gründen, und um die Moorhuhnjagd. Alle außer Lettie hatten an ihren Lippen gehangen, und sie hatten sich nur durch einen Toast Michaels auf die Heimkehr seiner Schwester unterbrechen lassen.

Jessica mochte Lettie Sedgewick. Sie hatte sich darauf gefreut, nach ihrer Rückkehr aus Boston ihre Verbindung zu ihrer früheren Lehrerin wieder aufzunehmen und mit ihr über das im Pensionat erworbene Wissen zu sprechen. Doch Lettie war jetzt mit Silas Toliver verlobt, einem attraktiven Witwer, der seine eigene Plantage in Texas aufbauen wollte. Jessica erinnerte sich, dass seine erste Frau bei der Geburt des kleinen Sohnes gestorben war, der schon bald Letties Stiefsohn werden sollte. Lettie war die hochintelligente Tochter eines presbyterianischen Geistlichen und beherrschte mehrere Sprachen. Die Wyndhams, Angehörige der Kirche ihres Vaters, hatten sie eingestellt, um Jessica in Schönschrift und klassischer Literatur zu unterweisen und ihre Schulbildung zu vervollkommnen, bevor sie aufs Internat wechselte. Inzwischen war Lettie an einem College in Nashville zur Lehrerin ausgebildet worden und unterrichtete in der Schule des kleinen Ortes Willow Grove, in dem sich die Kirche ihres Vaters befand. Die Gemeinde lag nur einen Steinwurf von Charleston auf der einen und den parallelen Reihen der bekanntesten Zuckerrohr- und Baumwollplantagen auf der anderen entfernt, die den Namen »Plantation Alley« trugen. Silas war wie Jeremy Warwick nicht zu dem Lunch eingeladen gewesen, weil sie Jessica nicht so gut kannten. Sie würden erst zu dem Ball kommen.

»Wenn man sieht, wie sklavisch wir allem Englischen anhängen, könnte man meinen, dass South Carolina nach wie vor eine britische Kolonie ist«, hatte Lettie mit einem Augenzwinkern zu Jessica gesagt, als sich endlich Gelegenheit zu einem privaten Gespräch bot.

»Das gilt nicht für die Sklaverei«, hatte Jessica gemeint. »Die Briten haben den Anstand besessen, den Sklavenhandel abzuschaffen.«

Lettie Sedgewick gegenüber, deren Toleranz sie kannte, konnte sie solche Dinge sagen. Lettie hatte seinerzeit nichts dagegen gehabt, wenn Tippy den Stunden, die sie Jessica gab, beiwohnte, sondern sie sogar dazu ermutigt. Allerdings hatte das heimlich geschehen müssen, denn es war ungesetzlich, Sklaven das Lesen und Schreiben beizubringen; und die Hauslehrerin hätte die Stelle ihres Vaters als Geistlicher der First Presbyterian Church in Willow Grove gefährdet, wenn ihr Treiben bekannt geworden wäre.

Lettie hatte geschmunzelt. »Stimmt. Wie ich sehe, hast du dich nicht sehr verändert, meine liebe Schülerin, aber ich würde dir raten, dich darauf zu besinnen, wo du dich aufhältst, bevor du den Mund aufmachst.«

»Ja, das muss ich lernen.«

»Silas hat mir von dem kleinen Zwischenfall am Pier in Charleston erzählt. Jeremy Warwick war dort, um etwas für Meadowlands abzuholen. Er hat Silas gesagt, er hätte sich im Hintergrund gehalten, weil er dich, deine Mutter und deinen Bruder nicht noch mehr in Verlegenheit bringen wollte.«

»Bestimmt hat Mr Warwick jetzt den allerschlechtesten Eindruck von mir.«

»Aber nein. Er hat Silas gestanden, dass er dich sehr mutig findet.«

Oder sehr dumm, dachte Jessica und betrachtete das ernste Gesicht ihres Vaters im Spiegel. Hatte Michael ihm von dem Zwischenfall in Charleston erzählt, und war er nun hier, um sie zu schelten?

»Jessie«, sagte Carson. »Heute Abend sollst du besonders hübsch aussehen.«

»Wir geben unser Bestes, stimmt's, Tippy?«, versicherte Jessica ihm erleichtert. »Gibt es einen besonderen Grund dafür, abgesehen davon, dass mein Geburtstag ist?«

»Nein … Ich möchte nur stolz auf mein kleines Mädchen sein, das nach zwei langen Jahren endlich wieder zu Hause ist. Also bitte zeig dich von deiner besten Seite.« Er beugte sich zu ihr hinab und küsste sie auf die Wange. »Wir sehen uns beim Fest – und Tippy?«

Tippy richtete sich auf. »Ja, Sir?«

»Sorg dafür, dass das klappt.«

»Ja, Sir, Mister Carson.«

Als er das Zimmer mit langen Schritten verließ, sahen die beiden Frauen einander fragend an. »Was sollte das denn?«, fragte Jessica.

»Es geht bestimmt um Jeremy Warwick«, antwortete Tippy.

»Jeremy Warwick?«

»Das habe ich in der Küche gehört. Dein Vater möchte, dass du Eindruck auf ihn machst, weil er hofft, dass ihr zwei zusammenkommt. Du wirst beim Abendessen neben ihm sitzen.«

»Jeremy ist ungefähr so alt wie Silas – zu alt für mich, und soweit ich weiß, möchten sie miteinander nach Texas. Wieso sollte mein Vater wollen, dass ich ihn heirate?«

»Keine Ahnung. Die Warwicks sind reich. Vielleicht um mittellose Verehrer zu entmutigen?« Tippy klimperte vielsagend mit ihren nicht vorhandenen Wimpern. »Jeremy Warwick ist ein guter Mensch, sagen sie in der Küche. Ein guter Herr. Ich verstehe nicht, warum er noch nicht verheiratet ist. Möglicherweise möchte dein Daddy, dass du ihn dir sicherst, bevor eine andere ihn sich schnappt.«

»Nein, Tippy, das ist nicht der Grund«, widersprach Jessica, die plötzlich begriff. Ihr Vater hatte von der Sache am Pier erfahren, bestimmt von Michael – und von ihrer Mutter, die viel zu große Angst hatte, ihrem Mann irgendetwas zu verheimlichen, wusste er wahrscheinlich von Jessicas Ansichten über die Sklaverei. »Mein Vater will mich loswerden, bevor ich Ärger mache.«

Aber nur, wenn ein reicher, guter Mann mich von South Carolina fortbringt. So sehr liebt mein Vater mich immerhin, dachte sie. Jessica spürte, wie sich ihre Verletztheit in Wut verwandelte. Er würde sich noch wundern: Einen Sklavenbesitzer würde sie niemals heiraten.

FÜNF

Sie wurde in einer Empfangsreihe im Tanzsaal präsentiert, ohne großen Auftritt von der Treppe herunter. Treppen waren für große Schönheiten. Auch recht, dachte Jessica. Ihr Handschuh war schmutzig, als sie endlich die Hände sämtlicher fünfzig Gäste ihrer Geburtstagsfeier geschüttelt hatte, und ein paar Sekunden lang spürte sie nicht einmal mehr den Stiel des Champagnerglases. Endlich konnte sie sich zu Lettie gesellen, die mit Silas Toliver und Jeremy Warwick vor der fünfstöckigen blumengeschmückten Geburtstagstorte stand.

»Wie hübsch«, rief Lettie, begeistert über die Torte, aus, als Jessica zu ihnen trat. »Erkenne ich da Tippys Handschrift?«

»Natürlich. Die Blumen sind aus geschlagenem Eiweiß. Sie hat sie in Zucker getaucht und hart werden lassen.«

»Sie sind genauso schön wie du, Geburtstagskind. Was für ein elegantes Kleid! Aus Paris?«

»Nein, aus Boston.« Jessica spürte, wie sie unter dem Blick der Männer rot wurde, die sie, obwohl sie herausgeputzt war, sicher nicht schön fanden. Lettie sah Schönes in allem und jedem und konnte sich das auch leisten, denn das Wörtchen »schön« beschrieb sie selbst aufs Treffendste, was sich in dem bewundernden Blick von Silas spiegelte. Sie waren ein strahlendes Paar – er groß, dunkel und attraktiv, ein richtiger Lord Byron mit seiner widerspenstigen schwarzen Mähne, den grünen Augen und dem attraktiven Kinngrübchen, sie klein, zierlich, blond und mit makelloser Porzellanhaut.

»Die roten Wangen stehen Ihnen gut«, bemerkte Jeremy Warwick mit einer angedeuteten Verbeugung und einem schalkhaften Grinsen. Machte er sich über sie lustig? Ohne auf sein Kompliment zu achten, wandte Jessica sich Lettie zu: »Ich kann dir gar nicht sagen, wie sehr ich mich darauf freue, deine Brautjungfer zu sein.«

»Und ich freue mich, dass du Ja gesagt hast. Wollen wir nächste Woche in Charleston Stoff einkaufen gehen?«

»Das würde ich gern, aber ich bin in solchen Dingen keine große Hilfe. Tippy hat ein gutes Auge für Material und Farbe und ausgezeichneten Geschmack. Sie zeichnet verantwortlich für Schnitt und Stoff meines Kleids. Ich nehme sie immer zum Einkaufen mit. Darf sie auch mitkommen?«

»Tippy?«, mischte sich Silas ein. »Den Namen höre ich jetzt schon das zweite Mal. Ich glaube nicht, dass ich ihr vorgestellt wurde.«

»Äh … Tippy ist Jessicas Dienstmädchen«, erklärte Lettie mit leicht unbehaglichem Blick.

»Ein schwarzes Dienstmädchen soll besseren Geschmack haben als die Herrin?«, fragte Silas Jessica ungläubig.

Jessica reckte das Kinn vor. »Das meine schon.«

Sie spürte, wie sich eine starke Männerhand um ihren Ellbogen schloss. Sollte das eine Warnung sein? »Ich glaube, ich höre die Essensglocke«, sagte Jeremy und hakte Jessica bei sich unter. »Ich habe das Vergnügen, bei Tisch rechts von Ihnen Platz nehmen zu dürfen, Miss Jessica. Was verschafft mir die Ehre, neben dem Geburtstagskind zu sitzen?«

»Das ist die Idee meines Vaters, Mr Warwick«, antwortete Jessica, die die Luft in dem Raum plötzlich sehr stickig fand. »Ich soll Sie wohl in der Hoffnung, dass Sie mich nicht als gänzlich unattraktiv für eine Heirat erachten, entzücken und betören.«

Die anderen sahen sie mit offenem Mund an. Jeremy lachte

laut auf. »Himmel«, sagte er, »ich habe das Gefühl, bereits betört zu sein.«

Jessica bürstete gerade ihre Festfrisur aus, als sie das kurze, fordernde Klopfen ihres Vaters an der Tür hörte. Sie sparte sich die Mühe, etwas zu sagen. Tatsächlich öffnete sie sich gleich darauf, und er trat, mit Hausjacke bekleidet und nach Zigarrenrauch riechend, ein.

»Und, mein Mädchen, hat dir das Fest gefallen?«

»Ja, Papa, sehr.« Es war ein ermüdender Abend mit langweiligen Gesprächen gewesen, abgesehen von denen zwischen Silas und Jeremy, die sich über ihr Vorhaben unterhielten, im Frühjahr mit einem Planwagentross nach Texas aufzubrechen. Dieser sollte einen Kilometer lang sein, und sie hofften, mindestens drei Kilometer in der Stunde voranzukommen, täglich etwas mehr als fünfzehn, abhängig von Wetter und anderen Unwägbarkeiten. Die Reise ins Ungewisse klang gefährlich und mühsam, und Jessica fragte sich, wie Lettie sie schaffen sollte. Das einzige andere interessante Thema war die sichere Ankunft von Sarah Conklin aus Massachusetts am Nachmittag gewesen, die Letties Lehrerinnenstelle an der örtlichen Schule übernehmen würde. Die Sedgewicks hatten sie am Pier in Charleston abgeholt und zu ihrem neuen Zuhause in Willow Grove gebracht.

»Ist sie hübsch?«, hatte Michael wissen wollen.

»Sehr«, hatte Reverend Sedgewick ein wenig errötend geantwortet.

Jessica hatte nicht verraten, dass sie die neue Lehrerin kannte. Bestimmt war Lettie erstaunt gewesen, dass Jessica ihren Einfluss geltend gemacht hatte, um einer Fremden aus dem Norden die Stelle zu sichern.

Ihr Vater setzte sich auf das niedrige Sofa, auf dem er die Beine nicht bequem ausstrecken konnte, das jedoch genau richtig stand, um das Gesicht seiner Tochter im Spiegel zu betrachten. »Hoffentlich erzählst du mir nicht nur, dass du dich amüsiert hast, weil ich das hören möchte«, sagte er. »Was hältst du von Jeremy Warwick?«

Jessica zog mit der Bürste eine Strähne aus ihren gewachsten Haaren. »Ich finde ihn angenehm.«

»*Angenehm*! Ist das alles? Im ganzen Süden dürfte es kaum eine ledige Frau geben, die ihn nicht als attraktiv und amüsant bezeichnen würde. Und wohl auch kaum eine verheiratete.« Er wackelte mit den Augenbrauen, ein Versuch, witzig zu sein, der angesichts seiner sonstigen Humorlosigkeit so lächerlich wirkte, dass sie fast gelacht hätte.

»Warum ist er dann nicht verheiratet?«

»Wahrscheinlich ist er zu eigen. Angeblich ist seine große Liebe in jungen Jahren an Typhus gestorben. Ich muss schon sagen, Spook, du hast dich nicht sonderlich angestrengt, ihn zu beeindrucken.«

Jessica erwiderte seinen Blick im Spiegel. *Spook.* So hatte er sie seit ihrer Kindheit nicht mehr genannt. Der Spitzname stammte aus einem Spiel, bei dem sie sich aus einem Versteck auf ihn stürzte, um ihn zu erschrecken, und *Buh*! rief. Er hatte gelacht, sie durch die Luft gewirbelt und sie seine Spook, seinen kleinen Spuk, genannt. Ihr schnürte sich die Kehle zu, als ihr klar wurde, dass ihr Vater sie immer noch rühren konnte.

»Sollte ich ihn denn beeindrucken, Papa?«

Carsons Ohren wurden rot. »Ja, Spook. Ich gebe zu, ich wollte dich mit ihm verkuppeln. Jeremy ist, abgesehen von Silas Toliver, der begehrteste Junggeselle von South Carolina. Im Unterschied zu Silas verfügt er über Geld. Er würde gut für dich sorgen.«

»Silas hat kein Geld?« Jessica sah ihren Vater erstaunt im Spiegel an. »Wie kann das sein? Queenscrown ist doch eine einträgliche Plantage.«

»Benjamin Toliver hat Queenscrown seinem älteren Sohn Morris vermacht. Silas ist nicht mehr als ein Lohnarbeiter. Deswegen will er nach Texas.«

»Und wie kann er sich das leisten?«, erkundigte sich Jessica, besorgt um Lettie.

»Er besitzt eigenes Geld, das er in die Sache investiert hat, und den Rest leiht er sich von mir.«

Jessica schauderte für Lettie. Sie würde also während der Reise und beim Aufbau ihres neuen Lebens in Texas von geborgtem Geld unsäglichen Mühen ausgesetzt sein. Vermutlich würde es Jahre dauern, bis die Plantage ausreichend Profit abwarf, um ihrem Vater das Darlehen zurückzuzahlen. Hoffentlich würde ihnen ihre Liebe zueinander genügen, und hoffentlich würde sie Silas helfen, den Traum zu verwirklichen, den er und Jeremy offenbar schon lange hegten.

Jessica drehte sich zu ihrem Vater herum. »Warum hast du es so eilig, mich unter die Haube zu bringen, Papa?«

»Du wirst auch nicht jünger. Deine Mutter hat in deinem Alter geheiratet, und offen gestanden fällt mir für dich kein besserer Mann als Jeremy ein.« Carson streckte zwei kräftige Finger in die Luft. »Du musst ihn dir sichern, bevor eine andere es tut.«

»Das hängt auch ein bisschen von Jeremy ab.«

»Auf mich wirkt er durchaus aufgeschlossen. Aber leider warst du ihm gegenüber ziemlich kühl.«

»Er ist fast dreißig, elf Jahre älter als ich.«

»Was macht das schon? Ich bin acht Jahre älter als deine Mutter, und Silas ist älter als Lettie, und trotzdem sind sie glücklich miteinander.«

Jessica musste zugeben, dass das stimmte. Bei dem Fest war es deutlich zu sehen gewesen. Jessica fragte sich, ob es einen Mann gab, der ihre Augen genauso zum Leuchten bringen würde wie Silas die von Lettie. Sie fand Jeremy sympathisch, attraktiv und amüsant, doch er würde sich niemals für jemanden wie sie interessieren. Was ihr Vater beobachtet hatte, war lediglich die Galanterie eines Gentleman gegenüber der Tochter seines Gastgebers gewesen. Und ihre eigene Gleichgültigkeit erwuchs aus ihrem Unmut darüber, dass sie zur Schau gestellt wurde wie ein Fohlen bei einer Pferdeauktion.

»Dir ist klar, dass er nach Texas geht?«, fragte sie.

Carson senkte den Blick. »Ja, das weiß ich.«

Jessica wandte sich wieder dem Spiegel zu. Den Pausen in den Gesprächen ihrer Familie war mehr zu entnehmen als dem, was gesagt wurde. Das Schweigen ihres Vaters zeugte von seiner traurigen Bereitschaft, sie so schnell wie möglich mit einem geeigneten Kandidaten zu verheiraten, der sie so weit wie möglich wegbrachte. Jessica äußerte sich nicht dazu; ihr rhythmisches Bürsten klang in der Stille vorwurfsvoll.

Plötzlich schaute Carson sich um und fragte: »Wo ist Tippy? Warum hilft sie dir nicht?«

»Ich hab sie in ihr Zimmer geschickt. Sie muss mich nicht ins Bett bringen.«

Carson erhob sich stirnrunzelnd. »Von ihr wird erwartet, dass sie hierbleibt, bis du schlafen gehst – *dann* darf sie in ihr Zimmer. Du verwöhnst das Mädchen zu sehr, Jessie. Das gefällt mir nicht.«

»Ja, Papa«, sagte Jessica und fuhr mit dem Bürsten fort. Tippy hatte auf Jessica warten wollen, damit diese ihr von dem Fest erzählen konnte, sich jedoch am Nachmittag sehr schwach gefühlt. Jessica wagte es nicht, ihren Vater an Tippys Zustand zu erinnern, den der Kälteeinbruch an jenem Tag verschlimmert hatte. Bis auf wenige Ausnahmen brachte er wenig Geduld für nutzlosen Besitz auf. »Ich sorge schon dafür, dass sie sich ihren Lebensunterhalt verdient«, versicherte Jessica ihm.

»Gut.« Carson sah ihr im Spiegel in die Augen. Wieder

senkte sich Schweigen, lauter als tausend Worte, herab, bis er schließlich fragte: »Spook, Liebes, warum kannst du nicht einfach wie … eine Wyndham sein? Wieso bist du so anders als wir?«

»Keine Ahnung, Papa«, antwortete sie mit einer dunklen Vorahnung. »Ich fürchte, meine Andersartigkeit wird mich noch teuer zu stehen kommen.«

SECHS

Willie May saß inmitten von Stapeln schmutzigen Geschirrs von dem Fest am Vorabend bei einer zweiten Tasse Kaffee und genoss eine der seltenen Gelegenheiten, im Großen Haus ihren Gedanken nachhängen zu können. Wie immer am Sonntagmorgen waren der Herr, Miss Jessica und die Bediensteten einschließlich ihrer Tochter Tippy sowie sämtliche Feldarbeiter beim Gottesdienst, der heute am Bach abgehalten wurde. Hinterher würde am Ufer im Schatten der hohen Pekannussbäume und Zypressen eine Taufe stattfinden, bei der alle die Reste von Miss Jessicas Geburtstagsfeier verspeisen durften. Die DeWitts waren Gott sei Dank am Samstag nach Charleston gefahren, um am Nachmittag nach England aufzubrechen. Wenigstens hatte Willie May sich in dem Chaos, fünfzig Gäste mit Essen und Trinken zu versorgen, nicht auch noch um sie kümmern müssen.

»Ihr könnt jetzt alle ins Bett gehen«, hatte Eunice den Hausbediensteten am vergangenen Abend verkündet, nachdem die Tische ab- und das Essen weggeräumt worden waren. »Das Geschirr kann bis nach der Kirche morgen warten. Willie May, geh schlafen. Du siehst hundemüde aus.«

Miss Eunice nahm Rücksicht auf ihre Haushälterin, obwohl es auch Grenzen gab. Willie May hatte kein Problem mit diesen Grenzen. Das Leben war so viel einfacher, wenn alle ihren Platz kannten, ihn *akzeptierten* und sich keine Gedanken über den der anderen machten. Genau dieses Thema beschäftigte sie an jenem Morgen in der Stille des Großen

Hauses. Grenzen. Tippy kannte die ihren nicht, und daran war Jessica Wyndham schuld. Sie würde ihre Tochter in Schwierigkeiten bringen – in *große* Schwierigkeiten. Das roch Willie May förmlich.

Diese Sorge trug sie seit jenem Tag in sich, an dem die zehnjährige Tippy – natürlich mit Miss Jessica – in den Salon spaziert war, wo die Herrin mit dem Inneneinrichter Farbe und Stoff der Vorhänge besprach. Willie May hatte gerade den Tee serviert, als ihre Tochter zwei Stoffmuster unterschiedlicher Farbe in die Hand nahm und sie wortlos Miss Eunice reichte.

»Sieh mal einer an«, hatte die Herrin ausgerufen. »Das ist tatsächlich genau die richtige Kombination. Wir nehmen den Samt für den Bezug der Vorhangstangen und die Seide für die Vorhänge selbst.«

Alle hatten ihre Kleine mit großen Augen angesehen, und Willie May hatte zum ersten Mal ein flaues Gefühl im Magen bekommen, wie jetzt, wenn Miss Jessica strahlend ausrief: »Ich hab dir doch gesagt, dass sie klug ist, Mama!«

Willie May und Miss Eunice hatten nichts unternommen, als die Freundschaft der Mädchen von Tag zu Tag enger geworden war. Anfangs hatte keine der Mütter auf diese Freundschaft geachtet. Auf Plantagen war es üblich, dass weiße und schwarze Kinder miteinander spielten, besonders wenn die der Hausbediensteten mit ihren Eltern im Großen Haus wohnten. Willie May war sehr erleichtert gewesen, dass ihre Tochter, die mit nur einem Lungenflügel zur Welt gekommen war, in ihrer Obhut aufwachsen konnte und nicht mit den Kindern der anderen Sklaven auf dem Gelände arbeiten musste, und glücklich darüber, dass ihr kleines Mädchen, ein Einzelkind, eine Spielkameradin hatte. Carson Wyndham hatte die immer enger werdende Verbindung nicht bemerkt, nicht einmal dann, als seine Tochter darauf bestand, dass sie alle Leckereien mit Tippy teilen durfte und diese die gleichen Spielsachen und Puppen bekam wie sie selbst. Von Miss Jessica hatte Tippy, die eigentlich Isabel hieß, auch ihren Kosenamen. »*Tippy!*«, hatte Jessica gekreischt, als die Mädchen laufen lernten und ihre kleine Tochter eher auf Zehenspitzen tippelte, als lief.

Willie May und Eunice hatten gezögert, die beiden auseinanderzubringen, weil ihre Nähe in gewisser Hinsicht ihre eigene spiegelte. Carson Wyndham hatte Willie May erworben, als diese noch keine zwanzig war, als persönliche Bedienstete für Eunice Wyndham, seine Braut aus Richmond, Virginia, auf seinem riesigen Anwesen Willowshire. In den vielen Wochen der Abwesenheit ihres Mannes, wenn dieser sich um seine zahlreichen Plantagen kümmerte, hätte Eunice sonst bestimmt vor Einsamkeit den Verstand verloren. Willie May, die mit siebzehn Jahren von ihren Eltern und ihrem Dorf in Afrika fortgeholt worden war, wusste, wie es sich anfühlte, von zu Hause weg zu sein. Anglikanische Missionare hatten ihr Englisch und Haushaltsführung beigebracht – ein Glücksfall für die Sklavenhändler –, und sie und ihre Herrin waren zu Vertrauten geworden, weil sie gemeinsam ihren Weg durch neue Welten mit Ehemännern gingen, die sie kaum kannten, mit Schwangerschaften und Geburten auf dem größten Anwesen von South Carolina. Eunice sagte oft, sie wisse nicht, was sie ohne Willie May getan hätte, allerdings nur, weil sie sich darauf verlassen konnte, dass ihre Haushälterin niemals die Grenzen ihrer Freundschaft überschritt.

Das konnte man von Tippy nicht behaupten, und allmählich fiel es auch dem Herrn des Hauses auf.

Just an jenem Morgen, als der Haushalt zum Gottesdienst am Bach aufgebrochen war, hatte er in dem Tonfall, den alle fürchteten, gefragt: »Woher hast du dieses Kleid, Tippy?« Alle waren erstarrt, auch Miss Jessica, die trotz ihres Sturkopfs zu begreifen begann, dass ihre Farbenblindheit Tippy in Gefahr brachte.

»Das hab ich gemacht, Sir.«

Carson hatte den Stoff des modisch geschnittenen Kleids durch seine Finger gleiten lassen. »Rohseide. Wo hast du die her?«

»Aus Boston, Sir. Ein Rest, den mir Miss Jessies Schneiderin überlassen hat.«

Carson hatte seine Tochter angesehen. »Hast du eins aus dem gleichen Stoff?«

Miss Jessica hatte die Geistesgegenwart besessen, den Blick zu senken. »Ja, Papa.«

»Dann geh sofort in dein Zimmer und zieh das Kleid aus«, hatte Carson Wyndham daraufhin zu Tippy gesagt. »Keine schwarze Bedienstete in diesem Haushalt trägt ein Kleid aus dem gleichen Stoff wie meine Tochter.«

Tippy hatte sich eiligst entfernt und dabei den Husten zurückgehalten, von dem sie die ganze Nacht geplagt worden war.

Einige Jahre zuvor hätte der Herr weder das Kleid noch seinen ungewöhnlichen Schnitt bemerkt. Tippys Begabung fürs Nähen und Weben, dazu ihr Auge für Farben und Muster waren bekannt und wurden innerhalb des Haushalts geschätzt, doch im Willowshire des Jahres 1831 hatten die Dinge begonnen, sich zu ändern. Es war das Jahr, in dem ein schwarzer Prediger einen zweitägigen Aufstand der Sklaven gegen ihre weißen Herren führte, in Southhampton County, Virginia, wo Mister Carson eine Tabakplantage besaß. Er war nach Virginia gefahren, um dem Prozess und der Hinrichtung der Beteiligten beizuwohnen, und anschließend ein anderer Herr geworden.

Zu allem Überfluss hatte 1833 ein Mann namens William Lloyd Garrison die American Antislavery Society in Boston gegründet, der Stadt, in der Jessica die Schule besuchte, in ihrem Schlepptau die farbige Bedienstete, die sie wie eine Schwester behandelte. Der Herr war nicht auf die Idee gekommen, dass seine Tochter dort mit den radikalen Lehren des Mannes und seinen Anhängern in Berührung kommen und von ihnen beeinflusst werden könnte. Was ein großer Fehler gewesen war, das wurde Willie May und Miss Eunice jetzt klar.

Willie May stand auf und band ihre Schürze. Hier in Willowshire hatten sie und die anderen Schwarzen es gut. Mister Carson achtete auf sein Eigentum und sorgte dafür, dass seine Sklaven wohlgenährt und ordentlich gekleidet waren und ein Dach über dem Kopf hatten. An den Wochenenden, an Erntedank und Weihnachten bekamen sie frei, und die Feldarbeiter hatten Zehn-Minuten-Pausen im Schatten und so viel Wasser, wie sie trinken konnten. Sie durften ihren eigenen Sitten und Gebräuchen gemäß leben, ohne dass das Große Haus sich eingemischt hätte, solange sie sich in einem angemessenen Rahmen bewegten. Der Pfosten, an dem Leute, die sich etwas hatten zuschulden kommen lassen, ausgepeitscht wurden, stand zwar in der Mitte des Hofs, doch er war bis auf ein Mal, als ein Sklave seine Frau fast zu Tode geprügelt hatte, nie benutzt worden. Der Herr hielt, anders als andere Pflanzer, nichts davon, farbige Familien auseinanderzureißen, indem er die Kinder verkaufte. Carson Wyndham war hart, aber fair, und von seinen Aufsehern und Antreibern erwartete er das Gleiche. Wie die der Herren von Meadowlands und Queenscrown unterschied sich die Einstellung von Mr Carson deutlich von der anderer Pflanzer, die einem Sklaven das Leben zur Hölle machen konnten. In Willowshire verlief das Dasein in geregelten Bahnen und war halbwegs angenehm.

Doch die Zeiten änderten sich, das spürte man. Im vergangenen Juli hatte ein Mob das Postamt in Charleston überfallen und sklavereikritische Schriften verbrannt, die Abolitionisten aus dem Norden zur Verteilung im Süden geschickt hatten. Präsident Jackson hatte die Aktion unterstützt und erfolglos versucht, die Verbreitung von »aufrührerischem« Material durch die amerikanische Post für illegal zu erklären. Man verschärfte die Patrouillen; nun machten Männer mit Peitschen und Gewehren im Mondlicht Jagd auf Ausreißer und aufmüpfige Schwarze. In Willowshire durften Sklaven nicht mehr ohne besondere Erlaubnis des Herrn Sklaven auf anderen Plantagen besuchen. Außerdem waren Mister Carsons Antreiber – Sklaven, die die Arbeit der anderen Schwarzen auf den Feldern überwachten – weniger freundlich als früher. Etliche farbige Aufseher waren durch weiße ersetzt worden, und »Spit« Johnson, ein Nörgler, dessen Unzufriedenheit man bis dahin toleriert hatte, verschwand eines Nachts. Es wurde gemunkelt, dass er nach Charleston gebracht und versteigert worden war.

In diesem Klima der Veränderung fürchtete Willie May um ihre Tochter. Lesen und schreiben und Gedichte verfassen, dazu sprechen wie eine Weiße und der Herrin raten, welche Stoffe sie kaufen und welche Frisur sie tragen solle – all das durfte eine junge Farbige mit nur einem Lungenflügel ihrem Herrn nicht zu offen zeigen. Willie May hätte es nicht gewundert, wenn Tippy künftig Aufgaben erledigen musste, die weniger angenehm waren, als Miss Jessica Gesellschaft zu leisten. Möglicherweise würde sie sogar das Zimmer neben dem ihrer Herrin räumen, in eine Hütte auf dem Hof ziehen und sich diese mit einer anderen Familie teilen müssen. Willie May betete, dass ihre Tochter genug gesunden Menschenverstand besitzen würde, auf sich selbst aufzupassen, damit nicht eines Nachts Berittene sie aus dem Bett zerrten, um ein Exempel zu statuieren.

SIEBEN

Silas, mein Lieber, was ist los?«, fragte Lettie ihren Verlobten, der mit dem Rücken zu ihr an einem Fenster des Pfarrhauses stand, von dem aus man einen guten Blick auf einen kleinen Garten mit goldgelben Chrysanthemen hatte. Davon sollte er für den Erntedanktisch am folgenden Tag einen großen Strauß für seine Mutter mitnehmen. »Langweilt dich dieser ganze Hochzeitsunsinn?«

Silas wandte sich vom Fenster ab und Lettie zu, die an einem Tisch voll Hochzeitstand saß – Spitze und Bänder und eine Bahn von etwas Hauchdünnem. Ihr Anblick entzückte ihn mehr als der eines jeden Gartens.

»Nein, Liebes, obwohl ich zugeben muss, dass eine Frau dafür vermutlich mehr Begeisterung aufbringen kann als ein Mann.«

»Solange du dir das mit der Heirat nicht anders überlegst.«

»Keine Sorge.« Silas setzte sich zu ihr an den Tisch, und sie legte den Block mit der endlosen Liste von Dingen weg, die bis zum Hochzeitstermin am ersten Samstag im Februar noch zu erledigen waren. Er begriff nicht, warum Frauen sich bemüßigt fühlten, die Vorbereitungen für den großen Tag bereits Monate zuvor zu beginnen, hatte sich jedoch erklären lassen, dass aufgrund des Weihnachtsfests eine zeitige Organisation unerlässlich sei. Er hatte einen früheren Hochzeitstermin vorgeschlagen, um sich vor ihrem Aufbruch am ersten März noch an die Ehe gewöhnen zu können, aber da der Bruder seiner Verlobten in West Point studierte, würde er erst in der ersten Februarwoche frei bekommen und an der Feier teilnehmen können.

»Was beschäftigt dich dann?« Lettie strich mit den Fingern leicht über seine gerunzelte Stirn.

Silas nahm ihre Hand und hielt sie an seine Lippen. Schon die kleinste Berührung von ihr erregte ihn. Gott mochte ihm das verzeihen, aber er hatte keinerlei Erinnerung an den Körper seiner ersten Frau, die ihm seinen Sohn geboren hatte. Ohne Joshua hätte er nicht einmal mehr ihr Gesicht vor Augen gehabt. Ihr ziemlich prüde klingender Name Ursuline hatte ihrer moralistischen Einstellung entsprochen, besonders im Hinblick auf alles Geschlechtliche. Das war ihm im Gedächtnis geblieben. Seine Frau war die Tochter eines Pflanzers der ersten Generation gewesen, eines zügellosen Banditen. Silas hatte gehofft, dass ein wenig vom Feuer des alten Mannes in den Adern seiner Tochter loderte, war aber leider enttäuscht worden. Lettie, die Tochter eines Predigers, hingegen hatte kein Fünkchen Prüderie im Leib und freute sich genauso sehr wie Silas darauf, endlich das Ehebett mit ihm zu teilen. Silas deutete die unterschiedlichen Einstellungen der beiden Frauen, die so wenig zu ihrer Erziehung passten, als Launen der Natur.

Am liebsten hätte er Lettie die Wahrheit gestanden, aber letztlich entstammte sie doch einer Familie von Presbyterianern, war bis ins Mark schottisch und hasste Schulden. Sie wusste, dass er das Geld für den Treck nach Texas von Carson Wyndham würde borgen müssen, aber wie Silas war sie überzeugt davon, dass sie diese Schulden durch harte Arbeit binnen weniger Jahre abtragen könnten.

»Wir werden nicht untätig auf der Veranda sitzen wie die Pflanzer hier«, hatte sie gesagt, »sondern unseren Farmarbeitern zur Hand gehen. Wenn die Schulden beglichen sind, können wir immer noch Herr und Herrin des Anwesens spielen.«

»Mein Vater würde sich im Grab umdrehen, wenn er wüsste, dass wir neben Schwarzen arbeiten wollen«, hatte Silas lachend erwidert. Er liebte Lettie ihres Mutes und ihrer Bereitschaft wegen, sich ins Unbekannte aufzumachen, gestärkt nur durch ihre Liebe zu ihm und ihren Glauben an ihn.

»Soll er ruhig. Wir gehen nach Texas. Dort ist alles möglich.«

Diese Einstellung seiner Verlobten ließ seine Liebe zu ihr von Tag zu Tag wachsen, und Silas begriff nicht so recht, warum er es für nötig hielt, sie vor Nachrichten über die neuesten Unruhen in Texas, die die Verwirklichung seines Traums bedrohten, zu schützen. Das, was er als nervtötende Hindernisse betrachtete, akzeptierte Lettie gelassen als »versteckten Segen«, den eine weitblickende Macht sich ausgedacht hatte, um die Menschen vor dem falschen Weg zu bewahren. Sie lebte nach einem Motto, das sie sich angeeignet hatte, um unangenehme, aber unausweichliche Aufgaben leichter bewältigen zu können, und das sie auch ihren Schülern beibrachte: »Fürchte und handle oder zögere und bereue.«

Trotz ihres zerbrechlichen Äußeren erschien sie ihm als die ideale Gefährtin für diese Reise in ein unsicheres Gebiet. Doch je mehr Probleme sich auftürmten, desto weniger konnte Silas seine Angst ignorieren, dass Lettie diese Schwierigkeiten als unüberwindlich erachten würde, wenn der Zeitpunkt kam, sich von ihrem Zuhause und ihrem Vater, von ihren langjährigen Freunden und ihrem geliebten Charleston zu verabschieden. Was, wenn sie sich am Ende doch weigerte mitzugehen? Silas konnte sich nicht vorstellen, sie zurückzulassen, bis er für sie beide ein Leben in der neuen Heimat aufgebaut hätte, jedoch auch nicht, in Queenscrown zu bleiben.

Jeremy besaß mehr Vertrauen in ihre Stärke als er. »Lettie wird es sich nicht anders überlegen, Silas«, hatte er ihm mehr als einmal gesagt, »aber fairerweise solltest du ihr allen Grund dazu geben, damit du es später nicht bereust.«

Silas hatte beschlossen, spätere Reue zu riskieren, und einige beunruhigende Nachrichten für sich behalten – zum Beispiel die, die heute eingetroffen war. Eine neue Wolke hing über ihnen, und er konnte keinen Sonnenstrahl entdecken, der sie durchdrang. Acht der zehn Familien, die eine Pachtvereinbarung für seine Conestogas unterzeichnet hatten, waren davon zurückgetreten. Er hatte seine Investition in die Wagen für die ideale Geldanlage gehalten und sie erworben, um sie an Familien zu vermieten, die sich kein so komfortables Transportmittel nach Texas leisten konnten. Silas hatte geglaubt, dass dieses Angebot die Anzahl der Aufbruchwilligen erhöhen und die Miete einen Teil seiner Investitionskosten sowie seine Ausgaben während der Reise decken würde. Bei der Ankunft in Texas wollte er die Wagen verkaufen. Eine Klausel im Pachtvertrag besagte, dass der Mieter ihm in den ersten beiden Jahren in Texas einen prozentualen Anteil an seinem Ernteertrag überließ. Er hatte weder mit dem Krieg in Texas noch mit der Feigheit der Männer gerechnet, die sich zwar nach einem besseren Leben sehnten, aber nicht den Mut besaßen, die Chance darauf zu ergreifen. Er hätte besser daran getan, die Conestogas nicht zu erwerben.

Obwohl Jeremy nicht unter finanziellen Sorgen litt, wollte Silas sich kein Geld von seinem besten Freund leihen. Die Warwicks und die Tolivers sollten ihr Leben in Texas, abgesehen von ihrer Freundschaft, ohne wechselseitige Verpflichtungen beginnen. Und es mussten schon Ostern und Pfingsten zusammenfallen, bevor Silas seinem Bruder Morris die Genugtuung verschaffte, Geld von ihm zu leihen – bestimmt zu exorbitanten Zinsen. Wenn es Silas nicht gelang,

Ersatz für diejenigen zu finden, die den Pachtvertrag für die Conestogas rückgängig gemacht hatten, wäre er gezwungen, noch mehr Geld von Carson Wyndham zu borgen, und das würde Lettie missbilligen, weil sie sich nicht weiter bei dem Mann verschulden wollte, den sie nicht mochte.

Er konnte es ihr immer noch sagen, dachte Silas, wenn er wusste, welches Ergebnis die Anzeigen für die Conestogas zeitigten, die er in den überregionalen Zeitungen und im *Nashville Republican* aufgegeben hatte, auch wenn er nur geringe Hoffnungen hegte, dass jemand darauf antwortete. Schließlich herrschte Aufruhr in Texas, weswegen die acht Familien es sich anders überlegt hatten.

»Sag's mir«, drängte Lettie ihn und versuchte weiter, seine Stirn zu glätten.

Silas beschloss, ihr das geringere der beiden Probleme zu schildern. »Der Scout ist zurück, den Jeremy letzten September losgeschickt hat, um das Gebiet zu erkunden, in das wir wollen«, erklärte er. »Offenbar hat das Gefecht zwischen den Texanern und der mexikanischen Armee im Oktober ein Feuer entfacht, das sich nicht löschen lässt.«

»Das war an Jessicas Geburtstag, am zweiten Oktober«, sagte Lettie verwundert darüber, dass Menschen einander erschießen konnten, während anderswo ein Fest gefeiert wurde.

Silas tippte ihr lächelnd gegen die Nase. »Meine Güte, Frau, wie du dich an Daten erinnerst«, seufzte er. »Ja, stimmt, an Jessicas achtzehntem Geburtstag ist der Kundschafter in das Getümmel geraten.«

Die Zeitungen hatten über die Auseinandersetzung zwischen den Siedlern und den hundert Dragonern der mexikanischen Armee in dem texanischen Ort Gonzales berichtet. Der Streit war ausgebrochen, als der Kommandant der mexikanischen Truppen eine Kanone zurückforderte, die die

Bürger von Gonzales geborgt hatten, um sich vor Indianerangriffen zu schützen. Die Siedler hatten sich geweigert und bewaffneten Widerstand unter einer hastig aus einem Brautkleid genähten Flagge geleistet, auf der stand: »Kommt und holt sie euch!«

Genau das hatten die Mexikaner erfolglos versucht, und so war die Kanone im Besitz der Siedler verblieben.

Letties Reaktion auf die Geschichte war typisch für sie gewesen. Sie hatte gelacht und gesagt: »Diese Texaner gefallen mir. Sie beweisen auch in schwierigen Situationen Mut und Stärke.«

Silas schlang den Streifen Gazestoff, den Lettie als »Tüll« bezeichnete, um ihren Hals und zog sie zu sich heran. Er hatte festgestellt, dass ein kleiner Flirt schlechte Nachrichten versüßte. »Weißt du noch, wie wir dachten, die Sache würde sich erledigen?«, fragte er und sah in ihre leuchtend blauen Augen. »Leider ist das nicht der Fall. Die Zeitungen nennen das Gefecht in Gonzales das ›texanische Lexington‹.«

Letties Blick wanderte zu seinen Lippen, was sein Herz schneller schlagen ließ. »Und das heißt?«

»Dass die texanische Revolution begonnen hat.«

Bestürzt stemmte sie sich gegen den Stoff. »Oje. Bedeutet das, dass wir mit dem Aufbruch warten müssen, bis sich die Lage dort beruhigt hat?«

»Wir müssen bis März aufbrechen, damit wir unser Ziel vor dem Winter erreichen. Sonst schaffen wir es nicht mehr, Unterkünfte zu errichten und den Boden für die Pflanzung im Frühjahr vorzubereiten.«

Als seine Lippen von ihrer Stirn zu ihrem Mund wanderten, seufzte sie voller Wonne auf. »Keine Sorge, mein Lieber«, flüsterte sie. »Die Vereinigten Staaten sind auf Revolution gegründet. Wie könnte man da in Texas etwas anderes erwarten?«

»Du bist wirklich eine bemerkenswerte Frau«, sagte er, doch bevor er sie küssen konnte, erschien das Dienstmädchen des Pfarrhauses in der Tür. »Die neue Lehrerin ist da und möchte Sie sehen, Miss Lettie. Soll ich sie hereinbitten?«

»Ja, natürlich.«

Lettie erhob sich mit einem bedauernden Blick auf Silas und ließ spielerisch den Tüll über seinen Kopf gleiten. Silas ärgerte sich kurz über die Störung, war dann jedoch erleichtert, nicht weiter über die Probleme in Texas sprechen zu müssen. »Ich kann dir gar nicht sagen, wie froh ich bin, meine Schüler Sarah übergeben zu können«, erklärte Lettie. »Anfangs hatte ich noch meine Zweifel, weil Sarah aus dem Norden kommt, aber Gott hat meine Bitten erhört und uns eine versierte und hingebungsvolle Lehrerin geschickt.«

»Jeremys Ansicht nach hatte Jessica mehr damit zu tun als Gott«, warf Silas ein. Er fragte sich wie Jeremy, warum eine attraktive alleinstehende Frau in Sarah Conklins Alter eine Lehrerstelle so weit von ihrem Heimatort Cambridge, Massachusetts, angenommen hatte.

»Hinter ihrer charmanten Würdigung unserer Lebensart erahne ich eine Frau, die nicht so recht hierherpassen will«, hatte Jeremy festgestellt. »Irgendetwas stimmt nicht so ganz mit der netten Sarah Conklin.«

Für gewöhnlich hörte Silas auf das, was sein Freund sagte, denn dieser konnte besser als irgendjemand sonst Menschen einschätzen, ohne ein Urteil über sie zu fällen, und wusste, vor wem er sich in Acht nehmen musste.

»Vielleicht klingt nur einfach ihr Massachusetts-Akzent ein wenig seltsam in unseren Ohren«, hatte Silas erwidert.

»Möglich.«

»Lettie meint, Sarah ist aus dem Norden geflohen, weil ihr jemand das Herz gebrochen hat.«

»So weit nach Süden? Und warum wurden keine örtlichen

Bewerberinnen um Letties Stelle berücksichtigt? Ich wüsste da mehrere gut qualifizierte.«

Silas hatte schallend gelacht. »Das kann ich mir denken. Lettie sagt, niemand sonst konnte so ausgezeichnete Referenzen und so große Unterrichtserfahrung vorweisen wie Sarah.«

»Ihre Qualifikationen hatten wenig damit zu tun, dass sie die Stelle bekommen hat«, hatte Jeremy erwidert. »Jessica Wyndham hat sie ihr verschafft. Sie kennen einander aus der Schule in Boston. Sarah ist die Schwester von einer ihrer Klassenkameradinnen. Papa Wyndham hat auf Jessicas Bitte seine Beziehungen spielen lassen.«

»Als Hauptförderer der Schule glaubt Carson wohl, das Recht dazu zu haben. Aber egal, jedenfalls bekommen die Kinder von Willow Grove eine erstklassige Lehrerin.«

Anfangs hatte Silas gedacht, dass Jeremys Vorbehalte einer Frau gegenüber, die so sehr seinem Typ entsprach – unabhängig und selbstständig –, auf eine romantische Beziehung mit einer der »örtlichen Bewerberinnen« zurückzuführen seien, die sich erfolglos um die Stelle beworben hatte. Überraschend war außerdem, dass die hübsche neue Schullehrerin bei gesellschaftlichen Zusammenkünften nicht das geringste Interesse an Silas' attraktivem und begehrenswertem unverheiratetem Freund zeigte. Und für Jeremy war es ungewöhnlich, ihrem Desinteresse mehr als nur einen zweiten Gedanken zu widmen. Irgendetwas stimmte mit Sarah Conklin nicht.

Lettie begrüßte ihre Nachfolgerin mit ausgebreiteten Armen, als diese ins Zimmer geführt wurde. »Guten Morgen, Sarah. Vater hat für Sie Jimsonweed vor den Wagen spannen lassen. Sie werden feststellen, dass unser Pferd sehr fügsam ist.« Sie wandte sich Silas zu. »Sarah möchte sich Jimsonweed und den Wagen heute Morgen für eine Fahrt nach Charleston ausleihen, um eine Sendung Bücher für die Kinder im

Postamt abzuholen. Sarah, soll ich Sie wirklich nicht begleiten?«

»Nein, nein!«, wehrte Sarah ab. »Sie haben hier genug zu tun.« Als sie auf den übervollen Tisch deutete, schien sie Silas das erste Mal wahrzunehmen. »Guten Morgen, Mr Toliver.«

Silas erwiderte ihren Gruß mit einem kurzen Nicken. »Guten Morgen, Miss Conklin.« Ihr kühler Blick, den sie mit einem hastigen Lächeln zu kaschieren versuchte, entging ihm nicht. Konnte sie nach dem Scheitern ihrer Liebesbeziehung generell nichts mehr mit Männern anfangen, oder hatte ihre frostige Reaktion mit ihm, Jeremy und Michael, dem Bruder von Jessica und Sohn ihres mächtigen Gönners, zu tun?

Das ging ihn nichts an, dachte Silas. Lettie mochte sie, und das allein zählte. Er überließ es den Frauen, Sarahs Bitte zu besprechen, bevor seine Verlobte vorschlug, dass er sie doch nach Charleston fahren könne. Silas kannte kaum jemanden, mit dem er weniger gern Zeit verbracht hätte als mit der kühlen Sarah Conklin, und außerdem musste er mittags als Bittsteller zu Carson Wyndham.

ACHT

Sarah schnalzte mit den Zügeln und winkte Lettie zu, die mit ihr zum Stall gekommen war, um sich zu verabschieden. Das Pfarrhausgefährt war ein merkwürdiges Vehikel, das die First Presbyterian Church in Auftrag gegeben und der örtliche Schmied als Kombination aus Wagen und geschlossener Kutsche konstruiert hatte. Die Aufschrift FIRST PRESBYTERIAN CHURCH OF WILLOW GROVE, SOUTH CAROLINA an den Türen schützte es davor, durchsucht zu werden, weswegen Sarah es verwenden wollte, um einen weggelaufenen Sklaven unter den Augen seiner Verfolger zum Hafen in Charleston zu bringen. Nicht einmal der Dreisteste würde eine weiße Frau aufhalten, die für die Kirche eine Fahrt unternahm, und allmählich kannten die Leute in der Gegend Sarah als Nachfolgerin der beliebten Lettie Sedgewick, was sich ebenfalls gut als Tarnung für ihre Aktivitäten nutzen ließ.

»Kann ich das Tuch jetzt wegnehmen, Miss?«

»Ja, aber du musst dich weiter verstecken, bis wir unser Ziel erreicht haben. Die Kopfgeldjäger sind unterwegs.«

Diese Worte waren an einen Schwarzen gerichtet, der sich hinter dem Sitz des Gefährts verbarg. Und bei dem »Tuch«, das er abnahm, handelte es sich um ein viereckiges schwarzes Stück Stoff, das seine Zähne und das Weiß seiner Augen verdecken sollte, falls jemand auf die Idee kam, in das dunkle Innere des Wagens zu schauen. Sarah kannte seinen Namen nicht und er nicht den ihren. Sie wusste auch nicht, von welcher Plantage er weggelaufen war. Er hatte die Nacht in der Scheune verbracht und die Anweisung erhalten, in den Wagen zu klettern, nachdem Letties Vater Reverend Sedgewick das Pferd angeschirrt hatte und gegangen war. Es war Mittwochmorgen, nicht der beste Wochentag für die Flucht eines Sklaven, doch in der entspannten Atmosphäre des Tages vor Erntedank wurde nicht so gut aufgepasst wie sonst. Die meisten Fluchten fanden Samstagnacht statt. Viele Sklaven mussten am Sonntag nicht arbeiten, was bedeutete, dass der Ausreißer erst am Montagmorgen vermisst wurde, und bis dahin hatte er bereits anderthalb Tage Vorsprung. Hinweise auf die Flucht des Sklaven und seine Beschreibung wurden in der folgenden Woche in den Zeitungen veröffentlicht, und dann hielt sich der Flüchtige möglicherweise schon in einem Safe House näher der Freiheit im Norden auf.

Erst als der Wagen sich in Bewegung setzte, atmete Sarah auf, und ihr Puls normalisierte sich. So weit, so gut. Viele Faktoren – winzige, grausame, unvorhergesehene Launen des Schicksals – konnten die besten Pläne zunichtemachen und zur Entdeckung führen. Die Angst davor verursachte ihr ein flaues Gefühl im Magen. Wenn etwas schiefging am Pier und ihre »Fracht« erwischt wurde, wäre es lediglich eine Frage der Zeit, bis der Sklave unter den Peitschenhieben einknickte und alles ausplauderte. Die Spur würde zu ihr führen, und im besten Fall würde man sie in den Norden zurückschicken. Immerhin konnte sie keinen der anderen Fluchthelfer verraten, denn sie kannte den Namen des Agenten, der im Schutz der Dunkelheit dafür gesorgt hatte, dass der Ausreißer vergangene Nacht in die Scheune der Sedgewicks gebracht worden war, nicht. Sie konnte auch nicht sagen, wo er sich zuvor versteckt hatte oder welchen Weg er später nehmen würde. Der Erfolg der Underground Railroad beruhte darauf, dass die Identitäten der Beteiligten unbekannt blieben. Wenn sie aufflog, konnte sie in einer Befragung keinerlei Informationen geben, die das Netzwerk gefährdeten, welches Sklaven zur Flucht in freie Staaten und Länder verhalf, in denen die Sklaverei illegal war, zum Beispiel Kanada oder Mexiko. Mit ein wenig Glück und Gottes Beistand würde der Mann hinter dem Kutschbock bis zur Abenddämmerung auf einem Boot nach Montreal sein.

Wenn man sie erwischte, würde man sie fragen, wieso sie sich ausgerechnet Willow Grove als Basis für ihre abolitionistischen Aktivitäten ausgesucht hatte, und ihre Antwort wäre ganz einfach: Jessica Wyndham, die Klassenkameradin ihrer Schwester, habe erwähnt, dass eine Stelle frei werden würde, weil die gegenwärtige Lehrerin heiraten und mit ihrem Mann nach Texas gehen wolle. Willow Grove liege mitten im Herzen des tiefen Südens. Gebe es für ein Mitglied der Underground Railroad einen geeigneteren Ort als South Carolina? Und eine geeignetere Tarnung als einen Lehrerposten in einer kleinen Ortschaft im Herzen des Sklavengebiets? Sie würde Jessicas Beteiligung an der Sache für sich behalten. Von ihr würde niemand erfahren, dass die Tochter des prominentesten Pflanzers im Staat ihr diese Stelle nicht nur vorgeschlagen, sondern auch vermittelt hatte.

Wusste Miss Wyndham, dass Sie der Underground Railroad angehören?

Natürlich nicht! Als ich von der freien Stelle erfuhr, habe ich mich bewusst mit ihr angefreundet, ihr von meinem gebrochenen Herzen erzählt und dass ich Arbeit so weit wie möglich weg von Massachusetts suche.

In Wahrheit hatte Jessica natürlich Bescheid gewusst. Als Jessica von Sarahs Kontakt zu einer Gruppe erfahren hatte, die Leute ausbildete, um den Süden mit abolitionistischen Aktionen zu unterwandern, hatte sie Sarah die Lehrerstelle als perfekte Tarnung ihrer geheimen Aktivitäten vorgeschlagen.

»Da wäre sogar ein Häuschen, das sich wunderbar für deine

Zwecke eignen würde und das du anmieten könntest«, hatte Jessica ihr erklärt. »Es gehört der First Presbyterian Church in Willow Grove und befindet sich auf dem Kirchengrund hinter dem Friedhof. Es liegt sehr einsam, dort wärst du für dich.«

Anfangs hatte Sarah ihr nicht vertraut. Die Schule machte kein Hehl aus ihrer sklavereikritischen Einstellung, und Jessicas wohlhabender und einflussreicher Vater hatte seine Tochter möglicherweise dort eingeschrieben, damit sie Informationen einholte über die Organisation, die Sklaven bei der Flucht aus dem Süden half. Sarah hatte allerdings nicht lange gebraucht, bis ihr klar wurde, dass ihr Verdacht unbegründet war. Jessicas Eltern ahnten nichts von der Tendenz der Schule. Wenn, hätten sie sie niemals dorthin geschickt. Und ihre Tochter verabscheute die Sklaverei als brutal und unmoralisch. Ihre beste Freundin war ihre farbige Bedienstete Tippy, derentwegen sie Sarah, sobald diese ihre Stelle in Willow Grove angetreten hätte, nicht mehr helfen könne, hatte Jessica ihr voller Bedauern erklärt.

»Mein Vater schickt Tippy auf die Felder, wenn er erfährt, dass ich bei der Organisation mitmache«, hatte sie gesagt, und Sarah, die Carson Wyndhams Persönlichkeit kannte, zweifelte nicht daran, dass Jessicas Befürchtungen gerechtfertigt waren.

»Du hast genug getan«, hatte Sarah ihr versichert. »Sorg jetzt lieber für Tippys Sicherheit.«

Im Internat hatte sie Jessica erklärt, dass es sich bei der Underground Railroad nicht, wie der Name vermuten ließ, um eine Eisenbahngesellschaft handelte, sondern um ein höchst geheimes Netzwerk von Fluchtwegen von Süden nach Norden sowie Safe Houses an verschiedenen Orten bis hinauf nach Kanada oder hinunter nach Mexiko. Die Mutigen, die bereit waren, Sklaven bei der Flucht zu helfen, erhielten Bezeichnungen aus der Eisenbahnterminologie. »Agenten«

waren Menschen, die den Süden infiltrierten, um abolitionistische Schriften zu verbreiten, mit Sympathisanten der Antisklavereibewegung Kontakt aufzunehmen und Routen und Safe Houses einzurichten, die von »Stationsvorstehern« geführt wurden. Diese Häuser waren als »Stationen« oder »Depots« bekannt, wo Flüchtige rasten und etwas essen konnten. »Schaffner« begleiteten den Ausreißer – oder die »Fracht« – von einer Station zur nächsten. Auf diese Aufgabe hatte man Sarah vorbereitet.

Als Sarah dem »Ingenieur« – dem Leiter ihrer Gruppe – Jessicas Vorschlag unterbreitete, hatte dieser sie begeistert ermutigt, die Stelle anzunehmen. Im Gebiet von Willow Grove sei bereits ein Agent tätig, hatte er ihr mitgeteilt. Seinen Namen dürfe sie allerdings nicht erfahren, für den Fall, dass man sie erwische, doch er würde den ihren kennen und sich in Codeform mit ihr in Verbindung setzen. Sarah hatte ihren Lebenslauf der Schulverwaltung geschickt und von dieser ohne Vorstellungsgespräch postalisch die Stelle zugesichert bekommen, die sie Mitte Oktober antreten sollte. Kurze Zeit später hatte sie sich auf den Weg gemacht, um sich vor dem Arbeitsbeginn ein wenig einleben zu können. Lettie und Reverend Sedgewick hatten sie am Pier in Charleston abgeholt.

Die Sedgewicks waren ein weiterer Grund, warum der eigentliche Anlass ihres Aufenthalts in Willow Grove geheim bleiben musste. Wenn ein Verdacht auf sie fiel, gerieten sie möglicherweise ebenfalls in Misskredit. Sie ahnten nichts von ihrem Treiben in dem abgeschiedenen Häuschen hinter dem Friedhof, wo sie, nachdem sie in die Geheimsprache ihres Agenten eingewiesen worden war, spätnachts Klopfen an der Tür hörte, codierte Mitteilungen unter ihrer Tür oder merkwürdige Zeichen vor ihrer Schwelle fand. Schon wenige Tage nach ihrer Ankunft hatte sie einen Ausreißer bei sich versteckt, mit Kerze und Lampe Lichtzeichen in den Wald jenseits des Bachs gegeben und verschlüsselte Nachrichten auf der rückwärtigen Veranda hinterlassen, die von dort abgeholt wurden. Die Anzahl der Flüchtigen und erfolgreich Entkommenen in dem Gebiet war gestiegen, bislang brachte diese jedoch noch niemand mit ihr in Verbindung. Im Winter war die »Fracht« weniger geworden, da manche Wege zu Orten weiter im Norden unpassierbar wurden. Sarahs Ankunft in Charleston weniger als zwei Monate zuvor schien ihr Ewigkeiten her zu sein.

Mit gedämpfter Stimme, die Lippen kaum bewegend, warnte sie ihren Ausreißer: »Da vorn gibt's Probleme. Zieh das Tuch übers Gesicht und verhalte dich vollkommen still.«

»Herr im Himmel, hab Gnade«, jammerte ihre Fracht.

Eine Reitergruppe löste sich aus den Büschen neben der Straße. An den Sattelknäufen der bewaffneten Männer hingen aufgerollte Peitschen. Als einer von ihnen die Hand hob, um sie aufzuhalten, brachte Sarah Jimsonweed zum Stehen. Sie erkannte die breiten, in teurer Kleidung steckenden Schultern des wohlhabendsten von ihnen: Michael Wyndham, Jessicas Bruder.

Er lenkte seinen prächtigen Araberhengst auf ihren Wagen zu. Unter der Krempe seines tief in die Stirn gezogenen Pflanzerhuts waren in seinen Augen Überraschung, Neugierde und Bewunderung zu erkennen. Sarah bekam eine Gänsehaut, denn der Mann war das genaue Ebenbild seines Vaters. Michael tippte lässig an die Hutkrempe. »Morgen, Miss Conklin. Was führt Sie am Tag vor Erntedank hierher?«

»Ich will zum Postamt in Charleston«, antwortete sie. »Und Sie?«

Er lachte und warf seinen Begleitern einen Blick zu. »Liegt das nicht auf der Hand? Wir suchen nach einem entlaufenen Sklaven aus Willowshire. Sie haben auf dieser Straße nicht zufällig einen schwarzen Mann gesehen? Er heißt Timothy.«

Leises Stöhnen hinter dem Sitz. Timothy. Der Ausreißer stammte aus Willowshire. *Gott im Himmel, Jessica, was hast du dir dabei gedacht?* Sarah hielt den Atem an, weil sie fürchtete, dass Michael Wyndham das leise Geräusch gehört hatte, doch seine Aufmerksamkeit blieb auf sie gerichtet.

»Leider nein«, antwortete sie und nahm die Zügel fester in die Hand, um zu signalisieren, dass sie weiterfahren wollte.

Michael Wyndham lenkte seinen Hengst näher an Sarahs Wagen heran. Sarah wusste, dass er sich von ihr angezogen fühlte wie der Jäger von der Beute. Ihre zur Schau getragene Gleichgültigkeit ihm gegenüber bewirkte genau das Gegenteil dessen, was sie beabsichtigte. Wäre sie auf seine Avancen eingegangen, hätte er das Interesse verloren, doch nun sah er sie als Herausforderung, die er gern annahm. Wenn er geahnt hätte, wie sehr sie ihn und Männer wie ihn verabscheute!

»Erlauben Sie mir, mit Ihnen nach Charleston zu fahren, Miss Conklin?«, schlug er vor. »Meine Begleiter würden sich um mein Pferd kümmern und den Jungen ohne mich verfolgen. Wenn Sie im Postamt fertig sind, könnten Sie und ich im Thermidor etwas essen.«

Sarah überlegte fieberhaft, wie sie reagieren sollte. Wie konnte sie den eingebildeten Laffen abwimmeln? *Bitte, Timothy, verhalt dich still.* »Ich weiß Ihre Freundlichkeit zu schätzen, Mr Wyndham, aber ich habe bereits eine Esseneinladung von einem langjährigen Freund, einem Gentleman, der gerade zu Besuch in Charleston ist, und muss gestehen, dass ich es an einem so schönen Morgen wie heute vorziehen würde, allein in die Stadt zu fahren.«

Wieder verfehlte ihre Äußerung ihre Wirkung. Er warf den Kopf in den Nacken und lachte schallend. »Sie scheinen genau zu wissen, wie Sie mich in die Schranken weisen können, Miss Conklin, aber aufgeschoben ist nicht aufgehoben.« Er tippte ein zweites Mal an die Hutkrempe. Mit seinen hochglanzpolierten Kniestiefeln und der langen taillierten Jacke, die seinen wachsenden Leibesumfang kaschierte, sowie dem bunten Tuch um den Hals wirkte er imposant. »Viel Vergnügen bei der Fahrt und dem Essen mit Ihrem Freund. Ich freue mich schon darauf, Ihre Gesellschaft einmal allein genießen zu dürfen.«

Auf sein Zeichen hin machten die anderen Reiter Platz für sie. Mit hoch erhobenem Haupt und kerzengeradem Rücken lenkte Sarah Jimsonweed durch die Gruppe, ohne sich auch nur mit einem Nicken zu verabschieden, und schon bald hörte sie, wie der Hufschlag der Pferde sich in die andere Richtung entfernte.

Da nahm sie eine Bewegung hinter dem Kutschbock wahr. »Alles in Ordnung, Miss?«

Sarah legte eine Hand auf ihr Herz, um sich zu beruhigen. »Ja, sie sind weg, Timothy.«

NEUN

Weihnachtszeit in Plantation Alley; die riesigen Felder, die sich zu beiden Seiten der Straße von der Farm zum Markt erstreckten, ruhten. Die Baumwolle war gepflückt, das Zuckerrohr geerntet, die Zeit des Jahres, die Eunice Wyndham am meisten fürchtete, vorüber. Eigentlich freute sie sich auf die erste längere Phase kalten Wetters, doch leider fand in ihr das Schweineschlachten statt. Im Frühherbst wurden die Schweine aus den Wäldern in Pferche gescheucht und mit reichlich Mais und Futterbrei gemästet, bevor man sie abstach. In den vergangenen Wochen war die Plantation Alley der reinste Schlachthof gewesen. Eunice hatte die Fenster und Türen geschlossen und auf den Genuss der Herbstluft verzichtet, um sich selbst, Jessica und den weiblichen Bediensteten die scheußlichen Geräusche, die das Schlachten mit sich brachte, zu ersparen. Wenn der Wind ungünstig wehte, wurden das verängstigte Quieken der »angestochenen« Schweine und der schwere, intensive Geruch von frischem Blut sowie der Rauch der Grubenfeuer in den Räucherkammern bis nach Willow Grove getragen.

»Komm bitte erst zu Weihnachten, wenn der letzte Schinken in der Räucherkammer hängt«, schrieb Eunice ihrer Schwester in Boston. »Sonst wird dir von dem Gestank übel.«

Diejenigen, denen nur das Endergebnis wichtig war, hatten gelernt, dem blutigen Geschäft des Abstechens und Ausweidens keine Beachtung zu schenken, denn das Schlachten bedeutete, dass es genug Fleisch für die Essenstische sowie die

Vorrats- und Räucherkammern gab, nicht nur für die Pflanzer und ihre Familien, sondern, vorausgesetzt, die Herren waren großzügig, auch für die Sklaven. Und Carson Wyndham war sehr großzügig.

Für das Große Haus behielt er die wegen ihres Fettgehalts begehrten Nieren, die Blasen, die für die Konservierung genutzt wurden, und die Schweinefüße und -köpfe zum Einlegen. Das Fleisch, das nicht für seinen eigenen Verbrauch geräuchert wurde, verteilte er an seine Arbeiter. In der Schlachtzeit kamen die Sklaven von Willowshire in den Genuss von frischen Würsten, Schweinehaxen und -schultern, Rücken- und Lendenstücken, Rippen, Speck, Cracklings – Fett, das sich unter der Haut befand und geröstet und in Buttermilchmaisbrot gebacken wurde – und Chitlings, kleine, als besonderer Leckerbissen aufgeschnittene und gebratene Innereien.

Nach der Schlachtsaison wurde die Arbeit leichter, Herr und Sklave konnten sich ein wenig ausruhen und die Früchte ihrer Arbeit genießen. Und die waren in Willowshire reichlich. Die Erträge aus seinen Plantagen und anderen geschäftlichen Unternehmungen gestatteten es Carson Wyndham, dem Vorstand eines jeden Sklavenhaushalts am Weihnachtsmorgen ein Geschenk von zwanzig Dollar zu überreichen, dazu Beutel mit Süßigkeiten und geschnitztem Spielzeug für die Kinder. Die Vorratskammern und Keller waren bis zum Rand gefüllt. Ein milder Herbst hatte Gemüse, Beeren und andere Früchte in Hülle und Fülle gebracht. In Baumwollsäcken lagerten Pekannüsse von Bäumen, die viele Jahre nicht mehr so viel getragen hatten, und keiner Familie – weder denen der Pflanzer noch denen der Arbeiter – mangelte es an Sorghumsirup für das Maisbrot.

Weswegen große Aufregung herrschte, als bekannt wurde, dass jemand zwei Schinken aus der Räucherkammer des

Herrn gestohlen hatte. Carson Wyndham rief seinen Oberaufseher zu sich.

»Find raus, wer das getan hat«, wies Carson ihn mit zornrotem Gesicht an. Stehlen gehörte in den Augen des Herrn von Willowshire zu den unverzeihlichsten Vergehen. »Möglich, dass es ein geflohener Sklave war oder ein Landstreicher, aber wenn der Dieb von unserer Plantage ist ...«

»Was soll ich dann machen, Sir?«

»Du kennst die Strafe für Diebstahl, Wilson.«

Willie May hatte das Gespräch belauscht, während sie dem Herrn den Morgentee einschenkte, und die Tasse verfehlt, so dass der Tee in der Untertasse landete. Die Tür zu dem Nebengebäude, in dem er seine Aufseher empfing und Anweisungen gab, stand offen, und der frische weihnachtliche Geruch des immergrünen Kranzes daran wehte herein. Tippy hatte die Zedernzweige mit einer Glyzinienranke umwunden und mit bemalten Holzfrüchten und einer großen roten Schleife geschmückt. Der Kranz hatte Willie May in Weihnachtsstimmung versetzt, die ihr jetzt wieder verging.

»Was ist denn heute Morgen mit dir, Willie May?«, erkundigte sich Carson, dessen Tonfall ihr gegenüber wegen Tippy in letzter Zeit nicht sonderlich freundlich gewesen war. Wenn die Tochter ihn verärgerte, konnte er auch zur Mutter nicht nett sein, doch wenn er mit anderen Dingen beschäftigt war, vergaß er das manchmal. Carson verließ sich auf den gesunden Menschenverstand seiner Haushälterin. Sie beschwichtigte seine Frau und hatte die anderen Bediensteten im Griff, ohne die Ordnung des Haushalts durcheinanderzubringen. Natürlich hätte er sich den Morgentee auch von einem anderen Dienstmädchen bringen lassen können, aber ihm war Willie May am liebsten, weil er ihre Gegenwart nie als störend empfand. »Du wirst mir doch nicht krank werden?«, fragte er.

Willie May tupfte den verschütteten Tee mit einem Zipfel ihrer Schürze auf. »Nein, Sir, Mister Carson. Hab mir nur den Ellbogen angehauen.«

»Pass mal auf dich auf, ja? An Weihnachten, wenn alle ihren Spaß haben, darfst du nicht krank werden.« Er nickte seinem Aufseher zu. »Das wäre dann alles, Wilson. Du weißt, was zu tun ist.« Als Wilson weg war, wandte Carson sich mit weit weniger rotem Gesicht als zuvor seiner Haushälterin zu. »Was meinst du, Willie May? Wer könnte die Schinken gestohlen haben?«

»Keine Ahnung, Sir. Hör ich zum ersten Mal.«

Willie May konzentrierte sich darauf, Butter und Melasse auf die warmen Brötchen zu geben, wie Carson Wyndham es mochte. Dann reichte sie ihm eine Serviette, die er in den Kragen seines gestärkten Baumwollhemds steckte, für den Fall, dass etwas heruntertropfte.

»Muss ein Landstreicher sein«, bemerkte er geistesabwesend, den Blick auf Papiere auf dem Schreibtisch gerichtet. »Meine Leute haben keinen Grund, mich zu bestehlen.«

»Stimmt, Mister Carson.«

»Wilson wird den Schuldigen finden, und dann gnade ihm Gott.«

»Amen, Mister Carson.«

Willie May konnte nur hoffen, dass der Herr im Himmel diese Bitte um Gnade erhörte, denn die Schuldige war sie. Sie hatte den Ausreißer, einen Jungen, nicht älter als fünfzehn, in der vergangenen Woche beobachtet, wie er sich in die Scheune schlich, als sie gegen Mitternacht nach Tippy sehen wollte, die in dem Zimmer neben dem von Miss Jessica untergebracht war. Ihre Tochter hatte den ganzen Tag über gehustet, und Willie May hatte ein heißes Senfpflaster vorbereitet, das sie ihr auf die Brust legen wollte. Es war eine klare Mondnacht gewesen, und sie hatte einen Schatten bemerkt, der sich aus den Baumwollfeldern herausbewegte, zögerte, ein Stück weiterhuschte und erneut innehielt. Sie hatte einen kurzen Blick auf einen schmalen schwarzen Jungen in Lumpen erhascht, die zu dünn waren für die kalte Nacht, bevor die Gestalt in den Schatten der Scheune verschwand.

Bis auf das Außenbüro des Herrn war kein Gebäude in Willowshire je verschlossen. Das ließ sein Stolz nicht zu. Niemand würde es wagen, ihn zu bestehlen. Scheunen, Schuppen für Vorräte und Ausrüstung, Silos, Vorratskeller, die beiden Räucherkammern, die eine zum Räuchern des Frischfleischs, die andere für die Aufbewahrung des Fleischs vom vergangenen Jahr – all das blieb unverschlossen, doch niemand würde so dreist sein, ohne einen triftigen Grund hineinzugehen. Dafür sorgte die vollständige Kontrolle Carson Wyndhams über sein Reich.

Weswegen Willie May klar war, dass der Junge nicht zu den einhundert Sklaven von Willowshire gehörte. Sie bekam eine Gänsehaut. *Also ein Ausreißer.*

Sie eilte die Treppe hinunter, nahm ein Tuch von einem Haken in der Küche und lief leise über den Hof zur Scheune, deren Tür sie vorsichtig öffnete. Obwohl sie knarrte, gelang es dem Jungen, der neugierig den Kopf gehoben hatte, nicht, sich schnell genug wieder zu ducken. Er hatte sich im oberen Bereich eine Schlafstatt aus Heu bereitet und starrte Willie May an wie ein in die Enge getriebenes Tier, bis sie ihm signalisierte, dass er herunterkommen solle. Der Junge gehorchte mit gesenktem Blick, die Schultern hochgezogen, als spürte er bereits die Peitschenhiebe.

»Keine Angst«, beruhigte sie ihn und wunderte sich, dass sie selbst keine hatte. Der Junge war mager, aber größer als sie und wirkte verzweifelt. Sie fürchtete, dass jemand vom Großen Haus sie beobachtet hatte. »Ich tu dir nichts. Wer bist du?«

»Das … kann ich nicht sagen, Missus«, antwortete er.

»Ich kann mir schon denken, warum. Du bist weggelaufen, stimmt's?«

Der Junge schwieg. Er erinnerte Willie May an ihren eigenen Sohn, der mit fünfzehn Jahren an Tuberkulose gestorben war. Von Mutterinstinkt getrieben schloss sie ihn in die Arme. An den Schultern standen ihm die Knochen heraus, und er zitterte in der viel zu dünnen Kleidung. Sie löste sich von ihm und sah in sein ausgezehrtes, verängstigtes Gesicht. Ohne zu überlegen, nahm sie ihr Tuch ab, schlang es um ihn und sagte: »Ich helfe dir. Vertrau mir.«

Willie May merkte, dass er überlegte, aber er hatte Hunger, und wenn man hungrig ist, riskiert man einiges. »Du kannst mir nachschauen, wie ich in die Räucherkammer gehe, damit du weißt, dass ich nicht zum Herrn will«, erklärte sie. »Ich bring dir was zu essen. Das musst du in dein Versteck bringen, solange es dunkel ist. Hier kannst du nicht bleiben, das ist zu gefährlich. Morgen in der Abenddämmerung lege ich dir noch mal was zu essen und was Warmes zum Anziehen hinter die Räucherkammer. Hol die Sachen, wenn alles ruhig ist. Ich verstecke sie unter dem Brennholz.«

Sie hatte ihm einen Schinken gebracht und sich Signale ausgedacht, mit deren Hilfe sie sich mit ihm verständigen konnte. Zum Glück hingen in der Weihnachtszeit überall Festtagsservietten.

»Wenn du den Zipfel einer weißen Serviette in dem Holzhaufen siehst, weißt du, dass du gefahrlos zu dem Haufen gehen kannst. Wenn eine rote drinsteckt, ist klar, dass du dich fernhalten musst«, erklärte Willie May ihm. »Die Servietten sind leicht auch aus der Ferne zu erkennen. Eine grüne bedeutet, dass sie nach dir suchen und du dich in der Laube verbergen musst. Weißt du, was eine Laube ist?«

Der Junge schüttelte den Kopf.

»Das ist das weiße runde Gebäude neben dem Haus vom Herrn. Du siehst es vom Wald aus. Die Laube ist fast ganz offen, aber daneben steht ein Schuppen, wo überzählige Stühle aufbewahrt werden. Da ist genug Platz für dich zum Verstecken. Die Laube wird nie benutzt, niemand wird auf die Idee kommen, so nahe beim Haus nach dir zu suchen. Ich komme zu dir, sobald ich kann.«

Der Junge hatte ihr mit großen Augen gelauscht, während Willie May sich fragte, ob seine Mutter noch lebte und sich schreckliche Sorgen um ihn machte. Am nächsten Tag hatte sie nach Sonnenuntergang die Sachen wie versprochen abgelegt, und als sie am folgenden Nachmittag wieder hingegangen war, um neue Lebensmittel zu bringen, hatte sie festgestellt, dass sie weg waren. Die nächsten beiden Tage hatte sie jeweils eine rote Serviette in den Holzhaufen stecken müssen, so dass der Junge nach Einbruch der Dunkelheit wohl den zweiten Schinken gestohlen hatte.

Sie hatte nichts von einem Ausreißer gehört. Willie May vermutete, dass der Junge kein besonderes Ziel gehabt hatte. Er war einfach blind losgelaufen, und irgendwo hinter dem Großen Haus von Willowshire hatten ihn Kraft und Mut verlassen. Doch jetzt würden die Aufseher nach ihm suchen, und wenn sie ihn fanden …

Warum nur hatte sie die herzlose Lulu, die noch das kleinste Staubkorn auf einem drei Meter breiten Fensterbrett bemerkte, geschickt, um etwas aus der Räucherkammer zu holen, wenn sie das selbst hätte erledigen können? Willie May war schlau genug, nie etwas aus der Vorratskammer zu entwenden. Wenn der Diebstahl entdeckt wurde, verdächtigte Miss Eunice einen Bediensteten, und das war nicht gut. Willie May hatte nicht geglaubt, dass jemand bei den Dutzenden Schinken, die in der Räucherkammer hingen, das Fehlen von zweien auffallen würde. Sie hatte nicht mit Lulus Adlerauge gerechnet und auch nicht mit ihrem diebischen Vergnügen am Petzen.

Willie May sah ihren Herrn an, der, den Kopf gesenkt, über der Arbeit saß. »Was wollen Sie mit … dem Schuldigen machen, wenn er gefunden ist?«, fragte sie vorsichtig.

»Wenn es sich um einen Landstreicher handelt, bekommt er eine ordentliche Tracht Prügel. Er kann gern an der Hintertür betteln, aber aus ehrlicher Leute Räucherkammern stehlen, das geht nicht. Wenn er ein entlaufener Sklave ist, wird er zu seinem Herrn zurückgebracht, wo er die für ein solches Vergehen angemessene Strafe erhält. Höchstwahrscheinlich wird er ausgepeitscht. Das ist jedenfalls die Strafe für unsere Leute, wenn sie beim Stehlen erwischt werden.«

»Angenommen … der Dieb hatte einfach nur Hunger, und der war stärker als sein Gewissen?«, erkundigte sich Willie May.

Carson hob den Kopf und blinzelte sie erstaunt über eine solche Frage an. »Regeln sind Regeln, Willie May. Selbst wenn ich jemanden, der Hunger hat, nur ungern bestrafe, müsste ich diese Regeln, wenn ich nur einmal nachsichtig wäre, auch für die anderen lockern, und dann würden die Leute meine christliche Großmut ausnützen.«

»Ja, Sir«, sagte Willie May, die sich vornahm, dafür zu sorgen, dass der entlaufene Sklave seine »christliche Großmut« nicht strapazierte. Sie wusste, wer ihr helfen konnte, ihn davor zu bewahren, dass er die Peitsche auf seinem Rücken spürte. Zuerst würde sie eine grüne Serviette für den Holzhaufen holen und dann zu Miss Jessica gehen.

ZEHN

Sarah wartete im kühlen Schatten einer Zypresse, bis Jessica auf ihrer Rotschimmelstute Jingle Bell aus dem Wald auftauchte. Jessica hatte ihr von Lettie die Botschaft übermitteln lassen, dass sie sich »am üblichen Ort« treffen würden.

»Gütiger Himmel«, hatte Lettie, ein wenig verletzt darüber, dass sie ausgeschlossen wurde, gestöhnt. »Ihr zwei hört euch an wie Verschwörer. Was heckt ihr aus?«

Sarah hatte die Augen verdreht. »Das würdest du wohl gern wissen, was?«

Lettie war rot geworden. »Denkt euch ja nichts für mich aus. Es wird schon genug Geschenke und Feiern geben. Wirklich, mich freut es am meisten, wenn ihr bei meiner Hochzeit einfach nur dabei seid.«

»Wir versuchen, uns daran zu halten«, hatte Sarah gesagt und ihrer Freundin die Schulter getätschelt.

Lettie nahm an, dass »der übliche Ort« eine Teestube zwischen einem Buchladen und einer Eisdiele war, wo die drei Frauen sich oft nach der Schule trafen. Sarah, die abgesehen von ihrem Beruf nur wenig Abwechslung hatte, genoss diese Treffen sehr und freute sich immer schon auf die lebhaften Gespräche, den heißen Tee und die Scones, bevor sie zu einem kalten Abendessen und ihren gefährlichen Aufgaben nach Hause zurückkehrte. Ihr Heimweh lastete so schwer auf ihr wie die Schatten in ihrem tristen kleinen Haus. Die Sedgewicks boten ihr Zeitvertreib, indem sie sie mittwochabends zum Essen und hinterher zum Kartenspielen einluden, und Jessica hatte sie schon mehrfach zu überreden versucht, dass sie öfter zum Abendessen kam – »Unsere Kutsche kann dich abholen.« Doch Sarah hatte solche Einladungen stets ausgeschlagen. Bestimmt hätte Michael sich erboten, sie zu chauffieren, und sie hätte seine Nähe in dem engen Gefährt nicht ertragen. Sarah sah die Wyndhams nur, wenn die Sedgewicks ebenfalls da waren und sie mit ihnen zurückfahren konnte.

In der Teestube hatte Jessica ihr bei einem der ersten Treffen der Gruppe einen Zettel zugesteckt. *Warte morgen Nachmittag an der Mühle beim Lawson Creek auf mich*, hatte daraufgestanden. Das war im Oktober gewesen, kurz nach Sarahs Ankunft in Willow Grove. Die auf dem Zettel erwähnte Stelle war zwar abgelegen, aber zu Fuß leicht erreichbar und befand sich auf der Strecke, die Jessica für ihre nachmittäglichen Ausritte wählte. Sarah hatte Angst gehabt, dass Jessica ihre Verbindung zur Underground Railroad als Spiel betrachtete.

»Entschuldige die Geheimnistuerei«, hatte Jessica, der offenbar klar war, warum Sarah ein so finsteres Gesicht machte, ihre Bedenken sofort zerstreut. »Aber ich dachte mir, es wäre sinnvoll, sich auf einen geheimen Treffpunkt für schwierige Situationen zu einigen. Du scheinst die Stelle ohne Probleme gefunden zu haben.«

Danach hatten sie sich bereits zweimal bei der Mühle am Lawson Creek verabredet. Jessica gehörte nicht der Underground Railroad an – sie hatte geschworen, dass sie nicht an Timothys Verschwinden beteiligt war –, gab jedoch Informationen weiter, die wesentlich waren für flüchtige Sklaven. Auf Carson Wyndhams Anweisung musste Tippy nachmittags in der Webstube Pferdedecken weben – »kein Rumlümmeln mit meiner Tochter den lieben langen Tag« –, und dabei erfuhr Tippy Dinge, die sie Jessica erzählte und die diese wiederum an Sarah weitergab. In der großen holzvertäfelten Bibliothek des Herrenhauses der Wyndhams trafen sich sklavereifreundliche Gruppen – Politiker, andere Plantagenbesitzer, Sklavenhändler, Bundesmarshals, Kopfgeldjäger und die allgegenwärtigen Nachtreiter, deren Anführer Michael war.

Bei solchen Zusammenkünften lauschte Jessica an der Tür. Wer wusste schon, wie viele Ausreißer es ihr zu verdanken hatten, dass sie nicht in eine Falle der Nachtreiter getappt waren? Diese hatten herausgefunden, dass Laternen oder Kerzen in den Fenstern von Häusern entlaufenen Sklaven, die zu üblicherweise etwa dreißig Kilometer weit auseinanderliegenden Stationen wollten, Hilfsbereitschaft signalisierten. Speicher, Heuböden, Scheunen und sogar unterirdische Tunnels dienten als Verstecke für die Flüchtigen, bis sie ohne Gefahr weiterziehen konnten. Michael und seine Genossen versicherten sich der Hilfe eines Farmers, der solche Signale ins Fenster stellte, um ahnungslose Ausreißer in die Falle zu locken. Jessica informierte Sarah, die auf Jimsonweed zu dem Haus ritt und große, auffällige Markierungen am Zaunpfosten hinterließ, um die Entlaufenen zu warnen, Markierungen, die der Farmer sicher für einen Kinderscherz hielt. Flüchtige Sklaven wussten, dass sie abgesehen von den vereinbarten Signalen auch alles Ungewöhnliche beachten mussten.

Einmal hatte Jessica Sarah auf einen Bankangestellten aufmerksam gemacht, der einen Kollegen bezichtigen sollte, aktiv gegen die Sklaverei vorzugehen.

Innerhalb der Underground Railroad wurden keinerlei schriftliche Informationen ausgetauscht. Für die Sicherheit des Netzwerks war es unerlässlich, ausschließlich mit mündlich übermittelten Botschaften zu arbeiten, mit vereinbarten Signalen, Codes oder Symbolen, deren Bedeutung ausschließlich die Empfänger verstanden. Da Jessica diese nicht kannte, mussten sie sich persönlich an einem geheimen Ort treffen.

Sarah rieb sich unter ihrem Wollumhang die Arme, um sie zu wärmen. In der Küstenregion des Atlantiks waren die Winter mild, und die Temperaturen fielen tagsüber kaum jemals unter fünfzehn Grad. Doch eine ausgedehnte Kaltfront hatte den ersten Vorgeschmack auf die kühle Jahreszeit gebracht und in Sarah Sehnsucht nach dem Kamin ihrer Eltern geweckt. Es waren Weihnachtsferien, und in drei Tagen würde Jessica sie mit dem Wagen nach Charleston fahren, von wo aus Sarah ein Schiff nach Cambridge nehmen wollte, um bei ihrer Familie sein zu können, bis im Januar wieder die Schule begann. Besonders fehlte ihr ihr siebenjähriger Neffe Paul, der Sohn ihres älteren Bruders. Ihre Schwägerin hatte ihr geschrieben, dass Paul immer wieder frage: »Wann kommt Tante Sarah endlich nach Hause?«

Lettie hatte Angst, dass sie am Ende nicht mehr aus Cambridge zurückkehrte. »Du musst wieder zu uns kommen, Sarah! Was würden die Schüler ohne dich machen? Wie soll ich ohne dich heiraten? Lass dich ja nicht von deinem kleinen Neffen zum Bleiben überreden.«

Das würde nicht geschehen, dachte Sarah, so gern sie den kleinen Kerl auch hatte und so sehr er ihr fehlte. Manchmal verglich Sarah ihren Kampf gegen die Sklaverei innerlich mit dem Versuch, das Meer mit einem Teelöffel auszuschöpfen, doch sie musste ihre Pflicht tun. Sie war der Überzeugung, dass man sich mit Beharrlichkeit gegen Unrecht durchsetzen konnte, wie aussichtslos die Lage auch erscheinen mochte.

Sie hörte das Stampfen von Pferdehufen auf dem Waldweg, nicht das übliche leise Klingeln von Glöckchen und das bedächtige Klappern, die normalerweise Jessicas Nahen ankündigten. Jingle Bell brach in gestrecktem Galopp zwischen den Bäumen hindurch, die wehende Mähne mit Bändern in Weihnachtsfarben geschmückt, und Jessica war aus dem Sattel, bevor das Pferd zum Stehen kam.

Sarah rannte zu ihr. »Um Gottes willen, Jessica, was ist los?«

Jessicas helle Haut glühte von dem Ritt in der Kälte rot, und sie rang um Atem. »Du musst uns helfen, Sarah«, keuchte sie. »Willie May hat in Willowshire einen entlaufenen Sklaven gefunden.«

Nach einem Blick über die Schulter führte Sarah sie zu einem Baumstamm, außer Hör- und Sichtweite von Leuten, die sich möglicherweise im Wald aufhielten. »Sch, leise«, ermahnte sie sie. »Erzähl mir ganz ruhig, was passiert ist.«

Jessica sog die kalte Luft tief ein. Etwa zehn Tage zuvor, um Mitternacht, berichtete sie, habe ihre Haushälterin in der Scheune einen Flüchtigen entdeckt – »noch kein richtiger Mann«, wiederholte sie Willie Mays Beschreibung. Er habe Willie May weder seinen Namen verraten noch, woher er komme oder wo er sich tagsüber verstecke. In der Räucherkammer fehlten zwei Schinken, und ihr Vater wisse, dass ein Dieb sein Unwesen treibe. Er habe seinen Oberaufseher losgeschickt, um ihn aufzuspüren. Seiner Meinung nach stamme der Dieb nicht aus Willowshire, sondern verberge sich nur am See oder im Wald. Jessica pflichtete Willie May bei, die glaubte, dass es lediglich eine Frage der Zeit sei, bis der Aufseher und seine Männer den Jungen aufstöberten, und dann … Jessica schloss die Augen, » … schickt mein Vater ihn zu seinem Herrn zurück, wo er ausgepeitscht wird. Willie May meint, ein paar Hiebe würden genügen, dem schmalen Kerl die Haut von den Knochen zu reißen.«

»Warum ist Willie May damit zu dir gekommen?«, fragte Sarah.

»Sie kennt mich, Sarah.«

Sarah schüttelte den Kopf. »Ich habe Angst um dich, Jessica. Was soll ich tun?«

»Ich hole den Jungen so bald wie möglich da raus. Unser

Schmied Scooter hilft uns. Er versteckt den Burschen im Wagen, wenn er in den Ort fährt, um ein neues Rad zu holen. Er lässt ihn am Friedhof heraus, und der Junge bleibt bei dir, bis ich dich mit der Kutsche zum Pier in Charleston bringe. Bis dahin kannst du seine Flucht mit den Seeleuten besprechen, die du kennst ...«

Als Jessica Sarahs Miene sah, presste sie die Hände gegen ihre vom Wind roten Wangen. »Sarah, verlange ich zu viel von dir? Hast du Angst, dass Scooter dich mit der Sache in Verbindung bringt, weil er den Jungen so nahe bei deinem Haus absetzen soll? Das tut er bestimmt nicht, das verspreche ich dir. Friedhöfe sind beliebte Sklavenverstecke.«

»Nein, nein ...«, sagte Sarah und sank mit einer Vorahnung, dass sie diesmal kein Glück haben würden, gegen den Baumstamm. Fast gleichzeitig sah sie das Gesicht ihres Neffen vor ihrem geistigen Auge. Vielleicht hing ihr ungutes Gefühl damit zusammen, dass sie so kurz vor ihrer Abreise nach Hause eigentlich keine solche Mission mehr annehmen wollte.

»Na schön«, sagte sie. »Ich verstecke den Jungen bei mir. Zum Glück für uns sind die Sedgewicks ein paar Tage zu Gast bei den Tolivers. Wann kann ich mit der Lieferung rechnen? Ich brauche Zeit, um mit meiner Quelle Kontakt aufzunehmen.«

»Irgendwann heute Nachmittag. Der Junge versteckt sich in einem Schuppen bei der Laube. Wir müssen sicher sein, dass wir kein Risiko eingehen, wenn wir ihn in den Wagen schmuggeln. Lässt dir das genug Zeit für deine Vorbereitungen?«

»Ich glaube schon«, antwortete Sarah. Sie würde ein Licht ins hintere Fenster stellen, um ihren Kontakt jenseits des Bachs zu informieren, dass Fracht geliefert worden war. Dann würde man ihr, wieder durch Geheimzeichen, mitteilen, dass man am Pier in Charleston Arrangements getroffen habe und die Fracht von einer freundlich gesinnten Dampfschiffbelegschaft abgeholt werden würde. Sie musste nie lange auf eine Antwort warten. Die Anweisungen an sie wären einfach. Sie würde ihren Passagier an einer vereinbarten Stelle am Pier abliefern und weiterfahren. Bei Timothy hatte sie kaum einen Blick zurückgeworfen. Es beunruhigte sie, dass »die Person jenseits des Bachs«, wie Sarah den Agenten inzwischen nannte, ihre Identität kannte. Sie konnte nur hoffen, dass dieser Agent niemals aufflog und sie beide weiter ohne Gefahr in der Lage wären, die Aufgaben zu erledigen, die die Zukunft für sie bereithielt.

»Ich arrangiere alles und halte nach ihm Ausschau«, versprach Sarah.

Jessica umarmte sie. »Danke, Sarah. Wenn der Junge in Sicherheit ist, wird das Weihnachtsfest dieses Jahr für mich sehr viel mehr Bedeutung haben.«

»Noch haben wir ihn nicht gerettet, Jessica. In diesem Geschäft besteht immer die Gefahr, dass der Zug entgleist. Man kann sich erst beruhigt zurücklehnen, wenn Schaffner und Passagier ihr Ziel wohlbehalten erreicht haben.«

ELF

In der Bibliothek von Queenscrown ließ Silas Toliver den Stift auf die Listen auf dem massiven Schreibtisch seines Vaters fallen, der jetzt seinem Bruder Morris gehörte, und stützte den Kopf in die Hände. Die Zahlen logen genauso wenig wie seine innere Stimme. Es war dumm gewesen, in die Conestogas zu investieren, das hatte auch Carson Wyndham ihm unmissverständlich erklärt und ihm das Darlehen verweigert.

»Tut mir leid, Silas, aber ich bin nicht bereit, mein gutes Geld schlecht anzulegen. Wie konntest du nur in ein Projekt mit so vielen Unwägbarkeiten investieren? Dich darauf zu verlassen, dass andere Leute die Wagen nach Texas bringen, sie pflegen und sich dann auch noch an die Vereinbarung halten, die sie unterschrieben haben, war ein großer Fehler. In Gelddingen darf man *niemals* auf andere vertrauen; sie enttäuschen einen immer. Konzentrier dich auf die Landwirtschaft, denn damit kennst du dich aus. Überlass das Investieren Geschäftsleuten wie mir, die wissen, was sie tun.«

Silas raufte sich die Haare. Was hatte er sich nur dabei gedacht? Niemand hatte auf seine überall platzierten »Zu verkaufen«-Anzeigen reagiert, und so standen nun acht prächtige Siebenhundert-Dollar-Conestoga-Wagen auf einem Feld neben einer Scheune in Queenscrown. Eine ganze Armada der Gefährte mit weißen Leinwandaufbauten, die aussahen wie vom Wind geblähte Segel, verwitterte neben seinem eigenen Wagen und den beiden, die auf die Familien warteten, welche vorhatten, sie zu mieten. Aber wer konnte schon garantieren, dass diese Leute sie am ersten März noch wollten?

Silas hatte fest mit dem Darlehen von Carson Wyndham gerechnet, mit dem er für Proviant, Vorräte und Ausgaben unterwegs aufkommen wollte. Er verließ South Carolina auf jeden Fall als Schuldner eines unnachsichtigen Gläubigers. Sogar wenn er die Conestogas für weniger verkaufte, als er selbst dafür bezahlt hatte, würden er, Lettie und Joshua die ersten fünf oder sechs Jahre, in denen er dem reichsten Mann von South Carolina verpflichtet war, praktisch von der Hand in den Mund leben müssen, und das empfand Silas für seine Familie als schrecklich demütigend. Während die wohlhabenderen der anderen Siedler Anwesen errichteten, ihren Landbesitz erweiterten und mehr Sklaven erwarben, würde er nach wie vor in einer Blockhütte leben und die wenigen Hektar des ihm zugewiesenen Grundes mithilfe seiner wenigen Schwarzen bebauen. Lettie würde sich aus billigstem Stoff selbst Kleider nähen müssen, während die Frau von Jeremy, falls er jemals heiratete, und die Gattinnen seiner schuldenfreien Nachbarn sich Schneiderinnen und Seide leisten konnten.

Und ohne das Geld, das er sich von Carson erhofft hatte, erschien ihm sogar dieses karge Dasein unmöglich.

Ihm blieb keine andere Wahl, als zu Morris zu gehen.

Aus dem anderen Raum hörte er Joshuas aufgeregte Stimme, wie er auf die Bilder in dem Geschichtenbuch deutete, das Lettie aus Sarahs Schule geliehen hatte. Silas hatte seinen Sohn auf Letties Schoß sitzend verlassen, seinem Lieblingsplatz, unter dem wohlwollenden Blick von Reverend Sedgewick, der neben der vor dem Kamin strickenden Elizabeth Pfeife rauchte. Diese friedliche Szene stand in krassem Widerspruch zu der düsteren Stimmung, mit der Silas sich vom Schreibtisch erhob. Als sein Blick auf ein Ölgemälde von

Benjamin Toliver fiel, das dieser in jungen Jahren in Auftrag gegeben hatte, überkam ihn eine so tiefe Verbitterung, dass sein Finger zitterte, mit dem er dem Mann auf dem Bild drohte. »Wenn du mich genug geliebt hättest, um mir meinen gerechten Anteil zukommen zu lassen, wäre mir das erspart geblieben, Vater. Auch ich bin dein Sohn …«

»Silas, du tust unserem Vater unrecht.«

Silas drehte sich um. Morris hatte unbemerkt den Raum betreten. Er war ein grobschlächtiger Mann, der mit seinen unbeholfenen Bewegungen Gastgeberinnen um ihren zerbrechlichen Nippes fürchten ließ, doch gelegentlich nahmen seine Augen einen so sanften Ausdruck an wie jetzt, denn Morris hatte ihren Vater sehr geliebt. Silas schob die Papiere zusammen, ohne ihm zu antworten.

»Gut, dass du da bist, Morris. Ich möchte etwas mit dir bereden.«

Silas machte den Stuhl hinter dem Schreibtisch frei für seinen rechtmäßigen Eigentümer, doch Morris nahm schwerfällig in dem Ohrensessel ihm gegenüber Platz. »Ich freue mich auch, dass du da bist«, sagte Morris, »denn wo du bist, sind Joshua und Lettie.«

Morris, der die Bibel sehr genau las, sprach oft im Tonfall der King-James-Version. Lettie gefiel das, weil sie glaubte, dass diese Schrulle überraschende Einblicke in den Morris erlaubte, den nur selten jemand zu Gesicht bekam. Silas war klar, dass sein Bruder Angst vor dem Alleinsein hatte. Ohne Joshua und Lettie wäre sein Haus leer. Doch der Gedanke, dass Morris ihm seine Bitte seines Sohnes und seiner zukünftigen Frau wegen abschlagen könnte, kam ihm nicht.

»Nein, Bruder, ich werde dir nicht unter die Arme greifen«, antwortete Morris, als Silas ihn um finanzielle Unterstützung bat. »Dein Platz ist hier in Queenscrown bei Mutter und mir. Ich würde dir das Geld geben, wenn du vorhättest, allein nach

Texas überzusiedeln, aber ich werde es dir nicht ermöglichen, Joshua und Lettie mitzunehmen.«

»Ich lasse sie auf keinen Fall hier, Morris.«

»Dann kannst du nicht gehen, jedenfalls nicht mit meinem Geld.«

»Bist du denn nicht der Meinung, dass unser Vater mich benachteiligt hat?«

»Ich bin der Meinung, dass er nicht wusste, was das Beste für dich ist.«

»Wenn das so ist, solltest du mir die Hälfte von Queenscrown überlassen, die von Rechts wegen mir gehört. Dann bleibe ich.«

»Und widersetzt dich dem letzten Wunsch unseres Vaters? Ich fürchte, das geht nicht, Silas.«

»Du sprichst in Rätseln, Morris.«

»Ich spreche offen aus, was du, der du mit Blindheit geschlagen bist, nicht siehst, Bruder.«

Morris ließ sich nicht umstimmen. Silas versprach ihm als Gegenleistung für das Geld die Conestogas, die er dem Militär zu Spitzenpreisen verkaufen könne.

»Warum verkaufst du sie nicht selbst der Armee?«, schlug Morris vor.

»Weil die Verhandlungen Monate dauern würden«, antwortete Silas, und die hatte er nicht, wenn er dieses Frühjahr aufbrechen wollte. Er brauchte das Geld für die Ausrüstung jetzt, um am ersten März bereit zu sein.

Es war aussichtslos. Morris ließ sich nicht erweichen. Texas sei momentan kein geeigneter Ort für eine Frau und ein Kind. Silas könne doch noch ein Jahr bleiben, Geld sparen, seine Conestogas verkaufen und sich im folgenden Frühjahr einem anderen Treck anschließen. Dann hätten Jeremy und seine Gruppe den Weg schon bereitet. Ihrer Mutter würde zumindest vorerst ein weiterer Verlust erspart, und Joshua bliebe mehr Zeit mit seiner Großmutter und seinem Onkel. Dann würde er sich später vielleicht an sie erinnern und eines Tages zu Besuch kommen wollen. Das Gespräch endete damit, dass Silas den Raum türenschlagend verließ. Erschrocken sahen die um den Kamin Versammelten, wie Sohn, Vater, Verlobter und zukünftiger Schwiegersohn mit zornrotem Gesicht die Treppe zu seinem Zimmer hinaufstürmte.

»Lauf ihm nicht nach, Lettie«, rief Morris ihr von der Tür zur Bibliothek aus zu. »Im Augenblick hat es keinen Sinn, mit ihm zu reden.«

»Was ist passiert?«, fragte sie.

»Sein Traum hat sich fürs Erste zerschlagen«, antwortete Morris.

»Wie meinst du das?«

»Silas wird Gottes Lob nicht in der Ferne singen«, erklärte er im Tonfall des Alten Testaments. »Mit anderen Worten: Er wird nicht nach Texas gehen, jedenfalls nicht dieses Frühjahr. Es sieht fast so aus, als würden Mutter und ich noch ein Jahr länger das Vergnügen eurer Gesellschaft haben.«

Morris hob seinen Neffen, der vor Vergnügen quietschte, hoch über den Kopf. »Lass uns die Hündchen ansehen, kleiner Mann.«

In seinem Zimmer stützte Silas mit gesenktem Kopf den Arm am kalten Kamin ab. Was sollte er jetzt tun? Wen konnte er noch um Geld bitten? Wenn sich herumsprach, dass Carson Wyndham das Risiko eines Darlehens für ihn zu hoch einstufte, hatte er kaum eine Chance, andere zu überreden. Er musste Lettie von der Zwickmühle erzählen, in die er sie gebracht hatte. Sie würde ihn verstehen, ihm verzeihen, ihn dazu zu überreden versuchen, dass er noch ein Jahr das Beste aus der Situation machte. Für sie war das leicht. Sie liebte seine Mutter und mochte seinen Bruder – »ein herzensguter

Mann, Silas, wenn du nur in der Lage wärst, diese Seite von ihm zu sehen« – und Queenscrown mit seinen Gärten und riesigen Rasenflächen, seinen Bediensteten, Pferden und Hunden, das sich so sehr von dem beengten Haus unterschied, in dem sie bisher gewohnt hatte. Sie konnte sich den Mann nicht vorstellen, den sie heiraten würde, wenn sie ein weiteres Jahr in Queenscrown blieben. Diesen Mann würde sie nicht lieben können, denn er würde es nicht schaffen, die Anweisungen seines Bruders zu befolgen, die so oft ungünstig für die Plantage waren. Wusste Morris denn nicht, dass das Land mehrere Ernteperioden lang brachliegen musste, um sich zu erholen? Silas würde es nicht ertragen, lediglich ein karges Salär zu erhalten, während die Früchte seiner Arbeit die Kasse seines Bruders Morris füllten. Wie konnte er nur ein Aufseher sein, während sein Bruder auf dem Rücken seines schwarzen Hengstes die Geschicke des Hauses, in dem auch Silas geboren und aufgewachsen war, lenkte?

Silas musste eine Lösung finden, koste es, was es wolle. Er würde seine Seele verkaufen, um am ersten März 1836 mit Jeremy Warwick zur texanischen Black-waxy-Region aufbrechen zu können. Er musste nur noch jemanden finden, der bereit war, sie ihm abzukaufen.

ZWÖLF

»Willie May, mit der Laube muss etwas geschehen«, sagte Eunice. »So ganz ohne Weihnachtsschmuck sieht sie hässlich nackt aus. Ich kümmere mich um den Schmuck, und du, hol bitte Tippy. Wir brauchen ihre Fantasie. Schauen wir mal, was wir zusammen auf die Beine stellen können.«

Willie May spürte, dass sie so weiß wie ihre Schürze wurde. »Gleich jetzt, Miss Eunice?«

»Könnte es einen besseren Zeitpunkt geben? Noch der letzte Winkel soll festlich geschmückt sein, wenn meine Schwester übermorgen aus Boston kommt. Da oben feiern sie Weihnachten so *puritanisch*. Sie soll während ihres Aufenthalts hier Freude an ihrer farbenfrohen Umgebung haben, und außerdem liest sie gern in der Laube.« Eunice schwieg kurz. »Was ist? Warum siehst du mich so seltsam an?«

»Ach, nichts, Miss Eunice. Ich hab bloß so ein komisches Kribbeln am Rücken, das ist alles.«

»Du schaust aus, als wär dir ein Gespenst begegnet, Willie May. Wo steckt eigentlich deine Tochter?«

»Oben bei Miss Jessica. Sie ist gerade von ihrem Ausritt zurück, und Tippy hilft ihr beim Umziehen fürs Mittagessen.«

»Das schafft Jessie auch allein. Würdest du deiner Tochter bitte sagen, dass ich sie brauche?«

»Ja, Miss Eunice.«

Willie May eilte aus dem Zimmer und die Treppe hinauf. *Herr im Himmel!* Der Ausreißer war nach wie vor in der Laube. Was sollten sie nur machen? In der Küche bereitete man das Mittagessen vor, und schon bald würden Bedienstete im direkten Blickfeld der Laube und des Vorratsschuppens zwischen Küche und Großem Haus hin und her laufen. Dann wäre es unmöglich, den Jungen unbemerkt in ein anderes Versteck zu bringen.

Willie Mays Herz klopfte so wild, dass sie Angst hatte, es würde ihr aus der Brust springen. Sie hielt kurz vor der Tür zu Jessicas Zimmer inne, um Luft zu holen und ihre Gedanken zu sortieren. Sie und Miss Jessica hatten Tippy zu deren eigenem Schutz nichts von dem Flüchtigen und ihrem Plan, ihm zu helfen, erzählt. Zum Glück hatte die Herrin ihr einen Grund gegeben, Tippy aus dem Raum zu schicken, so dass sie mit Miss Jessica allein reden konnte.

»Hallo, Willie May«, begrüßte Jessica sie und drehte sich vom Spiegel zu ihr. »Was führt dich zu mir?« Sie trug ein knielanges Unterkleid, und Tippy half ihr dabei, ein Korsett anzulegen, damit die schmale Taille des Tagkleids, das sie darüberziehen würde, passte. Eine weiße Spitzenpelerine, die über die Puffärmel drapiert werden sollte, lag auf einer Chaiselongue. In die Spitze waren rote und grüne Bänder eingewebt, weil ihr Vater die Frauen in seinem Haushalt in den Weihnachtsfarben sehen wollte. Kein anderes Anwesen der Plantation Alley putzte sich für Weihnachten so heraus wie Willowshire.

»Tippy soll zu Ihrer Mutter kommen«, antwortete Willie May.

»Mama, was ist los?«, erkundigte sich Tippy.

»Nichts, Mädchen. Geh mal lieber und frag Miss Eunice, was sie will.«

Tippy legte die Bänder beiseite und trat zu ihr. »Irgendetwas stimmt nicht, das spüre ich doch.«

Willie May sah in das schmale Gesicht ihrer Tochter, das genauso zerbrechlich wirkte wie ihr Körper, und wie üblich versetzte der Anblick ihr einen Stich. Sie legte sanft die Finger um Tippys winziges Kinn. »Geh schon«, sagte sie leise. »Es ist alles in Ordnung. Ich muss mit Miss Jessie reden.«

Als Tippy das Zimmer verlassen hatte, stellte Jessica mit halb geschnürtem Korsett, von dem die Schnüre herabhingen, fest: »Tippy hat recht. Irgendetwas stimmt nicht, Willie May, oder?«

»Meiner Tochter kann ich nichts vormachen«, erklärte Willie May. »Ihre Mama möchte die Laube für Weihnachten schmücken. Deswegen braucht sie Tippy. Was sollen wir jetzt tun?«

»Oje«, stöhnte Jessica. »Sofort?«

»Ja. Ich soll Hilfe organisieren, während sie den Schmuck holt.«

Jessica rieb sich die Stirn und lief eine Weile nachdenklich auf und ab, bevor sie sich das Korsett vom Leib riss und das Tagkleid packte. »Ich weiß, was wir tun«, erklärte sie, während sie sich in die Stoffmassen zwängte. »Mach einfach alles, wie ich es sage, Willie May. Ja?«

»Ja«, antwortete Willie May, die keine Ahnung hatte, worauf sie sich einließ, und half Jessica, das Kleid zuzuknöpfen. »Äh, Miss Jessica, Ihnen ist klar, dass Sie nicht die richtige Unterwäsche tragen?«

»Wen interessiert das schon?«, fragte Jessica und marschierte aus dem Zimmer, Willie May im Schlepptau. Auf halber Höhe der Treppe rief Jessica mehrmals laut: »Mama!«

Eunice kam angerannt. Sie und Tippy hatten in einem Schrank unter der Küchentreppe gekramt, wo der Weihnachtsschmuck aufbewahrt wurde.

»Gütiger Himmel, Kind«, stöhnte Eunice, als diese sie am Fuß der Treppe erreichte. »Musst du denn so schreien? Was ist los?«

»Mama, Willie May sagt, du willst die Laube schmücken,

aber wenn du das machst, verdirbst du mir die Überraschung.«

Eunice sah sie fragend an. »Was für eine Überraschung?«

Jessica ignorierte Willie Mays verwirrten Blick. »Wenn ich dir das verrate, ist es doch keine Überraschung mehr, oder?«

Eunice schaute ihre Haushälterin an. »Weißt du, wovon sie redet?«

»Ja, nicht wahr, Willie May?«, antwortete Jessica für die Haushälterin. »Wir wollten es geheim halten.« Jessica verzog das Gesicht. »Willie May und ich haben beschlossen, die Laube ohne Tippys Hilfe zu schmücken, um dir zu beweisen, dass ich doch einen Sinn für Schönes habe. In Zukunft möchte ich mich mehr für ... häusliche Dinge interessieren, und ich dachte mir, die Laube weihnachtlich zu dekorieren wäre ein guter Anfang.«

Eunice sah sie mit großen Augen an, dann wanderte ihr Blick zu Jessicas schlaffem Rock. »Wo ist dein Unterkleid?«

Jessica schaute an sich herunter. »Ich wollte mit dir reden, bevor du mit der Laube anfängst, und hatte keine Zeit mehr, ihn anzuziehen. Würdest du mir jetzt bitte erlauben, mit Willie May die Laube zu schmücken, und dich nicht einmischen? Ich würde Tante Elfie dieses Weihnachten gern beeindrucken.«

»Na schön, Jessie«, sagte Eunice, alles andere als überzeugt. »Deinen Vater wird das bestimmt freuen, aber ...« Sie warf ihrer Haushälterin einen gequälten Blick zu. »Sorgst du dafür, dass sie da draußen nicht zu viel Unordnung macht?«

»Versprochen, Miss Eunice«, antwortete Willie May.

»Und keine neugierigen Blicke«, forderte Jessica. »Wir hängen ein Laken auf, damit keiner reinschauen kann. Stimmt's, Willie May?«

»Ja«, sagte Willie May.

Scooter erklärte seinen Helfern, dass er früher als geplant in den Ort müsse, um das Rad abzuholen. Am Nachmittag würde es regnen, und er wolle nicht, dass der Wagen im Schlamm stecken bleibe. Seinen Anteil am Mittagessen könnten sie haben, weil er keine Zeit dafür habe. Würden sie das bitte dem Herrn erklären, falls er vorbeikam?

Doch am Himmel war kein Wölkchen zu sehen, und den ganzen Nachmittag über arbeiteten Jessica und Willie May hinter einem über der Laube gespannten Laken daran, sie in ein Weihnachtswunder zu verwandeln, das sich mit Tippys Festtagsschmuck im Großen Haus messen konnte. Am späten Nachmittag begutachtete Carson mit seiner Frau das Ergebnis von Jessicas und Willie Mays Bemühungen und lobte seine Tochter: »Spook, du und Willie May, ihr habt all unsere … Erwartungen übertroffen.«

Als Carson sich am Abend im Bett an seine Frau kuschelte, murmelte er ihr ins Ohr: »Meinst du, Tippy könnte sich die Laube morgen mal ansehen und … sie ein bisschen umgestalten?«

»Du sprichst mir aus der Seele, Schatz«, sagte Eunice.

DREIZEHN

Aus der Vorratskammer, in der sich ihr Gast aufhielt, drangen so wenige Geräusche, dass Sarah sich veranlasst sah, hin und wieder an der Tür zu klopfen und zu flüstern: »Bist du noch da?«

Wenn sie dann die leise Antwort »Ja« erhielt, bekam Sarah fast eine Gänsehaut.

Sie hatte eine Pritsche in der kleinen Kammer neben der Küche aufgestellt. Ein Fenster darin ließ Licht und Luft herein, aber die Läden blieben Tag und Nacht geschlossen. Sarah war froh, dass tagsüber stabile Temperaturen um die fünfzehn Grad herrschten. So wurde ihr Gast weder gebraten noch von Mücken geplagt, und nachts, wenn es kalt wurde, hatte er genug Decken. Sarah schob ihm das Essen hastig durch die Tür hinein; im Haus durfte er sich niemals zeigen, weil ihn sonst durch die Schlitze des Fensterladens über der Küchenspüle oder durch die winzigen Fenster des Wohnzimmers, die tagsüber von einem geschlossenen Vorhang verdeckt waren, vielleicht jemand entdeckte. Die unangenehmste Pflicht war das Leeren des Nachttopfs für ihren Gast, die ihr genauso peinlich war wie ihm.

»Tut mir leid, Miss«, murmelte der Junge, wenn er ihr den Nachttopf reichte.

»Schon gut«, antwortete Sarah dann mit angehaltenem Atem.

Sie fragte sich, wie der Junge den engen Raum ohne Sonne ertrug, in dem er so gut wie keinen Kontakt zur Außenwelt hatte. Sarah hätte darin den Verstand verloren. Sie fühlte sich selbst wie eine Gefangene und wagte nicht, einen Spaziergang zu machen, weil sie fürchtete, dass sich der Ausreißer, wenn er merkte, dass sie weg war, vielleicht ins Haus begab und etwas tat, was Verdacht erregte.

Aus Angst davor, gehört zu werden, unterhielten sie sich auch nicht. Carson Wyndham hatte verbreitet, dass sich möglicherweise ein Ausreißer in der Gegend aufhielt. Und viele wären bereit, ihn zu verraten, um sich bei Carson Wyndham einzuschmeicheln. In den wenigen Sekunden, in denen der Junge das Essenstablett von ihr entgegennahm, bevor er die Tür wieder verschloss, sah Sarah lediglich sein Gesicht und seinen dürren Körper in der schlecht sitzenden Kleidung, die sie auf einem Wühltisch der Kirche für ihn gefunden hatte. Gern hätte sie ihn herausgebeten, damit er sich die Füße vertreten konnte, aber das Risiko, dass er gesehen wurde, war zu groß. Von einem freundlichen Nachbarn, einem Gemeindemitglied, Schülereltern, die wussten, dass sie bis zu ihrer Abreise allein war. Gott sei Dank weilten die Sedgewicks bis zum späten Nachmittag des folgenden Tages bei den Tolivers. Und Jessica würde Sarah und ihre Fracht nach dem Mittagessen, also in ihrer Abwesenheit, abholen.

Sie hatten es fast geschafft. Dies war die letzte Nacht, in der sie und der Junge eingesperrt wären. Sarah hatte ihren großen Koffer gepackt und einen Korb mit Essen für den Ausreißer vorbereitet, den er mitnehmen konnte. Es war zehn Uhr und stockfinster draußen; tief hängende Wolken verbargen den Mond – Zeit, ihre Kerosinlampe an den Haken der hinteren Veranda zu hängen und auf das Signal von jenseits des Flusses zu warten, das ihr sagte, dass im Hafen von Charleston alles bereit war. Dieses Signal, das der Agent ihr geben würde, sollte aus drei langen Feuerzeichen und einem kurzen bestehen. Sie würde mit drei kurzen Drehungen am Knopf ihrer Lampe antworten. Wenn jemand sie um diese Zeit beobachtete, dachte er bestimmt, dass sie den Docht überprüfte. Bei Problemen würde es kein Signal geben. Sarah hoffte inständig, drei große Lichter und ein kleines von jenseits des Wassers zu sehen.

In ihren Umhang gehüllt, hängte sie die Lampe mit niedriger Flamme an den Pfosten. Sie musste nicht lange warten, bis das Signal kam, und drehte am Knopf, einmal, zweimal, dreimal, um die Flamme zu regulieren. Dann wölbte sie erleichtert die Hände um die Glasröhre, um sie auszublasen. Ihrem Gast in der Vorratskammer hatte sie mitgeteilt, dass bislang alles nach Plan lief. Vielleicht würde er nun wie sie besser schlafen. Als sie die Lampe vom Haken nahm und nach innen gehen wollte, sah sie in der Dunkelheit ein weiteres Licht aufleuchten und sofort wieder verlöschen. Ihr Herz setzte einen Schlag lang aus. Was war passiert? War dieses letzte Aufleuchten beabsichtigt oder zufällig gewesen? Hatte ihr Kontakt seine Lampe fallen lassen und den Docht hastig ausgedrückt? Sie spähte lauschend in den dunklen Wald, hörte aber nur das leise Lecken der Wellen an den Felsen. Einmal war sie aus Neugierde auf der anderen Seite des Bachs auf Erkundung gegangen und hatte das Versteck gefunden, von dem aus der Agent seine codierten Botschaften schickte. Zerdrücktes Laub hatte es verraten.

Ein wenig verunsichert ging Sarah ins Haus. Ihre Reisekleidung hing an ihrem Schrank im Schlafzimmer. Sie hatte sie am Abend zuvor dorthin gehängt, zur Erinnerung daran, dass sie in achtzehn Stunden nach Charleston fahren und von dort aus ein Schiff nach Hause nehmen würde. Sarah zog sich aus und legte sich im Nachthemd ins Bett, konnte jedoch nicht schlafen, weil sie an Jessica denken musste.

Sie hatte Angst um sie. Eigensinn und Impulsivität vertrugen sich nicht, und ihre Freundin besaß von beidem ziemlich viel. Dazu kam ihr unerschütterlicher Glaube an ihre sichere Stellung innerhalb ihrer Familie. Alles zusammen machte Jessica zu einer Blinden mit einer geladenen und entsicherten Waffe. Sie glaubte den Warnungen ihres Vaters nicht und ging fälschlich davon aus, dass seine Liebe zu ihr sie schützen und er es nicht riskieren würde, ihren Hass auf sich zu ziehen, wenn er sie mit Repressalien gegen Tippy bestrafte. Jessica begriff nicht, dass es ihr nicht würde verziehen werden, wenn sie ein System verriet, auf dem der Wohlstand, die gesellschaftliche Stellung und der Lebensstil ihrer Familie seit Generationen beruhten. Tippy hingegen, die das nur zu gut verstand, machte sich eher um die Sicherheit ihrer Herrin als um ihre eigene Sorgen.

»Sie kennt Carson Wyndham als Vater«, hatte Tippy einmal Sarah gegenüber bemerkt, »aber nicht als Weißen und Herrn von Willowshire.«

Sarah pflichtete ihr, erleichtert darüber, dass Tippy die Gefahr erkannte, bei. Gemeinsam konnten sie die Impulsivität und Leidenschaft ihrer Freundin möglicherweise zügeln.

Tippy erstaunte Sarah immer wieder – und stimmte sie gleichzeitig traurig. Jessica musste aufpassen. Das Leben Tippys konnte durch einen Tritt von Carson oder Michael Wyndhams handgefertigten Stiefeln ausgelöscht werden, und damit wäre die wunderbare Kreativität in diesem seltsamen Kopf für immer verloren. – »Der Kopf von einer *Farbigen*!«, hatte Sarah Carson Wyndham bei einem ihrer wenigen Besuche in Willowshire verächtlich schnauben hören. In seiner Stimme hatten Eifersucht und Ressentiments gegenüber der Zuneigung mitgeschwungen, die seine Tochter einer schwarzen Bediensteten entgegenbrachte und die sie weder ihm noch ihrem Bruder zeigte. Auch deshalb musste Tippy sich vorsehen.

Der Mond verschwand schon fast, als Sarah endlich einschlief. Sie glaubte zu träumen, als sie das Geklapper sich nähernder Pferdehufe vernahm, das vor ihrem Cottage verstummte. Sarah schreckte hoch, sprang aus dem Bett, ergriff ihren Morgenmantel und lief durch die Küche zur Tür.

Nachdem sie den Gürtel des Morgenrocks festgezurrt hatte, schob sie den Riegel zurück und sah die Männer, die sie vom Rücken ihrer Pferde aus mit verkniffenem Mund und eisigem Blick anstarrten. Ihr Anführer stieg ab und tippte an die Krempe seines Huts. »Guten Abend, Miss Conklin, oder sollte ich lieber ›Guten Morgen‹ sagen?«, begrüßte Michael Wyndham sie.

VIERZEHN

»Wo steckt dein Sohn nur?«, fragte Eunice beim Frühstück Carson. »Er war die ganze Nacht weg. Elfie wird enttäuscht sein, wenn ihr Neffe sie nicht willkommen heißt.«

»Michael ist mit den Nachtreitern unterwegs«, erklärte ihr Mann, ohne den Blick von der Zeitung zu heben. »Er will den Dieb finden.«

»Es waren doch nur zwei Schinken«, mischte sich Jessica ein, der nicht wohl war bei dem Gedanken, dass ihr Bruder und seine Genossen sich draußen herumtrieben, während sie Sarah und ihre Fracht nach Charleston brachte.

Carson sah sie an. »Woher weißt du, dass es zwei Schinken waren?«

Jessica überlegte hastig. Sie wusste es von Willie May, aber vermutlich war es das Beste, wenn ihr Vater das nicht erfuhr, denn dann würde er Willie May in Zukunft nichts mehr verraten. »Die Sache mit dem Diebstahl ist kein Geheimnis, Papa. Alle im Hof wissen Bescheid.«

»Also hat Tippy wieder mal nicht den Mund halten können«, stellte ihr Vater mit einem missbilligenden Geräusch fest.

»Carson, du musst zugeben, dass das Mädchen sich dieses Jahr mit dem Weihnachtsschmuck selbst übertroffen hat. Ich kann's gar nicht erwarten, dass Elfie ihn sieht.«

Wieder gab Carson ein missbilligendes Geräusch von sich, obwohl er zugeben musste, dass Tippy erstaunlichen Weihnachtsschmuck aus Bändern, Kiefernzapfen, Tannen- und

Mistelzweigen, Kerzen, farbigem Papier, Holz, Früchten, Nüssen, Pfefferkuchen und Glaskugeln aus Deutschland gezaubert hatte. Eunice war so beeindruckt gewesen, dass sie die Anweisung ihres Mannes, Tippy in der Weberhütte arbeiten zu lassen, wo der Rauch aus dem Kamin ihrer Lunge schadete, rückgängig gemacht hatte.

»Dort bleibt ihre Begabung ungenutzt, Carson«, hatte Eunice in einem Tonfall erklärt, der keinen Widerspruch duldete. »Das Mädchen gehört in die Nähstube. Jessica und ich brauchen neue Kleider für die Hochzeit von Silas und Lettie.«

Ihr Mann scheute Auseinandersetzungen nur selten, doch abgesehen von Willowshire war seine Frau die Liebe seines Lebens, und das wollte er ihr nachts in ihrem Schlafzimmer auch weiterhin beweisen können. Also gab er nach. »Du hast recht. Wir müssen sie dort einsetzen, wo sie den größten Wert für uns hat.«

Mit klopfendem Herzen fragte Jessica: »Papa, hast du den Wagen bestellt? Sarahs Schiff legt um drei Uhr ab, ungefähr dann, wenn Tante Elfie ankommt. Ich möchte pünktlich dort sein.«

Carson hob noch einmal den Blick von seiner Zeitung. »Mir wäre es lieber, wenn du warten würdest, bis dein Bruder dich fährt. Ich traue dem Wetter um diese Jahreszeit nicht, und im Almanach steht, dass wir im Lauf der Woche mit Schnee rechnen müssen. Außerdem schafft ihr es zu zweit vielleicht nicht, die Koffer deiner Tante auf den Wagen zu hieven.«

»Dann bitte ich einen Gepäckträger, uns zu helfen«, erklärte Jessica, legte ihre Serviette zusammen und gab einem Bediensteten das Zeichen, ihren Stuhl zurückzurücken.

»Und wie willst du Sarah Conklins Gepäck in den Wagen bekommen?«, fragte ihr Vater.

»Das schaffen wir schon«, antwortete Jessica. »Wenn ihr mich jetzt entschuldigen würdet …«

»Sie wollen allein sein und über Frauenthemen reden«, hörte sie ihre Mutter erklären, als sie den Raum verließ.

»Dann sollte Jessica Tippy mitnehmen. Sie scheint das Mädchen ja als eine der Ihren zu erachten«, brummte Carson und klappte die Zeitung zu.

Jessica verließ das Haus mit Haube und Umhang, bevor ihr Vater auf die Idee kam, ihr den Kutscher mitzugeben. Obwohl sie Daniel vertrauen konnte, wollte sie ihn nicht in ihre riskante Mission hineinziehen.

»Danke, Daniel«, begrüßte sie ihn am Wagen. »Mach dir nicht die Mühe. Ich bin in Eile«, sagte sie, als er die Decke über ihre Knie breiten wollte. Sie musste aufbrechen, bevor Michael eintraf und darauf bestand, sie zu begleiten, denn er würde sich die Gelegenheit, Zeit mit Sarah Conklin zu verbringen, mit Sicherheit nicht entgehen lassen.

Als Jessica nach acht Kilometern Fahrt das Pfarrhaus in Willow Grove erreichte, merkte sie, dass ihre Arme und Schultern vor Anspannung schmerzten. Beim Anhalten bildete sich vor ihrem Mund eine Atemwolke. Ruhig, sagte sie sich, der anstrengendste Teil der Reise ist vorbei. Niemand würde sehen, wie sie ihre Fracht einluden, und in null Komma nichts wären Sarah und sie an diesem hellen Winternachmittag sechs Tage vor Weihnachten ohne große Hindernisse auf dem Weg zu ihrem Ziel. Bevor Sarah an Bord ging, wäre in Charleston sogar noch Zeit für eine letzte gemeinsame Tasse Tee. Ihre mutige Freundin würde Jessica fehlen. Sarah freute sich so sehr auf ein Wiedersehen mit ihrem kleinen Neffen und dem Rest der Familie, dass Jessica sich wie Lettie fragte, ob Sarah nach den Ferien überhaupt wieder zu ihnen zurückkommen würde.

Jessica wollte gerade an der Tür klopfen, als eine Gruppe

Männer auftauchte. Unter ihnen erkannte sie den örtlichen Windenwärter, den Gerber, den Kneipeninhaber und einige Farmer, die sie ungläubig ansahen. Einen Augenblick lang war sie zu keinem Gedanken fähig. Was hatten die Nachtreiter hier verloren? Als sie ein vertrautes Wiehern hörte, drehte sie sich um und sah Michaels schwarzen Araberhengst, der zur Begrüßung den Kopf in den Nacken warf und den Schweif aufstellte. Der Sattel war leer, die Zügel lagen in der Hand eines der Männer. Angst ergriff sie, sie erstarrte. Michael öffnete die Tür. Als er sie erblickte, machte er große Augen.

»Ist das zu fassen?«, stöhnte er. »Nicht du, Jessie. Sag, dass das nicht wahr ist. Du bist nur wegen Sarah da …«

Natürlich hätte sie lügen können, doch ihre einzige Sorge galt Sarah. Sie wurde rot. »Was hast du mit Sarah gemacht? Wo ist sie?«

»O Gott. Du willst ihn also holen«, stellte ihr Bruder mit aschfahlem Gesicht fest. Sogar seine stahlgrauen Augen hatten ihren Glanz verloren. »Wir haben ihr nicht entlocken können, wer den Jungen abholen würde. Deshalb mussten wir warten und es mit eigenen Augen sehen …«

Jessica drängte sich an ihm vorbei ins Haus. »Sarah!«, rief sie, hastete durchs Wohnzimmer in die Küche und blickte durch die offene Tür in den Vorratsraum.

Michael packte sie am Arm. »Sie ist im Schlafzimmer«, sagte er mit rauer Stimme, und hektische Flecken traten auf sein Gesicht. »Kümmere dich um sie. Ich habe jemanden losgeschickt, Salben und Verband holen. Pack ihre Sachen, hilf ihr in die Kleider und setz sie in den Wagen. Miss Conklin wird nicht nach Willow Grove zurückkehren. Ich begleite euch zum Hafen in Charleston. Dort holen wir unsere Tante ab, und dann bringe ich dich zu unserem Vater.«

Jessica riss sich los und rannte ins Schlafzimmer. »Mein Gott, Sarah!«, rief sie aus, als sie sie sah.

Ihre Freundin lag mit dem Gesicht zur Wand auf dem Bett, das blutgetränkte Nachthemd in Fetzen, wo die Peitsche es am Rücken aufgerissen hatte. Aus dem anderen Zimmer waren Männerstimmen zu hören. Kurz darauf gesellte sich Michael mit einem Päckchen zu ihr.

»Wie konntest du nur?«, schrie Jessica.

»Das sollte ich eher dich fragen, kleine Schwester. Glaube mir, unser Vater wird dich das fragen.« Michael warf ihr das Paket zu. »Hier. Säubere ihre Wunden. Meine Männer laden gerade ihre Sachen in den Wagen. Du hast dreißig Minuten Zeit, um deine kleine Abolitionistenfreundin reisefertig zu machen. Danach ist sie Futter für die Aasgeier.« Mit diesen Worten marschierte er aus dem Zimmer. Jessica riss das Päckchen mit dem Verbandszeug und der Salbe auf.

»Ich hab ihnen nichts gesagt, Jessie«, stöhnte Sarah, als Jessica Wasser aus einem Krug am Waschtisch in eine Schüssel goss. »Sie haben den Agenten erwischt und ihn gezwungen, mich zu verraten. Er hat versucht, mich zu warnen ... Ich hatte gehofft – oder besser gebetet –, dass du nicht auftauchen würdest oder dir wenigstens eine Erklärung für deinen Bruder einfallen würde ...«

»Sch, nicht reden, Sarah.« Jessie kniete nieder, um die Fetzen des Nachthemds vom Körper ihrer Freundin zu entfernen und ihre Wunden zu versorgen. »Ganz ruhig. Denk an deinen kleinen Neffen und daran, dass du schon in ein paar Stunden auf dem Weg nach Hause bist. Meinen Bruder und seine Genossen wirst du nie wiedersehen.«

»Sie haben den Ausreißer nach Willowshire gebracht«, berichtete Sarah, ohne auf Jessicas Worte zu achten. »Er wird zu seinem Herrn zurückgeschickt. Sie haben ihn mit einem Strick um den Hals weggeführt. Er musste zusehen, wie sie mich ausgepeitscht haben.«

Jessica wurde übel. Hinter dem Cottage stand ein hoher

Magnolienbaum, an den Michael und seine Schläger Sarah vermutlich gefesselt hatten. Es war niemand da gewesen, der sie gesehen, das Geräusch der Peitschenhiebe oder ihre Schmerzensschreie gehört hätte, falls sie ihnen die Freude gemacht hatte zu schreien. Während Jessica Sarahs wunden Rücken versorgte, presste sie die Lippen aufeinander, um nicht zu weinen.

Sarah bedeutete ihr mit einer Geste, sich weiter zu ihr herunterzubeugen, und senkte die Stimme, damit die Männer im anderen Zimmer sie nicht hörten. »Ich habe Angst um Willie May ...«

»O Gott. Was weiß Michael?«, fragte Jessica.

»Der Junge hat ihm gesagt, er hätte von meinem Safe House gehört und wäre deswegen hergekommen. Er hat Willie May nicht erwähnt, aber wenn dein Bruder ihn weiter befragt ... ihn foltert ... redet er am Ende noch.«

Jessica spürte, wie ihr das Blut in den Kopf schoss.

»Ich habe Angst um dich, meine mutige Südstaatenfreundin, und um Tippy ...«, fuhr Sarah fort.

Jessica säuberte benommen Sarahs Wunden. »Mach dir wegen uns keine Gedanken«, sagte sie. »Mir fällt schon was ein. Wenn's um mich geht, gilt für meinen Vater: Bellende Hunde beißen nicht. Er wird wütend auf mich sein, mir aber verzeihen. Ich bin seine Tochter. Ihm bleibt keine andere Wahl.«

»Ach Jessica ...«, stöhnte Sarah.

FÜNFZEHN

Das Hauptthema beim Frühstück der Tolivers wie auch in den anderen Herrenhäusern der Plantation Alley war die unerwartete und enttäuschende Absage der traditionellen Weihnachtsfeierlichkeiten in Willowshire, genauer gesagt des Balls, des festlichen Tees anlässlich des alljährlichen Besuchs von Eunice' Schwester aus Boston sowie der Silvesterfeier, zu der immer zahlreiche Würdenträger und wichtige Persönlichkeiten erwartet wurden. Auf diese gesellschaftlichen Ereignisse freuten sich alle, die das Glück hatten, auf der Liste der Geladenen zu stehen, das ganze Jahr, und sie führten zu hektischer Planung von Kleidung, Accessoires und Frisuren seitens der Damen.

»Was ist eurer Meinung nach da drüben los?«, fragte Elizabeth Toliver die um ihren Tisch Versammelten an dem Morgen, an dem die Feierlichkeiten eigentlich hätten beginnen sollen. Sie dachte mit Bedauern an das Gewand in ihrem Schrank, das sie nun nicht präsentieren konnte. An jenem Morgen hatten sie, ihre beiden Söhne und ihr Enkel nicht nur das Vergnügen, Lettie und ihren Vater, die oft über Nacht blieben, begrüßen zu dürfen, sondern auch Jeremy Warwick. Nach dem Frühstück würde er mit Silas die sich immer düsterer gestaltenden Lösungen für das Problem, dass Silas und Lettie zurückbleiben müssten, wenn sich der Treck im Frühjahr in Richtung Texas in Bewegung setzte, besprechen.

»Ich habe kein Wort gehört«, sagte Jeremy.

»Es ist, als hätte sich ein dunkler Schleier über Willowshire gesenkt«, bemerkte Lettie. »Ich komme einfach nicht an Jessica heran. Als ich sie besuchen wollte, hat man mich an der Tür abgewiesen.«

»Das Gleiche gilt für Michael«, berichtete Morris. »Ich wollte gestern mit ihm Jagen gehen, aber er hat mir ausrichten lassen, dass etwas dazwischengekommen ist.«

»Es muss wirklich etwas Merkwürdiges passiert sein«, meinte Reverend Sedgewick. »Niemand aus der Familie war bei der Weihnachtskantate am Mittwochabend. Das ist höchst ungewöhnlich. Sonst lässt Mr Wyndham immer eine beträchtliche Spende im Klingelbeutel.«

»Ist Miss Conklin wie geplant nach Massachusetts aufgebrochen?«, fragte Jeremy Lettie. »Soweit ich weiß, wollte Jessica sie im Wagen zum Schiff bringen.«

»Sicher wissen wir das nicht, und wir sind ein wenig besorgt«, antwortete Lettie. »Deswegen wollte ich ja mit Jessica reden. Beim Lüften des Cottage am Friedhof habe ich Blut auf den Laken und blutiges Verbandszeug im Abfall gefunden.«

»Sehr mysteriös«, murmelte Reverend Sedgewick.

»Glaubst du, sie hat sich verletzt?«, erkundigte sich Silas.

»Ich wünschte, das könnte ich Jessica selbst fragen«, sagte Lettie.

»Vielleicht gibt es eine ganz natürliche Erklärung«, mutmaßte Elizabeth und warf ihr einen vielsagenden Blick zu, der sie erröten ließ. »Ich hatte mich so sehr darauf gefreut, Willowshire im Weihnachtsschmuck zu sehen«, klagte Elizabeth. »Das farbige Dienstmädchen der Wyndhams … Wie war noch gleich ihr Name?«

»Tippy«, antwortete Silas.

»… besitzt erstaunliches Geschick in solchen Dingen. Kaum zu glauben, dass eine vom Schicksal so schlecht bedachte Schwarze solche Einfälle haben kann.«

Morris biss ein Stück von einem Gebäckstück ab und fragte

mit vollem Mund: »Meint ihr dieses Dienstmädchen mit den großen Füßen, das aussieht wie ein Äffchen?«

»Ja, mein Lieber«, bestätigte Elizabeth. »Offenbar ist Jessica sehr von ihr eingenommen.«

Da öffnete Lazarus die Doppeltür zum Esszimmer, ging zu Morris und beugte sich zu ihm herunter. »Entschuldigen Sie, Sir, aber im Salon wartet jemand.«

»So früh am Morgen, Lazarus? Wer könnte das sein?«

»Mr Carson Wyndham, Sir.«

Verblüfftes Schweigen, dann zog Morris die Serviette aus seinem Kragen. »Ich gehe sofort zu ihm.«

»Er will nicht mit Ihnen sprechen, Sir«, erklärte Lazarus, »sondern mit Mister Silas.«

»Mit meinem Bruder?« Morris sah Silas verblüfft an.

»Gütiger Himmel«, hauchte Elizabeth.

Silas legte seine Serviette zusammen und erhob sich. Dabei grinste er Jeremy an und zwinkerte Lettie zu. »Vielleicht hat der alte Knabe es sich anders überlegt.«

Morris runzelte die Stirn. »Und kommt höchstpersönlich in der Weihnachtszeit hierher, um dir das mitzuteilen? Das kann ich mir nicht vorstellen.«

»Versuch rauszufinden, was sich in Willowshire tut«, flüsterte Elizabeth Silas deutlich vernehmbar hinter vorgehaltener Hand zu.

Carson Wyndham stand mit hinter dem Rücken verschränkten Händen an den Fenstern des Salons und sah hinaus. Lazarus hatte ihm Hut und Reitgerte abgenommen, ohne die er nie das Haus verließ. Silas fragte sich nun wie Morris, warum der mächtigste und reichste Mann von South Carolina ausgerechnet zur Frühstückszeit vorbeikam, um ihm seine Darlehensbitte zu gewähren, in einer Jahreszeit, in der die Geschäfte praktisch zum Erliegen kamen.

»Mr Wyndham, Sir?«

Als Carson sich umdrehte, überraschte Silas dessen sorgenvolle Miene. Sein Gesicht erinnerte ihn an sein eigenes, wenn er morgens in den Spiegel blickte. Carsons glanzlose Augen bildeten einen deutlichen Kontrast zu den frisch gestärkten Rüschen seines feinen Kragens. »Danke, dass du mich ohne Ankündigung empfängst, Silas«, begrüßte er ihn.

»Keine Ursache, Sir«, entgegnete Silas mit einer leichten Verbeugung.

»Ich bin mir nicht so sicher, ob du das noch sagen wirst, wenn du hörst, warum ich hier bin.«

»Setzen wir uns doch. Ich lasse uns einen Kaffee bringen.«

Carson winkte ab. Dabei spiegelte sich das Licht des Kamins im großen Rubin seines Siegelrings. »Nicht nötig. Aber setz du dich mal. Ich bleibe lieber stehen.«

Während Silas verwirrt auf einem der heißgeliebten Hepplewhites seiner Mutter Platz nahm, überlegte Silas, warum Carson Wyndham sich in seinem Salon – im Salon von Morris – aufhielt, am Morgen des Tages, an dem abends *das* gesellschaftliche Ereignis des Jahres in Willowshire hätte stattfinden sollen. Ihm fiel kein Grund ein, aber eines lag auf der Hand: Der Mann war nicht gekommen, um ihm ein Darlehen zu gewähren.

Carson baute sich mit gespreizten Beinen, die Hände hinter dem Rücken, vor ihm auf. »Was würdest du sagen, wenn ich dich von deinen Darlehensverpflichtungen entbinde, alle deine Ausgaben für den Treck nach Texas übernehme, dir genug Geld gebe, um eine Plantage aufzubauen und ein Herrenhaus zu errichten, und dir obendrein noch fünfzig Sklaven überlasse?«

Silas sah Carson an, als hätte er den Verstand verloren. Als er sich wieder gefangen hatte, antwortete er: »Dann würde ich sagen, dass ich träume oder Sie sich mitten in einem Albtraum befinden.«

»Du träumst nicht, und ich bin hellwach wie eine Eule um Mitternacht.«

»Entschuldigen Sie, Sir«, sagte Silas, »aber ich habe keine Ahnung, was los ist.«

»Was würdest du tun, um zu kriegen, was ich dir gerade angeboten habe?«

»Abgesehen von einem Mord oder einem Bankraub fast alles.«

»Das hatte ich mir gedacht.« Carson schürzte die Lippen und schwieg eine Weile nachdenklich. Schließlich atmete er deutlich hörbar aus. »Hier ist mein Vorschlag, Silas: Alles, was ich soeben aufgezählt habe, gehört dir, wenn du eines für mich tust.«

Silas' Herz setzte einen Schlag lang aus. Das Angebot war sehr verlockend. Mit genug Geld nach Texas aufzubrechen, um seine und Letties Träume zu verwirklichen … Dafür würde er fast einen Pakt mit dem Teufel schließen. »Und was soll ich dafür machen?«, fragte er.

»Meine Tochter heiraten«, antwortete sein Gast.

SECHZEHN

Silas starrte Carson mit offenem Mund an. »Ich soll *was* tun?«

»Du hast ganz richtig gehört«, antwortete Carson. »Ich will, dass du Jessica heiratest und mit nach Texas nimmst.«

»Aber ich bin verlobt!«

»Das weiß ich. Du musst dir eben etwas einfallen lassen, um diese Verpflichtung loszuwerden.«

»Loszuwerden?«

»Silas ...« Wyndham reckte die breite Brust vor, wobei sich sein gestärktes Tuch hob. »Ich biete dir die Chance deines Lebens. Wenn du die Gelegenheit ergreifst, wirst du deinen Traum verwirklichen. Wenn nicht, bist du zu einem Dasein verdammt, das du hasst, und kannst dich selbst nicht mehr ausstehen. Du würdest Miss Sedgewick einen Gefallen tun, wenn du ihr die Freiheit gibst, jemanden zu heiraten, dessen Besessenheit ihm nicht wichtiger ist als seine Liebe zu ihr.«

»Sie nehmen sich ziemlich viel heraus, Sir, und vergessen Miss Sedgewicks Liebe zu mir«, erwiderte Silas entsetzt.

»Ihr Schmerz wird sich im Lauf der Jahre aufgrund des Hasses, den sie empfindet, wenn du mein Angebot ihrer Liebe vorziehst, abschwächen. Wie wichtig ist Liebe angesichts einer Entscheidung, die dein eigenes und das Leben deiner Erben bestimmen wird? Überleg es dir gut.«

»Ich kann Ihr Angebot nicht annehmen, und Ihre Tochter ist bestimmt ganz meiner Meinung.«

»Jessica hat in dieser Angelegenheit nichts zu melden. Das

Recht darauf hat sie durch ihren Verrat an mir und meiner Familie verwirkt.«

Silas begann zu ahnen, warum die Weihnachtsfeierlichkeiten in Willowshire abgesagt worden waren. »Darf ich fragen, was sie verbrochen hat?«

Carson erzählte es ihm.

»Gütiger Himmel!«, rief Silas aus.

»Genau«, pflichtete Carson ihm bei und schloss kurz die Augen. »Meine Tochter ist nicht gerade mit Liebreiz gesegnet, Silas, das muss ich zugeben, und du würdest, wenn du sie heiratest, einen Tiger zähmen müssen, doch so mancher Mann findet ihren Eigensinn durchaus … interessant.«

»Zum Beispiel Jeremy«, meinte Silas trocken. »Warum fragen Sie nicht ihn, ob er sie heiratet?«

»Der Gedanke ist mir auch schon gekommen, aber …«

Silas verzog den Mund. »Er lässt sich nicht kaufen, stimmt's?«

»Er befindet sich in einer anderen Situation als du.«

Silas wusste nicht, was er als schlimmere Beleidigung auffassen sollte, das Angebot oder den Grund dafür. »Was geschieht mit Jessica, wenn es Ihnen nicht gelingt, sie zu verheiraten?«, erkundigte er sich.

Carson wandte mit zusammengepressten Lippen den Blick ab. »Ich werde sie von South Carolina wegbringen, so oder so, bevor sich ihre Sympathie für die abolitionistische Sache herumspricht. In meinem Haus dulde ich keine Verräter. Glaube mir: Die Alternative zu der Lösung, die ich dir gerade vorgeschlagen habe, wird ihr noch viel weniger gefallen.« Das klang wie ein Todesurteil für Jessica. »Bitte, Silas, heirate meine Tochter. Du wirst ihr ein guter Ehemann sein, das weiß ich. Vielleicht lernt ihr sogar, einander zu lieben.«

»Das wage ich zu bezweifeln«, entgegnete Silas. »Ich liebe Lettie. Ihr gehört mein Herz.«

»Und dir wird mein Geld gehören. Denk darüber nach und sag mir binnen vierzehn Tagen Bescheid. Wenn ich nichts höre, ziehe ich mein Angebot zurück. Dann finde ich eine andere Möglichkeit, mit meiner störrischen Tochter fertigzuwerden.«

Jeremy betrat gerade den Eingangsbereich, als Carson, gefolgt von Silas, der ein grimmiges Gesicht machte, den Salon verließ. Lazarus beeilte sich, dem Gast Reitgerte und Hut zu reichen.

Nachdem Carson den Hut aufgesetzt und die Krempe zurechtgerückt hatte, sagte er: »Guten Morgen, Jeremy.« Seine Miene verriet, dass er sein Angebot lieber Jeremy unterbreitet hätte, denn Jeremy war in der Tat ein Bild von einem Mann, sehr viel geistreicher und kurzweiliger als der, den er kaufen wollte.

Silas wusste, dass ihm selbst der Sinn für Humor durch die Ereignisse der letzten Zeit und seine Besessenheit, wie Carson seine Schwäche nannte, abhandengekommen waren.

»Fröhliche Weihnachten Ihnen und Ihren Familien, meine Herren«, verabschiedete sich Carson mit einem letzten Blick auf Silas, bevor Lazarus ihn zur Tür brachte.

Jeremy war der vielsagende Blick nicht entgangen. »Was sollte das denn?«, fragte er, als Carson weg war.

Silas fuhr sich mit der Hand durchs Haar. »Jeremy, manchmal wünsche ich mir, nie auf die Welt gekommen zu sein.«

Jessica hielt sich schon vier Tage, in denen nicht einmal ihre Mutter zu ihr durfte, in ihrem Zimmer auf. In der Zeit hatte sie lediglich das Dienstmädchen Lulu zu Gesicht bekommen, das ihr die Mahlzeiten brachte und ihr erzählte, was draußen vor sich ging. Jessica lieferte Lulu ihrerseits keinen Stoff für Klatsch. Sie erkundigte sich nicht nach ihrer Tante, die sie nur während der wortlosen Fahrt vom Pier in Charleston nach Willowshire gesehen hatte. Sie fragte nicht nach Tippy oder Willie May und bat Lulu auch nicht um eine Einschätzung der Stimmung ihrer Eltern. Lulu interpretierte ihre Worte und ihren Zustand auf ihre Weise, wenn sie ihren Eltern von ihr erzählte. In ihrer Einsamkeit fürchtete Jessica die Rache, die ihr Vater möglicherweise an Tippy und Willie May genommen hatte. Sie merkte, dass das Haus gespenstisch still war in den Tagen vor Weihnachten, jener Zeit also, in der es sonst von Besuchern wimmelte, in der man Feste vorbereitete, Gespräche, Lachen und Musik hörte und in der die Bediensteten hin und her eilten.

Jessica machte sich Sorgen. Hatte ihr Vater Tippy aufs Feld geschickt? Würde ihre Mutter je wieder mit ihr reden? Welche Strafe würde ihr Vater sich für seine Tochter ausdenken? Denn ungeschoren würde sie nicht davonkommen, das war klar. Strafe wofür? Dafür, dass sie einem anderen Menschen geholfen hatte? Der Abdruck von Michaels festem Griff an ihrem Unterarm, als er sie zum Arbeitszimmer ihres Vaters gezerrt hatte, war gerade erst verblasst. Vor ihrem geistigen Auge sah Jessica immer noch den verwirrten und besorgten Blick ihrer Tante und wie ihre Mutter die Hand vor den Mund geschlagen und sie entsetzt angesehen hatte. *Was um Himmels willen hast du jetzt wieder angestellt, Kind?*

Während Jessica mit hoch erhobenem Kopf und vorgerecktem Kinn dastand, hatte Michael erzählt, wie er und die Nachtreiter einen »nichtsnutzigen Sklavenfreund« in flagranti bei seinen subversiven Machenschaften ertappt hatten. Und an wen, hatte Michael seinen Vater gefragt, waren die Signale des Mistkerls wohl gegangen?

Ihr Vater hatte sich seine Ausführungen, ohne mit der Wimper zu zucken, jedoch mit mahlenden Kiefern angehört, und seine dunkelbraunen Augen waren beim Blick auf Jessica fast schwarz geworden. Am Ende hatte er gefragt: »Hat Miss Conklin ihr Schiff erreicht?«

»Ja, Papa«, hatte Michael geantwortet. »Dafür habe ich gesorgt. Ich habe ihr gesagt, dass Schlimmeres passiert, wenn sie sich noch einmal hier blicken lässt.«

»Und der entlaufene Sklave? Wo ist der?«

»In der Scheune, bis du uns sagst, was wir mit ihm machen sollen. Der Junge behauptet, dass er nicht weiß, wem er gehört und wie seine Plantage heißt. Wahrscheinlich ist er nie von seinen Heimatfeldern weggekommen. Er heißt Jasper. Das haben wir ihm entlockt, als er gesehen hat, was wir mit Sarah Conklin gemacht haben. Und er hat uns verraten, dass er sich im Wagen versteckt hat, als Scooter in den Ort gefahren ist, um ein Rad zu holen.«

»Dann hat ihm also niemand aus Willowshire geholfen?«

»Er sagt Nein. Und das glaube ich ihm.«

»Woher wusste er, dass er zu Miss Conklin gehen muss?«

»Er behauptet, jemand ist zu ihm aufs Feld gekommen – vermutlich der Agent – und hat dort verbreiten lassen, dass die Frau, die in dem Cottage beim Friedhof in Willow Grove wohnt, flüchtigen Sklaven hilft.«

»Kennen wir den Agenten?«

»Nein. Er kommt aus dem Norden und arbeitet seit letztem Jahr im Lebensmittelladen in Willow Grove. Wir haben ihn dem Sheriff übergeben.«

»Dieser … Lebensmittelverkäufer und Miss Conklin haben gemeinsam den Jungen versteckt?«

»Ja.«

»Und du hast ihnen geholfen?«, fragte Carson Jessica und stand von seinem Schreibtisch auf, um dicht vor sie hinzutreten.

»Ja«, antwortete Jessica trotz ihrer Angst stolz. In den

kalten dunklen Augen ihres Vaters konnte sie kein Fünkchen Zuneigung entdecken.

»Versuch gar nicht erst, dich zu verteidigen. Das interessiert mich nicht. Verschwinde. Bleib in deinem Zimmer, bis ich dich holen lasse. Wenn du auch nur den Kopf herausstreckst, bekommst du es mit mir zu tun. Hast du das verstanden, Jessica Ann?«

Sonst nannte er sie nie Jessica Ann. Jessica wurde flau im Magen. Sie erinnerte sich an Sarahs Miene, als Jessica geprahlt hatte, bellende Hunde würden nicht beißen. Dann wanderten ihre Gedanken zu Tippy. Ihr Vater würde sie für Jessicas Vergehen bestrafen, denn es war ihm egal, ob seine Tochter ihm vergab oder ob ihre Liebe sich in Hass verwandelte.

Sie legte die Hände aneinander. »Papa, ich flehe dich an. Bitte bestrafe Tippy nicht für das, was ich getan habe.«

»Michael, bring deine Schwester in ihr Zimmer.«

»Bitte, Papa …«

»*Geh!*«

Ihre Mutter, ihre Tante, Willie May und einige der anderen Bediensteten hatten mit großen Augen mitverfolgt, wie Michael sie die Treppe hinaufführte wie zum Schafott. Oben hatten die letzten Worte ihres Bruders an sie, vielleicht für immer, gelautet: »Wie habe ich dich nur lieben können?«

Lautes Klopfen an ihrer Zimmertür, auf das sie voller Furcht gewartet hatte, holte sie in die Gegenwart zurück. Als sie sie öffnete, sah sie Lulus schadenfrohes Gesicht. »Mister Carson will Sie sehen, Miss Jessica«, teilte sie ihr mit.

SIEBZEHN

Silas konnte nicht schlafen und brachte keinen Bissen hinunter. Im Morgengrauen machte er schnelle Ausritte, mitten in der Nacht lange Spaziergänge. In den stillen frostigen Stunden, in denen die Plantation Alley ruhte, grübelte er und betete um göttliche Eingebung. Mittlerweile waren vier der vierzehn Tage vergangen, die ihm als Bedenkzeit zur Verfügung standen, und er war so weit von einer Entscheidung entfernt wie in dem Moment, als Carson Wyndham ihm den Vorschlag zur Lösung ihrer beider Probleme unterbreitet hatte.

»Cassandra hat deinen Lieblingskuchen gebacken, Silas. Warum isst du nichts?«, fragte seine Mutter.

Seine Verlobte war vor Sorge ganz blass. »Ich merke, dass dich etwas beschäftigt, mein Lieber. Was ist es? Bitte sag es mir.«

Jeremy, der ihn besser kannte als ein Bruder, meinte: »Irgendwas liegt dir auf der Seele, mein Freund. Wenn du reden möchtest, leihe ich dir gern mein Ohr.«

Und sein begriffsstutziger Bruder, der sonst kaum etwas mitbekam, sagte: »Silas, was auch immer los ist mit dir, hat mit Carson Wyndhams Besuch begonnen. Hat er dich am Ende gefragt, ob du seine Tochter heiraten willst?«

Morris lachte über seinen Scherz, während Silas sich wortlos abwandte, damit sein Bruder ihm nicht die Wahrheit von den Augen ablas.

Die Conestogas warteten nach wie vor neben der Scheune

auf Interessenten, sogar zwei mehr als zuvor, denn auch die potenziellen Pächter hatten ihren Plan aufgegeben, bei dem Treck mitzumachen.

Das hatte Jeremy veranlasst, eine Nachricht zu schicken, in der er Silas um ein Treffen bat. Und nun wartete sein Freund bereits im Salon von Queenscrown auf Silas, als dieser nach der Erledigung seiner Verwalteraufgaben zurückkehrte. Bis Weihnachten waren es noch zwei Tage, und durchs Haus wehte der Duft von köstlichem Essen und Tannenzweigen. In der Hoffnung auf ein Wunder hatte Silas Jeremy nicht gestanden, dass er sich möglicherweise selbst von ihrem Plan verabschieden musste.

»Ich glaube, ich weiß, was dich beschäftigt, Silas«, erklärte Jeremy. »Es geht ums Geld, stimmt's? Du hast nicht genug für den Treck.«

Silas fuhr sich frustriert mit der Hand durch das dichte schwarze Haar. »Leider hast du recht, Jeremy«, gab er zu. »Ich habe es dir nicht gesagt, weil ich dachte, ich könnte ein Darlehen bekommen und hätte mit dem Geld von der Miete und aus dem Verkauf der Conestogas genug, um mir in Texas ein neues Leben aufzubauen, aber das klappt alles nicht. Ich kann Lettie nicht mit leeren Taschen nach Texas bringen.«

Jeremy beugte sich mit besorgter Miene vor. »Ich würde nicht im Traum daran denken, ohne dich nach Texas zu gehen. Wir reden schon seit Jahren davon und haben alles geplant. Vergiss deinen Stolz und lass dir das Geld von meiner Familie leihen.«

»Nein, Jeremy.« Silas schüttelte den Kopf. »Danke für das Angebot, aber das kommt nicht infrage. Schulden bei einem Freund sind keine gute Basis für ein gemeinsames Unternehmen. Das weißt du so gut wie ich. Würdest du dir an meiner Stelle von mir helfen lassen?«

Jeremy wandte den Blick vom Kamin ab. »Nein, wahrscheinlich nicht. Wir würden unser Leben füreinander geben, doch der Himmel möge verhüten, dass wir einander Geld schulden. Diese stillschweigende … Übereinkunft zwischen Warwicks und Tolivers geht, wie wir wissen, auf das Ende der Rosenkriege in England zurück, als die Lancasters und die Yorks beschlossen, den Schlüssel zum Königreich gemeinsam in Händen zu halten, solange er nicht die Schatztruhe des jeweils anderen öffnete.«

»Das ist unser Vermächtnis, Jeremy. Wir dürfen weder Schuldner noch Gläubiger sein.«

Jeremy sah Silas besorgt an. »Und was willst du jetzt machen? Besteht überhaupt noch Hoffnung? Bei seinem Besuch vor ein paar Tagen hat Carson Wyndham dich vermutlich abgewiesen – danach hast du ausgesehen wie ein zum Tode Verurteilter.«

»So ähnlich«, sagte Silas, stand auf und trat an eines der hohen Fenster des Salons. In seiner inneren Unruhe konnte er nicht lange still sitzen, stehen oder liegen. Konnte er es wagen, Jeremy von Carson Wyndhams Angebot zu erzählen? Was würde Jeremy von seinem besten Freund halten, wenn dieser zugab, auch nur darüber nachzudenken? Sie hatten die allerhöchste Hochachtung vor dem aufrechten Wesen und der Integrität des jeweils anderen. Obwohl sich ihre Ansichten bisweilen unterschieden, hatten sie sich niemals gestritten, nicht einmal dann, wenn sie gemeinsam etwas anpackten, bei dem Auseinandersetzungen vorherzusehen waren. In der Kindheit hatten sie zusammen Kanus, Flöße und Baumhäuser gebaut, überlegt, wie sie Geld verdienen könnten, Wander-, Jagd- und Angelausflüge geplant. Als Erwachsene hatten sie gleich viel Geld, Zeit und Mühe in das Training eines Rennpferds investiert, dieselben jungen Frauen umworben und ein Zweierkomitee gebildet, das die unterschiedlichsten Probleme klärte, von der Frage, wie sich ein Baum am besten von der Straße entfernen ließ, bis zum Bau einer Brücke, die ihre benachbarten Plantagen miteinander verband.

Überlasst das mal Silas und Jeremy, lautete der Standardspruch beider Väter, und nun wandte sich auch Morris, wenn es um ein Projekt ging, das beide Anwesen betraf, an »die Jungs«.

Aber würde Jeremy, wenn Silas Carsons Angebot annahm, diesen überhaupt noch als Begleiter nach Texas wollen? Würde er einem Mann an seiner Seite vertrauen, der die geliebte Frau verraten hatte, um seinen Traum verwirklichen zu können? Und würde Jeremy begreifen, dass Silas nur das getan hatte, was er als das für alle Beteiligten Richtige erachtete?

»Dann besteht also keinerlei Hoffnung?«, wiederholte Jeremy traurig. »Hast du wirklich jede Möglichkeit ausgelotet?«

Silas sah aus dem Fenster. Sein Spiegelbild in der Scheibe, das die Flammen im Kamin umzüngelten, schien, der Situation angemessen, einen Mann in der Hölle zu zeigen. Er wandte sich dem Tischchen mit den Getränken zu. »Ein Weg steht mir noch offen«, sagte er und nahm, obwohl es erst vier Uhr nachmittags war, die Whiskeykaraffe in die Hand.

»Und der wäre?«, fragte Jeremy und schüttelte den Kopf, als Silas ihm etwas zu trinken anbot.

Silas schenkte sich selbst ein Glas ein und setzte sich vor den Kamin. »Du hattest recht mit Sarah Conklin. Hinter ihr steckte tatsächlich mehr, als auf den ersten Blick zu vermuten war. Michael Wyndham hat herausgefunden, dass sie bei der Underground Railroad war. Sie wurde weggeschickt und darf nicht mehr nach Willow Grove zurück. Das muss ich Lettie noch sagen.«

»O nein!«, rief Jeremy aus. »Wie ist Michael ihr auf die Schliche gekommen?«

Silas erzählte ihm, was er wusste.

»Armes Mädchen«, lautete Jeremys Kommentar. »Hoffentlich haben Michael und seine Männer sie nicht zu grob angefasst.«

»Darüber hat Carson sich ausgeschwiegen.«

»Weiß Jessica Bescheid?«

Silas hob das Glas an die Lippen. »Ja. Sie war Teil der Verschwörung.«

Jeremy richtete sich auf. »*Wie bitte?*«

Silas erklärte es ihm. »Ihr Vater ist sehr wütend auf sie«, schloss er. »So wütend, dass er sie loswerden will. Deswegen war er neulich hier. Ich soll ihm helfen.«

»Du? Wie?«

»Er möchte, dass ich seine Tochter heirate und mit nach Texas nehme.«

Jeremys entsetzter Blick erinnerte Silas an eine Episode in ihrer Jugend, als sie auf gegenüberliegenden Seiten des Sees geangelt hatten. Damals hatte Jeremy ihn übers Wasser hinweg mit genau dem gleichen Blick angesehen, und kurz darauf hatte Silas herausgefunden, warum. Ein Stück weiter stromaufwärts hatte ein Bär Fische gefangen, ohne Silas zu bemerken. Jeremys besorgter Blick hatte seine beiden Optionen gespiegelt: Sollte er auf eine Zypresse klettern, wo er sicher wäre, aber nicht mehr herunterkonnte, oder sollte er Leib und Leben riskieren und versuchen wegzulaufen? Silas war das Risiko eingegangen und in den Wald geflohen. Im Moment hatte er das Gefühl, sich in einer ähnlichen Situation zu befinden. Sollte er bleiben, wo er war, sicher, aber in engen Grenzen, oder sich mit dem Risiko, große Verluste zu erleiden, für die Freiheit entscheiden? An jenem Tag am See hatte Jeremy ihn nicht im Stich gelassen. Würde er Silas auch nun weiter zur Seite stehen, wenn er beschloss, Carsons Angebot anzunehmen?

»Ich bin schockiert«, stellte sein Freund fest.

»Das sehe ich. Möchtest du jetzt einen Whiskey?«

Als Silas ihm einschenkte, fragte Jeremy: »Was hast du ihm geantwortet?«

Silas nahm dankbar zur Kenntnis, dass sein Freund nicht sofort sagte: *Natürlich hast du seinen Vorschlag abgelehnt.*

»Ich habe mir Bedenkzeit auserbeten«, antwortete Silas. »Und egal, was du von mir hältst: Ich denke tatsächlich darüber nach. Carson Wyndham bietet mir den Ausweg, nach dem du dich erkundigt hast.«

ACHTZEHN

Jeremy Warwick zügelte seinen weißen Hengst, als er in den von Bäumen gesäumten, mit Moos bewachsenen Weg zum Herrenhaus seiner Familie einbog. Das aus weiß verputzten Ziegeln erbaute Meadowlands war ein prächtiges zweieinhalbstöckiges Gebäude, umgeben von breiten Doppelgalerien, die von bis zum Dach reichenden monumentalen Säulen getragen wurden. Wie ein Edelstein funkelte es sogar noch in der hereinbrechenden Abenddämmerung inmitten der üppigen Gärten und Rasenflächen, die sich bis zu den riesigen abgeernteten Baumwollfeldern erstreckten. Jeremy, in Meadowlands aufgewachsen, hatte nie sonderlich auf die Größe seines Familiensitzes geachtet. Queenscrown war nicht minder prächtig. Vom Rücken seines Pferdes aus betrachtete er das Herrenhaus der Warwicks und die schier endlosen Landflächen aus einer neuen Perspektive. *Was würde ein Mensch wohl tun – riskieren, opfern, aufgeben –, um all das sein Eigen zu nennen?*, fragte er sich.

All das war genau das, was Silas sich wünschte, worauf er aufgrund seiner Geburt ein Recht zu besitzen und was er zu seinem Leben als Mann zu benötigen glaubte. Wenn Morris am folgenden Tag sterben und Queenscrown seinem Bruder hinterlassen würde, wäre sein Bruder Silas glücklich und zufrieden. Wenn hingegen Jeremys Vater und Geschwister das Zeitliche segnen würden – was für ein Gedanke! – und er, Jeremy, Meadowlands erbte, wäre das schrecklich. Er wollte aus anderen Gründen nach Texas als Silas. Jeremy sehnte sich danach, seinen Lebensunterhalt selbst zu verdienen, in einer neuen, frischen Umgebung. Obwohl er sich nur mit Landwirtschaft auskannte, freute er sich auf die Herausforderung, sich anderen profitablen Einnahmequellen zuzuwenden im Land der vielen Möglichkeiten, das Texas angeblich war. Er empfand das Pflanzersystem in South Carolina – seine Sitten und Gebräuche, seine Traditionen und Vorurteile – als einengend und erstickend, als genauso erschöpft, wie das Land es eines Tages sein würde. Jessica Wyndham ging es bestimmt genauso.

Doch er konnte Silas' Leidenschaft verstehen. Silas war ein Mann des Grund und Bodens – besonders des Bodens, der für den Baumwollanbau genutzt wurde – und ein Toliver, der geborene Anführer, kein Mann, der sich anderen unterordnete. In Silas' Adern floss das Blut seiner Vorfahren, und er konnte die Vorstellung von seiner Rolle im Leben genauso wenig verändern wie die Farbe seiner Augen.

Jeremy hatte Mitleid mit ihm. Kein Seemann im schlimmsten Sturm würde mit ihm tauschen wollen. Er befand sich zwischen Skylla und Charybdis und konnte an den Klippen beider Ufer zerschellen. Wenn er beschloss, in Queenscrown bei der Frau zu bleiben, die er liebte, würde er mit Sicherheit emotional verkümmern. Und wenn er nach Texas ging, konnten all das Land und die Baumwolle der Welt den Kummer darüber, dass er mit einer Frau verheiratet war, die er nicht liebte, vermutlich nicht aufwiegen.

Würde Silas die Menschen, die er liebte, opfern, um seine eigenen Träume zu retten? Lettie wäre gedemütigt und untröstlich. Genau wie der kleine Joshua, der Lettie als seine Mutter erachtete. Und wie Elizabeth, die sie liebte wie eine Tochter. Wenn Silas sich von Lettie trennte, um Jessica zu heiraten, würde er South Carolina als Mann ohne Würde verlassen und nie mehr nach Hause zurückkehren können.

Und Jessica Wyndham? Welche Chance hatte das Mädchen nach der schönen Lettie Sedgewick, das Herz von Silas zu gewinnen – vorausgesetzt, sie wollte das überhaupt? So wie Jeremy die temperamentvolle Jessica einschätzte, konnte es gut und gern sein, dass sie und Silas einander vom ersten Kuss an hassten.

Jeremy schüttelte den Kopf und spornte seinen Hengst an. Nur schade, dass er selbst nicht an dem Rennen um Jessica teilnahm. Seit seinem einundzwanzigsten Lebensjahr, als er die Liebe seines Lebens kennengelernt hatte, die ihm später durch eine Typhuserkrankung geraubt worden war, hatte keine Frau ihn mehr so fasziniert wie Jessica Wyndham. Hätte ihr Vater *ihm* seine Tochter angeboten, wäre ihm die Antwort möglicherweise nicht allzu schwergefallen.

Jessica begegnete ihrer Tante auf der Treppe. »Tante Elfie!«, rief sie aus, und sie fielen einander in die Arme.

»Ach, mein armes Kind, es ist alles meine Schuld«, meinte ihre Tante. »Wenn ich in Boston besser auf dich aufgepasst hätte …«

Jessica löste sich von ihr, um sie genauer zu betrachten. »Du kannst nichts dafür, Tante Elfie. Meine Überzeugungen standen bereits hier fest. Sie wurden im Internat nur noch bestätigt. Hast du eine Ahnung … wie es mit mir weitergeht?«

»Nein, meine liebe Nichte. Das hat dein Vater mir nicht verraten, aber deine Mutter macht sich große Sorgen.«

Lulu trat ans Fußende der Treppe. »Mister Carson wartet, Miss Jessica«, erklärte sie mit einem tadelnden Blick.

»Bestimmt nicht auf dich«, herrschte Jessica sie an. »Geh zurück an die Arbeit.«

»Aber ich soll Sie zu ihm bringen.«

»Ich kenne den Weg zum Arbeitszimmer meines Vaters. Verschwinde.« Jessica wartete, bis das Dienstmädchen weg war, und fragte dann: »Tante Elfie, hast du Tippy gesehen? Was haben sie mit ihr gemacht?«

»Ihr geht es gut, Kind – zumindest fürs Erste. Sie wohnt bei ihrer Mutter und arbeitet im Nähzimmer. Soweit ich weiß, an deinem Brautkleid. Bitte, Jessica, achte in Gegenwart deines Vaters auf deine Worte.«

»Ich gebe mir Mühe, Tante Elfie«, versprach Jessica, küsste ihre Tante auf die Wange und eilte mit fliegenden Röcken und wehenden Haaren die Treppe hinunter.

Da sie nicht wusste, wie sie diese frisieren sollte, hatte Jessica sie in den vier Tagen ihrer Gefangenschaft offen getragen. Ihre Naturkrause fiel in langen, nicht zu bändigenden Locken auf ihre Schultern, wenn Tippy sie nicht zähmte. An jenem Tag wurde ihre dichte rote Mähne mittels einer Spange aus der Stirn gehalten. Jessica hatte sich hastig angekleidet und zu einem Zeitpunkt, als es zu spät war, sich noch einmal umzuziehen, einen deutlich sichtbaren Fleck an der Vorderseite ihres Kleids entdeckt. Außerdem hatte sie es nicht geschafft, ihr Korsett selbst anzulegen. Obwohl sie während ihrer Gefangenschaft wenig gegessen und somit auch ohne das Korsett eine sehr schmale Taille hatte, fürchtete sie, dass ihr Vater ihren Aufzug bemerkte. Würde er ihn verärgern oder ihn für sie einnehmen?

Er rauchte am Kaminsims eine langstielige Pfeife und starrte in die Flammen, ihre Mutter saß ein wenig verloren in einem Sessel daneben. Jessica versetzte der Anblick einen Stich. Als ihre Mutter sich zur Begrüßung erheben wollte, legte ihr Vater ihr sanft eine Hand auf die Schulter, und sie sank zurück.

Carson trat an seinen Schreibtisch, um seine Meerschaumpfeife in die Halterung zu stecken. Jessica deutete das als schlechtes Zeichen, denn ihr Vater war sanfter, wenn er Pfeife rauchte. »Jessica«, sagte er, »du hast unserer Familie

Schande gemacht, und nicht nur uns, sondern auch Menschen, die deine Eltern und deinen Bruder achten und sich an unserem Vorbild orientieren. Du hältst offenbar nicht viel von dem Beispiel, das wir Wyndhams zu geben versuchen, weswegen ich dir zwei Alternativen anbieten möchte, die es dir ermöglichen, deinen abolitionistischen Neigungen zu frönen – vorausgesetzt natürlich, sie werden geduldet.«

»Carson, ist das wirklich nötig?«, meldete sich Eunice betrübt zu Wort. »Können wir ihr nicht noch eine Chance geben?«

»Mutter, wir haben uns doch geeinigt«, erinnerte Carson sie in etwas weniger scharfem Tonfall. »Unsere Tochter kann nicht bei uns bleiben. Sie hat ihre Familie und ihr Erbe verraten – das Erbe unserer Vorfahren und aller Südstaatler, die unseren Lebensstil pflegen und gutheißen. Jedenfalls«, fuhr er, nach wie vor an seine Frau gewandt, den Blick jedoch auf seine Tochter gerichtet, fort, »wenn sie sich nicht bei ihrer Familie entschuldigt und ihren Fehler denjenigen gegenüber zugibt, die sie zutiefst verletzt hat. Bestimmt würden sie verstehen, dass sie vorübergehend durch ihre Zuneigung zu Miss Conklin verblendet wurde.«

»Heißt das, ich soll mich bei Michael und den Nachtreitern entschuldigen?«, fragte Jessica, deren Angst sich in Entrüstung verwandelte.

»Ja.«

»Niemals.«

Ihre Mutter presste die Finger gegen ihre Stirn. »Jessie, Liebes …«

Jessica erwiderte den harten Blick ihres Vaters. »Welche Alternativen bietest du mir, Papa? Soll ich auf dem Scheiterhaufen brennen, oder wird mir bei lebendigem Leib die Haut abgezogen?«

Carson drehte ihr den Rücken zu, um ihr zu verstehen zu

geben, dass er genug hatte, straffte die Schultern, zog den Stuhl unter dem Schreibtisch heraus und konzentrierte sich auf die Papiere vor sich. Möglicherweise würde er nie mehr Notiz von ihr nehmen, sie von nun an ignorieren. Ohne sie anzusehen, sagte er: »Du erinnerst dich vielleicht noch an die Strafe für die ältere Schwester deiner Mutter, die der Familie in Boston Schande gemacht hat …«

Jessica erschauderte. Die Geschichte ihrer Tante mütterlicherseits war in der Familie bestens bekannt. Die Frau war wegen einer geheimen Beziehung mit einem Jungen, von dem ihr Vater nichts hielt, in ein britisches Kloster der Karmeliterinnen – einer der striktesten Nonnenorden der katholischen Kirche – verbannt worden. Jessica hatte ihre Mutter und Tante Elfie über die harten Bedingungen klagen hören, unter denen ihre Schwester lebte. Die »Insassen«, wie sie die Nonnen nannten, durften jeden Tag nur zwei Stunden sprechen und keinerlei Kontakt zur Außenwelt haben. Sie wohnten in kargen Zellen, legten einen Eid ab, in Armut zu leben, schufteten und beteten, aßen ausschließlich Gemüse und fasteten vom Holy Cross Day im September bis Ostern des folgenden Jahres. Nachdem ihre Schwester von zu Hause fortgebracht worden war, hatten die beiden anderen sie nie mehr wiedergesehen.

»Das wagst du nicht«, sagte Jessica und sah ihre Mutter an.

Eunice blinzelte ihre Tränen weg und nickte kaum merklich.

»O doch«, erwiderte Carson. »Sobald ich alles Nötige arrangieren kann.« Er nahm den Stift in die Hand, um ein Dokument zu unterzeichnen. »Es gibt einen Karmeliterinnenorden in Darlington, einem Marktflecken im Nordosten Englands. Vielleicht begegnest du deiner Tante dort. Sie müsste jetzt so um die sechzig sein.« Er nahm sich das nächste Dokument vor. »Oder …«, fügte er fast beiläufig hinzu, »du könntest Silas Toliver heiraten und mit ihm in Texas leben. Such dir's aus.«

Jessica sah ihn verständnislos an. Hatte ihr Vater den Verstand verloren? Silas Toliver war mit Lettie verlobt, sie wollten einander in weniger als sechs Wochen das Jawort geben. Hatte er vergessen, dass seine Tochter Brautjungfer sein sollte? Tippy arbeitete doch an ihrem Kleid. Sie schaute zu ihrer Mutter, die die Augen geschlossen hatte und wie im stummen Gebet an ihrer Lippe kaute, dann auf das gleichgültige Gesicht ihres Vaters, der den Blick ungerührt auf seine Papiere gerichtet hielt.

»Silas Toliver ist verlobt«, erinnerte Jessica ihn. »Hast du das vergessen? Wie kannst du ihn mir als möglichen Kandidaten präsentieren – vorausgesetzt, er würde mich überhaupt wollen?«

»Für den Preis, den ich ihm geboten habe, wird er die Verlobung auflösen«, entgegnete Carson. »Und glaube mir: Er wird dich wollen. Ihm bleiben noch zehn Tage, meinen Vorschlag anzunehmen. Ich weiß, wie seine Antwort lauten wird.«

»Herr im Himmel, Papa! Was hast du getan?«

Ihre Mutter erhob sich mit raschelndem Seidengewand. »Jessie, Silas ist ein guter Mann«, sagte sie in flehendem Tonfall. »Er wird auf dich aufpassen. Und dein Vater wird dafür sorgen, dass es dir an nichts mangelt. Wenn du in dieses grässliche Kloster in England gehst, sehen wir dich nie wieder.«

»Aber Silas ist *verlobt*.«

»Was sich leicht ändern lässt«, erklärte Carson.

Jessica begann zu dämmern, welch schreckliche Lösung ihr Vater sich für sie ausgedacht hatte. »Und was ist mit Lettie? Wenn Silas sie nicht heiratet, geht sie zugrunde!«

»Das wäre dann nur deiner Dummheit und Silas' Verzweiflung zuzuschreiben. Sie wird darüber hinwegkommen.«

»Ich entscheide mich für keine der beiden Alternativen«, verkündete Jessica. »Lieber reiße ich aus – und gehe zu Tante Elfie nach Boston.«

»Nein, das tust du nicht, meine liebe Tochter, denn wenn, verkaufe ich Tippy und ihre Mutter – und zwar getrennt. Darauf kannst du dich verlassen. Ich werde nicht dulden, dass du in Boston weiter gegen die Interessen deiner Familie und des Südens arbeitest.«

Eunice stöhnte auf und hielt sich die Ohren zu – vor Scham, das war Jessica klar.

»Papa, ich dachte, du liebst mich«, sagte Jessica mit leiser Stimme.

Er sah sie an, möglicherweise zum letzten Mal direkt. »Das tue ich, meine Liebe, mehr, als du jemals ahnen wirst oder aufgrund meiner Handlungen vermuten kannst, das ist ja das Traurige. Geh jetzt in dein Zimmer und denk über meine Vorschläge nach. Deine Mutter wird dir Tippy schicken. Die soll dich ordentlich herrichten. Bei unserem letzten gemeinsamen Weihnachten müssen wir gut aussehen.«

NEUNZEHN

In den Tagen, die ihm noch blieben, um seine endgültige Entscheidung zu treffen, betrachtete Silas das Leben in Queenscrown mit dem Blick des unbeteiligten Beobachters. Das fiel ihm nicht schwer, denn seine größte Stärke lag in seiner Bereitschaft und seinem Mut, sich der Wahrheit zu stellen. Er saß nicht dem Irrtum auf zu glauben, dass sich die Dinge im Lauf der Zeit und unter den richtigen Umständen irgendwann änderten. Ein Mann konnte sein ganzes Leben mit Warten darauf vergeuden, dass Fortuna sich ihm zuwandte. Bei seiner Entscheidungsfindung analysierte Silas die gegenwärtigen Gegebenheiten, wog die Wahrscheinlichkeit einer Veränderung ab und richtete seinen Kurs danach aus.

Er konzentrierte sich darauf, die Menschen und Umstände, die den Rest seiner Tage bestimmen würden, wenn er in Queenscrown blieb und als Landverwalter seines Bruders arbeitete, unvoreingenommen zu betrachten. Lettie sah er als eine Ehefrau, die sich ohne Klagen in ihr Schicksal fügen würde. Vermutlich würde sie ihre Lehrtätigkeit wieder aufnehmen, nun, da Sarah Conklin nicht zurückkäme. Ihr kleines Einkommen würde sein eigenes Gehalt aufbessern, ihr erlauben, sich hin und wieder ein neues Kleid zu leisten, und vielleicht auch den einen oder anderen Wochenendausflug nach Charleston zu einem Abendessen und einem Besuch im Grand Theater ermöglichen. Sie würde niemals die Herrin von Queenscrown werden. Seine Mutter war die unbestrittene Herrscherin über den häuslichen Bereich, und obwohl sie einander ausgesprochen gut leiden konnten, würde es bestimmt auch einmal Auseinandersetzungen über die Führung des Haushalts, über die Erziehung von Joshua und die Rollenverteilung bei gesellschaftlichen Ereignissen geben. Er ging davon aus, dass ihre Zuneigung zueinander irgendwann nachlassen würde, und schon die geringste Unstimmigkeit zwischen zwei Frauen in einem Haushalt konnte den anderen Bewohnern das Leben zur Hölle machen. Und was, wenn Morris heiratete? Dann würde Lettie hinter seiner Mutter und der neuen Herrin von Queenscrown nur noch die dritte Geige spielen. Die Sprösslinge von Morris hätten Vorrang vor Joshua. Joshua und seine künftigen Geschwister würden als Kinder eines abhängigen Verwandten gelten. Silas würde das Haus des Landverwalters übernehmen, in dem jetzt der Oberaufseher wohnte. Aber wie konnte er, ein Toliver und Nachkomme der Herren von Queenscrown, sich damit begnügen, im Cottage eines Bediensteten zu leben?

Silas sah sich schon immer frustrierter werden über die Art und Weise, wie Morris das Anwesen führte. Sein Bruder erachtete den Winter als Zeit zum Ausspannen, aber am Ende des alten Jahres gab es mehr als genug zu tun, wenn die Plantage gut weiterlaufen sollte. Gerätschaften, Sättel und Zaumzeug, Zäune und Gebäude mussten instand gesetzt, Silos und Lagerbehälter gesäubert, Gärten umgegraben, Felder gepflügt und gedüngt werden … Eine schier endlose Liste von Aufgaben, um die Silas sich als Landverwalter gekümmert hätte. Doch Morris würde mit der Bibel argumentieren, dass es eine Zeit für alles gebe und der Winter dazu diene, sich auszuruhen und die Geburt Christi zu feiern. »Wir haben die Ernte eingefahren, Silas. Lass uns nun die Früchte unserer Arbeit genießen.« Silas wusste, dass die Nachsicht seines Bruders den Sklaven und Aufsehern gegenüber und sein Zaudern bei Entscheidungen, die über Verbesserungen im neuen Jahr zu treffen waren, ihn irgendwann in den Wahnsinn treiben würden.

Wie üblich würde Lettie es schaffen, der düsteren Situation etwas Positives abzugewinnen und ihn aufzuheitern. »Immerhin haben wir für das Jahr ein Dach über dem Kopf und nur geringe Ausgaben und sitzen an einem der besten Tische in der Plantation Alley. Das Geld können wir sparen und zu dem legen, das wir für die Conestogas bekommen, und im März des nächsten Jahres brechen wir nach Texas auf.«

Nachdem Silas das Für und Wider abgewogen hatte, beschloss er, sich an seinem Fixstern im Osten zu orientieren. Letties Argumente, die sich nach denen von Morris richteten, ergaben Sinn. Kriege und Unruhen in den neuen Siedlungsgebieten würden die Wanderung nach Westen am Ende nicht aufhalten, und die Conestogas würden sich irgendwann doch noch verkaufen lassen, das stand außer Zweifel. Die Verzögerung hatte durchaus auch ihre Vorteile. Zum einen hätte er Zeit, wegen des Verkaufs der Wagen mit der Armee Kontakt aufzunehmen, und zum anderen wäre der Aufstand in Texas höchstwahrscheinlich vorbei, wenn sie dort einträfen. Natürlich schmerzte ihn der Gedanke, dass Jeremy ohne ihn zum Gelobten Land aufbrechen würde, aber sein Freund konnte ihm sozusagen als Vorhut wertvolle Informationen über die zu erwartenden Hindernisse liefern. Bis zu seinem eigenen Aufbruch würde ihm Letties Gesellschaft bei Tisch und im Bett das Jahr versüßen.

Am Abend des ersten Weihnachtsfeiertages war er sich schließlich sicher, dass er in Queenscrown bleiben würde, und fragte sich, wie er Carson Wyndhams Vorschlag jemals auch nur in Erwägung hatte ziehen können. Wie hatte er so egoistisch sein können, Joshua die mütterliche Zuneigung einer Frau verwehren zu wollen, die ihn bereits als ihren Sohn betrachtete? Wenn er den Jungen mit Lettie sah (ihr brachte er Geschenke zum Begutachten, nicht seinem Vater), wünschte er sich, dass er Jeremy niemals von Wyndhams Angebot erzählt hätte, das er inzwischen mehr als peinlich fand. Wie konnte der Mann glauben, dass Silas Toliver sich kaufen ließ? Er würde sich nicht zu einer Antwort herablassen.

Halbwegs beruhigt konzentrierte Silas sich nun Lettie zuliebe darauf, die verbliebene Weihnachtszeit zu genießen. In den Tagen zwischen Weihnachten und Neujahr blieb ihm wegen der zahlreichen Feste, von denen viele anlässlich ihrer bevorstehenden Hochzeit gefeiert wurden, wenig Zeit und Muße, über seine veränderten Pläne für das folgende Jahr nachzudenken. Die Wyndhams hatten – aus Gründen, die nur wenigen bekannt waren und über die alle anderen spekulierten – Willowshire aus dem Kreis der Anwesen herausgenommen, die ihre Türen für Gäste öffneten. Aber zwischen den anderen Herrenhäusern der Plantation Alley herrschte reger Besucherverkehr, und die Pflanzer wechselten sich ab als Gastgeber für Scheunenfeste mit Bratfisch, Baumstammrollen und Maiskolbenpartys, an denen ihre Sklaven teilnahmen.

Silas freute sich schon auf den Tag, an dem er auf seiner eigenen Plantage Somerset in Texas selbst solche Feste geben würde.

Die erste arktische Kaltfront in der zweiten Nacht des neuen Jahres 1836 setzte dem guten Wetter und der guten Laune ein Ende. Der unvermittelte Temperatursturz machte sich hinter den dünnen Mauern der Hütten in der Sklavensiedlung von Queenscrown nicht sofort bemerkbar, und die Nacht erschien auch nicht besonders dunkel. Der Aufseher wurde letztlich durch ein merkwürdig schimmerndes Licht, das an der Wand seines Schlafzimmers flackerte, geweckt. Er hastete zum Fenster und riss den Laden auf, durch den das Licht hereingedrungen war. »O nein!«, rief er aus und rüttelte seine schlafende Frau wach. Draußen auf dem Feld bei einer der Scheunen erhoben sich Rauchsäulen in die Nacht. Die weißen Masten der Conestoga-Flotte standen in Flammen.

In der Bibliothek von Willowshire saß Carson Wyndham um zwei Uhr morgens vor dem prasselnden Kamin. Er trug eine Hausjacke gegen die Kälte und zog an einer Zigarre, während er nachdenklich in die Flammen starrte. Der Mann, den er erwartete, schlich fünfzehn Minuten später als geplant auf leisen Sohlen zu den hohen Türen der Bibliothek, um niemanden im Haus zu wecken.

Carson sah den Mann an, der die Tür leise hinter sich schloss. »Ist es erledigt?«, fragte er.

»Ja, Papa.«

»Du bist sicher, dass niemand dich beobachtet hat?«

»Ja.«

»Wir müssen für Glück und Zufriedenheit deiner Schwester sorgen, auch wenn sie glaubt, dass wir ihr das Gegenteil wünschen.«

Michael Wyndham setzte sich an den Kamin und streifte müde die Stiefel ab. »Glaubst du wirklich, Jessica lässt sich darauf ein, Silas Toliver zu heiraten?«

»Angesichts der Alternativen, die ihr bleiben, habe ich keine Zweifel. Wir müssen sie von hier wegbringen, bevor mit ihr das Gleiche passiert wie mit Miss Conklin. Der Name Wyndham kann zwar einen See daran hindern, über die Ufer zu treten, aber nicht einen Fluss.«

»Glaubst du, Silas Toliver wird sie glücklich machen?«

»So glücklich, wie ein Mann deine Schwester überhaupt machen kann. Silas ist ein bemerkenswert attraktiver Bursche. Welche Frau könnte seinem Charme schon widerstehen?«

»Ich frage mich, wer Lettie Sedgewick heiraten wird, wenn Silas seinen Antrag zurückzieht.«

»Warum nicht du? Hübsch wäre sie doch. Und intelligent, aber klug genug, das nicht zu offen zu zeigen.«

Michael schüttelte den Kopf. »Die ist mir zu zahm.«

»Aha«, meinte sein Vater. »Sarah Conklin wäre also eher nach deinem Geschmack gewesen?«

»Ich fand sie sehr anziehend. Nur schade, dass sie auf der falschen Seite stand.« Er rutschte auf seinem Stuhl herum. »Weißt du, dass sie kein einziges Mal vor Schmerz geschrien hat? Da habe ich meine Leute aufhören lassen. Ich wollte sie nur weinen hören.«

»Sie hat dir den Namen des anderen Verschwörers nicht verraten?«

»Nein. Sie ist eine mutige und loyale Frau.«

»Auch nicht mutiger und loyaler als deine Schwester. Sie hätte lügen und sich selbst – und ihrer Familie – diese tragische Wendung der Dinge ersparen können.«

Verlegenes Schweigen. Carson nahm die Zigarre aus dem Mund und betrachtete seinen Sohn durch den Rauch hindurch mit zusammengekniffenen Augen. »Hat es dir Spaß gemacht, eine Frau auszupeitschen, Michael?«

Michael schürzte die Lippen. »Ich dachte, dass es mir Spaß machen würde«, antwortete er, »aber hinterher hat es mir trotz ihrer Schuld … leidgetan, dass ich tun musste, was nötig war.«

»Gut.« Sein Vater steckte die Zigarre wieder in den Mund. »Wenn du gesagt hättest, dass dir das Auspeitschen Spaß gemacht hat, hätte ich dich ebenfalls verstoßen.«

ZWANZIG

Eine Untersuchung ergab keinen Hinweis, der Silas' Verdacht der Brandstiftung belegt hätte.

»Ein Funke von einem der Schornsteine der Sklavenbehausungen muss das Feuer verursacht haben, Mr Toliver«, erklärte der County Sheriff.

»In der Nacht ging kein Wind. Wie soll das möglich gewesen sein?«

»Für so einen Funken reicht schon eine kleine Brise.«

»*Direkt* zu allen *zehn* Wagen?«

Als Antwort erhielt Silas lediglich ein Achselzucken.

Zwei Tage vor Carson Wyndhams Termin am fünften Januar sattelte Silas vor Wut kochend seinen Wallach und ritt nach Willowshire.

Als der Butler den Herrn des Anwesens informierte, dass Mr Silas Toliver von Queenscrown da sei, sagte Carson: »Bring ihn in die Bibliothek, Jonah. Ich empfange ihn dort.«

»Er will nicht Sie sehen, Mister Carson, sondern Miss Jessica. Er ist im Eingangsbereich. Soll ich ihr mitteilen, dass er mit ihr sprechen möchte?«

Carson war verblüfft. Also würde Silas, bevor er zu einem endgültigen Beschluss gelangte, bei seiner Tochter vorfühlen, ob diese bereit wäre, seine Frau zu werden. Dass Silas seinen Vorschlag möglicherweise nur annehmen würde, wenn Jessica zustimmte, hatte er nicht bedacht. Ein kluger und ehrenwerter Schachzug. Carson spürte Panik in sich aufsteigen. Was, wenn seine Tochter mit ihrer radikalen Gesinnung Silas, einen Sklavenbesitzer, ablehnte und sich fürs Kloster entschied? Zuzutrauen war es ihr. Doch solange er Tippy und Willie May als Druckmittel hatte, würde sie das nicht tun.

»Sag Mr Toliver, dass er im Salon warten soll, und schick meine Tochter zu ihm«, wies Carson den Butler an.

Jonah machte eine kleine Verbeugung. »Ja, Mister Carson.«

Silas erhob sich vom Rosshaarsofa, als Jessica mit wippenden Röcken in den Raum segelte. Sie hatte abgenommen, und die dunklen Ringe unter ihren Augen verdeckten ihre Sommersprossen. Jessica wirkte sehr jung, fast wie ein Kind, und ein wenig blass verglichen mit der strahlenden Schönheit Lettie. Obwohl es ihm einen Stich versetzte, der ihn fast dazu gebracht hätte, aus dem Raum zu eilen, verbeugte er sich leicht. »Miss Wyndham, Sie kennen den Grund meines Besuchs?«

»Leider ja, Mr Toliver. Wollen wir uns setzen und darüber sprechen?«

Silas schob die Schöße seines langen Mantels zurück und nahm wieder Platz. »Ja. Sie scheinen Probleme mit Ihrem Vater zu haben, und ich sitze ebenfalls in der Klemme. Hat er Ihnen meine Lage erklärt?«

»Mein Vater erklärt nicht, er befiehlt. Ich würde gern von Ihnen selbst hören, warum Sie erwägen, sich von der Frau, die Sie lieben – und die Ihre Liebe erwidert –, zu trennen, um mich zu heiraten.«

Silas zuckte zusammen. Das Mädchen mochte das Gesicht eines Kindes haben, argumentierte aber wie eine Frau, die wusste, was sie wollte. Nun denn. Schließlich war er gekommen, um alle Karten auf den Tisch zu legen. Er würde nichts verschweigen, wie er es bei Lettie für gewöhnlich tat, und dieser jungen Frau den wahren Charakter des Mannes nicht verheimlichen, mit dem sie möglicherweise den Rest ihres Lebens verbringen musste. Sollte *sie* entscheiden, ob sie jemanden ehelichen wollte, der sich um den Preis kaufen ließ, den ihr Vater bot.

Silas verschwieg ihr seine Pläne nicht und auch nicht, wie sehr er seine gegenwärtige Situation in Queenscrown hasste. Die junge Frau lauschte ihm stumm, die großen braunen Augen auf ihn gerichtet, als er aufstand, um im Zimmer herumzugehen, und sich mit der Hand durch die Haare fuhr, eine typische Geste der Tolivers, wenn sie aufgeregt waren. Plötzlich schoss ihm eine Frage durch den Kopf, die er in dem Chaos vergessen hatte. »Was wird mit Ihnen geschehen, Miss Wyndham, wenn … Sie mich nicht heiraten?«, erkundigte er sich, als er erschöpft von seiner Beichte zu seinem Sessel zurückkehrte.

Jessica erklärte es ihm. Silas lauschte verblüfft. »Gütiger Himmel!«, rief er aus. »Ihr Vater würde Sie an einen solchen Ort schicken?«

»Ja, Sir, ohne mit der Wimper zu zucken.« Sie stand auf, um den Kamin zu schüren, dessen tanzende Flammen Schatten auf ihr nachdenkliches Gesicht warfen. »Diese *Toliver-Leidenschaft*, von der Sie gesprochen haben … von der Sie nicht einmal für die Liebe Ihres Lebens lassen können, die …«, sie bedachte ihn mit einem kühlen Lächeln, »… lässt sich nur mithilfe von Sklaven verwirklichen, oder?«

»Ja, so sieht es aus«, antwortete Silas.

Ihre dunklen Augen funkelten. »Sie wissen Bescheid über meine Abneigung gegen die Sklavenhaltung?«

»Ja.«

»Dann dürfte Ihnen klar sein, dass ich lieber mit einem Maultier kopulieren würde als mit einem Sklavenhalter.«

Bestürzt, verärgert und alarmiert über ihre Direktheit – *bedeutete das, dass sie sich weigern würde, ihn zu heiraten?* –, sagte er: »Das mag sein, Miss Wyndham, aber wenn wir schon so offen miteinander sprechen: Ein Maultier könnte gut und gern Ihre einzige Wahl sein, wenn Sie sich fürs Kloster entscheiden sollten.«

Sie wurde rot. »Weiß Lettie über die … Veränderung Ihrer Pläne Bescheid?«

Diese Frage hatte er erwartet, und er beantwortete sie so besonnen, wie sein Schmerz es erlaubte. »Nein, noch nicht. Ich wollte mich zuerst vergewissern, dass Sie meinen Antrag annehmen.«

Jessica verzog den Mund. »Sie sind offenbar ein Mann, der auf Nummer sicher geht.«

»Ja, das ist eine meiner Schwächen.«

»Zumindest halten Sie mit der Wahrheit nicht hinterm Berg.«

»Nicht in diesem Fall.«

»Dann lassen Sie mich Folgendes sagen, Mr Toliver: Ich habe das Gefühl, etwas mit dieser Triebkraft anfangen zu können, die Sie geerbt zu haben scheinen, so schändlich sie auch sein mag. Leidenschaft ist und bleibt Leidenschaft. Man kann sie nicht aus dem Blut abschöpfen wie die Fettschicht von der Suppe. Ich verabscheue diese Leidenschaft, die Sie dazu bringt, das zu tun, was Sie Ihrem Ziel näher bringt, aber ich verstehe sie auch. In dieser Hinsicht sind wir uns ähnlich: Ich bin ebenfalls Sklavin meiner Überzeugungen.«

Jessica stellte den Schürhaken zurück an seinen Platz und wandte sich vom Kamin ab. »Sie sehen also, Mr Toliver, dass uns nichts anderes übrig bleibt, als einander das Jawort zu geben. Ich werde wahrscheinlich keine gute Ehefrau sein und bezweifle, dass ich Sie jemals lieben werde, da ich nicht von Ihnen erwarte, mir ein richtiger Ehemann zu sein oder auch nur die geringste Zuneigung für mich zu empfinden. Was die Frage des Kopulierens anbelangt, bin ich bereit, die Ehe zu vollziehen, allerdings ausschließlich zum Zweck der Kinderzeugung. Habe ich mich deutlich genug ausgedrückt?«

Silas nickte benommen.

»Wir werden Lettie sehr wehtun«, fuhr Jessica fort, »und Ihr kleiner Junge wird die liebevolle Mutter verlieren, die ich niemals ersetzen kann, aber ich vermute, dass Sie das bereits in Ihre Erwägungen mit einbezogen haben.«

Silas stotterte: »Ja, das habe ich.« Er musste an Lettie und ihren verführerischen Körper denken, den er nun nie ganz erkunden würde. Daran, dass sie sich nicht mehr um Joshua würde kümmern können. Und er stellte sich vor, dass er den Rest seines Lebens mit diesem kleinen Drachen an seiner Seite verbringen würde. Was für ein Mann war er nur, dass er sich auf einen solchen Pakt mit dem Teufel einließ? *Ein Toliver*, antwortete seine innere Stimme. Er schluckte den bitteren Speichel hinunter, der sich in seinem Mund gesammelt hatte, und fragte: »Heißt das, dass Sie meinen Antrag *annehmen*?«

»Den Antrag meines *Vaters*, Mr Toliver. Das ist ein Unterschied. Lassen Sie uns in sein Arbeitszimmer gehen und ihm unseren Beschluss mitteilen.«

EINUNDZWANZIG

Sie führten harte Verhandlungen. Silas legte Carson eine Liste mit Forderungen vor, auf die dieser mit Empörung reagierte. »Erstattung der Conestogas? Da führt kein Weg hin«, schäumte er. »Warum, zum Teufel, sollte ich mich darauf einlassen?«

Carsons verstohlener Blick in Richtung Jessica sagte Silas, dass sie nichts von der Beteiligung ihres Vaters an der Zerstörung der Wagen ahnte. »Ich glaube, Sie wissen, warum, Mr Wyndham«, entgegnete Silas in vielsagendem Tonfall, der Carson signalisieren sollte, dass seine Tochter nichts davon erfahren würde, wenn er die Bedingungen von Silas akzeptierte. »Sonst können wir die Sache vergessen.«

»Moment!« Carson warf die Liste mit zornrotem Gesicht auf den Tisch. »Na schön, einverstanden!«

Außerdem bestand Silas auf einem Mitspracherecht bei der Formulierung der finanziellen Klauseln in der Ehevereinbarung. In dem Dokument garantierten beide Parteien schriftlich die Sicherheit ihres Anteils an der Investition. Wenn Jessica weglief oder Silas sich von ihr scheiden ließ oder sie innerhalb von zehn Jahren nach der Eheschließung starb, würde Silas seine Plantage entweder an Carson verlieren oder ihm alles zurückzahlen. »In beiden Fällen bekomme ich mein Geld wieder«, erklärte Carson seinem künftigen Schwiegersohn kühl. Carson blieb seinerseits, solange die Ehe hielt, an die Bedingungen des Vorschlags gebunden, den er Silas im Salon von Queenscrown unterbreitet hatte.

Jessica erklärte, sie würde den Ehevertrag nur unterzeichnen, wenn Tippy sie begleiten dürfe. Carsons erster Impuls war es, ihr diese Bitte abzuschlagen, doch dann trat ein berechnender Ausdruck in seine Augen.

»Also gut«, sagte er. »Aber komm ja nicht auf die Idee, sie freizulassen. Tippy wird auf dich achten, und sie ist eine zusätzliche Garantie, dass du dich an deinen Teil der Abmachung hältst. Du weißt, was mit ihrer Mutter passiert, wenn du es nicht tust.«

»Da du bereit bist, sogar mich zu verkaufen, Papa, fällt es mir nicht schwer zu glauben, dass du Willie May versteigern würdest«, entgegnete Jessica. »Und Jasper? Was hast du mit dem gemacht?«

»Niemand hat Anspruch auf ihn erhoben, und wir konnten seinen Herrn nicht finden. Er gehört wohl dem glücklichen Finder. Im Frühjahr schicke ich ihn auf die Felder, bis dahin macht er die Ställe sauber. Seine gerechte Strafe hat er noch nicht erhalten. Warum?«

»Ich möchte, dass du ihn freilässt und uns mitgibst.«

Nun fühlte Carson sich in seiner Entscheidung bestätigt. Wenn sie bei ihm bliebe, wäre sie als »Sklavenfreundin« gebrandmarkt, und das war noch die harmloseste Bezeichnung, die ihm dazu einfiel. Es war gut möglich, dass er ihre zerschundene Leiche eines Tages auf seiner Schwelle finden würde, egal, wie viel Einfluss er in der Gegend besaß.

»Gut«, sagte Carson. »Du kannst ihn haben. Und jetzt unterschreib.«

Eunice wurde bei der Festlegung der letzten Einzelheiten dazugerufen. Man beschloss, dass das Paar eine Woche später im engsten Kreis in Willowshire heiraten und vom Geistlichen der First Methodist Church getraut werden würde. Silas würde in Queenscrown bleiben und Jessica in Willowshire, bis der Treck sich am ersten März in Bewegung setzte. Alle außer Jessica wirkten verlegen, als man sich darauf einigte, dass die Hochzeitsnacht fürs Erste kein Thema wäre. Wann die Frischvermählten das Bett teilten, würden sie selbst entscheiden. Erst einmal mussten sie sich auf den Skandal gefasst machen, den es geben würde, wenn Silas seine Verlobung mit Lettie auflöste.

»Darf ich fragen, wann du es ihr sagen willst?«, erkundigte sich Eunice.

»Ja.« Silas neigte leicht das Haupt, ohne ihr eine Antwort zu geben. Eunice und Carson wechselten einen erstaunten Blick. Obwohl ihr künftiger Schwiegersohn als Bittsteller zu ihnen gekommen war, fühlte er sich nicht verpflichtet, ihnen zu verraten, was sie nichts anging.

Am Ende der Verhandlungen schockierte Eunice alle, indem sie Jonah Champagner bringen ließ. Nachdem Carson, Jessica und Silas ein Glas genommen hatten, hob sie das ihre. Tränen glänzten in ihren Augen, und ihr brach die Stimme. »Ich hätte nie gedacht, dass ich eines Tages einen Toast auf die Verlobung meiner Tochter mit einem Mann aussprechen würde, den sie nicht liebt und von dem auch sie nicht geliebt wird«, erklärte sie, »aber ich hoffe und bete, dass ihr etwas aneinander findet, das euch, abgesehen von der finanziellen Absicherung und der Drohung, den Rest des Lebens im Kloster zu verbringen, zusammenhält. Wenn ihr es versucht, werdet ihr bestimmt trotz aller Probleme Gründe entdecken, füreinander zu sorgen, wie ich es in meiner Ehe und sicher auch deine Eltern in der ihren getan haben, Silas.«

Carson brummte etwas und sah seine Frau verwundert an. *Probleme? Was für Probleme?* Aber auch er hob das Glas. »Auf euer Wohl!«, sagte er.

Eunice nahm hastig einen Schluck. »Wenn ihr mich jetzt bitte entschuldigen würdet …« Sie raffte die Röcke und verließ weinend den Raum. Nun war nur noch das Prasseln des

Feuers im Kamin zu hören. Carson, der seiner Frau traurig nachblickte, räusperte sich, doch seine Stimme blieb belegt.

»Ich werde für euer Glück beten«, versprach er. »Aber jetzt lasst mich bitte allein.«

Jessica überraschte Silas, indem sie abwinkte, als Jonah ihn zur Tür bringen wollte, und ihn selbst auf die Veranda begleitete. Er hatte keine Ahnung, was sie ihm nach den Verhandlungen im Salon noch sagen wollte.

»Sie glauben, dass mein Vater für die Zerstörung Ihrer Wagen verantwortlich ist, stimmt's?«, stellte Jessica fest, nachdem sie die Tür hinter sich geschlossen hatte. Sie reichte ihm kaum bis zur Schulter, und das kalte Winterlicht ließ ihr Gesicht trotz der Sommersprossen wie Alabaster schimmern.

»Der Zeitpunkt des Brandes erscheint mir als ein zu großer Zufall, um nicht geplant gewesen zu sein«, antwortete Silas. »Aber der Sheriff konnte keine Beweise für meine Vermutung finden.«

»Der *Sheriff*!«, rief Jessica verächtlich aus. »Es würde mich nicht überraschen, wenn dieser Narr die Lunte selber angezündet hätte – auf Geheiß meines Vaters«, fügte sie hinzu. »Ich bedaure Ihren Verlust, Mr Wyndham.«

»Und ich den Ihren.«

»Der meine ist nichts, verglichen mit dem Ihren.« Sie sah ihn mit einem traurigen Blick an. »Wann werden Sie es Lettie sagen?«

»Ich bin praktisch schon unterwegs.«

»Sie tut mir leid. Richten Sie ihr bitte aus, dass …«

»… Sie sie gernhaben? Ja, das mache ich, Jessica. Sie wird wissen, dass es nicht Ihre Schuld ist. Ich werde ihr genauso die Wahrheit sagen wie Ihnen. Auch wenn ihr das kein Trost ist: Sie kennt mich gut genug, um zu begreifen, dass das, was wir miteinander haben, am Ende verloren sein würde, wenn ich bliebe.«

Jessica biss sich auf die Lippe. »Ich dachte … Liebe überwindet alle Hindernisse.«

Das zeigte nur, dass sie keinerlei Erfahrung mit der Liebe hatte. Sie wirkte so jung, am liebsten hätte Silas sie getröstet wie ein Kind.

»Es gibt andere, größere Lieben, die die Liebe nicht überwinden kann«, erklärte er mit rauer Stimme. »Ich wünschte, es wäre anders.«

»Das wünschte ich auch, Mr Toliver. Denn die Liebe, die Sie und Lettie füreinander empfinden, wird wahrscheinlich keinem von Ihnen mehr vergönnt sein. Sie haben sich auf einen schlechten Handel eingelassen, Sir.«

Ein Stallknecht brachte sein Pferd. »Wie Sie, fürchte ich, Miss Wyndham.« Ihm fiel auf, dass sie sich nicht die Mühe gemacht hatte, ein Tuch um die Schultern zu legen. »Sie frieren doch«, bemerkte er.

»Daran werde ich mich gewöhnen müssen. Vermutlich wird mir in diesem Leben nicht mehr warm werden. Auf Wiedersehen.«

Auf dem längsten Ritt seines Lebens schob Silas alle Gefühle und Gedanken beiseite. Er traf seine Herzensdame in dem winzigen Wohnzimmer des Pfarrhauses an, einem privaten Raum neben dem kleinen Salon, in dem ihr Vater in der Bibel las. Hochzeitsnippes und -geschenke füllten alle verfügbaren Nischen, und von seinem Auftauchen überrascht, breitete Lettie hastig ein Laken über ihren Schleier, bevor er einen Blick darauf erhaschen konnte.

»Es bringt Unglück, wenn der Bräutigam vor der Hochzeit irgendeinen Teil des Brautkleids sieht«, erklärte sie und gab ihm einen Kuss. Als Silas ihn nicht erwiderte, löste sie sich von ihm und betrachtete ihn besorgt. »Was ist los?«

Silas zwang sich, sie nicht als Frau wahrzunehmen. Er durfte nicht daran denken, wie das Licht des Kamins auf ihren Haaren tanzte oder wie ihr Kleid raschelte, wenn sie sich in seine Arme warf. Er hatte das Gefühl, von den Wänden des niedrigen Raums erdrückt zu werden. »Könnten wir hinausgehen … zur Schaukel?«, fragte er.

»Es ist kalt und wird bald regnen.«

»Dann zum Kamin.«

»Wir reden einfach leise. Die Damen sind so in die Diskussion des Matthäusevangeliums vertieft, dass sie kein Wort von dem, was wir sagen, mitbekommen. Es geht um die Conestogas, stimmt's?«

Ihr war klar, dass der Verlust der Conestogas eine vorläufige, vielleicht sogar eine dauerhafte Verzögerung ihres Aufbruchs nach Texas bedeutete. Das stimmte sie traurig, aber sie hielt an ihrem unerschütterlichen Glauben fest, dass sich unerwartet etwas Positives aus der Katastrophe entwickeln würde.

»Ja, Lettie. Es geht um die Conestogas.«

Er erklärte ihr alles und zwang sich, ihre ungläubige Miene zu ignorieren.

»Jessica? Du wirst *Jessica Wyndham* heiraten?«

»Ja, Lettie.«

Er wich ihrem Blick aus, weil sich die Erinnerung an den Kummer in ihren blauen Augen und ihren Entsetzensschrei nicht in sein Gedächtnis einbrennen durfte. Genauso wenig wie ihr schockiertes Schweigen, als er ihr noch einmal zu erklären versuchte, dass er, so wie die Dinge in Queenscrown standen und immer bleiben würden, nicht leben konnte. Tag um Tag, Monat um Monat, Jahr um Jahr würde er zerfressen werden, sagte Silas ihr. Teile von ihm würden abfallen, bis er kaum noch als der Mann zu erkennen wäre, den sie geheiratet hatte. Er würde sich vorkommen wie ein gestrandetes Segelschiff, Wind und Wetter preisgegeben.

»Dann musst du gehen«, stellte Lettie fest, erhob sich und stand unnahbar wie eine Marmorstatue vor ihm. »Gott sei mit dir und Jessica, Silas.«

»Lettie, ich …«

»Es gibt nichts mehr zu sagen. Auf Wiedersehen, Silas.«

»Eines noch …«, beharrte er in seinem brennenden Schmerz. »Ich würde mir von ganzem Herzen wünschen, dass ich in der Lage wäre, den Teil von mir herauszureißen, der mich dazu bringt, dir das anzutun, Lettie, Liebe meines Lebens. Gott sei mein Zeuge: Wenn ich könnte, würde ich es tun, aber ich kann es nicht.«

»Das weiß ich, Silas.« Sie stand vor dem Spitzenvorhang eines Fensters, durch das das letzte graue Licht des Tages ihre Umrisse zeichnete. Er hätte sie gern noch ein letztes Mal zärtlich umarmt, doch sie wandte ihm den Rücken zu, errichtete eine unsichtbare Wand. Da wusste er, dass er den Anblick ihres gesenkten Kopfes und ihrer hängenden Schultern nie vergessen würde.

Bei seiner Rückkehr nach Queenscrown öffneten sich die Schleusen des Himmels, ein heftiger Regen, vor dem er nicht Schutz suchte, so dass er bei seiner Ankunft auf der Plantage bis auf die Knochen durchnässt war. Lazarus eilte herbei, um ihm Hut und Mantel abzunehmen, und wollte ihn hinaufscheuchen, damit er trockene Kleidung anzog, doch Silas winkte ab. »Bring mir nur ein Handtuch und bitte meine Mutter und meinen Bruder, gleich in den Salon zu kommen«, wies er seinen treuen Diener an.

»Ja, Mister Silas. Master Joshua auch? Er sitzt mit seinem Onkel vor einem Brettspiel.«

»Nein, Lazarus. Mein Sohn soll in seinem Zimmer bleiben, bis ich zu ihm hinaufgehe.«

Elizabeth und Morris lauschten ihm mit offenem Mund, und Elizabeth schnappte nach Luft.

Schließlich meinte Morris: »Wer nach Reichtum strebt, erkennt nicht, dass Armut über ihn kommen wird. Du solltest im Buch der Sprichwörter lesen, Silas.«

»Und du solltest Vaters Testament noch einmal studieren, Morris. Erzähl mir nichts von Armut.«

»Mein Sohn …« Elizabeth erhob sich unsicher von ihrem Stuhl. »Das kannst du Joshua nicht antun. Davon wird sich sein kleines Herz nie mehr erholen. Und du solltest auch an Lettie denken.«

»Joshuas Herz wird sich eher von dem Schock erholen als das meine, Mutter, und ich denke durchaus an Lettie. Ist es nicht besser, sie jetzt zu verletzen als irgendwann in der Zukunft, wenn es zu spät ist? Jedenfalls«, sagte er und wandte sich von ihr ab, um sich einen Whiskey einzuschenken, »ist es abgemacht. In einer Woche heirate ich Jessica Wyndham.«

Elizabeth stützte sich auf die Rückenlehne eines Stuhls. »Silas William Toliver, ich sage dir Folgendes: Wenn du dich tatsächlich aus diesen Gründen auf diese Ehe einlässt, wird auf deinem Land in Texas ein Fluch liegen. Nichts Gutes kann aus etwas erwachsen, das auf einem solchen Opfer, auf Egoismus und Gier gründet.«

Silas nahm einen großen Schluck Whiskey, und die Gestalt seiner Mutter verschwamm. Er würde sie ohne ihren Segen verlassen müssen, die Entfremdung von seiner Familie wäre vollständig. Doch an ihrer Stelle sah er Felder voller Baumwolle sowie ein prächtiges Herrenhaus, dessen Herr er wäre. Sein Sohn würde seinen Platz an seiner Seite einnehmen und eines Tages seine eigenen Erben zeugen, die über das Reich von Somerset herrschten.

»Mutter, auf mir liegt bereits ein Fluch«, erklärte er. »In meinen Adern fließt Toliver-Blut.«

ZWEIUNDZWANZIG

An jenem Sonntag wirkte der sonst so konzentrierte Reverend Sedgewick in seiner Predigt geistesabwesend und weitschweifig, und im Chorgestühl fehlte deutlich sichtbar seine hübsche Tochter. Alles klärte sich, als in der folgenden Woche die zur Trauung von Lettie Sedgewick und Silas Toliver Geladenen ihre Geschenke zurückerhielten mit der kurzen Mitteilung, dass die Hochzeit abgeblasen worden sei. Die Bürger von Willow Grove, die Mitglieder der First Presbyterian Church und die Bewohner der Plantation Alley fragten sich schockiert, ob die Absage etwas mit dem Brand der Conestogas in der Woche zuvor zu tun habe. Niemand brachte die mysteriöse Abschottung der Wyndhams in der Weihnachtszeit mit diesen neuesten Entwicklungen in Verbindung, bis durchsickerte, dass Silas Toliver nun vorhabe, Jessica Wyndham zu ehelichen.

Diese Information stammte von Meadowlands, wo Silas Jeremy aufgesucht hatte, um ihm seine Entscheidung mitzuteilen. Die Plantage hatte wie Willowshire eine Lulu, die just in dem Moment, in dem Silas Jeremy bat, sein Trauzeuge zu sein, wenn er in fünf Tagen Jessica Wyndham heirate, vor der offenen Tür der Bibliothek der Warwicks stand.

»Morris weigert sich, und Mutter sagt, sie wird der Trauung nicht beiwohnen«, hörte die Bedienstete Silas sagen und darüber hinaus, warum er Jessica Wyndham heiraten und sich von seiner Verlobten trennen müsse. Die Bedienstete verbreitete die skandalösen Neuigkeiten mit ihrer eigenen

Deutung, der sich am Ende der gesamte Ort anschloss: Lettie Sedgewick war die Tochter eines armen Geistlichen, während die unattraktive Tochter des Herrn von Willowshire Geld besaß. Und das konnte Silas Toliver gebrauchen. Man musste kein Genie sein, um sich denken zu können, warum er Jessica Wyndham heiratete.

Schockwellen erschütterten die Pflanzergemeinde, und Silas sah sich als Objekt einer Verachtung, mit der er in dieser Form nicht gerechnet hatte. Elizabeth und Morris sprachen nicht mehr mit ihm. Die Leute im Ort mieden ihn. Die Händler waren unfreundlich, wenn er Vorräte für den Treck kaufen wollte. Der schlimmste Moment kam, als er seinem Sohn erklärte, dass er Lettie nicht heiraten würde.

Joshuas Lippen bebten, und in seine großen haselnussbraunen Augen traten Tränen. »Lettie wird nicht meine Mama? Warum, Papa? Mag sie mich nicht mehr?«

»Sie mag dich nicht nur, Joshua, sie liebt dich. Das hat nichts mit dir zu tun, Sohn, sondern mit mir.«

»Warst du böse?«

»In ihren Augen: ja.«

»Kannst du das nicht wieder ausbügeln?«

»Ich fürchte, nein.«

Seitdem weinte Joshua sich jeden Abend in den Schlaf und aß kaum noch etwas. Doch am meisten schmerzte Silas, dass sein Sohn sich von ihm ab- und seinem Onkel zuwandte.

»Hast du eine Ahnung, welchen Kummer du dem Kind bereitest?«, rügte Elizabeth ihn.

»Ja, Mutter, aber ich vertraue darauf, dass die Zeit die Wunden heilt. Obwohl das bei mir nicht der Fall sein wird.«

»Das wäre auch nicht gerecht.«

Nur seine Freundschaft mit Jeremy, der sich nicht zu der Sache äußerte, und ihre Vorbereitungen auf die Reise nach Texas hinderten Silas daran, den Verstand zu verlieren ob des

Leids, das er seinem Sohn und Lettie zugefügt hatte. Wenige Tage nachdem er seine frühere Verlobte gesenkten Hauptes verlassen hatte, war sie mit dem Schiff nach Savannah zu Verwandten gefahren. Nach Reverend Sedgewicks Worten, die Elizabeth gern zitierte, würde sie erst zurückkehren, wenn »Silas Toliver weg ist. Gut, dass ich ihn los bin.« Silas betrachtete sich selbst als Mann, der sein Boot in dem Wissen durch die Dunkelheit lenkte, dass irgendwo in der Ferne das Ufer auf ihn wartete. Er musste auf sein Urteilsvermögen hinsichtlich der eingeschlagenen Richtung vertrauen. Am Ende winkten Land – und Freiheit.

Die Zeit verging einerseits wie im Flug und zog sich andererseits endlos dahin. Silas hatte Jessica seit der Abmachung mit ihrem Vater fünf Tage zuvor nicht gesehen und auch mit niemandem aus ihrer Familie geredet. Mit Carson Wyndhams Bankier hatte er die finanzielle Seite des Ehekontrakts besprochen. Zu seinem Kummer erfuhr Silas, dass er fürs Erste nur eine Entschädigung für die zerstörten Conestogas und Geld für die Finanzierung des Trecks nach Texas sowie Anfangskapital für seine Plantage erhalten würde. Alle weiteren Beträge würden ihm zu bestimmten Phasen von Somersets Entwicklung sowie zu bestimmten Zwecken zugewiesen. Silas musste sorgfältig Buch führen und zum Nachweis von Erwerbungen Quittungen aufbewahren. Carson Wyndham würde regelmäßig – und unangekündigt – einen Boten schicken, um sie abzuholen und das Wohlergehen seiner Tochter zu überprüfen. Wenn alles in Ordnung wäre, konnte Silas eine weitere Überweisung auf sein Bankkonto erwarten.

Silas hatte geglaubt, dass das Geld, das er am Anfang benötigte, in Gänze auf sein Konto eingezahlt würde, so dass er nach Bedarf darüber verfügen konnte. Es ärgerte ihn, dass ihre Abmachung, die er nach sorgfältiger Prüfung unterzeichnet hatte, genügend Lücken aufwies, mit deren Hilfe Carson ihn in eine Lage manövrierte, in der er zu einem rechtlosen Bittsteller wurde. Silas hatte sämtliche Brücken zu Verlobter, Familie und Heimat abgebrochen, und jetzt, da es zu spät war, die Wogen zu glätten, und gänzlich ohne finanzielle Mittel, blieb ihm gar nichts anderes mehr übrig, als Carson Wyndhams Tochter zu heiraten und sich dem Diktat ihres Vaters zu unterwerfen. Jedes Mal wenn Silas die Rechnung für eine Lieferung unterschrieb, die zur Zahlung an seinen künftigen Schwiegervater weitergeleitet wurde, hasste er den Mann mehr.

Er und Jeremy kamen zehn Minuten vor Beginn der Trauung in Willowshire an. Nur die Wyndhams und der Geistliche befanden sich im Salon. Offenbar waren keine weiteren Gäste geladen. Silas nickte der mürrisch dreinblickenden Eunice zu, begrüßte aber weder Carson noch Michael mit einem Händedruck, als er und Jeremy ihre Plätze neben dem Geistlichen einnahmen, um auf die Braut zu warten.

Anscheinend würde Carson seine Tochter nicht in den Raum führen, weil die Sitte, »die Braut dem Bräutigam zu übergeben«, wohl zu wörtlich zu verstehen gewesen wäre. Von Lettie, die sich mit Hochzeitsgebräuchen auseinandergesetzt hatte, wusste Silas, dass diese Tradition ihren Ursprung im feudalen England hatte, wo Väter bei der Heirat ihrer Tochter tatsächlich deren Eigentum ihrem zukünftigen Ehemann übergaben. Nun sollte die Geste die Billigung des Bräutigams durch den Brautvater demonstrieren und als »Symbol für den Segen des Vaters zur Hochzeit« dienen. Doch in seinem Fall traf keines von beidem zu. Silas erinnerte sich an Letties Erklärung, der Brauch, dass der Bräutigam rechts von der Braut stehe, reiche bis ins Mittelalter zurück – *»damit er sie mit dem freien Schwertarm gegen Angreifer verteidigen kann. Ist das nicht romantisch?«*

Silas schüttelte den Kopf, um die Erinnerung loszuwerden,

und der Geistliche der First Methodist Church bedachte ihn mit einem gequälten Lächeln, das er sich nicht zu erwidern bemüßigt fühlte. Stattdessen betrachtete er seinen »Wohltäter«, wie Carson von den Leuten allgemein bezeichnet wurde, mit unverhohlener Verachtung. Carson ignorierte seinen wütenden Blick, während Michael fasziniert eine Wand anstarrte. Der wenige Schmuck, der auf den Zweck der Feier verwies – und, vermutete Silas, von der bekannt kreativen Bediensteten Jessicas stammte –, deprimierte ihn zutiefst und schien ihn zu verspotten. Mit weißen Satinbändern verziert standen die ersten Narzissen, Tulpen, Hyazinthen und Krokusse des Jahres in großen Behältern im Raum verteilt, und eine kunstvolle dreistöckige Hochzeitstorte mit den für die Bedienstete typischen Zuckerrosen wartete auf einem Teewägelchen neben einer Schale mit Punsch. Silas empfand Erleichterung darüber, dass der Klavierhocker leer blieb. Offenbar würde das Erscheinen der Braut nicht von Musik begleitet werden. Lettie hatte Wochen damit verbracht, über die Stücke nachzudenken, die bei ihrer Hochzeit gespielt und gesungen werden sollten.

Bedienstete öffneten die schweren holzvertäfelten Türen zum Salon, um Jessica anzukündigen. Sie schwebte in einem weißen Kleid herein, das beim Gehen schimmerte, doch kein Schleier verhüllte ihr blasses Gesicht und ihre Sommersprossen, die auf ihren Wangen leuchteten wie kleine rostige Nagelköpfe. Silas senkte kurz den Blick, weil er ein schreckliches Gefühl des Verlustes empfand. Als er ihn wieder hob, sah er, dass Jessica dieser Moment des Schmerzes nicht entgangen war. Fast wäre sie gestolpert, und vor Verlegenheit traten ihr rote Flecken auf die Wangen. Sie reckte das Kinn vor, richtete den Blick auf den Geistlichen, und die Röte verschwand. *Gott im Himmel*, seufzte Silas insgeheim, während seine Zukünftige sich zu ihm gesellte.

Stunden später erinnerte Silas sich kaum noch an die Trauung. Sie war so grau und öde wie das Wetter draußen gewesen. Er und Jessica hatten das Ehegelübde fast tonlos vor sich hin gemurmelt. Es gab kein Lächeln und keine langen, verliebten Blicke, weil die Braut und der Bräutigam einander nicht ansahen. Die Eheringe wurden mit gleichgültiger Geste angesteckt. Silas hatte die Rechnung für Jessicas schlichten Goldreif an Carson geschickt, den Brillantsolitär für Lettie dem verärgerten Juwelier gebracht und sich das Geld zurückgeben lassen. Silas gelang es nicht, Letties Erklärung der Hochzeitssitten zu verdrängen, die den Ringwechsel zwischen ihm und Jessica zur Farce geraten ließ. »*Der Ehering wird seit der Zeit der Römer in vielen Ländern am dritten Finger der linken Hand getragen, weil die Römer glaubten, dass die Adern in diesem Finger direkt zum Herzen führen.*«

Als der Methodistengeistliche sie zu Mann und Frau erklärte (zögernd, als hätte er Angst, vom Blitz erschlagen zu werden) und dem Bräutigam erlaubte, die Braut zu küssen, berührten Silas' Lippen kaum ihre Wange. Jeremy verlieh dem Moment einen Rest traditioneller Fröhlichkeit, indem er Jessica die Hände auf die Schultern legte und mit einem Lächeln sagte: »Jetzt ist der Trauzeuge dran.« Dann küsste er sie auf die andere Wange.

»Das wäre also geschafft«, verkündete Carson mit einem erleichterten Seufzen, als die Zeremonie vorüber war, und klopfte sich auf den Bauch. »Und nun zu Kuchen und Punsch.«

»Ich würde gern Tippy dazubitten«, erklärte Jessica und wandte sich von Silas ab, als wartete sie jetzt, da sein Auftritt beendet war, schon auf den nächsten Partner.

Eunice bedachte sie mit einem verärgerten Blick. »Jessie …«

»Ich würde diese Tippy, von der ich schon so viel gehört

habe, gern kennenlernen«, mischte sich Silas ein, dankbar für die Ablenkung, die die Zeit füllte, bis er und Jeremy sich verabschieden konnten.

Jessica warf ihm einen Blick zu. »Wie Sie wissen, wird sie mich nach Texas begleiten. Als Freundin, nicht als mein Dienstmädchen, und ganz bestimmt nicht als Sklavin. Ist das klar?«

Einen Augenblick lang war Silas das alles andere als klar. Dann wurde ihm bewusst, dass diese … Tippy, die Jessica offenbar so gut leiden konnte, sein Eigentum war. Alles, was Jessica gehörte, gehörte nun ihm, dafür sorgte die Heirat. Jessica mochte knurren wie eine Tigerin, doch ihr fehlten die Zähne, um ihre Forderungen durchzusetzen. Aber er würde großzügig sein. Er neigte das Haupt ein wenig. »Wie Sie meinen.«

Eunice wandte sich an eine Bedienstete, die am Teetisch auf Befehle wartete. »Schick Tippy in den Salon.«

Als Silas und Jeremy später wegritten, warf Jeremy Silas einen Blick zu. »Hast du Lust, dich zu betrinken?«

»Das würde nicht helfen.«

»Sie ist eine ordentliche Frau, Silas.«

»Das ist mir bis jetzt nicht aufgefallen.«

»Das kommt noch«, meinte Jeremy.

In Queenscrown wies Silas Lazarus an, Joshua zu holen. Er hatte dem Jungen den Trost seiner Großmutter und seines Onkels zugestanden, um ihm über den Verlust von Lettie hinwegzuhelfen, doch nun sehnte Silas sich nach seinem Sohn.

»Er ist bei Mister Morris, Sir.«

»Das mag sein, Lazarus, aber jetzt möchte ich meinen Sohn bei mir haben. Ich bin in meinem Zimmer.«

»Wie Sie wünschen, Mister Silas.«

Während Silas vor dem Kamin auf Joshua wartete, dachte

er über die Ereignisse des Nachmittags nach. Der einzige Lichtblick war diese seltsame kleine Dienerin namens Tippy gewesen, die irgendwie nicht von dieser Welt zu sein schien. Sie hatte das breiteste Lächeln und die leuchtendsten Augen, die er kannte. Das Mädchen strahlte ein Licht aus, das man einfach nicht auslöschen durfte, das erkannte sogar er. Es lag auf der Hand, dass sie und Jessica ein sehr inniges Verhältnis hatten, und er wusste nicht so recht, was er von einer solchen Freundschaft zwischen einer Weißen und einer schwarzen Sklavin halten sollte, aber er würde sich nicht einmischen. Er war dankbar, dass Jessica auf der Fahrt nach Texas Gesellschaft haben würde. Obwohl die Bedienstete klein und zierlich wirkte, hatte er den Eindruck, dass sie zäh war, und die an Bequemlichkeit gewöhnte Jessica würde eine Stütze brauchen, um die Entbehrungen der Reise zu überstehen. Jessica ahnte nicht, was ihr bevorstand; er würde es mit ihr besprechen müssen.

Silas betrachtete den Goldreif an seinem Finger. *Er würde es mit ihr besprechen müssen.* Silas fühlte sich in etwa so verheiratet mit Jessica Wyndham, als hätte er sein Jawort einem leeren Blatt Papier gegeben. Und wie ein leeres Blatt Papier kam er sich auch selbst vor. Lettie hatte ihm erklärt, dass sich an vielen Orten der Welt Braut und Bräutigam am Tag ihrer Hochzeit das erste Mal sahen, weil es sich um eine arrangierte Ehe handelte. Er hatte diesen Gedanken bizarr und barbarisch gefunden und wäre nie auf die Idee gekommen, dass er einmal nicht nur eine Fremde, sondern sogar eine Frau heiraten würde, die ihn als Feind, als Verfechter all jener Dinge erachtete, gegen die sie kämpfte. War es ihr wirklich ernst mit ihrem Wunsch, ein System abzuschaffen, das ihr ein privilegiertes Leben ermöglichte, oder wollte sie sich damit nur gegen ihren Vater auflehnen? Jeremy glaubte, dass Tochter und Vater einander liebten, aber – wie Rosen und

Dornen am selben Stock – zu ewigen Auseinandersetzungen verdammt waren.

Mit Jessica Wyndhams Widerspruchsgeist würde Silas fertigwerden, aber wie würde sie mit seinem Sohn umgehen? Und wie würde Joshua auf sie reagieren?

Leise Schritte näherten sich seiner Tür, und eine kleine Hand öffnete sie. »Papa?«

Silas streckte die Arme nach ihm aus. »Komm, Joshua, setz dich auf meinen Schoß. Es ist eine Weile her, dass ich meinen Sohn das letzte Mal an mich gedrückt habe.«

»Du bist auch traurig, Papa?«, fragte Joshua und kletterte hoch.

»Ja, Joshua, sogar sehr traurig«, antwortete Silas und stützte das Kinn auf den Kopf seines Sohnes. Er hatte seinem Kind bereits viel Schmerz zugemutet. War es egoistisch, ihm noch mehr zuzufügen, indem er ihn von denen, die er liebte, und von dem einzigen Zuhause, das er kannte, losriss, um mit ihm in ein fremdes Land zu gehen, in Gesellschaft einer Stiefmutter, die sie beide nicht kannten? Doch wenn er seinen Sohn so lange in Queenscrown ließ, bis es nicht mehr gefährlich war, ihn nach Texas zu holen, verlor Silas ihn vielleicht für immer. Joshua befand sich in dem Alter, in dem sich Jungen am leichtesten beeindrucken ließen. Die Basis für das Verhältnis von Vater und Sohn musste jetzt gelegt werden. Silas erinnerte sich noch gut an die Zeit, als er so alt wie Joshua gewesen war. Zwischen seinem vierten und achten Lebensjahr hatte er sich wie ein Schatten im Leben seines Vaters gefühlt. Die Gelegenheit, einander kennenzulernen, hatten sie vertan. Diesen Fehler wollte er bei Joshua nicht machen. Außerdem musste er an Jessica denken. Wie sollte der Junge sie je als Muttersatz akzeptieren, wenn er nicht von Lettie entwöhnt wurde?

All diese Fragen ließen sich letztlich auf die eine, wesentliche reduzieren: War es richtig, dass Silas für seinen Sohn ungeachtet aller Opfer das Erbe und die Zukunft sicherte, die sein eigener Vater ihm verwehrt hatte?

Diese Frage konnte nur die Zeit beantworten.

DREIUNDZWANZIG

Jeremy beschäftigte etwas, das sah Silas ihm an. Jeremy war der Einzige in seiner Familie, der von ihrem Patriarchen (den Lettie »Helios« nannte) die Züge eines griechischen Gottes geerbt hatte, und das markante, attraktive Gesicht seines Freundes war normalerweise so klar wie ein wolkenloser Tag. Doch heute waren Wolken aufgezogen.

»Was ist los mit dir, Jeremy?«, fragte Silas, als sein Freund ihm in Queenscrown zu seinem Zimmer folgte. Die Abendessens- und Lesezeit war vorbei, und Familie und Bedienstete hatten sich zur Ruhe begeben.

Hoffentlich, dachte Silas, hatte die Stimmung seines Freundes nichts damit zu tun, dass Jeremy die Texaner bei ihrem Aufstand unterstützen wollte. Genau das hatte er nämlich einige Zeit zuvor angedeutet. »Caleb Martin kann dir ebenso gut helfen, den Treck zu organisieren und zu führen wie ich«, hatte Jeremy erklärt. »Ich erwarte dich dann an der Stelle, an der du den Red River überquerst.«

Sechzig Jahre zuvor hatte Jeremys Großvater für die amerikanische Unabhängigkeit gekämpft, und er hatte seine Nachkommen und deren Kinder immer daran erinnert, warum der Krieg gegen England geführt worden war. Die Überzeugung, dass ein Bürger in seinem Land von Geburts wegen bestimmte Rechte besaß, steckte ihnen im Blut, deutlich mehr als den Tolivers, die insgeheim noch immer eine gewisse Verpflichtung gegenüber ihrer royalistischen Vergangenheit empfanden. Jeremy schäumte vor Wut über die Dreistigkeit der mexikanischen Regierung, ohne Mandat Steuern von den texanischen Siedlern zu erheben und urplötzlich willkürlich Verordnungen und Gesetze einzuführen, die sie mithilfe des Militärs durchsetzte. »Ich bin nur für mich selbst verantwortlich«, hatte er Silas mitgeteilt. »Ich sollte den Texanern helfen. Es ist auch unser Krieg.«

Silas hatte alles in seiner Macht Stehende getan, um Jeremy davon zu überzeugen, dass die Texaner vorerst auf sein gutes Auge als Schütze verzichten konnten. Viele derjenigen, die sich für den Treck gemeldet hatten, waren Jeremys allseits bekannten Mutes, seines kühlen Kopfes und seines scharfen Verstandes wegen dazugestoßen. Aus ähnlichen Gründen hatten sich die Mitglieder von Silas' Gruppe um diesen geschart. Der Skandal um seine Heirat mochte das Bild beschädigt haben, das sie von ihm hatten, jedoch nicht seine Führungsqualitäten. Nach allgemeiner Ansicht waren es nur Jeremy Warwick und Silas Toliver, die sie nach Texas bringen konnten. Das galt nicht mehr, wenn eine Hälfte der Mannschaft Caleb Martin übergeben würde, einem starken, harten Mann, dessen Fähigkeiten jedoch noch nicht erwiesen waren und der auch nicht das im Verlauf eines Jahres erworbene Wissen von Silas und Jeremy besaß. Und was würde passieren, wenn Silas unterwegs nicht mehr fähig wäre, den Treck weiterzuführen?

Jeremy hatte zugegeben, dass sein Vorschlag, seine Schutzbefohlenen Caleb zu übergeben, egoistisch gewesen war, doch jetzt fragte Silas sich, ob sein Freund wieder von der alten Sehnsucht geplagt wurde.

»Entschuldige die späte Stunde, aber Tomahawk ist vor einer Stunde mit sehr schlechten Nachrichten gekommen«, erklärte Jeremy.

Tomahawk Lacy, ein Creek, dessen Stamm in Georgia lebte, war einer der beiden Scouts, die Jeremy angeheuert hatte, um Berichte aus Texas zu bringen. Wenn der eine zurückkehrte, brach der andere auf, so dass die Anführer des Trecks so umfassend wie möglich über die Gefahren, die ihnen drohten, informiert waren. »Lass hören«, sagte Silas und schob Jeremy ins Zimmer, wo auf seinem Schreibtisch die erste topografische Karte von Texas ausgebreitet lag, erstellt von Gail Borden, einem Landvermesser der Stephen-F.-Austin-Kolonie.

»Die Santa-Anna-Brigaden sind entlang des Rio Grande ausgeschwärmt«, berichtete Jeremy und legte den Finger auf die Linie des Flusses, der die Grenze zwischen Texas und Mexiko bildete. »Tomahawk schätzt die Anzahl der Soldaten auf mehrere Tausend, wahrscheinlich mehr, dazu Hunderte Planwagen, Karren, Maultiere und Pferde. Vermutlich lässt einem der Anblick das Blut in den Adern gefrieren. Er sagt, sie wollen nächste Woche an mehreren Punkten und zu unterschiedlichen Zeiten über den Fluss und sammeln sich auf der texanischen Seite des Rio Grande. Santa Anna selbst führt die Truppen an und wird ihn mit seinem Bataillon von einem Ort namens Laredo im Süden überqueren. Er hat vor, Texas zurückzugewinnen und den Aufstand niederzuwerfen, wie er es bei den abtrünnigen Staaten in Mexiko getan hat.«

Silas bekam eine Gänsehaut. Er wusste, was Jeremy mit den »abtrünnigen Staaten« meinte. Santa Anna würde gegenüber den englischen Kolonisten genauso wenig Gnade walten lassen, wie er es gegenüber den Aufständischen in den mexikanischen Staaten getan hatte, die sich gegen seine Übernahme der Regierung und seine Ausrufung zum Diktator gestellt hatten. Auf dem langen Marsch nach Texas hatten er und seine Truppen eine Spur der Verwüstung in den Gebieten hinterlassen, die von seiner Herrschaft abgefallen waren; sie hatten systematisch Ortschaften abgefackelt, Vieh getötet, Frauen vergewaltigt und die Rebellen und ihre Familien erbarmungslos abgeschlachtet. Eine Handvoll Überlebender hatte die Texaner vor der Brutalität gewarnt, die sie erwartete, wenn General Antonio Lopez de Santa Anna und seine mexikanischen Truppen den Rio Grande überquerten.

Silas musste an Joshua und Jessica denken. »Er macht also keine Gefangenen, nicht einmal Frauen und Kinder?«

»So heißt es. Jeder Bewaffnete wird mit seiner Familie als Aufständischer behandelt, der keine Gnade verdient.«

»Der Hurensohn! Am liebsten würde ich den Mistkerl eigenhändig aufknüpfen und ihn langsam über dem Feuer braten«, schimpfte Silas und fuhr sich in typischer Toliver-Manier mit der Hand durch das Haar. »Was sollen wir machen? Dem Schicksal ins Auge blicken oder uns geschlagen geben? Wir sind startklar, Jeremy, die Wagen gepackt.«

»Möchtest du Joshua und ... deine Frau denn in Gefahr bringen?«

»Diese Nachricht gibt mir einen Grund, eine andere Route vorzuschlagen«, antwortete Silas und drehte die Karte so, dass Jeremy sie besser sehen konnte. Früher, bevor das unehrenhafte Verhalten von Silas Thema Nummer eins in der Kneipe geworden war, hatten sie die Karten an einem Tisch des Wild Goose in Willowshire studiert und ihre Pläne bei einem Krug Ale besprochen. Nun trafen sie sich in der Bibliothek von Meadowlands oder bei Silas in Queenscrown, nicht unbedingt der angenehmste Ort, seit Elizabeth und Morris über den Anlass ihrer Zusammenkünfte Bescheid wussten.

»Wie wäre es, wenn wir bis nach New Orleans ziehen und da den Sabine River nach Texas überqueren?«, fragte Silas. »Natürlich wäre das ein Umweg, aber dort ist der Mississippi leichter zu bewältigen, und wir hätten billigeren und bequemeren Zugang zu Booten als in Shreve's Town weiter im Norden. In New Orleans gibt es Fähren und Flachboote.«

Silas deutete auf die Flussmündung. »Wir können den Sabine River hier überqueren, uns durch die Kiefernwälder im Bayou nach Norden vorarbeiten und schließlich nach Westen zu dem uns zugewiesenen Land abbiegen. Wenn wir an der Stelle übersetzen, wo wir es ursprünglich vorhatten …«, er deutete auf einen Punkt weiter oben, »… laufen wir möglicherweise direkt den Truppen von Santa Anna in die Arme. Bestimmt ist er zum östlichen Teil des Gebiets unterwegs, in dem sich die größten Siedlungen befinden.«

»Wenn wir uns Texas von Süden nähern, hätten wir, falls dieser Verrückte das Land eingenommen hat, die besten Chancen zum Rückzug«, schloss Jeremy.

»Genau.«

»Der Plan gefällt mir. Dort stellen auch die Komantschen eine geringere Bedrohung dar.«

»Wir müssen für morgen Abend eine Versammlung einberufen, alle über die veränderte Route informieren und ihnen versichern, dass wir nach wie vor aufbrechen wollen«, sagte Silas.

Jeremy wandte sich ab, um sich ein Glas Brandy einzuschenken.

»Was ist los?«, fragte Silas und rollte die Karte zusammen, während Jeremy vor dem Kamin Platz nahm. »Die Nachricht scheint dich entmutigt zu haben.«

»Nicht meinetwegen, Silas, das weißt du, und auch nicht wegen denen, die ihr Schicksal in unsere Hände legen. Sie sind über die Risiken informiert, über den Preis, den sie möglicherweise zahlen müssen, doch es gibt auch Leute, die die Gefahren nicht kennen.«

Silas gesellte sich mit seinem Brandyglas zu ihm. »Du meinst Jessica.«

»Ja. Es steht mir nicht zu, einem Mann zu sagen, wie er mit seiner Frau umgehen muss, aber ich finde, man sollte Jessica zeigen, wie sie sich im Notfall wehren kann. Sie hat keine Ahnung, wie man ein Gewehr lädt oder abfeuert.«

»Woher weißt du das?«

»Ich bin ihr letzte Woche beim Reiten begegnet. Übrigens sollte sie ihre kleine Stute zu Hause lassen. Dieses alberne Pferdchen ist viel zu wenig robust für den Treck nach Texas. Man müsste es ja an einen Planwagen gebunden hinterherlaufen lassen.«

Zu seiner Überraschung überkam Silas angesichts von Jeremys Interesse an Jessicas Wohlergehen ein seltsames Gefühl. Bestimmt nicht Eifersucht, aber irgendwie unangenehm. »Ich sage ihrem Vater, dass sie im Gebrauch von Feuerwaffen unterwiesen und mit einem Gewehr ausgestattet werden soll. Außerdem werde ich ihm raten, Jingle Bell zu Hause zu lassen. Soll Carson sich mit ihrem Wutausbruch beschäftigen, wenn sie das erfährt. Worüber hast du dich sonst noch mit ihr unterhalten?«

»Darüber, dass sie gern mehr über das erfahren würde, was sie erwartet. Sie sagt, sie liest die Zeitungen und weiß, was in Texas los ist, aber nicht so genau wie wir und die anderen, die mitkommen. Jessica ist über unsere Treffen informiert und dass dazu auch die Ehefrauen eingeladen werden. Sie fühlt sich … ausgeschlossen.«

»Man würde sie nur anstarren, wenn sie daran teilnähme. Sie sollte froh sein, dass ihr die Peinlichkeit erspart bleibt, und sie muss sich genauso wenig Gedanken über ihre Sicherheit machen wie du. Glaube mir, Carson wird für ihr Wohlergehen sorgen.« Silas nahm einen Schluck Brandy. »Ich habe vor, Jessica und Joshua in einem Hotel in New Orleans – dem Winthorp – abzusetzen, bis es nicht mehr gefährlich ist, sie zu holen.«

»Aha. Noch ein Grund, die Route zu ändern. Was, wenn Jessica sich weigert, in New Orleans zu bleiben? Sie scheint Schwierigkeiten nicht aus dem Weg zu gehen.«

»Schwierigkeiten wird sie nicht aus dem Weg gehen wollen, Jeremy, aber mir«, entgegnete Silas.

VIERUNDZWANZIG

Jessie, hältst du das für eine gute Idee?«, fragte Eunice ein wenig vorwurfsvoll, als ihre Tochter bunte handgeschnitzte Holzklötzchen in einen Beutel steckte. »Eigentlich sollte dein *Mann* diese erste Begegnung mit seinem Sohn arrangieren.«

»Wenn ich warten würde, bis mein *Mann* mich dem Jungen vorstellt, dauert das, bis wir in Texas sind. Feigheit lässt sich nicht so schnell überwinden.«

»In der Hinsicht tust du Silas, glaube ich, unrecht, Jessie. Wahrscheinlich will er seinen Sohn schützen, der noch an Lettie und Elizabeth hängt, und wartet nur auf einen geeigneten Zeitpunkt.«

»Und wann soll der sein, Mama? In einer Woche, wenn wir nach Texas aufbrechen? Wie unangenehm wäre das wohl für den Jungen?«

Jessica schob das letzte farbige Klötzchen in den Beutel. Insgesamt waren es sechsundzwanzig mit den Buchstaben des Alphabets auf der einen und Zahlen auf der gegenüberliegenden Seite, dazu Farmtiere, Zäune, Weiden, Schuppen und landwirtschaftliche Gerätschaften auf den anderen, alle hübsch von Tippy daraufgemalt. Jessica war der Einfall, sie ihrem Stiefsohn zum Einstand zu schenken, eines Nachts gekommen, als sie wach lag und darüber nachgrübelte, wie es ihr gelingen könnte, Lettie bei Joshua zwar nicht zu ersetzen, sich aber zumindest mit ihm anzufreunden. Sie wusste nichts von Kindererziehung und hatte niemals das Bedürfnis verspürt, selbst ein Kind zu bekommen.

Jessica war mit der Idee zu Tippy gegangen. »Ich hätte gern etwas, das sich sowohl zum Lernen als auch zum Spielen eignet«, hatte sie gesagt, und Tippy hatte sich sofort mit dem Schreiner von Willowshire darangemacht, das zu fertigen, was Jessica nun nach Queenscrown mitnehmen wollte. Dazu würde sie ihm ein Steckenpferd bringen, dessen Kopf nach ihrer geliebten Jingle Bell, die sie zurücklassen müsste, gestaltet war.

»Außerdem«, fügte Jessica hinzu, »hat mein *Mann* mich vergessen.« Seit ihrem Jawort hatte sie Silas nur ein einziges Mal gesehen. Zwei Wochen nach der Hochzeit, am ersten Februar, dem Tag, an dem er eigentlich Lettie hätte heiraten sollen, hatte er einen Bediensteten geschickt, der ihr mitteilte, dass sie ihn am Nachmittag erwarten solle. Sie hatte von der oberen Galerie aus nach ihm Ausschau gehalten, und ihr Herz hatte tatsächlich schneller geschlagen, als er auf seinem tänzelnden Wallach in Sicht gekommen war. Ihr Ehemann war nicht nur der attraktivste Mann, den sie kannte, sondern auch einer der ältesten und obendrein ein Verfechter der Sklaverei, das durfte sie nicht vergessen.

Schockiert, wütend auf sich selbst und ein wenig verwirrt war sie ins Haus gegangen, bevor er sie bemerken und glauben konnte, dass sie sich auf das Treffen mit ihm freute. Beim Tee im kleinen Salon war ihr Gesicht dann eine undurchdringliche Maske gewesen. Alles andere als motiviert durch diesen kühlen Empfang, hatte Silas sich genauso gleichgültig verhalten wie sie. Nichts hatte darauf hingewiesen, dass er sich der Bedeutung des Termins bewusst war. Er war gekommen, um ihr eine Liste der für die Reise notwendigen Dinge sowie für die Ausstattung ihres Conestoga-Wagens zu geben, der tags zuvor geliefert worden war. Allem Anschein nach würden sie nicht ein und dasselbe »Kamel der Prärie«, wie das Gefährt genannt wurde, bewohnen. Ihr Vater hatte ihr und Silas die jeweiligen Wagen zur Hochzeit geschenkt. Der Skandal, dass das Ehepaar nicht im selben Wagen schlief – was sich schnell in ganz South Carolina herumsprach –, würde sie nach Texas begleiten.

»Offen gestanden hoffe ich, dass dein Mann dich tatsächlich vergessen hat«, erklärte Eunice. »Nicht auszudenken, was dem Treck in Texas bevorsteht, vorausgesetzt, ihr schafft es überhaupt bis dorthin. Elizabeth ist der gleichen Meinung. Sie macht sich schreckliche Sorgen um Joshua.«

Jessica wandte sich vom Spiegel ab, vor dem sie ihre Haube zurechtgerückt hatte, damit ihre Mutter ihre eigenen Bedenken nicht bemerkte. Im *Charleston Courier* waren jede Woche Berichte über den Aufstand in Texas abgedruckt. Tags zuvor hatte sie in einem Artikel gelesen, dass sechstausend mexikanische Soldaten mit Santa Anna, Mexikos brutalem Anführer, die Grenze des Rio Grande überquert hatten, um die Texaner ein für alle Mal zu vernichten. Silas schätzte, dass die Reise nach Texas ohne Zwischenfälle fünf Monate dauern würde, was bedeutete, dass sie den ihnen zugewiesenen Grund nicht später als Ende Juli erreichen würden. Doch was würden sie dort vorfinden? Verbranntes Land? Feindliche mexikanische Soldaten, die nur darauf warteten, sie gefangen zu nehmen? Besäßen ihre Landzuweisungen überhaupt Gültigkeit?

Sie tat all diese Sorgen mit einem Achselzucken ab und fragte: »Wo ist Tippy? Sie soll mich nach Queenscrown begleiten. Ich möchte, dass sie das Gesicht des Jungen sieht, wenn ich ihm die Spielsachen gebe.«

»Um Himmels willen!«, stöhnte Eunice. »Muss Tippy denn überall mit dabei sein? Das soll ein sehr intimer Moment zwischen dir, deinem Stiefsohn und Elizabeth werden, wenn du ihr zum ersten Mal als Schwiegertochter begegnest. Was willst du machen, wenn Elizabeth dich einlädt, zum Tee zu bleiben? Bestehst du dann darauf, dass Tippy auch mit von der Partie ist? Erspar dem Mädchen diese Peinlichkeit und lass sie hierbleiben.«

»Tippy wird sich unaufgefordert in die Küche zurückziehen, Mama«, entgegnete Jessica und nahm den Beutel in die Hand. »Um mir das Leben leicht zu machen, achtet sie die Stellung, die andere ihr zuweisen. Ich möchte, dass sie die Reaktion des Jungen sieht.«

Silas zuckte zusammen, als er das Wappen der Wyndhams auf der zweisitzigen Pferdekutsche vor der Veranda von Queenscrown erkannte. Das Gefährt wurde bestimmt nicht von den Männern der Wyndham-Familie genutzt. Vermutlich war Eunice Wyndham gekommen, um ihm und der Schwiegermutter ihrer Tochter in der heiklen Situation ein Friedensangebot zu machen. Oder … Konnte es sein, dass Jessica ihn besuchte?

Silas glitt hastig aus dem Sattel und klopfte dem Pferd auf die Flanke. Der Wallach trottete zum Stallburschen, der sich um ihn kümmern würde.

Aus dem Salon drangen Stimmen – und Lachen, wie er es lange nicht mehr gehört hatte. Als Silas einen Blick hineinwarf, sah er Jessica und ihr Dienstmädchen mit seinem Sohn inmitten bunter Holzklötzchen auf dem Boden sitzen. Seine Mutter verfolgte alles von ihrem Sessel am Kamin aus. Sie wirkte amüsiert, obwohl nicht Lettie mit ihrem Enkel spielte.

»A, B, C … Was kommt nach C, Joshua?«, fragte Jessica gerade.

»D!«, antwortete sein Sohn wie aus der Pistole geschossen. »Das hat mein Onkel Morris mir beigebracht!«

Tippy applaudierte mit ihren großen Händen. »Gott, bist du schlau!«, rief sie aus.

»Ich weiß«, erklärte Joshua sachlich. »Können wir eine Farm bauen?«

»Natürlich«, meinte Jessica.

Silas räusperte sich und trat einen Schritt vor. »Darf ich mitmachen?«

Als Joshua ihn bemerkte, sprang er auf. »Papa! Papa! Schau, was Jessica und Tippy mir gebracht haben!« Er nahm seinen Vater an der Hand und zog ihn auf den Boden zu den bunten Klötzchen. »Da sind Zahlen und Bilder drauf, und ich kann eine Farm mit Tieren und allem Drum und Dran bauen. Siehst du?« Joshua nahm ein Klötzchen mit einer Scheune und eines mit einer Kuh und zeigte sie seinem Vater.

»Wie schön«, antwortete Silas.

»Und guck!« Joshua schwang ein Bein über das Steckenpferd. »Ich hab ein Pony mit einem richtigen Kopf. Hü, Pferdchen, hü!« Er ritt vor Vergnügen kreischend durch den Raum.

Jessica und Tippy waren aufgestanden. Die Bedienstete faltete die Hände vor der Schürze und zog sich mit gesenktem Blick in den Schatten des Zimmers zurück.

»Guten Tag, Mr Toliver«, begrüßte Jessica Silas und strich ihren Rock glatt. »Ich hoffe, Sie haben nichts dagegen, dass ich einfach so herkomme.«

»Ihr Besuch ist mir höchst willkommen, Miss Wyndham.«

»Die Spielsachen sind eine Idee, die Tippy für mich verwirklicht hat, damit ich mich Ihrem Sohn vorstellen kann.«

»Eine sehr großzügige Geste, Miss Wyndham.«

Joshua blieb mit seinem Pferdchen neben ihnen stehen. »Jessica. Sie heißt Jessica, Papa. Sie und Tippy kommen mit uns nach Texas.«

»Das habe ich gehört«, sagte Silas, ohne den Blick von Jessica zu wenden.

Elizabeth erhob sich von ihrem Sessel. »Lass uns in die Küche gehen, nach dem Tee sehen, Tippy. Vielleicht kannst du unserer Köchin zeigen, wie ihr die Sandwiches geschnitten habt, die bei Miss Jessicas Geburtstagsfeier gereicht wurden.«

»Gern«, antwortete Tippy.

Joshua legte das Pferd weg und hockte sich wieder zu den Klötzchen auf den Boden.

»Danke«, sagte Silas zu Jessica und zog sie von seinem spielenden Sohn weg. »Ich wusste nicht so recht, wie ich Sie mit ihm bekannt machen sollte. Das Treffen hätte eher stattfinden müssen. Bitte verzeihen Sie mir meine Unentschlossenheit.«

Jessica winkte ab. »Die kann ich gut verstehen, Mr Toliver. Ihr Sohn ist reizend. Ich glaube, wir werden gute Freunde werden.«

»Weiß er, dass Sie ... meine Frau ... sind?«

»Ich denke, es ist weniger verwirrend für ihn, wenn er das noch nicht erfährt. Unser ... Arrangement wird die Tatsache verbergen, bis der geeignete Zeitpunkt gekommen ist, es ihm zu erklären.«

»Sehr klug ... Jessica.«

Ihr kurzes Lächeln ließ ihn erahnen, wie hübsch ihr Gesicht sein konnte.

»Silas ...« Jessica sprach seinen Namen mit Bedacht aus. »Ich werde mich daran gewöhnen müssen, Sie so zu nennen.«

»Und daran, Mrs Toliver genannt zu werden.«

»Das wird mir auch nicht schwerer fallen, als mich tatsächlich dafür zu halten«, entgegnete Jessica und errötete.

Silas konnte ihre Verlegenheit nachvollziehen. Sie hatte sich auf eheliches Terrain vorgewagt, das sie möglicherweise nie betreten würden. Die – fast sichere – Aussicht, niemals das Bett mit ihr zu teilen, störte ihn nicht. Einen Erben für Somerset hatte er ja bereits.

»Gut, dass Sie hier sind«, sagte er. »Morgen wollte ich sowieso mit Informationen bei Ihnen vorbeikommen, die Sie glücklich machen dürften.«

In ihren dunklen Augen blitzte Panik auf. »Sie wollen doch nicht die Reise absagen, oder?«

Überrascht über ihre Reaktion, fragte er: »Würde das Sie denn glücklich machen?«

Einen Moment wirkte sie verdutzt. Silas beobachtete, wie ihr scharfer Verstand arbeitete. »Das würde uns in eine Zwickmühle bringen, in die wir beide nicht geraten wollen, also würde mich diese Nachricht logischerweise nicht glücklich machen. Das war eine alberne Frage.«

»Ich kann mir Sie nicht albern vorstellen, Jessica. Die Information lautet folgendermaßen: Unser Weg wird uns nach New Orleans führen, und ich schlage vor, dass Sie dort mit Joshua in einem Hotel bleiben, bis ich mich in Texas orientiert habe. Natürlich in Gesellschaft Ihrer Bediensteten. Wenn alles geregelt ist, lasse ich Sie holen. Das Winthorp wird Ihnen gefallen. Es befindet sich im Garden District und wird von einem englischen Paar geführt, das mit den Gepflogenheiten südstaatlicher Gastfreundschaft vertraut ist. Ich gebe Ihnen die Adresse für Ihre Mutter und Freunde, falls diese Ihnen schreiben möchten.«

Silas hatte Erleichterung erwartet, doch sie verzog das sommersprossige Gesicht. »Natürlich bleibe ich Joshua zuliebe zurück«, sagte sie enttäuscht. »Bestimmt machen Sie sich seinetwegen Sorgen.« Sie reckte das Kinn vor und wandte sich von ihm ab. »Es wird Zeit, dass wir nach Hause gehen. Wenn Sie so freundlich wären, mir zu zeigen, wo die Küche ist, dann hole ich Tippy.«

Irgendwie schien er sie verletzt zu haben, das war so deutlich zu sehen wie die bunten Klötzchen auf dem Boden. Was hatte er nur gesagt? Ratlos fragte er sie: »Sind Sie bereit zum Aufbruch? Vergessen Sie nicht, dass drei Viertel Ihres Wagens für Vorräte reserviert sind.«

Bei dem einen Treffen seit der Trauung hatte er ihr eingeschärft, nichts mitzunehmen, auf das sie verzichten konnte. Später, wenn sie sich eingerichtet hätten, könne man Sachen zu ihrer Siedlung bringen lassen, hatte er ihr erklärt. Auch den Mitgliedern seiner Gruppe hatte er eingeschärft, dass sie mit so leichtem Gepäck wie möglich reisen sollten. Bücher, Zeitungsartikel und Briefe derjenigen, die die fünfmonatige Reise bereits hinter sich hatten, berichteten von Siedlern, die Unnötiges zurücklassen mussten, wenn das Terrain schwierig wurde oder sie in eine Notlage gerieten. Die Wege nach Westen waren übersät mit zurückgelassenen Gegenständen – Möbel, Kleidung, Bettzeug, Bücher, Musikinstrumente –, die nachfolgende Reisende fanden und mitnahmen. Er hatte Jessica eine Liste mit Ersatzmöglichkeiten für schwere und unpraktische Dinge zukommen lassen, zum Beispiel Kerzen statt Öl und ausreichend robuste, warme Kleidung statt Koffern voll mit Seiden- und Satingewändern. Silas war sich sicher, dass die Hälfte von Jessicas eleganten Kleidern zurückbleiben würde.

»Ich bin bereit, Mr Toliver«, antwortete Jessica. »Machen Sie sich keine Gedanken. Es freut mich, dass die Nachricht über diesen schrecklichen Despoten, der offenbar darauf versessen ist, die Texaner in die Knie zu zwingen, Sie nicht am Aufbruch hindern wird. Ich bin bereit, der Plantation Alley, Willow Grove, meiner Familie und dem ganzen Staat South Carolina das zu sagen, was Mr David Crockett seinen Wählern gesagt hat, als sie ihn nicht wieder im Kongress haben wollten: ››Fahrt zur Hölle. Ich gehe nach Texas.‹«

FÜNFUNDZWANZIG

Ein Schatten lag auf den drei führenden Anwesen der Plantation Alley. In den letzten Tagen vor dem Aufbruch des Planwagentrecks bewegten sich Eigentümer und Bedienstete in diesen Haushalten leiser und sprachen ernster als sonst. Das jüngste Mitglied einer jeden Familie, von Kindheit an als »das Nesthäkchen« verhätschelt, stand kurz davor, in unbekannte, gefährliche Gefilde zu ziehen. Der Himmel allein wusste, wann oder ob man sie jemals wiedersehen würde. In Meadowlands wurden Jeremys Lieblingsgerichte aufgetragen, die sein Vater und seine Brüder, für gewöhnlich energiegeladene, gesprächige Männer, nun schweigsam und gereizt auf dem Teller hin und her schoben.

Jessica entließ Tippy abends, damit sie die Nacht bei ihrer Mutter verbringen konnte. Wenn Willie May im Bett neben Tippy lag, strich sie ihrer Tochter übers Haar, das sich fein wie Spinnweben um ihren Kopf bauschte. Ein Ohr stand ab wie eine ans Ufer gespülte Muschel, und manchmal drückte Willie May das ihre dagegen, als erwartete sie, das Meer zu hören. In den meisten Nächten blieb sie bis zum Morgengrauen wach, lauschte traurig auf den Atem ihrer Tochter und versuchte, sich dessen durch ihren Lungenschaden unregelmäßigen Rhythmus einzuprägen.

In Queenscrown nahm Elizabeth' Distanziertheit gegenüber ihrem jüngeren Sohn allmählich ab. Eines Abends, Jeremy war gerade zu Besuch, klopfte sie an Silas' Zimmertür und trat ein. »Gut, dass ich dich noch erwische, Jeremy«, sagte sie, als die beiden Männer, die sich wieder einmal über die bevorstehende Reise unterhielten, sich hastig erhoben. »Darf ich mich setzen? Ich hätte einen Vorschlag für euch.«

»Ach Mutter, nicht schon wieder«, stöhnte Silas und sank wie Jeremy zurück auf seinen Stuhl.

»Keine Sorge, Silas, es geht nicht um die alte Sache«, entgegnete Elizabeth, nahm Platz und faltete die Hände im Schoß wie eine Schullehrerin. Sie hatte Jeremy schon eine ganze Weile nicht mehr gesehen. Elizabeth fiel auf, dass er sich nicht nach ihren Rosen erkundigte. Er wusste wohl, dass sich in ihrem Garten nur Dornen befanden. Und genau über dieses Thema wollte sie mit ihm reden.

»Ich möchte euch bitten, die Rosen eurer Vorfahren in eure neue Heimat mitzunehmen, wie sie es mit den ihren gemacht haben, als sie von England nach South Carolina übersiedelten. Sie stehen für euer Erbe, und ...«, Tränen traten ihr in die Augen, ihre Stimme bebte, »... ich könnte den Gedanken nicht ertragen, dass ihr keine greifbare Erinnerung an eure Familie habt. Dabei meine ich weniger euch selbst als eure Nachkommen ... Joshua und die Kinder, die ich niemals kennenlernen werde ...« Sie zog ein Tuch aus der Tasche ihres Kleids und tupfte sich damit die Augen ab. »Deine Mutter, Gott hab sie selig, würde dir das Gleiche raten, Jeremy. Ihr waren ihre York-Rosen genauso wichtig wie mir meine Lancasters.«

Elizabeth hatte Widerspruch von Silas erwartet – in den Wagen war nicht viel Platz –, doch zu ihrer Überraschung nickte er. »Gute Idee, Mutter. Das hätte mir selbst einfallen können. Ich wollte das Porträt des Duke of Somerset mitnehmen.«

»Da müssen wir Morris fragen, aber ich bin sicher, dass er nichts dagegen hat«, erklärte Elizabeth. »Ihm sind die Ahnen nicht so wichtig wie dir.«

Jeremy, der mittlerweile wieder aufgestanden war, nahm

Elizabeth' Hand und beugte sich über das Geflecht blauer Adern darauf. »Mir gefällt der Gedanke auch. Ich bitte unseren Gärtner, der unsere Rosen jetzt, da meine Mutter nicht mehr lebt, gewissenhaft pflegt, sich darum zu kümmern.«

»Ich würde gern persönlich das Ausgraben überwachen. Die Wurzeln müssen vorsichtig in Sackleinen gepackt und feucht gehalten werden«, sagte Elizabeth.

»Dafür wäre ich sehr dankbar«, erklärte Jeremy. »Gute Nacht, Silas. Ich finde den Weg hinaus allein.«

Mutter und Sohn beäugten einander verlegen schweigend vor dem munter vor sich hin knisternden Kaminfeuer, das sie zu verspotten schien. Nach einer Weile meinte Elizabeth: »Ich werde mich nicht von dir und Joshua verabschieden, Silas. Das schaffe ich einfach nicht. Kannst du das verstehen?«

»Ja, Mutter.«

»Du brichst ohne meinen Segen auf, aber meine Liebe wird dir immer sicher sein.«

»Das weiß ich, Mutter.«

»Doch du gehst mit dem Segen deines Vaters. Ich konnte dich nicht ziehen lassen, ohne dir das zu sagen.«

Silas' Blick wurde skeptisch, und er verzog spöttisch den Mund. »Das hat Papa dir vom Grab aus mitgeteilt?« Als er den Schmerz in den Augen seiner Mutter sah, fügte er versöhnlicher hinzu: »Oder ist das neues Wissen aus den unergründlichen Tiefen deines Mutterherzens?«

»Weder noch«, antwortete Elizabeth. »Durch seine Entscheidung, dich in seinem Testament nicht zu bedenken, hat dein Vater dich praktisch aus dem Nest gestoßen, so dass du den Traum verwirklichen musst, den du seit deiner Kindheit hegst. Er wusste, dass du niemals hierbleiben und dich deinem Bruder unterordnen würdest, deswegen hat er dir keine andere Wahl gelassen, als dich zu verabschieden. Allerdings hat er nicht geahnt, wie weit du dafür gehen würdest.«

Elizabeth erhob sich, während Silas mit gerunzelter Stirn über diese neue Deutung der Dinge nachdachte. »Es fällt dir vermutlich schwer zu glauben, dass dein Vater dich geliebt hat, Silas, doch das hat er. Hoffentlich beschert sein Beschluss dir kein übles Schicksal. Unter einem schlechten Stern Erworbenes kostet am Ende immer mehr, als es wert ist.«

Elizabeth ging zur Tür. »Gute Nacht, mein Sohn. Ach, und übrigens … vielleicht fragst du dich, wo Morris abgeblieben ist.«

»Ich bin zu beschäftigt mit den letzten Vorbereitungen für die Reise, um mir Gedanken über Morris zu machen.«

Elizabeth' Mundwinkel zuckten. »Offenbar erträgt auch er es nicht, sich von dir zu verabschieden. Weißt du, er liebt Joshua wie seinen eigenen Sohn. Er ist bei dem einzigen Menschen, der ihn über seinen bevorstehenden Verlust hinwegtrösten kann. Morris ist nach Savannah gefahren … zu Lettie.«

»Tippy, glaubst du, man kann einen Mann lieben, den man weder achtet noch mag?«

»Wie soll ich das wissen, Miss Jessie? Ich hab bis jetzt doch bloß Sie und meine Mama geliebt.«

»Weil du ein himmlisches Wesen bist, das zufällig im Bauch deiner Mutter gelandet ist und alles weiß.«

Sie hatten fast den Hof erreicht, der sich etwa einen Kilometer vom Haupthaus entfernt befand, am vorletzten Tag, bevor sie Willowshire vielleicht niemals wiedersehen würden. Die Sonne schien warm, und die Luft war mild für Februar, ideal für einen letzten Spaziergang über das Anwesen und die Plantage.

»Möglich ist alles. Wilde Blumen wachsen ja auch aus nackten Felsen, obwohl man's nicht begreift.« Tippy sah Jessica fragend an. »Meinen Sie Mister Silas?«

»Ja«, gab Jessica errötend zu. »Es gibt tatsächlich nichts, was diese Liebe nähren könnte. Ich weiß nicht, woher dieses … *absurde* Gefühl kommt. Mein … Mann hat die wunderbarste Frau der Welt – meine liebe Freundin Lettie – gegen ein Stück Land eingetauscht. Allein deswegen müsste ich ihn doch hassen, oder?«

»Keine Ahnung, Miss Jessie. Manche wilden Blumen sind einfach nicht umzubringen. Man glaubt, dass man sie mit der Wurzel ausgerissen hat, aber im nächsten Jahr sind sie wieder da.«

Jessica hasste es, wenn ihre Freundin redete wie eine schwarze Feldarbeiterin, aber sie befanden sich in Hörweite der Sklavenunterkünfte, und Tippy wollte Jessicas Vater nicht provozieren. Wenn sie von South Carolina weg wären, würde Tippy sich niemals mehr unter ihrem Niveau ausdrücken müssen, egal, was Mr Silas Toliver sagte. Doch bevor Jessica ihr das versprechen konnte, wurde sie durch Unruhe im Hof aus ihren Gedanken gerissen. Etwas hatte die Sklaven in die Mitte gelockt.

»Was ist denn das für ein Aufruhr?«, fragte sich Jessica laut, und als die Schaulustigen auseinanderwichen, sah sie den Grund.

»Carson, du kannst sie nicht gehen lassen. Sie ist unsere Tochter, unsere einzige Tochter.« Was Eunice damit meinte, war klar: Jessicas kleine Schwester war Minuten nach der Geburt gestorben.

Darüber trauerte Carson nach wie vor, und Eunice nutzte diese Schwäche ihres Mannes. Je näher der Termin des Aufbruchs rückte und je mehr besorgniserregende Nachrichten aus Texas eintrafen, desto mürrischer wurde Carson. Und Eunice, der es nicht entging, dass er sich über die Sicherheit ihrer Tochter Gedanken machte, streute Salz in die offene

Wunde. »Es ist noch nicht zu spät, sie aufzuhalten«, sagte sie. »Wir können die Ehe annullieren lassen. Jessica und Silas haben nie … du weißt schon.«

»Und was passiert dann, Eunice?«, fragte Carson mit vor Aufregung gerötetem Gesicht. »Dann fangen wir wieder von vorn an. Wäre es dir lieber, wenn wir unsere Tochter ins Kloster schicken?«

»Jessica hat ihre Lektion gelernt. Du hast ihr einen gehörigen Schrecken eingejagt. Ihr dürfte klar sein, was passiert, wenn sie noch einmal etwas sagt oder tut, das sie in Gefahr oder die Familie in Verlegenheit bringt.«

»Wenn wir jetzt klein beigeben, glaubt Jessica, sie kann mit ihrer abscheulichen Einstellung wieder ihren Kopf durchsetzen«, widersprach Carson ihr, alles andere als überzeugt.

Eunice trat näher an ihn heran. »Falls es ein nächstes Mal geben sollte, Carson«, sagte sie leise, »verspreche ich dir, mich dem, was du für richtig hältst, nicht mehr zu widersetzen. Und ich sorge dafür, dass Jessie das begreift.«

Carson atmete deutlich hörbar ein und trat einen Schritt zurück. »Ich habe eine Vereinbarung mit Silas und kann jetzt keinen Rückzieher machen. Der Skandal ist schon schlimm genug, ohne dass die Leute meinen, ich hätte dem Jungen, der die Verlobung mit der Frau, die er liebt, aufgelöst hat, eingeredet, er könnte mit meinem Geld nach Texas, nur um ihm dann zwei Tage vor dem Aufbruch ganz den Boden unter den Füßen wegzuziehen. Das kann ich Silas nicht antun.«

Eunice umfasste das Kinn ihres Mannes und zwang ihn, sie anzusehen. »Halte deine Abmachung mit Silas ein. Lass ihn gehen, aber ohne Jessica. Er will nur das Geld und wäre froh, sie loszuwerden, weil er dann immer noch Lettie heiraten könnte. Du kannst es dir leisten, Carson.« Ihr Ton wurde flehend, ihr Blick verführerisch. »Ist unsere Tochter das nicht wert, mein Lieber?«

Carson legte die Hände um ihre Unterarme. »Doch, sie ist es wert«, sagte er mit rauer Stimme und zog Eunice näher zu sich heran.

Seine Lippen waren noch nicht ganz bei den ihren, als die Tür zur Bibliothek aufgerissen wurde und Lulu völlig außer Atem hereinstürmte. »Entschuldigung, Sir, aber kommen Sie lieber mit. Miss Jessica. Sie hat's wieder gemacht.«

»Was gemacht?«, fragte Eunice.

»Wieder 'nem Schwarzen geholfen.«

»Was?« Carson löste sich aus der Umarmung seiner Frau. »Wer? Wo?«

»Ist ein Faulpelz, der Mann. Steht am Pfosten, wo die Leute ausgepeitscht werden. Der Aufseher Mr Wilson wollte ihn sich grade vornehmen, da hat Miss Jessica sich eingemischt und gesagt, sie lässt das nicht zu.« Lulu holte kurz Luft. »Sie sind noch draußen.«

»Lass Wilson sagen, dass er aufhören soll. Ich bin gleich da.« Carson wandte sich seiner Frau mit mahlenden Kiefern und kühlem Blick zu. »Pack weiter die Sachen unserer Tochter, Mrs Wyndham. Sie geht nach Texas.«

SECHSUNDZWANZIG

Am ersten März 1836 versammelten sich in der Stunde vor Tagesanbruch die Gefährte, die sich in den östlichen Teil von Texas aufmachen wollten, auf einem Feld hinter dem Ort Willow Grove, South Carolina. Angehörige und Freunde waren zusammengekommen, um den Treck zu verabschieden. Einige Läden hatten geöffnet, damit die Aufbrechenden in letzter Minute Einkäufe tätigen und die Inhaber sich von langjährigen Kunden verabschieden konnten, die sie vermutlich nicht mehr wiedersehen würden. Es herrschte festliche Stimmung mit einem Schuss Melancholie und Sorge. Seit dem dreiundzwanzigsten Februar belagerte der mexikanische General Santa Anna mit seinen Truppen hundertsiebenundachtzig in der Mission Alamo am San Antonio River verschanzte Texaner. Ihr Anführer war ein junger Mann aus South Carolina namens William Barrett Travis, in Saluda County zur Welt gekommen. An seiner Seite kämpfte sein Cousin James B. Bonham, ebenfalls aus South Carolina. Die Belagerung von Alamo dauerte nun schon sieben Tage, und der *Charleston Courier* hatte wenig Hoffnung, dass die tapferen Verteidiger – unter ihnen Davy Crockett und Jim Bowie – durchhalten würden, bis Verstärkung eintraf.

Unter denen, die sich verabschieden wollten, waren die Wyndhams und die Warwicks sowie besonders treue Angehörige ihres Hauspersonals. Elizabeth und Morris Toliver fehlten, an ihrer Stelle waren Cassandra und Lazarus erschienen, der den schlafenden Joshua auf dem Arm hielt. In allerletzter

Sekunde hatte Silas dem alten Ehepaar erlaubt, bei seiner Mutter und seinem Bruder zu bleiben, so dass sie das Treiben nun erleichtert und dankbar mitverfolgten. Willie May und Jonah standen bei Carson, Eunice und Michael, und Jeremys zwei Brüder und sein Vater hatten das schwarze Kindermädchen mitgebracht, das sich um sämtliche Warwick-Söhne gekümmert hatte, solange diese klein waren.

Ein Nachwuchsreporter des *Charleston Courier* bewegte sich, Block und Stift in der Hand, durch das Gewimmel und versuchte, beim Licht des Mondes, der Sterne und der Lagerfeuer seine Eindrücke über den Aufbruch zu Papier zu bringen, den er als »denkwürdiges Spektakel« bezeichnete. Zuerst führte er die unglaublichen Kosten dafür auf, dass man möglicherweise irgendwann in der Erde eines feindlichen Gebiets Tausende von Kilometern entfernt Wurzeln schlagen konnte.

»Sechs- bis achthundert Dollar für die Grundausstattung mit Ochsenwagen und Ausrüstung – ein Vermögen«, informierte er die Leser. Weiter teilte er ihnen mit, dass der Willow-Grove-Treck einschließlich der Sklaven aus etwa zweihundert Menschen bestand, dazu eine unbekannte Anzahl von Gefährten unterschiedlichster Art, Größe und Qualität, von den teuren Conestogas und Prairie Schooners (eine kleinere Version des Präriekamels) bis zu Marktwagen, leichten Einspännern, Kutschen, zweirädrigen Pferdewagen, Karren und Packeseln. Viele würden zu Fuß gehen, unter den Wagen oder unter freiem Himmel schlafen und sich von dem ernähren, was das Land hergab. Man schätzte, dass der Treck fünfzehn bis fünfundzwanzig Kilometer am Tag schaffen würde.

Diese bunt zusammengewürfelte Truppe, schrieb der Reporter, werde von den Wagenmeistern geleitet, die wie Prinzen auf ihren Pferden saßen und ihren Schutzbefohlenen Befehle erteilten. »Silas Toliver und Jeremy Warwick halten das Zepter in der Hand wie geborene Anführer, die das nötige Wissen und die Fähigkeiten, wenn auch nicht die Erfahrung besitzen. Auf ihren Schultern lastet die Verantwortung, die Reisenden sicher ans Ziel zu bringen.« Er zitierte Jeremy: »›Wir haben alle Karten des Gebiets studiert, alle Artikel und Bücher darüber sowie sämtliche Briefe aus Texas gelesen und Dutzende von Menschen befragt, die dort waren. Wir sind so umfassend wie möglich informiert. Alles andere liegt in Gottes Hand.‹«

Obwohl Silas sich weigerte, sich befragen zu lassen, folgte der Reporter ihm auf Schritt und Tritt und notierte sämtliche Anordnungen des Wagenmeisters, die dieser mit ruhiger, fester Stimme erteilte. Er gab seiner Gruppe zwei Stunden, um ihre Familien und Tiere zu sortieren, sich zu verabschieden und ihren vorgegebenen Platz in der Reihe einzunehmen. Wer länger brauchte, würde zurückgelassen. Zauderer und Zuspätkommer wurden nicht geduldet. Ein persönlicher Ton schlich sich in die Aufzeichnungen des Journalisten, als der Wagenmeister seinen Sohn holte, um ihn dem Lenker seines Conestogas zu übergeben, einem der treuesten Sklaven von Queenscrown. Der Reporter zitierte den weinenden Joshua: »›Papa, kann ich nicht mit Jessica und Tippy fahren?‹«

Silas Toliver marschierte, seinen Sohn auf dem Arm, zu Jessica Wyndhams – *Mrs Silas Tolivers!* – Conestoga, auf dessen Sitz sie, gekleidet wie ein Pfau unter Sperlingen, mit ihrer merkwürdig koboldhaften Dienstmagd und einem kleinen schwarzen Jungen namens Jasper saß. Der Wagenmeister wiederholte die Bitte seines Sohnes bei seiner Frau, die »Natürlich« antwortete und den Jungen auf den Arm nahm. »Keine Sorge, Silas, wir passen schon auf ihn auf«, sagte sie und lächelte den müden Joshua Toliver an. »Zeit für ein Schläfchen, kleiner Mann«, fügte sie hinzu und schob Joshua ohne ein weiteres Wort an ihren Mann unter die weiße Plane.

Dem Reporter fiel auf, dass Silas Tolivers strenge Miene sich ein wenig entspannte, als er sich entfernte. Was hätte der Journalist dafür gegeben, die Gedanken des Mannes zu kennen, der die Ehe mit seiner Frau nach allem, was gemunkelt wurde, noch vollziehen musste! Aber Klatsch hatte in ernsthaftem Journalismus nichts zu suchen. Also konzentrierte er sich darauf, Carson Wyndham über seine Gefühle darüber zu befragen, dass seine Tochter nach Texas ging.

»Was sollte ich Ihrer Meinung nach denn empfinden?«, herrschte ihn der Baumwollbaron und Geschäftsmann an und stapfte wütenden Blickes mit seiner Frau und seinem Sohn davon, bevor der Reporter überhaupt den Stift zücken konnte.

Zum festgelegten Zeitpunkt des Aufbruchs ertönte ein Horn. Die Wagenmeister befanden sich bereits am Kopfende der beiden bunt gewürfelten Reihen von Fahrzeugen, Farmtieren, Sklaven und Menschen, die im aufgewirbelten Staub der Räder dahintrotten würden. Als die letzten Töne in der kalten Morgenluft verklangen, gaben Silas Toliver und Jeremy Warwick das Signal zum Aufbruch, und der Treck setzte sich in Bewegung.

Der Nachwuchsreporter sah der Kavalkade nach, die sich mit knarrenden Rädern, scheppernden Töpfen und Pfannen, weinenden Kleinkindern, bellenden Hunden, muhenden, schreienden, gackernden oder blökenden Farmtieren – »dem Klang des Zugs nach Westen«, wie er es später in seinem Artikel beschreiben sollte – auf den Weg machte. Der junge Mann wünschte ihnen Glück. Eine Woche später würde er über den Fall von Alamo in Texas berichten und noch später über die Rache der Texaner in San Jacinto, wo sie unter Führung von Sam Houston Santa Anna und seine Truppen besiegten und ihre Unabhängigkeit von Mexiko erklärten. Der Willow-Grove-Treck war unterwegs in die frisch ausgerufene Republik Texas.

ZWEITER TEIL

1836-1859

SIEBENUNDZWANZIG

Von der ersten Nacht an, in der zum Schutz der Menschen eine Wagenburg und zu dem der Tiere ein Korral gebaut wurde, wusste Jessica, dass man von ihr nichts erwartete. Die anderen Frauen sprangen von den Wagen, um sich ans Kochen für ihre Familien zu machen und alles für die Nacht vorzubereiten. Jessica verfolgte ihre Bemühungen voller Bewunderung und fühlte sich ziemlich nutzlos, wenn die Mütter ihre kleineren Kinder zum Feuerholz- und Wasserholen schickten und die größeren eine Feuergrube ausheben mussten, während die Männer die Tiere ausspannten, ihnen Fußfesseln anlegten und sie fütterten. Schmortöpfe und Bratspieße, Pfannen und Essgeschirr tauchten wie aus dem Nichts auf, und schon bald dampfte es aus den Töpfen, und das Kaffeewasser kochte. Ein Sklavenpaar namens Jeremiah und Maddie, das Silas für Lazarus und Cassandra mitgenommen hatte, erledigte die Lagerarbeiten für die Toliver-Familie.

Während Jessica, in ihren modischen blauen Umhang aus Merinowolle gehüllt, die Aktivitäten verfolgte, sagte sie zu Silas, der an jenem Tag zum ersten Mal bei ihr weilte: »Ich komme mir ziemlich … überflüssig vor.«

»Sie waren mir heute eine große Hilfe, weil Sie sich mit Joshua beschäftigt haben.«

»Das macht mir Freude. Aber wie sehen meine Aufgaben aus?«

»Sie haben keine, abgesehen von der, gesund zu bleiben.«

»Ja, schließlich darf ich Ihnen nicht wegsterben, bevor Sie Ihre Plantage aufgebaut haben.«

Silas spielte mit dem Gedanken, ihr zu erklären, dass sie ihn wieder einmal missverstanden habe, sagte dann aber nur: »Weisen Sie Tippy an, Ihren Waschtisch in Zukunft im Schein des Lagerfeuers aufzustellen. In den Schatten mögen Sie mehr Privatsphäre haben, doch es ist gefährlich. Dort könnte man Sie ohne Weiteres unbemerkt entführen.«

»Mich? Warum sollte jemand mich entführen wollen?«

»Können Sie sich das nicht denken, Miss Wyndham?«

Jeremy gesellte sich zu ihnen. »Lösegeld, Jess«, erklärte er ihr und verwendete dabei die Kurzform ihres Namens, die er inzwischen gern benutzte. »Oder ein Creek-Krieger, der Lust auf eine weiße Squaw hat.«

»Oder Schlimmeres«, fügte Silas mit vielsagendem Blick hinzu.

»Sie wollen mir Angst machen.«

»Nein, Miss Wyndham«, versicherte Silas ihr. »Wir wollen Sie beschützen. Bleiben Sie im Schein des Feuers.«

Jessica fügte sich und wusch sich fortan in ihrem Conestoga, wobei sie auf merkwürdige Geräusche draußen lauschte. Während Tippy auf der Pritsche neben ihr schlief, tat sie selbst zwei Wochen lang kaum ein Auge zu, weil sie immerzu fürchtete, irgendwo die geduckte Gestalt oder den Federschmuck eines Indianerkriegers zu sehen.

Jessica wurde schnell klar, dass sie als privilegierte Tochter von Carson Wyndham nicht in die verschworene Treckgemeinde aufgenommen werden würde. Das lag einerseits an ihrem dubiosen Status als Silas Tolivers Ehefrau und andererseits daran, dass sie ihren schwarzen Fahrer und ihr Dienstmädchen als ebenbürtig behandelte, was Gerüchte über ihre Sklavenfreundlichkeit bestätigte. Familien, die Sklaven besaßen, betrachteten sie mit Argwohn, »als würden sie erwarten, dass ich die Fußfesseln ihrer Sklaven löse und sie freilasse«, erklärte sie Tippy. Die anderen suchten ihre Nähe einfach deshalb nicht, weil sie gesellschaftlich zu weit unter ihr standen. Jessica hatte keine Ahnung, wie sie diese Kluft überbrücken sollte.

Darüber hätte sie sich gern mit Silas unterhalten, denn sie wollte an den Aktivitäten der Gemeinschaft teilhaben und ihren Beitrag leisten, doch sie sah ihn fast nur an den Abenden, wenn sie sich zum Essen ums Lagerfeuer versammelten, und dann auch nie lange. Er war ständig unterwegs, um Ratschläge zu erteilen und Fragen zu beantworten. Wenn er einmal Zeit für sie hatte, drehten sich ihre Gespräche hauptsächlich um Joshua. Jessica hatte widerstrebend Tippys Bitte gewährt, dass sie und Jasper mit Jeremiah und Maddie später zu Abend aßen – »So sieht's besser aus, Miss Jessie« –, aber oft gesellten sich Jeremy und Tomahawk zu ihrer Gruppe, und sie musste die Hoffnung, Silas ganz für sich zu haben, aufgeben.

Um die Zeit totzuschlagen, würde sie Tagebuch – eine Art Logbuch – über ihre Reise führen, beschloss Jessica. Und eines Tages vielleicht sogar für die Nachwelt ein richtiges Buch über ihre Erfahrungen verfassen.

»Welchen Titel soll es bekommen?«, erkundigte sich Tippy.

»Das weiß ich noch nicht. Mir wird schon noch einer einfallen.«

Das Tagebuch war ideal, um die öden Stunden zu füllen, in denen sie hinter dem Wagen von Silas auf dem Sitz ihres Conestogas durchgerüttelt wurde, während Tippy im Innern eine Wildlederjacke wie die von Silas nähte, die sie Joshua zu seinem fünften Geburtstag im Mai schenken wollte. Das Leder hatte Tippy von Jeremy. Die Entschlossenheit, mit der die vier – Jeremy, Jasper, Jessica und Tippy – das Kleidungsstück vor dem kleinen Jungen und seinem Vater verbargen, gestaltete die langen Tage ein wenig spannender.

Silas lenkte seinen Conestoga nicht selbst, weil er mit Jeremy am Kopfende des Trecks ritt, sondern hatte diese Aufgabe einem langjährigen Sklaven von Queenscrown übertragen. Wenn die hintere Klappe des Wagens offen war, konnte Jessica die Rosenbüsche sehen, auf die der Fahrer sorgfältig achten sollte. Auch Jeremy hatte in Sackleinen gehüllte Wurzelballen von Rosensträuchern aus seinem Garten dabei. Tippy hatte ihm und Silas den Tipp gegeben, die Erde mit Kaffeesatz zu vermischen, damit sie später wuchsen und gediehen. Angesichts des knappen Raums in den Wagen überraschte es Jessica, dass die Männer Platz für die Rosen geschaffen hatten.

»Wieso sind sie so wichtig?«, hatte sie Jeremy gefragt.

»Sie stehen für unsere Familien, deren Stammbäume nach England zurückreichen«, hatte er geantwortet. »Silas hat seine Lancasters aus Hochachtung vor seinen Vorfahren mitgenommen.«

»Und Sie? Warum haben Sie Ihre weiße Rose von York dabei?«

»Zur Erinnerung an meine Mutter.«

Obwohl Silas das nicht gut fand, lenkte der spindeldürre Jasper Jessicas temperamentvolles Vierergespann, ein Geschenk ihres Vaters. Silas wären Ochsen lieber gewesen, die zwar langsamer waren, aber fügsamer und sich besser als Nutztiere eigneten.

»Beim ersten Zwischenfall bist du weg vom Sitz und gehst zu Fuß, verstanden, Jasper? Dann übernimmt jemand anders die Zügel.«

»Ja, Sir, Mister Silas.«

»Hast du das gehört?«, fragte Tippy Jessica. »Dein Mann macht sich Sorgen um seine Frau.«

»Mein Mann macht sich Sorgen um sein Vermögen.«

Es gab viel zu berichten, und Jessica stellte fest, dass sie eine Begabung fürs Schreiben besaß, die die bloße Schilderung von banalen Details wie Straßenbeschaffenheit, Wetter und Landschaft, wie man sie normalerweise in Reisetagebüchern fand, überstieg. Solche Informationen nahm sie nur auf, wenn sie sich auf das Leben im Treck auswirkten, was oft der Fall war. Ansonsten reicherte sie ihre Berichte mit persönlichen Überlegungen und Eindrücken über Menschen, Orte und interessante Dinge an.

20. März 1836

Wenn ich an mein früheres Leben denke, kann ich mich kaum noch an das Mädchen von damals erinnern. Ich weiß noch, dass diese junge Frau niemals früher als um neun von ihrem weichen Daunenbett aufstand, sich das Gesicht in einem Raum wusch, den ein Bediensteter vorgeheizt hatte, sich kämmte und sich dann beim üppigen Frühstück zu ihrer Familie gesellte. Es gab immer Schinken und Sauce, Speck und Eier, Grütze und Brötchen, die unter Silberdeckeln warm gehalten und auf feinem Porzellan serviert wurden, dazu Marmelade, Zuckerrohrsirup, Kaffee und Sahne. Anschließend ließ diese junge Frau sich von ihrer Bediensteten und besten Freundin baden, anziehen und frisieren. Ihre einzige Sorge war, was sie mit dem Tag anfangen sollte.

Die junge Frau, die ich jetzt bin, steht an Tagen, die so kalt sind, dass sie mit den Zähnen klappert, in der Dunkelheit von ihrer harten Pritsche auf. Sie schläft in den Kleidern vom Vortag, und Baden kommt in dem eisigen Wasser nicht infrage. Manchmal kämmt sie sich morgens nicht einmal, weil ihre Haare ohnehin unter einer Haube verborgen sein werden, die sie warm hält und erst am Abend vor dem Schlafengehen wieder abgenommen wird. Das Frühstück besteht aus warmem

Brei, gesüßt mit Zuckerrohrsirup, der bald aufgebraucht sein wird, verzehrt aus geborgten Zinnschalen, die das Porzellan ersetzen, welches wir am Straßenrand zurücklassen mussten.

Trotz des harten Trecklebens fehlt mir das Mädchen von früher nicht allzu sehr. Ich hatte ohnehin nie Grund zur Eitelkeit, weswegen es mich nicht sonderlich stört, wenn ich nicht jeden Tag etwas Frisches anziehen und mich nicht frisieren kann. Allerdings sehne ich mich nach einem heißen Bad mit duftender Seife – überhaupt nach einem Bad! Mir würde schon ein Bach genügen, aber mein Mann hat mir verboten, *mich nachts aus dem Lager herauszuwagen, in der einzigen Zeit, in der man für sich wäre. Inzwischen ist es zu kalt, um in irgendeines der Gewässer zu springen, an denen wir campieren, doch bald kommt der Frühling. An manchen Tagen spürt man fast, wie die alte Erde ihren Rücken der Sonne entgegenreckt und die Wolken Gedichte in den blauen Himmel schreiben.*

Mein Mann. *Wie seltsam, Silas Toliver so zu bezeichnen, wenn ich höchstwahrscheinlich niemals so Anspruch auf ihn erheben kann. Sein Herz gehört Lettie, vielleicht für immer. Bestimmt fehlt sie ihm schrecklich. Doch selbst wenn es Lettie nicht gäbe: Tippy beschreibt mein Gesicht, wenn Silas und ich uns tatsächlich einmal sehen, als »etwa so einladend wie eine heiße Bratpfanne auf einem nackten Hintern« und rät mir, ihm hin und wieder ein Lächeln zu schenken.*

Das würde ihm ja doch nicht auffallen, sage ich ihr.

Versuch's, erwidert sie, und da wird mir klar, dass sie um meine wachsenden Gefühle für ihn weiß.

1. April 1836

Um öfter mit Silas zusammen sein zu können, wäre ich mit meinem Conestoga lieber ganz vorn im Treck, aber er hat angeordnet, dass er mittendrin bleibt. Natürlich könnte ich mich beklagen, doch dann würde Silas fragen, warum, und ich wüsste nicht, was ich antworten sollte. Er hat einen einfachen Grund dafür, mich in die Mitte zu verbannen: Dort ist es am sichersten. Der Fahrer ganz vorn trägt zu viel Verantwortung für einen Jungen wie Jasper. Jener Fahrer muss das Terrain überblicken, ein gleichmäßiges Tempo vorgeben und stets auf die Signale des Anführers achten, ob er stehen bleiben, langsamer oder schneller werden oder die Richtung ändern soll. Oft befindet sich eine Schlange oder ein anderes Tier auf dem Weg, das die Gespanne erschreckt, und wenn der Fahrer an der Spitze nicht kühlen Kopf bewahrt, sind durchgehende Pferde oder sogar eine Stampede möglich. Außerdem ist der Fahrer ganz vorn das erste Ziel eines Indianerpfeils.

Jeremys Conestoga an der Spitze des Warwick-Trecks wird von einem Sklaven namens Billy gelenkt, der zu den besten Fuhrleuten South Carolinas gehört.

Darf ich es wagen, meinem Tagebuch meine Gefühle anzuvertrauen? Was, wenn Silas darin liest? Dann erfährt er, dass ich es hasse, ihn bis zum Einbruch der Dunkelheit kaum zu Gesicht zu bekommen, es sei denn, er lässt sich zurückfallen, um nach Joshua zu sehen.

Ist Silas dann tatsächlich einmal bei mir, gelingt es mir nicht, meinen Verdruss zu verbergen. Wenn sein Sohn nicht wäre, würde mein Mann wohl nie auftauchen. Was passiert da mit mir? Jedes Mal wenn ich Silas so selbstsicher und souverän im Sattel sitzen und die täglich auftretenden Sorgen der anderen so ruhig und umsichtig beseitigen sehe, spüre ich dieses Gefühl des Stolzes in mir aufsteigen, das mich ärgert und verwirrt. Wie kann ich solchen Emotionen erliegen, wenn mich nichts mit dem Mann verbindet, der sie verursacht?

Ich wünschte, ich hätte eine erfahrene Vertraute, die mir diese Gefühle erklären könnte. Manchmal werden sie so stark, dass ich Angst habe, ich könnte zerplatzen wie eine zu prall gefüllte Schweineblase.

Tippy meint, ich sei verliebt und meine weiblichen Säfte würden fließen. Das haben ihr die Sterne verraten.

Dann frag die Sterne, was ich dagegen machen soll, habe ich ihr gesagt.

Sei nett zu Mister Silas und wart ab, was passiert, hat sie geantwortet.

Ich habe ihr gestanden, dass ich ihm in Willowshire schreckliche Dinge an den Kopf geworfen habe, an die er sich bestimmt erinnert.

Tippy hat erwidert, dass Männer gar nicht hören; was Frauen sagen, wenn ihre Säfte fließen.

Daraufhin habe ich ihr geklagt, dass mein Aussehen wohl nicht dazu angetan ist, seine Säfte zum Fließen zu bringen.

Möglicherweise wirst du dich noch wundern, hat sie grinsend gesagt.

Und sie sollte recht behalten.

ACHTUNDZWANZIG

Als sie Georgia erreichten, hatte Jessica ihr Korsett gegen einen einzelnen Unterrock eingetauscht und ihre modischen Taggewänder mit den weiten Röcken gegen schlichtere Baumwollkleider. Rein optisch gehörte sie nun zu den Sperlingen, auch wenn sie nicht in ihr Nest durfte.

Die Bemühung, die sogenannte »Empire-Silhouette« aufrechtzuerhalten, welche ihrer Figur, ihrem einzigen Pluspunkt, schmeichelte, erschien ihr lächerlich, wenn sie im strömenden Regen neben einem Schlamm hochspritzenden Wagen hertrotten musste, um die Last zu reduzieren, oder versuchte, auf einem holprigen Weg, im Wald, durch Flüsse oder Sümpfe nicht vom Sitz zu fallen. Der breite Rand einer Kattunhaube, die sie in einem kleinen Ort erstanden hatte, bevor sie aus South Carolina herausgekommen waren, schützte ihr sommersprossiges Gesicht, und Silas hatte sie mit einem festen Paar Arbeitsstiefel für Frauen überrascht, die ihm im Schaufenster eines Ladens aufgefallen waren. »Ich hoffe, sie sind nicht zu groß«, hatte er gesagt. »Sie haben so zierliche Füße.«

Jessica war überwältigt gewesen von diesem Kompliment. Hässlichere Treter als diese Stiefel hatte sie nie gesehen, und außerdem waren sie tatsächlich zu groß, aber sie ließen sich mit dicken Strümpfen ausstopfen und waren sehr viel praktischer und bequemer als ihre leichten Ziegenlederschuhe

Sie hatte sich verlegen bedankt.

Und er hatte erfreut darüber gewirkt, ihr eine Freude bereitet zu haben. »Gern geschehen.«

»Natürlich gebe ich Ihnen das Geld dafür«, hatte sie gesagt.

»Sie waren als Geschenk aus meiner eigenen Tasche gedacht, aber wenn Ihnen das lieber ist, können Sie sie als Kauf Ihres Vaters betrachten, der sie bereits bezahlt hat.« Er war weggestapft, ohne zu sehen, wie sie sich frustriert auf die Lippe biss.

Warum, fragte Jessica sich, schlug sie dem Mann immer wieder die Tür vor der Nase zu, die er ihr öffnen wollte? Hatte sie Angst, dass er ihre wahren Gefühle erkannte, wie die auch aussehen mochten? Irgendwann würde der Tag kommen, an dem er sich nicht mehr um sie bemühen würde, und das konnte sie ihm nicht verdenken. Wie sie in ihrem Tagebuch eine Woche später vermerkte, war dies sein letzter Versuch gewesen, sich mit ihr anzufreunden, weil er danach keine Zeit mehr dazu hatte. Die Begegnung hatte am Vorabend des Tages stattgefunden, an dem die schreckliche Nachricht eintraf.

7. April 1836

Es geht das Gerücht, dass die Creek den Weißen den Krieg erklärt haben, weil diese ihnen ihr Land gestohlen haben, und man hat uns geraten, auf unserem Weg durch Georgia und Alabama auf der Hut zu sein. Was können die gierigen Weißen auch anderes erwarten, nachdem sie in die Jagdgründe der Creek eingefallen sind, sie aus ihrer Heimat vertrieben und ihnen ihr Land abgenommen haben? Appelle an unsere Regierung, dem Treiben ein Ende zu setzen, sind ungehört verklungen. Die Vereinigten Staaten haben alle Verträge gebrochen, die sie mit den Creek geschlossen haben und die diesen garantierten, dass niemand auf ihr Gebiet vordringen würde, und jetzt haben die Indianer genug.

Ich mache mir Sorgen wegen der Kritik (natürlich hauptsächlich seitens der Sklavenbesitzer) an Tomahawk Lacy, Jeremys treuem Creek-Scout, der für uns sichere Routen auskundschaften soll. Bisher haben sich Tomahawks Kundschafterqualitäten als unschätzbar wertvoll für unseren Treck erwiesen, doch nun kommen Bedenken bezüglich seiner Vertrauenswürdigkeit auf. Die Zweifler fürchten, dass er in seiner Loyalität zwischen Jeremy und seinem eigenen Volk hin- und hergerissen ist.

Ich mag Tomahawk sehr. Er schließt die Augen, wenn er mit einem spricht, als würde er sich auf jedes einzelne Wort konzentrieren. Das lässt ihn für mich sehr glaubwürdig erscheinen.

Die Nörgler gehen mit ihren Bedenken nicht direkt zu Silas und Jeremy, sondern flüstern in meiner Hörweite darüber, damit ich Silas davon erzähle, was ich auch tue, und er informiert seinerseits Jeremy. Mir ist aufgefallen, dass die Männer im Treck, auch die Hitzköpfe, einen weiten Bogen um Silas und Jeremy machen. Mein Mann und Jeremy haben sich als hervorragende Wagenmeister erwiesen und klargemacht, dass diejenigen, die mit ihnen als Anführer nicht zufrieden sind, sich gern von ihnen trennen und sich ihren eigenen Weg nach Texas suchen können.

Bis jetzt hat niemand das getan.

Die fast sichere Aussicht auf einen Indianerangriff zwang den Treck, eine eintägige Pause einzulegen, damit alle – Männer, Frauen und Kinder – sich mit Schutzmaßnahmen vertraut machen konnten. Die Wagenlenker und Tomahawk informierten die versammelten Siedler über das, was bei einem Angriff zu erwarten war, gaben Anweisungen und demonstrierten Techniken, wie sie überleben und ihr Eigentum und ihr Vieh schützen konnten. Es wurden Achtergruppen gebildet, alle darin mit speziellen Aufgaben betraut.

»Gemeinsam sind wir stark, getrennt fallen wir«, erklärte Jeremy. »Bei einem Indianerangriff kämpft nicht jeder nur für sich, sondern gibt seinem Nebenmann Rückendeckung.«

Unter der Führung der Erfahrensten taten sich die Gruppen anschließend zusammen, um das, was sie gelernt hatten, einzuüben. Jasper, Joshua, Jeremiah und Maddie wurden Tomahawks Einheit zugeteilt. Jessica wartete neben ihrem Wagen darauf, ebenfalls einer zugewiesen zu werden. Als sie den groß gewachsenen, schlanken Silas endlich auf sich zumarschieren sah, machte ihr Herz einen Sprung – eine Reaktion, die sie mit ihrer versteinerten Miene kaschierte.

»Ich hatte schon befürchtet, vergessen worden zu sein, Mr Toliver«, begrüßte sie ihn. »Zu welcher Gruppe soll ich mich gesellen?«

»Zu meiner, Miss Wyndham.« Silas reichte ihr ein Gewehr. »Wissen Sie, wie man das abfeuert?«

Sie sah es verdutzt an. »Ich kann mit einer Pistole umgehen. Das hat man mir beigebracht, bevor wir aus South Carolina aufgebrochen sind.«

»Und wie sieht's mit einem Steinschlossgewehr aus?«

»So etwas habe ich noch nie in der Hand gehabt.«

»Dann legen Sie sich flach auf den Boden, neben das Rad Ihres Wagens.«

»Warum?«

»Ich werde Ihnen das Schießen beibringen.«

»Ach. Ich dachte, meine Aufgabe wäre es, die Waffen nachzuladen.«

»Das auch, Miss Wyndham, aber alle Frauen müssen bei einem Indianerangriff zielen, laden und feuern können. Halten Sie Ihre Pistole immer in Griffweite, auch wenn sie Ihnen nur auf kurze Distanz nützt. Wir werden ohne Munition das Zielen und Abdrücken üben und dann, wie man die Waffe lädt. Gehen Sie jetzt bitte auf den Boden.«

Jessica gehorchte. Es verschlug ihr den Atem, als Silas sich neben sie legte und über sie hinweggriff, um das Gewehr richtig auf ihrer Schulter zu platzieren. Sie zwang sich, die Nähe seines Körpers zu ignorieren, als er sie vor dem Rückstoß der Waffe warnte.

»Stützen Sie den Lauf des Gewehrs auf eine Speiche des Wagens, und zielen Sie auf den Bauch des Pferdes. Wenn das Pferd stürzt, fällt auch der Indianer. Möglicherweise werden Sie keine Zeit zum Nachladen haben. Wenn der Indianer sich nähert, kommt die Pistole zum Einsatz.«

Jessica lauschte entsetzt. *Menschen und unschuldige Pferde erschießen?*

»Genau so, gut. Und jetzt noch einmal«, bat Silas, dicht bei ihr, als sie den Lauf der Waffe auf ein imaginäres Ziel richtete.

Schließlich zeigte Silas ihr, wie man eine mit Schießpulver gefüllte Papierpatrone sowie eine Bleikugel in den Lauf schob. Sie saßen Knie an Knie, die Köpfe über die Waffe gebeugt. Jessica, die sich seiner körperlichen Nähe sehr bewusst war, konnte nur hoffen, dass er nicht spürte, wie ihre »Säfte flossen«.

»Gut«, sagte er und erhob sich. »Das genügt für heute.« Er streckte ihr die Hand hin, um ihr aufzuhelfen, und sie merkte, wie sein Blick dabei auf ihr Haar gerichtet war, das ihr offen über die Schultern fiel. Da es ein warmer Tag war, hatte sie die Haube nicht aufgesetzt.

»Im Fall eines Angriffs sollten Sie Ihre Haare vollständig bedecken«, riet er ihr. »Rothaarige weiße Frauen sind bei Kriegern und Häuptlingen sehr begehrt.«

Jessica griff sich entsetzt an den Kopf. »Meinen Sie, ich sollte sie mir abschneiden lassen?«

»Das wäre schade. Nein, warten wir ab, bevor wir uns zu einer so drastischen Maßnahme entschließen. Ich lasse Ihnen das Gewehr hier. Üben Sie mit ungeladener Waffe. Wir brauchen jeden Schuss Munition für den Ernstfall. Wollen wir hoffen, dass der nicht eintritt.«

»Ja, wollen wir es hoffen«, pflichtete Jessica ihm bei. »Danke für die Einweisung, Mr Toliver. Natürlich ist es zu Ihrem Vorteil, wenn mir nichts passiert, aber ... ich weiß die Lektion auch um meiner selbst willen zu würdigen.«

»Das Einüben von Schutzmaßnahmen nützt uns allen, Miss Wyndham«, erklärte Silas und entfernte sich. Das war der letzte wirklich wichtige Satz, den er lange Zeit sagen sollte. Sie spürte seinen wachsamen Blick auf sich, als sie durch Georgia und Alabama nach Louisiana zogen, ohne von den Cherokee angegriffen zu werden, die den Weißen den Krieg erklärt hatten, aber er hielt Distanz. Jessica konnte sich vorstellen, wie erleichtert er wäre, wenn er sie in zwei Wochen in New Orleans abladen konnte.

NEUNUNDZWANZIG

Silas legte seine Geschäftsbücher weg. Seit seinem Aufbruch aus South Carolina hatte er kaum Zeit gehabt, Quittungen zu sortieren. Er machte seine Buchführung gern nachts im Conestoga, wenn es ruhig war, doch meist hatte er kaum Platz genommen, als schon jemand, der seine Hilfe benötigte, klopfte. Nun schenkte er sich etwas Brandy ein und lehnte sich zurück. Bisher hatte er weniger ausgegeben als geplant und auch keine später benötigten Vorräte oder Materialien opfern müssen. Obwohl das Gebiet der Creek hinter ihnen lag, bedauerte er die Anschaffung zusätzlicher Munition und Fußfesseln nicht, mit denen sich die Tiere im Fall eines Indianerangriffs sichern ließen. In Texas würden sie über diese Erwerbungen froh sein. Das Geld, das er für die zerstörten Conestogas erhalten hatte, war nur deshalb noch vorhanden, weil er umsichtig gewirtschaftet hatte. Carson Wyndham musste weder davon noch von anderen Überschüssen erfahren, die Silas möglicherweise in Zukunft beiseitelegen konnte. Und wenn Silas dabei hin und wieder kreative Buchführung betreiben musste, würde er das tun. Er betrachtete das nicht als Betrug. Seine Sparsamkeit würde auch Carson zugutekommen, weil sein Schwiegersohn vorhatte, jeden Cent zurückzuzahlen, den der Mann ihm gegeben hatte, damit er ihm seine Tochter abnahm.

Den Anfang würde Silas damit machen, dass er in New Orleans seinen Conestoga verkaufte und sich bis Texas einen mit Jeremy teilte. Außerdem hatte er sich bereits überlegt, wie er seine Ausgaben hier und da ein bisschen kürzen konnte, während er Carsons Mittel für das Fundament von Somerset nutzte. Das Herrenhaus konnte warten, bis es ihm gelang, es aus eigener Tasche zu finanzieren. Auf keinen Fall würde er sein Land für Jessica, seinen Stolz oder irgendetwas anderes wie zum Beispiel die Warnung seiner Mutter, die ihm immer noch im Ohr klang, opfern. *Wenn du dich tatsächlich aus diesen Gründen auf diese Ehe einlässt, wird auf deinem Land in Texas ein Fluch liegen.*

Unsinn. Flüche gab es nicht, und wenn, konnte er sie loswerden, indem er Jessica die Freiheit gab. Er würde einen Teil seines Gewinns aus dem Verkauf der Baumwolle sparen und weniger Sklaven und Grund erwerben als ursprünglich geplant, bis zu dem Tag (in hoffentlich fünf Jahren), an dem er seinem verhassten »Gönner« einen Scheck für all das ausstellen konnte, wofür Silas seine Seele verkauft hatte – darunter auch Carsons Tochter. Dann wäre Jessica frei. Da sie noch jung war, konnte sie nach Norden gehen, bei ihrer Tante leben und ihren abolitionistischen Neigungen nach Herzenslust frönen, und ihrem Vater wären die Hände gebunden. Das war Silas ihr schuldig.

Natürlich hing das Gelingen all dieser Pläne davon ab, dass sie sicher in Texas ankamen.

Wenn Jessica frei wäre, würde sie vielleicht sogar in Erwägung ziehen, Jeremy zu heiraten. Es lag auf der Hand, dass er sie sehr bewunderte. »Sie hat sich noch kein einziges Mal beklagt, Silas«, hatte er erst kürzlich festgestellt.

»Und wenn, würdest du das vermutlich eher hören als ich, Jeremy«, hatte Silas entgegnet.

»Bloß weil du kaum mit ihr zusammen bist. Jessica hat nur Augen für dich, Silas. Wenn du ihr Interesse gelegentlich erwidern würdest, wäre dir das klar.«

»Leider fürchte ich ihre Krallen«, hatte Silas trocken

erwidert. *Augen für ihn?* Wo blieb Jeremys Menschenkenntnis? Wie konnte er meinen, dass diese kalte kleine Sklavenfreundin etwas anderes als abgrundtiefen Hass für ihn empfand?

»Weißt du, sie schreibt ein Tagebuch«, teilte Jeremy ihm mit. »Frauen vertrauen ihren Tagebüchern ihre geheimsten Gedanken an. Warum wirfst du nicht mal einen Blick hinein?«

»Weil ich Angst vor dem habe, was ich darin entdecken könnte.«

»Lies das Tagebuch, Silas.«

Trotz Jessicas kühler Gleichgültigkeit begann Silas, sie zu bewundern. Seine Frau wollte ihren Beitrag zum Gelingen des Trecks leisten und fand Möglichkeiten, das zu bewerkstelligen. Abends las sie den Kindern aus den Büchern seines Sohnes vor. Anfangs kuschelte sich im Schein des Feuers nur Joshua an sie, doch allmählich gesellten sich auch andere Kinder zu ihnen. Natürlich versetzte Jessica Silas einen Schock, als sie die Sprösslinge der Sklaven ebenfalls zu sich winkte. Und natürlich verursachte das Murren.

»Sagen Sie Ihrer Frau, dass sie nur den weißen Kindern vorlesen soll«, hatte die Frau eines Pflanzers Silas angeherrscht.

»Ich habe eine bessere Idee: Sagen Sie ihr das selbst.«

Niemand wagte es, sich der jungen selbstbewussten Frau am Lagerfeuer zu nähern, und so gingen die gemischten Treffen weiter.

Der Anblick Jessicas, die auf dem Sitz ihres Wagens in ihr Tagebuch schrieb, führte dazu, dass des Lesens und Schreibens Unkundige sie baten, Briefe für sie zu verfassen, die sie nach Hause schicken konnten. In manchen Nächten beobachtete Silas, wie sie über ihren Block gebeugt die Worte eines Bittstellers zu Papier brachte. Um ein krankes Kind zu trösten, teilte sie die Bonbons, Nüsse und Trockenfrüchte, die ihre Mutter ihr mitgegeben hatte, aus, und einmal hörte Silas, wie Jessica zu Tippy sagte: »Lass uns die Süßigkeiten in diesem Beutel für die Kinder aufheben.«

Im Frühling erreichten sie das Gebiet der Creek, und um die Spannungen am Lagerfeuer zu lockern, bat Jessica Tippy, den jungen Mädchen zu zeigen, wie man hübsche Blumenkrönchen aus lilafarbenen Glyzinien, rosafarbenem Cercis und weißem Hartriegel, die überall in den Wäldern wuchsen, flocht. Außerdem stellte sie die weichen Stoffe ihrer feinen Garderobe, ohne zu zögern, für Verbandsmaterial zur Verfügung, wenn jemand sich verletzte. Irgendwann kam dann wie erwartet der Tag, an dem Silas ihr sagte, dass sie einen ihrer Kleiderkoffer zurücklassen müsse.

»Kein Problem«, erklärte sie. »Er ist sowieso fast leer.«

Seine Frau schien allen Gefahren, Nöten und Beschwerlichkeiten mit Mut und Entschlossenheit zu begegnen, was Silas an Lettie erinnerte. Die größte Bewunderung nötigte ihm jedoch ihr Geschick im Umgang mit seinem Sohn ab. Joshua begriff sie als seine ganz spezielle Spielkameradin, und Silas entging nicht der Besitzerstolz, mit dem er an ihrer Hand durchs Lager marschierte, wie um den anderen Kindern zu zeigen, dass er ihr Liebling war. Jessica linderte sein Heimweh und seine Sehnsucht nach Lettie, tröstete ihn, wenn er Angst hatte, und hielt ihn von Gefahren fern, niemals jedoch mit der strengen Hand einer Stiefmutter, sondern eher wie eine Freundin. Als Silas sie davor warnte, seinem Sohn ihre sklavereikritischen Ansichten beizubringen, entgegnete sie: »Ich verspreche Ihnen, kein Wort über dieses Thema zu verlieren, Mr Toliver, aber meine Handlungen kann ich nicht verbergen.«

Während er beobachtete, wie die Freundschaft zwischen seinem Sohn und dessen Stiefmutter wuchs, wurde die Kluft zwischen ihm selbst und Jessica tiefer. Nach zwei Monaten begann ihm zu dämmern, dass die erstaunliche junge Frau, die nur auf dem Papier seine Gattin war, nichts mit ihm zu tun haben wollte, was in ihm den Beschluss festigte, Carson Wyndham das gesamte Geld zurückzuzahlen und Jessica die Freiheit zu geben. Er hatte eine Abmachung mit dem Mann getroffen und vor, sich daran zu halten. Wenn er Carson seine gesamten Schulden zurückzahlte, wäre Jessica nicht verpflichtet, weiter mit ihm verheiratet zu bleiben. Es stünde ihr frei, so zu leben, wie sie wollte, ohne dass ihr Vater darauf Einfluss nehmen konnte.

Er hatte Lust zu rauchen. Um Joshua nicht zu wecken, der, seit sie das feindliche Gebiet verlassen hatten, in seinem Wagen schlief, schlich er mit seinem Zigarillo hinaus zum Lagerfeuer. Dabei fiel sein Blick auf eine geisterhafte Gestalt, die im Mondschein dahinhuschte, eine Frau in einem weiten Gewand mit einem weißen Handtuch über der Schulter. Silas erkannte die langen roten Haare. *Jessica!* Herrgott, er hatte ihr doch gesagt, dass sie nachts im Schein des Lagerfeuers bleiben solle! Verdammter Eigensinn! Wusste sie denn nicht, dass da draußen Raubtiere, Schlangen und Giftsumach lauerten? Obwohl Wachposten am Rand des Lagers aufgestellt waren, steckte Silas den Zigarillo ein und folgte ihr mit gezückter Pistole.

Sie bewegte sich vorsichtig, eine Kerze in der Hand, obwohl der Schein des Mondes ihr den Weg erhellte. Wo wollte sie hin und warum? Offenbar zum Bach. Silas, der sie in einem Wäldchen verschwinden sah, beschleunigte seine Schritte, weil er aus Angst, die Aufmerksamkeit eines Wachpostens zu erregen, der vielleicht zuerst schoss und später Fragen stellte, nicht rufen wollte. Bevor er sie am Ufer des Bachs auf seine Anwesenheit aufmerksam machen konnte, glitt ihr Gewand von ihren Schultern und auf den Boden. Sie hob es auf, legte es mit dem Handtuch auf einen Stein und blies die Kerze aus. Dann tauchte sie nackt und fast lautlos ins Wasser ein.

Silas, der verblüfft war über die Schönheit ihres Körpers, wirbelte herum, als er zwischen den Bäumen hinter sich ein Geräusch vernahm. Einer der Wachposten war herangeeilt, um nachzusehen, was los war.

«Ach, Sie sind's, Mr Toliver. Alles in Ordnung? Ich dachte, ich hätte was gehört.«

»Ja, Johnson. Ich konnte nicht schlafen und wollte mir ein bisschen die Beine vertreten. Sie können wieder auf Ihren Posten zurück.«

»Schöne Nacht heute.«

»Ja.«

»Viel Spaß beim Spazierengehen.«

»Gute Nacht, Johnson.«

Als Silas sich erneut dem Bach zuwandte, sah er lediglich Jessicas rote Haare auf der Wasseroberfläche.

»Jessica!«, zischte er. Er wagte nicht, die Stimme zu erheben, aus Angst davor, dass der Wachposten zurückkehrte. »Kommen Sie da raus, bevor Sie von einer Schlange gebissen werden!«

Jessica streckte den nassen Kopf aus dem Wasser. »Verschwinden Sie«, prustete sie. »Ich … bin nackt.«

»Es ist mir scheißegal, ob Sie nackt sind oder nicht«, flüsterte er heiser. »Kommen Sie raus!« Voller Zorn über die Tollkühnheit der jungen Frau packte er ihr Gewand und das Handtuch. »Ich drehe mich um und warte fünf Sekunden, bevor ich reinspringe und Sie raushole. Kapiert?«

Sie gab ihm keine Antwort, doch kurze Zeit später hörte er sie aus dem Wasser steigen und spürte, wie ihm Gewand und Handtuch aus der Hand gerissen wurden. Danach vernahm er, wie sie sich keuchend anzog.

»Ich wollte doch nur baden«, erklärte Jessica. »Mein letztes Bad ist so lange her, und heute war's schrecklich warm und schwül. Ist es in Louisiana im Mai immer so heiß?«

Silas drehte sich um. Ihre Haare trieften vor Nässe, und das Gewand klebte feucht an ihrem Körper, so dass sich ihre vollen Brüste und ihre schmale Taille darunter abzeichneten. Unwillkürlich spürte er Begierde in sich aufsteigen. »Haben Sie eine Ahnung, was für Giftzeug es in diesem Bach, am Ufer und im Wald gibt? Verstoßen Sie nie wieder gegen meine Anordnungen, die nur Ihrer Sicherheit dienen, verstanden?«

Jessica rubbelte sich die Haare trocken. »Sie müssen verzeihen, dass ich nicht bedacht habe, Ihre Investition zu gefährden, Mr Toliver, aber ich sehe selbst, dass es dumm war, für ein Bad ein solches Risiko einzugehen. Der Bach hat heute Nachmittag klar, ruhig und einladend auf mich gewirkt. Sie haben mein Wort, dass ich nicht mehr so unvorsichtig sein werde.«

»Glauben Sie wirklich, dass ich Sie als meine *Investition* betrachte?« Er trat einen Schritt auf sie zu. Nun sah sie aus wie eine Wassernymphe, die vor einem Landungeheuer zurückwich.

»Tun Sie das denn nicht, Mr Toliver?«

Am liebsten hätte er sie an den Schultern gepackt und sie geschüttelt. Oder sie geküsst. Er öffnete den Mund, um es ihr zu erklären, und schloss ihn wieder. »Wie Sie meinen, Miss Wyndham«, sagte er. »Gehen Sie jetzt ins Lager zurück, bevor wir beide erschossen werden.«

DREISSIG

10. Mai 1836

Scheißegal. *So wenig hatte es ihn interessiert, dass ich nackt war. Hatte ich mich bereits im Wasser befunden, als er auftauchte? Mir fehlen die Worte, um auszudrücken, was ich empfand, als ich den Kopf hob und Silas so attraktiv und zornig am Ufer stehen sah. Wieder hatte ich … dieses Gefühl und hoffte eine lächerliche Sekunde lang sogar, dass er tatsächlich in den Bach springen würde, um mich herauszuholen. Wie kann ich nur mit einer solchen Sehnsucht nach einem Mann geschlagen sein, der niemals Ähnliches für mich empfinden wird? Nicht nur, dass ich, verglichen mit der wunderschönen Frau, die er nach wie vor liebt, eine graue Maus bin, nein, mein distanziertes, unfreundliches Verhalten ihm gegenüber dürfte ungefähr so anziehend wirken wie ein verdorbenes Stück Fleisch.*

Wie sollte ein Mann auch eine Frau begehrenswert finden, die einmal erklärt hat, sie würde lieber mit einem Maultier kopulieren als mit ihm?

Sklavenhalter finde ich nach wie vor widerwärtig, doch Silas und Jeremy entsprechen nicht dem typischen Bild. Wenn die Weißen die Schwarzen schon unterwerfen müssen, dann sollten es wenigstens mitfühlende Männer wie sie sein. Sie sorgen sich um die Bedürfnisse ihrer Sklaven und sind die Einzigen im Treck, die ihnen nachts Zelte zur Verfügung stellen.

Ich habe mehrere schwarze Familien meines Vaters erkannt, die dieser Silas im Rahmen ihrer Vereinbarung mitgegeben hat.

Weil Silas sie nicht kennt, legt er ihnen in der Nacht Fußfesseln an. Bei den Sklaven aus Queenscrown tut er das nicht, und die schwarzen Kinder, die Blasen an den Füßen haben, dürfen tagsüber in seinem Wagen mitfahren. Das sagt viel aus über den Mann, mit dem ich verheiratet bin, und mag auch meine veränderte Einstellung ihm gegenüber entschuldigen.

Wir gingen schweigend zum Lager zurück. Er blieb hinter mir, als wollte er sicherstellen, dass ich keinen Schritt vom Weg abwich, und begleitete mich zu meinem Wagen, wo er sich mit folgenden Worten verabschiedete: »Gute Nacht, Miss Wyndham. Versuchen Sie sich, wenn möglich, bis zum Morgen von Schwierigkeiten fernzuhalten.«

»Das ist durchaus möglich, Mr Toliver, das versichere ich Ihnen«, entgegnete ich.

Tippy drehte sich seufzend herum (sie hatte mir mein Vorhaben, ein Bad im Bach zu nehmen, ausreden wollen) und schlief weiter, doch ich blieb hellwach. Ich beobachtete, wie Silas Joshuas Moskitonetz durch eine Öffnung in der Klappe zurechtrückte und sich dann von seinem Wagen entfernte, um am Feuer einen Zigarillo zu rauchen und ein Glas Brandy zu trinken. Am liebsten hätte ich mich zu ihm gesetzt und ihn gefragt, wie seine ungläubige Reaktion auf meine sarkastische Bemerkung zu verstehen gewesen sei.

»Glauben Sie wirklich, dass ich Sie als meine Investition *betrachte?«, hatte er fast gebrüllt. Aus seinem Mund hatte das absurd geklungen, aber warum sonst sollte ihn mein Wohlergehen interessieren? Natürlich hatte ich voller Hochmut geantwortet: »Tun Sie das denn nicht?« Da war ihm nichts anderes übrig geblieben, als zu sagen: »Wie Sie meinen, Miss Wyndham.«*

Was ich meine, Mr Toliver? Es würde mich freuen, wenn Sie mich nicht für so unattraktiv hielten, nichts an mir begehrenswert finden zu können. Und es würde mich freuen, wenn

Sie in der Lage wären, hinter meine abweisende Fassade zu blicken, die meine echten, immer stärker werdenden Gefühle für Sie verbergen soll. Mit Sicherheit würden Sie mich mit freundlichen Worten zurückweisen, wenn Sie die Wahrheit erführen, aber um meines eigenen Stolzes willen werde ich Ihnen dazu keine Gelegenheit geben. Hätten Sie doch nur ein wenig von Jeremys Fähigkeit, die wahren Gefühle und Motive der Menschen zu erkennen! Aber offenbar sind Sie blind wie ein Maulwurf.

Nun ist es heraus! Ich glaube, in angemessenen Worten ausgedrückt zu haben, was mich freuen würde, Mr Toliver. In einer Woche, wenn Sie mich in New Orleans absetzen, sind Sie bestimmt froh, sich lange nicht mehr den Kopf über mich zerbrechen zu müssen.

EINUNDDREISSIG

Sie waren etwa acht Kilometer von New Orleans entfernt, als sich wie aus dem Nichts ein Habicht kreischend auf den Kopf des Führungspferds in Jessicas Gespann stürzte. Der Conestoga geriet ins Schlingern, und Jasper besaß nicht die Kraft, die vier Tiere zu zügeln, so dass Jessica vom Wagen fiel. Silas hörte noch an der Spitze des Trecks Joshuas durchdringenden Schrei: »Jessica!« Silas wendete sein Pferd und galoppierte zu ihrem Wagen, von dem aus Joshua die reglos auf dem Boden liegende Jessica anstarrte, packte die Zügel des Führungspferds und beruhigte das Gespann, bevor er von seinem Wallach sprang und zu Jessica rannte. Tippy streckte den Kopf hinten zum Wagen heraus, und Jasper und Joshua hasteten herunter und begannen beide zu weinen.

»Es tut mir so leid, Mister Silas«, jammerte Jasper.

»Bleib bei den Pferden«, wies Silas ihn an. »Und behalte Joshua bei dir.«

»Papa, Papa, mach, dass Jessica wieder gesund wird«, schluchzte Joshua.

»Ja, Sohn«, versprach Silas. »Und jetzt geh mit Jasper.«

Jessica lag reglos mit geschlossenen Augen auf der Seite, die Haube schief, das Kattunkleid über die Knie gerutscht. Als Silas sie auf den Rücken drehte, stellte er fest, dass aus einer tiefen Wunde an ihrer Stirn, mit der sie auf einem großen Stein aufgekommen war, Blut sickerte. Ihn schauderte. Jessica atmete, doch die Wunde würde genäht oder kauterisiert werden müssen, damit sie sich nicht entzündete. Tippy rannte zu ihnen.

»Tippy, hol Handtücher.«

»Bin schon unterwegs, Mister Silas.«

Mit einem flauen Gefühl im Magen löste Silas Jessicas Haube, um sie auf die Wunde zu pressen, und zog ihren Rock herunter. Was hatte das Mädchen in diesem Treck verloren, mit einem ausgeblichenen Kattunkleid am Leib und schlammverspritzten Stiefeln an den Füßen? Was hatte ihr Vater sich nur dabei gedacht, sie solchen Mühen auszusetzen? Und was hatte er selbst sich dabei gedacht, sich auf diesen Kuhhandel einzulassen?

Jessica schlug die Augen auf.

»Nicht bewegen«, sagte er leise.

»Was ist passiert?«

»Sie sind vom Sitz des Wagens geschleudert worden.«

Tippy ging mit ein paar Handtüchern und besorgtem Blick neben ihm in die Hocke. »Ach Jessica«, jammerte sie.

»Mir fehlt nichts, Tippy.«

»Ich möchte mich lieber vergewissern«, erklärte Silas, der Joshua weinen hörte. »Tippy, ich kümmere mich schon um Miss Jessica. Geh du zu meinem Sohn.«

»Bitte lassen Sie mich bei ihr bleiben, Mister Silas.«

Jessica griff nach ihrer Hand und drückte sie. »Tu, was er sagt, Tippy. Joshua braucht dich.«

Silas presste ein Handtuch auf die Wunde, um die Blutung zu stoppen, während er ihre Schultern und Arme, Knie und Knöchel abtastete. »Haben Sie das Gefühl, dass etwas gebrochen ist?«

»Nein. Mir ist nur ein bisschen übel, und der Kopf tut mir weh.«

»Sie haben eine tiefe Wunde an der Stirn. Versuchen Sie, Arme und Beine zu bewegen.«

Jessica zog artig zuerst das eine, dann das andere Bein an und drehte die Arme. »Sehen Sie? Es ist alles in Ordnung«, erklärte sie benommen.

Doch Silas hatte seine Zweifel.

Jeremy gesellte sich mit Verbandszeug und Salben zu ihnen, und der Fahrer des Wagens hinter dem von Jessica brachte einen Eimer mit Wasser aus der Regenwassertonne des Conestogas.

Silas hörte, wie Tippy Joshua tröstete, während er und Jeremy Jessicas Wunde versorgten. Als das Blut weggewaschen war, sah die Verletzung nicht mehr so schlimm aus. Der Knochen lag nicht frei, doch die Wunde musste desinfiziert werden. Sollten sie Jessica im Wagen zu einem Arzt nach New Orleans bringen oder den Arzt lieber holen? Sie waren sich einig, dass es ihr nicht guttun würde, im Wagen durchgerüttelt zu werden, und mit der Suche nach einem Arzt in einer ihnen unbekannten Stadt würden sie viel Zeit verlieren.

»Tomahawk soll sie sich anschauen«, schlug Jeremy vor. »Sein Volk weiß viel über die Kunst des Heilens.«

Der Creek, den Jessica durch ihre Freundlichkeit und Höflichkeit für sich eingenommen hatte, trat mit besorgtem Blick heran. »Aloe«, schlug er vor. »Wächst hier.«

»Sieh zu, was du tun kannst«, rief Jeremy dem Scout nach, der bereits im Wald verschwand.

Allmählich sprach sich die Sache mit Jessica im Treck herum. Ihre Großzügigkeit und ihr Geschick mit Kindern hatten manch feindlich Gesinnten für sie erwärmt, und einige stiegen besorgt aus ihren Wagen. Doch ähnliche Zwischenfälle im Verlauf der Fahrt hatten sie gelehrt, dass es am besten war, sich nicht einzumischen und bei Familie und Tieren zu bleiben.

Wenig später kehrte Tomahawk Lacy mit einer fleischigen dunkelgrünen Pflanze zurück. Silas und Jeremy machten

Platz, damit er neben Jessica niederknien konnte, die die Augen aufschlug, als er den Verband entfernte.

»Ich helfe Ihnen, Miss Jessica.«

»Danke, Mr Lacy.«

Der Scout kerbte die kaktusähnliche Pflanze ein, aus der eine dünne klare Flüssigkeit tropfte, die er auf die Wunde träufelte. »So lang«, erklärte Tomahawk und demonstrierte es Silas und Jeremy. »Nicht quer. So wächst Haut wieder zusammen.«

Jeremy riss ein Handtuch in Streifen.

»Wasser über Feuer rühren und damit Wunde sauber machen«, riet Tomahawk.

»Abkochen?«, fragte Silas.

Tomahawk nickte. »Sonst …« Er suchte nach dem englischen Wort.

»Eiter, Entzündung«, half Silas ihm.

Der Scout nickte erneut. »Wenn keine Entzündung, wieder gesund.« Er strich sich mit dem Finger über die Stirn. »Narbe, vielleicht.«

Silas bedankte sich in der Hoffnung, dass Tomahawks Prognose sich als richtig erweisen würde und das übliche Vorgehen gegen eine Infektion nicht nötig wäre. Die Vorstellung, dass Jessica ein rotglühendes Eisen auf die Stirn gepresst oder die Wunde mit Katgut genäht werden müsste, verursachte ihm ein Gefühl der Übelkeit.

Kurz darauf wurde abgekochtes Wasser gebracht, und Tomahawk säuberte die Wunde, gab noch einmal den Saft der Aloe darauf und versah Jessicas Kopf mit einem straffen Verband aus Handtuchstreifen, der die Wunde zusammenhielt. Anschließend hob Silas Jessica, ihren Kopf vorsichtig auf seiner Schulter, zu Jeremy in den Conestoga. Dann kletterte Silas ebenfalls hinein und bereitete ihr mit Jeremy ein bequemes Lager.

»Ich bleibe bei ihr«, verkündete Silas. »Wenn sie Fieber bekommt, muss jemand losreiten und einen Arzt holen. Sag Tippy, dass sie mit Joshua in meinem Wagen warten soll.«

»Das wird Tippy nicht recht sein. Sie will bestimmt bei ihrer Herrin sein.«

»Und *ich* will bei meiner Frau sein«, erklärte Silas in einem Tonfall, der keinen Widerspruch duldete.

»Ich kümmere mich um beide und gebe Anweisung, das Lager heute hier aufzuschlagen«, sagte Jeremy. »Und ich bringe Laudanum. Deine Frau wird höllische Kopfschmerzen kriegen.«

Als Silas das Moskitonetz zurechtrückte, schlug Jessica die Augen auf. »Werde ich am Leben bleiben?«, fragte sie.

Silas, der glaubte, Spott in ihrer Stimme zu hören, ging neben ihr in die Hocke und strich ihr die Haare zurück. »Ja«, antwortete er. »Gegen Ihren Dickschädel kommt nicht einmal ein Stein an.«

Ein mattes Lächeln huschte über ihr Gesicht. »Schlimm für Sie«, sagte sie.

Silas zuckte mit den Achseln. »Schlimmer für den Stein.«

Jeremy kehrte mit dem Laudanum und einem örtlichen Farmer zurück, der zum Treck gekommen war, um frisches Obst und Gemüse feilzubieten. Silas solle sich seine Neuigkeiten anhören, sagte Jeremy. Silas erwiderte, das könne warten, bis er Jessica einen Löffel von der rötlich braunen, ziemlich bitteren Flüssigkeit eingeflößt habe.

Als er ihren Kopf anhob, stöhnte sie auf. »Was ist das?«

»Etwas, das den Schmerz lindert. Mund weit aufmachen.«

Beim Schlucken verzog sie das Gesicht, und Silas reichte ihr hastig eine Schöpfkelle mit Wasser zum Hinunterspülen. »Wo ist Tippy?«, erkundigte sie sich.

»Bei meinem Sohn.«

»Warum sind Sie nicht bei ihm?«

»Weil ich hier bei Ihnen bin.«

Sie schloss die Augen. »Gut«, sagte sie.

Der Farmer brachte Neuigkeiten, die Tomahawk Lacys Kritiker verstummen ließen. Bei der Fahrt durch Georgia und Alabama hatte der Scout sie trotz des Murrens vieler von den wenigen bereits existierenden Ortschaften und Siedlungen im Norden weg und durch dichte Wälder, Marschen und Sümpfe nahe der südlichen Grenze geführt. Einer der Siedler hatte seinen Wagen an einem steilen Abhang verloren und Tomahawk die Schuld dafür gegeben. Der Mann hätte sich mit einem Stahlspieß auf den Scout gestürzt, wenn Jeremy ihm nicht die Waffe entwunden und ihn daran erinnert hätte, dass der Verlust seiner eigenen Faulheit zuzuschreiben war. Er hätte ja nur ein Rad blockieren müssen oder wenigstens als Bremse einen Baumstamm hinten an seinem Wagen anbringen können.

Die Unzufriedenheit der Siedler hatte sich vor ihrem Aufbruch aus South Carolina durch die Nachricht verstärkt, dass Santa Anna keine Bedrohung mehr darstellte. Er war gefangen genommen worden, als Sam Houstons Truppen die Mexikaner in San Jacinto geschlagen hatten. Deshalb hatten viele gefragt, warum der Treck über New Orleans führen und sich Texas über den Sabine River nähern müsse.

Jeremy hatte wiederholt, dass jeder, der sich von ihnen trennen und die ursprüngliche Route wählen wolle, das gern tun könne. Mehrere Familien hatten sich dafür entschieden. Die Creek würden keinen Angriff wagen, hatten sie verkündet, und außerdem hätten sie Verwandte in Roanoke in Georgia, die sie auf dem Weg nach Texas besuchen wollten.

Von dem Farmer erfuhr Silas nun, dass die Siedlung in Roanoke Ende des Frühjahrs überfallen und niedergebrannt worden sei. Dabei seien die meisten Familien umgekommen. Außerdem habe es Kämpfe in Chambers County in Alabama gegeben, wo viele ihre Vorräte auffüllen und Briefe aufgeben wollten. Wenn Tomahawk den Willow-Grove-Treck nicht so klug geführt hätte, wäre er höchstwahrscheinlich dem Angriff der Creek zum Opfer gefallen.

Die andere Neuigkeit des Farmers war noch beunruhigender. Früher im Monat hatte eine Komantschenbande eine Siedlung im östlichen Teil von Texas überfallen, Familien in ihren Häusern verbrannt, Frauen vergewaltigt, John Parker, den Patriarchen des Clans, brutal gefoltert und umgebracht und seine neunjährige Enkelin Cynthia Ann entführt.

»Gütiger Himmel«, stöhnte Silas, der sich vorstellte, wie ein Komantsche, Jessicas leuchtend roten Skalp an seiner Lanze, mit dem schreienden Joshua wegritt. »Das ist genau das Gebiet, in das wir wollen.«

»Noch mehr Grund, Jess und Joshua in New Orleans zu lassen«, sagte Jeremy.

Jessica schlief, als Silas zum Wagen zurückkehrte. Er setzte sich neben sie, fühlte von Zeit zu Zeit ihren Puls, legte ihr die Hand auf die Stirn, um festzustellen, ob sie Fieber hatte, und achtete auf Unregelmäßigkeiten in der Atmung. Nach einer Stunde intensiver Konzentration in unbequemer Haltung stand er auf, um sich draußen die Beine zu vertreten. Er hörte, wie der Treck sich für die Nacht bereit machte, und Maddie brachte ihm das Abendessen. Als Tippy Joshua zu ihm führte, ließ Silas sie kurz zu Jessica hineinschauen, bevor er sie beide ins Bett schickte.

Bei Einbruch der Dunkelheit zündete er eine Lampe an und nahm sich eines von zwei samtenen Fransenkissen, die noch an den Luxus zu Hause erinnerten, als Rückenstütze. Dabei spürte er etwas Hartes. Er entdeckte ein Buch darin, das in einer Art Tasche steckte. Neugierig zog Silas es heraus. Es handelte sich um den roten ledergebundenen Band, in den Jessica während der langen, öden Reise immer wieder schrieb.

Silas, dem Jeremys Worte einfielen, hielt es in Händen wie den Heiligen Gral. *Frauen vertrauen ihren Tagebüchern ihre geheimsten Gedanken an. Warum wirfst du nicht mal einen Blick hinein?*

Silas sah die tief und fest schlafende Jessica an. Die Haut über dem Verband fühlte sich kühl an. Er rückte das Moskitonetz zurecht, lehnte sich gegen das Kissen, verschränkte die Arme, schlug nach Mücken, fächelte sich Luft zu und lauschte den nächtlichen Geräuschen draußen. Am Ende konnte er seine Neugierde nicht länger zügeln und griff nach dem Buch.

ZWEIUNDDREISSIG

Silas war sprachlos. Er musste tatsächlich blind wie ein Maulwurf sein, wenn er nicht gemerkt hatte, was Jeremy schon lange wusste. Sein sensibler Freund hatte Jessicas Verhalten richtig gedeutet. Doch wie hätte Silas ihre Gefühle hinter ihrer Fassade eisiger Gleichgültigkeit erahnen sollen?

Silas betrachtete die schlafende Gestalt unter dem Moskitonetz. Herr im Himmel, das Mädchen war in ihn verliebt – oder glaubte es zumindest. Wie, zum Teufel, war das passiert? Und wie sahen seine eigenen Gefühle aus? Er konnte nicht leugnen, dass er sich etwas aus ihr machte, sie in letzter Zeit sogar … begehrte, aber abgesehen davon? Merkwürdigerweise ließen ihn diese Gedanken den Verlust seiner früheren Verlobten noch intensiver spüren.

Er vermutete, dass Jessica für ihn eher Begierde als Liebe empfand. Sie war zu jung und unerfahren, um den Unterschied zu kennen. Silas war sich seiner Wirkung auf die Damenwelt bewusst, ein Familienerbe, das er in seinen jüngeren, sorglosen Jahren durchaus genutzt hatte, um Frauen für sich zu gewinnen. Oft war er dabei enttäuscht worden. Frauen mussten interessant sein, damit sich seine Aufmerksamkeit auf sie richtete, und vor Lettie … und Jessica Wyndham … hatte er nur wenige wirklich interessante gekannt.

Silas betrachtete sie erneut. Wie konnte Jessica nur meinen, sie sei nicht attraktiv? Er fand ihren Körper sogar höchst verführerisch. Noch Tage nach der Episode am Bach hatte er immerzu an ihn denken müssen, und wenn sie vor Freude strahlte oder ihre dunklen Augen vor Verwunderung groß wurden, fand er sie weit attraktiver als jede Frau, die dem gängigen Schönheitsideal entsprach. Wie, fragte er sich, konnte er diesen Unterschied bei Jessica wahrnehmen, nachdem er mit einer der schönsten Frauen South Carolinas verlobt gewesen war?

Außerdem musste er Jessica ausreden, dass seine Sorge um ihre Sicherheit ausschließlich mit dem Vertrag zu tun hatte. Er musste sie davon überzeugen, dass es seine Pflicht als liebender *Ehemann* war, sie zu beschützen.

Zum Glück war der Unfall in der Nähe von New Orleans passiert. Wenn Jessica am folgenden Tag wieder in der Verfassung war, im Planwagen zu fahren, würde er sie ins Winthorp bringen, wo sie versorgt wäre. Dort konnte sie jeden Tag baden. Geplant war, dass der Treck eine Woche lang vor der Stadt lagerte, damit nötige Reparaturen durchgeführt, Wassergefäße besorgt und Proviant aufgestockt werden konnten, bevor es zum Sabine River weiterging. Jessica würde sieben Tage Zeit haben, gesund zu werden und sich im Hotel einzugewöhnen, bevor er sie verließ. Wenn er dann wiederkehrte, hätte sich ihre Schwärmerei für ihn mit Sicherheit verflüchtigt.

Er steckte das Tagebuch zurück, legte das Kissen wieder dorthin, wo er es gefunden hatte, und schob sich das andere in den Rücken.

Silas hatte das Gefühl, kaum eingeschlafen zu sein, als ihn der erste Sonnenstrahl weckte, der in den Wagen fiel. Jessica lächelte ihn von ihrer Pritsche aus an. »Guten Morgen«, begrüßte sie ihn.

Als Silas das Kissen hinter seinem Rücken herauszog, sah er Jessicas erschrockenen Blick.

»Guten Morgen«, sagte auch er und legte das Fransenkissen zur Seite. »Wie fühlen Sie sich?«

»Ich könnte einen Schluck Wasser vertragen und die Örtlichkeiten.«

Er half ihr, sich aufzusetzen. Sie nahm das Kissen und drückte es gegen ihren Leib, wie um ihn zu wärmen.

»Ich meine Ihren Kopf«, sagte er. »Wie geht's dem?«

Erleichtert darüber, das Tagebuch in dem Kissen zu spüren, legte Jessica es beiseite und berührte ihren Verband. »Als hätte er gegen einen Stein gekämpft und gewonnen.«

Silas reichte ihr schmunzelnd eine Kelle mit Wasser. Sie erinnerte sich also noch an ihr Geplänkel vom Vortag.

»Sie haben die ganze Nacht hier verbracht?«, fragte sie.

»Ja.« Im Licht sah er, dass sich unter ihrem Verband ein blauer Fleck abzuzeichnen begann.

Sie blickte ihn über den Rand der Kelle hinweg an. »Hatten Sie Angst, dass ich sterben würde?«

»Nein. Ich habe eher befürchtet, dass Sie am Leben bleiben und mir weiter ein Dorn im Auge sein könnten. Aber …« Er nahm ihr die Kelle ab und füllte sie neu. »Ich mag Dornen. Was wären Rosen ohne sie?«

Sie wirkte amüsiert. »Eine Bemerkung, die zum Nachdenken anregt«, murmelte sie und gab ihm die Kelle zurück. »Danke, dass Sie … gewacht haben … Silas.«

»Es war mir ein Vergnügen, Jessica.« Einem plötzlichen Impuls gehorchend, umfasste er ihr Kinn. »Ich schicke Ihnen Tippy, sie soll Ihnen helfen. Wir werden den Verband wechseln müssen.«

Jeremy, Tippy und Joshua warteten bereits vor dem Wagen, als Silas heruntersprang. »Wie geht's der Patientin?«, erkundigte sich Jeremy.

»Besser«, antwortete Silas. »Sie braucht dich, Tippy. Wenn du dich um sie gekümmert hast, bringst du bitte Wasser zum Kochen. Joshua, lauf, hol Tomahawk. Er soll die Wunde neu verbinden.«

Jeremys Augen wurden schmal, als er sah, wie hinter Silas ein Reiter von New Orleans herannahte. »Wir bekommen Besuch«, stellte er fest.

Silas folgte seinem Blick. Ein schlanker Mann mit schwarzem Anzug und Federhut lenkte sein ebenholzfarbenes tänzelndes Pferd auf sie zu. Er saß kerzengerade und selbstsicher im Sattel.

»Ein Franzose, das wette ich«, bemerkte Silas. »Was der wohl will? Gehst du ihm entgegen, Jeremy? Ich muss mich erleichtern und brauche einen Kaffee.«

Als Silas zurückkehrte, zog der Mann mit ausladender Geste seinen verwegenen Hut, verbeugte sich tief und stellte sich als Henri DuMont vor. *Ein Geck*, dachte Silas, doch der Händedruck des Mannes war kräftig und sein Blick direkt. Er war zu ihnen gekommen, um zu fragen, ob er sich ihrem Treck anschließen dürfe. – »Diese Texaner sind zähe Burschen, und ich habe das Gefühl, dass ich mich bei ihnen wohlfühlen könnte«, erklärte er.

»Verzeihen Sie, wenn ich das frage«, fiel Jeremy ihm ins Wort, weil die elegante Kleidung des Franzosen seiner Ansicht nach nicht gerade für seine Fähigkeit, Land zu bestellen, sprach. »Aber was wollen Sie dort machen?«

Der Mann winkte mit einer Hand ab, die in Spitzenmanschetten steckte und an deren kleinem Finger ein Siegelring prangte. »Ich möchte ein Warenhaus eröffnen, genauso prächtig wie das meines Vaters in New Orleans. Vielleicht möchten Sie ja vorbeischauen, solange Sie hier sind«, antwortete er in einem Tonfall, der keinerlei Zweifel daran zuließ, dass er fest an den Erfolg seiner Mission glaubte. »Wie lange haben die Herren vor, in dieser Gegend zu bleiben?«

»Eine Woche«, antwortete Jeremy und wechselte einen Blick mit Silas, der kaum wahrnehmbar nickte. »Gibt Ihnen das genug Zeit zum Packen?«

»Mehr als genug, meine Herren«, sagte Henri mit einer neuerlichen Verbeugung und zog seinen Hut. »*Merci*. Ich bin Ihnen zu tiefem Dank verpflichtet. Kann ich Ihnen während Ihres Aufenthalts hier irgendwie behilflich sein?«

»Wir bräuchten einen Arzt«, erklärte Silas. »Meine Frau hat sich eine Kopfverletzung zugezogen.«

»Dr. Fonteneau«, schlug Henri sofort vor. »Er ist der beste Arzt in New Orleans. Soll ich ihn für Sie herbringen?«

»Dafür wäre ich Ihnen dankbar«, sagte Silas. Dabei fiel ihm auf, dass der Siegelring des Franzosen ein königliches Wappen trug. Er schien also ein französischer Aristokrat zu sein. »Ich wollte meine Frau und meinen Sohn heute ins Winthorp Hotel im Garden District bringen. Sie sollen dortbleiben, bis ich sie nach Texas hole. Aber mir wäre wohler, wenn ein Arzt sie untersuchen könnte, bevor ich sie durch eine Fahrt im rumpelnden Wagen einer weiteren Gesundheitsgefährdung aussetze.«

»Gern«, meinte Henri. »Ich bin bis zum Mittagessen mit Dr. Fonteneau bei Ihnen, und dann würde ich mir gern Ratschläge für die Reise nach Texas von Ihnen geben lassen.«

Der Mann hielt Wort, doch als er mit dem Arzt eintraf, hatte Tomahawk die Wunde schon gesäubert, wieder Aloeöl aufgetragen und verkündet, dass die Verletzung bereits zu heilen beginne. Er habe keinen Hinweis auf eine Entzündung entdecken können, berichtete Jessica, nur ein leichtes Pochen an der verletzten Stelle erinnere noch an den Unfall.

Nach der Versorgung durch Tomahawk half Silas ihr von dem Conestoga herunter, um zu sehen, wie gut sie sich aufrecht halten konnte, ohne dass ihr schwindlig wurde. Bereit, sie zu stützen, sagte er: »Wenn der Arzt keine Einwände hat, sind Sie wohl stabil genug, um morgen nach New Orleans zu fahren.« Es überraschte ihn nicht, dass sie den Mund ein wenig verzog, bevor sie gründlich den getrockneten Schmutz von ihrem Rock klopfte.

»Mir ist klar, dass das Wohl von Joshua oberste Priorität für Sie haben muss, aber Ihrem Sohn wird sein Vater fehlen«, erklärte sie steif. »Er würde gern mit Ihnen nach Texas fahren. Seien Sie auf Tränen gefasst.«

»Und Sie?«, konnte Silas es sich nicht verkneifen zu fragen.

Jessica sah ihn erstaunt darüber an, dass er ihr eine solche Frage überhaupt stellte. »Ich weine nicht über Entscheidungen, die ich nicht beeinflussen kann, Mr Toliver.«

»Darf ich das so verstehen, dass mein Beschluss, Sie in New Orleans zu lassen, Sie ebenfalls enttäuscht?« Eine innere Stimme warnte ihn davor, diesen Weg zu beschreiten, aber am Ende siegte die Neugierde.

Seine Frage brachte sie aus der Fassung; es schien ihr, die sonst so zungenfertig war, die Sprache zu verschlagen. Schließlich reckte sie das Kinn ein wenig vor und erwiderte seinen Blick. »Ich habe mich an die Mühen des Trecks gewöhnt, Mr Toliver, und fürchte, dass ein längerer Aufenthalt in einem behaglichen Hotel in New Orleans meine Fortschritte in Richtung auf ein Leben ohne Bad zunichtemachen könnte.«

»Ist das der einzige Grund, warum Sie es bedauern, nicht mitreisen zu können?«

Sie wurde rot. »Ein anderer fällt mir nicht ein«, antwortete sie.

»Verstehe.«

Sie würde ihm ihre wahren Gefühle also nicht zeigen.

Obwohl Silas das Bedürfnis verspürte, sie in die Arme zu nehmen, drückte er nur ihre Hand. »Sie können sicher sein, dass ich Sie nicht in New Orleans lasse, um Sie loszuwerden, Jessica, sondern damit Sie in Sicherheit sind. Ihr Tod wäre ein weit schlimmerer Verlust für mich als das, was der Vertrag für diesen Fall vorsieht.«

Ohne ein weiteres Wort gesellte er sich zu Henri DuMont und Dr. Fonteneau. Sollte sie daran ruhig ein Weilchen knabbern, dachte er amüsiert.

DREIUNDDREISSIG

Jeremy scheuchte Tippy, Tomahawk, Jasper, den Fahrer Billy, Joshua und seine Freunde sowie deren Eltern weg, damit der Arzt Jessica in Ruhe hinter einem umgedrehten Eimer untersuchen konnte. Nur Silas, der Jessica Luft zufächelte und Fliegen und Mücken verjagte, Jeremy und Henri DuMont, der bereits einer von ihnen zu sein schien, sahen zu. Man hatte dem Arzt Tomahawks Maßnahmen geschildert und ihm gesagt, dass seiner Ansicht nach ein Pressverband die Wunde verschließen würde, ohne dass drastischere Maßnahmen nötig wären.

»Ihr indianischer Freund hat recht«, erklärte Dr. Fonteneau anerkennend und bestätigte, dass Jessica reisefähig sei, riet allerdings, der Sicherheit halber noch zwei Tage zu warten. »Bis dahin«, erklärte er Jessica, »wird der Heilungsprozess, wenn Sie den Verband straff halten, schon ein ganzes Stück vorangeschritten sein. Bestimmt fühlen Sie sich, als würde Ihr Kopf in einem Schraubstock stecken, Mrs Toliver, aber damit müssen Sie noch eine Weile leben, damit die verletzte Haut zusammenwächst.«

»Das ist weit weniger schlimm als mein Bedürfnis nach einem Bad und frischer Kleidung«, sagte Jessica mit einem Blick auf den verschmutzten Rock ihres Kattunkleids. Besonders, dachte sie, in Gegenwart eines so makellos gekleideten Mannes von Welt wie Henri DuMont. Obwohl der sich bei der Begrüßung mit der Galanterie eines Gentleman, der eine elegante Dame bei Hof begrüßt, über ihre Hand gebeugt hatte.

Er hatte ihr Herz vollends gewonnen, als er beim Anblick von Tippy ausrief: »Was für ein entzückendes Wesen! Guten Tag, mein Kind, würden Sie mir bitte verraten, wer für den ausgezeichneten Schnitt Ihres Kleids verantwortlich zeichnet?«

»Ich, Sir«, hatte Tippy mit einem Knicks und einem breiten Lächeln geantwortet. »Nett von Ihnen, dass Ihnen das auffällt.«

»Nett? Das würde selbst einem Bauerntölpel auffallen.«

»Tippy vollbringt mit Nadel und Faden wahre Wunder, ganz zu schweigen von ihrer außergewöhnlichen Begabung für den Entwurf und die Fertigung von Gewändern«, hatte Jessica ihm beeindruckt darüber mitgeteilt, dass er die Qualität von Tippys Arbeit in deren schlichtem Musselinkleid erkannte.

»Tatsächlich?«, hatte Henri ausgerufen und Tippy mit noch größerem Interesse betrachtet.

Als Jeremy den Versammelten nun die Einschätzung des Arztes verkündete, brachen sie in Applaus aus, und Joshua löste sich, Tippy im Schlepptau, von der Gruppe, um zu Jessica zu eilen.

Henri sagte zu Silas: »Zum geeigneten Zeitpunkt müssen Sie mir erlauben, Sie zum Winthorp zu geleiten, wo man Madame wenigstens von einer Not befreien wird. Ich kenne das Hotel gut. Dort gibt es in jedem Zimmer eine Badewanne, und die Eigentümer sind gute Kunden und Freunde meines Vaters. Henry und Giselle Morgan werden sich persönlich um Ihre Frau kümmern.«

Joshua, dessen Arm besitzergreifend um Jessicas Schultern lag, meldete sich zu Wort. »Jessica ist nicht die Frau meines Vaters, sondern nur unsere Freundin, stimmt's, Jessica?«

Schweigen. Silas sog deutlich vernehmbar die Luft ein, Jeremy senkte den Blick, Tippy verdrehte die Augen, und Henri und Dr. Fonteneau sahen einander stirnrunzelnd an.

Jessica rettete die Situation, indem sie einen Arm um Joshua legte und ihn näher zu sich heranzog. »Jedenfalls bin ich deine Freundin, mein Kleiner, auf immer und ewig«, erklärte sie und drückte ihn. »Und jetzt hol deine Freunde, damit ich euch vorlesen kann.«

Silas war froh um die zwei Tage, die ihm blieben, bis er Frau und Sohn im Winthorp zurücklassen musste. Dann würde er ins Lager zurückkehren und von dort aus regelmäßig zum Hotel reiten, um sich zu vergewissern, dass es ihnen gut ging, bevor er in sechs Tagen mit dem Treck aufbrechen wollte.

Joshua und Jessica in Sicherheit zu wissen wäre eine große Erleichterung. Die Nachricht über John Parkers bestialische Folterung und die Entführung seiner Enkelin hatte allen Haushaltsvorständen im Treck das Blut in den Adern gefrieren lassen. Trotzdem wusste Silas, dass sein Sohn und Jessica ihm fehlen würden und er ohne sie einsam wäre. Er und Joshua hatten ein inneres Band geknüpft, das sich in den Monaten der Trennung möglicherweise abschwächen würde, denn Joshua wuchs schnell heran. In drei Tagen war sein fünfter Geburtstag, und in dem Alter brauchte ein Junge seinen Vater. Er war ein sensibles Kind, das schnell zu Menschen Zuneigung fasste und schrecklich darunter litt, wenn er von ihnen getrennt wurde. Lettie, sein Onkel und seine Großmutter fehlten ihm nach wie vor, und er fragte oft: »Wann werden wir sie wiedersehen, Papa?« Silas graute schon davor, dem Jungen zu sagen, dass er ihn in New Orleans lassen würde.

Und Jessica … Wie war es ihr nur gelungen, so nahe an ihn heranzukommen?

Wie konnte es sein, dass sie, eine Sklavenfreundin, sich etwas aus ihm machte und es umgekehrt genauso war? – Auch wenn es sich ihrerseits nur um Schwärmerei und seinerseits nur um Bewunderung handelte? Wie konnte er so wankelmütig sein, seinen Schmerz über den Verlust von Lettie darüber zu vergessen, dass er eine andere Frau – ein Mädchen, das er kaum kannte – ein paar Monate, vielleicht ein Jahr verlassen musste? Würde die Zeit der Trennung Jessica von ihren Gefühlen für ihn kurieren? Würde sie sich Monate später bei der Lektüre ihres Tagebuchs fragen, warum sie jemals geglaubt hatte, ihn zu lieben?

Kurz hatte er mit dem Gedanken gespielt, in Louisiana Land für seine Plantage zu erwerben, doch dort hätte er mehr bezahlt und weniger Grund fürs Geld bekommen, und außerdem konnte er den Traum von seinem eigenen Reich in Texas nicht einfach so aufgeben.

Trotzdem wurde er seine Niedergeschlagenheit in den zwei Tagen, bevor er Jessica und Joshua in ihrem Conestoga nach New Orleans begleiten würde, nicht los.

Er verbrachte die meiste Zeit in Gesellschaft von Jeremy, Henri und den Familienoberhäuptern mit Planungen für die Reise, immer ein Auge auf Jessica, die sich gut zu erholen schien.

Am Ende der letzten gemeinsamen Nacht, in der er fast kein Auge zugetan hatte, küsste er Joshua, dem er erlaubt hatte, mit ihm draußen am Lagerfeuer zu schlafen, auf die Stirn. *Es ist zu deinem eigenen Nutzen, dass dein Vater dich zurücklässt, mein Junge, und zum Nutzen deiner Freundin. Ich komme zu dir und Jessica zurück und hole euch nach Hause, nach Somerset, aber zuerst muss ich deiner Freundin etwas geben, das sie an mich erinnert*, dachte er.

Am Tag des Aufbruchs ließ Jessica sich, so gut es ging, von Tippy im Wagen frisch machen.

Schade, dass Jessica des Verbands wegen keine Haube tragen könne, weil sich mit ihren Haaren, bevor sie gründlich gewaschen seien, leider nicht sonderlich viel anfangen lasse, stellte Tippy fest und schob sie unter ein Haarnetz. Sie habe Jessicas schönstes Kleid für New Orleans gebügelt, denn der erste Eindruck sei wichtig. Außerdem habe sie ein hübsches Stirnband genäht, das den Verband verdecke, eine Idee, die sich vielleicht weiterentwickeln lasse. Sie würde Mr DuMont – *Monsieur* DuMont – fragen, was er davon halte. Er sei sehr beeindruckt gewesen von der Wildlederjacke, die sie Joshua zum Geburtstag genäht habe …

Tippy seufzte resigniert. »Du hörst kein Wort von dem, was ich sage«, bemerkte sie. »Mister Silas hat völlig recht, dich und Joshua in New Orleans zu lassen, also hör endlich auf, deswegen ein solches Gesicht zu ziehen.«

»Ich weiß«, gab Jessica zu, »das ist egoistisch. Ich habe nur Angst, dass Silas mich vergisst, wenn er mich nicht mehr sieht. Wir scheinen … einander näherzukommen.«

Tags zuvor, als Silas ihr erklärt hatte, dass ihr Tod ein Verlust für ihn wäre, hatte Jessica ihren Ohren nicht getraut und sich aufgeregt nach Tippy umgesehen, weil sie darauf brannte, ihr alles zu erzählen und mit ihr noch die kleinste Nuance seiner Aussage zu analysieren. Von der Freude darüber, dass Silas Toliver sich möglicherweise etwas aus ihr machte, war ihr ganz schwindlig geworden.

Sie hatte noch am Conestoga gelehnt, als Silas Dr. Fonteneau zu ihr führte. Silas hatte sie an den Schultern gefasst und sie wie jeder besorgte Ehemann gefragt, ob sie einen Rückfall erlitten habe.

»Nein, mir ist nur plötzlich die Luft weggeblieben«, hatte sie geantwortet und ein wenig benommen in seine grünen Augen geblickt.

Nun sagte Tippy: »Du weißt, was du tun musst, damit Mister Silas dich, wenn er weg ist, nicht vergisst?«

»Ich habe nicht die geringste Ahnung. Was würdest du vorschlagen?«

Tippy legte den Kopf mit einem vielsagenden Blick schief.

»Nein, Tippy, das geht nicht«, sagte Jessica errötend. »Ich wüsste doch gar nicht, wie ich das anstellen soll. Ich habe keinerlei Erfahrung in solchen Dingen.«

»Denk nur daran, wie deine Mama deinen Papa um den Finger wickelt, dann kriegst du das schon hin.«

»Ich habe Angst, dass Silas mich zurückweist.«

»Ich hätte mehr Angst davor, es nicht zu probieren«, erwiderte Tippy. »Durch Feigheit werden viele Siege vertan.«

Das Wort »Feigheit« aus dem Mund ihrer Freundin, die genau wusste, dass Jessica den Stier stets bei den Hörnern packte, weckte ihren Widerspruchsgeist. Tippy hatte recht. Es war besser, sich mutig geschlagen zu geben, als feige nichts zu tun.

Aber wie sollte sie, die keinerlei Erfahrung in Liebesdingen hatte, Silas verführen? Wo? Wann? Und was würde Joshua sagen, wenn er erfuhr, dass sein Vater und seine »Freundin« tatsächlich Mann und Frau waren? *Durch Feigheit werden viele Siege vertan.* Das stimmte, und noch etwas anderes stand so fest wie das Amen in der Kirche: Sie, Jessica Wyndham Toliver, war kein Feigling.

VIERUNDDREISSIG

Am Nachmittag brachen sie nach New Orleans auf; Silas lenkte Jessicas Conestoga. Sie saß neben ihm, Joshua zwischen ihnen. Henri ritt auf seinem tänzelnden Pferd auf ihrer Seite neben ihnen her, Jeremy auf Silas' Wallach auf dessen Seite, und Tippy holperte im Wagen mit. Jasper hatten sie mit den anderen Sklaven in der Obhut von Aufsehern zurückgelassen, die sicherstellen sollten, dass keiner sich davonmachte. Der Plan sah vor, dass Jeremy Conestoga und Gespann zum Lager zurückführte, sobald Jessicas Sachen vor dem Hotel ausgeladen wären. Silas würde die Nacht ebenfalls im Hotel verbringen und sich am folgenden Tag wieder dem Treck anschließen. Jessica sah seinen nächtlichen Aufenthalt in New Orleans als Gelegenheit, ihren Plan zu verwirklichen.

Auf dem Sitz des Wagens stellte sie fest, wie wenig Tippys Bemühungen, sie bei ihrer Ankunft im Hotel frisch und verführerisch aussehen zu lassen, gefruchtet hatten. Sie hatte sie gewaschen, gepudert, einparfümiert und angekleidet für ihren Aufbruch am frühen Morgen, als es noch kühl war, doch es hatte eine Verzögerung nach der anderen gegeben. Jessica hatte bis nach Mittag unter ihrem Sonnenschirm in ihrem Taftkleid und den drei steifen Unterröcken, mit heißen Füßen in Wildlederschuhen und mit juckender Kopfhaut unter dem Haarnetz, geschwitzt, während alle anderen die Aufgaben erledigten, an denen sie sich normalerweise beteiligt hätte. Es war immer schwüler geworden, und sie hatte fast gespürt, wie die Sommersprossen auf ihrer geröteten Haut glänzten.

Schatten war nur in dem stickigen Wagen oder unter den Zypressen zu finden, die rund ums Lager wuchsen, doch dort hätte sie eine Milbeninvasion in ihre lange Unterhose riskiert. Noch nie im Leben hatte Jessica sich so unbehaglich gefühlt.

Als sie schließlich auf den Conestoga geklettert war, hatte sich die Enttäuschung in Verärgerung verwandelt. Wenn sie wie geplant aufgebrochen wären, hätte man sie und das Gepäck bereits in ihren Zimmern untergebracht. Sie hätten schon im Speisesaal gegessen und hinterher Joshua mit Tippy auf Stadterkundung geschickt. Jessica hätte trotz ihres Verbands und des blauen Flecks rund um die Wunde gut ausgesehen, und Jessica und Silas hätten Gelegenheit gehabt, allein zu sein. Zwei Zimmer waren gebucht, eines für sie, das andere für Silas und Joshua. Tippy wäre beim Personal untergebracht. Jessica hatte vor, dieses Arrangement zu ändern. Sie und Silas würden im selben Zimmer schlafen, während Tippy und Joshua sich das andere teilten. Jemand musste auf den Jungen aufpassen, und er würde es aufregend finden, die Nacht mit Tippy zu verbringen, bei der es nicht langweilig werden würde.

Doch nun würden sie erst abends eintreffen, und sie und Silas könnten nicht mehr allein sein. Es wäre zu spät für Tippy und Joshua, die Stadt zu erkunden. Silas würde die Pferde füttern und tränken müssen, Jeremy ihnen beim Essen Gesellschaft leisten, und die Männer würden den verbleibenden Abend damit verbringen, den Wagen auszuladen. Nach einem langen Tag würde Silas sich dann zurückziehen, am folgenden Morgen früh aufstehen und gleich nach dem Frühstück ins Lager zurückkehren.

Sie waren nicht die Einzigen aus dem Treck, die sich ein paar Tage in New Orleans gönnen wollten. Damit Jessica mit ihrer Verletzung so wenig Staub wie möglich ausgesetzt wäre, hatte Silas ihren Conestoga an die Spitze des Zuges gesetzt.

Jessica sorgte sich mehr um ihr Kleid und ihr Gesicht, doch als sie schließlich auf ihren Platz geklettert war, hatte der Staub von der Straße schon keinen größeren Schaden mehr anrichten können. In der Hitze hatte sie das Gefühl, in ihrem Taftkokon ersticken zu müssen. Der Stoff klebte an ihrem feuchten Körper und verknitterte bei jedem Versuch, ihre Röcke zu raffen, mehr. Winzige Insekten, zu klein, als dass sie sie sehen oder hätte verscheuchen können, summten aufdringlich um ihren bandagierten Kopf. Am Ende entfernte Jessica das Stirnband, das Tippy zum Schmuck darübergeschoben hatte, und am liebsten hätte sie auch noch das Haarnetz und die Pelerine abgenommen. Wie sehr sie sich nach einem schlichten Baumwollkleid und einem einzelnen Musselinunterrock sehnte und wie gern sie sich die Haare wie sonst einfach nur nach hinten gebunden hätte!

Joshua und Silas schienen ihr Unbehagen nicht zu bemerken, doch Henri nahm es wahr. Er machte Jessica überschwänglich Komplimente für das Taftkleid und lobte Details von Tippys Entwurf, weswegen Tippy vor Stolz errötete. Henri lenkte sein Pferd näher an den Wagen heran, um Jessica die Annehmlichkeiten zu schildern, die sie in New Orleans erwarteten – köstliches Essen, hübsche Lokale, aufregende Lustbarkeiten, wunderbare Einkaufsmöglichkeiten (das Warenhaus seines Vaters würde ihr bestimmt gefallen!), reizende Menschen. Er hatte vor, sie seinen Freunden vorzustellen, die sie in der Abwesenheit ihres Mannes unter ihre Fittiche nehmen würden. Wenn sie wollte, würde er ihr einen Privatlehrer für Joshua besorgen, und er konnte ihr versichern, dass es dem Jungen nicht an Spielkameraden mangeln würde. Der Garden District würde Madame an Savannah und Charleston erinnern, und ganz sicher würde sie sich im Winthorp, das inmitten von Gärten lag, wie zu Hause fühlen. Die von einer Dampfmaschine angetriebene St.-Charles-Straßenbahn, die seit vergangenem Jahr verkehrte, fahre unmittelbar an ihrem Hotel vorbei und würde sie in die Altstadt bringen, das Viertel der Kreolen, auch als French Quarter bekannt, ein höchst interessantes Gebiet, jedoch nach Einbruch der Dunkelheit für einen Aufenthalt nicht ratsam.

Hin und wieder unterbrach Silas ihn mit Fragen, die darauf abzielten, sich über Joshuas und Jessicas Sicherheit in seiner Abwesenheit zu informieren. In den vergangenen beiden Tagen war er ihr gegenüber aufmerksam, jedoch distanziert gewesen, und sie fragte sich, ob er seine Aussage beim Wagen bereits bereute. Wirklich: Was sah sie nur in dem Mann?

»Keine nennenswerten Rassenunruhen, Henri?«, erkundigte sich Silas.

»Dieses Problem umgehen wir durch die simple und höchst praktische Einigung der Weißen und Kreolen in diesem Jahr, in unterschiedlichen Teilen der Stadt zu wohnen«, antwortete Henri. »Die Kreolen, die New Orleans besiedelt haben, werden weiterhin im French Quarter leben, während die wohlhabenden amerikanischen Neuankömmlinge lieber im neu errichteten Garden District residieren. Das Gebiet gehört faktisch zu Lafayette, und es gibt wenig Kontakt mit der alten Stadt. Jessica und Ihr Sohn werden völlig sicher sein vor ihren Bewohnern.«

»Und diese sind sicher vor den Weißen«, meldete sich Jessica zu Wort. »Ich habe noch nie Angst vor Farbigen gehabt. Und nach allem, was ich über die Kultur der Kreolen gelesen habe, kann ich gut verstehen, warum sie lieber getrennt von den amerikanischen Neuankömmlingen wohnen. So können sie ihren eigenen Lebensstil besser bewahren.«

Ihre kleine Ansprache erntete Schweigen. Jessica spürte, wie Tippy sie von hinten warnend anstieß. Silas' Kiefer mahlten, und er überprüfte mit einem hastigen Blick, ob Joshua ihre Bemerkung mitbekommen hatte. Egal. Die Sklavenhalter durften, solange sie bei ihnen weilte, nicht vergessen, dass sie keine von ihnen war.

Wie von Jessica erwartet, erreichten sie das Winthorp erst, als in der Luft bereits der Duft des Abendessens, von Braten und Brot, lag. »Ach, die Freuden der Zivilisation«, seufzte Jeremy beim Absteigen. »Mir läuft das Wasser im Mund zusammen.«

»Papa, ich habe Hunger«, jammerte Joshua. »Können wir jetzt essen?«

»Bald, mein Sohn. Zuerst müssen wir uns im Hotel anmelden.«

Dass Jessica schmollte, fiel nur Tippy auf. Nun würde sich keine Gelegenheit mehr ergeben, die Ehe mit Silas zu vollziehen. In zwei Tagen würde er zu einer Überraschungsfeier anlässlich Joshuas Geburtstag zurückkehren, und danach würde es noch einen Besuch geben, aber bis dahin wäre das bisschen Zuneigung, das er für sie empfunden hatte, vermutlich schon verflogen, und vielleicht hätte sich auch ihr eigene Leidenschaft abgekühlt. Sie würde so zurückbleiben, wie sie losgefahren war, als verheiratete Jungfrau, und sie und ihr Mann würden weiter Fremde bleiben.

Die Inhaber des Hotels, ein liebenswürdiger Mann und seine fröhliche kugelrunde Frau, kamen heraus, um sie zu begrüßen. Henri stellte alle einander vor. »Die guten Leute, auf die ihr gewartet habt«, verkündete er – vermutlich, um nicht in die Verlegenheit zu kommen, sie und Silas als Mr und Mrs Toliver vorstellen zu müssen, dachte Jessica.

»Sie benötigen zwei Zimmer, Mr Toliver, beide mit Wasserklosett?«, fragte Henry Morgan.

»Ja, genau«, bestätigte Silas. »Eines für meine Frau und mich und eines mit zugehörigem Dienstbotenbereich für meinen Sohn, wie Henri es für mich reserviert hat. Das ist doch kein Problem, oder?«

»Aber nein, Mr Toliver. Es ist alles gerichtet«, erklärte Henry.

Jessica, die gerade dabei war, gereizt die Knitter in ihrem Rock glatt zu streichen, hob verwundert den Kopf.

Silas sah sie mit einem spöttischen Grinsen an. »Ist dir das recht, Jessica?«

Jessica bekam einen trockenen Mund. »Ja, doch«, antwortete sie schluckend. »Dieses Arrangement entspricht ganz meinen Vorstellungen.«

FÜNFUNDDREISSIG

»Setz dich zu mir, mein Sohn, ich muss dir etwas sagen«, forderte Silas Joshua auf, nahm in einem der dick gepolsterten Sessel in Joshuas Zimmer Platz und rückte einen für ihn heran. Joshua, der nach dem üppigen Abendessen hundemüde war, ließ sich daraufplumpsen. Den Jungen erwarteten zwei unerfreuliche Nachrichten, von denen Silas ihm nun die erste, seiner Ansicht nach wichtigere unterbreiten wollte.

»Ja, Papa?«

Silas beugte sich ein wenig vor. »Ich habe dir etwas vorenthalten, weil du es erst verstehen wirst, wenn du älter bist.«

Joshua lauschte müde.

»Jessica ist mehr als eine Freundin. Sie ist meine Frau und deine Stiefmutter. Wir haben im Januar in Willowshire geheiratet.«

Plötzlich war Joshua hellwach. »Du bist mit Jessica verheiratet? Aber ihr benehmt euch nicht wie ein Ehepaar, wie Opa und Oma.«

»Ich weiß. Deswegen werde ich diese Nacht nicht bei dir im Zimmer verbringen, sondern bei … meiner Frau. Denn Verheiratete … schlafen miteinander. Tippy ist in dem Zimmer gleich neben dem deinen, wenn du etwas brauchen solltest.«

Joshua runzelte die Stirn. »Heißt das, dass Jessica als meine Stiefmutter nur eine halbe Mutter ist? Und dass sie mich nicht liebt wie eine ganze?«

»Aber nein«, beruhigte Silas ihn und zog ihn auf seinen

Schoß. »Jessica liebt dich von ganzem Herzen, das kann ich dir versichern. Sie hat dich zwar nicht zur Welt gebracht, aber durch unsere Heirat wirst du ihr Sohn.«

»Meine richtige Mutter ist bei meiner Geburt gestorben, stimmt's?«

»Ja.«

»Dann hatte sie nie Gelegenheit, mich zu lieben.«

»Ja«, antwortete Silas, dem es die Kehle zuschnürte.

»Aber Jessica wird es für sie tun?«

»Allerdings.«

»Und sie kann trotzdem weiter meine Freundin bleiben?«

»Auf immer und ewig, wie sie es dir versprochen hat. Ich denke, sie ist eine Frau, die ihre Versprechen hält.«

»Darf ich Mutter zu ihr sagen?«

»Ich glaube, das würde ihr sehr gefallen.«

»Ich hätte wirklich gern eine Mutter.«

Zu Silas' Überraschung rutschte Joshua von seinem Schoß herunter, stellte sich zwischen seine Knie und umfasste sein Gesicht mit beiden Händen. »Papa ...«, sagte er und sah ihm tief in die Augen.

»Ja, Sohn?«

»Versprich mir, dass du mich nicht von Jessica wegholst wie von Lettie, Oma und Onkel Morris.«

Silas spürte, wie ihm Tränen in die Augen traten. Er setzte Joshua wieder auf seinen Schoß und drückte ihn fest an sich. »Das verspreche ich dir, Joshua. Wenn Jessica das möchte, behalten wir sie für immer bei uns.«

Nun war es also beschlossen, morgen wären Silas und Jessica Mann und Frau, dachte Jeremy, der Silas beiseitegenommen hatte, als er dessen Anweisungen an den Inhaber des Hotels hörte.

»Selbst auf die Gefahr hin, dass du mich für neugierig

hältst«, hatte er begonnen. »Bedeutet die Tatsache, dass du das Zimmer mit Jessica teilen wirst, das, was ich glaube, oder hast du das nur zum Schein gesagt?«

»Es war mein Ernst.«

»Woher der plötzliche Stimmungsumschwung?«

»Ich habe deinen Rat befolgt und ihr Tagebuch gelesen.«

»Ah, verstehe.«

»Das hoffe ich, Jeremy. Du hattest recht. Jessica findet mich anziehend, und ich beginne, mir etwas aus ihr zu machen. Wir wissen beide noch nicht, wo diese Gefühle hinführen werden, aber ich möchte ihr gegenüber Anstand beweisen. Und wenn irgend möglich, will ich sie glücklich machen.«

Jeremy hatte seinem Freund die Hand auf die Schulter gelegt. »Das wirst du, mein Freund. Meine besten Wünsche für euch beide.«

Jeremy freute sich aufrichtig für Silas. Zwar verdiente sein Freund Jessica eigentlich der Art und Weise wegen, in der sie seine Frau geworden war, nicht, doch Silas würde noch lernen, sie zu lieben – wenn auch niemals so sehr wie seine Plantage. Nun musste Jeremy seine geheime Hoffnung, Jessica eines Tages vielleicht für sich zu gewinnen, begraben. Er hätte für Jessica seine Sklaven freigelassen, denn sie war ein außergewöhnlicher Mensch, und seine Bewunderung für sie wuchs von Tag zu Tag. Nun konnten er und die Frau, die er so gern geheiratet hätte, nur noch gute Freunde sein.

»Woher hast du gewusst, dass ich mich darauf einlassen würde?«, fragte Jessica, als Silas begann, sie auszuziehen.

»Ich habe dein Tagebuch gelesen«, antwortete er.

»Wie bitte?«

Er küsste sie. »Während du schliefst. Gott sei Dank habe ich es getan. Sonst hätte ich weiter fälschlicherweise angenommen, dass du mich hasst.«

»Ich habe versucht, dich zu hassen. Keine Ahnung, warum es nicht geht.«

Er widmete sich dem Korsett. »Ich weiß es auch nicht«, sagte Silas und löste die Bänder, die es zusammenhielten. »Und ich werde mich bemühen, dir keinen Grund dazu zu geben … als Ehemann.«

Jessica, der klar war, was er damit meinte, akzeptierte es. Vielleicht würde er ihr als Sklavenbesitzer Anlass zur Verachtung geben, aber als ihr Ehemann und Geliebter … Wie konnte sie einen Mann hassen, der sie mit so brennender körperlicher Begierde erfüllte?

Das Korsett glitt herab. »Herr im Himmel«, rief Silas voller Bewunderung aus, als er zum zweiten Mal ihre nackten Brüste sah.

»Überlass den Rest mir«, sagte Jessica und stieg hastig aus Unterröcken und Unterhose. Den Blick auf sie gerichtet, löste Silas den Gürtel seines Morgenmantels, der ebenfalls zu Boden fiel. Dann berührte er ihren Verband.

»Fühlst du dich wirklich gut genug dafür?«

»Ja«, antwortete sie und reichte ihm ihre Hand, die Silas ergriff, um sie zum Bett zu führen.

SECHSUNDDREISSIG

Als Jessica aufwachte und die Hand ausstreckte, griff sie ins Leere. Ihr erster Gedanke war, dass Silas aus Scham über ihre Leidenschaft der vergangenen Nacht das Weite gesucht hatte. Wie konnte sie ihm das verdenken? Für eine Braut … und Jungfrau … war sie ziemlich zügellos gewesen. Bestimmt fragte er sich, ob sie nicht doch Erfahrungen hatte.

Jessica schlug die Bettdecke zurück, um das Wasserklosett zu benutzen und den Verband abzunehmen. Es war ein kleines Wunder, dass die Verletzung nach der wilden Nacht, abgesehen von dem blauen Fleck, nicht schlimmer aussah. Jessica ließ den Verband weg, bis Tippy ihn erneuern konnte, und kehrte ins Bett zurück, um ihren angenehmen Erinnerungen an ihre erste sexuelle Erfahrung nachzuhängen.

Ihre Brautnacht hatte nur wenig mit den ausführlichen Schilderungen und Warnungen ihrer Klassenkameradinnen im Mädchenpensionat zu tun gehabt. Jessica hatte ein wenig geblutet, jedoch keinen Schmerz empfunden, nur unbändige Lust. Als Silas den Blutfleck entdeckte, hatte er sofort ein Tuch in die Wasserschale getaucht und sie so zärtlich und unbefangen gewaschen wie ein kleines Kind. Dann hatte er ein sauberes Handtuch unter sie geschoben, und sie hatten einander den Rücken zugekehrt, um zu schlafen, doch ihre Lust war stärker gewesen.

Eigentlich hätte sie sich für ihre völlige Hingabe an einen Mann schämen müssen, den sie kaum kannte, doch das tat sie nicht. Zum ersten Mal im Leben fühlte sie sich nicht unattraktiv. Silas gab ihr das Gefühl, schön und begehrenswert zu sein, und vielleicht würde dieser Tribut an ihre Eitelkeit dafür sorgen, dass sie mit ihm glücklich wurde. Zur Liebe wäre es allerdings noch ein weiter Weg, und ob sie diese jemals füreinander empfinden würden, stand in den Sternen. Ihre geringe Lebenserfahrung genügte, um zu wissen, dass Zeit, Vertrautheit und unüberwindbare Differenzen noch die stärkste Anziehung auslöschen konnten, aber mit den Problemen der Zukunft wollte sie sich jetzt nicht beschäftigen. Erst einmal würde sie den Augenblick genießen.

Wohin war Silas verschwunden? Er fehlte ihr, sie sehnte sich nach ihm. Vor dieser Nacht hatte er ihr gesagt, dass er etwas in New Orleans erledigen müsse und nicht mehr ins Hotel komme, bevor er ins Lager zurückkehre. Nun hoffte sie auf ein gemeinsames Frühstück, das den Vollzug ihrer Ehe auf zivilisierte und angemessene Weise besiegelte.

Leises Klopfen riss sie aus ihren Überlegungen. Sie zog hastig die Bettdecke über ihre nackten Brüste. Bestimmt war das Tippy, die hören wollte, was in der Nacht passiert war.

»Herein!«, rief sie.

Die Tür ging auf, und Silas trat ein. Er trug Salonkleidung und sah frisch, ausgeruht und unglaublich attraktiv aus. »Guten Morgen«, begrüßte er sie. »Wie geht's dem Kopf?«

Jessica bedeckte die Wunde mit der Hand, und ihr Puls beschleunigte sich. »Nicht hinsehen. Er ist grün und blau, aber ansonsten scheint er die Nacht gut überstanden zu haben.«

»Ein Wunder.« Silas zog ihre Hand weg, um die Verletzung zu begutachten. »Ich finde die Wunde nicht hässlich«, stellte er fest. »Zum Glück bist du jung und gesund, da verheilt so etwas schnell. Aber zur Sicherheit sollte sie frisch verbunden werden. Ich schicke dir Tippy … Ist alles andere auch in Ordnung?«

»Ja, völlig.«

Kurzes verlegenes Schweigen. Jessica zog die Decke höher und vergrub den Kopf tiefer in den Kissen. »Nun hältst du mich sicher für liederlich«, sagte sie und sah ihn über den Rand der Bettdecke hinweg an.

Er verzog das Gesicht zu einem Grinsen. »Weit gefehlt. Ganz im Gegenteil: Ich fühle mich überaus geschmeichelt über … deine Reaktion auf meinen Enthusiasmus.«

»Vermutlich bin ich nicht die erste Frau, die dir so begegnet ist, aber bei mir hat kein Mann vor dir eine solche Reaktion ausgelöst.«

Silas' Grinsen wurde breiter. »Was für ein Riesenkompliment. Ich hoffe, es war besser als die Kopulation mit einem Maultier.«

»Das kann ich nicht beurteilen. Mir fehlt der Vergleich«, erklärte Jessica.

Silas nahm schmunzelnd zwei Briefe aus der Innentasche seines Hausrocks, einer mit einem Wachssiegel verschlossen, der andere in einem handgefertigten Umschlag. »Die sind für dich. Sie lagen an der Rezeption. Die Morgans haben gestern Abend vergessen, sie dir zu geben. Der eine trägt das Siegel deiner Mutter. Ich hoffe, sie schickt dir gute Nachrichten, jedoch nicht so gut, dass du Heimweh bekommst. Ich muss dich jetzt allein lassen, werde aber mittags wieder da sein, um mit dir und Joshua zu essen. Anschließend muss ich ins Lager.«

Er beugte sich zu ihr hinunter. Jessica glaubte, er wolle sich mit einem Kuss auf die Wange von ihr verabschieden, doch dann bemerkte sie das verschmitzte Blitzen in seinen smaragdgrünen Augen, und bevor sie sichs versah, zog er an der Bettdecke.

»Gott hab Erbarmen mit mir, Jessica«, seufzte er und presste die Lippen auf ihren üppigen Busen.

Es kostete sie ihre ganze Beherrschung, ihn nicht an den Haaren zu sich herunterzuziehen, doch sie musste an Joshua im Zimmer nebenan denken. Also schob sie ihn weg. »Wo ist dein Sohn?«, erkundigte sie sich.

»Unten«, antwortete Silas und richtete sich widerstrebend auf. »Er hat schon gefrühstückt und mit Jake, einem Jungen aus dem Treck, einen Spielkameraden gefunden. Seine Eltern sind ebenfalls im Hotel.«

»Joshua weiß nichts … über uns, oder?«

»Ich habe ihm gestern Abend erklärt, dass wir verheiratet sind. Er möchte dich Mutter nennen.«

»Wirklich?« Sie hatte befürchtet, dass Joshua sie als Mutter ablehnen würde, wenn er erfuhr, dass sie und sein Vater verheiratet waren. »Er will tatsächlich Mutter zu mir sagen?«

»Es ist sein ausdrücklicher Wunsch.«

»Das ehrt mich.« Jessica wiederholte das Wort. »*Mutter …*«

Wieder beugte Silas sich zu ihr hinunter, um an der Bettdecke zu ziehen, doch sie blieb stark. »Lass mich in Ruhe die Briefe lesen«, sagte sie und schob ihn mit der freien Hand weg.

Silas kniff sie lachend in die Wange, gehorchte aber und ging zur Tür. Dort wurde er ernst. »Lass uns keine Fragen darüber stellen, was zwischen uns passiert ist, Jessica, und warum. Lass uns einfach dankbar dafür sein.«

»Ja, Silas.«

»Ich bin mittags wieder da«, versprach er. »Ruh dich ein bisschen aus.«

Wenig später stürzte Tippy herein, die große Augen machte, als sie sah, dass Jessica noch im Bett lag und unter der Decke nackt zu sein schien. »Sag bloß, es ist tatsächlich passiert.«

»Ja«, bestätigte Jessica. »Die Details werde ich dir nicht verraten, aber es war einfach himmlisch.«

»Dem Himmel sei Dank.« Tippy betätigte zweimal die Klingel, damit Badewasser gebracht wurde. »Vielleicht überlegt Mister Silas es sich jetzt anders und lässt dich doch nicht hier. Meinst du, ein Mann, der den Honig probiert hat, lässt den Topf stehen?«

»Tippy, ich habe meine Meinung geändert. Joshua weiß, dass wir verheiratet sind. Silas sagt, er ist zufrieden mit dieser Lösung und möchte mich ›Mutter‹ nennen. Ist das nicht wundervoll? Das heißt, dass ich nun nicht nur an dich, sondern auch an meinen kleinen ... Stiefsohn ... denken muss und ...«, Jessica sah Tippy an, »... und vermutlich auch an mich.«

»Wie meinst du das?«

»Es ist meine fruchtbare Zeit.«

»Herr im Himmel!« Wie immer, wenn sie begeistert war, bedeckte Tippy ihr kleines Gesicht mit den großen Händen, so dass nur noch ein paar Haarbüschel und die Ohren zu sehen waren. Mit gedämpfter Stimme fragte sie: »Sagst du das Mister Silas?«

»Warten wir's ab«, antwortete Jessica und nahm den Brief aus dem Umschlag, der einen Bostoner Poststempel trug. Das Schreiben ihrer Mutter konnte warten. Obwohl Jessica sich auf Nachrichten aus Willowshire freute, hatte sie Angst, dass der Inhalt des Briefs sie traurig stimmen könnte, und im Moment sollte nichts ihr die Euphorie verderben.

»Er ist von Sarah Conklin!«, rief sie überrascht aus. »Sie ist nach Boston gezogen und schreibt, sie sei sicher nach Hause gekommen, bedaure es aber, dass ihr kleiner Neffe Paul sie in einem solchen Zustand sehen musste. Es habe lange gedauert, bis ihr Rücken verheilt sei, aber inzwischen gehe es ihr wieder gut. Paul möchte, wenn er erwachsen ist, nach West Point, Soldat werden.«

Jessica runzelte die Stirn.

»Was ist?«, erkundigte sich Tippy.

»Sarah meint, wir würden es vielleicht nicht mehr erleben,

aber ihrer Meinung nach wird es eines Tages wegen der Sklavenfrage einen Krieg zwischen dem Norden und dem Süden geben.«

Tippy, die gerade den Verband für Jessicas Wunde vorbereitete, sagte leise: »Doch, das werden wir erleben.«

Jessica lief ein eiskalter Schauer über den Rücken. Tippy kam von den Sternen, und ihre Vorhersagen trafen immer ein.

Im Umschlag ihrer Mutter befanden sich zwei Briefe. »Tippy, für dich, von Willie May!«, rief Jessica aus. »Gott sei Dank hat Mama ihn beigelegt. Papa weiß bestimmt nichts davon.«

Tippy riss ihn ihr aus der Hand, und die beiden tauschten die Neuigkeiten aus, die sie in ihren jeweiligen Briefen lasen, bis Jessica zum letzten Absatz des ihren gelangte. Wie befürchtet, berichtete ihre Mutter auch traurige Dinge. »O nein!«, rief sie aus.

»Was ist?«

»Das wird Silas das Herz brechen. Am liebsten würde ich es ihm gar nicht sagen …«

»Was?«

»Lettie hat Morris geheiratet und ist jetzt Herrin von Queenscrown.«

SIEBENUNDDREISSIG

Ihr gemeinsames Mittagessen rundete die vorangegangene Nacht ab. Zuvor war Joshua schüchtern mit seinem Vater auf Jessica zugekommen, die in ihrem Zimmer am Frisiertisch saß.

»Papa hat gesagt, du wirst meine Mutter.«

Jessica nahm seine Hände in die ihren. »Das bedeutet nicht, dass wir keine guten Freunde sein könnten.«

»Das meint Papa auch, aber ich möchte, dass du hauptsächlich meine Mutter bist. Du kannst mir ruhig Vorschriften machen. Meine Freunde sagen, ihre Mütter machen ihnen Vorschriften, weil sie sie lieben.«

»Das stimmt«, pflichtete Jessica ihm bei.

»Aber du liest mir weiter vor?«

»Bis ich es dir beigebracht habe. Dann kannst du mir vorlesen.«

Joshua sah seinen Vater an. »Darf ich sie jetzt drücken?«

»Ich glaube, das hält sie aus«, antwortete Silas mit einem verschmitzten Augenzwinkern.

Jessica ließ sich von Joshua umarmen. Wie nur war dieses Wunder geschehen, dass sie nun tatsächlich die Ehefrau des attraktiven Mannes neben ihr und die Mutter dieses reizenden Kindes, das sie bereits liebte, war? Obwohl ihre innere Stimme sie vor übereilter Freude, die auf der unsicheren Basis ihrer Ehe gründete, warnte, würde sie fürs Erste den Rat von Silas befolgen und ihr Glück nicht infrage stellen. Sie fühlte sich begehrt und gebraucht und würde dieses neue, köstliche Gefühl genießen, solange es andauerte.

Sie waren fröhlich plaudernd Hand in Hand die Treppe hinuntergegangen, hatten den Speisesaal wie ganz normale Eltern mit ihren Kindern betreten und einen Tisch neben der Familie aus dem Treck, Lorimer und Stephanie Davis mit ihrem Sohn Jake, gewählt, die ähnlich den Tolivers wie vermögende Leute gekleidet waren. Stephanie gehörte zu den wenigen Frauen von Sklavenhaltern, die sich mit Jessica angefreundet hatten. Abgesehen davon, dass Jessica und Silas zu einem neuen ehelichen Arrangement gefunden zu haben schienen (den Davis war nicht entgangen, dass das Paar nun ein Zimmer teilte), hatte sich nichts verändert, und die Davis begrüßten sie als ihresgleichen – Eltern von Söhnen, die gern miteinander spielten.

Jessica hatte beschlossen, Silas erst kurz bevor er zum Treck zurückkehrte von Letties Heirat zu erzählen, weil sie sich keine Sekunde ihrer gemeinsamen Zeit von dieser Nachricht verderben lassen wollte.

Der Augenblick des Abschieds kam zu schnell. Joshua und Tippy hielten ein Schläfchen; Tippy hatte Probleme mit der schwülen Luft von New Orleans. Jessica begleitete Silas in den Hof, wo sein Pferd gesattelt und aufgezäumt auf ihn wartete. Silas würde am übernächsten Tag zu Joshuas Geburtstagsfeier kommen, seinen Conestoga mit einem anderen Wagen voller Kinder für das Geburtstagsfest zurücklenken und den Wagen verkaufen. Er hatte bereits einen Interessenten, der ihm einen angemessenen Preis dafür zahlen wollte. Jessica wäre damit beschäftigt, mit dem Personal des Hotels alles für das Geburtstagsessen vorzubereiten, und hatte Henris Angebot angenommen, ihr, Tippy und Joshua New Orleans zu zeigen. Der Franzose wollte ihnen das Warenhaus seines Vaters und das fast fertige St.-Charles-Hotel präsentieren, das sich damit brüstete, das größte und großartigste Hotel der Vereinigten Staaten zu sein. Joshua freute sich schon auf eine Straßenbahnfahrt mit seinem Freund Jake.

Schließlich meinte Jessica: »Silas, ich muss dir etwas sagen.«

»Hoffentlich nichts, was meine Illusion zerstören könnte, dass du glücklich bist.«

»Es hat nichts mit meinem Glück zu tun, sondern eher mit deinem. Dein Bruder und Lettie haben geheiratet, schreibt meine Mutter in ihrem Brief.«

Jessica hielt den Atem an. Seine Reaktion würde ihr verraten, ob er sich noch etwas aus Lettie machte. Mehr als einmal hatte Jessica sich gefragt, ob Silas zu Lettie zurückkehren würde, falls sie noch unverheiratet sein sollte, wenn er seine vertraglichen Verpflichtungen erfüllt hätte und von Jessica geschieden wäre.

»Tatsächlich?«, fragte er und ersparte Jessica damit zwei Tage Qual. Er nahm ihre Hände und küsste sie. »Ich wünsche meinem Bruder und seiner Frau alles Gute und hoffe, dass sich ihre Differenzen genauso angenehm beilegen lassen wie die unseren.«

Sein Gesicht wirkte bis auf das kleine Lächeln, mit dem er an seinen Hut tippte und wegritt, ausdruckslos. Jessica bedeckte ihren Handrücken, um das Gefühl der Berührung seiner Lippen auf ihrer Haut zu bewahren. Bestimmt schmerzte es Silas, dass die Dinge sich so entwickelt hatten, und vielleicht fühlte er sich auch auf traurige Weise verraten. Doch Lettie war nun für immer verloren, und sie, Jessica, war hier, zumindest so lange, wie Silas brauchen würde, um seine vertraglichen Verpflichtungen ihrem Vater gegenüber einzuhalten.

Silas war froh, allein und weit weg vom Lager zu sein, denn er brauchte Zeit und Abstand, um den Schock zu verdauen. Lettie hatte sich also für Morris entschieden. Die Vorstellung, dass seine schöne, leidenschaftliche, überschwängliche frühere Verlobte mit seinem Bruder, dem bibelfesten, maulfaulen Dummkopf, zusammen war, bestürzte ihn. Ein wenig erinnerte ihn das an Jessicas Satz mit dem Maultier. Was hatte Lettie sich nur dabei gedacht, Morris zu heiraten?

Doch je weiter er sich von New Orleans entfernte, desto bewusster wurde ihm, dass seine frühere Verlobte ganz genau gewusst hatte, was sie tat. Indem sie ihre Schönheit und ihren Körper seinem dummen Bruder opferte, gewann sie ihr geliebtes Queenscrown. Silas erinnerte sich an ihre Freude darüber, vor ihrem Aufbruch nach Texas noch ein Jahr auf der Plantage verbringen zu können. Schon damals hatte er den Verdacht gehabt, dass sie trotz ihrer beherzten Reden den Luxus und die Behaglichkeit von Queenscrown nur widerwillig aufgeben würde. Lettie fühlte sich dort wohl und vollkommen zu Hause. Queenscrown war ihr Trostpreis, und Morris, den sie gut leiden konnte, nicht der schlechteste Ersatz für den Mann, der sie hatte sitzen lassen.

Und seine Mutter hatte die verloren geglaubte Schwiegertochter gewonnen. Sie würde Enkel haben, die sie verwöhnen konnte. Bis auf eine kleine Änderung würden das Leben und die Zukunft der jungen Frau und der Familie, die er zurückgelassen hatte, genau nach Plan verlaufen.

Als Silas den Treck erreichte, war sein Schmerz gelindert und sein schlechtes Gewissen so gut wie vergessen. Seine Gedanken galten Jessica. Am liebsten wäre er zu ihr zurückgeritten, um sie in die Arme zu schließen und ihr zu versichern, dass seine frühere Liebe nur ein Kapitel in einem Buch sei, in dem er geblättert, das er dann jedoch wieder ins Regal zurückgestellt habe. Nun habe er keinerlei Bedürfnis mehr, es noch einmal aus dem Regal zu holen. Sein altes Leben und alle, die darin vorkamen, gehörten der Vergangenheit an. Er bezweifelte, dass er jemals nach South Carolina und Queenscrown zurückkehren würde, nicht einmal, um seine Mutter wiederzusehen, die nun ihre ganze Zuneigung und Aufmerksamkeit Morris, Lettie und ihren Enkeln schenken würde, während ihr jüngerer Sohn und Enkel zu einer bloßen Erinnerung verblassten.

Jessica war Teil seiner Zukunft, wie diese auch aussehen mochte. Natürlich lag der Schatten der Sklavenfrage auf ihnen. Er musste dafür sorgen, dass sie seinen Sohn – *ihren* Sohn und ihre gemeinsamen Kinder – nicht beeinflusste. Sklavenarbeit war wesentlich für die Verwirklichung seines Traums von Somerset, und seine Frau würde ihn nicht daran hindern, seine Nachkommen in dem Wissen aufzuziehen, dass ihr Lebensstil und ihr Erbe davon abhingen. Joshua hatte Silas gebeten, Josiah, Levi und Samuel zu seinem Fest mitzubringen, Söhne von Sklaven, die er wie Jake Davis behandelte. Als Silas ihm sagte, dass das nicht gehe, hatte sein Sohn wissen wollen, warum nicht.

»Das Fest ist nur für dich und deine Freunde«, hatte Silas ihm geantwortet. »Josiah, Levi und Samuel sind Schwarze.«

»Aber wieso können sie als Schwarze nicht meine Freunde sein?«, hatte Joshua gefragt.

Er war zu jung, um das zu verstehen, genau wie Silas als kleiner Junge mit den Kindern von Sklaven gespielt und sie als Freunde betrachtet hatte. Allmählich hatte er durch den Einfluss der Umgebung, in der er aufwuchs, den Unterschied ihrer gesellschaftlichen Stellung begriffen und akzeptiert. Ihm hatte man das nicht beibringen müssen, aber ihm hatte auch keine Jessica Wyndham Toliver sklavenfreundliche Ansichten ins Ohr geflüstert.

Doch im Moment wollte er sich nicht mit den Problemen

beschäftigen, mit denen er und Jessica sich in ihrer Ehe noch auseinandersetzen mussten, sondern einfach nur dankbar sein dafür, dass das Hindernis, das er erwartet hatte, nicht existierte. Noch hasste ihn das Mädchen, das vor seinen Augen zur Frau aufgeblüht war, nicht.

ACHTUNDDREISSIG

Am folgenden Morgen nahm Tippy an der Tür von einer Bediensteten des Hotels eine Nachricht für Jessica entgegen. »Unten wartet ein Herr auf Mrs Toliver«, teilte diese ihr mit.

»Hat er gesagt, wer er ist?«

»Ein Bote ihres Vaters.« Sie reichte Tippy eine Visitenkarte.

»Augenblick, ich gebe meiner Herrin Bescheid.«

Als Jessica den Namen auf der Karte las, verzog sie den Mund. »Herman Glover. Er arbeitet in der Bank meines Vaters«, teilte sie Tippy mit. Jessica erinnerte sich an einen Mann mit schmalem Gesicht und knochigen Händen, der aussah, als ginge er nie in die Sonne. Er war der Angestellte, vor dem Jessica Sarah seinerzeit gewarnt hatte, weil er gegen einen Kassierer der Bank aussagen sollte, der angeblich gegen die Sklaverei aktiv war.

»Soll das Dienstmädchen ihn bitten zu warten?«, fragte Tippy.

»Nein, ich gehe zu ihm runter«, antwortete Jessica und erhob sich hastig vom Frisiertisch. Tippy hatte ihr gerade die Haare gewaschen und ihr ein Handtuch um den Kopf geschlungen, aber immerhin war sie fertig angezogen und wartete nur noch darauf, von ihr gekämmt zu werden. »Ich rede, so wie ich bin, mit ihm, damit er so schnell wie möglich wieder verschwindet. Heute gibt es zu viel zu tun, als dass wir Zeit mit ihm vergeuden könnten.«

Jessica gab sich keine Mühe, ihre Abneigung zu verhehlen, als sie das Foyer des Hotels betrat. »Sie wollen mich sprechen?«, fragte sie ihren bleichen Gast.

»Ihr Vater schickt Ihnen Grüße, Miss Wyndham«, sagte der Mann mit einer tiefen Verbeugung, nachdem er einen verwunderten Blick auf ihren Turban und den blauen Fleck an ihrer Stirn geworfen hatte.

»Mrs Toliver«, korrigierte sie ihn. »Was wollen Sie?«

Der Mann klappte, Stift in der Hand, nervös einen kleinen Block auf. »Ich soll Ihrem Vater Bericht erstatten über Ihr Befinden und Ihren … Gemütszustand«, antwortete er und begann zu schreiben.

»Was notieren Sie da?«

»Dass Sie eine üble Verletzung am Kopf haben, Miss … äh, Mrs Toliver. Würden Sie mir bitte erklären, wie das passiert ist?«

Jessica nahm ihm den Block aus der Hand und setzte sich damit an einen kleinen Schreibtisch.

Papa, schrieb sie, *das Reptil, das Du mir geschickt hast, schildert meine Kopfverletzung bestimmt in den düstersten Farben. Ich habe sie mir zugezogen, als mein Führungspferd beim Angriff eines Habichts scheute und ich vom Wagen geschleudert wurde. Dank der sofortigen medizinischen Versorgung, die ich erhielt, heilt die Wunde gut. Ich halte mich gegenwärtig in einem behaglichen Hotel auf, wo ich auf die Rückkehr meines Ehemannes aus Texas warten werde, der Ende dieser Woche von hier aufbricht. Vermutlich wird es Dich und Mama freuen und überraschen, dass Eure Tochter nie glücklicher gewesen ist und dieses Glück nur durch ihren Kummer über die Abwesenheit des Mannes getrübt wird, den Du ihr gekauft hast.*

In der Hoffnung, dass es Euch gut geht,

Jessica

»Das dürfte genügen, um meinen Vater über mein Befinden und meinen Gemütszustand zu informieren«, sagte Jessica und drückte dem verdutzten Boten den Block wieder in die Hand. »Noch etwas?«

»Äh, ja, Mrs Toliver. Wenn Sie nichts dagegen haben, würde ich gern Ihre Sklavin Tippy in Augenschein nehmen.«

Ach ja, dachte Jessica, die Zusatzversicherung ihres Vaters, dass sie sich an ihren Teil der Vereinbarung hielt. Sie marschierte zur Rezeption. »Würden Sie so freundlich sein, eine Bedienstete zu meiner Freundin Tippy zu schicken? Sie möchte ins Foyer kommen.«

Nachdem Tippy erschienen war und Herman Glover das in seinem Block vermerkt hatte, erklärte er: »Und jetzt muss ich mit Mr Toliver sprechen. Ist er hier?«

»Nein.«

»Heißt das, er ist nicht *hier* …«, er machte eine Handbewegung, die das Hotel umfasste, »… oder er liegt tot irgendwo?«

Jessicas Mundwinkel zuckten. Der Mann meinte das ernst; zu Spott fehlte ihm der nötige Humor. Sie hob belustigt eine Augenbraue. »Am Ende durch meine Schuld?«

»Nun, völlig abwegig fände ich den Gedanken nicht.«

»Er ist quicklebendig, danke der Nachfrage, hält sich aber gegenwärtig im Lager des Willow-Grove-Trecks etwa acht Kilometer von der Stadt entfernt auf. Soll ich Ihnen den Weg dorthin beschreiben?«

»Wird er bald ins Hotel zurückkehren?«

»Morgen Mittag, zur Geburtstagsfeier seines Sohnes.«

»Dann warte ich hier auf ihn, weil ich nur ungern reite. Ich verspreche Ihnen, Ihr Fest nicht zu stören und ihn danach aufzusuchen.«

Und ihm weiteres Geld auszuhändigen, vorausgesetzt, die Unterlagen von Silas sind in Ordnung, dachte Jessica. Die zweite Rate ihres Mannes für Somerset.

»Wie es Ihnen beliebt, Mr Glover«, sagte sie mit deutlich eingetrübter Laune.

Die Geburtstagsfeier verlief, abgesehen von einer kleinen Auseinandersetzung mit den Inhabern des Hotels, wie geplant. Es war die eine Sache, wenn die schwarze Bedienstete eines Gasts im Zimmer neben dem ihrer Herrin schlief, jedoch etwas ganz anderes, wenn sie im Speisesaal mit ihr an einem Tisch saß. Jessica beendete die Diskussion, indem sie einen privaten Raum buchte, den Tippy durch die hintere Tür betreten konnte. Die Geschenke, die Jessica für Joshua erworben hatte, fanden angesichts der Überraschung, die Tippy ihm mit der Wildlederjacke bereitete, kaum Beachtung. Selbst Silas, der Distanz zu Tippy hielt, und Stephanie Davis, welcher es nicht zu gefallen schien, dass Tippy bei dem Fest dabei war, verschlug es fast die Sprache. Henri sagte: »Was für ein wunderschönes Stück, *ma petite*. Kein Wunder, dass mein Vater …«, er hob die makellos gepflegten Hände, als suchte er nach dem richtigen Wort, »… *euphorisch* war über den ungewöhnlichen Entwurf von Madames Kleid, als Sie mit ihr sein Warenhaus besuchten.«

Auch die zweistöckige Schokoladentorte mit einem breitrandigen Pflanzerhut aus Zuckerwatte wurde, besonders von Silas, mit Begeisterung aufgenommen. Er hob Joshua hoch, damit er sie besser betrachten konnte, und sagte: »Eines Tages wirst du genau so einen Hut tragen, wenn du mit mir über die Felder von Somerset reitest, mein Sohn.«

Alle einschließlich Tippy, der nicht klar zu sein schien, dass sie mit dem Küchenpersonal ein Symbol der Unterdrückung ihres Volkes nachempfunden hatte, klatschten. Ihre Freude darüber, dass Joshua und Silas ihr Werk lobten, war so groß, dass Jessica beschloss, das ihr gegenüber nicht zu erwähnen.

Am Spätnachmittag, nachdem sie Joshuas Gäste, die wieder zum Lager zurückmussten, verabschiedet hatten, setzte

Silas sich mit Carson Wyndhams Boten zusammen. Einige Stunden später fand Jessica ihn allein an der Bar, wo er in ein Schnapsglas starrte. Der Bote war offenbar schon gegangen. Auf der Theke lag eine Ledermappe, eine Erinnerung an die Abmachung, die er mit ihrem Vater über Somerset getroffen hatte. War Kummer darüber, dass er sich darauf eingelassen hatte, die Ursache seiner düsteren Stimmung? Jessica legte ihm die Hand auf den Arm. »Es war ein schönes Fest«, bemerkte sie. »Joshua ist ganz begeistert. Wahrscheinlich schwitzt er schrecklich in seiner Wildlederjacke, aber er weigert sich, sie auszuziehen.«

Silas, der über ihr Auftauchen überrascht zu sein schien, schob die Mappe hastig in die Innentasche seines Gehrocks. »Ja, er ist ganz aus dem Häuschen, und ich danke dir und Tippy dafür, dass ihr ihm eine solche Freude gemacht habt. Sie hat sogar so weit gedacht, ihm die Jacke zu groß zu nähen, damit er noch hineinwachsen kann. Deine Tippy ist wirklich ganz außergewöhnlich.«

»Sie wäre auch gern deine Tippy.«

»Jessica, sie ist eine Schwarze.«

»Kannst du nicht hinter ihrer Hautfarbe ihre bemerkenswerte Persönlichkeit erkennen und sie als meine Freundin akzeptieren, als die sie mir lieb und teuer ist?«

»Nein, Jessica, das kann ich nicht, aber ich schätze sie und respektiere dein Verhältnis zu ihr. Mehr kann ich dir nicht versprechen.«

»Versprich mir, dass du sie nicht verkaufen wirst.«

»Das verspreche ich dir.«

»Und dass du unsere enge Freundschaft zulässt?«

Er grinste. »Bleibt mir denn etwas anderes übrig?«

»Nein, aber ich würde dich gern sagen hören, dass du es erlaubst.«

»Solange sie lebt.«

Jessica lächelte. »Sehr gut. Und jetzt lass uns nachsehen, was Joshua treibt.«

Sie beendeten den Tag mit einem leichten Abendessen, und nachdem sie Joshua ins Bett gebracht und sich von Tippy verabschiedet hatte, ging Jessica in ihr Zimmer, um auf Silas zu warten, der im Stall nach seinem Pferd sah. Sie trug bereits ihr Nachthemd, als es leise an der Tür klopfte. Davor stand Joshua, der sie, ein Buch in der Hand, bittend ansah. Silas' Sohn hatte keinerlei Ähnlichkeit mit ihm. Seine Augen waren eher haselnussbraun als grün, seine Haare eher braun gelockt als ein schwarzer Schopf. Seine Nase erinnerte eher an die eines Spatzen als an die eines Habichts, und sein Mund war eher sanft geschwungen als scharf konturiert.

»Ich kann nicht schlafen«, jammerte er. »Liest du mir bitte vor, Mutter?«

Jessica schmolz dahin. Wie sollte sie ihm widerstehen? »Natürlich, Joshua.«

»Danke«, sagte er und kletterte, als wäre dieser Platz für ihn reserviert, mit seinem Buch zu ihr ins Bett.

Als Silas das Zimmer wenig später im Morgenmantel betrat, sah er erstaunt seinen Sohn und seine Frau aneinandergekuschelt in den Kissen. Jessica hob schmunzelnd den Blick, und Joshua klopfte auf den Platz neben sich und forderte seinen Vater auf: »Komm zu uns, Papa. Wir sind gerade an der spannenden Stelle.«

»Die darf ich mir nicht entgehen lassen«, sagte Silas und ließ sich neben ihm nieder.

Später, als Joshua in seinem eigenen Bett schlief und Silas und Jessica sich geliebt hatten, lag Silas wach. Nach dem Fest hatte er sich nicht nur mit dem Boten von Carson Wyndham unterhalten, sondern auch mit Henris Vater Jean DuMont. Nun konnte er den Wunsch seines neuen Freundes verstehen, sich von einem Mann zu verabschieden, der so diktatorisch und hochnäsig wie der Eigentümer des DuMont Emporiums, des DuMont-Warenhauses, war. Jessica hatte es als grandios beschrieben – »prächtiger als das eleganteste Geschäft, das Charleston zu bieten hat«. Henri hatte Silas erzählt, dass sein Vater ihn wie einen Lakaien behandle und ihm nie auch nur die kleinste Entscheidung überlasse. Silas war erstaunt gewesen, als der Mann ihn in der Bar erwartete, und hatte zuerst gedacht, er sei gekommen, um ihn dazu zu bringen, dass er seinem Sohn ausredete, ihn nach Texas zu begleiten. Doch Jean DuMont hatte etwas völlig anderes gewollt.

»Sie haben da eine merkwürdige kleine Schwarze namens Tippy in Ihrem Treck, die persönliche Bedienstete Ihrer Frau«, hatte der Mann begonnen. »Ich möchte sie kaufen.«

Dann hatte er Silas einen Preis genannt, der dessen Herz höher schlagen ließ. Das Geld würde ihm sehr viel Freiheit und die Möglichkeit verschaffen, seine Schulden bei Carson Wyndham schneller als erwartet zu begleichen.

»Ich bin verwundert, Sir«, hatte Silas gesagt.

»Dann sind wir uns also einig?«, hatte Jean DuMont gefragt und eine elegant geschwungene Augenbraue gehoben.

Der Mann hatte gerade sein Scheckbuch aus der Jackentasche ziehen wollen, als Silas erklärte: »Nein, Sir. Tippy steht nicht zum Verkauf.«

»Dann verdopple ich den Preis.«

Silas hatte gezögert. Durch die Heirat mit Jessica hätte er das Recht besessen, Tippy zu veräußern, unabhängig von dem, was Jessica mit ihrem Vater abgemacht hatte, doch eine solche Transaktion kam, so verführerisch sie auch war, nicht infrage. Silas mochte Henris Vater nicht und hätte Tippy ihm auch dann nicht überlassen, wenn seine Frau ihn nicht dafür gehasst hätte. Also hatte er wiederholt: »Wie gesagt, Sir, die Bedienstete meiner Frau steht nicht zum Verkauf.«

Jessica schlief tief und fest, das Gesicht ihm zugewandt.

Silas widerstand der Versuchung, ihre Wange zu streicheln und ihre Brust zu berühren. Im Schlaf wirkte sie kindlich und verletzlich, kaum noch wie die Frau, der er zutraute, den Wind zu zügeln. Nicht nur Jessicas Zuneigung zu Tippy wegen hatte er Jean DuMonts Angebot ausgeschlagen, sondern auch wegen der gemeinsamen Jahre, die er und Jessica haben konnten, bevor er in der Lage wäre, seine Schulden bei ihrem Vater zu begleichen. Vielleicht würde sie ihn gar nicht mehr verlassen wollen.

NEUNUNDDREISSIG

Am Ende der Woche war alles für den Aufbruch des Willow-Grove-Trecks nach Texas bereit. Vorräte waren aufgefüllt, Reparaturen durchgeführt, Medikamente und Munition besorgt. Kielboote und Flöße für die Überquerung des Sabine River waren erworben und Vorbereitungen für diejenigen getroffen, die lieber die Fähre benutzen wollten. Der andere Scout in Jeremys Diensten hatte nach vielen Monaten des Kundschaftens auf der veränderten Route zur »Black-waxy-Region« in Texas Bericht erstattet. Die Strecke durch Bayou und dicht bewaldetes Gebiet an der östlichen Grenze der neuen Republik sei beschwerlich, jedoch sicherer, hatte er herausgefunden. Die Komantschen, die sich nach wie vor auf dem Kriegspfad befanden, stellten eine permanente Bedrohung für die Siedler dar, aber bisher waren die kriegerischen Horden nördlich der Gegend geblieben, in die sie wollten.

Silas hatte durch den Verkauf seines Conestogas wieder Geld beiseitelegen können, und Herman Glover hatte ihm Mittel überlassen, die mehr als ausreichten für die Deckung der zu erwartenden Ausgaben.

Jeremy verabschiedete sich mit den in Sackleinen gewickelten Rosensträuchern in den Satteltaschen von Joshua und Jessica, die sich bereit erklärte, in seiner Abwesenheit auf diese und die Lancasters von Silas aufzupassen.

»Wenn wir sie hierlassen, Jess«, sagte Jeremy, »ist das die Garantie dafür, dass wir zurückkommen.«

»Dann werde ich sie gut pflegen«, versprach sie.

Henri, der bei dem Gespräch dabei war, meinte: »Die Herren scheinen diesen leblos wirkenden Sträuchern ziemlich große Bedeutung beizumessen. Darf ich fragen, warum?«

Silas erklärte es ihm.

»Erstaunlich.« Henri war sichtlich beeindruckt von der Geschichte der Warwicks und Tolivers, die das Wahrzeichen ihrer Vorfahren übers Meer in die Neue Welt gebracht hatten. »Und jetzt sollen sie in einer anderen neuen Welt, die wir noch erobern müssen, gepflanzt werden.«

»So Gott will«, sagte Silas.

»Er wird wollen«, stellte Jessica in einem Tonfall fest, der keinen Widerspruch duldete.

»Sonst bekommt Gott es mit Jessica zu tun«, bemerkte Jeremy schmunzelnd.

Joshua hatte tags zuvor erfahren, dass sein Vater ihn einige Monate zurücklassen müsse, damit er in Texas ein neues Zuhause für sie aufbauen könne. »Nimm es wie ein kleiner Mann«, hatte Silas seinen Sohn gebeten. »Du bist ja jetzt schon fünf Jahre alt.«

»Ja, Sir«, hatte Joshua gesagt und in seiner zu großen Wildlederjacke mit feuchten Augen und bebenden Lippen strammgestanden. Als sein Vater es nicht mehr sehen konnte, hatte er den Kopf schluchzend in Jessicas Schoß vergraben.

Lorimer Davis stand bei seiner Familie, Silas bei der seinen. Die Pferde waren gesattelt. Tippy war im Haus verschwunden. Jessica hatte erfreut beobachtet, wie Silas sie aufgesucht hatte, um sich persönlich von ihr zu verabschieden und sie dazu zu ermahnen, dass sie sich um seine Familie kümmerte. Jessica hielt Joshua fest an der Hand. Nun war der Augenblick des Abschieds da. Silas legte die Arme um seine Frau und seinen Sohn und zog sie zu sich heran. »Wenn ich keine Bedenken mehr haben muss, hole ich euch. Und ich schreibe euch«, versprach er. »Irgendwie wird es mir gelingen, euch Post zukommen zu lassen, und wenn ich mir dafür von Jeremy Tomahawk leihen muss. Joshua, weißt du noch, was ich dir eingeschärft habe?«

»Ja, Papa. Ich soll auf Mutter aufpassen.«

»Gehst du jetzt bitte zu Jake, damit ich mit Jessica reden kann?«

»Ja, Sir.«

Jessica hielt den Kopf gesenkt, wie immer, wenn sie nicht wollte, dass man ihre Tränen sah. Doch Silas hob ihr Kinn mit den Fingerspitzen an. In den folgenden Monaten würde sie sich daran erinnern, wie er mit seinen schwarzen Haaren und smaragdgrünen Augen vor dem Magnolienbaum mit den dunkelgrünen Blättern und den wachsweißen Blüten gestanden hatte, das wusste sie. Sie nahm sich vor, sich nicht jede Einzelheit seines Gesichts oder seiner Miene einzuprägen, weil das das Undenkbare vorstellbar gemacht hätte.

»Jessica«, sagte er, »ich habe noch nie für jemanden so viel empfunden wie für dich, was dir das auch bedeuten mag.«

»Davon verstehe ich nichts.« In ihrem Versuch, nicht emotional zu werden, klang sie hart. »Ich weiß nur, dass …«

»Was weißt du?«, fragte er, so sanft wie die Brise, die seine widerspenstigen Haare zerzauste.

»… dass du wieder zurückkommen sollst.«

Er strich mit den Fingern über die heilende Wunde, die ihnen zu diesem Augenblick der Hoffnung und Verzweiflung verholfen hatte. »Das freut mich. Führe dein Tagebuch weiter, und ich schreibe in das meine. Wenn ich wieder bei dir bin, lesen wir einander daraus vor. Auf diese Weise verlieren wir keinen gemeinsamen Tag. Und ich verpasse in den kommenden Monaten nichts von der Entwicklung meines – unseres Sohnes. Versprichst du mir das?«

»Ja.«

»Dann gehe ich als glücklicher Mann. Küsst du mich?«

»Ja.«

Im Schatten des Magnolienbaums neigte er den Kopf, Jessica hob das Gesicht, und ihre Lippen fanden die seinen. Hinterher löste Silas sich mit einem Blick von ihr, der wohl dazu dienen sollte, sich ihr Bild einzuprägen, und verabschiedete sich mit einem Salut von Joshua, der ihn in militärischer Haltung erwiderte. »Lorimer«, rief er seinem Begleiter zu, als er sein Pferd bestieg, »lass uns nach Texas aufbrechen.«

Stephanie und Jake, Jessica und Joshua blickten ihnen nach. Tippy schlich sich, lautlos wie ein Schatten, zu ihnen, und keiner sagte etwas, bis Männer und Pferde außer Sichtweite waren. Dann meinte Jessica: »Tippy, wir brauchen große Eimer und frische Erde für die Rosen, damit sie am Leben bleiben.«

Denn wie den Rosen wird es Silas und Jeremy ergehen, dachte sie.

Es war der erste Juni 1836.

VIERZIG

Auszug aus dem Tagebuch von Silas

15. September 1836

»Der Mensch denkt, Gott lenkt.« Die Bibel hatte schon recht. Dem guten Morris hätte der Spruch sicher gefallen. In den letzten Jahren hat er weiß Gott oft genug auf mein Leben zugetroffen. Nun frage ich mich am Vorabend meines Aufbruchs nach New Orleans, wo ich mit meinem Bericht an Jessica darüber beginnen soll, wie leicht Gott mich von meinem Vorhaben, mich in der »Black-waxy-Region« von Texas niederzulassen, weggelenkt hat. Wenn sie meinen Brief vom Juli, welchen ich einem Soldaten, der nach Lafayette zurückkehren wollte, für sie mitgegeben habe, nicht erhalten hat, weiß sie nicht, dass der Willow-Grove-Treck nie bis zu der schwarzen Erde meiner Landzuweisung gekommen ist. Sobald wir den Sabine River überquert und uns durch Bayou-Gebiet gekämpft hatten, reichte es unseren Leuten. Wir hatten Schäden an Leib, Wagen, Ochs und Pferd sowie gefährliche Sümpfe, Schlangen und Alligatoren überstanden. Zwei Tage nachdem wir erschöpft unser Lager auf einem kiefernbestandenen Hügel aufgeschlagen hatten, fragte ich, einer plötzlichen Eingebung folgend: »Wie wär's mit hier?«

Jeremy wirkte erleichtert, denn er war begeistert über die Fülle an Rotwild und wilden Truthähnen, klaren Bächen, tiefer, fruchtbarer Erde und Bäumen, doch meine Entscheidung für diese Gegend basierte auf einem anderen Pluspunkt. Der

First Congress of the Republic of Texas bot Einwanderern, die zwischen dem zweiten März 1836 und dem ersten Oktober 1837 eintrafen, eine Fläche von 1280 Acres, also 512 Hektar, für Familienoberhäupter und von 640 Acres, also 256 Hektar, für alleinstehende Männer, vorausgesetzt, sie lebten drei Jahre lang in Texas. Warum sollte man zwölfeinhalb Cent pro Acre für eine Landzuweisung an Mittelsmänner wie Stephen F. Austin zahlen, wenn das Land, auf dem man sich befand, gratis war?

Obwohl die Kiefernwälder sehr viel schwieriger für die Pflanzung vorzubereiten sein würden als die Prärie der Blacklands, sah ich andere Vorteile darin, in dieser Region zu bleiben. Das gesparte Geld würde nicht nur meine geheime Kasse füllen, sondern ich könnte auch schneller zu Jessica und Joshua zurückkehren. Diesmal würde ich die Old San Antonio Road wählen, den Sabine River bei Gaines Ferry nach Louisiana überqueren und meine Familie auf demselben Weg sehr viel weniger mühsam als beim ersten Mal herbringen.

Lorimer Davis, der mein Gespräch mit Jeremy belauscht hatte, bat mich zu wiederholen, was ich gesagt hatte.

Jeremy antwortete für mich: »Silas hat gesagt: ›Wie wär's mit hier?‹«

Lorimer grinste von einem Ohr zum anderen und rief seinem Nebenmann zu: »WIE WÄR'S MIT HIER?«

Als die Frage von einem Wagen zum nächsten weitergetragen wurde, erscholl ein Chor der Zustimmung, und bei der Versammlung am folgenden Tag entschieden sich die Siedler einstimmig dafür, sich zwischen den Kiefern niederzulassen.

An meinem dreißigsten Geburtstag gelang es mir, einen Landvermesser anzuheuern, der meinen Grund absteckte und mich mit den nötigen Koordinaten ausstattete, um meinen Anspruch beim Texas General Land Office eintragen lassen zu können, wenn dieses im Dezember in Austin eröffnet wird. Ich habe Leute, die bei der Landvermessung dabei waren und meine Ankunft in Texas bezeugen können, und sollte problemlos eine vorläufige Besitzurkunde für das Land erhalten, bis ich es in drei Jahren ganz offiziell in Besitz nehmen kann. Schon vor Abschluss der Vermessung machte ich mich daran, Unterkünfte, Zäune und Scheunen zu errichten und – am allerwichtigsten – das Land für die Baumwollpflanzung im Frühjahr vorzubereiten. Ich bin froh, dass Jessica nicht sah, wie hart ich unsere Sklaven schuften ließ, aber immerhin haben wir jetzt etwas, das als Grundstein für Somerset gelten kann. Ich freue mich schon darauf, sie über die Schwelle unserer Blockhütte zu tragen. Diese ist rustikal, jedoch wetterfest, weil ich darauf geachtet habe, dass die Ritzen ordentlich verfugt wurden. Sie hat drei Räume und ein Obergeschoss sowie einen Schuppen dahinter, wo ich für teures Geld für Jessica eine Badewanne aufgestellt habe! Ich hoffe, dass sie sich darüber freut. Später möchte ich eine weitere Hütte an diese anbauen, um unseren Wohnraum zu verdoppeln, doch das wird warten müssen, bis andere, dringendere Bedürfnisse befriedigt sind.

Vor zwei Wochen ist Sam Houston aus Virginia zum ersten Präsidenten der Republik Texas ernannt worden. Vielleicht ist diesem neuen Staat so etwas wie Stabilität gegönnt. Die Staatskasse ist leer, Kredit für die Republik praktisch nicht zu bekommen. Es gibt kein Geld für die Bezahlung von Armee, Straßenbau oder Postsystem. Mexiko und die Indianer sind eine permanente Bedrohung. Houston steht für einen Anschluss an die Vereinigten Staaten und Frieden mit den Indianern. Seine Gegner sprechen sich für Unabhängigkeit und die Entfernung der Indianer aus der gesamten Republik aus. Wer wird sich durchsetzen? Ich könnte mir vorstellen, mich eines Tages politisch zu engagieren, doch momentan möchte ich mich auf den Aufbau der Plantage konzentrieren, die mein Sohn und dessen

Söhne in diesem neuen Land der Hoffnungen und Möglichkeiten in die Zukunft führen werden.

Ich fürchte, Jeremy wird mir keine Gesellschaft leisten, obwohl auch er seine 640 Acres abgesteckt hat – »der Beginn der Warwick Lumber Company«, wie er mir zu meinem Erstaunen eine Woche nach unserer Ankunft hier verkündete. »Ich habe es satt, Baumwolle anzupflanzen, Silas«, sagte er, »und sehe meine finanzielle Zukunft in der Holzwirtschaft.« Die Holzindustrie stecke zwar noch in den Kinderschuhen, doch in dem Maße, wie das Land wachse, werde auch die Nachfrage nach Holz steigen.

Ich war schockiert, dass er sich so leicht verführen ließ, dem Warwick-Erbe den Rücken zu kehren, wünschte ihm aber natürlich alles Gute. Für mich besteht die einzige Berufung eines Toliver darin, Land – so viel wie möglich – zu bestellen, und genau das werden ich und meine Erben tun.

Henri wählte sein Gebiet auf dem hügligsten, am wenigsten fruchtbaren Grund ein ganzes Stück vom Fluss entfernt. Er stellt sich seine 640 Acres als Stadt vor, die wir gemeinsam errichten werden, und hat bereits die Stelle markiert, an der sein Geschäft entstehen soll – anfangs noch ein Gemischtwarenladen, sagt er, doch später, wenn erst einmal ein richtiger Ort existiert: »Ah, mon ami, ein solches Warenhaus wird die Welt noch nicht gesehen haben!« Auch ihm wünsche ich nur Gutes. Ich schätze mich glücklich, zwei der besten Männer, die ich je Freunde nennen werde, in Rufweite zu haben.

Dies ist der letzte Eintrag in mein Tagebuch. Es zu verfassen hat mir am Ende vieler langer, ermüdender Tage Trost gespendet. Sobald ich wieder mit Jessica und Joshua vereint bin, sehe ich keine Notwendigkeit mehr, ihm das, was ich tagtäglich mit ihnen erleben werde, anzuvertrauen.

(Notabene: Die Teile, die ich Jessica nicht vorlesen will, markieren.)

EINUNDVIERZIG

Auszug aus Jessicas Tagebuch

18. September 1836

Silas ist nun dreieinhalb Monate fort. Es gibt Zeiten, in denen ich glaube, keinen weiteren Tag seiner Abwesenheit zu ertragen. Jetzt, da ich mich besser fühle, habe ich gepackt und mehrere Koffer im Conestoga verstauen lassen, damit ich, wenn er kommt, so schnell wie möglich nach Texas aufbrechen kann. Stephanie sitzt genauso auf glühenden Kohlen wie ich und hat es ebenso satt wie ich, sich mit einem lebhaften Sechsjährigen im Hotelzimmer zu langweilen.

Trotzdem bin ich froh, dass Silas mich in der ersten Zeit meiner Schwangerschaft nicht sehen musste. Ich habe mich fast nicht vom Nachttopf weggetraut; das wäre mit Sicherheit kein schöner Anblick für einen frischgebackenen Ehemann gewesen. Erst in den letzten Wochen war ich wieder in der Lage, mich hinauszuwagen, meist mit der Straßenbahn zum DuMont Emporium, wo meine Anwesenheit dazu dienen soll, Monsieur DuMont an unsere Abmachung zu erinnern.

Silas war noch keinen Tag weg, als Henris Vater schon mit der Bitte, sich Tippy auszuleihen – »natürlich gegen eine Entlohnung« –, an mich herantrat. »Ihr Mann hat mir gesagt, dass das Mädchen nicht zum Verkauf steht, und ein ziemlich großzügiges Angebot ausgeschlagen«, erklärte er mir, immer noch ein wenig verstimmt.

Mein Blick sagte ihm, dass dieses Angebot mir neu war.

»Hat Ihr Mann Ihnen denn nicht davon erzählt? Nun …«, seine Augen begannen gierig zu leuchten, »… vielleicht werden ja wir uns handelseinig, da Sie mit Ihrer Bediensteten verfahren können, wie Sie wollen.«

Als ich ihn fragte, wie viel er für Tippy geboten habe, nannte er mir eine Summe, bei der mir der Atem stockte. Ich weiß nicht, wie viel Geld mein Vater sich verpflichtet hat, Silas zu zahlen, dafür, dass er mich loswird, aber es würde mich nicht überraschen, wenn der Betrag von Monsieur DuMont einem guten Teil davon entspräche. Hätte Silas DuMonts Angebot angenommen, wäre er nicht mehr so angewiesen auf die Zahlungen meines Vaters und könnte sich früher aus seinen Fesseln befreien.

Und mich loswerden.

Doch Silas hatte sein Versprechen gehalten, Tippy niemals zu verkaufen.

»Nun?«, drängte mich mein Gast.

Ich wiederholte die Worte meines Mannes: »Meine Bedienstete steht nicht zum Verkauf.«

»Was würden Sie dann davon halten, sie mir zur Verfügung zu stellen für …« Er schürzte nachdenklich die Lippen und nannte einen Betrag. Die Arbeit sei nicht schwer, versicherte er mir, er glaube sogar, dass sie ihr Spaß machen würde. Er wolle sie in seinem Entwurfsraum einsetzen.

Ich würde Tippy fragen, was sie davon halte, sagte ich. Als ich ihn zur Tür begleitete, verbarg er seinen Missmut darüber nicht, dass ich ihm nicht sofort eine Antwort gab – warum war es nötig, sein Angebot mit einer Sklavin zu besprechen? –, erklärte sich jedoch bereit, am folgenden Morgen wiederzukommen, um sich meine Entscheidung anzuhören.

Ich konnte gar nicht schnell genug die Tür hinter ihm schließen, weil ich allein sein wollte, um zu überlegen, was es bedeutete, dass Silas so viel Geld ausgeschlagen hatte. Unser

Gespräch am späten Nachmittag des Geburtstagsfests hatte nach seinem Treffen mit Jean DuMont stattgefunden, doch Silas hatte den Grund von dessen Besuch für sich behalten. Bestimmt waren Silas die Folgen eines Verkaufs von Tippy für unsere noch zarte Beziehung klar, aber wie konnte ihm das angesichts einer solchen Chance – und der Gelegenheit, die Frau loszuwerden, die er hatte heiraten müssen – wichtig sein?

Ich legte meine Hände auf den Bauch, der das Ergebnis unserer beiden gemeinsamen Nächte war. In mir schlummerte die Saat unserer Zerstörung. Wir brauchten einander. Ich musste Silas als Sklavenbesitzer akzeptieren, konnte jedoch nicht dulden, dass unser Kind wie er den Kauf und Verkauf von Menschen guthieß, die unfrei und ohne Lohn für andere arbeiten mussten.

Doch diese Auseinandersetzung konnte warten. Im Augenblick war ich außer mir vor Freude über das Opfer, das mein Mann für unsere Ehe gebracht hatte.

Tippy war entzückt über die Aussicht, im Entwurfsraum des DuMont Emporiums zu arbeiten. Der Lohn spielte dabei kaum eine Rolle für sie. Sie wurde eher von der Freude darüber, mit Seide und Satin, Brokat, feiner Baumwolle und Wolle umgeben zu können, motiviert.

»Aber wie willst du allein mit Joshua zurechtkommen, wenn ich den ganzen Tag nicht da bin?«, jammerte sie.

»Joshua und ich werden aufeinander aufpassen«, erklärte ich ihr. Mein Stiefsohn benahm sich schon wie ein besorgter großer Bruder, legte oft den Kopf auf meinen Bauch und redete mit seinem Geschwisterchen darin.

»Wenn du ein Junge bist, bringe ich dir alles bei, was ich gern mache«, sagte er. »Und wenn du ein Mädchen bist, beschütze ich dich vor schlimmen Dingen.«

Ich drückte ihm einen Kuss auf die Stirn und fragte mich, ob ich in der Lage sein würde, mein eigenes Kind so sehr zu lieben wie diesen kleinen Jungen.

Tippy nahm die Arbeit an, doch erst nachdem ich Monsieur DuMont gewarnt hatte, dass er sich meinem Vater gegenüber verantworten müsse, wenn er sie schlecht behandelte oder in irgendeiner Weise ausnützte. Ich überredete ihn außerdem, sie mit einer Kutsche zu und von seinem Warenhaus im Geschäftsviertel flussaufwärts von der Canal Street bringen zu lassen. Weil die Leute Tippy merkwürdig finden, wird sie, wo sie geht und steht, angestarrt. New Orleans ist exotisch, laut, sinnlich, geheimnisvoll, eine Stadt, von der man leicht verschlungen werden kann, und ich stelle mir vor, dass Tippy ohne meinen Schutz von Rüpeln belästigt oder von Sklavenhändlern entführt wird und den Rest ihres Lebens hinter den Mauern eines moosbewachsenen Herrenhauses einer bösen Hexe dienen muss.

Das Arrangement funktioniert gut, und wenn da nicht Joshua und die Geschichten wären, die Tippy abends vom DuMont Emporium mit nach Hause bringt, würde ich mich im Winthorp Hotel ganz dem Müßiggang hingeben. Weil die Tage sich öde und gleichförmig dahinziehen, gibt es nur wenig Interessantes zu berichten. Hoffentlich versteht Silas die Lücken zwischen meinen Einträgen. Vielleicht werde ich, wenn ich mich das nächste Mal diesen Seiten zuwende, etwas Wichtiges zu berichten haben.

19. September 1836

Halleluja! Als es gestern Abend an meiner Tür klopfte, stand Silas William Toliver davor.

ZWEIUNDVIERZIG

Somerset, Januar 1841

Sein Vater war der Überzeugung gewesen, dass ein Mann sein Leben in Fünfjahreseinheiten betrachten solle, erinnerte sich Silas. Nur dann habe er einen Überblick über seine Gewinne und Verluste sowie die Folgen seiner Entscheidungen, die die der Zukunft beeinflussen würden. *Unsinn*, dachte Silas. Gegenwärtig sah er sich mit einer Situation konfrontiert, die keine seiner Entscheidungen der vergangenen fünf Jahre erhellen konnte, und sein Weg an diesen Ort war weiß Gott von vielen Gewinnen, Verlusten und Beschlüssen markiert gewesen.

Die Stimmen seiner beiden Söhne, die ausgelassen auf dem Hof seitlich der Blockhütte spielten, lockten ihn ans Fenster. Sie waren Musik in seinen Ohren, der es immer gelang, die Dämonen in ihm zu besänftigen. Der heutige Dämon ließ das Gesicht seiner Mutter im Salon von Queenscrown vor seinem geistigen Auge erscheinen, als sie ihm prophezeit hatte, dass ein Fluch auf seinem Land in Texas liegen würde. *Nichts Gutes kann aus etwas erwachsen, das auf einem solchen Opfer, auf Egoismus und Gier gründet.*

Aber war es wirklich Egoismus oder Gier, wenn man den Besitz für seine Familie vergrößern wollte? Ein Opfer, ja. Sein Gewissen sagte ihm, dass er, wenn er das Geld, das er gespart hatte, um seine Schulden bei Carson Wyndham zu begleichen, in mehr Land investierte, die Möglichkeit vergab,

Jessica in die Freiheit zu entlassen. Zwar würde sie sich mit ziemlicher Sicherheit nicht von ihm und dem Zuhause, das sie sich gemeinsam aufgebaut hatten, verabschieden, doch wenn er ihrem Vater alles zurückzahlte, was dieser ihm gegeben hatte, um sie loszuwerden, würde das Jessica beweisen, dass ihre abscheuliche Abmachung nicht der Grund war, warum ihr Mann mit ihr verheiratet blieb. Aber brauchte seine Frau diesen Beweis überhaupt? Seit New Orleans hatte sie den Vertrag nicht mehr erwähnt. Jessica liebte ihn, wenn auch vielleicht nicht aus ganzem Herzen, und er liebte sie, wenn auch vielleicht nicht ausschließlich. Die Sklavenfrage würde immer zwischen ihnen stehen, und ein Teil seiner Leidenschaft gehörte der Geliebten, die vor seinem Haus auf ihn wartete und von Sonnenaufgang bis Sonnenuntergang gehätschelt werden wollte.

Welchen anderen Sinn hatte es also, Carsons Geld zurückzuzahlen, als den eigenen Stolz zu befriedigen und sich das Gesicht des Mannes vorzustellen, wenn sein Bote ihm einen Scheck über den gesamten Betrag aushändigte, den er ihm im Lauf der Jahre zur Verfügung gestellt hatte?

Von seinen Gedanken ermüdet, ging Silas hinaus zu seinen Söhnen Joshua, inzwischen zehn, und Thomas, dreieinhalb. Es hatte noch einen dritten Sohn gegeben, doch leider war der im September 1836, sechs Monate vor dem eigentlichen Geburtstermin, aus dem Bauch seiner Mutter geschlüpft – einer der Verluste, die Silas auf seinem Weg zu beklagen hatte.

Silas ließ den Blick über das wandern, was er in den vergangenen fünf Jahren geschafft hatte, und gestattete sich ein seltenes Gefühl des Stolzes auf seine Felder, sein ausgebautes Haus, die Sklavensiedlung in Gehweite und vor allen Dingen die Baumwollentkernungsmaschine, die er mit finanzieller Beteiligung seiner Nachbarn erworben und auf seinem Grund aufgestellt hatte. Sie sparte Geld und die Mühe, ihre Baumwolle zu der nächsten, fünfzehn Kilometer entfernt liegenden zu transportieren. In einigen Jahren würde sie sich tragen, und sie könnten selbst Geld für die Nutzung verlangen.

Sein behagliches Häuschen wurde auf der einen Seite von ordentlichen Scheunen, Schuppen und Korralen begrenzt, auf der anderen von einem Hof, auf dem die Jungen spielen konnten, einem Obstgarten und zwei Gemüsegärten, deren Erde erst kürzlich umgegraben worden war. An diesem kalten Januartag wirkten sie trist, weil der Boden in dem einen auf die Aussaat wartete und die gestutzten kahlen Äste im anderen bis zum Frühjahr ruhten, wenn hier wieder alles wachsen würde.

Es war Henris Idee gewesen, die York- und Lancaster-Rosen in ihrer aller Gärten zu pflanzen, als Symbol der Einheit zwischen den Häusern. Die drei waren zu den führenden Köpfen der neuen Ortschaft gewählt worden, die die Siedler einstimmig auf den seltsamen Namen *Howboutchere* taufen wollten – die phonetische Wiedergabe von Silas' Ursprungsfrage »How about here – Wie wär's mit hier?«. Er und die anderen Pflanzer hatten sich dagegen ausgesprochen, weil sie den Namen für zu volkstümlich hielten, und einen Kompromiss herausgeschlagen: Fortan würde ihre Stadt *Howbutker* heißen, Betonung auf der letzten Silbe.

Henri würde ebenfalls die Rosen seiner Freunde bei sich pflanzen, hatte er Silas und Jeremy bei einer ihrer Zusammenkünfte verkündet und vorgeschlagen, dass diese, falls es Meinungsverschiedenheiten zwischen ihnen gäbe, was unweigerlich irgendwann geschehen würde, stolzen Männern wie ihnen helfen sollten, das auszudrücken, was sie nicht mit Worten sagen konnten. »Wenn ich euch jemals verletzen sollte, schicke ich eine rote Rose als Bitte um Vergebung«, hatte er erklärt. »Und wenn ich jemals selbst eine erhalten sollte, sende ich eine weiße zurück, um zu sagen, dass alles verziehen ist.«

So etwas konnte nur einem fantasievollen Franzosen einfallen, dachte Silas, doch Jessica, die Protokoll führte, war entzückt gewesen von dem Gedanken und hatte jede Einzelheit der Diskussion notiert. »Was für eine schöne Idee«, hatte sie ausgerufen. »Das nehme ich in mein Tagebuch auf, aus dem, wie ich hoffe, eines Tages die Geschichte der Tolivers, Warwicks und DuMonts von Texas, stolze Gründungsväter der Stadt Howbutker, wird.«

»Und wie wollen Sie dieses Buch nennen, meine Liebe?«, hatte Henri sich erkundigt.

»Ganz einfach«, hatte Jessica geantwortet. »*Rosen*.«

Silas wandte sich gedanklich seinem am ersten Juni 1837 geborenen Sohn Thomas zu, auf den er ebenfalls sehr stolz war. »Keine Frage, wem er ähnlich sieht«, hatte Jessica gesagt, und im Lauf des Jahres hatte sich immer mehr herauskristallisiert, dass der Junge tatsächlich ein echter Toliver war. Seine dunkelblauen Augen waren allmählich grün geworden, sein Kinngrübchen hatte sich vertieft, und seine Haare mit dem deutlich sichtbaren V-förmigen Ansatz waren tiefschwarz geworden.

Nach Thomas hatte Jessica eine weitere Fehlgeburt erlitten, seitdem gab es keine Anzeichen für eine neuerliche Schwangerschaft. Jessicas immer umfangreicher werdendes Tagebuch enthielt Stammbäume der drei führenden Familien von Howbutker. Nicht nur Jeremys und Henris Hochzeiten 1837 waren darin vermerkt, sondern auch die Namen ihrer Kinder. Der Platz neben dem von Thomas hingegen blieb leer, und Silas hatte das Gefühl, dass sich daran nichts ändern würde.

Als Joshua Silas herauskommen sah, rief er ihm zu: »Komm, Papa, spiel Pferdchen mit Thomas. Ich bin müde.«

»Gib ihm doch einfach dein Steckenpferd«, erwiderte Silas und nahm Thomas auf den Arm. Mit seinen dreieinhalb Jahren war er fast schon zu schwer für seine Mutter.

Joshua schob die Unterlippe vor. »Ich mag's nicht, wenn er damit spielt. Am Ende macht er es noch kaputt.«

Silas zerzauste ihm die Haare, schalt ihn jedoch nicht dafür, dass er das Steckenpferd, das Jessica ihm geschenkt hatte, als er vier Jahre alt gewesen war, nicht mit seinem jüngeren Bruder teilen wollte. Das hatte nichts mit Egoismus zu tun, sondern mit seiner Wertschätzung für ganz bestimmte Dinge. Von den Holzklötzen mit den Buchstaben und Farmtieren, die Tippy für Thomas neu anmalen wollte, war längst die Farbe abgegangen, doch das Steckenpferd war Joshua genauso wichtig wie die inzwischen zu kleine Wildlederjacke, die Tippy ihm zu seinem fünften Geburtstag genäht hatte. Joshua wusste schon in jungen Jahren, dass der emotionale Wert bestimmter Dinge zu groß war, als dass man sie anderen anvertrauen konnte.

»Es ist sowieso zu kalt draußen«, sagte Silas. »Kommt ins Haus. Bestimmt liest euch eure Mutter etwas aus euren Weihnachtsbüchern vor.«

»Papa, ich bin zu alt zum Vorlesen«, entgegnete Joshua.

Jessica trat mit einem Tuch über der Schulter auf die Veranda. »Hättest *du* Lust, deinem kleinen Bruder und mir vorzulesen?«, fragte sie. »Ich höre dir gern zu.«

Als Silas seine Frau ansah, schnürte es ihm vor Liebe fast die Kehle zu. An manchen Tagen war er so mit den endlosen Belangen der Plantage beschäftigt und in manchen Nächten so müde, dass er sie kaum noch wahrnahm, weil sie ihm so selbstverständlich geworden war wie die Luft zum Atmen. Doch sie war da, seine Stütze in allen Lebenslagen, und er konnte sich ein Leben ohne sie nicht vorstellen. Trotz Missernten, Bedrohung durch Indianer, nie enden wollender

Arbeit und zwei Fehlgeburten waren sie hier glücklich. Nie hatte er die Lust auf sie oder ihre Gesellschaft verloren. Im Lauf der Jahre hatten sich beide sogar noch verstärkt, bis er die Trennungen von ihr in Zeiten, in denen er Baumwolle zu ihrem Bestimmungsort bringen musste, fast nicht mehr ertrug. Würde Jessica jemals ganz glauben, dass nicht das Geld ihres Vaters ihn an ihrer Seite hielt, sondern seine Liebe und Sehnsucht nach ihr?

Seine Ersparnisse würden reichen, um die Parzelle seines Nachbarn und damit direkten Zugang zum Sabine River zu erwerben. Dort könnte er eine Landestelle anlegen, von der aus sich seine Baumwolle auf Flachbooten nach Galveston und zu Frachtschiffen bringen ließ, die New Orleans und andere Häfen ansteuerten. Das würde ihm den mühseligen Transport der Baumwolle zu einer Landestelle flussaufwärts sowie die Gebühren, die der Betreiber für die Nutzung erhob, ersparen. Und irgendwann würde er sogar selbst Nutzungsgebühren verlangen können.

»Silas?« Jessica kam die Verandastufen herunter, und Thomas entwand sich seinen Armen, um zu ihr zu laufen. »Was grübelst du?«

»Ich denke darüber nach, wie sehr ich dich liebe«, antwortete er mit rauer Stimme. »Wenn ich Morris wäre, würde ich aus der Bibel zitieren, jedoch den Text ein wenig abändern: ›Für eine tugendhafte Frau gibt es keinen Preis, nichts wiegt ihren Wert auf.‹«

»Gott sei Dank bist du nicht Morris«, entgegnete Jessica, die Rührseligkeiten hasste, jedoch vor Freude errötete. Über Liebe sprachen sie nicht oft. »Kommst du herein?«, fragte sie.

»Nein. Ich reite rüber zu den Wiltons, weil ich mit Carl über den Verkauf seines Grundes reden möchte. Er will meine Entscheidung bis heute Nachmittag.«

»Haben wir genug Geld dafür?«

»Ich habe etwas gespart, und Carl ist bereit, sein Land unter dem Marktpreis herzugeben. So billig bekomme ich es nie wieder.«

»Gut. Du bist zum Abendessen wieder da?«

»Das würde ich mir nicht entgehen lassen. Und hinterher …«, Silas lächelte Joshua zu, der sich unter Jessicas Tuch wärmte, »… hinterher spiele ich Pferdchen mit Thomas.«

»Danke, Papa.«

Silas beobachtete, wie Jessica ihre Söhne in die Blockhütte scheuchte, aus deren Schornstein Rauch in den Winterhimmel stieg. Bevor sie die Tür schloss, drehte sie sich zu ihm um. Hoffentlich, dachte er, sah sie ihm das schlechte Gewissen darüber, dass er Somerset wieder einmal ihr vorzog, nicht an.

DREIUNDVIERZIG

Jeremy setzte sich ein wenig von der Menge entfernt, die sich zur Feier des siebenjährigen Bestehens der Willow-Grove-Siedlung versammelt hatte, auf eine Bank im Schatten einer Amerikanischen Roteiche und ließ den Blick schweifen, um über die Jahre nachzudenken, die ihn an diesen Ort und zu diesem Datum im Juli 1843 geführt hatten. Ein wenig lobte er auch sich selbst für den einstimmigen Beschluss, sich hier niederzulassen. Er war von dem Augenblick an, als er diese Kiefernwälder gesehen hatte, hingerissen gewesen. Hier hatte sich plötzlich eine neue Berufung in seiner Pflanzerseele geregt, und er wäre vermutlich sowieso nicht weiter nach Westen zu den Blackland-Prärien gefahren. Silas kannte ihn gut. Er hatte die Reaktion seines Freundes bemerkt und vielleicht deshalb die Frage gestellt: »Wie wär's mit hier?«

Jedenfalls hatten er, Silas und Henri den Platz für die Stadt, die sie gründen wollten, gut gewählt. Howbutker gewann allmählich an Bedeutung, weil es die erste Ortschaft auf dieser Seite des Sabine River war, durch die die Siedler, die von Louisiana nach Texas unterwegs waren, kamen. Viele von ihnen blieben. Howbutker bot als einziger Ort mehrere große Postkutschenlinien, mit denen man ins Herz der wachsenden Republik fahren konnte. Grund für ein Gerichtsgebäude, eine Kirche und eine Schule war erschlossen, die Hauptstraße rund um die Allmende angelegt, auf der sich das Gerichtsgebäude befinden würde, falls Howbutker zur Hauptstadt des Verwaltungsbezirks erkoren werden würde.

Es waren ertragreiche Jahre für ihn und seine Freunde gewesen. Henris Laden florierte, nicht zuletzt wegen Tippys Einfallsreichtum. Mit Jessicas Erlaubnis und ihren eigenen Kenntnissen aus der Tätigkeit für Henris Vater war Tippy direkt von Jean DuMonts Emporium zu seinem Sohn übergewechselt, der hoffte, ihn zu übertrumpfen. Das Sortiment von Henris Geschäft war von Saison zu Saison umfangreicher geworden, bis nun Kunden von San Antonio oder Houston oder sogar Galveston anreisten, um Dinge zu erwerben, die es dort nicht gab.

Somerset hatte sich zur größten Plantage der Siedlung entwickelt, und noch immer schmiedete Silas Pläne für eine Erweiterung. Jeremy wusste, von wem das Geld stammte, das es seinem Freund erlaubte, Land, Sklaven und Zugtiere zu erwerben sowie Farmgebäude und Arbeiterunterkünfte zu errichten (das Holz stammte von der Warwick Lumber Company), doch zum Gelingen trug auch Silas' Geschäftssinn bei.

Die Warwick Lumber Company konnte – noch – keine solchen Erfolge verbuchen. Es war schwierig gewesen, das Unternehmen aufzubauen. Jeremy hatte ein wassergetriebenes Sägewerk und ein Holzlager errichtet, doch obwohl in der sich ausweitenden Republik große Nachfrage nach Bauholz herrschte, war es schwierig, es an den Ort zu befördern, an dem es benötigt wurde. Es gab nicht viele Überlandstraßen, und die Flüsse waren nur schiffbar, wenn es genug geregnet hatte. Jeremys Bäume wurden mit Axt und Säge gefällt, mühsam und langsam von Zugtieren zu seinem Sägewerk oder an den Fluss geschleppt, wo die Stämme zu Flößen zusammengebunden und zu weiter entfernten Werken gelenkt wurden. Beide Vorgänge waren kompliziert und von Bodenbeschaffenheit und Wetter abhängig, doch Jeremy übte sich in Geduld, weil er bessere Zeiten vorhersah. Es würde nur noch wenige Jahre dauern, bis Texas Teil der Union wurde, und die Finanzierung von Straßen für den Lieferverkehr würde zu den ersten Dingen gehören, mit denen die Vereinigten Staaten sich beschäftigen mussten. Irgendwann würden Dampfschiffe den Fluss hinauffahren und sein Holz zur Küste befördern. Man würde Bahnlinien bauen und neue Gerätschaften entwickeln, um die Arbeit schneller und sicherer zu gestalten, und die Nachfrage nach Bauholz würde steigen. Jeremy bereitete sich auf den Tag vor, an dem die Warwick Lumber Company zu den größten Holzunternehmen in Texas gehören würde, indem er Kiefernwälder am Sabine River, rund um Howbutker und südlich von Nacogdoches, der ältesten Ortschaft in Texas, erwarb. Zur Ergänzung seines Erbes und Einkommens hatte er sich in mehrere prosperierende Unternehmen an der Küste eingekauft. Und er hatte geheiratet.

Seine Angetraute hieß Camellia Grant. Jeremy war ihr vorgestellt worden, als er 1837 in New Orleans ihren Vater, einen Bankier, traf. Bruce Warwick, Jeremys geliebter Vater, war gestorben und hatte seinem jüngsten Sohn seinen Anteil an Meadowlands in bar hinterlassen. In jenem Jahr hatten die Vereinigten Staaten eine monetäre Krise erlitten, so dass nur noch wenige Banken, darunter auch die von August Grant, solvent waren. Jeremy hatte Camellia einen Monat lang in New Orleans umworben und sie schließlich geheiratet, um sie dann zu seinem bescheidenen, aber behaglichen Haus in den Kiefernwäldern von Texas mitzunehmen. Seine Frau war bereits in der Hochzeitsnacht schwanger geworden und hatte sich die neun Monate bis zur Geburt in ihr deutlich komfortableres Elternhaus in New Orleans zurückgezogen. Dieser Vorgang hatte sich bei den folgenden Schwangerschaften wiederholt. Ihr drittes Kind hatte sie zwei Jahre zuvor im Sommer zur Welt gebracht und war anschließend in Howbutker bei einem Mann geblieben, der sie erst jetzt richtig kennenlernte.

Die Feiern anlässlich des Gründungstags fanden im Zentrum der jungen Stadt statt. Die Warwick Lumber Company hatte die groben Holzbänke zur Verfügung gestellt, auf denen die Menschen im Schatten der Bäume oder in den Zelten saßen. Von seiner Bank aus sah Jeremy Jessica Toliver in einem von ihnen, wie sie Kuchen und Bowle an Sklavenkinder austeilte, deren aufgeregtes Geplapper bis zu ihm herüberdrang.

Kaum zu glauben, dass Jessica mit ihren fünfundzwanzig Jahren bereits eine örtliche Legende war, wenn auch vielleicht eine missverstandene und zu wenig gewürdigte. Es kursierten Gerüchte, dass sie einen verletzten Komantschenkrieger gerettet hatte, als Silas mit seiner Baumwolle wieder einmal in Galveston gewesen war. Jessica hatte den Indianer mit Tippy gesund gepflegt und wieder weggeschickt, bevor die Leute im Ort Wind von seiner Anwesenheit bekommen und ihn an der Roteiche aufknüpfen konnten, unter der Jeremy saß. Wenn das Gerücht stimmte – und wer wollte schon bezweifeln, dass Jessica einem feindlichen Krieger geholfen hatte, wo doch ihre Ansicht, dass die Weißen den Indianern das Land gestohlen hatten, allseits bekannt war –, stand zu vermuten, dass er sich der Stadt genähert hatte, um sie für einen Angriff auszukundschaften. Jeremy schrieb es Jessicas Hilfsbereitschaft zu, dass Howbutker und die umliegenden Siedlungen von den brutalen Komantschenüberfällen verschont blieben, unter denen andere Ansiedlungen zu leiden hatten.

Jeremy liebte seine Frau, die sanftmütig und anschmiegsam war wie ein Kätzchen, wenn sie nachts neben ihm lag, und ihn außerdem verehrte wie einen Gott. Camellia hatte ihm tapfer drei Söhne geboren – nun war Schluss, weil Jeremy keine weitere Trennung von ihr wollte –, doch sie wäre verkümmert wie die Blume, nach der sie benannt war, wenn sie sich tagtäglich ähnlichen Herausforderungen wie Jessica in

Somerset hätte stellen müssen. Aus diesem Grund hatte Jeremy seiner Frau ein Haus in der Stadt gebaut, das von einer ganzen Schar von Dienern in Ordnung gehalten wurde, damit sie die Muße genießen konnte, die sie gewohnt war. Jessica hingegen kümmerte sich um die Bedürfnisse der Familie und der Sklaven, um die Obst- und Gemüsegärten, fungierte als Krankenschwester, Menschen- und Tierärztin sowie Lehrerin und putzte, wusch, nähte, spann, kochte und machte ein. Hin und wieder wurde sie von einem wilden Tier, das sich zu ihr wagte, einer Giftschlange im Haus, dem Ausbruch der Malaria, einem Unfall oder einem Todesfall aus ihrer Routine gerissen.

Oft hatte Jeremy verwundert den Kopf geschüttelt über die Energie der jungen Frau, die er an ihrem achtzehnten Geburtstag in Brokatkleid und Satinslippern und mit Smaragdbrosche kennengelernt hatte.

Aufgeregtes Gemurmel, als ein Fotograf und sein Assistent eintrafen, die Silas mit dem Pferd von seiner Landestelle abgeholt hatte. Der Fotograf kam von Galveston, um Bilder von den Familien zu machen, die es sich leisten konnten. Während der Mann seine sperrige Ausrüstung aufbaute, riefen Frauen ihre Männer und Kinder zusammen, damit sie, wenn sie sich schon nicht selbst für die Kamera in Positur warfen, doch zumindest diese bemerkenswerte Erfindung betrachteten, die in der Lage war, das Bild von Menschen und Landschaften auf eine Kupferplatte zu bannen. Jessica gesellte sich zu Camellia und Henris Frau Bess, die sich beide herausgeputzt hatten und versuchten, ihre zweijährigen Kinder in Schach zu halten, während ihre Männer sich auf die Suche nach ihren insgesamt sechs Söhnen machten. Der mittlerweile zwölfjährige Joshua war bestimmt bei Jake Davis und seinen Freunden, und Thomas, im Juni sechs geworden, spielte sicher mit dem sechsjährigen Jeremy junior und dem vierjährigen Stephen

Warwick sowie dem sechsjährigen Armand und dem fünfjährigen Philippe, den Söhnen von Henri.

Die Väter fanden alle sechs Jungen hinter der Schmiede, wo sie einen Hengst, einen weiß-roten Schecken mit weißen Vorderfüßen, bewunderten. Das Tier war kräftig, besaß jedoch einen schmalen Kopf und Nacken, den es gerade argwöhnisch reckte. Besonders Joshua schien von dem Pferd fasziniert zu sein. Der Junge versuchte von einer Querstrebe des Zauns aus, den Hengst zu seiner offenen Hand zu locken.

»Zu einem guten Preis können Sie ihn haben«, teilte der Hufschmied Silas mit. »Den hab ich zur Begleichung einer Schuld bekommen. Ihr Sohn scheint ganz vernarrt in ihn zu sein. Wär's nicht Zeit, dass der Junge ein eigenes Pferd kriegt?«

Jeremy spürte förmlich, wie sich Silas' Nackenhaare sträubten. Es war allgemein bekannt, dass Silas sich sehr um seine Söhne sorgte. Jessica hatte in ihrer siebenjährigen Ehe zwei Fehlgeburten erlitten und Silas, das hatte er Jeremy anvertraut, die Hoffnung auf einen weiteren Erben aufgegeben.

»Er ist zu jung«, antwortete Silas dem Schmied mit eisiger Miene.

»Zu jung?« Der Schmied lachte schallend. »Meine Jungs hatten ein eigenes Pferd, bevor sie acht waren. Wenn sie früh im Sattel sitzen, haben sie keine Angst.«

»Papa ...«, bettelte Joshua. »Jake hat auch ein eigenes Pferd.«

Silas hob Joshua, der für sein Alter leicht war, vom Zaun herunter. »Vielleicht nächstes Jahr zum Geburtstag. Aber jetzt komm mit zum Fotografen.«

Der Fotograf erklärte: »Sie dürfen sich fünfzehn Minuten nicht rühren, nicht reden, nicht herumzappeln, nicht lächeln. Die geringste Bewegung verdirbt die Daguerreotypie. Falls jemand eine Nackenstütze benötigen sollte, möge er sich an meinen Assistenten wenden.«

Die Tolivers, Warwicks und DuMonts, sogar die Kleinsten, die auf den Armen ihrer Mütter einschliefen, hielten absolut still. Dies war das erste und letzte Bild von Joshua Toliver. Während seine Eltern im Abendschatten Eiscreme aßen, kletterte Joshua auf den Schecken, den der Schmied für ihn gesattelt hatte.

»Reit mit ihm um die Weide, damit du ein Gefühl für ihn bekommst, und dann zum Gemeindeanger. Wenn dein Pa sieht, wie gut du ihn im Griff hast, kauft er ihn dir bestimmt.«

Es war der Schmied, der es den Tolivers sagte. »Ihr Junge, er …«, begann er mit erstickter Stimme, »… er ist von dem Pferd abgeworfen worden, das er heute Nachmittag bewundert hat. Bitte kommen Sie schnell.«

Die ganze Gruppe hastete zur Koppel, wo Joshua reglos unter einem riesigen Gummibaum lag. Jessica kniete neben ihm nieder und sah Silas mit tränennassen Augen an. Dabei sprach sie die Worte, die ihn den Rest seines Lebens in seinen Albträumen verfolgen sollten. »Silas, auf uns liegt ein Fluch.«

VIERUNDVIERZIG

Im Frühjahr 1846 besuchten Carson und Eunice Wyndham ihre Tochter und ihren Schwiegersohn in Somerset, um die Vereinbarung zwischen Silas und Carson zum Abschluss zu bringen und ihren neuen Enkel kennenzulernen, der das Herz von Eunice im Sturm eroberte. »Wenn nur Benjamin den Jungen noch hätte sehen können«, sagte sie. »Es würde ihn freuen, dass sein Enkel durch und durch ein Toliver ist. Die Jungs von Morris gehen eher nach Lettie und interessieren sich nicht sonderlich für die Plantage.«

»In dieser Hinsicht kommen sie nach Morris«, bemerkte Silas trocken, der einen kurzen Augenblick des Neids ob der Tatsache empfand, dass Lettie drei gesunde Kinder geboren hatte – zwei Söhne und eine Tochter, von der Eunice sagte, leider habe sie den »groben Knochenbau« von Morris.

Sie saßen zu fünft auf der vorderen Veranda des Blockhauses. Der stoische Gesichtsausdruck seiner Frau machte Silas ein schlechtes Gewissen seines Neids wegen. Er wusste, was sie dachte, und hätte tröstend nach ihrer Hand gegriffen, doch das hätte sie nur in Verlegenheit gebracht und den Schmerz noch verstärkt, den sie zu verbergen versuchte.

Seit der erste Hektar Land gerodet war, hatte Silas sich gefragt, wie und wann sich der »Fluch«, der auf seinem Land lag, manifestieren würde. Er konnte ihn weder in seiner Baumwollproduktion, die nach schwierigen Anfängen Jahr für Jahr wuchs, noch in den ergiebigen Regenfällen gerade zur richtigen Zeit, seinen vor Gesundheit strotzenden Sklaven und Tieren oder der Verschonung seiner Familie vor schlimmen Unfällen, Krankheiten und Bränden entdecken.

Doch manchmal, wenn er mit Jessica geschlafen hatte, lag er noch lange wach und wurde von seinen Dämonen gequält. Dann fragte er sich, ob der Fluch den Unterleib seiner Frau betraf. *Unsinn*, schalt er sich im ersten Licht des Morgens. Von Jessica war in dieser Hinsicht nur einfach ... nichts zu erwarten. Das hatte bestimmt nichts mit einem Fluch zu tun. Joshua war durch die Schuld eines unbesonnenen Schmieds gestorben, der ihm erlaubt hatte, ein ihm unbekanntes Pferd zu reiten. Falls er sich überhaupt schuldig fühlen sollte – und das tat er –, dachte Silas, als Carson den Vertrag mit der glühenden Spitze seiner Zigarre anzündete, dann deswegen, weil er seinen Plan, dem Mann einen Scheck über die Summe zu überreichen, die dieser ihm dafür gezahlt hatte, dass er seine Tochter heiratete, nicht verwirklichen konnte. Wie sehr er sich über sein Gesicht – und das von Jessica – gefreut hätte, wenn Carson klar geworden wäre, dass sein Schwiegersohn sich alles, was ihm gehörte, auch die Liebe seiner Tochter, selbst erworben hatte! Silas Toliver wäre frei von allen Verpflichtungen Carson Wyndham gegenüber gewesen, und Jessica hätte endlich einen Beweis dafür gehabt, dass nur die Liebe ihren Mann bei ihr hielt.

Doch leider war das reine Fantasie. Die Verlockung, mehr Land zu erwerben, war zu stark gewesen. Nach dem Bau seiner Landestelle am Fluss hatte er wieder zu sparen begonnen, aber dann hatte in Illinois ein Schmied namens John Deere einen Stahlpflug erfunden, der feuchte Erde durchdringen konnte, ohne zu blockieren, und Silas hatte mehrere erworben. Die von einem Pferd gezogenen Stahlpflüge hatten ihm Zeit und Geld gespart, weil sie, anders als die aus Holz, die die Farmer schon seit Jahrhunderten benutzten, bei jedem Wetter und jeder Bodenbeschaffenheit verwendbar waren.

Früher hatte er oft Tage warten müssen, bis die regennasse Erde trocken war, oder sich bei hartem Boden gezwungen gesehen, zum Umpflügen eines Feldes drei Männer und mehrere kräftige Tiere einzusetzen.

In den vergangenen zehn Jahren war er noch anderen unwiderstehlichen Verlockungen erlegen, die seine Kasse leerten. Jessica wusste nichts von seinem Plan, ihrem Vater das Geld zurückzugeben. Dieses Geheimnis würde Silas mit ins Grab nehmen. Voller Scham beobachtete er, wie der Vertrag in einer Untertasse zu Asche zerfiel. Und am liebsten wäre er im Erdboden versunken, als sein Schwiegervater mit einer arrogant-ausladenden Geste seiner Zigarre über seine Blockhütte mit den sechs Räumen sagte: »Das ist ja alles schön und gut, Silas, aber es wird Zeit, dass meine Tochter in einem richtigen Haus wohnt. Das Geld dafür liegt auf deinem Bankkonto. Ich schicke dir einen guten Architekten.«

Eunice, die neben Jessica saß, tätschelte den Arm ihrer Tochter. »Würde dir ein großes neues Haus, das zu dir passt, nicht gefallen, Liebes?« Als sie das sagte, trat wieder der bestürzte Ausdruck in ihre Augen, mit dem sie ihre Tochter betrachtet hatte, als sie sie nach zehn Jahren wiedergesehen hatte. »Meine Güte, du … hast die Jahre gut weggesteckt«, hatte sie gesagt, um ihr Entsetzen über Jessicas schmalen Körper in dem schlichten Farmerkleid, die roten Haare zu einem strengen Knoten unter der Haube geschlungen, zu kaschieren.

»Danke, Mama«, hatte Jessica entgegnet, als sie ihre Eltern an der Postkutschenstation abholte. Eigentlich hatte sie vorgehabt, zu diesem Anlass das eine Kleid anzuziehen, das sie Tippy für sich hatte nähen lassen und das der neuen Mode mit Glockenrock und tief angesetzter Taille entsprach, aber weil die engen Ärmel sie in ihrer Bewegungsfreiheit einschränkten, hatte sie sich schließlich für ein schlichtes selbstgewebtes Alltagsgewand entschieden.

»Eines, das zu mir passt?«, wiederholte Jessica.

»Zu dir als Wyndham und …«, Eunice sah Silas an und fügte widerwillig hinzu, »… Frau deines hier im neuen Staat Texas prominenten Mannes.«

Silas, dem solche Gespräche in Anwesenheit von Thomas unangenehm waren, zog an seinem Zigarillo. Sein Sohn würde nie erfahren, dass Somerset und das Herrenhaus nicht von seinem Vater finanziert worden waren, und auch dafür schämte er sich. Thomas, mit seinen neun Jahren ein aufgeweckter Junge, war bereits in der Lage, Andeutungen, Stimmungen und hintersinnige Unterhaltungen zu entschlüsseln.

»Was ist ein Vertrag?«, fragte er.

»Eine unterschriebene Vereinbarung«, antwortete Carson. »Und die hier ist zwischen deinem Vater und mir.«

»Was habt ihr vereinbart?«

»Das soll dir dein Vater erklären«, sagte Carson mit einem spöttischen Lächeln in Richtung Silas.

»Das geht nur deinen Großvater und mich etwas an, Thomas«, erwiderte Silas. »Geh und hilf Jasper mit dem neuen Fohlen.«

»Jasper!«, rief Carson aus. »Ist das der spindeldürre farbige Junge, den ich dir überlassen habe, Jessica?«

»Ja, Papa«, antwortete Jessica mit verkniffenem Mund. »Ich wüsste nicht, was wir ohne ihn machen würden. Jasper ist jetzt ungefähr achtundzwanzig, verheiratet und hat mehrere wohlgeratene Kinder. Besonders eine Tochter habe ich ins Herz geschlossen. Sie heißt Petunia.«

Carsons Blick zu seiner Frau sprach Bände. Ihre Tochter hatte sich mit ihren ebenfalls achtundzwanzig Jahren nicht sonderlich verändert. Er winkte mit der Zigarre zwischen den Fingern ab und beendete so das Thema Sklaven und deren Nachkommen. »Lass Thomas bleiben«, bat er Silas. »Seine Großmutter und ich haben so wenig Zeit mit ihm.«

»Ja, Papa, lass mich bleiben«, bettelte auch Thomas.

»Geh in die Scheune, Sohn. Ich hole dich bald wieder, du kannst noch lange genug bei deinen Großeltern sein.«

Während Silas Carson mit einem vernichtenden Blick zu verstehen gab, dass er sich von ihm vor seinem Sohn nicht in Verlegenheit bringen lassen wollte, hörte er zu seiner Überraschung Jessica sagen: »Das Haus soll in derselben Straße wie das der DuMonts und das der Warwicks gebaut werden.«

Silas nahm erstaunt den Zigarillo aus dem Mund. »Nicht hier in Somerset?«

»Nein, in Howbutker, in der Houston Avenue, in derselben Straße wie die Häuser unserer Freunde.«

»Da ich dafür zahle, würde ich sagen, dass meine Tochter ihr Haus verdammt noch mal hinstellen kann, wo sie will«, erklärte Carson, steckte seine Zigarre in den Mund und kippelte, die Daumen in die Taschen seiner Weste gehakt, auf seinem Stuhl zurück.

Silas ignorierte ihn und musterte seine Frau. Seit Joshuas Tod hatte sie einiges von ihrem Feuer eingebüßt. Sie und Joshua hatten sich ungewöhnlich nahegestanden und sich viel aus Geknechteten, Tieren und der Natur gemacht, sich für Bücher und Bildung interessiert. Thomas hingegen lauschte eher dem Ruf des Landes und war am glücklichsten, wenn er seinen Vater auf die Felder begleiten konnte – *»Es ist wie ein Ritt durch Wolken!«* Schon seit frühester Kindheit interessierte er sich für Ernte und Baumwollverarbeitung. *»Warum muss der Boden vor dem Pflanzen warm sein?« »Wie werden die Samen von den Fasern getrennt, Papa?«*

Anders als Joshua war Thomas sich seiner Stellung als Sohn des Herrn von Somerset bewusst. Er spielte zwar mit den Kindern der Sklaven – dafür sorgte Jessica schon –, nannte sie aber nicht seine Freunde wie früher Joshua. Seine Freunde waren die Warwicks, die DuMonts und die Davis.

Als Thomas heranwuchs, beobachtete Silas, wie er wurde, was sein sanftmütiger Bruder niemals gewesen war – ein Toliver bis ins Mark.

Nicht lange nach Joshuas Tod hatte Silas Jessica dabei ertappt, wie sie das geliebte Steckenpferd und die Wildlederjacke des Jungen wegräumte. »Sollten wir die nicht Thomas zur Erinnerung an seinen Bruder geben?«, hatte er gefragt.

»Nein. Thomas würde sie nur verwenden, bis sie so abgenutzt wären wie seine Erinnerung an Joshua, und sie dann wegwerfen«, hatte sie geantwortet und Silas mit ihrer Verbitterung überrascht. »Ich möchte sie lieber aufheben, Joshua zuliebe.«

Wollte seine Frau am Ende nicht mehr auf der Plantage wohnen, um nicht mit ansehen zu müssen, wie das Pflanzersystem ihren Sohn zu prägen begann? Oder wollte sie nicht in Joshuas Zuhause oder dem Haus bleiben, in dem sich die Fehlgeburten ereignet hatten? Oder … Silas bemerkte Jessicas Blick auf die Asche des Vertrags … konnte es sein, dass sie nach dem heutigen Tag nicht mehr in einer Umgebung leben wollte, die sie an den Kuhhandel mit ihrem Vater erinnerte?

»Was ist mit dir, Thomas?«, fragte Jessica. »Würdest du nicht gern in Howbutker wohnen, ganz in der Nähe von Jeremy junior, Stephen, Armand und Philippe?«

»Mir gefällt's hier«, antwortete Thomas.

»Natürlich«, murmelte Jessica.

Bevor Silas an jenem Abend zu seiner Frau ins Bett schlüpfte, steckte er eine rote Rose in ein Wasserglas und stellte es neben den Herd. Am folgenden Morgen hielt Jessica sie ihm vor die Nase, als er die Küche betrat. »Wofür ist die?«

»Damit möchte ich mich entschuldigen.«

Er erwartete, dass sie fragte: *Wofür?* Doch das tat sie nicht. Sie wusste es.

»Wir bauen das Haus in Howbutker«, versprach Silas.

FÜNFUNDVIERZIG

Die Wyndhams hatten – auf Eunice' Betreiben hin – Willie May mitgebracht, damit die ihre Tochter wiedersähe, weshalb Jessica nach der Heimkehr ihrer Eltern im Heim der Tolivers eine weitere Zeremonie durchführte.

»Hiermit gebe ich dir die Freiheit, Tippy, meine liebste Freundin«, sagte sie und reichte Tippy ein Dokument, das dies bestätigte. »Da ich die Bedingungen im Vertrag meines Vaters erfüllt habe, kann er mir nicht mehr länger mit dem Verkauf deiner Mutter drohen.«

Tippy legte das Papier zusammen und schob es in das Oberteil ihres Kleids, das nicht aus so teurem Material wie die Gewänder der Kundinnen bestand und auch nicht so modisch geschnitten war. Obwohl Tippy – stille – Teilhaberin am DuMont Emporium war, das gerade diesen Namen erhalten hatte, konnte sie nicht so schick gekleidet dort erscheinen wie die Kundinnen. Sie bekam ein Gehalt, war am Gewinn beteiligt und wohnte in einem kleinen Haus, das Henri gehörte und sich in derselben Straße befand wie sein Warenhaus. Er, Bess und ihre drei Kinder liebten sie heiß und innig.

»Danke, Jessica, meine liebste Freundin«, sagte Tippy mit einem breiten Grinsen. Sie wusste so gut wie die Tolivers, dass das Dokument an ihrem Busen letztlich keine Garantie für ihre Freiheit war. Es würde sie nicht vor einer Versteigerung schützen, wenn sie sich außerhalb des Ortes aufhielt, in dem sie hohes Ansehen genoss. Ihre Hautfarbe verlangte immer noch, dass sie sich in Gegenwart von Weißen ungeachtet ihrer bemerkenswerten Fähigkeiten im Hintergrund hielt.

»Natürlich wirst du meiner Frau helfen, Stoffe und Farben für unser neues Domizil auszuwählen«, erklärte Silas in dem förmlichen Tonfall, dessen er sich ihr gegenüber befleißigte.

Tippy machte einen kleinen Knicks. »Gern, Mister Silas.«

Im Sommer begann der Bau des Hauses an der Houston Avenue. Jessica wählte einen Platz mit Blick über die gesamte Straße, welche sich allmählich mit imposanten Heimen von wohlhabenden Händlern und Pflanzern zu füllen begann, deren Frauen es satthatten, ihren Haushalt inmitten von Feldern zu führen und Sklavenunterkünfte zu überwachen. Die Warwicks residierten in einem Gebäude, das ein wenig an eine mittelalterliche Burg erinnerte und den Namen Warwick Hall trug, nicht weit von dem einem französischen Schloss nachempfundenen Zuhause der DuMonts, dessen geometrisch angelegte Gärten von Henris Liebe zu seinem Heimatland zeugten. Eine Parzelle weiter hatten die Lorimer Davis ein Stadthaus mit einem Säulengang im prächtigen Federal Style errichtet, und daneben wurde gerade ein Herrenhaus im italianisierenden Stil hochgezogen, das ebenfalls einem Pflanzer aus dem Willow-Grove-Treck gehören würde. Die Tolivers hingegen blieben dem antikisierenden Greek Revival Style der Plantation Alley treu.

Es dauerte fast ein Jahr, das weiße zweistöckige Herrenhaus mit den prächtigen Säulen fertigzustellen, das sich auf einer kleinen Anhöhe über seine Nachbarn erhob. Der elegante Eingangsbereich mit dem raumhohen goldverzierten Spiegel und dem Porträt des Duke of Somerset, die großen Räume und hohen Decken, die anmutig geschwungene Treppe, die Marmorkamine und Kristalllüster, die reich geschmückten Friese, der Stuck und die Schiebefenster wurden von allen Besuchern ehrfürchtig bestaunt. Silas und Jessica reagierten mit einem zurückhaltenden Lächeln auf die Feststellung, das Glück scheine den Tolivers wirklich hold zu sein.

Im Frühjahr nach der Fertigstellung des Herrenhauses beobachtete Jessica, wie Jeremy sich mit Schwarzen unterhielt, die eine Palette Holz für eine Laube und ein Rosenspalier an der östlichen Seite ihres neuen Hauses geliefert hatten. »Ich möchte in der Morgensonne von der Laube aus zusehen, wie meine Rosen aufwachen«, hatte sie Jeremy mitgeteilt.

Bei den Schwarzen handelte es sich um frühere Sklaven, die Jeremy kurz nach seiner Ankunft in Texas freigelassen hatte. Die wenigsten waren von ihm fortgegangen, weil das Leben für Freigelassene gefährlich war. Nun arbeiteten sie für die Warwick Lumber Company, erhielten Lohn und waren in einer von dem Unternehmen errichteten Siedlung untergebracht, die den Namen *The Hollows* trug.

Jeremys Beschluss, seine Sklaven freizulassen, war bei den anderen Sklavenbesitzern nicht gut angekommen. Sie hatten gedroht, die Warwick Lumber Company zu boykottieren, doch schon bald war klar geworden, dass Jeremy genug Geschäfte außerhalb des Bezirks tätigte und auch ohne ihre Aufträge leben konnte. Außerdem waren Jeremy und seine liebenswürdige Frau beliebt, und irgendwann wurde es den meisten zu mühsam, ihr Holz weiter weg zu kaufen und nach Howbutker transportieren zu lassen.

Jessica hatte Silas von der erfolgreichen Verwandlung der Sklaven in Lohnempfänger erzählt, doch der hatte mit lauter Stimme erwidert: »Soll ich einen Schwarzen, in den ich Tausende von Dollar investiert habe, etwa für seine *Arbeit bezahlen*?«

»Lass ihn das Geld abarbeiten, das du für ihn bezahlt hast, und stell ihn dann bei dir ein«, hatte sie vorgeschlagen.

»Die Löhne könnte ich mir nicht leisten.«

»Dann gib ihm einen Anteil an der Ernte, die er einbringt.

Irgendwann wird das ohnehin so sein, Silas«, hatte Jessica erklärt. »Wenn es zum Krieg kommt, verliert der Süden. Der Norden wird die Sklaven befreien, und du wirst nur weiter Baumwolle pflanzen können, wenn du deinen Schwarzen einen angemessenen Anteil am Gewinn überlässt.«

»Es wird keinen Krieg geben«, hatte Silas entgegnet. Ihre Sklaven seien zufrieden, hatte er gesagt. Sie sangen auf den Feldern. Niemand in Texas könne von sich behaupten, besser gekleidet, ernährt, untergebracht und medizinisch versorgt zu sein. Jede Familie habe einen Garten, Obst- und Nussbäume, ihre eigenen Milchkühe und samstags und sonntags frei. Er reiße Familien nicht auseinander. Silas hatte Jessica daran erinnert, dass er ihr trotz der Missbilligung der anderen Pflanzer jede Bitte, die mit dem Wohlergehen und der Sicherheit seiner Sklaven zu tun hatte, gewähre, und kein Wort mehr darüber hören wollen.

Nun schickte Jeremy die Männer weg, wischte den Holzstaub von seinen Händen und trat zu Jessica auf die Veranda mit Blick auf die breite Houston Avenue, die erst kurz zuvor, im April 1848, mit Ziegeln aus dem roten Lehm der Gegend gepflastert worden war.

»Na, Jess, wie machen sich die Rosen?«, erkundigte er sich, nahm den Hut ab, setzte sich und streckte die langen Beine aus.

»Das kann ich erst beurteilen, wenn ich sie von Somerset hierher umgepflanzt habe«, antwortete sie mit einem vielsagenden Blick.

Jeremy lachte. »Ah. Ehemann und Sohn.«

»Um die Lancasters und die Yorks mache ich mir keine Sorgen.«

Jessica liebte diese Gelegenheiten, mit Jeremy zu plaudern, ein weiterer Vorteil des Lebens in der Stadt und dieser Straße. Jeremy war abgesehen von Tippy ihr bester Freund.

Ihm konnte Jessica alles anvertrauen, mehr noch als Bess und Camellia oder sogar Silas. Eigenartigerweise sahen ihre jeweiligen Partner in diesem besonderen Verhältnis keinen Anlass zur Eifersucht, was ihre Freundschaft noch angenehmer machte. Jetzt, da die Tolivers in der Houston Avenue wohnten, konnten Jessica und Jeremy sich öfter auf einen Plausch treffen.

»Sollte man sie nicht allmählich eingraben?«, fragte Jeremy. »Erst dann wird sich das Haus wie ein richtiges Zuhause anfühlen.«

»Die Rosen sind wie Silas und Thomas in Somerset glücklicher.«

»Sie werden auch hier glücklich sein, Jess. Das Haus ist wunderschön.«

»Ganz richtig: Bis jetzt ist es nur ein Haus, noch kein Zuhause. Ich mag hier glücklich sein, so glücklich ich eben werden kann, doch ich fürchte, bei Thomas wird das nicht der Fall sein. Er lebt gern näher bei seinen Freunden, aber Somerset fehlt ihm, und jetzt, wo der Aufseher von Silas in unserem alten Blockhaus wohnt, hat Thomas keinen anderen Ort mehr zum Schlafen als die Houston Avenue.«

»War das denn nicht so gedacht?«

Jessica rang sich ein mattes Lächeln ab. Jeremy besaß erstaunlichen Scharfblick für die wahren Gedanken der Menschen. »Ich möchte, dass mein Sohn ein paar Stunden von der Plantage und … von seinem Vater wegkommt«, erklärte sie freimütig.

»Die beiden sind unzertrennlich, stimmt's?«

»Ich werde es trotzdem versuchen«, sagte sie. »Ich habe mein Versprechen Silas gegenüber, in Anwesenheit unseres Sohnes meine sklavereikritischen Ansichten für mich zu behalten, aber meine Handlungen nicht zu verhehlen, gehalten. Bislang sind diese Handlungen unbemerkt geblieben, doch

Silas pflichtet mir bei, dass der Junge mit seinen elf Jahren eine bessere Ausbildung braucht, als wir sie ihm geben können. Ich möchte, dass Thomas mit *Alternativen* für seinen Lebensstil bekannt gemacht wird. Und wie soll er die ohne richtige Schulbildung kennenlernen? Es könnte ja sein, dass er Arzt oder Jurist, Journalist oder Lehrer werden möchte.«

»Alles schön und gut, Jess, aber wie soll das hier in Howbutker gehen?«

»Silas hat sich bereit erklärt, einen Privatlehrer zu engagieren.«

»Aha«, sagte Jeremy und hob eine Augenbraue. »Und der soll das schaffen, was du versprochen hast, nicht zu tun?«

Jessica schmunzelte. Wieder einmal hatte Jeremy zwischen den Zeilen gelesen, genau wie Jessica, als sie Guy Handleys Antwort auf ihren Brief bezüglich seiner Stellenanzeige im Houstoner *Telegraph and Texas Register* erhalten hatte. In der Anzeige hatte er sich als »Geisteswissenschaftler mit besonderem Augenmerk auf klassische Literatur« bezeichnet. Jessicas Blick war auf das Wort »Geisteswissenschaftler« gefallen. In seinem Brief hatte Guy Handley erklärt, er stamme aus Virginia und habe das William and Mary College abgeschlossen. Er sei Privatlehrer der Kinder eines bekannten Landbesitzers in Houston gewesen, bis sein Arbeitgeber im Mexikanisch-Amerikanischen Krieg umgekommen sei. Die Witwe des Mannes wolle zu ihrer Familie in Louisiana zurück, doch er habe vor, in Texas zu bleiben. Er sei gern bereit, zu einem Vorstellungsgespräch nach Howbutker zu fahren, wenn sie so freundlich wäre, ihm Tag und Uhrzeit zu nennen.

»Er kommt morgen mit der Postkutsche«, erklärte Jessica Jeremy. »Ich kann nur hoffen, dass Thomas ihn und das, was er ihm beibringen wird, mag. Er war nicht sonderlich begeistert über die Aussicht, den halben Tag Unterricht zu haben.«

»Den sollten alle unsere Kinder bekommen«, sagte Jeremy,

erhob sich und setzte den Hut wieder auf. »Die städtische Schule wird erst nächstes Jahr eröffnet, und vermutlich gelingt es uns nicht, jemanden wie Sarah Conklin hierherzulocken.«

Jessica sah ihn verwundert an. Als sie seinen vielsagenden Blick bemerkte, bekam sie eine Gänsehaut. Kannte er den wahren Grund, warum sie Guy Handley einstellen wollte? Es war, als hätte Jeremy das Schreiben des Privatlehrers gelesen und die winzigen Kreise über den I in seinem »Mit freundlichen Grüßen« am Ende des Briefs gesehen. Normalerweise wären sie Jessica nicht aufgefallen, doch in Sarah Conklins Schreiben hatte sie ähnliche Kreise über den I in ihrer beider Namen bemerkt. Nur wer wusste, dass die Underground Railroad sich mittels geheimer Codes verständigte, maß einem solchen Zufall Bedeutung bei. War Guy Handley, der Privatlehrer, den sie für ihren Sohn einzustellen hoffte, ein Abolitionist?

SECHSUNDVIERZIG

30. Juni 1848

Er mag nichts zu bedeuten haben, dieser kleine Kreis über dem Buchstaben I. Möglicherweise handelt es sich einfach um eine Marotte und nicht um einen Geheimcode, doch ein so leichtfertiger Umgang mit der Schrift sieht mir so gar nicht nach der Puristin Sarah aus, und auch nicht nach Mr Handley. Ich wage es nicht, Sarah in meinen Briefen danach zu fragen, aus Angst davor, dass ein Angestellter der Post, der die Adresse im Norden auf dem Umschlag sieht, ihn öffnet, um einen Sympathisanten zu entlarven. Bei Mr Handley konnte ich bislang keinerlei Hinweis darauf finden, dass »der Privatlehrer von der Houston Avenue«, wie wir – die DuMonts und die Warwicks – ihn nennen, weil er nach seinen Stunden mit Thomas auch die Kinder der anderen unterrichtet, die Sache des Nordens unterstützt.

Ich habe Mr Handley vor zwei Monaten von der Postkutschenstation abgeholt und zum Vorstellungsgespräch zu uns mitgenommen. Er ist ganz anders, als Silas und ich ihn uns vorgestellt hatten. Wir hatten beide einen blassen, kurzsichtigen, pedantischen Mann mit lilienweißen Fingern und schlaffem Händedruck erwartet, jemanden, der die meiste Zeit in ein Buch vertieft im Haus verbringt, wenn er nicht gerade unterrichtet. Doch der schlanke, nicht sonderlich große Mr Handley strafte unsere Erwartungen Lügen. Seine Intelligenz und Lebenslust waren seinem klaren, ruhigen Blick anzusehen, sein Selbstvertrauen in seinem festen Händedruck zu spüren. Er war tadellos gekleidet, allerdings ohne den Eindruck zu erwecken, dass er sich zu gut wäre, seinen sauberen Gehrock auszuziehen und die Ärmel seines frisch gewaschenen Leinenhemds hochzukrempeln, wenn die Situation es erforderte. Silas und ich, Jeremiah und Maddie – auf deren Menschenkenntnis Verlass ist – und besonders Thomas mochten ihn zu meiner großen Erleichterung sofort. Unserem Sohn war es gar nicht so recht, dass er seinen Privatlehrer mit seinen Freunden teilen musste.

Wir brachten Mr Handley in der Wohnung über der Remise unter, womit er sehr zufrieden ist, und inzwischen hat sich ein geregelter Tagesablauf etabliert. Von neun Uhr morgens bis mittags unterrichtet er Thomas. Er hat Bücher mitgebracht, die neuesten Publikationen zum Thema Lesen, Schreiben und Rechnen. Am liebsten mag Thomas den Teil der Stunde, der sich mit Homers Ilias *beschäftigt. Ich bin gespannt, von Thomas zu hören, wie Mr Handley dieses epische Gedicht deutet. Wird er betonen, dass der Krieg etwas Ruhmreiches ist, oder eher, dass er Menschen- und Sachopfer fordert und überflüssiger nicht sein könnte?*

Ich habe versucht herauszufinden, was Mr Handley über die wachsenden Spannungen zwischen dem Norden und dem Süden denkt, ob wir einen Abolitionisten unter uns haben, und falls ja, ob er aktiv ist oder einfach nur an die Sache glaubt, doch bisher hat er mir weder durch Worte noch durch Taten einen Hinweis auf seine Einstellung gegeben. Er behandelt Jeremiah und Maddie respektvoller, als es bei Bediensteten üblich ist, vielleicht weil er das Gefühl hat, gesellschaftlich auf derselben Stufe zu stehen wie sie. Einmal ist er für Jeremiah eingesprungen, der krank war, und ein Gast hielt ihn für unseren Hausdiener und begegnete ihm mit entsprechender Herablassung. Als Mr Handley ihm an der Tür Stock und Hut gab, herrschte der Gast ihn an: »Ist das mein Hut?«

Ohne zu zögern, antwortete Mr Handley: »Das weiß ich nicht, Sir, aber jedenfalls ist es der, mit dem Sie gekommen sind.«

Der Mexikanisch-Amerikanische Krieg endete im Februar. Danach trat Mexiko den Vereinigten Staaten sieben Territorien ab, die nach und nach der Union zugeschlagen werden. Das hat im Kongress eine neuerliche Auseinandersetzung zwischen Gegnern und Befürwortern der Sklaverei ausgelöst. Wenn die Gebiete als freie Staaten aufgenommen werden, ist das Kräftegleichgewicht gestört, und der Norden kann den Süden im Hinblick auf die Sklaverei überstimmen – diese sogar abschaffen.

Ich habe Mr Handley ganz unumwunden gefragt, wie die Debatte ausgehen wird, in der Hoffnung, dass er mir verrät, wie sie seiner Ansicht nach ausgehen sollte.

»Es wird auf einen Kompromiss hinauslaufen«, hat er geantwortet, »bei dem keine der beiden Seiten bekommt, was sie möchte.«

Weil seine ausweichende Antwort meine Neugierde nicht befriedigte, beschloss ich, ihn aus der Reserve zu locken, indem ich ihm meine Sympathien offenbarte. Ich wollte ihm zu verstehen geben, dass er nicht allein ist.

Die Warwicks und die DuMonts kommen uns gern besuchen, und zu unser aller Freude gesellt Guy Handley sich oft dazu. Er besitzt Esprit und Charme, und Jeremy und Camellia, Henri und Bess sind begeistert darüber, wie er unsere Kinder unterrichtet. Er bringt die Jungen sogar dazu, Passagen aus Shakespeares Stücken zu zitieren, und im August soll eine Aufführung von Macbeth *stattfinden, bei der unsere Söhne und Nanette DuMont mitmachen.*

Im Kreis dieser unserer engsten Freunde, die Silas, Thomas und ich fast als zur Familie gehörig betrachten, sind meine Ansichten kein Geheimnis. Keiner von den anderen besitzt

Sklaven, und letztlich glaubt von der Gruppe nur Silas daran, dass die Sklaverei wesentlich ist für die Wirtschaft im Süden. Ich wählte einen geeigneten Augenblick für die Durchführung meines Plans. Wir saßen alle beim Abendessen, als ich bemerkte: »Soweit ich weiß, soll nächsten Monat in New York eine Versammlung der Frauenrechtsbewegung stattfinden.«

»Tatsächlich?«, fragte Camellia mit großen blauen Augen. »Warum das denn?«

»Um zu verkünden, dass Frauen das Wahlrecht, gleiche Chancen auf Bildung wie die Männer, Macht über ihren Körper und ihr Eigentum und gleichen Lohn für gleiche Arbeit haben sollten«, zählte ich auf.

»Davon habe ich gelesen«, meinte Jeremy. »Viel Glück, kann ich da nur sagen.«

»Klingt vernünftig«, erklärte Henri.

Silas sah mich an und verzog den Mund zu einem Lächeln. »Besitzen unsere Damen nicht bereits bis auf das Wahlrecht all diese Rechte? Meine Freunde, könntet ihr euch vorstellen, was passieren würde, wenn wir unseren Frauen einen Wunsch abschlagen?«

Allgemeines Gelächter.

»Das heißt doch nur, dass wir Damen an diesem Tisch nicht gefordert sind, für das zu kämpfen, was uns von Rechts wegen zusteht. Aber in Wahrheit besitzen Frauen in diesem Land nicht mehr Rechte als ein schwarzer Feldarbeiter, Gott möge ihm den Tag vergönnen, an dem er ein freier Mann sein wird.«

Mr Handley sah mich mit großen Augen an, während die anderen unbeeindruckt ihren Nachtisch löffelten. Ich konnte seine Reaktion nicht einschätzen. War er erstaunt darüber, dass die Frau eines Sklavenbesitzers solche Ansichten vertrat, oder eher darüber, dass er im Lager des Feindes eine Verbündete gefunden hatte? Egal, was er dachte: Ich hatte ihm meine Einstellung offenbart. Nun muss ich abwarten, was geschieht.

SIEBENUNDVIERZIG

Silas freute sich immer schon auf den vierten Samstag eines jeden kalten Monats. Die Tradition, sich in Somerset mit Jeremy, Tomahawk, Henri und den älteren Söhnen zu treffen, war einige Winter zuvor begründet worden. Tomahawk, der nach der Ankunft des Trecks bei Jeremy geblieben war, arbeitete nun als unverzichtbare rechte Hand für ihn. Sein Wissen über Tiere und Beschaffenheit des Terrains verband sich aufs Vorzüglichste mit den Kenntnissen, die er sich über die Holzwirtschaft und die Viehzucht erwarb, welche Jeremy auf den gerodeten Teilen seines Grundes betrieb; doch am liebsten jagte er Wild für seinen Arbeitgeber und dessen Freunde.

Was Tomahawk erjagte, war gefragt, weil man sich darauf verlassen konnte, dass er den Tieren niemals in den Bauch schoss. Das war nicht nur humaner, sondern ermöglichte es auch, das Fleisch länger zu lagern, was es schmackhafter und zarter machte. Das Wild wurde mehrere Tage bis eine Woche an den Hufen aufgehängt, damit Enzyme die zähen Fasern aufbrechen konnten. Jäger, die das Ausweiden auf dem Feld nicht wie Tomahawk beherrschten, lagerten ihre Beute ungern länger als ein paar Stunden, weil sie Angst hatten, dass das Fleisch verdarb.

Silas, kein begeisterter Jäger, seine Familie und Gäste zerteilten das Wild, und Jessica brachte den Sklaven einen großen Teil des Fleischs. Schon bald drehten sich die Spieße im Hof von Somerset und in der Sklavensiedlung, und in der Luft lag Bratenduft. Nach getaner Arbeit blieben Jeremy und

Tomahawk zum Abendessen und dem einen oder anderen Gläschen Brombeerwein.

Jeremys Großzügigkeit und Tomahawks Jagdgeschick lockten irgendwann auch Henri zu dem Samstagsritual. Jessica wohnte zu dem Zeitpunkt bereits in der Stadt, so dass die Männer nun das Fleisch allein zu Jerky trockneten und zu Würsten verarbeiteten. Essen und Trinken, Lachen, Gespräche und derbe Witze versüßten die Arbeit. Es dauerte nicht lange, bis der vierte Samstag in den kalten Monaten auf den Kalendern der Tolivers, Warwicks und DuMonts als »Männertag in Somerset« reserviert war.

Silas, seine langjährigen Freunde und ihre Söhne trafen sich auch an einem klaren, frostigen Samstagmorgen Ende Oktober 1850. Silas bedauerte, das Blockhaus seinem Aufseher überlassen zu haben. Die Einraumhütte, die er stattdessen als Büro und Schlafstätte errichtet hatte, war zu klein, um vier erwachsene Männer und sechs halbwüchsige Söhne unterzubringen und zu verköstigen, doch immerhin eignete sich der harte Boden davor, Tische und Stühle aufzustellen.

Als sie am frühen Nachmittag mit dem Zerteilen fertig waren, begannen sich die Bratspieße zu drehen. Ein Fass Ale aus der Schenke im Ort stand angezapft bereit, und Töpfe mit Kakao, die Jessica für die Jungen geschickt hatte, wurden über dem Lagerfeuer warm gehalten.

Silas genoss diese Momente der Entspannung mit seinen Freunden und Thomas, der inzwischen dreizehn war und ihm in Aussehen und Verhalten sehr ähnelte. An seinem Sohn konnte er nicht die kleinste Sommersprosse von Jessica entdecken, was auch sie bemerkte, ihre Liebe für ihn jedoch nicht schmälerte. Am Morgen hatte er die beiden in der Küche beobachtet, Jessica im Morgenmantel und Thomas in Reitkleidung. Sie war früh aufgestanden, um die Essenskörbe zusammenzustellen, die sie zur Plantage mitnehmen wollten.

Thomas war von hinten an sie herangetreten, hatte die Arme um ihre Taille geschlungen und das Kinn auf ihre Schulter gelegt. Mittlerweile war er so groß, dass er sich bücken musste, um die Kuhle zu erreichen, in die sein Kopf früher so bequem gepasst hatte.

»Allmählich wirst du zu groß, um dich so abzustützen, Thomas«, hatte sie gesagt.

»Ich will noch nicht«, hatte er erwidert.

Die Antwort von Thomas hatte ihr gefallen, das wusste Silas. Sie hatte sich in seinen Armen umgedreht, seine widerspenstigen schwarzen Augenbrauen, denen seines Vaters so ähnlich, geglättet und ihn mit einem Blick angesehen, als müsste sie einen geliebten Vogel, den sie aufgepäppelt hatte, freilassen.

»Ist aber so«, hatte sie sanft gesagt und seinen Kopf mit dem dichten Haarschopf zu sich heruntergezogen, um ihn auf die Stirn zu küssen. »Genieß den Tag mit deinem Vater, mein Sohn.«

In solchen Momenten sehnte sich Silas nach seinem anderen Sohn, der auf dem örtlichen Friedhof begraben lag. Ihn hätte Somerset niemals so gelockt wie Thomas. Joshua wäre immer nahe bei Jessica geblieben.

Nachdenklich streckte Silas die Beine aus und verschränkte die Hände über seiner nach wie vor straffen Leibesmitte, um den Blick über die ums Lagerfeuer Versammelten wandern zu lassen. Ein kleines Lächeln vermittelte den Eindruck, dass er sich für ihr Geplänkel interessierte, ohne dass er tatsächlich zuhörte. Abgesehen von dem Herrenhaus auf einem Hügel über seinem weitläufigen Grund hatte sich sein Traum von Somerset erfüllt. Noch immer gab es viel zu tun – er musste Land erwerben, Sklaven, Tiere und Gerätschaften kaufen, Gebäude vergrößern –, doch der Kern der Plantage stand. Auf seinem Besitz lasteten keine Schulden, auch wenn er ihn nicht aus eigener Kraft erworben hatte. In den vergangenen Jahren hatte er so viel abgeworfen, dass es Silas gelungen war, einen Teil seines Gewinns beiseitezulegen. Nun würde er keiner Versuchung mehr erliegen. Er ging davon aus, dass er weitere zwei Jahre brauchen würde, um endlich mit dem Mann abrechnen zu können, den er nach wie vor verabscheute. Silas hoffte nur, dass sein Schwiegervater, der inzwischen auf die siebzig zuging, die volle Rückzahlung noch erleben würde.

Silas musste Jessicas Vater das Geld zurückzahlen, um Jessica von sich zu überzeugen. Auch nach all den Jahren spürte er, dass seine Liebe, Fürsorge und Großzügigkeit nicht reichten. Wie sie seinerzeit seine Frau geworden war, hatte Jessica nicht vergessen, genauso wenig wie die Frage, ob er sie gewollt hätte, wenn er die freie Wahl gehabt hätte. Silas war fest entschlossen, diesen Zweifel ein für alle Mal auszuräumen. Obwohl sie den Stiefsohn, den sie liebte wie ihren eigenen, ganz und den Jungen, dem sie das Leben geschenkt hatte, an das System verloren hatte, das sie verabscheute, würde Jessica immerhin den Beweis haben, dass ihr Mann keine andere Frau als sie wollte und begehrte.

Silas betrachtete die Söhne seiner drei Freunde. Sie waren alle stramme Burschen, Mischungen ihrer hübschen Mütter und attraktiven Väter. Die ältesten Jungen – Thomas, Jeremy junior und Armand – waren mit dreizehn noch so unzertrennlich wie als Kleinkinder. Die zweitältesten – Henris Sohn Philippe und Stephen Warwick, zwölf und elf – standen sich ebenfalls sehr nahe. Robert, einer chronischen Bronchialerkrankung wegen das Sorgenkind des Warwick-Clans, und Henris süße neunjährige Tochter Nanette, waren etwa gleichaltrig und früher Spielkameraden gewesen. Doch mit neun Jahren hatte Robert sich von der Gesellschaft des Mädchens in die höheren Sphären seiner Brüder verabschiedet. In diesem Jahr war Robert das erste Mal bei der Männergruppe in

Somerset. Silas hätte gern auch Guy Handley dabeigehabt, aber der war inzwischen als Lehrer bei der städtischen Schule angestellt, weswegen die Jungen – seine Schüler – in seiner Gegenwart befangen gewesen wären.

Das Gespräch wurde ernst, als es sich den Bedingungen des Kompromisses von 1850 zuwandte, ratifiziert vom Kongress und Ende September durch die Unterschrift von Präsident Fillmore Gesetz geworden. Alle waren sich einig, dass Texas davon profitierte. Dafür, dass der Staat auf einen Teil seines Territoriums verzichtete, hatten die Vereinigten Staaten sich bereit erklärt, die Schulden der früheren Republik zu übernehmen, ein Schritt, der sich nur positiv auf die texanische Wirtschaft auswirken konnte. Doch eine Bedingung des Kompromisses störte Silas. Durch die Aufnahme Kaliforniens als freier Staat in die Union wurden beide Häuser des Kongresses von Abolitionisten kontrolliert.

Die Diskussion wurde durch Hundebellen und Hufschlag, die sich Somerset näherten, unterbrochen.

Patrouillen, die nach entlaufenen Sklaven suchten. Silas und seine Gäste sprangen auf, als etwa ein halbes Dutzend Männer, angeführt von Lorimer Davis, heranritt. Silas entging das leichte Flackern in Lorimers Augen nicht, als er die Versammlung sah, zu der er und sein Sohn nicht eingeladen wurden. Thomas mochte Jake, doch Silas hatte sich nie sonderlich für Lorimer und dessen Frau erwärmen können. Der Pflanzer hatte etwas Hinterhältiges und setzte gern die Peitsche ein, und seine Gattin Stephanie fand Silas unerträglich hochnäsig.

»Guten Tag, die Herren«, begrüßte der Pflanzer sie und tippte an die Krempe seines Huts. »Tut mir leid, dass wir beim Essen stören, aber wir suchen nach einem meiner Schwarzen, der heute Nacht weggelaufen ist, kein gewöhnlicher Feldarbeiter, sondern mein Diener auf der Plantage. So viel zum

Thema Loyalität. Macht es Ihnen etwas aus, wenn wir uns in Ihrer Sklavensiedlung umsehen? Er kann noch nicht weit sein.«

»Ich komme mit«, sagte Silas und stellte seinen Krug mit Ale weg. Er würde nicht zulassen, dass Lorimer und seine Kumpane die Hütten seiner Arbeiter durchsuchten und ihnen mit ihren Peitschen und Gewehren eine Heidenangst einjagten. Silas bedauerte, dass es sich bei dem Flüchtigen um Ezekiel handelte. Der Diener der Davis war lange bei ihnen gewesen und hatte besonders Kindern gegenüber ein gutes Händchen bewiesen. Thomas und seine Freunde mochten ihn. Entsprechend entsetzt waren sie über diese Wendung der Dinge.

»Ich auch«, erklärte Jeremy und straffte die breiten Schultern in seiner Holzfällerjacke.

»Und ich«, meinte Henri und stellte sich neben Silas. »Jungs«, sagte er zu den Söhnen, »ihr bleibt hier und sorgt dafür, dass das Feuer nicht ausgeht.«

Die Suche förderte keinen entflohenen Diener zutage. Die Sklavensiedlung blieb verschont, und die Sklaven von Silas, denen die Dankbarkeit ihrem Herrn und seinen Freunden gegenüber in Gegenwart der Männer, deren Brutalität sie spürten, anzusehen war, wandten sich wieder ihrem Tanzvergnügen und den sich drehenden Bratspießen zu. Alle in Somerset – Schwarze und Weiße gleichermaßen – konnten sich vorstellen, wie Ezekiel bestraft werden würde, wenn man ihn fasste.

ACHTUNDVIERZIG

Die Lektüre dieses abscheulichen Unsinns erinnert mich an einen Satz aus Thomas Jeffersons *Notes on Virginia* von 1782«, sagte Jessica zu Tippy über den Kompromiss von 1850, nachdem diese ihr den im *Democratic Telegraph and Texas Register* von Houston abgedruckten Text vorgelesen hatte.

Tippy griff nach einem Sandwich, das Jessica ihr auf einem Teller hinhielt. »Und was hat der geschrieben?«

»Dass er um sein Land zittert bei dem Gedanken, Gott sei gerecht.«

»Amen«, meinte Tippy. »Es wird nicht mehr lange dauern, bis der Süden die Peitsche der Gerechtigkeit dafür, dass er die Schwarzen versklavt, spürt. Dieser Kompromiss dient lediglich dazu, Zeit zu erkaufen, bis der Krieg zwischen Norden und Süden ausbricht. Er ist unvermeidlich. Der Norden wird sich niemals an den Fugitive Slave Act halten, und der Süden wird nicht tolerieren, dass der Norden ihn nicht beachtet.«

»Gott steh uns bei«, seufzte Jessica, die bei der Vorstellung, was ein solcher Konflikt für ihren Sohn, ihr einziges Kind, bedeuten würde, ein kalter Schauer überlief. Der jetzt dreizehnjährige Thomas wäre in ein paar Jahren alt genug, um eingezogen zu werden.

»Entschuldige, Jessica«, sagte Tippy, »ich hab vergessen, welche Folgen ein Krieg für dich und Silas persönlich haben würde.«

»Egal, ob man darüber spricht oder nicht: Die Tatsache bleibt bestehen«, entgegnete Jessica und schenkte ihnen eine

Tasse Assam Gold aus einer Kanne auf dem Regency-Teetischchen aus Rosenholz ein. Tee und Tisch sowie der größte Teil des Mobiliars in den eleganten Räumen des Toliver-Hauses waren aus England importiert.

»In unserem Zuhause brauchen wir Dinge, die an unsere Ursprünge erinnern«, hatte Silas Henry Howard, dem angesehenen Architekten, erklärt, den Carson ihm aus Louisiana geschickt hatte, damit der das Herrenhaus der Tolivers ausstattete. Tippy, die von Silas nicht zurate gezogen worden war, lobte das Werk des Architekten in den höchsten Tönen, besonders das Frühstückszimmer, in dem sie und Jessica oft auch am Nachmittag Tee tranken.

»Vielleicht treffen meine Befürchtungen wie durch ein Wunder nie ein«, bemerkte Jessica. »Silas behauptet, dass es keinen Krieg geben wird. Seiner Ansicht nach ist unsere Industrie hier im Süden zu wichtig für den Norden. Ihre Webereien, die besonders die gewinnträchtigen Märkte im Ausland beliefern, hängen zu stark von unserer Baumwolle ab.«

»Was schreibt Sarah in ihren Briefen?«

Jessica nippte an ihrem Tee, der sich an ihren kalten Lippen warm anfühlte. »Dass die Abolitionisten nicht aufzuhalten sind. Ihrer Ansicht nach kommt der Krieg. Ihr Neffe Paul wird mitten hineingeraten. Er hat seinen Abschluss in West Point gemacht und ist nun Oberleutnant in der Armee der Vereinigten Staaten.«

Tippy rührte in ihrer Tasse. »Lorimer Davis und seine Männer sind auf der Suche nach seinem entlaufenen Sklaven zu mir gekommen. Er war sicher, dass er zu mir fliehen würde.«

Jessica stellte entsetzt ihre Teetasse ab. »Wie kann er es wagen? Hat er dir etwas getan?«

»Er hat mein Haus verwüstet. Henri war mit deinem Mann

und Mister Jeremy draußen in Somerset, sonst hätte er ihn daran gehindert.«

»Das muss Silas erfahren ...«

»Nein, Jessica, bitte.« Tippy hob beschwörend die Hand. »Lass die Sache ruhen. Ich habe es nicht einmal Henri gesagt und einfach nur mein Haus aufgeräumt. Es ist alles wieder gut.«

»Wenn ich nur ein Mann wäre. Dann würde ich ...«, hob Jessica an.

Als Schritte auf dem polierten Walnussholzboden des Eingangsbereichs von Silas' Nahen kündeten, wechselte Tippy umgehend das Thema. »Henry Howard hat vorzügliche Arbeit geleistet bei der Gestaltung dieses Hauses«, sagte sie. »Mit Henri in New Orleans, wo ich ihm bei der Auflösung des Warenhauses von seinem Vater, Gott hab ihn selig, helfen durfte, habe ich die Arbeit des Architekten in Baroness Pontalbas Stadthäusern im French Quarter gesehen. Mr Howard hat gusseiserne Geländer für alle Veranden mit den Initialen der Baroness in der Mitte entworfen.«

Jessica biss sich auf die Lippe. Es betrübte sie sehr, dass Tippy im Heim ihrer besten Freundin vor deren Ehemann nicht frei von der Leber weg reden konnte. Tippy war es nie gelungen, das Herz von Silas zu gewinnen, obwohl er ihre Anwesenheit in seinem Haus höflich tolerierte und sie durch die vordere Tür hereinkommen durfte.

Wie üblich passte Jessica sich Tippys diplomatischer Strategie an. »Interessant«, meinte sie, als Silas das Frühstückszimmer betrat.

»Was ist interessant?«, erkundigte er sich.

Als Jessica sich ihm zuwandte, spürte sie zu ihrer Überraschung auch nach fünfzehn Jahren und trotz der Meinungsverschiedenheiten, die sie nie überwinden würden, in seiner Gegenwart noch immer dieses Knistern. Mit seinen vierundvierzig Jahren wirkte Silas stattlicher und männlicher denn je. Seine herrschaftliche Kleidung betonte sein auffällig gutes Toliver-Aussehen. Er hatte den Nachmittag mit Jeremy und Henri und anderen Mitgliedern des Stadtrats in einer Sitzung verbracht, die den Inhaber einer Bank über die Vorstellungen informieren sollte, die in Howbutker bezüglich der Architektur der Geschäftsgebäude herrschten. Jetzt, da Howbutker zu den größten und wohlhabendsten Städten im Staat gehörte, gab es zahllose solche Zusammenkünfte. Auf Drängen von Silas hin hatte die erste Stadtplanungskommission 1839 einen Vorschlag durchgesetzt, dass öffentliche und Geschäftsgebäude im für den Süden typischen antikisierenden Greek Revival Style erbaut wurden.

»Das soll Jessica erklären«, antwortete Tippy und erhob sich wie immer, wenn Silas kam, um sich zu verabschieden.

»Tippy hat mich gerade mit einer neuen Erfindung bekannt gemacht, die ›Sicherheitsnadel‹ heißt«, erklärte Jessica und öffnete ein Kästchen auf einem Beistelltisch, um Silas den Inhalt zu zeigen. »Henri hat sich eine ganze Lieferung gesichert, und Tippy hat mir ein paar gebracht.« Sie hielt eine der Nadeln hoch.

»Sehr praktisch«, stellte Silas fest, als Jessica ihm den Gebrauch demonstrierte.

»Musst du schon gehen, Tippy?«, fragte Jessica.

»Ich fürchte, ja, Mrs Toliver.«

Jessica begleitete sie zur Tür. Als sie ins Frühstückszimmer zurückkehrte, hielt Silas die Zeitung in der Hand, aus der Tippy Jessica vorgelesen hatte. »Du musst mir nichts erklären«, sagte er. »Ich kann mir denken, worüber ihr euch unterhalten habt.«

»Tee?« Ohne auf seine Bemerkung einzugehen, breitete Jessica den Rock ihres Seidenkleids aus, um sich wieder zu setzen. Die steifen, gestärkten Unterröcke früherer Zeiten waren leichteren Krinolinen gewichen, die Jessica deutlich bequemer fand.

Silas ergriff ihre Hand und zog sie hoch. »Komm mit nach oben«, forderte er sie auf.

»Wie bitte? Am helllichten Nachmittag?«

»Thomas kommt erst spätabends nach Hause. Er, Jeremy junior und Armand helfen draußen in Somerset Jasper und seinen Männern, die Schweine zusammenzutreiben. Jasper passt auf, dass ihnen nichts passiert. Außerdem …«, Silas holte sie näher zu sich heran, »… habe ich deinen Blick gesehen, als ich vorhin hereingekommen bin.«

»Was für einen Blick?«, fragte Jessica unschuldig. »Ich habe keine Ahnung, was du meinst.«

»O doch. Aber das erkläre ich dir gern oben«, erwiderte er und führte das erotische Spiel fort, das sie vor so langer Zeit im Winthorp Hotel begonnen hatten.

Auf dem Weg zur Treppe sah Jessica das Wort KOMPROMISS in der Schlagzeile der Zeitung. Kompromisse waren der Kitt ihrer Ehe. Nur so war es möglich, dass sie sich trotz ihrer unterschiedlichen Überzeugungen am Nachmittag liebten und es Silas nach wie vor gelang, sie zu den höchsten Gipfeln der Lust emporzutragen. Würde es auch zwischen ihnen zum Kampf kommen, wenn zwischen Norden und Süden Krieg ausbrach?

NEUNUNDVIERZIG

»Tut mir leid, wenn ich störe, Miss Jessica, aber Mr Handley wartet unten«, teilte Maddie ihrer Herrin im Wohnbereich mit, wo Jessica meist am Nachmittag las. »Er sagt, es ist wichtig.«

»Ich gehe gleich zu ihm, Maddie«, erklärte Jessica erfreut, die es bedauerte, den früheren Privatlehrer ihres Sohnes jetzt, da er von seiner Wohnung über der Remise in eine Pension näher bei der Schule gezogen war, nicht mehr so oft zu sehen. »Richte doch bitte ein Tablett mit Tee her, dann kann ich ihn vielleicht überreden, eine Weile zu bleiben.«

Was für ein günstiger Zufall, dachte Jessica und merkte die Stelle in der Übersetzung von Marc Aurels *Selbstbetrachtungen* ein, die Sarah Conklin ihr kurz zuvor mit der Post geschickt hatte. Es gab keinen besseren Gesprächspartner, um die philosophischen Ansichten des römischen Kaisers zu diskutieren, als Guy Handley. Was für ein humaner und weiser Herrscher Marc Aurel doch gewesen war, an den man sich noch immer seiner Sozialreformen und Gesetze wegen erinnerte, die Frauen und Sklaven mehr Rechte und mehr Schutz einräumten! Die Mächtigen in den Vereinigten Staaten – egal, ob in Washington oder in kleinen Städten wie Howbutker – sollten sich an seinen Gedanken orientieren, fand sie: Entfernt man die persönliche Meinung, glaubt kein Mensch, dass ihm unrecht getan wird. Und wenn kein Mensch glaubt, dass ihm unrecht getan wird, gibt es auch kein Unrecht mehr.

Das war Stoff zum Nachdenken für politische Führer, die

der Ansicht waren, dass Menschen mit abweichenden Überzeugungen zum Schweigen gebracht, wenn nicht gar am nächsten Baum aufgeknüpft werden mussten!

Auf halber Höhe der Treppe blieb Jessica stehen. Warum suchte Guy Handley sie an einem Wochentag auf, zur Unterrichtszeit? *O Gott, doch hoffentlich nicht wegen Thomas?*

Sie hastete in den Salon, wo der Lehrer in die Flammen im Kamin starrte, der angezündet worden war, um die Kälte des Novembernachmittags zu vertreiben. Er hatte seinen Mantel nicht ausgezogen, und Hut und Stock lagen griffbereit auf dem Tisch. Offenbar hatte er nicht vor zu bleiben.

»Geht's um Thomas?«, fragte Jessica von der Tür aus.

Als Guy Handley sich ihr zuwandte und sie seinen Gesichtsausdruck sah, war ihr klar, dass er schlechte Nachrichten brachte. Der frühere Privatlehrer der Houston Avenue trat einen Schritt auf sie zu und hob beschwichtigend die Hand. »Nein, nein«, antwortete er. »Tut mir leid, ich wollte Sie nicht erschrecken.«

»Wo ist Thomas?«

»In der Schule bei seinen Klassenkameraden. Ich habe meinem Assistenten die Aufsicht überlassen. Nein, ich komme wegen einer anderen, sehr dringenden Angelegenheit.«

Jessica sank erleichtert in einen Sessel und legte Marc Aurels *Selbstbetrachtungen*, die sie in der Hand hielt, auf einen Tisch. »Was ist los?«

»Jessica … Ich brauche Ihre Hilfe.«

Er hatte sie noch nie beim Vornamen genannt und würde das auch jetzt nicht tun, wenn er sich nicht in einer verzweifelten Lage befände, dachte Jessica.

»Wenn es in meiner Macht steht, bekommen Sie die.«

»Ich …« Er ging zu der schweren Doppeltür und schloss sie.

»Himmel, Guy«, sagte Jessica leise, »was ist passiert?«

»Würden Sie mich dabei unterstützen, einem Schwarzen zur Flucht zu verhelfen?«

Es verschlug ihr die Sprache. Erst nach ein paar Sekunden fand sie ihre Stimme wieder. »Der entflohene Sklave von Lorimer Davis?«

»Ja. Mr Davis hat die Frau des Mannes an einen Pflanzer in Houston verkauft, und der Mann ist weggelaufen, weil er hofft, sie zu finden. Ich habe ihn in einem Schuppen bei der Schule versteckt, aber dort kann er nicht ewig bleiben. Ich weiß, dass ich sehr viel riskiere, indem ich mich an Sie wende, und wenn Sie mir nicht helfen, kann ich nur hoffen, dass Sie wenigstens nicht Alarm schlagen.«

»Sie sind Abolitionist.«

»Ja.«

»Ich hab's gewusst!«, rief Jessica aus. »Gehören Sie zur Underground Railroad?«

»Ja.«

Jessica stand auf und streckte ihm die Hand hin. »Ich bin ebenfalls für die Sache der Sklaven. Was soll ich tun?«

Er ergriff ihre Hand dankbar. »Würden Sie den Mann – er heißt Ezekiel – in meiner alten Wohnung über der Remise verstecken, bis ich ihn wegbringen kann?«

»Glauben Sie, dass er da sicher ist?«

»Dort suchen die Patrouillen zuletzt nach ihm.«

Jessica schwirrte der Kopf. Sie erinnerte sich an damals in Willowshire, als sie und Willie May Jasper in der Laube versteckt hatten. Die Männer ihres Vaters hatten alle Gebäude durchsucht, ohne auf die Idee zu kommen, dass ein Sklave sich so nahe beim Großen Haus verbergen würde. Aus den vorderen Fenstern der Remise konnte der Flüchtige direkt zur Veranda von Lorimer Davis' Stadthaus sehen. Welch köstliche Ironie!

»Sie haben recht«, sagte sie. »Ich helfe Ihnen. Sie haben

keine Möglichkeit, ihn herzuschaffen, also würde ich vorschlagen, dass ich ihn in meinem Einspänner hole, wenn der Unterricht zu Ende ist.«

»Sie sind eine bemerkenswerte Frau, Jessica Toliver. Ich wusste, dass ich Ihnen vertrauen kann. Das wäre auch mein Vorschlag gewesen, aber was ist mit Thomas? Er kommt nach der Schule hierher.«

»Nur um sich umzuziehen und sein Pferd zu satteln. Dann reitet er mit Jeremy junior und Armand hinaus nach Somerset zum Schweineschlachten. Mein Sohn und sein Vater kommen erst am frühen Abend zurück.«

»Und die Bediensteten?«

»Wenn sie Ezekiel entdecken sollten, verraten sie Silas und Thomas nichts. Sie wissen, dass ein Sklave entlaufen ist, und ich habe gehört, wie Maddie heute Morgen um das Gelingen seiner Flucht gebetet hat.« In diesem Haushalt gab es keine Lulus, dachte Jessica, dafür hatte sie selbst gesorgt.

»Wunderbar«, sagte Guy und nahm Hut und Stock. »Ich muss zurück. Der Mann darf nicht so lange allein bleiben. Ich habe Angst, dass jemand ihn zufällig entdeckt. Jessica … Mrs Toliver … Wie soll ich Ihnen jemals danken? Mit etwas Glück wird Ezekiel nur ein paar Tage lang Ihr Gast sein.«

»Ihnen ist klar, was mit Ihnen geschieht, wenn man Sie erwischt? Sie treiben Sie mit der Peitsche aus der Stadt hinaus.«

»Das weiß ich, aber das ist nichts im Vergleich zu dem, was Ezekiel erwartet, wenn sie ihn finden.«

»Sie sind ein mutiger Mann, Guy Handley. Bitte sagen Sie doch in Zukunft immer Jessica zu mir«, bot Jessica ihm an.

Als er weg war, schickte Jessica Maddie mit der Bitte, ihr Gewürze zu überlassen, die im Garten der Tolivers nicht wuchsen, zu Bess DuMont.

»Was ist Anis?«, erkundigte sich Maddie mit gerunzelter Stirn. »Und was soll ich damit machen?«

»Es schmeckt wie Lakritze. Ich brauche es für Plätzchenteig.«

»*Sie*, Miss Jessica? Sie haben doch Jahre nicht mehr gebacken.«

»Dann wird's Zeit, dass ich es wieder tue.«

Die anderen Bediensteten waren mit Aufgaben im vorderen Teil des Hauses beschäftigt, und Jeremiah jätete im Garten Unkraut, von wo aus er nicht sehen konnte, wie seine Herrin Decken und einen Nachttopf zur Remise trug.

Als Thomas wie immer hungrig von der Schule nach Hause kam, scheuchte Jessica ihn von dem unberührten Teetablett weg, das Maddie für Guy Handley gerichtet hatte, und schlug ihm vor, Kuchen und Sandwiches nach Somerset mitzunehmen.

»Du solltest raus zur Plantage, solange es hell ist. Sonst bist du deinem Vater keine Hilfe mehr«, sagte sie, was ihr einen merkwürdigen Blick ihres Sohnes eintrug, denn Thomas war es gewohnt, dass seine Mutter ihn immer so lange wie möglich bei sich behalten wollte. Doch als sie ihm ihre Ungeduld damit erklärte, dass sie Besuche zu erledigen habe, gab er sich mit dieser Deutung der Dinge zufrieden. Zuvor hatte Jessica einen Essenskorb für den Sklaven zusammengestellt. Dem Architekten Henry Howard war es zu verdanken, dass es im Innern der Remise eine Treppe zu der Wohnung gab, über die der Sklave unauffällig nach oben gelangen konnte.

Als Thomas und seine Freunde aufbrachen, wartete Jessicas Einspänner, von Jeremiah vorbereitet, schon. An der Schule lenkte Guy das Pferd zur Tür des Schuppens. Es dauerte kaum eine Minute, bis der Sklave in der Kutsche saß, doch damit niemand Verdacht schöpfte, lud Guy einige Gartenwerkzeuge aus, die er sich angeblich von ihr ausborgen wollte.

Wieder in der Houston Avenue, ließ sie ihren Passagier heraus, damit dieser in die Remise huschen konnte. Jessica hoffte nur, dass Jeremiah den Angstschweiß des Sklaven nicht riechen würde, wenn er das Pferd ausspannte.

»Du findest alles, was du brauchst, oben«, flüsterte Jessica dem Flüchtigen zu.

»Danke, Missus.«

»Vergiss nicht: keinen Laut, nicht den geringsten. Kein Niesen, kein Husten, keine Bewegung, kein Licht. Die Scheune befindet sich neben der Remise, mein Mann und unser Sohn bringen bei Einbruch der Dunkelheit ihre Pferde hinein und halten sich auch tagsüber hin und wieder darin auf.«

»Ja, Ma'am.«

Sie kannte den Mann nur von den wenigen Einladungen der Davis, seine Frau jedoch als Stephanies persönliche Bedienstete in der Houston Avenue. »Das mit Ihrer Frau tut mir leid«, sagte Jessica. »Vielleicht wird sie jetzt besser behandelt.«

»Der Mann, der sie gekauft hat, ist böse. *Ach, Della ...!*«, jammerte der Mann.

Wie konnte Ezekiel nur hoffen, sie zu befreien, fragte sich Jessica, als sie in der Nacht neben ihrem schlafenden Mann wach lag.

FÜNFZIG

Guy hatte versprochen, seine »Fracht« in zwei Tagen im Schutz der Dunkelheit abzuholen und alle Hinweise auf die Anwesenheit des Sklaven zu beseitigen. Es sei das Beste, sagte er, wenn Jessica ihren Einspänner nicht mehr benutze, bis er unter einem Vorwand – vielleicht um ihr ein Buch zu leihen – zu ihr komme, um ihr mitzuteilen, dass Ezekiel weg sei.

Nun war bereits der Morgen des dritten Tages ohne eine Nachricht von Guy angebrochen. Jessica wurde allmählich nervös. Schon zum x-ten Male schaute sie verstohlen zum hinteren Fenster des Hauses hinaus, von dem aus sie Laube, Rosengarten und Remise überblicken konnte. Guy hätte den entlaufenen Sklaven zu keinem schlechteren Zeitpunkt verbergen können. Wegen des Erntedankfests waren einige Tage schulfrei, und das kalte, regnerische Wetter hielt Thomas drinnen, wo er mit Jeremy junior, Armand und Jake Davis Karten spielte. Sogar Silas brach später als gewöhnlich zur Plantage auf. Er hatte einen Landverwalter eingestellt, der ihm Aufgaben in Somerset abnahm, so dass er nun mehr Zeit hatte, das Leben zu genießen, das so typisch für die Pflanzer war. Zu seinen größten Freuden zählte es, mit Jessica lange im Bett zu bleiben.

Im Lauf des Tages wurden Jessicas Bedenken immer größer. Was, wenn Guy etwas zugestoßen war? Was, wenn sie ihn erwischt hatten und er seine Fracht nicht abholen konnte? Was, wenn Ezekiel sich noch in der Remise aufhielt? Was, wenn der Gestank aus dem Nachttopf irgendwann zu riechen wäre? Was, wenn dem Mann Essen und Wasser ausgingen?

»Miss Jessica, ich muss schon sagen, in den letzten Tagen flattern Sie herum wie ein Vögelchen«, bemerkte Maddie. »Macht Ihnen das Wetter zu schaffen?«

»Ja, Maddie«, antwortete Jessica. »Ich kann's gar nicht erwarten, wieder im Garten zu arbeiten.«

»Nervosität macht die Erde auch nicht schneller trocken. Warum besuchen Sie nicht Freunde? Jeremiahs Rheuma ist bestimmt nicht so schlimm, dass er Ihnen nicht das Pferd anschirren kann.«

Als sie das hörte, kam Jessica eine Idee. Die Bediensteten waren ihre Rücksichtnahme gewohnt und würden sich nichts dabei denken, wenn sie das Pferd selbst anschirrte, um Jeremiah, der unter Arthritis litt, Mühe und Schmerzen zu ersparen.

»Schon gut«, sagte Jessica. »Wenn ich wegfahren will, kümmere ich mich selbst um den Einspänner.«

Jetzt war der ideale Zeitpunkt. Ihr eigenes Mittagessen war beendet, und die Hausbediensteten aßen in der Küche. Silas war zur Plantage aufgebrochen, und Thomas spielte mit seinen Freunden Karten bei den Davises. Jessica setzte ihre Haube auf, legte ein Tuch um und nahm ihren Schirm.

Ohne Maddie etwas zu sagen, schlich sie sich zur seitlichen Terrassentür hinaus und hinüber zur Remise. Vielleicht würde es im Haus gar niemandem auffallen, dass sie sich entfernt hatte. Wenn sie Ezekiel noch in der Remise vorfand, würde sie auf der Stelle zu der Pension fahren, um mit Guy Handley zu sprechen. Und falls es jemanden interessierte, warum die Frau von Silas Toliver den jungen attraktiven Schullehrer besuchte – sie dachte da an Guys neugierige Vermieterin –, würde sie dem Betreffenden erklären, dass sie Guy zum Erntedankessen mit ihrer Familie einladen wolle.

Als Jessica die schwere Tür zur Remise öffnete, stieg ihr kein menschlicher Geruch in die Nase, und sie vernahm nur das Prasseln des Regens auf dem Dach. Durch die regennassen Fenster der Küche, in der Kerosinlampen brannten, sah sie die Bediensteten bei Tisch, Jeremiah am Kopfende, mit dem Rücken zu ihr. Es war höchst unwahrscheinlich, dass jemand herüberschauen würde.

Jessica hastete die schmale Stiege hinauf und klopfte an der Tür. »Ist da drin jemand?«, flüsterte sie.

Keine Antwort. Als sie die Türklinke herunterdrücken wollte und von innen Widerstand spürte, erstarrte sie. »Wer ist da?«, fragte sie lauter.

Da hörte sie, wie sich hastig Schritte von der Tür entfernten, und als sie sie öffnete, entdeckte sie dahinter Ezekiel, in eine Decke gehüllt, an die hinterste Wand gekauert, die Augen vor Furcht geweitet.

»Was machst du immer noch hier?« Jessica betrat den Raum und ließ die Tür offen, damit sie merkte, wenn unten jemand das Gebäude betrat.

»Der Mann, er hat mich nicht abgeholt«, antwortete Ezekiel. »Hat er Ihnen das nicht gesagt?«

»Ich habe kein Wort von ihm gehört.«

»Er hat gesagt, er schickt Ihnen eine Nachricht.«

»Die habe ich nicht bekommen. Deswegen bin ich hier – um zu erfahren, was los ist.«

Der Schwarze zog die Decke enger um den Leib. »Der Mann hat gesagt, es ist nicht sicher rauszugehen. Master Davis und seine Hunde und die Patrouillen sind unterwegs. Der Mann hat gesagt, er kommt mich heute spät am Abend holen. Da ist Master Davis beschäftigt.«

Es war sein Kartenabend mit Silas, wie immer am dritten Mittwoch im Monat, erinnerte sich Jessica. Heute war Lorimer an der Reihe, die Spieler in seinem Stadthaus zu empfangen. Für gewöhnlich saßen sie bis nach Mitternacht zusammen. Jessica sah sich um. Der Sklave hatte sich sogar hier seinem Stand entsprechend verhalten und nicht in dem bezogenen Bett geschlafen, sondern auf dem Lager, das er sich aus seinen Habseligkeiten bereitet hatte, auf dem Boden. Und er hatte auch nicht am Tisch gegessen, sondern aus dem Korb. Jessica roch weder Schweiß noch den Inhalt des Nachttopfs. Anscheinend war er im Schutz der Dunkelheit hinausgeschlichen, um den Nachttopf zu leeren und sich im Regen zu waschen.

»Wann hast du … den Mann das letzte Mal gesehen?« Jessica war aufgefallen, dass er Guy nicht beim Namen nannte, weswegen sie es auch nicht tun würde. Höchstwahrscheinlich wusste Ezekiel gar nicht, dass er der Lehrer der örtlichen Schule war. So konnte der Sklave, wenn er erwischt wurde, Guy zwar erkennen, jedoch nicht seinen Namen verraten.

»So gegen Mitternacht. Er hat mir was zu essen und eine Jacke gebracht«, antwortete Ezekiel. Er schlug die Decke auseinander, um sie ihr zu zeigen. »Da hat er mir auch gesagt, dass wir heute Nacht weggehen.«

»Die Nachricht, von der du gesprochen hast … Er hat sie mir *geschickt*?«

»Ja, damit Sie wissen, dass ich noch da bin.«

Jessica bekam eine Gänsehaut. Die Nachricht war von einem Boten überbracht worden, aber von wem? Und wem hatte er sie ausgehändigt? Wenn er sie einem der Bediensteten gegeben hätte, wäre sie bei Jessica gelandet. Thomas? Es konnte gut sein, dass ihr Sohn einfach vergessen hatte, sie an sie weiterzuleiten. War sie zum Schutz ihrer heimlichen Aktivitäten codiert? Wo befand sich die Nachricht jetzt? War sie abgefangen oder zum falschen Haus gebracht worden?

»Hast du alles, was du brauchst, bevor du abgeholt wirst?«, fragte sie.

Bevor er antworten konnte, hörten sie Schritte auf der Holztreppe. Ezekiel verschwand hinter den Vorhang, wo der Nachttopf verborgen war, doch die Spitzen seiner Schuhe lugten hervor. Jessica schaffte es gerade noch, sich zur offenen Tür umzudrehen, als Silas auch schon mit regennassem Hut und Mantel auf der Schwelle erschien.

»Was, zum Teufel, ist hier los?«, fragte er.

Jessica sah ihn mit großen Augen an. »Woher ... woher weißt du, dass ich da bin?«, presste sie schließlich hervor.

»Du warst nirgends im Haus, die Tür zur Remise steht offen, und dein Rock hat eine Wasserspur die Treppe hinauf hinterlassen. Wo ist er?«

»Wer?«

»Guy Handley.«

»*Guy Handley*?«

Silas' Blick wanderte zu dem Vorhang. Mit zwei großen Schritten war er dort und riss ihn zurück.

»Was? *Ezekiel*?«, rief Silas aus und wich zurück.

»Mister Toliver.« Ezekiel begrüßte ihn mit einer kleinen Verbeugung, als würde er ihn im Haus der Davis empfangen.

»Silas, bitte«, sagte Jessica, ging zu ihm und drehte seinen Kopf zu ihr, um seinen Blick von dem Sklaven zu wenden, der versuchte, seine Würde zu wahren, obwohl er mit dem Rücken zur Wand und neben dem Nachttopf stand. »Hör mir zu. Du weißt, was passiert, wenn du Ezekiel an Lorimer auslieferst. Versuch dir vorzustellen, was du machen würdest, wenn es um deine Frau ginge. Was würdest du tun, wenn ich verkauft und von dir getrennt würde? Würdest du nicht auch fliehen, um mich zu suchen?«

Silas sah sie verwirrt an. »Was redest du da?«

»Lorimer hat Ezekiels Frau an einen Pflanzer in Houston verkauft, und er ist weggelaufen, um sie zu suchen«, erklärte Jessica.

»Wo ist Guy Handley?«

»Keine Ahnung.«

»Er ist nicht hier?«

Jessica leckte über ihre trockenen Lippen. »Warum sollte er hier sein?«

Silas wurde rot. »Du wolltest … dich nicht hier zu einem Tête-à-Tête mit ihm treffen?«

Als Jessica endlich begriff, trat sie entrüstet einen Schritt zurück. »Silas Toliver! Wie kannst du nur auf eine solche Idee kommen?«

Er nahm einen gefalteten Zettel aus der Tasche. »Deswegen«, antwortete er und reichte ihn ihr. »Ganz zu schweigen davon, dass du in letzter Zeit … ziemlich distanziert warst. Ich habe die Nachricht abgefangen. Der Bote, der sie gebracht hat, meinte, er darf sie nur dir geben, hat sie mir aber, als ich ihm mit dem Stock gedroht habe, ausgehändigt.«

Jessica las, was auf dem Zettel stand: *Leider können wir uns nicht wie geplant treffen. Bis bald. Ganz der Ihre, Guy H.*

»Oje.« Der Zettel war also bei Silas gelandet, und der hatte den Inhalt falsch verstanden. Nun blieb Jessica keine andere Wahl mehr, als alles zu erklären.

»Es ist nicht so, wie du denkst«, sagte sie und strich ihm mit den Fingerspitzen über die Wange. »Ich könnte dir niemals untreu sein. Guy Handley ist bei der Underground Railroad. Er hat mich um Hilfe gebeten, Ezekiel vor Lorimers Kumpanen zu schützen, bis er ihn in Sicherheit bringen kann. Guy wollte zu mir kommen, um mir mitzuteilen, dass die Mission beendet ist, aber offenbar hat es Probleme gegeben. Wenn ich schon gehängt werde, dann wenigstens für das richtige Verbrechen.«

Silas schloss die Augen und holte tief Luft. »Gott, Jessica, du bringst mich noch um den Verstand. Ich hatte schon das Schlimmste befürchtet …« Er sah den Sklaven an, der sich ängstlich an die Wand drückte, die Augen riesig wie die eines in die Enge getriebenen Tieres. Silas wandte sich seiner Frau zu. »Werde ich denn nie vor deinem stahlharten Willen verschont bleiben? Was soll ich machen?«

»Wirst du uns helfen?«, fragte sie kleinlaut.

»Ich werde mich nicht einmischen.«

»Wirklich, Silas? Du lieferst Ezekiel nicht Lorimer aus?«

»Lorimers Angelegenheiten gehen mich nichts an«, antwortete Silas. »Von mir kann er keine Hilfe erwarten.«

»Gott segne Sie, Mr Toliver«, sagte Ezekiel und sank schluchzend auf die Knie.

EINUNDFÜNFZIG

Bisher hatte er nur in die Augen eines Schwarzen geblickt, um festzustellen, ob er unschuldig oder schuldig, gesund oder krank war. Bei seinen Sklaven achtete Silas nicht auf Schmerz, Kummer oder Sehnsucht. Es war nicht Aufgabe eines Herrn und auch nicht in seinem Interesse, sich mit den Gefühlen seiner Sklaven zu beschäftigen, doch Silas musste immerzu an den Blick von Ezekiel denken, als Jessica Silas angefleht hatte, sich in die Lage des Mannes zu versetzen. *Versuch, dir vorzustellen, was du machen würdest, wenn es um deine Frau ginge. Was würdest du tun, wenn ich verkauft und von dir getrennt würde? Würdest du nicht auch fliehen, um mich zu suchen?*

»Ich erhöhe, Silas. Hast du gehört? Ich erhöhe.«

»Was? Ja, natürlich. Das ist mir zu hoch. Ich steige aus.«

»Wo bist du nur heute Abend mit deinen Gedanken, *mon ami*? Deine Geistesabwesenheit kostet dich eine Menge Geld«, bemerkte Henri.

»Im Moment geht mir ziemlich viel durch den Kopf, Henri«, antwortete Silas.

»Herzensangelegenheiten, vermute ich.«

»Du beweist wie immer Scharfblick, Henri.«

Am Pokertisch saßen sechs Männer, vier davon Pflanzer, unter ihnen Silas, sowie Jeremy und Henri. Dicker Rauch lag in der Luft, die Gespräche waren lebhaft. Lorimer Davis bewirtete seine Gäste gern großzügig, weswegen der Humidor mit den handgerollten Zigarren offen stand, der Whiskey permanent nachgefüllt wurde und sich auf dem Büfett nur das Beste aus der Vorratskammer befand. Silas hatte sich eine kubanische Zigarre genommen, jedoch kaum etwas gegessen oder getrunken. Zu Beginn des Abends hatte sich die Unterhaltung hauptsächlich um Lorimers entlaufenen Sklaven und seinen möglichen Aufenthaltsort gedreht.

»Wir vermuten, dass er nach Houston will, um seine Frau zu suchen«, hatte Lorimer erklärt. »Lange wird es nicht mehr dauern, bis wir ihn finden. Alle Patrouillen, Marshalls und Kopfgeldjäger von hier bis Houston sind alarmiert, darunter auch Damon Milligan, der Pflanzer, der Ezekiels Frau gekauft hat. Damon hält ebenfalls nach ihm Ausschau.«

»Weiß der Junge denn, wo sie ist?«, hatte Silas gefragt.

Lorimer hatte die Augen verdreht. »Ja. Das habe ich meiner Frau zu verdanken. Sie hat sich in Ezekiels Gegenwart von Damon den Namen seiner Plantage und die Postadresse sagen lassen, damit sie hin und wieder für Ezekiel einen Brief an seine Frau schicken kann.«

»Das war nett von ihr«, hatte Jeremy bemerkt.

Lorimer hatte mit den Achseln gezuckt und das Gesicht verzogen. »Das hätte ich ihr nicht gestatten dürfen, aber ich hatte ja gerade ihre beste Hausbedienstete verkauft. Damon war so begeistert von Della, dass er mir ein Angebot gemacht hat, das ich nicht ausschlagen konnte. Wenn ich nicht so verdammt gutmütig gewesen wäre, hätte der Junge nicht gewusst, wohin er sich wenden muss, und wäre wahrscheinlich gar nicht weggelaufen.«

»Mach dir keine Vorwürfe, Lorimer«, hatte einer der Pflanzer gesagt.

Seitdem drehten sich die Gespräche um andere Themen, von denen Silas nicht allzu viel mitbekam. Sein Blick ging immer wieder zu der Uhr auf dem Kaminsims. Die Zeiger wanderten nur sehr langsam Richtung Mitternacht. Das war die

Zeit, zu der sich die Gruppe für gewöhnlich auflöste und die Männer zu ihren jeweiligen Häusern in der Houston Avenue zurückkehrten. Bestimmt war Ezekiel inzwischen fort. Die Zeit arbeitete für ihn. Es hatte zu regnen aufgehört, doch der Himmel war nach wie vor bedeckt, Mond und Sterne waren nicht zu sehen. Silas hatte keine Hunde bellen hören. Das deutete er als gutes Zeichen.

Nun ließ Lorimer sich mit lauter Stimme über das hinterhältige Wesen der Schwarzen aus.

»Denen kann man nicht über den Weg trauen. Keinem Einzigen. Einige von euch finden es möglicherweise nicht gut, wie ich meine Sklaven behandle, aber ich sage euch, wenn ihr ihnen den kleinen Finger gebt, nehmen sie die ganze Hand. Mein Hausbediensteter ist das beste Beispiel. Ich hab den Jungen mit Respekt behandelt und ihm alles gegeben, was sich ein Sklave nur wünschen kann. Ein ordentliches Dach über dem Kopf, genug Essen, eine Stelle bei mir im Haushalt, und wie dankt er mir das …?«

»Aber du hast seine Frau verkauft, Lorimer«, erinnerte Silas ihn.

Lorimer sah ihn mit offenem Mund an. Plötzlich herrschte verlegenes Schweigen. Die anderen Spieler hielten den Blick auf die Karten gerichtet.

Nach einer Weile fand Lorimer die Sprache wieder. »Was macht das schon?«

»Nun, er liebt sie«, antwortete Silas.

»Woher, zum Teufel, willst du das wissen?«, fragte Lorimer.

»Lieben wir unsere Frauen denn nicht alle?«

Es dauerte einige Sekunden, bis Lorimer eine passende Antwort einfiel. Er straffte die Schultern. »Wir sind Weiße. Weiße Männer lieben ihre Frauen. Schwarze Männer kopulieren nur. Sie sind nicht zu den komplexeren Gefühlen in der Lage, die man mit Liebe in Verbindung bringt. Deshalb sind die Beziehungen zwischen ihnen und ihren Frauen nicht wichtig. Meint ihr nicht auch, Freunde?«

Alle Pflanzer bis auf einen nickten. Silas klopfte mit einem Finger auf den Tisch. »Ich nehme eine Karte.«

Als sie wenig später hinaus in die Dunkelheit traten, fragte Jeremy Silas: »Was sollte denn das gerade eben?«

»Das weiß ich selber nicht so genau, Jeremy.«

»Damit hast du dir Lorimer Davis zum Feind gemacht.«

Als Silas in der kalten Luft die mit roten Ziegeln gepflasterte Straße entlangging, klärten sich seine Gedanken. Er war der Einzige der Gruppe, der in dieser Richtung wohnte, und froh, allein zu sein. Was hatte ihn nur dazu getrieben, Lorimer zu provozieren? So würde er den Mann nicht dazu bringen, seine Schwarzen besser zu behandeln. Silas wusste, was Jeremy und Henri sich jetzt dachten. *Färbte Jessicas Sklavenfreundlichkeit auf ihn ab?* Nein, die persönlichen Überzeugungen seiner Frau hatten keinerlei Einfluss auf ihn. Er hatte nur Lorimers Dogmatismus und Arroganz nicht mehr ertragen.

Als er am folgenden Morgen aufwachte und die Hand nach Jessica ausstreckte, griff er ins Leere. Silas wusste, wohin sie gegangen war, und erwartete ihren Bericht. Zehn Minuten später stürzte sie, noch im Morgenmantel, ins Schlafzimmer und verkündete: »Er ist weg. Nichts weist darauf hin, dass er jemals da gewesen ist. Gott sei Dank. Meinst du, Guy wird sich heute mit uns in Verbindung setzen?«

Der Lehrer betätigte den Klingelzug, als sie beim Frühstück saßen. Die Tolivers erhoben sich von ihrem warmen Frühstücksbrei mit Ingwer und Honig, um ihren Gast in der Bibliothek zu empfangen. Ihren Sohn wiesen sie an, den Tisch nicht zu verlassen. In dem holzvertäfelten Raum streckte der frühere Privatlehrer Silas die Hand hin.

»Mr Toliver, Ezekiel hat mir erzählt, was Sie getan – oder besser gesagt: nicht getan haben, und dafür bin ich Ihnen zu tiefstem Dank verpflichtet, Sir. Vermutlich wissen Sie jetzt, was ich abgesehen vom Unterrichten tue.«

»Sie werden die Gegend verlassen müssen, Mr Handley.«

»Das ist mir klar. Danke, dass Sie mich nicht verraten.«

»Wenn Sie bleiben, kann ich dafür nicht garantieren.«

»Verstehe.«

»Guy«, sagte Jessica. »Ist Ezekiel jetzt in Sicherheit?«

»Er wartet in einer Station auf die weitere Beförderung nach Louisiana. Von dort aus soll er zu einem Schiff gebracht werden, das Richtung Norden ausläuft, aber er sagt, er geht nicht ohne seine Frau. Ich habe keine Möglichkeit, sie zu retten, und fürchte, dass Ezekiel noch einmal das Unmögliche versuchen wird.«

»Was?«, rief Silas aus. »Ist der Mann verrückt?«

Guy hob eine Augenbraue. »Das fragen Sie, Mr Toliver, ein Mann, der seine Frau so sehr liebt wie Sie?«

Silas wechselte einen Blick mit Jessica, ohne die er nicht leben konnte, und sah alle Hoffnung für Ezekiel darin schwinden. Silas hatte eine unruhige Nacht hinter sich, in der er sich wieder einmal mit seinem Gewissen auseinandergesetzt hatte. Nun wusste er, was er tun musste. Er wandte sich Guy zu. »Können Sie Ezekiel ein paar Tage dortbehalten?«

»Ja, ich denke schon.«

»Ist in Ihren Fluchtplänen noch Platz für seine Frau?«

»Ja, natürlich. Warum? Was haben Sie vor?«

»Ich fahre nach Houston und hole Ezekiels Frau.«

Jessica sah ihn verblüfft an.

Silas zog sie von ihrem Sessel hoch und nahm sie in die Arme.

»Jessica, ich versuche seit Jahren, Geld zu sparen, um deinem Vater das zurückzahlen zu können, was er mir für Somerset gegeben hat, aber ich bin immer wieder der Versuchung erlegen, meine Ersparnisse in die Plantage zu stecken.

Nun habe ich einen Betrag beiseitegelegt, der fast so hoch ist wie der, den ich ihm schulde, doch wenn ich Ezekiels Frau freikaufe, ist dieses Geld weg, und möglicherweise gelingt es mir nicht, meine Kasse vor seinem Tod wieder aufzufüllen. Verstehst du, was ich dir zu erklären versuche?«

»Du hast Geld gespart, um es meinem Vater … für mich … zurückgeben zu können?«

»Ich wollte dir beweisen, dass ich nach New Orleans auch ohne sein Geld mit dir verheiratet geblieben wäre.«

»Und nun willst du mit diesen Ersparnissen Ezekiels Frau zurückkaufen?«

»Damon Milligans Preis wird hoch sein.«

»Warum willst du Ezekiels Frau holen?«, fragte Jessica ungläubig.

»Weil ich nichts unversucht lassen würde, dich zurückzubekommen, wenn du verkauft worden wärst. Für seine Frau würde Ezekiel sein Leben opfern, das weiß ich.«

»O Silas …« Jessica legte den Arm um seine Taille, schloss die Augen und lehnte den Kopf an seine Brust. Das gab Silas das Gefühl, endlich in einem sicheren Hafen angekommen zu sein. »Silas …«, murmelte sie noch einmal, und er spürte, wie sein Hemd von ihren Tränen nass wurde.

ZWEIUNDFÜNFZIG

Im folgenden Jahrzehnt wurden die sonnigen Zeiten des Friedens und Glücks vom fernen Grollen des drohenden Krieges und den Tragödien überschattet, die Mensch und Natur gelegentlich heimsuchten. Die Gemeinschaft wuchs und gedieh, die Region mit ihrem Mittelpunkt Howbutker zog weiterhin landhungrige Siedler an, unter ihnen Pflanzer aus den südlichen Staaten, die glaubten, dass die Auswirkungen eines Krieges zwischen dem Norden und dem Süden, falls er ausbrach, Texas nicht erreichen würden. Monatlich schienen neue Unternehmen zu entstehen, und schon nach wenigen Jahren hatte die Bezirkshauptstadt mit ihren roten Ziegelstraßen und den säulengeschmückten Gebäuden zwei Ärzte, drei Anwälte, einen Architekten, zwei Lehrer, einen Ingenieur und einen Künstler vorzuweisen. Andere Quellen des Stolzes waren die drei Kirchen, die öffentliche Schule mit ihren vier Räumen, die Bücherei, das Postamt sowie das Verlagsgebäude der Zeitung an Straßen, die alle sternförmig zum Gerichtsgebäudeplatz führten. Das kommerzielle Zentrum bildete das DuMont Emporium.

Auf allgemeinen Wunsch nahmen die mit Gold und Glas, Mahagoni und Marmor ausgestatteten Verkaufsräume schon bald einen ganzen Häuserblock ein. Anfang 1856 besuchte Lucadia, die Gattin des fünften Gouverneurs von Texas Elisha Marshal Pease, bevor dieser in die neu erbaute Residenz des Gouverneurs in Austin zog, Henri, um sich von ihm Ratschläge für die Einrichtung des einstöckigen rotbraunen Ziegelgebäudes im Greek Revival Style zu holen, das sie als »zugiges Gemäuer« bezeichnete. Die zweitausendfünfhundert Dollar, die der Staat für diese Einrichtung vorsah, reichten nicht weit, doch Henri und Tippy gaben ihr Bestes. Das bemerkenswerte Ergebnis ihrer Bemühungen wurde von denjenigen, die den Amtssitz des Gouverneurs betraten, so sehr bewundert, dass ein Klatschreporter der *State Gazette* in Austin sich bemüßigt fühlte, Folgendes zu schreiben: »Wer vorhat, irgendetwas aufzubauen, das von der Gesellschaft wahrgenommen wird, sollte zuallererst das DuMont Emporium in Howbutker, Texas, aufsuchen und sich von dessen außergewöhnlich scharfsinnigem Inhaber und seiner fähigen Assistentin beraten lassen.«

Solche Urteile mehrten den Ruf des Warenhauses als oberste Instanz für alles, von Damenunterwäsche bis Besteck. Am Ende des Jahrzehnts hatte sich Henris früherer in zwei Räumen untergebrachter Gemischtwarenladen zum führenden texanischen Geschäft für Mode und Inneneinrichtung gemausert.

Auch die Warwick Lumber Company konnte auf eine Erweiterung ihrer Umsätze zurückblicken, obwohl die vollen Kassen zum Teil auf Jeremys unauffällige Investitionen in andere Branchen zurückzuführen waren. 1843 lernte er in New Orleans, wohin er mit seiner Frau und seinen Sprösslingen gefahren war, um ihre Eltern zu besuchen, einen New Yorker Universitätsprofessor namens Samuel B. Morse kennen, der Geld brauchte für die Produktion einer Maschine, welche er erfunden und »Telegraf« genannt hatte und mit der sich mittels Elektrizität Nachrichten über Drähte senden ließen. Jeremy, der das Potenzial erkannte und dem die Idee gefiel, investierte in die Telegraph Company von Morse. Innerhalb von sechs Jahren vervierfachte sich sein Einsatz, und der Preis seiner Anteile an dem Unternehmen schoss in die Höhe.

Ähnlichen Erfolg konnte Jeremy ab 1858 verbuchen, als er mit einer Gruppe von New Yorker Finanziers in ein Unternehmen investierte, das ohne Kühlung haltbare Dosenmilch produzierte. Der Herstellungsprozess wurde von Gail Borden, einem früheren Bewohner von Texas, der auch die erste Landkarte des Staates angefertigt hatte, entwickelt und zum Patent angemeldet. Bordens Dosenmilch wurde ein Verkaufsschlager und führte zur Eröffnung weiterer Kondensmilchfabriken in New York und Illinois, die immense Gewinne für die ersten Investoren abwarfen. Obwohl der Ertrag dieser Risikoanlagen den Luxus finanzierte, den seine Frau so sehr liebte, betrachtete Jeremy sich noch immer vorrangig als Holzhändler, der nach wie vor daran glaubte, dass sein Unternehmen einmal an der Spitze einer der wichtigsten Branchen von Texas stehen würde.

Die Baumwollproduktion und damit Somerset und die Pflanzerkultur florierten in den fünfziger Jahren des neunzehnten Jahrhunderts trotz der Panik von 1857, als die Zeit des Wohlstands im westlichen und nördlichen Teil des Landes ein abruptes, wenn auch vorübergehendes Ende fand. Die Nachfrage nach Baumwolle in den Vereinigten Staaten, Mexiko und Großbritannien hatte ein Allzeithoch erreicht und das goldene Zeitalter des Plantagensystems eingeläutet, das den Süden und Osttexas vor der Rezession anderer Branchen bewahrte. Somerset stand an vorderster Front der Plantagen in der Region, die die stetig wachsende Zahl von textilverarbeitenden Betrieben im Norden belieferten. Mitte des Jahrzehnts wurde anlässlich einer Rekordernte, die die Hälfte aller US-Exporte ausmachte und Silas Toliver in seiner Überzeugung bestärkte, dass der Krieg niemals kommen würde, der Ausdruck »Baumwolle ist König« geprägt.

»Der Norden braucht den Süden für eine stabile Wirtschaft, und wie soll die ohne Sklaverei möglich sein?«, fragte er, um Andersgesinnten den Wind aus den Segeln zu nehmen.

Silas' Zuversicht machte den führenden Persönlichkeiten in Howbutker und den Freunden der Tolivers Mut, doch das entsprach nicht der allgemeinen Stimmung. Während des gesamten Jahrzehnts musste der Süden – an dem sich Texas orientierte – eine Ohrfeige nach der anderen einstecken. Immer mehr sklavereikritische Publikationen tauchten auf, die provokanteste davon der 1852 erschienene Roman *Onkel Toms Hütte*, der vom Norden als wahrheitsgetreue Beschreibung des brutalen Systems gelesen wurde, auf dem die Wirtschaft des Südens und die Pflanzerklasse basierten. Harriet Beecher Stowes Werk erzürnte die Staaten, die die Sklaverei praktizierten, und schwächte den Wunsch des Südens nach einer friedlichen Regelung der Meinungsverschiedenheiten mit dem Norden.

Andauernde Probleme, die aus der Weigerung des Nordens resultierten, sich an den Fugitive Slave Act von 1850 zu halten, führten zu weiteren Konflikten und ließen die Frustration des Südens über seine nördlichen Nachbarn wachsen. Das neue Gesetz schuf eine Armada von Bundesagenten, die die Macht besaßen, entflohene Sklaven in jedem Staat der Vereinigten Staaten zu verfolgen, und verlieh Bürgern das Recht, sich an der Verhaftung zu beteiligen. Zum Schutz flüchtiger Sklaven verabschiedeten manche nördlichen Staaten Personal Liberty Laws, die das Bundesgesetz aushebelten und den Süden erzürnten, der diese als verfassungswidrig erachtete.

Die Legislative des Südens beschäftigte sich mit der Frage, wie man Teil einer Union bleiben könne, die offen die Präambel der Verfassung verhöhnte, welche ganz klar feststellte, dass die Rolle der Regierung darin bestehe, für »Ruhe im Staat zu sorgen« und »das Gemeinwohl zu fördern«, während politische Führer des Nordens zum Verbergen von entlaufenen Sklaven, zu Sklavenaufständen, Protestaktionen gegen die Sklaverei, zur Verbreitung voreingenommener Propaganda und zur Unterminierung von Gesetzen des Südens aufriefen. Mit anderen Worten: Wie sollte der Süden weiterhin dulden, dass die rechtmäßig gewählten Volksvertreter des Nordens alles in ihrer Macht Stehende taten, um die Ruhe im Staat und das Gemeinwohl zu gefährden? Wieso hielten sie sich nicht an die Unabhängigkeitserklärung, die den Bürgern das Recht einräumte, eine Regierung zu verändern oder abzusetzen und eine neue zu etablieren, wenn sie dem Zweck, zu dem sie eingerichtet worden war, nicht gerecht wurde?

Allgemein wurde angenommen, dass die Staaten, in denen Sklaverei praktiziert wurde, irgendwann genug hätten von der Überheblichkeit des Nordens und sich von der Union abspalten würden. In der Houston Avenue, inzwischen im Volksmund auch »Founders' Row« – »Gründerstraße« – genannt, ließen solche Diskussionen Eltern, deren Söhne, sollte der Ruf erschallen, im richtigen Alter wären und ausreichend Grund hätten, für ihr Erbe und ihren Lebensstil zu kämpfen, schaudern.

Doch es blieb beim Reden über Sezession und Krieg, und obwohl die Bürger von Howbutker den Horizont nach Wolken des aufkommenden Konflikts absuchten, genossen sie weiter Wohlstand, Fortschritt und relativen Frieden.

Es gab auch Todesfälle. 1853 wütete in New Orleans eine Gelbfieberepidemie, der über fünftausend Menschen zum Opfer fielen, darunter Camellia Warwicks Eltern. Bei ihrer Beisetzung erfuhren die Warwicks, dass Henry und Giselle Morgan, die Inhaber des Winthorp Hotel, die mit Henris Familie befreundet geblieben waren, ebenfalls an der durch Mücken übertragenen Krankheit gestorben waren. Im Februar 1854 traf ein Brief von Eunice Wyndham ein, in dem sie Jessica mitteilte, Willie May sei »sanft entschlafen«. Jessica sollte ihrer Mutter nie verzeihen, dass sie sie nicht sofort telegrafisch informiert hatte, damit Tippy der Beerdigung hätte beiwohnen können.

Am zehnten August 1856 wurde die fünfzehnjährige Nanette DuMont während eines Debütantenballs in einem Seebad auf Last Island im Golf von Mexiko vor dem südlichen Louisiana von einem Atlantikhurrikan von der Insel aufs Meer hinausgefegt. Ihre Leiche wurde nie gefunden. Die Familien waren untröstlich über den Verlust des hübschen Mädchens, das ihnen allen wie eine Tochter gewesen war. Zum Gedenken an sie ließen Henri und Bess ihr Pferd Flight O'Fancy, das Nanette bei englischen Damensattelwettbewerben geritten hatte, befreit von seinen Pflichten, auf die Weide.

Im Spätherbst 1858 brach Tomahawk Lacy zur Hirschjagd auf und kehrte nicht zurück. Zwei Wochen später ritt Jeremy an der Spitze eines Suchtrupps los und fand die blutigen Überreste der Leiche, die sich nur anhand seiner Stiefel und seines Gewehrs identifizieren ließ. Man ging davon aus, dass der treue Scout in den starken Armen eines Grizzlys in die ewigen Jagdgründe eingegangen war.

Die Gründer von Howbutker betrauerten ihre Verluste, freuten sich aber auch über die Kinder, Verwandten und Freunde, die ihnen trotz Cholera, Malaria und Gelbfieber, immer noch drohender Indianerangriffe und Sklavenaufstände blieben. Sie genossen Kunstausstellungen, Konzerte und Theateraufführungen, die sie der Stadt ermöglichten. Sie hatten Mittel und Muße für Bücher und Zeitschriften, Lesezirkel und Pokerklubs, Feste, Tanzveranstaltungen und Maskenbälle, die so typisch für ihre Schicht waren. Außerdem konnten sie sich den Luxus leisten, per Dampfschiff oder Bahn zu gesellschaftlichen Anlässen in New Orleans, Houston oder Galveston zu reisen, in einem Bruchteil der Zeit, die die Fahrt mit der Pferdekutsche in Anspruch genommen hätte.

In den 1850er Jahren wurden verblüffende Erfindungen wie die Nähmaschine, die Pasteurisierung der Milch und die Trommelwaschmaschine durch Anzeigen in der Zeitung von Howbutker bekannt. Die Menschen schüttelten nur noch den Kopf über die Wunder der Ära, in der sie lebten. Bestimmt würde sich ein Land wie das ihre den Fortschritt nicht durch einen Krieg verderben wollen, das sagte einem der gesunde Menschenverstand.

Doch im Dezember 1859 wurde ein Abolitionist, der einen Überfall auf das United States Federal Arsenal in Harpers Ferry, Virginia, angeführt hatte, wegen seines Plans, Sklaven für den gewaltsamen Widerstand gegen ihre weißen Herren mit Waffen auszustatten, aufgehängt. John Brown war des Verrats am Staat Virginia, des Mordes an fünf Befürwortern der Sklaverei und der Anstachelung zum Sklavenaufstand für schuldig befunden worden. Im Norden wurde er als Märtyrer für die Sache der Freiheit gefeiert, im Süden als Verrückter und Mörder diffamiert, der nichts Besseres verdiene als die Schlinge. Zahlreiche bedeutende Schriftsteller der Zeit – im Süden William Gilmore, Mary Eastman und John Pendleton Kennedy; im Norden Henry David Thoreau, Ralph Waldo Emerson und Walt Whitman – äußerten sich für oder gegen seine Hinrichtung. Als Jessica Toliver die Einschätzung des berühmten Dichters Henry Wadsworth las, der schrieb, nun werde der Wind gesät, der bald zur Ernte von Sturm führen würde, bekam sie eine Gänsehaut.

DRITTER TEIL

1860-1879

DREIUNDFÜNFZIG

Im August 1860 näherte sich ein Fremder von der Remise her dem Herrenhaus der Tolivers und sprach Maddie an, die gerade Wäsche aufhängte.

»Morgen, Tantchen. Ist die Dame des Hauses da?«

Maddie hatte noch nie erlebt, dass ein Weißer zu ihrer Begrüßung an die Hutkrempe tippte. Sie hatte das Gefühl, dass der Mann sie und die anderen Bediensteten bei der Arbeit am Waschtag beobachtet hatte, und das weckte ihren Argwohn. Er war irgendwie seltsam, obwohl sie nicht so genau wusste, warum, denn er sah gut aus, war mit sauberem Anzug und Hemd bekleidet und hatte angenehme Umgangsformen, einer schwarzen Frau gegenüber vielleicht sogar zu angenehm. Warum war er von hinten zu dem Haus gekommen und nicht von der Houston Avenue?

Maddie folgte ihrem Instinkt in der Hoffnung, dass die anderen Bediensteten, die mit der Arbeit aufgehört hatten, um den groß gewachsenen rothaarigen Fremden genauer zu begutachten, ihre Lüge nicht als solche entlarven würden, und antwortete, obwohl Jessica im Haus war: »Nein, ist sie nicht, Sir. Aber ich richt ihr gern was aus.«

»Wann kommt sie denn zurück?«

»Dauert wahrscheinlich, Sir.«

Als der Mann einen verstohlenen Blick in Richtung Laube warf, fragte sich Maddie bestürzt, ob er mit dem Gedanken spielte, dort auf ihre Herrin zu warten. »Dann werde ich wohl wiederkommen müssen«, erklärte er.

»Ihr Name, Sir?«

»Der tut nichts zur Sache«, antwortete er und entfernte sich hastig.

Natürlich hätte Maddie Jessica von der Begegnung berichtet, doch nicht lange nachdem der Mann sich verabschiedet hatte, wurde ihr plötzlich schwindlig, und sie setzte sich auf einen Stuhl auf der hinteren Veranda, um sich Luft zuzufächeln. Sie schloss die Augen und stieß einen Seufzer aus. Wenig später fand eine der Bediensteten sie mit dem Strohfächer in der Hand, erstarrt in ihrer letzten Bewegung auf Erden.

In dem Geschrei und Durcheinander nach ihrer Entdeckung wurde der Mann, der am Morgen so mysteriös im hinteren Garten aufgetaucht war, vergessen, doch ein Lieferant, der sich dem Anwesen der Tolivers mit seinem Wagen ebenfalls von hinten näherte, beobachtete ihn dabei, wie er dieses verließ. Der Lieferant, der alle Leute in der Stadt kannte, hatte ihn noch nie zuvor gesehen, was zu der Zeit in Howbutker gefährlich sein konnte, weil Gruppen einheimischer Männer unterwegs waren, die nicht gerade freundlich auf Unbekannte reagierten.

Im Juli war in einem kleinen Drugstore in Dallas ein Feuer ausgebrochen, das sich rasch ausgebreitet und den größten Teil des Geschäftsviertels der Stadt verwüstet hatte. In dem durch Diskussionen über Sezession und Krieg aufgeladenen Klima, verstärkt durch eine lang anhaltende Hitzewelle, die die Nerven blank liegen ließ, kam der Verdacht auf, dass das Feuer von Abolitionisten gelegt worden war. Ähnliche Brände hatten bereits Teile von mehreren texanischen Städten zerstört, und ein Dokument war aufgefunden worden, das als Beweis dafür galt, dass dies das Werk radikaler Sklavereigegner war, die die öffentliche Meinung durch Brandstiftung, Morde und die Zerstörung von Privateigentum beeinflussen und Texas dazu bringen wollten, sich von der Sklaverei zu verabschieden. Diese Gruppen standen im Verdacht, die Flucht von Sklaven zu organisieren, Vieh zu stehlen, Baumwollentkernungsmaschinen, Scheunen und Felder abzufackeln und Brunnen zu vergiften. Angst vor einem ausgewachsenen Sklavenaufstand ging um. Der Großbrand in Dallas brachte das Fass zum Überlaufen. Paranoia machte sich breit, angeschürt durch Zeitungsschlagzeilen, die von Akten himmelschreienden Vandalismus berichteten, und durch Artikel, verfasst von Redakteuren, welche eine sofortige und erbarmungslose Bestrafung der Schuldigen forderten. Über Nacht bildeten sich geheime Gruppen und Bürgerwehren, die ohne gesetzliche Grundlage Nachforschungen anstellten und jeden zur Rede stellten, der verdächtigt wurde, die Sache des Nordens zu unterstützen. Zufällig zur falschen Zeit am falschen Ort Weilende wurden grässlichen Befragungsmethoden unterzogen, und wenn sie ihre Unschuld nicht überzeugend nachweisen konnten, passierte es durchaus, dass man sie am nächsten verfügbaren Baum aufknüpfte.

Als der Lieferant langsamer wurde, um den Mann genauer in Augenschein zu nehmen, der gerade auf sein Pferd stieg, fiel ihm auf, dass dieser den Hut noch tiefer ins Gesicht zog, als er an ihm vorbeikam. Der Lieferant, fast noch ein Junge, war allein und kleiner als der Reiter. Wäre es anders gewesen, hätte er ihn aufgehalten und zur Rede gestellt. Wie die Dinge standen, konnte er nur dem Anführer der Bürgerwehr, der er angehörte, Bericht erstatten. Bei der Zusammenkunft am Abend würde er Mr Lorimer Davis erzählen, dass er auf der Straße hinter dem Haus der Tolivers einem Fremden begegnet sei. Und er würde das vage Bild von ihm in seinem Kopf speichern für den Fall, dass die Beschreibung eines Tages benötigt wurde.

Einige Wochen später besuchte Jessica ihren Lesezirkel in Bess DuMonts Salon im Stil von Ludwig XIV., ihr erster

Ausflug seit Maddies Tod. In glücklicheren Tagen hatte man sich dort vor der eigentlichen Diskussion des Buchs über angenehme Dinge unterhalten. Eine stillschweigende Vereinbarung des Klubs besagte, dass deprimierende Themen wie Todesfälle, Krankheiten, Politik, Klagen über Kinder, Ehemänner und Verwandte zu Hause gelassen wurden. Doch an jenem Tag konnte das Gespräch über Vorzüge eines modisch ausgestellten Unterrocks gegenüber schwereren und wärmeren mehrlagigen Krinolinen die besorgte Diskussion über Gerüchte nicht verhindern, dass eine Verschwörung zum Zweck der Bewaffnung von Sklaven für eine landesweite Revolte im Gang sei. Unausgesprochen, aber umso tiefer empfunden war die Furcht der Pflanzerfrauen, also der Mehrheit der Damen im Raum, vor sexuellen Übergriffen schwarzer Männer, die sich an ihren Gatten rächen wollten. Diese Angst, mit der sie und ihre Töchter, seit sie in die Gesellschaft der Pflanzer eingeheiratet hatten, lebten, erklärte, warum manche von ihnen lieber in der Stadt, in sicherem Abstand zu den Plantagen, wohnten.

»Lorimer hat veranlasst, dass alle unsere Sklaven die zehn Gebote lernen«, verkündete Stephanie Davis. »Er lässt sie sie jeden Sonntagmorgen aufsagen mit der Betonung auf ›Du sollst nicht töten‹.«

»Das ist bestimmt sehr wirkungsvoll«, meinte Bess DuMont und zwinkerte Jessica über den Rand ihres Teeglases hinweg zu.

»Und mit Sicherheit einprägsamer als sein eigenes Beispiel«, konnte Jessica sich nicht verkneifen zu sagen und bedauerte ihre Bemerkung sofort. Sie hätte an diesem Tag nicht kommen sollen, dachte sie, weil sie sich einfach nicht in der Stimmung für solche gesellschaftlichen Anlässe befand. Sorgen lasteten auf ihr, und schlaflose Nächte machten sie gereizt. Sie spürte den Druck ihres Korsetts, das sie zu Hause nie trug, und das Drahtgestell ihres neuen Reifrocks machte es ihr unmöglich, eine bequeme Sitzposition zu finden. Die Luft in dem Raum war stickig, daran änderten auch die unablässige Bewegung ihres Fächers und die modernen Deckenventilatoren nichts, die auf mysteriöse Weise von Wasser angetrieben wurden.

»Wie meinst du das?«, erkundigte sich Stephanie.

»Wir wissen doch alle, wie locker Lorimer Peitsche und Strick sitzen, Stephanie.«

»Was willst du damit andeuten?«, fragte Stephanie mit angriffslustigem Blick. »Die meisten Leute in der Gegend erachten Peitsche und Strick als Mittel zur Durchsetzung der Gerechtigkeit, die *dein* Mann offenbar nicht gut findet. Lorimer war schrecklich enttäuscht, als Silas sich geweigert hat, sich seiner Bürgerwehr anzuschließen. Vielleicht hat er kein Interesse daran, für Ruhe und Frieden zu sorgen.«

»Möglicherweise hat er kein Interesse daran, das Gesetz zu umgehen«, entgegnete Jessica.

Schockiertes Schweigen. Aller Augen waren auf die beiden Frauen gerichtet. Kein Eis klimperte im Glas; kein Seidenrock raschelte.

»Ich hätte da noch eine Frage, Jessica«, fuhr Stephanie fort. »Wer war denn da vor ein paar Wochen bei euch? Jedenfalls keiner von uns. Unser Lieferant, der ihn an eurem hinteren Zaun hat herumlungern sehen, kannte ihn jedenfalls nicht. Mein Mann würde das gern wissen. Ihn interessieren alle Fremden im Ort, besonders diejenigen, die in Zeiten wie diesen beim Haus der Tolivers auftauchen.«

Jessica stellte ihr Teeglas ab und legte ihren Fächer daneben. »Würdest du die Freundlichkeit besitzen, mir zu erklären, was du meinst, Stephanie? Bei uns war kein Unbekannter.«

»Nicht an der vorderen Tür. Aber warum an der hinteren?«

»Keine Ahnung. Maddie wüsste es, doch die ist ja leider von uns gegangen.«

»Wie praktisch.«

»Meine Damen!«, mischte sich Bess DuMont ein. »Wollen wir mit der Diskussion von *Die Mühle am Floss* anfangen? Ich hätte da eine höchst interessante Information über den Verfasser George Eliot. *Er* ist in Wirklichkeit eine *Sie*. Der Name der Autorin lautet Mary Anne Evans …«

Jessica hörte nicht mehr zu. Obwohl Stephanie Klatsch liebte, setzte sie ihn nicht selbst in die Welt. Jessica fiel ein, dass eine Bedienstete erwähnt hatte, Maddie sei gestorben, »gleich nachdem sie im Hof hinter dem Haus mit einem rothaarigen Weißen« geredet habe. In ihrem Entsetzen über Maddies Tod hatte Jessica den Mann als Landstreicher abgetan, der um Essen betteln wollte, und nicht länger über ihn nachgedacht. Lorimer sah potenzielle Abolitionisten hinter jedem Busch und Baum und vermutete wohl, wie Stephanie alles andere als subtil angedeutet hatte, das Schlimmste von dem unbekannten Besucher der Tolivers. Zu Hause würde Jessica ihre Bediensteten befragen. Hatte am Ende Guy Handley, wo er sich momentan auch immer aufhalten mochte, einen Boten geschickt, um sich ihrer Unterstützung für die Sache des Nordens zu versichern?

VIERUNDFÜNFZIG

Vom Rücken seines Pferdes aus blickte Silas an seiner Lieblingsstelle der Plantage über die vertrockneten Felder von Somerset. In der Vergangenheit hatte ihn der Anblick seiner zwölfhundert Hektar Grund mit solcher Freude erfüllt, dass er diese manchmal, wenn er allein war, laut hinausschrie oder sich einfach nur der Ruhe hingab. Heute waren seine Gefühle genauso unerfreulich wie das Bild der endlosen Reihen sonnenverbrannter Stängel vor ihm. Heute empfand er hier keinen inneren Frieden, und das würde auch lange so bleiben.

Es war Ende Oktober 1860.

Thomas, der neben ihm auf seinem Appaloosa saß, stellte fest: »Der Anblick tut weh, was, Papa?«

»Ja, in mehr als nur einer Hinsicht«, antwortete Silas. Der Verlust war für Thomas schlimmer als für ihn selbst, das wusste Silas. Thomas hatte noch nicht so oft wie sein Vater erlebt, dass Mutter Natur die Arbeit des Menschen zunichtemachte, und schlimmer als dieses Mal war es noch nie gewesen. Silas musste an Morris denken. Sein Bruder würde dem Werk der Vernichtung apokalyptische Bedeutung beimessen, und möglicherweise hätte er recht. Die Trockenheit dieses elenden Sommers konnte gut und gern als Vorbote des bevorstehenden Untergangs gedeutet werden.

Das Jahr hatte, wie sich später herausstellte, trügerisch ruhig begonnen. Nie zuvor hatten die Pflanzer und Farmer von Osttexas ihre Felder so grün und üppig gesehen. Im März hatte es genau das richtige Verhältnis von Regen und Sonne gegeben, und der Wind, der gefürchtete Feind der aufgelockerten Erde und der knapp unter der Oberfläche gepflanzten Samen, war überraschend mild gewesen. Sie hatten alle schon frohlockt, doch als der April und der Mai ohne einen Tropfen Regen vergangen waren und der Juni schließlich eine Hitzewelle gebracht hatte, die den Boden vollends austrocknete, bis kaum noch Baumwolle, Weizen, Gerste oder Mais in dem heißen, staubigen Wind vor sich hin dorrte, hatten sie die Hoffnung auf eine auch nur kleine Ernte aufgeben müssen – eine Ahnung dessen, was Texas und den Staaten des Südens bevorstand, wenn sie sich von der Union abspalteten.

Thomas, der Silas' »Herzensgedanken«, wie Jessica sie nannte, erahnte, sagte: »Du hältst die Sezession für unvermeidlich, Papa?«

»Ja, für genauso sicher, wie es irgendwann wieder regnet.«

»Und dann kommt Krieg?«

»Und dann kommt Krieg.« Silas konnte sich nicht länger etwas vormachen. Abspaltung bedeutete Krieg. Abraham Lincoln, der Senator von Illinois, den die Republikaner zum Präsidentschaftskandidaten erkoren hatten, würde sich höchstwahrscheinlich durchsetzen. Seine politische Position hatte er in einer Rede vor dem Kongress im Juni 1858 klargemacht, in der er feststellte, dass ein Haus, das in sich uneins sei, nicht bestehen könne, weshalb die Regierung sich nicht dauerhaft damit abfinden werde, dass es eine Hälfte Sklaven und eine Hälfte freie Menschen gebe. Als Präsident der Vereinigten Staaten sollte Lincoln dann später schwören, dass er in der Frage der Sklaverei keine Kompromisse eingehen und die Sezession nicht anerkennen würde.

»Was geschehen wird, ist klar, mein Sohn«, sagte Silas. »Der Süden wird sich abspalten, egal, ob das Mr Lincolns Regierung passt oder nicht. Die Aufwiegler im Süden werden sich immer gegen eine Zentralregierung stellen, die über die Köpfe der einzelnen Staaten hinweg entscheidet. Und Männer wie dein Großvater oder die texanischen Pflanzer, die Gründerväter der Republik, würden lieber sterben, als sich Gesetzen zu unterwerfen, die den Lebensstil ihrer Vorfahren zerstören.«

»Was macht dich so sicher, dass der Krieg kommt?«

»Die republikanischen Abolitionisten sind entschlossen, die Sklaven in diesem Land zu befreien, und Lincoln ist genauso entschlossen, das Land zusammenzuhalten. Der Süden glaubt, dass er das Recht besitzt, Sklaven zu halten, und die Verfassung ihm die Abspaltung erlaubt. Diese unterschiedlichen Überzeugungen führen unweigerlich zum tödlichen Konflikt. Krieg ist unausweichlich, und der Norden wird ihn gewinnen.«

Thomas rutschte auf seinem Sattel herum, ein Zeichen dafür, dass er innerlich aufgewühlt war. »Warum?«

»Weil er alles hat, was dem Süden und Texas fehlt.«

Silas verscheuchte eine lästige Fliege, die um seinen Kopf schwirrte und ihm die Freude über eine angenehme Brise verdarb. »Industrie, Eisenbahnlinien, Fabriken und durch die zahlreichen Einwanderer aus Europa ein riesiges Reservoir an Arbeitskräften. Im Süden hingegen gibt es nur wenige Städte, keine nennenswerten Eisenbahnlinien, kaum Einwanderer und Fabriken – das sind alles Faktoren, die im Kriegsfall gegen uns sprechen.«

»Was wird passieren?«

Silas lockerte die Zügel seines Pferdes, damit es an den trockenen Grashalmen rupfen konnte. Er gab sich selbst die Schuld dafür, dass Thomas mit seinen dreiundzwanzig Jahren nicht besser über die explosive Situation informiert war. Thomas interessierte sich nur für den Anbau von Baumwolle. Er las eifrig *The Cultivator*, eine New Yorker Farmerzeitschrift, und verschlang jeden Zeitungsartikel über die neuesten landwirtschaftlichen Techniken und Landmaschinen, bekam jedoch kaum etwas von aktuellen politischen Ereignissen mit. Silas hatte keinen Sinn darin gesehen, ihn mit Berichten über düstere Vorhersagen zu verwirren, die möglicherweise nie eintrafen. Trotz Jessicas gegenteiligem Rat hatte er es sogar beim gemeinsamen Abendessen, der einzigen Gelegenheit zu Diskussionen in der gesamten Familie, tunlichst vermieden, über den sich zuspitzenden Konflikt zu reden.

»Was könnte Thomas schon dagegen tun?«, hatte er Jessica gefragt.

»Wissen ist Macht«, hatte sie geantwortet.

»Macht? Und wie soll die aussehen?«

»Er braucht einen Plan, wie er die Plantage vor der Zerstörung bewahren kann, die die Veränderungen im Fall eines Krieges bringen werden.«

Silas beobachtete, wie ein Präriefalke sich aus den Lüften herabstürzte, um eine Eidechse zu packen – ein passendes Bild für die gegenwärtige Situation, dachte er. »Lincoln wird den Sklaven gleiche Rechte zuerkennen wie den Weißen, und dann ist das Plantagensystem am Ende«, erklärte er seinem Sohn. »Unser jetziger Lebensstil wird der Vergangenheit angehören.«

Thomas richtete den Blick mit mahlenden Kiefern in die Ferne. Mit seiner Größe und seinen breiten Schultern war er mittlerweile ein richtiger Mann, doch Silas sah ihn immer noch als den unschuldigen, vertrauensseligen Jungen, der nichts von der Welt außerhalb von Somerset wusste.

»Du hast es dir selbst zuzuschreiben, dass er nur für die Plantage lebt und sein Herzblut dafür geben würde«, hatte Jessica ihm erklärt. »Hast du dir nicht genau diese Hingabe von deinem Sohn gewünscht?«

»Ja, aber nicht so ausschließlich.«

»Er wird wie sein Vater lernen müssen, dass es im Leben noch andere Dinge als Land und Baumwolle gibt.«

Silas konnte sich die Gedanken seines Sohnes vorstellen. Thomas sah Somerset – sein Erbe, das Land seines Vaters, seinen einzigen Sinn im Leben – am Boden.

»Wozu soll man dann zurückkehren?«, fragte Thomas.

Mit dieser Frage hatte Silas gerechnet. Genau deshalb hatte er seinen Sohn gebeten, zu diesem Ort der Besinnung zu reiten. Denn wenn es zum Krieg kam, würde Thomas gehen und nicht jemanden bezahlen, sich für ihn auf den Weg zu machen, was ihm als einzigem Sohn eines wohlhabenden Mannes laut Gesetz zustand. Diese Aussicht hielt Silas, Jeremy, Henri und ihre Frauen in den Nächten wach. Bei der Vorstellung, dass Thomas im Kampfgetümmel ein Schuss, ein Bajonettstoß, Gefangenschaft oder gar der Tod ereilen konnte, blieb Silas der Bissen im Halse stecken, Schweiß brach ihm aus, das Blut stieg ihm zu Kopf, und er verstummte mitten im Satz.

Auch im Schlaf ließ ihm die Prophezeiung seiner Mutter keine Ruhe.

»Wir müssen ihm einen Grund zum Überleben geben«, hatte Jessica gesagt.

»Zum Beispiel?«, hatte Silas gefragt.

»Du musst die Liebe seines Lebens für ihn bewahren.«

»Somerset.«

»Du weißt, was dazu nötig ist, Silas.«

»Ja, und das habe ich dir zu verdanken, Jessica.«

Und so hatte Silas, Jessicas Vorschlag folgend, einen Plan zur Rettung von Somerset ausgearbeitet. Die Plantage – die Sicherheit, dass sie ihn erwartete – würde Thomas als Anreiz dienen, sicher nach Hause zurückzukehren. Dieser Anreiz hatte auch Silas den Treck nach Texas erleichtert. Der Traum von Somerset hatte ihm den Weg gewiesen, die Vorstellung davon ihm Mut gegeben. Und die Klugheit, lebensbedrohlichen Hindernissen mit Geduld und Urteilsvermögen zu begegnen, sich nicht Angst und Verzweiflung hinzugeben. Die Vision von Land, das er sein Eigen nennen konnte, hatte ihm einen Lebenssinn geschenkt.

Und den würde er auch Thomas geben. Silas wollte ihn nicht zum Feigling erziehen – Sicherheit um jeden Preis –, sondern ihn dazu bringen, Umsicht walten zu lassen, auf seinen gesunden Menschenverstand zu hören und keine unnötigen Risiken einzugehen. Das war im Angesicht des Krieges sehr wenig, jedoch das Einzige, was er seinem Sohn mitgeben konnte. Darüber hinaus musste er das Schicksal von Thomas in die Hände Gottes legen.

»Deswegen bin ich heute mit dir hierhergeritten, Thomas. Um mit dir darüber zu sprechen, wie wir Somerset retten können.« Sie stiegen ab und setzten sich in den Schatten einer vertrockneten Roteiche.

Thomas hörte sich an, was Silas zu sagen hatte, und fragte dann: »Ist das die einzige Möglichkeit?«

Silas nickte. »Ja. Die Pflanzer von Osttexas werden schlucken, wenn sie das hören, aber am Ende werden alle, die wenigstens einen Teil ihres bisherigen Lebens retten wollen, mitmachen.«

»Mutter und ihrem Herzen für die Geknechteten der Welt sei Dank«, meinte Thomas.

Silas lachte. »Amen. Wenn deine Mutter nicht wäre …«

FÜNFUNDFÜNFZIG

Die Sache mit Ezekiel war ein Wendepunkt im Leben von Silas gewesen. Zum ersten Mal hatte er Schwarze als Menschen gesehen und seine Sklaven als Personen. Er hatte sich gegen diese neue Wahrnehmung gewehrt, aber das Gefühl gehabt, als würde eine starke Hand ihn zwingen, die Sklaverei mit neuen Augen zu betrachten und sie als das zu erkennen, was sie war. Einfach ausgedrückt handelte es sich um ein vom Gesetz sanktioniertes System, das eine Gruppe von Menschen dazu verdammte, ohne Lohn für eine andere zu arbeiten.

Nun denn, dachte er. Somerset konnte nicht ohne die Arbeit der Sklaven existieren, und Somerset *würde* existieren. Kurze Zeit nach dem Vorfall mit Ezekiel wies er seinen Vormann an, die Sklaven zu informieren, dass er nicht mehr mit »Master« angesprochen werden wolle, sondern mit seinem Namen. Welchen sie wählten, blieb ihnen überlassen. Von jenem Tag an nannten ihn alle »Mister Silas«, was ihm gefiel, weil es freundlicher klang als das förmlichere »Mr Toliver«.

Dann folgten kleinere Änderungen in den Arbeitsabläufen der Plantage. Als Belohnung für Loyalität und Gewissenhaftigkeit gab Silas seinen fleißigsten Leuten einen Acre Grund, auf dem sie ihre eigene Baumwolle anbauen konnten. Wenn die Ernte dann gewogen wurde, erhielten sie dafür Geld, abzüglich der Kosten, die sie Silas für Saat, die nominelle Miete für die Arbeitstiere und die Geräte schuldeten. Das machte sich schon bald bezahlt. Die solchermaßen Auserwählten errangen unter Ihresgleichen einen neuen Status, arbeiteten härter für ihren Besitzer und vermittelten den Eindruck, dass sie nicht gehen würden, wenn man ihnen anböte, sie in die Freiheit zu entlassen. Wo sollten sie auch hin? Und wo Arbeit finden? Wo würden sie Nahrung, Unterkunft, medizinische Versorgung und Kleidung erhalten wie hier? Mister Silas war ein guter Mensch, ihm konnte man vertrauen.

Das wirkte sich auch auf Silas' Aufseher und seinen Landverwalter aus und führte zu weiteren Veränderungen. Fortan hörten sie sich den Grund für Auseinandersetzungen zwischen den Arbeitern an, statt sie gleich zu bestrafen. Männer durften in den letzten Tagen der Schwangerschaft bei ihren Frauen bleiben, und die Frauen mussten nicht so viele Stunden auf dem Feld arbeiten wie die Männer. Silas schaffte die Tröge im Hof ab, aus denen bis dahin die kleinen Kinder gefüttert worden waren. Die Sprösslinge seiner Sklaven seien keine Schweine, ließ er wissen. Stattdessen bestellte er von der Warwick Lumber Company eine Reihe langer Tische mit Bänken, an denen die Kinder ihre Mahlzeiten mit ordentlichem Besteck einnehmen sollten. Zusätzliche Maßnahmen zur Verbesserung der persönlichen Sicherheit, Gesundheit und Hygiene wurden eingeführt, Abtritte aufgestellt, die Hütten der Sklaven instand gehalten, breitrandige Strohhüte ausgeteilt, welche die feuchten Handtücher ersetzten, mit denen die Arbeiter ihre Köpfe bislang unter der sengenden Sonne gekühlt hatten, und Handschuhe ausgegeben, um die Hände der Sklaven zu schützen, die mit Äxten, Sägen und Maschinen hantierten. Für einen Sklavenfriedhof wurde auf einem Hügel Grund abgezweigt. Ein schmiedeeiserner Zaun, um den sich Feuerdorn mit roten Beeren rankte, umschloss das Areal, und die Gräber trugen Kreuze mit den Namen und Sterbedaten der darin Ruhenden.

Silas lockerte die Zügel, ohne nachlässig zu werden. Die

Produktivität von Somerset hatte für ihn oberste Priorität. Im Lauf des Jahres wurde klar, dass Gouverneur Sam Houston den Kampf gegen die Sezessionisten verlieren würde. Die Verfechter seiner Ansicht – unter ihnen Silas –, dass die Vereinigten Staaten auch ohne Texas zurechtkämen, Texas aber ohne die Vereinigten Staaten verloren wäre, wurden von Hitzköpfen niedergeschrien, die solche Fragen lieber mit überstürzten, drastischen Aktionen regelten.

Im Oktober 1860 war Silas schließlich innerlich bereit, Jessicas Idee der Pacht als einzige Möglichkeit, wie Somerset die Folgen der Sklavenemanzipation überstehen konnte, zu akzeptieren. Und diesen Plan präsentierte er nun Thomas. Zum Erhalt einer stabilen Anzahl von Arbeitskräften, erklärte Silas seinem aufmerksam lauschenden Sohn, musste er seinen früheren Sklaven einen Grund geben, in Somerset zu bleiben. Er würde ihnen das Angebot machen, jedem Familienoberhaupt eine Parzelle zu verpachten, auf der die Familie Baumwolle anpflanzen konnte, und weiterhin für ihre Unterkunft, Verpflegung sowie für Saat, Geräte und Arbeitstiere sorgen. Wenn die Ernte dann eingebracht und verkauft wäre, würde Silas seinen früheren Sklaven die Hälfte des Verkaufserlöses für ihre Ernte abgeben, abzüglich der Kosten für die Dinge, die er im Lauf des Jahres zur Verfügung gestellt hatte.

Der Plan hatte durchaus Nachteile. Der augenfälligste war natürlich, dass der Ertrag von Somerset künftig nicht mehr ausschließlich in Silas' Tasche fließen würde. »Deine Mutter nennt das ›Teilung des Gewinns‹«, erklärte Silas Thomas und verzog dabei den Mund. Die Baumwollproduktion – die Launen von Mutter Natur und andere Katastrophen mit eingerechnet, die eine Ernte vernichten konnten – war nur so gut wie der Mensch, der den Boden bestellte, und sobald der Pächter nicht mehr die Peitsche fürchten musste, gab es keine Garantie dafür, dass er so viele Stunden schuftete, wie nötig waren, damit der Boden etwas abwarf. Der Ruf des Nordens – die Aussicht auf eine Stelle, leichtere Lebens- und Arbeitsbedingungen, größere Achtung vor Angehörigen der schwarzen Rasse – würde zweifellos viele weglocken. Auch schlechte Jahre konnten Arbeiter entmutigen und vertreiben. Es war jederzeit möglich, dass sie ihren Hut nahmen und die Baumwolle auf dem Feld verrotten ließen.

Aber wenn Somerset durchhielt, bis Nation und Märkte sich stabilisiert hätten und wieder vernünftige Gewinne zu erwarten wären, würde die Plantage aufs Neue florieren. Irgendwann würde die Erfindung von arbeitssparenden Gerätschaften das Problem der Unzuverlässigkeit und Knappheit von Arbeitskräften beheben, und am Ende hätten sie – vorausgesetzt das Glück war ihnen hold – vielleicht das Geld, um die Nachbarplantagen aufzukaufen, die Silas unweigerlich in den Bankrott schlittern sah, sobald ihre Sklaven in die Freiheit entlassen wären.

Doch das waren Sorgen der Zukunft. Zur Vorbereitung auf das Unvermeidliche, erklärte Silas Thomas, habe er beschlossen, die Anzahl der Sklavenfamilien zu erhöhen, denen er Parzellen zum eigenen Baumwollanbau biete. Und seinen Favoriten, die sich bereits bewährt hätten, würde er mehr Land geben. So hoffe er, nach dem Krieg eine ausreichende Zahl befreiter Sklaven zur Verfügung zu haben, denen es lieber wäre, am selben Ort zu bleiben und unter einem vertrauten Landbesitzer Grund zu pachten, als sich in ein Gebiet und zu einem Arbeitgeber aufzumachen, die sie nicht kannten.

»Aber bis der Zeitpunkt kommt, sollen sie nicht erfahren, was du mit ihnen vorhast, oder?«, fragte Thomas.

»Genau. Ich möchte, dass sie lernen, wie es ist, für ihre Arbeit bezahlt zu werden, statt zusehen zu müssen, wie alle Gewinne an den Landbesitzer fließen. Das ist eine gute Grundlage für später, wenn sie frei sind.«

»Und wann hast du vor, deine Pläne in die Tat umzusetzen?«

»Sofort«, antwortete Silas, entrollte eine Zeichnung und zeigte sie Thomas. Es handelte sich um eine Karte von Somerset, aufgeteilt in Parzellen, die mit Namen versehen waren. »Sag mir, ob du mit der Aufteilung der Parzellen und den Familien einverstanden bist, die ich ausgewählt habe.«

Thomas studierte die Zeichnung und nickte. »Die hätte ich auch ausgesucht. Wie ich sehe, hast du den Söhnen von Jasper jeweils einen Acre zugedacht.«

»Wir werden sie brauchen. Und ich weiß, dass Jasper es gern hätte, wenn seine Jungs bei ihm blieben. Wir reiten zuerst zu ihm und bringen ihm die frohe Kunde. Was hältst du davon, Sohn?«

»Ich finde den Plan wunderbar. Wenn das, was du voraussiehst, eintrifft, ist das die einzige Chance, Somerset in die Zukunft zu führen.« Thomas rollte die Karte zusammen und gab sie Silas zurück. »Nur eine Frage, Papa: Werden die Pächter jemals die Möglichkeit erhalten, das gepachtete Land zu *kaufen*?«

»Nicht zu meinen Lebzeiten«, antwortete Silas. »Und hoffentlich auch nicht zu deinen. In dem Vertrag wird schriftlich fixiert, dass diese Option nicht vorgesehen ist. Wenn der Pächter sich das leisten kann, wird er das Recht haben, die Arbeitstiere und Gerätschaften sowie alle anderen Dinge selbst zu erwerben, die zur Bewirtschaftung seines Grundes nötig sind, statt sie von mir zu mieten, aber das Land, das er pachtet, kann er nicht kaufen. Solange ich lebe, wird niemand außer den Tolivers jemals einen einzigen Acre von Somerset besitzen.«

»Und auch solange ich lebe, Papa«, erklärte Thomas. »Darauf gebe ich dir mein Wort.«

Silas schnürte es die Kehle zu, als er diese Worte aus dem

Mund seines Sohnes hörte. »Dann lass uns die Runde machen.«

Jasper war begeistert, als Silas ihn fragte, ob er noch ein paar zusätzliche Acres zum Anbau von Baumwolle wolle.

»Meine eigenen?«

»Nein, aber du kannst sie wie deinen eigenen Grund und Boden bepflanzen und Geld damit verdienen«, erklärte Silas.

Jasper grinste breit. Eigenen Berechnungen nach war er etwa zweiundvierzig Jahre alt, und er hatte zwei Söhne und eine Tochter. Petunia, das älteste seiner Kinder, war noch immer der erklärte Liebling von Jessica. Mit siebzehn hatte Petunia eine Tochter namens Amy geboren, die mittlerweile vier Jahre alt war und die sie allein aufziehen musste, weil ihr Mann beim Angeln in einem nahe gelegenen See ertrunken war.

»Mister Silas, was soll ich da anderes sagen als Ja?«, antwortete Jasper. »Ganz herzlichen Dank, Sir. Sie sind der großzügigste Herr auf der Welt.«

»Noch eins«, meinte Silas. »Sprich mit deiner Frau darüber. Wenn ihr euch alle einig seid und Petunia mag, würden Miss Jessica und ich es uns wünschen, dass sie und ihre Tochter bei uns wohnen. Wie du weißt, ist Maddie vor Kurzem gestorben, und Miss Jessica glaubt, dass Petunia eine gute Haushälterin abgeben würde. Außerdem würden wir uns alle über ihre Kleine im Haus freuen.«

»Sie wird begeistert sein, wenn ich ihr das sage, Mister Silas. Sie sind wirklich gut zu uns.«

Silas und Thomas stiegen wieder auf die Pferde, um den anderen die frohe Kunde zu bringen. Silas sah Jasper an. Wie viele Jahre es schon her war, dass seine Frau mutig ihrem Vater widersprochen und Jasper vor seinem sicheren Schicksal bewahrt hatte. Ihren Mut hatte er ihr mit Loyalität, Hingabe und zuverlässiger Pflichterfüllung vergolten. Jasper wäre für sie durchs Feuer gegangen. Er war Joshua ein treuer Freund gewesen, Thomas ein gutes Vorbild und Silas ein kluger Vermittler zwischen ihm und seinen Sklaven. Und er war ein guter Mensch, der die Freiheit verdient hatte, doch wenn alles so lief, wie Silas sich das vorstellte, würde Jasper den Rest seines Lebens fast unverändert verbringen, ohne zu merken, dass er nun juristisch einen anderen Status innehatte. Anders als früher wären Sklave und Herr jetzt als gleichberechtigte Partner zur Erhaltung von Somerset aneinandergekettet.

SECHSUNDFÜNFZIG

Von ihrem erhöhten Platz in der Laube aus sah Jessica bis hinüber zur Weide, wo die Bewohner der Houston Avenue ihre Pferde grasen ließen. An jenem Nachmittag Ende Januar 1861 war das einzige Tier darauf Flight O'Fancy, deren Anblick Jessica an den Verlust von Nanette DuMont erinnerte. Immer zur selben Stunde in der Abenddämmerung holte Robert Warwick sie mit dem Halfter in der Hand und einer sanften Begrüßung ab. Beim Klang von Roberts Stimme spitzte die Stute die Ohren und trottete zu ihm, um die Nüstern gegen seinen Nacken zu drücken. Er schob das Zaumzeug über ihren Kopf, und sie folgte ihm artig zum Stall der DuMonts.

Jessicas Augen wurden feucht. In letzter Zeit hatte sie nahe am Wasser gebaut. Sie litt unter dem »Fluch der mittleren Jahre« und weinte beim geringsten Anlass, doch Roberts unerschütterliche Treue hätte jeden zu Tränen gerührt. Robert hatte nach dem Tod seiner Kindheitsfreundin gebeten, sich um die Vollblutstute kümmern zu dürfen, und tat dies fünf Jahre später, mit zwanzig, noch immer, weil er seinerzeit geschworen hatte, Nanette zu heiraten, wenn sie erwachsen wären.

Jessica wischte die Tränen mit einem Zipfel ihres Tuchs weg. In dieser Zeit gab es vieles, weswegen man emotional werden konnte, und letztlich nichts, was dazu angetan gewesen wäre, den steten Strom schlechter Nachrichten einzudämmen, der kurz vor Weihnachten mit der Abspaltung South Carolinas von der Union begonnen hatte. Zehn Tage später war das Arsenal der Vereinigten Staaten in Charleston eingenommen worden, und Anfang Januar hatte Gouverneur Francis Pickens, ein gern gesehener Gast in Willowshire, Befehl gegeben, auf ein unbewaffnetes Versorgungsschiff der Union zu feuern, das die Garnison Fort Sumter im Hafen von Charleston verstärken sollte.

»Es geht los«, hatte Silas mit rauer Stimme gesagt, nachdem er Jessica und Thomas die telegrafische Nachricht seines Bruders von dem Angriff vorgelesen hatte. Am selben Tag, an dem auf das Schiff gefeuert wurde, spaltete sich Mississippi ab. Einen Tag später verließ Florida die Union und änderte in seiner Verfassung »Vereinigte Staaten« in »Konföderierte Staaten«. Alabama folgte auf dem Fuße. Von Louisiana erwartete man, dass es sich ebenfalls bald für die Sezession entscheiden würde, und in Texas wurden Vorbereitungen für die Abstimmung über die Abspaltung von den Vereinigten Staaten getroffen. Alles schien auf eine Entscheidung zugunsten der Sezession hinzudeuten.

»Wer soll Texas verteidigen, wenn alle unsere gesunden Männer uns verlassen, um für den Süden zu kämpfen?«, fragte Thomas Familie und Freunde. »Wer soll ihre Frauen und Kinder und ihr Eigentum vor den Komantschen und Kiowa und den Mexikanern beschützen? Die Truppen werden versuchen, Nahrungsmittellieferungen an unseren Flüssen und unserer Küste abzufangen, um uns auszuhungern. Ich bin dafür, dass wir eine Schutzbrigade aufstellen, die hier in der Heimat bleibt.«

Seine Eltern lauschten seinen Ausführungen und nickten hilflos. Thomas' Initiative, eine Heimattruppe ins Leben zu rufen, die die Flüsse und die Küste bewachen und die Bewohner vor Indianerüberfallen schützen sollte, erschien vielen ihrer Freunde, die Sklaven besaßen und deren Söhne bereits ungeduldig auf den Krieg warteten, feige. Ihrer Ansicht nach war das nur wieder ein Beweis dafür, wie sehr sich die Tolivers von den anderen unterschieden. Zuerst hatte Silas Toliver eine Abolitionistin geheiratet und dann ihre Kultur beleidigt, indem er seine Sklaven verhätschelte wie kein anderer Pflanzer. Silas war der einsame Rufer in der Wüste, der sich gegen die Sezession aussprach, und unterstützte offen das Anliegen des Gouverneurs Houston, dass Texas in der Union verbleiben möge. Wunderte es da, dass sein Sohn lieber zu Hause sein als mit seinen texanischen Brüdern Menschen und Besitz gegen die Invasoren aus dem Norden beschützen wollte?

Jessica seufzte. Zu allem Überfluss hatte Tippy Howbutker verlassen. Eines Morgens im vergangenen Oktober, an Jessicas Geburtstag, war ein wie der Premierminister von England gekleideter Mann in das DuMont Emporium stolziert und hatte Henri seine Visitenkarte überreicht. Er sei Inhaber eines New Yorker Damenmodegeschäfts und wegen Tippy gekommen, weil er an Kundinnen, die Howbutker besucht hätten, von ihr entworfene Kleider gesehen habe.

»Ich wusste, dass es irgendwann so kommen würde«, erklärte Henri den Tolivers, Warwicks und DuMonts, die sich wie jede Woche zum Abendessen versammelt hatten. »Leider musste ich Tippy zureden zu gehen. Die Gelegenheit, die der Mann ihr bot, das Gehalt …« Er zuckte mit den Schultern; in seinen Augen schimmerten Tränen. »Es wäre unmoralisch gewesen, ihr etwas anderes zu raten.«

»Ich begleite sie nach New York City«, erbot sich Jeremy. »Ich habe sowieso geschäftlich dort zu tun.«

Und so hatten sie Abschied voneinander genommen, Jessica und ihre Freundin aus Kindertagen, die jetzt mit ihrem richtigen Namen Isabel angesprochen wurde – darauf bestand ihr neuer Arbeitgeber. Tippy hatte sich mit Händen und Füßen gewehrt, doch Jessica, der ihr hoffnungsvoller Blick nicht entgangen war, hatte ihre Freundin ermutigt.

»Tippy, du musst gehen.«

»Wie soll ich dich verlassen, Jessica?«

»Durch die vordere Tür, meine liebste Freundin. Denn das ermöglicht dir dieses Angebot.«

»Ich habe dir den Geburtstag verdorben.«

»Es wird noch andere geben.«

Tippy hielt ihr wie früher den Daumen hin, und Jessica verhakte den ihren damit. »Was versprechen wir einander?«, fragte sie.

»Wir versprechen einander, uns an unseren fünfzigsten Geburtstagen zu treffen«, antwortete Tippy.

Jessica betrachtete die ersten gelben Krokusse und Hyazinthen in den Pflanztrögen aus Metall rund um die Laube, die sie an Tippys kunstvolles Arrangement für einen besonderen Anlass im Januar vor vielen Jahren erinnerten. Als Silas sich am Morgen mit einem Kuss verabschiedet hatte, war ihr nicht in den Sinn gekommen, ihn ebenfalls daran zu erinnern, weil sein Gesicht nach mehreren schlaflosen Nächten aschfahl gewesen war.

»Bei Thomas und mir wird es heute Abend spät«, hatte er gesagt. »Wir müssen dem Verwalter und den Aufsehern helfen, die Sklaven zu besänftigen und sie zur Arbeit anzuhalten.«

Jessica war klar gewesen, was er meinte. Gerüchte über die politische Situation erreichten allmählich die Sklavensiedlungen und die Baumwollfelder, und die Pflanzer hatten Angst vor einem Aufstand. Jessica hatte sich von ihrem Mann verabschiedet, ohne ihn darauf aufmerksam zu machen, dass heute ihr fünfundzwanzigster Hochzeitstag war.

»Miss Jessica«, rief Petunia mit einem Brief in der Hand, den Jeremiah von der Post abgeholt hatte. »Für Sie. Sieht wichtig aus, sonst hätt ich Sie nicht gestört.«

Jessica zog ihr Tuch enger um den Leib und nahm den mit

einem Wachssiegel verschlossenen cremefarbenen Umschlag entgegen. Absender war eine Bostoner Anwaltskanzlei. »Danke, Petunia.«

»Kommen Sie bald rein, Miss Jessica?«, fragte Petunia besorgt. »Draußen wird's allmählich kalt.«

»Das ist nach der Hitze des letzten Sommers eine willkommene Abwechslung«, antwortete Jessica, den Blick auf den Brief gerichtet.

»Es ist Essenszeit«, erinnerte Petunia sie. »Bei Mister Silas und Master Thomas dauert's sicher noch. Sie sind kaltes Essen gewohnt, aber wollen Sie nicht was, solang's noch warm ist?«

»Nein, eine Kanne Tee genügt mir«, antwortete Jessica. »Bitte bring sie mir raus, während ich den Brief lese.«

»Sie sollten Champagner trinken und Kuchen essen, Miss Jessica. Sie scheinen ganz vergessen zu haben, dass heute Ihr Hochzeitstag ist.«

Jessica sah ihre junge Haushälterin überrascht an. »Woher weißt du das denn?«

»Wie könnte ich das je vergessen? Im Januar 1856 hatte ich eine Lungenentzündung, und Sie haben drauf bestanden, dass ich in Ihr Haus in der Stadt gebracht werde, weil da der Arzt näher dran wär. Ich weiß noch, dass Sie eigens von dem Fest unten weg sind und in Ihrem hübschen Kleid zu mir rauf, um meine Stirn zu fühlen. Als ich Sie gefragt hab, warum Sie so fein angezogen sind, haben Sie gesagt, es ist Ihr Hochzeitstag. Das war am fünfzehnten Januar.«

»Stimmt, fünfzehnter Januar«, sagte Jessica, die sich an das Fest erinnerte. Einen Meilenstein hatte Silas ihren zwanzigsten Hochzeitstag genannt. *Wir müssen alle fünf Jahre ein solches Fest zum Lob unseres ehelichen Glücks veranstalten.*

»Aber lass das unser Geheimnis sein, Petunia«, bat Jessica sie. »Sonst bekommt Mister Silas ein schlechtes Gewissen, dass er ihn vergessen hat. Er hat in letzter Zeit viel um die

Ohren. Sag der kleinen Amy, wenn du reingehst, dass ich ihr vor dem Einschlafen vorlese.«

»Ja, Miss Jessica. Das wird ihr gefallen. Ich hole Ihnen den Tee.«

Jessica erbrach das Siegel des Briefs. Als sie ihn las, musste sie weinen. Tante Elfie, ihre sanftmütige verwitwete Tante, die sie so lange nicht mehr gesehen hatte, war am Tag der Abspaltung South Carolinas von der Union gestorben. Ihr Anwalt sprach Jessica sein Beileid aus und informierte sie darüber, dass Elfie Summerfield ihren gesamten Besitz ihrer Nichte Jessica Wyndham Toliver hinterlassen habe. Gleichzeitig bat er Jessica, nach Boston zu kommen, um Papiere zu unterzeichnen und sich um das Haus ihrer Tante zu kümmern, das sie ihr in ihrem Testament vermache.

Jessica erinnerte sich gut an das prächtige Gebäude. Während ihrer Zeit im Mädchenpensionat hatte sie viele glückliche Stunden im viktorianischen Salon ihrer Tante verbracht, mit ihr im Frühstückszimmer gespeist und an den Wochenenden in einem Raum mit Blümchentapete geschlafen, den sie »Jessicas Zimmer« nannten. Das Haus und seine opulente Einrichtung gehörten nun ihr.

Was sollte sie damit anfangen? Und wie sollte sie allein nach Norden – jetzt feindliches Gebiet – reisen, um das Erbe anzutreten?

SIEBENUNDFÜNFZIG

Silas kam erst nach Hause, als Jessica schon tief und fest schlief, und war am folgenden Morgen, als sie aufwachte, bereits wieder weg. Auf dem Kissen neben ihr lag eine zerrupfte rote Rose mit einem Zettel: *Vergib mir, Liebe meines Lebens. Es tut mir leid, dass ich unseren Hochzeitstag vergessen habe. Irgendwie werde ich es wiedergutmachen, denn Du bist mein Herz, mein Leben. Immer der Deine, Silas.*

Jessica roch daran. Silas hatte sie offenbar von der Plantage mitgebracht, wo in Jessicas altem Rosengarten dank der Pflege von Jaspers Frau noch immer Jahr um Jahr mehrere der ursprünglich von South Carolina umgesiedelten Lancasters blühten.

Jessica ärgerte es ein wenig, dass sie Silas nun nicht von Tante Elfies Tod erzählen und ihm auch den Brief des Anwalts erst spät am Abend zeigen konnte. Sie mussten rasch eine Entscheidung treffen, ob sie, die Frau eines Pflanzers aus dem Süden, das Risiko auf sich nehmen sollte, nach Boston zu reisen, in jene Brutstätte abolitionistischer Aktivität.

Jeremy bot ihr einen Ausweg aus dem Dilemma, als er ihr die neueste Ausgabe des *Atlantic Monthly* brachte. Die drei Familien hatten sich darauf geeinigt, solche Schriften gemeinsam zu abonnieren, um die exorbitanten Kosten für den Versand zu senken. Die 1857 zum ersten Mal in Boston erschienene Zeitschrift veröffentlichte Artikel, die fast ausschließlich aus der Sicht von Abolitionisten aus dem Norden verfasst waren und den Nachbarn weiteren Grund gaben, an der Loyalität der Familien gegenüber der Sache des Südens zu zweifeln. Jeremy tat ihre Kritik jedoch als lächerlich ab. Seiner Meinung nach konnte man den Feind nur kennenlernen, wenn man las, was er schrieb.

Jessica stutzte gerade die Rosensträucher, während Amy, die kleine Tochter ihrer Haushälterin, neben ihr spielte.

»Morgen, Jess. Na, wie machen sich die Rosen?«, begrüßte Jeremy sie.

»Nicht so gut, Jeremy. Es gibt einen Todesfall in der Familie. Hast du Zeit für einen Kaffee?«

»Immer.«

»Dann sage ich Petunia Bescheid. Setzen wir uns in die Laube, damit ich ein Auge auf die Kleine habe.«

Beim Kaffee erzählte Jessica ihm vom Tod ihrer Tante. »Ich erinnere mich gut an sie«, sagte Jeremy. »Sie war wie ein Vögelchen und schien dich sehr zu mögen.«

»Ja. Jedenfalls hat sie mir ihren gesamten Besitz vermacht.« Jessica schilderte ihm den Inhalt des Briefs und erklärte ihm ihr Problem. »Ihrem Anwalt wäre es am liebsten, wenn ich mich persönlich um den Verkauf ihres Hauses und ihrer Besitztümer kümmern würde, statt das seiner Kanzlei zu überlassen, aber bestimmt hätte Silas etwas dagegen, wenn ich so kurz vor einem drohenden Krieg hinführe, und offen gestanden weiß ich nicht, ob ich den Mut besitze, ein solches Risiko einzugehen. Wenn der Krieg während meines Aufenthalts dort ausbricht, komme ich vielleicht nicht mehr nach Hause.«

»Ich muss in ein paar Tagen geschäftlich nach New York und hoffe, wieder hier zu sein, bevor die ersten Schüsse fallen. Würdest du mir die Regelung der Angelegenheit anvertrauen? Für mich wäre es kein Problem, nach Boston rüberzufahren. Sicher genügt eine Vollmacht, die ich dem Anwalt vorlegen kann.«

Jessicas Stimmung verbesserte sich schlagartig. »Jeremy, würdest du das wirklich für mich tun? Natürlich vertraue ich dir, aber ich habe Angst, dass der Verkauf des Hauses samt Inhalt, der Papierkram und alles, was sonst noch anfällt, dich daran hindern könnten, rechtzeitig nach Hause zu kommen. Am Ende sitzt du im Norden fest, und niemand weiß, was dann passiert …«

Jeremy, der seit ihrer Hochzeit mit Silas kaum gealtert zu sein schien, während Silas' ehemals rabenschwarze Haare nun fast ganz grau waren, schenkte ihr ein jungenhaftes Grinsen.

»Mach dir darüber keine Gedanken«, beruhigte Jeremy sie. »Ich schaffe es schon zurück, dafür sorgen meine Geschäftsfreunde im Norden.« Er trank seinen Kaffee aus und erhob sich. »Besprich das mit Silas und gib mir Bescheid. Ich breche übermorgen auf. Und Jess …« Er zögerte.

»Ja, Jeremy?«

»Vergiss nicht, dass das Erbe dir gehört, nicht deinem Mann.«

»Weswegen erwähnst du das?«, fragte Jessica verwundert.

»Ich würde dir raten, das Geld aus dem Verkauf auf einer Bostoner Bank zu lassen. Wir ahnen alle, dass der Süden im Kriegsfall den Kürzeren zieht. Unsere Banken wird es hart treffen, unsere Währung nichts mehr wert sein. Nur diejenigen, die den Weitblick besessen haben, ihr Geld aus Texas heraus an einen sicheren Ort zu bringen, werden die Folgen des Krieges überstehen.«

»So wie du?«, erkundigte sich Jessica. Obwohl die Warwicks niemals mit ihrem Vermögen geprahlt hätten, war es kein Geheimnis, dass sie mittlerweile die wohlhabendste Familie im County waren und zu den reichsten in Texas gehörten. Jeremy war der geborene Investor, ein Mann mit Vision und Geschäftssinn.

»Deswegen will ich nach New York«, antwortete er und

setzte seinen Hut auf. »Vergiss meinen Vorschlag, wenn er dir widerstrebt.«

Er widerstrebte ihr nicht, stellte Jessica später fest. Jeremy hatte gut daran getan, sie an die Eigentumsrechte zu erinnern, die Frauen in Texas seit 1840 besaßen. In dem Jahr war ein Gesetz verabschiedet worden, das Frauen die alleinige Kontrolle über das Eigentum gab, welches sie zum Zeitpunkt ihrer Heirat besaßen oder sich danach erwarben. Was bedeutete, dass Silas Tippy nach 1840 gar nicht mehr hätte verkaufen können.

Jessica steckte den Brief in die Tasche und ging in den Garten, um Amy zu holen und ihr Gesicht und Hände zu waschen, bevor sie sie zu ihrer Mutter brachte, die wie immer um diese Zeit Pflaumenkuchen und Milch für sie vorbereitet hatte.

Es ergab Sinn, das Geld ihrer Tante – nun *ihr* Geld – auf Tante Elfies Bank zu lassen, dachte Jessica, aber sie fürchtete eine Auseinandersetzung mit Silas. Die Plantage warf Gewinn ab, doch oft lebten sie nur von Ernte zu Ernte. Silas konnte der Versuchung nicht widerstehen, Land, Arbeitstiere und die neuesten Landmaschinen zu kaufen sowie mehr Scheunen, Schuppen und Zäune zu errichten. Die Trockenheit im vergangenen Sommer hatte ihre Bargeldreserven aufgefressen, ein gutes Beispiel dafür, wie leicht es passieren konnte, dass sie ohne Geld dastanden. Wie sollten sie nach dem Krieg … bei unsicherer Arbeitskräftelage und wertlosem Geld, Grund und Boden … die Plantage ohne das Erbe von Tante Elfie weiterführen?

Jessica schickte Amy zu ihrer Mutter in die Küche und ging selbst ins Frühstückszimmer, um weiter nachzudenken. Wenn sie das Geld aus ihrem Erbe auf die Bank in Howbutker brachte, würde es schon bald den Weg aller Extraressourcen gehen. Nach fünfundzwanzig Jahren Ehe kannte sie die

Schwächen ihres Mannes nur zu gut – und er die ihren. Silas würde der Versuchung nicht widerstehen können, das Geld in die Plantage zu stecken, und sie wäre nicht in der Lage, ihm das zu verwehren. Jessica glaubte an den Plan von Silas, Somerset für die Zeit nach dem Krieg zu bewahren, doch es konnte alle möglichen Probleme geben, und dann hätten sie keine Mittel mehr, um das Land für Thomas zu halten.

Jessica nahm den Brief aus ihrer Tasche und schob ihn in ein Geheimfach ihres Sekretärs. Dann schickte sie Jeremiah zu Jeremy, legte sich einen Briefbogen zurecht und tauchte ihre Schreibfeder ins Tintenfass.

Jeremy traf ein, als sie mit dem Brief fertig war. »Jeremiah hat mich gerade noch rechtzeitig erreicht, Jess«, sagte er, als er das Frühstückszimmer betrat. »Ich war schon fast auf dem Weg ins Büro. Gehe ich recht in der Annahme, dass du mit mir über meinen Vorschlag reden willst?«

Jessica reichte ihm den mit dunkelgrünem Wachs und einer Rose, dem Wappen der Tolivers, versiegelten Brief. »Ich habe beschlossen, deinen freundlichen Vorschlag anzunehmen, Jeremy. Hier ist die Vollmacht. Der Brief an Tante Elfies Anwalt ermächtigt dich, ihr Haus und ihre Besitztümer für mich zu veräußern.«

»Und was soll ich mit dem Erlös machen?«

»Das Schreiben bevollmächtigt dich außerdem, auf meinen Namen ein Konto bei Tante Elfies Bank zu eröffnen.«

Jeremy sah sie fragend an. »Silas ist einverstanden, dass du das Geld in Boston lässt?«

Jessica senkte den Kopf.

»Den Blick kenne ich von meinem Boxer, wenn er einen Kuchen vom Teetisch gefressen hat«, sagte Jeremy. »Was ist los, Jess?«

Jessica bedeutete Jeremy mit einer Handbewegung, Platz zu nehmen. »Silas weiß nichts von Tante Elfies Tod oder davon, dass sie mir alles vermacht hat. Er hat den Brief ihres Anwalts nicht gesehen, weil er heute Morgen schon weg war, bevor ich ihn ihm zeigen konnte.«

»Wie gesagt: Ich breche erst in ein paar Tagen auf. Du hast genug Zeit, ihn ihm zu zeigen und mit ihm zu besprechen, was du mit dem Geld machen willst«, erklärte Jeremy.

»Das will ich nicht mit ihm besprechen. Er soll nichts von dem Geld erfahren. Ich habe meine Gründe, Jeremy, also schau mich nicht so an. Mir ist klar, dass ich Silas hintergehe, aber es ist für ihn und unseren Sohn – und für Somerset. Silas gibt das Geld nur aus, wenn es hier liegt. Entschuldige meinen Mangel an Loyalität, aber wir beide wissen, dass es so ist. Die Tolivers sind in geschäftlichen Dingen einfach nicht so … umsichtig wie ihr Warwicks.« Jessica hob den Kopf. »Natürlich könnte ich es verstehen, wenn du dich weigerst.«

Jeremy, der den Brief noch nicht eingesteckt hatte, schwieg kurz, bevor er entgegnete: »Und was machst du, wenn ich Nein sage?«

»Dann fahre ich selbst nach Boston, um die Angelegenheit zu regeln. Und wenn der Krieg mich dort stranden lässt, bleibe ich unter Sarah Conklins Schutz in Tante Elfies Haus.«

Jeremy stand auf. »Wie ich sehe, hast du alles bedacht.« Er rieb sich das glatte Kinn. Silas und er trugen, anders als die meisten Männer ihrer Zeit, keinen Bart. »Für Somerset, sagst du?«

»Und für Silas und Thomas.«

»Das ist ein und dasselbe.« Jeremy trat zu Jessica, die nach wie vor an ihrem Sekretär saß, und sah ihr tief in die Augen. »Du weißt, was passiert, wenn Silas erfährt, dass ich ihn in dieser Sache hintergangen habe?«

»Dieses Risikos bin ich mir bewusst, Jeremy, und ich hasse mich selbst dafür, dass ich dich darum bitte. Mir ist klar, wie wichtig eure Freundschaft ist, aber ich weiß keine andere

Möglichkeit, für Silas den Traum von Somerset zu retten. Nach dem Krieg wird er Geld brauchen, und er wird keines haben.«

»Ich kenne Silas' Traum von Somerset länger als du, meine Liebe«, sagte Jeremy mit leiser Stimme. »Gut, ich mach's, in der Hoffnung, dass Silas nie etwas von meiner Beteiligung an dem Unternehmen erfährt.«

Jessica erhob sich mit raschelnden Röcken und legte eine Hand auf das Revers seines maßgeschneiderten Gehrocks. »Von mir wird er es nicht erfahren, Jeremy. Das verspreche ich dir. Und ich danke dir aus tiefstem Herzen.«

»Wie sollte ich da Nein sagen können?« Jeremy besiegelte ihren Pakt mit einem kurzen Händedruck. »Vermutlich soll ich in New York bei Tippy vorbeischauen?«

»Wenn das nicht zu viel verlangt ist.«

»Und mich in Boston mit Sarah Conklin in Verbindung setzen?«

»Das hätte ich nicht zu bitten gewagt«, antwortete Jessica.

Jeremy steckte den Brief schmunzelnd in seine Innentasche. »Du würdest alles wagen, Jessica Wyndham Toliver«, sagte er. »Ich hole mir die Adressen, bevor ich losfahre.«

ACHTUNDFÜNFZIG

In der Nacht des zwölften April 1861 schrie Silas kurz vor Tagesanbruch laut im Schlaf auf, weil er in einem Albtraum wieder einmal die Prophezeiung seiner Mutter hörte, und weckte damit Jessica neben sich. Sie warf einen Blick auf die Kaminuhr, deren großes Zifferblatt sie im Mondlicht gut erkennen konnte. Es war halb fünf morgens.

»Silas, wach auf! Du hast schlecht geträumt«, sagte sie und rüttelte ihn an der Schulter. Und zuckte erschreckt zurück. »Mein Gott, du schwitzt ja, obwohl es hier drin kalt ist.«

Silas schlug die Augen auf. »Ich hatte wieder diesen Traum«, erklärte er.

»Was für einen Traum?«

Silas setzte sich auf, fuhr sich mit der Hand durch die feuchten Haare und nahm einen großen Schluck Wasser aus dem Glas auf dem Nachtkästchen. Er hatte Jessica nie von dem Fluch seiner Mutter erzählt oder davon, dass er fürchtete, er könne sich im Tod seines Sohnes manifestieren. Im vergangenen sorgenreichen Jahr war ihm seine Mutter oft mit ihrer Drohung im Traum erschienen, und er war mit wild klopfendem Herzen und schweißgebadet aufgewacht.

Doch noch nie zuvor war seine Befürchtung in seinen Albträumen tatsächlich eingetreten. In diesem letzten hatte seine Mutter auf etwas gedeutet, das sich hinter den hohen Baumwollpflanzen auf den Feldern von Somerset verbarg. *Schau!*, hatte sie gerufen. *Ich hab dir doch gesagt, dass ein Fluch auf deinem Land liegt!* Und das, worauf sie gezeigt hatte, war die Leiche von Thomas gewesen.

Bevor die Vernunft – und seine übliche Vorsicht – ihn daran hindern konnten, sprudelte es aus ihm heraus: »Jessica, glaubst du an Flüche?«

Als er nicht sofort eine Antwort erhielt, fragte er sich: Erinnerte sie sich an ihre eigenen Worte, als sie den reglosen Joshua gefunden hatten? Rührte er an alte Wunden?

»Ich glaube, das, was wir … Fluch nennen, bedeutet nur, dass uns die Natur etwas verwehrt«, erklärte Jessica. »Wie Regen, der zur richtigen Zeit fallen sollte, es aber nicht tut.«

Wie Frauen, die eine wunderbare Mutter abgeben würden, jedoch nicht empfangen oder die Frucht nicht in ihrem Leib halten können, dachte Silas. »Du glaubst nicht, dass ein Fluch eine Strafe Gottes für alte Sünden ist?«

Er wusste nicht, ob seine Frau an die Existenz eines göttlichen Wesens glaubte. Jessica besuchte die Kirche, um seinen Glauben an die sonntägliche Tradition zu stützen und Thomas mit der christlichen Lehre bekannt zu machen, für oder gegen die er sich dann später entscheiden konnte, aber sie schien kein Interesse an Religion zu haben. Silas hatte sie nie Gott anrufen hören, nicht einmal in Zeiten tiefster Verzweiflung, oder sie in der Bibel lesen sehen. Seines Wissens war die, auf die sie bei ihrer Hochzeit geschworen hatte, von ihr seitdem nicht mehr in die Hand genommen worden.

»Darüber habe ich nie nachgedacht«, antwortete Jessica, schmiegte sich enger an ihn und legte den Kopf an seine nackte Brust. »Erzähl mir von diesem Traum, der dich immer wieder quält, mein Lieber. Er scheint etwas mit einem Fluch zu tun zu haben.«

Silas kamen fast die Tränen ob ihrer verständnisvollen Reaktion. *Mein Lieber* … Ihren Sohn nannte Jessica manchmal so, aber Silas konnte an den Fingern einer Hand abzählen, wie oft sie ihn mit einem ähnlichen Kosewort bedacht hatte. Sie verwendete solche Ausdrücke, anders als Camellia, Bess oder Stephanie Davis, sehr selten, was sie wertvoll machte. Silas küsste sie auf die Stirn. Konnte er es wagen, ihr von der Prophezeiung seiner Mutter zu erzählen, die ihn seit der ersten Aussaat in Somerset verfolgte? Sollte er ihr die drastische Lösung offenbaren, die er in Erwägung zog, um sich von der größten Angst seines – *ihres* – Lebens zu befreien?

Denn die Entscheidung konnte er nicht allein treffen.

»Meine Mutter hat mir prophezeit, dass ein Fluch auf Somerset liegen würde wegen des Handels, auf den ich mich für meine eigene Plantage eingelassen habe«, begann Silas. »Ich habe das nicht ernst genommen, weil sie wütend und enttäuscht darüber war, dass ich nicht die Frau geheiratet habe, die sie sich als Schwiegertochter gewünscht hätte. Aber dann kam die erste Fehlgeburt, das Kind, das mit solcher Leidenschaft gezeugt worden war, und nach Thomas gab es eine weitere Fehlgeburt, und danach ... konntest du offenbar nicht mehr empfangen. Am Ende haben wir auch noch Joshua verloren ...«

Als Jessica sich in seinen Armen bewegte, drückte er sie fester an sich, damit sie sich ihm nicht entwand. »Und du hast zu mir gesagt, dass ein Fluch auf uns liegt ... Weißt du noch?«

Er spürte, wie sie nickte. »Ja.«

»Der Gedanke, dass tatsächlich ein Fluch auf uns liegt, quält mich wie ein Dämon. Meine unschuldige Frau und ich wurden für meinen Pakt mit dem Teufel damals in South Carolina gestraft, für den Schmerz, den ich Lettie zugefügt habe, für die egoistischen Entscheidungen, die ich wegen Somerset gefällt habe ...«

Jessica lag still. Vielleicht, dachte Silas, hatte sie seine Worte falsch aufgefasst. Er hob ihr Kinn an und sah ihr in die

Augen. »Nicht dass ich meine Entscheidung, dich zu heiraten, auch nur eine Sekunde bereut hätte, Jessica. Bitte sag mir, dass du das weißt.«

Sie löste sich aus seinen Armen und schüttelte die Kissen auf, um sich aufrecht neben ihn zu setzen. »Das weiß ich, Silas. Worauf willst du hinaus?«

»Ich fürchte, der Fluch ist noch nicht fertig mit uns. Ich glaube, er wird noch ein letztes Mal zuschlagen.« Er stand, nur in der Unterhose, auf. »Macht's dir was aus, wenn ich rauche?«, fragte er und schlüpfte in seinen Morgenmantel.

»Nein, rauch ruhig, wenn dir das hilft, die Gedanken an diesen Unsinn loszuwerden.«

Silas zündete sich einen Zigarillo an und inhalierte tief. »Hältst du das wirklich für Unsinn, Jessica?«

»*Silas Toliver!*«, herrschte Jessica ihn an. »Ich bin vor Trauer fast wahnsinnig geworden, als Joshua gestorben ist, und hätte in der Situation so ziemlich alles gesagt. Damals hatte ich tatsächlich das Gefühl, dass ein Fluch auf uns liegt, weil wir keine Kinder mehr bekommen konnten, aber später ist mir klar geworden, dass das nun einmal die Launen der Natur sind. Joshuas Tod war ein Unfall, der jedem neugierigen, abenteuerlustigen Zwölfjährigen hätte passieren können. Lass uns dankbar sein für unseren gesunden, intelligenten, fleißigen Sohn – den mustergültigen Erben für Somerset. Unsere einzige Sorge sollte sein, dass er überlebt.«

»Genau!« Silas unterstrich seinen Ausruf mit einer heftigen Handbewegung. »Sein Leben ist uns das Wichtigste – wichtiger als Somerset.«

Jessica traute ihren Ohren nicht. »Was soll das heißen, Silas?«

Er legte den rauchenden Zigarillo in einen Aschenbecher und setzte sich neben sie aufs Bett.

»Was ist, wenn der Fluch uns wegen meiner Besessenheit

von Somerset Thomas nimmt?«, fragte er. »Was, wenn Gott als letzte Strafe für meinen Handel mit deinem Vater vorhat, uns den Erben für die Plantage zu rauben?«

Jessica schlug ihm auf den Arm. »Lächerlich!«, rief sie aus. »Absurd. Wenn – falls Thomas sterben sollte, hat das nichts mit einem Fluch zu tun. Dafür wären eher die hirnlosen Männer verantwortlich, die den Krieg anzetteln!«

»Aber um sicherzugehen, Jessica ... Ich ...« Seine Stimme klang rau. »Ich spiele mit dem Gedanken, Somerset aufzugeben, es zu verkaufen, damit ich den Fluch loswerde und unser Junge sicher zurückkehrt.«

Jessica, die blass wie das Kissen geworden war, packte ihn an den Armen. »Silas, hörst du, was du da sagst? Das ist abergläubischer Unsinn. Es gibt keine Flüche. Gott ist es völlig egal, ob du Somerset aufgibst oder nicht. Meinst du wirklich, dass der Verzicht auf die Plantage Thomas' sichere Rückkehr garantieren würde?« Sie schüttelte ihn. »*Tust du das?*«

Ihre Stimme war schrill geworden. Silas entwand sich ihrem Griff, stand auf und legte einen Finger an die Lippen. Das Zimmer ihres Sohnes befand sich neben dem ihren. »Nicht so laut«, ermahnte er sie. »Das Fenster steht offen. Ich möchte nicht, dass Thomas das hört.«

»Allerdings«, pflichtete Jessica ihm bei. »Beantworte meine Frage: Meinst du wirklich, dass ein solches Opfer Thomas sicher nach Hause bringt?«

»Ich weiß es nicht. In meinem Traum heute Nacht habe ich ihn jedenfalls tot zwischen den Baumwollreihen von Somerset liegen sehen, ganz deutlich.«

Das ließ sie verstummen. Als Jessica die Lippen zusammenpresste, ahnte Silas, dass sie sich das Bild vorzustellen versuchte. Er nahm den Zigarillo wieder in die Hand und sog daran.

»Es war nur ein Traum«, sagte sie schließlich. »Wenn du Somerset verkaufst, verkaufst du das Herz von Thomas, Silas.

Und egal, ob er aus dem Krieg zurückkommt oder nicht: Ohne Herz kann er nicht leben.«

»Er wird leben.«

»Wird er das wirklich?« Jessica schob die Bettdecke weg, schlüpfte in Hausschuhe und trat zu ihm, um die Arme um ihn zu legen. »Silas, wenn du nicht diesen – wie du es ausdrückst – ›Pakt mit dem Teufel‹ geschlossen hättest, wäre vieles nicht geschehen. Du hättest mich nicht geheiratet. Ich würde in einem Kloster in England alt werden, ohne jemals erfahren zu haben, wie es ist zu lieben und geliebt zu werden, Ehefrau und Mutter zu sein. Du wärst nicht der Vater von Thomas. Du wärst auch nicht der Herr des Grundes, der dir deines Mutes, Fleißes und Durchhaltevermögens wegen zusteht. Du hättest niemals deine Berufung gefunden und auch niemals Wohlstand, Hochachtung und Glück. All das wäre dir auf deinem vorgezeichneten Lebensweg in Queenscrown entgangen. Lettie scheint glücklich zu sein, deine Mutter ist von Enkeln umgeben, du und ich waren füreinander bestimmt. Sag ehrlich: Kannst du darin einen Fluch erkennen? Kannst du nicht einfach glauben, dass bei deinem Pakt mit dem Teufel nicht ein rachsüchtiger Gott am Werk war, sondern eher die Vorsehung?«

In Silas' Augen brannten Tränen, und er spürte, wie Jessicas Aufzählung dessen, was alles nicht geschehen wäre, ihn von seinen Dämonen befreite. Konnte es sein, dass er nur versucht hatte, sein Schicksal zu erfüllen? Allein schon ein Toliver zu sein war bei Gott eine schwere Bürde. Silas legte den Zigarillo weg und nahm seine Frau in die Arme.

»Ich habe dich nie mehr geliebt als in diesem Moment«, flüsterte er.

»Dann beweis es mir«, sagte Jessica und führte ihn zum Bett zurück …

NEUNUNDFÜNFZIG

Thomas entfernte sich schockiert vom offenen Schlafzimmerfenster seiner Eltern, nachdem er ihr Gespräch belauscht hatte. Da er nicht hatte schlafen können, war er auf die Veranda hinausgegangen, um auf den Sonnenaufgang zu warten, und hatte den Aufschrei seines Vaters gehört. Er hatte zu ihm eilen wollen, jedoch innegehalten, als er die Stimme seiner Mutter vernahm. Anscheinend hatte sein Vater einen Albtraum gehabt.

Weil er sicher sein wollte, dass alles in Ordnung war, hatte er sich in der Nähe des Fensters aufgehalten, das offen stand, um die letzte kühle Luft hereinzulassen, bevor es in wenigen Wochen warm und die Mücken lästig werden würden. Sein Vater war fünfundfünfzig, und die Belastungen der vergangenen Monate hatten ihre Spuren hinterlassen. Erst ein Jahr zuvor war ein Juwelier der Stadt, genauso alt wie sein Vater, nach einem Albtraum im Bett neben seiner Frau an einem Herzinfarkt gestorben.

Sein armer Vater hatte allen Grund zu schlechten Träumen, dachte Thomas. Die Ereignisse der vergangenen Monate hatten ihren Tribut gefordert. Silas Tolivers Versuche, auf die texanische Regierung und seine mächtigen Freunde Einfluss zu nehmen, damit sie sich gegen die Sezession stellten, waren ungehört verhallt. Am ersten Februar hatte sich Texas als siebter Staat den neu gegründeten Konföderierten Staaten von Amerika angeschlossen. Und Gouverneur Sam Houston, der alte Freund seines Vaters, war abgesetzt worden, nachdem er sich im Keller des Kapitols in Austin eingeschlossen und geweigert hatte herauszukommen, um die Dokumente zu unterzeichnen, die die Abspaltung von der Union autorisierten. Sein Vater hatte den entsetzten Freunden der Tolivers zum Trotz unermüdlich die Ansichten des Gouverneurs über das unausweichliche Schicksal von Texas unterstützt, falls es vom Norden abgeschnitten würde. Es hatte ihn sehr betrübt, als die öffentliche Meinung sich gegen Sam Houston wandte und den Helden von San Jacinto, den Mann, dem der Staat so viel verdankte, zwang, sich aus dem Regierungsgeschäft zu verabschieden und sich auf seine Farm in Huntsville, Texas, zurückzuziehen.

Dennoch hatte sein Vater weiterhin alle, die gewillt waren, ihm zuzuhören, davon zu überzeugen versucht, dass der Süden weniger Männer, weniger Waffen und insgesamt weniger Ressourcen als der Norden besaß. Bei einer Versammlung in der Stadt, die einberufen worden war, um über die Abspaltung und die Folgen eines bewaffneten Konflikts zu diskutieren, hatte ein Farmer es gewagt, den prominenten Silas Toliver zu fragen: »Warum sollten wir auf Sie hören? Sie haben doch jahrelang gepredigt, es würde keinen Krieg geben.«

»Das war, bevor Lincoln Präsident wurde«, hatte sein Vater gekontert und gefleht: »Hören Sie auf die Stimme der Vernunft. Nur ein Drittel der texanischen Bevölkerung besitzt Sklaven. Warum sollten so wenige den Kurs bestimmen, der für eine aussichtslose Sache alle anderen im Staat in den wirtschaftlichen Ruin treibt und zum Verlust zahlreicher Menschenleben führt?«

Das hatte Buhrufe und Pfiffe geerntet. Nicht minder unhöflich war die Reaktion der Pflanzer gewesen, als sein Vater sie ermutigt hatte, seinem Beispiel mit Somerset zu folgen, um ihre Anwesen vor der Zerschlagung zu retten, wenn die Sklaven in die Freiheit entlassen würden. Sie waren alle der festen Überzeugung, dass der Süden sich als Nation behaupten würde. Kein Präsident des Nordens würde am Recht der Konföderation, Sklaven zu besitzen, rütteln dürfen. Im Kriegsfall würden Großbritannien und Frankreich den Staaten im Süden zu Hilfe eilen und die Vereinigten Staaten einen Rückzieher machen. Die Europäer waren abhängig von der Baumwolle des Südens, und zur Produktion von Baumwolle waren Sklaven nötig. Deshalb würden sie den weiteren Import dieses wichtigen Rohstoffs sicherstellen und keine Einmischung durch den Kongress und Mr Lincoln hinnehmen wollen.

Thomas hatte seinen Vater ob dieses Optimismus blass werden sehen. »Wissen die Narren denn nicht, dass Englands Baumwolllager gefüllt sind, wogegen es in den meisten Gegenden Europas eine schlechte Weizenernte gegeben hat?«, hatte er gestöhnt. »Großbritannien ist sehr viel stärker vom Getreide des Nordens abhängig als von der Baumwolle des Südens!«

Die Einstellung seines Vaters gegen die Abspaltung sowie die bekannten Ansichten seiner Mutter über die Sklaverei hatten die Tolivers fast zu gesellschaftlichen Außenseitern gemacht. Zur großen Enttäuschung seines Vaters war er nicht wieder in den Stadtrat gewählt worden. Eltern hatten ihre Kinder aus dem Lesezirkel seiner Mutter für junge Menschen genommen. Lediglich ihr Status als erste Siedler und Gründerfamilie sowie die unerschütterliche Freundschaft der DuMonts und Warwicks hatten dafür gesorgt, dass sie nicht völlig aus der Gesellschaft von Howbutker verstoßen wurden. Henri DuMont und Jeremy Warwick besaßen so große wirtschaftliche Macht und so großen Einfluss im County – ja, dem gesamten Staat –, dass niemand es wagte, die Tolivers von ihrer Gästeliste zu streichen.

Am meisten hatte Thomas die Behauptung von Lorimer

Davis verstört, dass Silas Toliver aus Furcht davor, sein Sohn und einziger Erbe könnte im Krieg getötet werden, den Verstand verloren habe. Deswegen zähle seine Meinung nicht, hatte der Pflanzer erklärt. Elterliche Sorge und Angst, dass Somerset der Vergessenheit anheimfallen könnte, seien seine einzigen Argumente gegen die Sezession.

Als Thomas sich vom Schlafzimmerfenster seiner Eltern entfernte, fürchtete er fast, dass die Theorie von Lorimer Davis stimmte, denn sein Vater hatte mit dem Gedanken gespielt, Somerset zu verkaufen, um sich seiner wohlbehaltenen Rückkehr aus dem Krieg zu versichern. Was für ein abscheulicher, unsäglicher Gedanke! Er wusste, dass sein Vater ihn liebte – sogar zu sehr, dachte er manchmal –, aber *Somerset verkaufen? Eines imaginären Fluches wegen?* Gott sei Dank hatte seine Mutter ihm erklärt, wie absurd das war.

Thomas setzte sich in sein Zimmer, entsetzt darüber, dass gewisse Gerüchte, die ihm im Verlauf der Jahre zu Ohren gekommen waren, möglicherweise einen wahren Kern besaßen. Klatsch, Andeutungen, hinter vorgehaltener Hand Geflüstertes, irgendwie bekannte Namen, dazu seine eigenen Eindrücke und seine Kenntnis der Familiengeschichte begannen sich wie ein Puzzle zusammenzufügen. Er hatte die Liebe seiner Eltern zueinander nie angezweifelt, aber es hatte Gerede gegeben, dass ihre Ehe arrangiert worden sei. Sein mächtiger Großvater Carson Wyndham hatte damit zu tun; damals in South Carolina hatte zwischen ihm und Silas Toliver eine finanzielle Transaktion stattgefunden, die wohl verlangte, dass sein Vater seine Verlobte für das Geld, mit dem er seine Plantage in Texas kaufen konnte, verließ.

Bis dahin hatten Thomas nur sehr vage Gerüchte darüber erreicht, und er war nie neugierig genug gewesen, ihnen auf den Grund zu gehen. Aber offenbar hatte es tatsächlich eine andere Frau im Leben seines Vaters gegeben – diese Lettie, von der er gerade eben gehört hatte. War das nicht die Frau seines Bruders Morris? War sie das Opfer, von dem sein Vater gesprochen hatte? Anscheinend hatte er den Pakt mit dem Teufel mit dem reichen Mann geschlossen, der sein Schwiegervater geworden war. Hatte Carson Wyndham Silas Toliver tatsächlich Geld dafür gegeben, dass er seine Tochter heiratete? Warum? Um sie daran zu hindern, dass sie ins Kloster ging? Und hatte sein Vater das Geld wirklich zur Finanzierung von Somerset benutzt?

Thomas erinnerte sich gut an seine »Willowshire-Großeltern« – besonders an seinen imposanten Großvater –, obwohl sie nur einmal vor vielen Jahren kurz zu Besuch da gewesen waren. Das einzige Wiedersehen mit den Eltern seiner Mutter war in angespannter Atmosphäre verlaufen. Thomas erinnerte sich, dass ein Vertrag verbrannt worden war, was sein Vater mit verkniffener Miene verfolgt hatte. Seine Eltern schienen nicht sonderlich traurig darüber gewesen zu sein, als seine Großeltern wieder abreisten. Über die »Queenscrown-Seite« seiner Familie wusste er nur sehr wenig. Es gab eine Großmutter namens Elizabeth, die hin und wieder schrieb, aber sie war nie zu ihnen gekommen, und sie hatten sie ihrerseits niemals besucht. Des Weiteren hatte er von einem Onkel namens Morris und einer »Lettie« gehört, die wohl seine Frau war, doch über die beiden sprachen seine Eltern in seiner Gegenwart nicht.

Nun konnte Thomas sich vorstellen, warum seine Großmutter prophezeit hatte, dass ein Fluch auf dem Land ihres Sohnes liegen würde. Aber wie konnte sein Vater auch nur einen Gedanken darauf verschwenden? Glaubte er wirklich, dass Joshuas Tod oder die Unfähigkeit seiner Mutter, weitere Kinder zu bekommen, Gottesstrafen waren für diesen mysteriösen Handel vor über fünfundzwanzig Jahren? Oder dass der Tod seines Sohnes Gottes letzter Racheakt sein würde? Was für ein Unsinn! Wenn es zum Krieg kam, würde Thomas gehen. In welcher Funktion, war eine andere Frage. Im Februar war ein Komitee für öffentliche Sicherheit ermächtigt worden, Freiwillige anzuwerben, und er, Jeremy junior, Armand, Stephen und Philippe (Robert war aufgrund seiner chronischen Bronchitis untauglich) wollten sich dem Regiment anschließen, das sich am besten zur Verteidigung von Texas eignete.

Natürlich konnte er fallen, und dann gäbe es keinen Erben für Somerset, aber für dieses Problem hatte er eine Lösung. Am folgenden Tag würde er seinen Eltern mitteilen, dass er Priscilla Woodward einen Heiratsantrag machen wolle. Er und Priscilla kannten sich, seit ihr Vater zehn Jahre zuvor seine Praxis als einer der beiden Ärzte der Stadt eröffnet hatte, und seit einem Jahr warb er um sie.

Thomas wartete noch darauf, das für sie zu empfinden, was sie ganz eindeutig und unverhohlen für ihn empfand, doch obwohl er sie mochte und gern mit ihr zusammen war, fehlte etwas, das er nicht wirklich benennen konnte. Mit ihren goldenen Locken und glänzenden blauen Augen war sie das hübscheste Mädchen der Stadt und strahlte eine Fröhlichkeit aus, die seinem ernsteren Wesen guttat. Sie war ein wenig zu beeindruckt von seinem Domizil in der Houston Avenue und seiner Verbindung zum englischen Adel, aber das konnte er verstehen. Priscilla war in einem bescheidenen Haus aufgewachsen, in dem ihre beiden älteren Brüder, welche als Holzfäller für die Warwick Lumber Company arbeiteten, nach wie vor wohnten. Mahlzeiten bei den Woodwards bestanden aus Fleisch und Kartoffeln und wurden am Küchentisch eingenommen, an dem Priscillas Brüder in der Arbeitskleidung, die Ärmel hochgekrempelt, saßen. Mrs Woodwards wertvollster Besitz war ein englisches Bone-China-Teeservice. Priscilla schämte sich nicht für ihre Herkunft – das hätte Thomas nicht geduldet –, wusste jedoch den Luxus seines Zuhauses und seines Lebensstils zu schätzen, und damit konnte er leben.

Der Gedanke, sie zu heiraten, hatte sich allmählich herausgebildet, als ihm das Gleiche aufgegangen war wie seinem Vater. Was würde aus Somerset werden, wenn er im Krieg fiel und auch sein Vater das Zeitliche segnete? Die Vorstellung, dass den Tolivers die Plantage verloren gehen könnte, ertrug er nicht. Das durfte nicht passieren, und Priscilla Woodward war die Lösung. Er würde sie heiraten, und sie würden sofort eine Familie gründen. Thomas war fast vierundzwanzig. Es wurde Zeit, dass er den Bund fürs Leben schloss und Vater wurde. Deshalb hatte er kein so schlechtes Gewissen mehr, weil er seiner Zukünftigen keine so tiefen Gefühle entgegenbrachte, wie er es gern getan hätte. Dem Gespräch seiner Eltern in dieser Nacht hatte er entnommen, dass sein Vater seine Mutter bei der Hochzeit auch nicht geliebt hatte, und trotzdem bewies er ihr in seinem Alter immer noch, dass das nun anders war.

Ein wenig beruhigt kroch Thomas ins Bett zurück, um noch eine Stunde zu schlafen, bis es vollends hell wäre. Als er schließlich aufwachte, war telegrafisch die Nachricht in Howbutker angekommen, dass Truppen der Konföderierten – genau zu der Stunde, als Silas im Schlaf aufgeschrien hatte – das Feuer auf in Fort Sumter stationierte Unionstruppen in Charleston Harbor eröffnet hatten. Der Krieg hatte begonnen.

SECHZIG

Er liebt sie nicht.«

Jeremy hob die sandfarbenen Augenbrauen. »Wieso glaubst du das, Jess?«

»Das weiß eine Mutter einfach. Die Knospe ist da, aber nicht die Blüte.«

»Vielleicht wird sie doch noch aufgehen wie bei dir und Silas.«

»Möglich. Er heiratet sie, um einen Erben für Somerset zu zeugen.«

»Bist du dir sicher?«

»Ja.«

»Weiß Priscilla das?«

Jessica zuckte mit den Achseln. »Keine Ahnung.«

»Liebt sie ihn?«

»Ich denke, sie glaubt es. Sie ist so romantisch. In ihren Augen ist Thomas ein guter Fang – attraktiv, aus einer bekannten Familie, adeliger Abstammung. Sie sieht Thomas als ihren weißen Ritter, der sie davor bewahrt, einen Bauern zu heiraten. Immerhin behauptet sie, auch unbedingt Kinder haben zu wollen, und natürlich gefällt Thomas das. Gegenseitige Achtung und Zuneigung und gemeinsame Kinder können viel zu einer glücklichen Ehe beitragen.«

Jeremy zündete sich einen Zigarillo an. »Allerdings«, murmelte er.

»Nicht nur ihrer blonden Haare und ihrer Schönheit wegen erinnert Priscilla mich an Lettie. Neulich hat sie zu

Thomas gesagt: ›Rückschläge bringen Erfahrung für den Erfolg.‹ Klingt das nicht ganz wie Lettie?«

»So, wie sie früher war«, antwortete Jeremy. »Meinst du, Silas fällt die Ähnlichkeit auf?«

»Silas hat nur die Baumwolle im Kopf, genau wie sein Sohn.«

Es war drei Wochen nach Kriegsausbruch. Jeremy, der noch einmal seine Brüder hatte sehen wollen, bevor die Unionsblockade der südlichen Häfen es unmöglich machte, die Familienplantage in South Carolina zu besuchen, war mit Neuigkeiten aus der Plantation Alley zurückgekehrt und brachte Jessica nun einen Bericht über ihre Familie. Bestürzt hörte sie von den Herzproblemen ihres Vaters und dem gesundheitlichen Verfall ihrer Mutter. Michael hatte sein Recht wahrgenommen, sich als Mann, dessen Dienste kriegswichtig waren, vom Wehrdienst befreien zu lassen. Ihr weitblickender Vater hatte die Blockade als Schritt zur Verhinderung des Exports von Baumwolle erkannt, weswegen nun der größte Teil von Willowshire bebaut wurde, um die Truppen der Konföderierten zu beliefern.

»Alle schicken dir liebe Grüße, Jess«, sagte Jeremy.

Jessica schnürte es bei der Erinnerung an glücklichere Tage bei ihren Eltern die Kehle zu, obwohl sie keinerlei Bedürfnis verspürte, in ihre Heimat zurückzukehren. Der letzte und einzige Besuch ihrer Eltern und die mutwillige Weigerung ihrer Mutter, Tippy über Willie Mays Tod zu informieren, hatten ihr noch das letzte bisschen Lust verdorben, sie zu sehen. Mit Michael war das vielleicht etwas anderes, vorausgesetzt, er überlebte den Krieg.

»Was ist mit den Tolivers?«, erkundigte sie sich.

»Da gibt es auch nicht viel Erfreuliches zu berichten«, antwortete Jeremy. »Elizabeth ist mit ihren einundachtzig Jahren wie zu erwarten nicht die Gesündeste. Morris, dem man das Alter inzwischen ebenfalls ansieht, ist zu einer Art Laienprediger geworden. Er verbringt viel Zeit ›mit den Werken des Herrn‹, wie er es ausdrückt. Silas würde es in der Seele wehtun, den Zustand der Plantage zu sehen.«

»Helfen die Söhne denn nicht?«

»Soweit ich das beurteilen kann, mangelt es ihnen wie ihrem Vater an Geschick, und sie verlassen sich auf ihre Aufseher, laut Aussage meiner Brüder ein faules Pack. Die Toliver-Jungs sind gleich beim ersten Schuss aufgebrochen, um sich General Lees Truppen in Richmond anzuschließen.«

»Und die Tochter?«

»Lieb wie ihre Mutter, aber wegen ihrer großen Ähnlichkeit mit Morris ist leider kein Verehrer in Sicht. Sie wird wohl eine alte Jungfer werden.«

»Und ... Lettie?«

»Lettie hat ihren Glanz verloren. Ich war schockiert darüber, wie verhärmt sie aussieht. Sie hat reichlich Arbeit und Sorgen. Lettie muss sich ständig um Elizabeth kümmern, und die Bediensteten sind ihr im Haushalt kaum eine Hilfe, weil Morris sich weigert, sie härter anzupacken. Die Verwaltung der Plantage obliegt ebenfalls ihr. Das Haus ist heruntergekommen; sie haben kein Geld, es instand setzen zu lassen. Morris hat sie in tiefe Schulden gestürzt, und natürlich macht Lettie sich schreckliche Sorgen um ihre Söhne.«

Als Jeremy sah, dass Jessica bei der Erwähnung der Söhne zusammenzuckte, fragte er: »Soll ich weitererzählen?«

»Gibt es denn noch mehr Neuigkeiten?«

»Leider ja. Ihr West-Point-Bruder, den sie so verehrt, hat beschlossen, in der Armee der Union zu bleiben, und ist somit zum Feind geworden.«

Jessica schüttelte traurig den Kopf. »Sie tut mir leid. Und ihr Vater? Lebt der noch?«

»Er ist letztes Jahr nach langem Kampf an Tuberkulose gestorben.«

»Oje.« Jessica nahm einen Schluck Eistee. Silas durfte nichts von Letties Los erfahren, weil er sich sonst – in gewisser Hinsicht zu Recht – dafür verantwortlich fühlte, und seine Schuldgefühle würden wieder den Glauben an den Fluch und einen rachsüchtigen Gott wecken, der ihn bestrafen wollte. Sie fächelte sich Luft zu, denn in der sommerlichen Hitze drang nicht die geringste Brise in das Frühstückszimmer, in dem sie Jeremy überredet hatte, ihren Mann zu hintergehen. Jeremy hatte ihren Auftrag pflichtschuldig ausgeführt, sich um den Verkauf des Hauses ihrer Tante samt aller Besitztümer gekümmert und bei einem Bostoner Konto auf ihren Namen ein kleines Vermögen eingezahlt. Außerdem hatte er ihr frohe Kunde von der geglückten Eingewöhnung Tippys in New York und Sarah Conklins fortgesetzter abolitionistischer Tätigkeit in Boston gebracht.

»Du warst in Boston?«, hatte Silas bei Jeremys Rückkehr erstaunt gefragt. »Warum das? Ich dachte, du wolltest nach New York.«

»Ich musste mich für einen Freund um etwas kümmern«, hatte Jeremy geantwortet.

Nun legte Jessica den Fächer weg. »Jeremy, mein Freund, musst du Silas, abgesehen von Elizabeth' Zustand, alles sagen, was du mir erzählt hast?«

»Worum bittest du mich, Jess?«

»Du bist ein Mann mit erstaunlichem Weitblick und Einfühlungsvermögen. Muss ich dir erklären, welche Gefühle es bei Silas auslösen wird, wenn du ihm von Letties Nöten erzählst?«

»Du meinst also, ich soll ihm nicht von der Lage in Queenscrown berichten? Er wird mich fragen, und ich muss die Wahrheit sagen.«

»Die ganze?«

»Was soll ich deiner Ansicht nach auslassen? Selbst wenn ich Lettie nicht erwähne, wird er sich denken können, welchen Tribut Morris' Unfähigkeit und Dummheit von ihr fordern.«

»Musst du ihm überhaupt sagen, dass du ihn Queenscrown gewesen bist?«

»Bittest du mich zu *lügen*?«

»Nein, ich bitte dich nur, nicht die ganze Wahrheit zu sagen.«

»Warum, Jess? Es ist mehr als fünfundzwanzig Jahre her, dass Silas und Lettie einander ... nahe waren. Nun teilt sie Tisch und Bett mit Morris und muss in guten wie in schlechten Zeiten bei ihm bleiben.«

Da klopfte es leise an der Tür. Jessica rief »Herein!«, und Petunia trat ein.

»Entschuldigung, Miss Jessica, aber welches Geschirr wollen Sie heute Abend benutzen?«

»Das Chelsea«, antwortete Jessica.

»Und wo sollen Dr. und Mrs Woodward sitzen?«

»Dr. Woodward rechts von mir und Mrs Woodward links von Silas.«

»Und Mister Thomas und Miss Priscilla?«

»Einander gegenüber. Egal, auf welcher Seite des Tischs, solange sie einander im Blick haben.«

Petunia schmunzelte. »Ja, Ma'am«, sagte sie und entfernte sich.

Jessica erklärte Jeremy die Situation. »Wir haben Priscillas Eltern für heute Abend eingeladen, um die Verlobung unserer Kinder offiziell zu machen. Silas ist ganz aus dem Häuschen darüber, dass Thomas heiratet, und hofft, nächstes Jahr um diese Zeit Großvater zu sein.«

»Aha. Und einen Erben für Somerset zu haben.«

Jessica seufzte. »Für den Fall, dass Thomas nicht aus dem Krieg zurückkommt. Ich kann nur hoffen, dass das nicht nach hinten losgeht.«

Wie üblich wurde Jessica, wenn sie über Thomas' Motive für die Heirat nachdachte, an den Toast erinnert, den ihre Mutter damals in der Bibliothek von Willowshire auf sie und Silas ausgesprochen und in dem sie ihrer Hoffnung Ausdruck verliehen hatte, dass sie etwas aneinander finden mögen, das sie unabhängig von den Bedingungen des Vertrags zusammenhalte. Und das hatten sie tatsächlich gefunden. Jessica ahnte, dass das bei Thomas und Priscilla nicht der Fall sein würde.

Sie erhob sich, weil sie innerlich unruhig und es ihr in dem Morgenkleid mit dem weiten Rock zu warm war. Wer hatte sich nur diese verdammten gefütterten Pagodenärmel ausgedacht, die gerade Mode waren?, fragte sie sich gereizt und überlegte gleichzeitig, ob sie Jeremy von Silas' geheimer Angst vor dem Toliver-Fluch erzählen konnte.

»Versteh mich nicht falsch, Jessica, aber Menschen haben schon aus schlechteren Gründen geheiratet als dem, Kinder in die Welt zu setzen, die die Früchte ihrer harten Arbeit ernten sollen.«

Jessica fächelte sich hektisch Luft zu. »Ich habe nichts gegen ihre jeweiligen Gründe für die Heirat, bin aber weniger optimistisch als sie, was den glücklichen Ausgang anbelangt. Ich denke da hauptsächlich an seine Zukünftige. Möglicherweise wird sie nie erfahren, wie es ist, das Herz ihres Mannes zu entflammen.« Sie sah Jeremy mit einem kleinen Lächeln an. »Das gehört zu den wunderbarsten Erfahrungen, die man als Frau machen kann.«

Jeremy wich Jessicas Blick aus und wischte die Asche, die von seinem Zigarillo auf sein Knie gefallen war, weg. Wenn man seine zarte Frau gefragt hätte, wäre ihre Antwort vermutlich gewesen, dass ihre Welt vollkommen sei. Sie war mit einem reichen, attraktiven Mann verheiratet und hatte drei ebenso attraktive, intelligente und verantwortungsbewusste Söhne. Ihre Männer trugen sie auf Händen. Sie lebte in einem prächtigen Haus mit Bediensteten, die ihr jeden Wunsch von den Augen ablasen, und es fehlte ihr an nichts. Aber war ihr jemals die Erregung vergönnt gewesen, das Herz ihres Mannes zu entflammen? Jeremy glaubte das nicht. Nur die Frau, die da im Licht der Morgensonne vor ihm stand, hätte die Macht dazu besessen – noch immer. Jeremy schüttelte den Kopf. Es war nie Schönheit gewesen, die ihn zu ihr hinzog – Jessica besaß ein eher unauffälliges Gesicht, das allerdings im Lauf der Zeit ein wenig Liebreiz hinzugewonnen hatte. Die Sommersprossen waren verblasst, und ihre Haut hatte den Schimmer feinen Porzellans angenommen, aus dem ihre dunklen Augen hervorleuchteten, die jetzt mit ihren vierundvierzig Jahren noch immer so lebhaft wirkten wie mit achtzehn. Sie hatte auch ohne Korsett eine schmale Taille, und die ersten silbernen Fäden durchzogen ihre krausen roten Haare, die sie zu einem dicken Knoten im Nacken geschlungen trug. Auf ihrer Stirn prangte nach wie vor die Narbe von dem Sturz vom Wagen vor über einem Vierteljahrhundert.

»Du schüttelst den Kopf, Jeremy«, bemerkte Jessica. »Was denkst du?«

»Dass du mich wieder einmal überreden wirst, Silas zu hintergehen.«

Sie wandte sich ihm mit raschelnden Röcken zu. »Nicht ihn zu hintergehen, Jeremy, sondern ihn zu *schützen*.«

»Erklär den Unterschied.«

Es war absurd, dachte sie, doch Silas' Eröffnung nach seinem Albtraum hatte ihr, der sonst so Rationalen, einen Floh ins Ohr gesetzt. Sie musste diese fixe Idee loswerden. Jessica hatte mit wenig Erfolg versucht, sie sich auszureden, indem sie sie ihrem Tagebuch anvertraute, und hoffte, dass ihr das gelingen würde, wenn sie Jeremy einweihte. Sie sah ihn an, wie er, seiner selbst und seines Platzes in der Welt so sicher, auf der anderen Seite des Raums saß. »Jeremy, glaubst du an Flüche?«, fragte sie.

EINUNDSECHZIG

Thomas, Jeremy junior, Stephen und Armand hatten sich gleich nach dem ersten telegrafischen Bericht über den Angriff auf Fort Sumter darauf geeinigt, sich gemeinsam zu melden, und zwar für die militärische Einheit, die die Grenzen ihres Heimatstaates gegen eine Invasion verteidigen und die Küste vor einer Belagerung schützen sollte. Die nördlichen und östlichen Ränder von Texas waren feindlichen Angriffen aus den freien Territorien Oklahoma und New Mexico sowie aus Louisiana, sollte das in die Hände der Union fallen, besonders schutzlos ausgeliefert. Es gab verlässliche Berichte, dass die Union plane, Texas zur Belieferung ihrer Armee mit Rindfleisch zu zwingen, und dass sie detaillierte Informationen über mögliche Einfallsrouten besitze. Außerdem herrschte Angst davor, dass die Siedlungen Gräueltaten der Komantschen ausgesetzt wären, sobald die US-Kavallerie und die Texas Rangers, die die Grenzen schützten, sich aus dem Staat entfernten und den Truppen anschlossen, die für ihre jeweiligen Überzeugungen fochten. Die US-Navy war auf dem Weg nach Süden, um eine Blockade vor den dortigen Häfen zu errichten und den Export von Baumwolle zu unterbinden sowie die Lieferung von Handelsgütern, Nachschub und Waffen an die Konföderierten unmöglich zu machen. Es war nur noch eine Frage der Zeit, bis die Flotte der Union im Golf von Mexiko ankäme und sich in Richtung der texanischen Häfen bewegte. Den Wasserweg offen zu halten, damit die texanische Ernte im Austausch gegen dringend benötigte

Munition nach Europa und Mexiko transportiert werden konnte, war lebenswichtig. Deshalb schickte Edward Clark, der stellvertretende Gouverneur des Staates, einen kampferprobten Hauptmann der Texas Rangers nach Osttexas, um eine Heimatschutzeinheit aufzubauen, und wählte Howbutker als Aushebungsstelle.

Hauptmann Jethro Burleson hatte sich den legendären Texas Rangers im Alter von zwanzig Jahren angeschlossen und die vergangenen zweiundzwanzig damit verbracht, die texanische Grenze gegen Kriminelle, mexikanische Banditen und marodierende Indianer zu schützen. General Zachary Taylor, unter dem er im Mexikanisch-Amerikanischen Krieg gedient hatte, nannte ihn den Windreiter, denn er war in der Lage, noch das flinkste Ross mit dem Geschick eines Komantschenkriegers zu reiten.

Jessica hasste ihn vom ersten Augenblick an, weil er sich 1839 im Kampf gegen die Cherokee in Osttexas ausgezeichnet hatte, in dem Chief Bowles, der weise und ehrwürdige Häuptling des Stamms, gefallen war. Jessica war für den jahrzehntelangen Einsatz von Chief Bowles für die Sicherung der Landrechte seines Volkes in Texas eingetreten.

Doch wenn irgendjemand ihren Sohn sicher nach Hause bringen konnte, dachte sie beim Blick auf den alten Haudegen, der als Gast an ihrem Esstisch weilte, dann Hauptmann Jethro Burleson.

Als Thomas ihren Blick bemerkte, zwinkerte er ihr zu. Sie antwortete ihm mit einem kurzen Lächeln, das jedoch ihre Sorge nicht kaschieren konnte. Am Kopfende saß mit düsterer Miene Thomas' Vater, flankiert von den nicht minder verdrießlich dreinblickenden männlichen Vertretern der DuMonts und Warwicks und Jake Davis, den das Zerwürfnis seiner Familie mit den Tolivers nicht daran hinderte, seine Freundschaft mit Thomas aufrechtzuerhalten.

Die einzigen anwesenden Frauen waren Jessica und Priscilla, die beide nicht allzu glücklich wirkten. Thomas bemerkte nicht nur die finsteren Gedanken seiner Mutter, als Hauptmann Burleson erklärte, seiner Erwartung nach würde der Krieg »viel länger dauern, als den Dummköpfen da oben klar ist«, sondern auch die seiner Frau. Priscilla hoffte vermutlich auf ein langes Andauern des Abends, damit sie nicht mit Thomas in das für die frisch Vermählten gerichtete Zimmer müsste, um ihre eheliche Pflicht zu erfüllen.

Die Hochzeitsnacht war eine Katastrophe gewesen. Thomas hatte gedacht, dass Priscilla sich auf den Vollzug der Ehe freute, weil sie genauso schnell ein Kind wollte wie er, aber sie war nervös, ängstlich und angespannt gewesen, hatte die Augen fest geschlossen und die Zähne zusammengebissen, als erwartete sie einen Schlag ins Gesicht. Beim ersten Penetrationsversuch hatte sie laut aufgeschrien. »Ich bin noch nicht so weit«, hatte sie gerufen und ihn weggeschoben. »Bitte hör auf!«

Er war sich vorgekommen wie ein Ungeheuer. »Was ist los? Was habe ich getan?«

»Du bist … Es ist … so groß, so …« Sie hatte angewidert den Mund verzogen, sich von ihm weggedreht und wie ein Fötus zusammengerollt.

Natürlich hatte Priscilla noch niemals zuvor ein männliches Glied gesehen, doch Thomas war davon ausgegangen, dass sie von ihrer Mutter darüber aufgeklärt worden sei, was in der Hochzeitsnacht geschehen würde. Vielleicht sogar zu gut, dachte er, denn Ima Woodward war bis ins Mark puritanisch. Vermutlich hatte sie ihrer Tochter eine Heidenangst gemacht.

»Liebes«, hatte er gesagt. »Es ist ganz normal, dass die … Genitalien des Mannes … größer werden, wenn er eine Frau begehrt.«

Sie hatte ihn über die Schulter hinweg angesehen. »Du begehrst mich? Willst du mich nicht nur schwängern?«

»Natürlich nicht«, hatte er gelogen.

Die zweite Nacht war nicht viel besser gelaufen. Priscilla war willig gewesen, aber er hätte sich genauso gut bemühen können, feuchtes Holz anzuzünden. In der dritten Nacht war ihnen der Geschlechtsverkehr schließlich gelungen, allerdings nicht als der liebevolle Akt, den Thomas sich vorgestellt hatte. Als sie hinterher auf ihrer Seite des Betts und er enttäuscht auf der seinen lagen, hatte er gefragt: »Was ist los, Priscilla? Kannst du mir den Grund für deine Zurückhaltung erklären? Liebst du mich denn nicht?«

»Doch, natürlich«, hatte sie geantwortet und dabei fast wie ein Kätzchen geklungen, das nach der Mutter sucht. »Es macht mir nur alles solche Angst.«

Angst? Er war schon mit vielen Frauen zusammen gewesen, und keine hatte sich darüber beklagt, dass er ihr Angst mache. Sie hatten es alle genossen, mit ihm zu schlafen.

Er hatte sich ihr zugewandt und ihr Gesicht gestreichelt. »Es wird alles gut, Priscilla«, hatte er sie getröstet. »Wir brauchen nur ein bisschen Zeit und Geduld.«

Doch nach zwei Wochen Ehe war er mit seiner Geduld am Ende. In einigen Tagen, Anfang Juni, würde seine Kompanie zu einer anderen Gruppe in Galveston aufbrechen, um die Küste zu verteidigen, und noch konnte er nicht hoffen, seine Frau schwanger zurückzulassen.

Plötzlich hellte sich Priscillas Miene auf, und sie schnitt ein Thema an, das sie faszinierte. »Hauptmann Burleson, ist Ihnen klar, dass Sie die Söhne von Adligen ins Feld führen, deren englische Vorfahren sich in der Schlacht durch Tapferkeit ausgezeichnet haben?«, fragte sie.

Thomas merkte, dass seine Frau aus Furcht vor der bevorstehenden Nacht ein wenig zu viel getrunken hatte, denn sonst legte Priscilla allergrößten Wert auf Schicklichkeit. Es sah ihr überhaupt nicht ähnlich, ein Gespräch über etwas zu beginnen, das den Hauptmann nicht interessierte und Thomas' Eltern und Gäste in Verlegenheit brachte.

»Tatsächlich, Mrs Toliver?«, sagte Hauptmann Burleson und hob höflich die zotteligen Augenbrauen.

»Ach, lassen wir das Thema«, mischte Jessica sich sofort ein und betätigte die kleine Silberglocke neben ihrem Teller, um Petunia zu rufen. »Meine Herren, im Salon warten Portwein und Zigarren auf Sie.«

Priscillas Blick verriet, dass sie sich gemaßregelt fühlte, und Thomas hatte Mitleid mit ihr. Als er hinter sie trat, um ihren Stuhl herauszuziehen, flüsterte er ihr ins Ohr: »Ein andermal, Liebes, wenn wir in der Stimmung sind für deine Begeisterung.«

»Ich wollte nur das Thema wechseln, und außerdem bin ich sehr stolz auf die Geschichte deiner Familie«, erklärte Priscilla schmollend.

»Ich weiß, Priscilla, aber die interessiert niemanden außer uns. Nimm den Wein mit nach oben. Vielleicht hilft er dir, dich zu entspannen.«

»Das wäre schön«, sagte sie und griff nach der Karaffe, um ihr Glas aufzufüllen.

Thomas schloss sich seufzend den Männern an.

Bei Portwein, Zigarren und Gesprächen über den Krieg musste er die ganze Zeit an das Mädchen denken, das er geheiratet hatte. Er verstand es einfach nicht. War es nicht ganz natürlich, dass man jemandem, den man liebte, nahe sein, ihn spüren und im Arm halten wollte? Priscilla behauptete, sie liebe ihn. Konnte sie sich ihm nicht völlig hingeben, weil sie spürte, dass er ihre Gefühle nicht erwiderte? Oder lag es eher daran, dass alles, was mit Körperlichkeit zu tun hatte, sie anekelte – der Schweiß und die Körperflüssigkeiten und das Animalische, das Gefühl, dass persönliche Grenzen überschritten wurden, und … der Schmerz?

Er errötete voller Scham, als er sich an ihren Schmerz bei der Penetration erinnerte, lange bevor er sein Ziel hatte erreichen können. Was sollte er tun? Er würde sich seiner Frau nicht aufdrängen. Er hatte versucht, sanft und rücksichtsvoll zu sein, doch seine Geduld reduzierte sich im selben Maß wie die Zeit, die ihm noch zu Hause blieb. Hatte er einen schrecklichen Fehler begangen? Hatte er Priscillas Gefühle für ihn falsch eingeschätzt? War es eher eine Vernarrtheit in sein Aussehen, den Status seiner Familie und die Verbindung der Tolivers zum Adel gewesen, die sie mit Liebe verwechselt hatte? War es eine Lüge gewesen, als sie behauptete, sie wünsche sich genauso sehnlich Kinder wie er?

Thomas sah seinen Vater am anderen Ende des Tischs an, noch immer ein stattlicher und attraktiver Mann, den seine Mutter nach wie vor sehr anziehend fand. Auch Henri und Bess, Jeremy und Camellia führten, soweit er das beurteilen konnte, schon viele Jahre glückliche Ehen. Wie sehr er sich das Gleiche für sich und Priscilla gewünscht hätte!

Doch die anderen, rief er sich ins Gedächtnis, hatten aus Liebe geheiratet.

Er verabschiedete sich von den Männern, solange der Wein bei Jessica noch seine Wirkung tat. Vielleicht würde der Alkohol ihre Hemmungen lösen, und in dieser Nacht würde es ihnen gelingen, das einzige Ziel zu erreichen, dessentwegen er die junge Frau geheiratet hatte, die nun mit bis zum Kinn hochgezogener Bettdecke auf ihn wartete.

ZWEIUNDSECHZIG

5. September 1863

Wie ich sehe, stammen meine letzten Einträge vom Juli 1861. Ist es wirklich schon über zwei Jahre her, dass ich meine Gedanken und Gefühle über die Ereignisse dieser grauenvollen Zeit in Amerika zu Papier gebracht habe? Als Mutter eines Sohnes kann ich das Land meiner Geburt einfach nicht als zwei Nationen sehen. Die Tragödien des Krieges schweißen uns zusammen.

Die große Lücke zwischen den Einträgen ist nicht etwa einem Mangel an Ereignissen geschuldet, sondern der fehlenden Lust und der Knappheit von Papier und Tinte, die ich zum Schreiben bräuchte. Ich lache verächtlich bei der Erinnerung an Lorimer Davis' Prahlen, dass die Konföderierten die Yankees bis zum Maifeiertag des Jahres 1862 in die Flucht schlagen würden, wenig mehr als ein Jahr nach dem Beginn des Krieges. Nun, der erste Mai kam, aber ohne Anlass zum Feiern, denn dazu war niemand in der Stimmung.

Verständlicherweise. Bis zum April jenes Jahres hatten die Konföderierten in Shiloh, Tennessee, unzählige Opfer zu beklagen gehabt, und New Orleans war in die Hände des Nordens gefallen. Im Juli hatte die Flotte der Union Galveston besetzt und im September General Lees Armee eine große Schlacht in Antietam, Maryland, gegen eine Übermacht des Nordens verloren. Allmählich kehren die Verwundeten nach Hause zurück, manche um einen Arm oder ein Bein ärmer, andere blind oder taub. Dem Metzgerssohn wurde die Nase weggeschossen. Was für Geschichten die Heimkehrer erzählen! Die jungen Männer, die mit Musik und Fahnenschwenken verabschiedet worden waren, die Bäuche voll mit Fleisch vom Rost und Brathähnchen von Picknicks und Festen, die Behelfsuniformen sauber – diejenigen, die über die Schlacht sprechen. Die meisten reden nicht. Ihr Schweigen umschließt sie wie eine Gruft.

Zeitungsberichte wirken wie Faustschläge. Die meisten Soldaten auf beiden Seiten sind kaum den Kinderschuhen entwachsen und haben keine Ahnung von Kriegführung oder davon, warum sie überhaupt kämpfen. Waffengänge werden im napoleonischen Stil geführt. Die jungen Männer müssen in Reihen auf die in Gräben liegenden gegnerischen Soldaten zumarschieren. Diejenigen, die am Ende noch stehen, beginnen mit denen in den Gräben einen Kampf Mann gegen Mann. Der Anblick des Schlachtfelds danach dürfte zu den entsetzlichsten auf dieser Erde zählen, vergleichbar nur mit den schockierenden Zuständen in den schmutzigen Truppenlagern, einer Brutstätte für alle nur erdenklichen Keime. Ein Reporter hat geschrieben, wenn man den Kugeln entgehe, falle man einer Krankheit zum Opfer. Der Friseur Walter Bates hat seinen Sohn in einer Typhusepidemie verloren, und Billy Costner ist an der Ruhr gestorben. Unbehandelte Masern, Windpocken, Mumps und Keuchhusten, um nur einige Krankheiten zu nennen, bedrohen das Leben der Soldaten in Lagern, in denen sich Abfall, Essensreste und Kot türmen. Der Genuss von verschmutztem Essen und Wasser vermindert die Überlebenschancen weiter.

Ich lausche den Schilderungen und lese die Zeitungsartikel mit angehaltenem Atem, denn natürlich denke ich an Thomas und die anderen und an die Bedingungen, unter denen sie leben, an die Gefahren, denen sie ausgesetzt sind. Thomas befindet sich in einer Spezialeinheit, die wagemutige Ausfälle nach Louisiana unternimmt, um den Feind zu schwächen, damit er nicht über den Sabine River nach Texas kommt. In ihren Lagern gibt es keine Unterschlupfe, und sie halten sich häufig in der Nähe von Sümpfen auf, in denen es von Schlangen, Krokodilen und Malariamücken wimmelt. Unser Sohn hat uns die wenigen Male, die er zu Hause gewesen ist, kaum Einzelheiten seiner tödlichen Missionen geschildert, aber sein Vater und ich können uns aufgrund seiner hohlen Augen und Wangen sowie seiner Kleider vorstellen, wie es dabei zugeht. Bei seinem letzten Heimatbesuch hat Thomas mich um meine letzte Tinte und meinen Block gebeten, weil ihm die Aufgabe übertragen worden war, den Eltern und Ehefrauen der Männer in seiner Einheit zu schreiben, die bei einem Buschfeuer gestorben waren, welches bei schweren Kämpfen in einem ausgedörrten Feld ausgebrochen war.

»Brauchst du mein ganzes Papier?«, hatte ich ihn gefragt.

»Ja«, hatte er mit grimmiger Miene geantwortet.

Fast fand ich es jetzt zum Lachen, dass Henri, gesegnet sei seine französische Natur, darauf bestanden hatte, seine Jungs mit maßgeschneiderten Uniformen für die Armee der Konföderierten auszustatten. Diese Uniformen dürften unter dem Staub der Straße mittlerweile nicht mehr zu erkennen sein.

Henri versorgte mich wieder mit Tinte und Papier, so dass ich heute meine Worte mit größter Sorge, die alle in der Region teilen, zu Papier bringen kann. Die Besetzung von Osttexas wird in wenigen Wochen stattfinden, wenn es unseren Truppen – bei ihnen Thomas, Jeremy junior, Armand, Jake und Priscillas zwei Brüder – nicht gelingt, die Unionisten am Sabine Pass, einem Wasserweg an der Golfküste, der in den Sabine River führt, aufzuhalten. Dort hofft die Union, ins Landesinnere vorzustoßen, mit den Hauptzielen, alles an sich zu reißen, was dazu dienen könnte, die Kriegsmaschinen anzutreiben, und die Baumwolle für die Textilfabriken des Nordens zu konfiszieren. Schreckliche Neuigkeiten sind eingetroffen, dass Kanonenboote und Transportschiffe, beladen mit Tausenden von Soldaten der Union, in den Wasserweg eingedrungen sind, der lediglich von einem unterbesetzten Fort verteidigt wird, zu dem die Jungen als Verstärkung geschickt wurden.

Falls mein Sohn sterben sollte, ist dies mein letzter Eintrag ins Tagebuch. Jemand anders – ein DuMont oder ein Warwick, vielleicht sogar Priscilla, wenn sie Lust dazu hat – wird dann die Chronik der Gründerfamilien von Howbutker weiterführen müssen. Doch es wird keine Folgegeneration von Tolivers geben, die sie lesen könnte.

Zumindest sieht es momentan so aus. Jeden Morgen stehe ich in Sorge um meinen einzigen Sohn und Priscilla auf. Bereits nach ihrer ersten Nacht im Schlafzimmer war klar, dass es dort nicht gut geklappt hatte. Und nach all den Tagen, die die Kinder mit enttäuschten Gesichtern an den Frühstückstisch kamen, vermuten Silas und ich, dass Priscilla Angst vor ehelichen Intimitäten hat. Selbstverständlich würde Silas niemals die Schuld bei Thomas suchen. »Schau ihn dir doch an!«, rief er aus. »Kannst du dir auch nur eine junge Frau vorstellen, die unseren Sohn nicht begehren würde?«

Silas macht Priscillas Mutter – »die ausgetrocknete Alte!« – dafür verantwortlich, dass sie ihrer Tochter lächerliche Angst vor Männern eingeimpft hat. Doch auch mich trifft eine Teilschuld an Thomas' Verwirrung über Priscilla und sein Unvermögen, sie zu verstehen. Er ist ohne Schwestern und mit einer Mutter aufgewachsen, die keine Liebkosungen, Geschenke oder Liebesschwüre braucht. Ihm würde im Traum nicht einfallen, dass es genau diese Beweise der Zuneigung sind, nach denen Priscilla sich sehnt.

Aber wenn Thomas die junge Frau lieben würde, könnte er ihre Bedürfnisse verstehen. Er würde den Wunsch verspüren, ihr zu gefallen. Ich sage Silas nicht, dass Priscilla mittlerweile gemerkt haben dürfte, warum Thomas sie geheiratet hat: um einen Erben zeugen zu können. Und auch nicht, dass ihre Abneigung allem Körperlichen gegenüber möglicherweise etwas mit ihrer Weigerung zu tun hat, benutzt zu werden. Sosehr sie Thomas auch lieben mag – sie hat ihren Stolz.

Ich sehe, wie sie sich immer weiter voneinander entfernen, und das stimmt mich traurig. Wird die Distanz zu groß, wird es vielleicht irgendwann unmöglich, wieder zusammenzukommen. Und genau das befürchte ich bei Thomas und Priscilla.

DREIUNDSECHZIG

Seit ihre Söhne im Krieg waren, trafen sich Silas, Henri und Jeremy nicht mehr nur im Winter, sondern jeden vierten Samstag im Monat zu ihren »Männertagen in Somerset«. Zwar hatte der Tod von Tomahawk diesen Treffen den Sinn genommen, aber das frische Fleisch des Scouts war schon lange nicht mehr der Grund, warum die Männer sich vor Silas' Plantagenbüro am Lagerfeuer versammelten. Nach dem Aufbruch ihrer Söhne hatten die drei Freunde einen Ortswechsel in Betracht gezogen, doch daraus war am Ende nichts geworden. Und so schleppten sie nach wie vor Essenskörbe und Bierfässer unter den Pekannussbaum, der vor Silas' Hütte Schatten spendete.

In den vergangenen vier Jahren hatten sich die Gespräche der Väter, deren Söhne bei fast jedem Kampf und Grenzgefecht seit der Einnahme von Galveston 1861 dabei gewesen waren, ziemlich düster gestaltet. Hauptmann Burlesons Heimatschutzeinheit war damit beschäftigt gewesen, Handelsrouten, Eisenbahnlinien, Brücken und Telegrafenleitungen zu verteidigen und Vorstöße in feindliches Gebiet zu wagen, um dort die gleichen Anlagen zu zerstören. Thomas und Philippe waren in Shreveport fast gefangen genommen worden, als sie mit einer Gruppe von Widerständlern Kanonenboote der Union im Sabine River in die Luft jagen wollten.

Dieses Treffen im Mai 1864 war das düsterste bisher. Am Ufer des Grenzflusses zwischen Texas und Oklahoma war es zu einer heftigen Auseinandersetzung zwischen Rebellen und Unionstruppen gekommen, die Zeitungen die Red River Campaign nannten. Dabei handelte es sich um einen neuerlichen Invasionsversuch von Unionstruppen in Texas, die Einheit der Jungen mittendrin. Eines der Ziele der Union bestand darin, Marshall, einen Ort etwa dreißig Kilometer von Howbutker entfernt, einzunehmen und die dortigen Fabriken zu zerstören, die den Konföderierten Munition und Nachschub lieferten. Die Okkupation von Marshall würde das Tor nach Texas und zum übrigen Staat aufstoßen und den Invasoren Zugang verschaffen zu Baumwolle, Pferden, Vieh und Lebensmitteln. Sie würden eine Schneise der Verwüstung hinterlassen, die die Infrastruktur und wirtschaftliche Entwicklung des Staates um zwanzig Jahre zurückwerfen würde. Die Konföderierten wollten die Grenze um jeden Preis halten, und wieder einmal warteten die Bewohner der Gegend in ihren Häusern mit geladener Waffe auf den Durchbruch der Yankees.

Die drei alten Freunde hatten gezögert, ihre Frauen allein zu lassen, doch diese hatten darauf bestanden. Die Invasion würde, falls überhaupt, erst in ein paar Tagen stattfinden, und außerdem wussten sie, wie sehr ihre Gatten diese Männertreffen genossen und brauchten, um Dampf abzulassen, übers Geschäft zu reden und sich über die Politiker und Generale zu verbreiten, die Männer in den Krieg schickten.

Für ein Feuer war es zu warm. Petunia hatte ihnen das letzte Glas eingemachte Schweinsfüße mitgegeben, kalten Maispudding, Gurken-Zwiebel-Salat, scharf gewürzte Eier und »Petunia-Brot« aus Hafer- und Pekannussmehl. Henri steuerte einen englischen Plumpudding in der Dose bei, der irgendwie an den Unionstruppen vorbeigeschmuggelt worden war.

»Ein richtiges Fest!«, rief Henri aus, als er den Korb auspackte. »Wenn doch nur die Jungs sich auch daran freuen könnten!«

»Vielleicht bald«, sagte Silas. »Ich kann mir nicht vorstellen, dass der Krieg noch viel länger dauern wird.«

»Bis zum nächsten Frühjahr, lautet meine Prognose«, erklärte Jeremy.

Den Männern wurde bewusst, wie schwermütig sie klangen. Die unausgesprochene Angst davor, dass das Wunder, ihre Söhne nach vier Jahren Krieg noch immer am Leben zu wissen, nicht anhalten würde, hing wie der Rauch ihrer Zigarren über ihnen.

Henri und Jeremy füllten ihre Teller, während Silas abwinkte und sich lieber ein weiteres Glas Bier einschenkte.

»Willst du denn nichts essen, Silas?«, erkundigte sich Henri.

»Ich hab keinen Hunger. Vielleicht später.«

Silas fiel auf, wie seine Freunde einen Blick wechselten. »Was ist?«, fragte er.

»Du siehst nicht gut aus, *mon ami*«, antwortete Henri. »Du hast abgenommen und bist blass.«

»Wir sind alle blass«, erwiderte Silas. »Welcher Vater, dessen Sohn im Krieg ist, wäre das nicht?«

»Wir finden, du solltest zum Arzt gehen«, erklärte Jeremy.

»Woodward ist ein Quacksalber, und ich würde einen Familienzwist riskieren, wenn ich zu dem anderen ginge. Ich fühle mich gut. Ich habe nur im Moment … andere Sorgen.«

»Ich dachte, die Plantage macht sich unter den gegebenen Umständen prächtig«, sagte Henri.

»Das ist es nicht.«

»Was ist es dann, Silas?«, hakte Jeremy nach.

Silas holte tief Luft. Männer vertrauten sich anderen nicht so leicht an wie Frauen. Sie bewältigten Probleme ohne Rat und Beistand auch ihrer besten Freunde und behielten ihre Geheimnisse für sich. Wenn ein Mann jemanden zum Zuhören benötigte, wandte er sich für gewöhnlich an seine

Frau. Doch manchmal konnte er seine Sorgen nicht seiner Frau erzählen. Er brauchte das Ohr eines anderen Mannes, das eines guten Freundes, und davon hatte er mit Jeremy und Henri zwei. Aber er konnte den Kummer, der an seinem Herz fraß, nicht bei ihnen abladen. Welcher Trost war von ihnen zu erwarten? Welcher Rat? Silas hatte das Gefühl, nicht einmal Jessica sagen zu können, welche Gewissensbisse ihn plagten, weil er Thomas ermutigt hatte, Priscilla zu heiraten, um einen Erben für Somerset zu bekommen. Würden die Tolivers je dazulernen?

Silas atmete aus. »Es geht um … meinen Sohn und meine Schwiegertochter. Sie sind nicht glücklich.«

»Schade«, murmelte Henri.

»Das tut mir leid«, sagte Jeremy. »Was ist los?«

»Sie … passen nicht zusammen.« Silas nahm einen großen Schluck Bier, um den sauren Geschmack loszuwerden, den er in letzter Zeit so oft im Mund hatte. Sein Magen fühlte sich leer an. Er litt schon länger unter Appetitlosigkeit und spürte, wie ihm der Alkohol sofort zu Kopf stieg. »Früher dachte ich, Thomas und Priscilla würden ein schönes Paar abgeben.«

»Vielleicht haben sie bisher einfach keine Gelegenheit gehabt, ein richtiges Paar zu werden, weil die Jungs in den vergangenen Jahren immer nur ein paar Wochen zu Hause waren«, meinte Jeremy.

Silas verzog den Mund zu einem Grinsen. »Armand und Jeremy junior haben vor weniger als einem Jahr geheiratet, und ihre Frauen sind schon schwanger.«

»Soll das heißen, dass du dich nach einem Enkel sehnst?«, fragte Henri.

»Ja, aber noch mehr …« Silas stand auf und steckte die Hände in die Taschen. *Verflucht! Er musste es loswerden, sonst platzte er.* Also begann er. »Als Thomas Priscilla geheiratet hat, wusste ich, dass er sie nicht liebt, aber ich dachte, sie liebt ihn und dass ihre Zuneigung die Kluft zwischen ihnen überbrücken würde. Dass Thomas lernen würde, ihre Gefühle zu erwidern, wie … ich gelernt habe, seine Mutter zu lieben. Ich wollte, dass er die Freude darüber kennenlernt, kleine, schöne Dinge an der jungen Frau zu entdecken, die ihm entgangen waren, ihre Gedanken, ihre Gefühle, ihren Körper, alles, was mich bei Jessica fast um den Verstand gebracht hat, worauf ich stolz war und was sie für mein Leben unentbehrlich gemacht hat, aber …«

»Aber Priscilla ist nicht Jessica«, führte Jeremy den Satz für ihn zu Ende.

»Nein, eindeutig nicht.« Silas setzte sich wieder, weil er weiche Knie bekam. »Hinter der verschlossenen Tür von Thomas' Frau warten keine süßen Überraschungen, geheimen Wünsche oder Leidenschaften. Meiner Ansicht nach ist Priscilla Woodward ein leerer Raum.«

»Gütiger Himmel!«, rief Henri aus.

Silas war entsetzt über sich selbst und kam sich vor wie ein Verräter an der Frau seines Sohnes, an seiner Schwiegertochter, einem Mitglied der Familie. »Verzeiht, dass ich so freimütig über meine Gefühle rede. Ich schäme mich.«

Henri hob die Hände. »*Mon ami*, da gibt es nichts zu verzeihen und keinen Grund, sich zu schämen. Gefühle sind weder richtig noch falsch. Sie sind einfach.«

Jeremy räusperte sich. »Du fühlst dich verantwortlich für die Ehe von Thomas?«

»Ich habe ihn dazu ermutigt.«

»Aber es war Thomas' Entscheidung, sie zu heiraten, Silas, nicht die deine«, sagte Jeremy.

»Seine Entscheidung wurde forciert durch meine Besessenheit von der Plantage. Um mir zu gefallen, wollte Thomas einen Erben für Somerset zurücklassen, für den Fall, dass …« Silas konnte sich nicht überwinden, es auszusprechen. Er fuhr sich mit der Hand übers Gesicht, das sich knochig anfühlte. »Ich kann nachts nicht schlafen vor Sorge darüber, dass Thomas durch meine Schuld zu einer Ehe ohne Liebe und vielleicht auch ohne Kinder verdammt ist. Jetzt, da der Krieg fast vorbei ist und die Chance besteht, dass er wohlbehalten zurückkommt …« Silas sagte nicht, was auf der Hand lag: dass sein Sohn, wenn er nur gewartet hätte, möglicherweise eine Frau kennengelernt und geheiratet hätte, die er lieben könnte. »Mich quält das sinnlose Opfer, das er für Somerset gebracht hat.«

»Auch das war seine Entscheidung, nicht die deine«, erklärte Jeremy.

»Der Meinung bin ich auch«, pflichtete Henri ihm bei. »Die Sünden der Väter … Die Kinder müssen nicht dafür büßen. Sie können ihre eigenen begehen.«

Silas schmunzelte. »Ihr versucht, mich von meiner Schuld freizusprechen.«

»Eine Absolution ist nicht nötig, wo es keine Schuld gibt«, meinte Jeremy.

»Ich will nur, dass Thomas glücklich wird. Das vor allen Dingen, Erbe hin oder her.«

»Das wissen wir«, versicherte Jeremy ihm. »Und wenn Gott zuhört, weiß er das auch. Deswegen liegt hier auch kein Fluch vor. Du denkst an Thomas, nicht an Somerset.«

»Wir dürfen die Hoffnung nicht aufgeben, dass Zeit, Ruhe und Vertrauen die Probleme von Thomas und Priscilla lösen werden, sobald der Krieg vorüber ist«, ergänzte Henri und hob sein Glas. Silas und Jeremy taten es ihm gleich. »Meine Freunde, ein Toast auf die sichere Rückkehr unserer Söhne und ihr künftiges Glück.«

»Cheers!«, riefen die Männer. Als Silas trank, dachte er, dass er Jeremy fragen müsse, was er mit seiner Bemerkung über den Fluch gemeint habe. Wie war er nur darauf gekommen? Doch das vergaß er in seiner Dankbarkeit darüber, dass er so treue und verständnisvolle Freunde hatte, und weil er wieder einmal diesen Druck unter den Rippen und diesen Schmerz im Unterleib spürte.

Wie üblich las Jeremy seine Gedanken. »Silas, mein Junge«, sagte er. »Du musst zum Arzt.«

»Sieht fast so aus«, meinte Silas.

VIERUNDSECHZIG

Der Krieg erreichte Howbutker im September 1864 und raubte der Stadt einen ihrer beliebtesten Söhne. Jessica, Priscilla und Petunia füllten gerade in der Küche Stoffsäckchen mit Maiskolbenasche als Backpulverersatz, die sie an die Nachbarn verteilen wollten, als die achtjährige Amy, die »kleine Helferin ihrer Mutter«, an die Tür lief, weil es geklingelt hatte. Die kriegsbedingte Lebensmittelknappheit und die Blockade der Union hatten enormen Einfallsreichtum bei der Erprobung von Ersatzmöglichkeiten für Kaffee, Mehl, Pfeffer, Zucker und sogar Salz hervorgebracht, die Bewohner der Houston Avenue so etwas wie eine Tauschbörse gegründet. Jeder bekam die Aufgabe, große Mengen eines bestimmten Produkts herzustellen, das sich dann alle teilten. Bess DuMont beispielsweise besaß großes Geschick darin, Eicheln und Okrasamen zu rösten, aus denen sich ein halbwegs passabler Kaffee brühen ließ, und Camellia Warwick hatte die Herstellung von Kartoffelmehl zur Kunst erhoben. Die Frauen der Houston Avenue nahmen diese Tätigkeiten zum Anlass, sich morgens zu treffen, und wechselten sich als Gastgeberinnen ab. Jessica sollte am folgenden Tag dran sein.

»Das ist wahrscheinlich Mrs Davis, die mir ein Chrysanthemenarrangement für den Tisch bringt«, mutmaßte Jessica.

»Seit die Vorhersagen von Mister Silas in allen Punkten eingetroffen sind und sich rausgestellt hat, dass ihr Mann sich getäuscht hat, ist sie deutlich netter zu Ihnen«, stellte Petunia fest. »Das muss man ihr lassen.«

»Ein Pyrrhussieg für Silas«, bemerkte Jessica. Silas' Prophezeiungen waren in der Tat eingetroffen. Die Konföderierten hatten sich nicht gegen die Militärgewalt des Nordens behaupten können, und man munkelte, dass eine große Invasion bevorstand, die dazu dienen würde, den Süden völlig zu verwüsten. Frankreich und Großbritannien kamen den Konföderierten nicht wie erhofft zu Hilfe, und Sklaven flohen zu Hunderten von den Plantagen, weil es aufgrund des Krieges kaum noch Aufseher gab und sie keine Motivation zum weiteren Aufenthalt hatten. Somersets Schwarze hingegen blieben bis auf wenige Ausnahmen.

Es war Leon, ein Junge aus der Nachbarschaft, der in die Küche stürzte, Amy mit bestürztem Blick hinterdrein. Der Junge riss sich atemlos, mit rotem Gesicht, den Hut vom Kopf. »Miss Jessica«, keuchte er. »Die Blauröcke sind da.«

»*Was?* Wo sind sie?«, rief Jessica aus.

»Auf der Weide hinter unserem Haus. Sie nehmen die Pferde mit.«

»Priscilla, du weißt, wo die Pistolen sind. Gib den Bediensteten Waffen«, wies Jessica ihre Schwiegertochter an. »Petunia, du bleibst mit Amy hier. Leon, kannst du mit einer Waffe umgehen?«

»Ja. Mein Daddy hat's mir beigebracht, für den Notfall.«

»Priscilla, gib ihm auch eine Pistole.«

»Was sollen wir machen?«, fragte ihre Schwiegertochter, die Augen vor Angst geweitet.

»Ich weiß es nicht.«

Jessica packte das Steinschlossgewehr, das neben der Tür zur Speisekammer bereitstand, und machte sich auf den Weg zur hinteren Tür. Alle Männer waren in der Arbeit, die Kinder in der Schule. Warum, fragte Jessica sich, war eigentlich Leon, der Sohn ihres Bankiers, zu Hause? Als sie ihn husten hörte, begriff sie, warum. Tatsächlich waren nur die Frauen daheim; die meisten von ihnen hielten um diese Zeit ein Schläfchen, und ihre Bediensteten hatten noch nicht bemerkt, was Jessica sah, als sie von der Laube aus zur Weide hinüberschaute.

Etwa ein Dutzend Männer in Unionsuniform schwang Lassos, um die Kutschpferde der Houston Avenue, die tagsüber aus ihren Ställen gelassen wurden, einzufangen. Die Pferde wichen den Schlingen aus. Zu ihrem Entsetzen sah Jessica Flight O'Fancy unter ihnen. Die Vollblutstute hatte die Aufmerksamkeit des Anführers erregt. Jessica hörte deutlich seine Anweisung: »*Holt euch das Pferd da!*«

Sie wusste nicht, was sie tun sollte. Die Soldaten durften Nanettes Pferd nicht bekommen, aber was sollte sie, eine einzelne Frau mit einem Steinschlossgewehr, gegen ein Dutzend bewaffneter Männer ausrichten? Sie konnte Leon und Priscilla nicht in Gefahr bringen. Man wusste nicht, was geschehen würde, wenn sie die hübsche junge Frau sähen. In dieser Situation sehnte sie sich nach dem klugen, starken Jeremiah, doch der war zwei Jahre zuvor im Frühling gestorben. Während sie noch überlegte, sah sie zu ihrem Entsetzen, wie Robert Warwick mit einer Pistole in der Hand auf die Weide lief. Sie hatte ganz vergessen, dass er in seiner Schreinerei dabei war, als Willkommensgeschenk für Thomas einen Schreibtisch zu fertigen. *Herr im Himmel, nein!*

Priscilla, Leon und die Bediensteten waren nach draußen gerannt, alle eine Waffe aus dem Schrank von Silas in der Hand.

»Priscilla, lauf zu den Nachbarn und sag ihnen, was los ist, dass sie mit ihren Waffen rauskommen sollen«, wies sie sie an. »Sie müssen einander verständigen. Beeil dich. Wir dürfen keine Zeit verlieren.«

»Ja, Ma'am«, sagte Priscilla, erleichtert über die ihr zugewiesene Aufgabe.

Der befehlshabende Offizier, ein Lieutenant, wie an seinen Schulterabzeichen abzulesen war, drehte, als er Robert herannahen hörte, sein Pferd herum und zog die Pistole aus dem Halfter. Ohne zu denken, aber geistesgegenwärtig genug, ihr Gewehr zurückzulassen, eilte Jessica die Stufen der Laube hinunter und durch das schmiedeeiserne Tor hinüber zur Weide und rief: »*Nein! Nein!*«

Aller Augen richteten sich auf sie. Flight O'Fancy, die Robert entdeckt hatte, trottete auf ihn zu.

»Miss Jessica!«, sagte Robert überrascht, als sie die Gruppe erreichte. »Was machen Sie denn hier?«

»Ich hoffe, alle anwesenden Söhne von Müttern zur Vernunft bringen zu können. Guten Tag, Lieutenant.«

»Madam«, begrüßte der Offizier sie und tippte mit seiner behandschuhten Hand an die Krempe seines Kavalleriehuts.

»Robert, mein Lieber«, sagte Jessica. »Bitte leg die Waffe auf den Boden. Gegen so viele richtet sie nichts aus.«

Roberts Atem ging aufgrund seiner Bronchialerkrankung auch mit dreiundzwanzig Jahren noch rasselnd, und er sah aus, als könnte ihn der leiseste Windhauch umwerfen.

»An deiner Stelle würde ich tun, was sie sagt«, meinte der Offizier in einem Tonfall und mit einem Blick, die keinen Widerspruch duldeten. Mittlerweile hatte Flight O'Fancy sie mit nervös bebenden Flanken erreicht.

»Das Pferd können Sie nicht haben«, erklärte Robert und senkte die Pistole, ohne sie wegzulegen.

»Ich nehme die Stute und alle anderen Pferde mit, also lass die Waffe fallen. Und wenn ihr beide dorthin zurückgeht, wo ihr hergekommen seid, passiert euch nichts.«

»Nein, Sie nehmen sie nicht mit«, widersprach Robert mit

trotzig vorgerecktem Kinn. »Sie zieht nicht für die Armee der Union in den Krieg.«

»Doch, das tut sie.«

»Nein. Eher bringe ich sie um«, erklärte Robert, zielte mit der Pistole hinter Flight O'Fancys Ohr und drückte ab.

Jessica und die Männer trauten ihren Augen nicht. Erst als das Pferd krachend zu Boden sank und der Rauch aus Roberts Pistole sich verzog, wurde allen klar, was geschehen war.

»Das hättest du nicht tun sollen«, sagte der Offizier und richtete seine Waffe auf Roberts Kopf.

»*Nein, bitte!*«, rief Jessica aus, aber es war bereits zu spät. Die Kugel traf Robert mitten in die Stirn, und er ging neben dem Pferd zu Boden. Jessica kniete bei ihm nieder und legte seinen blutenden Kopf in ihren Schoß, bevor sie den Offizier, Tränen der Wut in den Augen, ansah. »Wie konnten Sie das tun? Er war doch noch ein Junge.«

»Waren wir das nicht alle mal?«, fragte der Offizier. »Jemand, der ein wunderbares Pferd wie das hier erschießt, verdient es nicht zu leben.«

»Das Pferd gehörte der jungen Frau, die er einmal geliebt hat. Sie ist mit fünfzehn gestorben. Robert hat sich zum Gedenken an sie um die Stute gekümmert«, erklärte Jessica weinend.

Ein Ausdruck der Reue huschte über das Gesicht des Offiziers. Er ließ den Blick kurz über die Weide schweifen, bevor er sich wieder Jessica zuwandte. »Der Krieg besteht aus einer endlosen Reihe von Missverständnissen, Madam. Mein tiefstes Bedauern für das meine.«

Als Jessica Geräusche hinter sich hörte, schaute sie über die Schulter und sah, wie sich die Herrinnen der Houston Avenue und ihre Bediensteten in einer Linie aufstellten, die fast die ganze Straße hinunterreichte. Sie hielten Waffen in der Hand und wussten sie zu bedienen. Unter ihnen befanden sich

Mütter, deren Söhne bei Kämpfen in Texas oder anderswo im Süden gefallen oder verwundet worden waren. Sie schienen auf ein Signal von ihr zu warten.

Die kleine, zierliche Camellia Warwick brach mit einem Aufschrei durch die Reihe und rannte auf sie zu; es sah aus, als würde ihr Reifrock sie vom Boden abheben lassen. Jessica wandte sich wieder dem Offizier zu. »Gehen Sie, junger Mann, heim zu Ihrer Mutter, die nie erfahren wird, welchen Kummer Sie der Mutter dieses Jungen bereitet haben. Wenn Sie bleiben, wird weiteres Blut vergossen, diesmal wahrscheinlich das Ihre.«

»Ich kämpfe nicht gegen Frauen und Bedienstete«, sagte der Lieutenant, »aber ich will die Pferde. Weisen Sie Ihre Leute an zurückzutreten, dann verschwinden wir.«

Silas war zu der Zeit in Dr. Woodwards Praxis gewesen und anschließend nach Somerset hinausgeritten, zu seinem Lieblingsaussichtspunkt über die Plantage und sein Lebenswerk. Die Ruhe, die sich hier sonst auf seine gequälte Seele herabsenkte, wollte sich nicht einstellen. Von den traurigen Ereignissen auf der Weide und vom Heldenmut seiner Frau erfuhr er erst, als er in der Abenddämmerung nach Hause zurückkehrte. Das war genug Trauriges für einen Tag, dachte er. Und beschloss zu warten, bis das Entsetzen über Roberts Tod abgeflaut war, bevor er Jessica die Diagnose von Dr. Woodward mitteilte.

FÜNFUNDSECHZIG

An den zwölften April 1865 würden sich die Tolivers, die DuMonts und die Warwicks auf ewig als an den Tag erinnern, an dem »die Jungs« nach Hause kamen. Am neunten April hatte General Robert E. Lee, Kommandeur der Konföderierten Truppen, als er das unausweichliche Ende des Krieges erkannte, in Appomattox, Virginia, seine achtundzwanzigtausend Mann dem Kommandeur der Unionstruppen General Ulysses S. Grant übergeben, um weitere Tote und Zerstörung im Süden zu vermeiden. Sam Houstons Warnung, dass in einem Krieg »die Blüte von Texas« verloren gehen würde, hatte sich in erschreckender Weise bei den texanischen Konföderierten bewahrheitet, die den Süden verteidigt hatten. Auch Jake Davis befand sich unter den Gefallenen. Ganz am Ende des Krieges hatte er sich von Hauptmann Burlesons Einheit getrennt, um sich der Texas Brigade unter General Lee anzuschließen. Jake war es gewesen, der den Tolivers die Nachricht geschickt hatte, dass Willowshire von einem Regiment der US Army unter General William T. Sherman während dessen vernichtenden Marsches durch South Carolina bis auf die Grundmauern niedergebrannt worden war. Jessica konnte sich die Zerstörung anhand der Beschreibung, die ihr Bruder Michael Jake gegeben hatte, gut vorstellen.

Im Februar, in der Plantation Alley immer ein düsterer Monat, war eines Nachmittags einer der Bediensteten zu Michael in die Bibliothek geeilt, um ihm zu sagen, dass die Blauröcke kamen. Jessicas Bruder hatte durchs Fenster beobachtet, wie ein Oberst der Union eine Reihe blau uniformierter berittener Soldaten in gemächlichem Tempo zwischen den kahlen Bäumen des Weges nach Willowshire bis zum Haus führte. Jessica war froh, dass ihre Eltern nicht mehr gelebt und somit nicht hatten mit ansehen müssen, was als Nächstes passierte. Laut Michaels Schilderung war ihr Bruder zu den Eindringlingen hinausgegangen und hatte sich auf die Veranda gestellt, während der befehlshabende Offizier abgestiegen war, seine Männer auf ihren Pferden im Halbkreis um ihn geschart.

»Guten Tag«, hatte der Offizier Michael begrüßt und seine Handschuhe ausgezogen, als er die Stufen hinaufging. »Darf ich mich vorstellen? Ich bin Oberst Paul Conklin. Vielleicht erinnern Sie sich noch an meine Tante.«

Michael war weiß wie die Wand geworden, denn natürlich erinnerte er sich an Sarah Conklin.

Der Colonel hatte ihm erlaubt, Familie, Bedienstete und Jagdhunde aus dem Haus zu holen, bevor es in Brand gesteckt wurde, ihn jedoch angewiesen, alles andere darin zu lassen. Jessica glaubte, dass die Soldaten ihr Elternhaus nur ihrer Freundschaft mit seiner geliebten Tante wegen nicht plündern durften, und dafür war sie dankbar.

Die Jungs kehrten an dem Abend nach Hause zurück, als Silas sich ins Bett zurückzog, um nie wieder aufzustehen. Zuvor hatte er es immer noch geschafft, jeden Tag zur Plantage hinauszureiten, sich um seine Geschäfte zu kümmern und Sitzungen des Stadtrats beizuwohnen, in den er wieder gewählt worden war. Dr. Woodward, der anhand der Symptome ahnte, unter welcher Krankheit Silas litt, hatte ihn nach Houston zu einem Spezialisten für Blutkrebs geschickt. Der Spezialist hatte Dr. Woodwards Diagnose bestätigt: Silas litt an Leukämie. Und dafür gab es keine Behandlungsmöglichkeit und kein Heilmittel.

Thomas war am Boden zerstört. Kein Kummer des Krieges

ließ sich mit dem über den bevorstehenden Tod seines Vaters vergleichen. Bei der Beerdigung von Robert im September war ihm aufgefallen, wie alt sein Vater geworden war. Thomas hatte das dessen jahrelanger Sorge um seinen einzigen Sohn zugeschrieben, und auch Roberts Tod hatte Spuren hinterlassen. Seine Eltern, die ihm nun teurer waren als je zuvor, während ihm seine Frau eine Fremde blieb, litten mit den Warwicks. Bei jenem Heimaturlaub hatte Thomas zu Priscilla gesagt: »Ich will ein Kind, Priscilla, und zwar jetzt. Hast du verstanden?«

Sie hatte voller Angst genickt, doch Thomas war das egal gewesen. Himmelherrgott, was hatte Priscilla denn erwartet, als sie seine Frau geworden war? Dass er sie in einen Schrank stellen und aus der Ferne bewundern würde? Was nützte sie ihm, wenn sie weder Geliebte noch Gefährtin noch Stütze war und ihm keine Kinder gebären konnte?

Schließlich hatte sie nachgegeben und sich hinterher wohl gefragt, wo ihr zärtlicher, rücksichtsvoller und einfühlsamer Ehemann geblieben war, aber als er im April dann endgültig nach Hause zurückkehrte, war sie im achten Monat schwanger. Er betete jeden Abend für die sichere Geburt seines Kindes und dass sein Vater den Toliver der dritten Generation noch erleben möge, der eines Tages Somerset erben würde.

»Ich weiß nicht, wie ich ohne Silas leben soll«, gestand Jessica Jeremy. Sie trafen sich immer noch manchmal morgens gegen zehn Uhr auf eine Tasse von Bess DuMonts bitterem Eichelkaffee in der Laube, wenn das Laudanum Silas' Schmerz gelindert und ihn hatte einschlafen lassen.

»Es geht nicht ums Leben«, sagte Jeremy mit vor Kummer rauer Stimme. »Sondern darum, überhaupt am Leben zu bleiben, für die, die weiter hier sind.«

Er und Henri kamen jeden Tag, um mit Silas zu plaudern, ihm die neuesten Nachrichten vom Krieg zu erzählen, beim

Waschen zu helfen und einfach nur bei ihm zu sitzen, wenn Jessica eine Pause brauchte. Jeremy las ihm vor, als er das selbst nicht mehr konnte. Henri brachte besondere Leckereien aus seinem Geschäft. Ihr Schmerz hinter der Fassade der Fröhlichkeit brach Jessica fast das Herz.

Silas lebte noch drei Wochen, nachdem Priscilla von einem gesunden, etwas mehr als acht Pfund schweren Jungen entbunden worden war. Sie bat, ihren Sohn Vernon nennen zu dürfen, nach irgendeinem entfernten Angehörigen der Warwick-Familie, den sie aufgrund seiner Teilnahme am Rosenkrieg in den Rang eines Helden erhoben hatte.

»*Vernon*«, wiederholte Silas mit vor Schmerz und Medikamenten heiserer Stimme, als er sich im Bett aufsetzte, um seinen Enkel zum ersten Mal im Arm zu halten. »Der Name gefällt mir. Eine gute Wahl, Priscilla. Wie ich sehe, hat der kleine Bengel deine schönen Ohren geerbt. Macht es dir was aus, dass der Rest eher nach der Familie deines Mannes geht?«

»Nein, das freut mich sogar«, erklärte Priscilla mit einem Blick auf Thomas, der auf der anderen Seite des Betts nahe bei seinem Vater stand. Jessica entging dieser Blick voll unerfüllter Sehnsucht nicht. *Ich habe meine Pflicht getan. Jetzt liebe mich.* Doch ihr Mann schenkte ihr keine Beachtung.

In seinen hellen Momenten rief Silas Thomas zu sich ans Bett, und sie verbrachten jede verfügbare Minute über Geschäftsbüchern, Papieren und Plänen für die Weiterführung von Somerset. Silas sagte voraus, dass Texas und der Süden sich auf eine lange Zeit des Umbruchs gefasst machen müssten. »Unser Staat wird sich der Vorherrschaft des Nordens nur widerwillig beugen, und Texas wird möglicherweise noch lange nicht in die Union aufgenommen. Gesetzlosigkeit wird herrschen, und unser altes Gesellschaftssystem wird sich auflösen. Unser Geld wird seinen Wert verlieren, und der des Grundes wird drastisch fallen, aber du darfst nicht verzweifeln, mein Sohn. Halte am Land fest. Es kommen wieder bessere Zeiten, und dann wird Somerset blühen und gedeihen.«

Jessica, die Silas so lange wie möglich nahe sein wollte, saß im Wohnzimmer an der Wand neben dem Bett, so dass sie jedes Wort hörte. Sie war hin- und hergerissen zwischen der Versuchung, Silas von ihrem Bankkonto in Boston zu erzählen, was ihm seine Sorgen genommen hätte, oder seine Verärgerung über Jeremy zu riskieren, wenn er von ihrem Pakt erfuhr, die Existenz des Geldes vor ihm geheim zu halten.

»Sag es ihm lieber nicht, Jess«, riet Jeremy ihr bei einem ihrer morgendlichen Treffen in der Laube. »Mir zuliebe.«

»Meinst du, es würde ihn jetzt noch stören, dass wir unter einer Decke gesteckt haben?«

»Bestimmt.«

Jessica hörte etwas Merkwürdiges in seiner Stimme. »Warum?«

Jeremy entdeckte einen losen Nagel in der Schaukel und drückte ihn mit dem Daumen ins Holz. »Glaub mir einfach, Jess. In mancher Hinsicht kenne ich deinen Mann besser als du. Es würde ihm etwas ausmachen, dass du mir mehr vertraut hast als ihm und ich ihn hintergangen habe.«

»Wenn du möchtest, Jeremy«, sagte Jessica. »Ich würde nichts tun, um eurer Freundschaft zu schaden.«

Vor seinem Tod bekam Silas noch die Ermordung von Präsident Abraham Lincoln im April mit, die Festnahme von Jefferson Davis, dem Präsidenten der Konföderierten, im Mai in Georgia, die Nachricht, dass möglicherweise Gas die Kerzen und das Holz in Öfen ersetzen würde, und schließlich noch Jessicas stolzen Bericht, dass Maria Mitchell, eine Vertreterin der Frauenrechtsbewegung, als erste Professorin für Astronomie der Vereinigten Staaten eine Stelle am Vassar College in New York erhalten habe. Darauf fragte Silas grinsend: »Wohin soll das noch führen?« Was ihm von seiner Frau einen liebevollen Klaps auf den Arm einbrachte.

Am letzten Tag seines Lebens hörte sie Silas zu Thomas sagen: »Mein Sohn, ich weiß, dass deine Ehe … nicht so ist, wie du sie dir wünschst, aber würdest du … einen Rat von deinem Vater annehmen?«

»Natürlich, Papa.«

»Vielleicht wirst du … Priscilla nie … lieben, doch du musst ihre Liebe zu dir achten. Damit spielt man nicht. Schenk ihr das, wenn schon nichts anderes …«

Jessica erhob sich, die Hand auf den Lippen. Silas hatte diese Worte nur mit Mühe hervorgepresst, vermutlich würden sie zu den letzten gehören, die sie von ihrem Mann vernahm. Ihre Furcht erwies sich als berechtigt. Als der folgende Tag anbrach, spürte sie beim Aufwachen nach unruhigem Schlaf, wie Silas ihre Hand drückte. »Jessica …«, keuchte er.

Sie war sofort hellwach. »Ja, mein Lieber?«

»Es … war …« Seine Lippen formten ein Wort, das mit »w« begann, doch er konnte es nicht mehr ganz aussprechen.

»Wunderbar«, sagte Jessica, schloss ihm sanft die Augen und küsste ihn auf die Lippen. »Ja, das war es, mein Liebster.«

Silas starb am neunzehnten Juni 1865, dem Tag, an dem der Kommandeur der US-Truppen verkündete, dass nun in Texas die Emancipation Proclamation gelte, die die Sklaverei abschaffe.

SECHSUNDSECHZIG

Dann folgten Ereignisse, deren Schilderung ihren Weg erst über ein Jahr später in Jessicas Tagebuch fand. Der elegante, in rotes Leder gebundene Band mit ihren ersten Aufzeichnungen war später durch schlichtere mit schwarzem Einband ersetzt worden, auf die schließlich ganz normale Notizhefte folgten, falls diese verfügbar waren. Ein Stapel ihrer schriftlich fixierten Gedanken, Eindrücke und Erfahrungsberichte, die in den ersten Monaten nach ihrer Hochzeit mit Silas begannen, lag chronologisch geordnet in einem Fach ihres Sekretärs. Der letzte Eintrag endete im Juni 1865. Danach folgte keiner mehr. Auf der letzten Seite stand:

Wir haben Silas zu Grabe getragen. Thomas wollte ihn in Somerset begraben, an einem Ort, den nur er und Silas kennen. »Von dort aus hat man einen schönen Blick über die Plantage, Mutter. Es ist eine Stelle, an der Papa oft zum Nachdenken war«, hat er mir erklärt. »Da würde ich ihn gern besuchen.«

Ich musste an Joshua denken, der ganz allein in unserem Familiengrab im Friedhof liegt, wo ein Grabstein an Nanette DuMont erinnert und auch Robert Warwick beerdigt ist, aber ich konnte meinem Sohn seinen Herzenswunsch nicht abschlagen. Ich kenne den Ort, den er meint, nicht, doch über Somerset weiß ich so vieles nicht.

Es ist wirklich eine schöne Stelle, an der mein Mann liegt. Eine Roteiche beschattet sein Grab, und in der Nähe plätschert ein Bach. Es weht immer ein laues Lüftchen, das die Lieder und Spirituals der Arbeiter auf den Feldern herüberträgt. Ich vermute, dass Thomas oft dort verweilt, um mit seinem Vater Zwiesprache zu halten. Es ist ein privater Ort nur für sie, und ich komme mir ein wenig ausgeschlossen vor, bin aber froh, dass ich Thomas nicht widersprochen habe, weil seine Entscheidung Silas sicher gefallen hätte. Ich war sein Herz, doch Somerset war seine Seele.

Jahre später sollte Jessica »The Bustle in a House« lesen, ein Gedicht von Emily Dickinson, das treffend ihre Aktivitäten nach Silas' Tod beschrieb und die lange Lücke zwischen den Einträgen in ihrem Tagebuch erklärte. Als sie schließlich wieder den Stift in die Hand nahm und sich den leeren Seiten des Juni zuwandte, schrieb sie die unsterblichen Worte der Dichterin nieder:

Die Geschäftigkeit im Haus
Am Morgen nach dem Tod
Ist heiligster Fleiß
Auf Erden

Das Wegfegen des Herzens
Das Wegräumen der Liebe
Die wir nicht wieder verwenden wollen
Bis in die Ewigkeit

Silas lag noch im Salon aufgebahrt, als Thomas eine Kopie der Emancipation Proclamation aus dem Telegrafenamt übergeben wurde. Ihre Umsetzung sollte durch das Eintreffen des Unionsgenerals Gordon Granger mit zweitausend Männern in Galveston garantiert werden. Thomas las den Text und reichte ihn wortlos an die anderen Pflanzer im Raum weiter, bevor er zu seinem Vater ging und eine Hand auf seine kalte Stirn legte. »Es ist so weit, Papa«, sagte er.

Jessica hoffte, dass die Erinnerung an den Tag, an dem ihr Sohn den Sklaven die Proklamation vorlas, niemals verblassen würde. Von der ganzen Plantage strömten sie zur Beerdigung herbei, ein Meer von schwarzen Gesichtern, viele tränennass. Die letzte Erde war auf das Grab von Silas geschaufelt, die letzte Blume vor den Grabstein gelegt. Die leichte Brise auf dem Hügel und der bedeckte Himmel machten den Tag angenehm kühl.

»Ruhe bitte«, sagte Thomas und erhob die Stimme. »Ich habe hier etwas Wichtiges.«

Alle verstummten und sahen ihn erwartungsvoll an. Er begann, General Order No. 3 zu verlesen.

»Den Bewohnern von Texas wird hiermit mitgeteilt, dass gemäß einer Proklamation der Exekutive der Vereinigten Staaten alle Sklaven frei sind. Das umfasst die völlige Gleichstellung der persönlichen Rechte und der Eigentumsrechte von früheren Herren und Sklaven, weswegen die Verbindung zwischen ihnen fortan die zwischen Dienstherr und bezahlter Arbeitskraft sein wird. Den freien Schwarzen wird geraten, ruhig in ihrem bisherigen Zuhause zu bleiben und gegen Lohn zu arbeiten. Hiermit wird ihnen mitgeteilt, dass es ihnen nicht erlaubt ist, sich an Militärposten zu versammeln, und dass sie nicht unterstützt werden, wenn sie dort oder anderswo herumlungern.

Die Sklaven sahen einander an. Aufgeregtes Gemurmel unter den Anwesenden. Jasper und seine Söhne hatten die Ankündigung erwartet und wussten um ihren Inhalt.

»Was heißt das?«, fragte einer.

»Es bedeutet, dass du frei bist«, antwortete Jasper.

»Mister Thomas ist nicht mehr mein Herr?«

»Er ist dein *Dienstherr*, wenn du bleibst.«

Die meisten blieben. Thomas machte von den Vertragsformularen Gebrauch, die das Freedman's Bureau für die ehemaligen Herren und Sklaven vorbereitet hatte, und bis zum Ende des Monats war Somerset in Fünfzig-Acre-Einheiten aufgeteilt, die an Familien verpachtet wurden. Wieder einmal hatte ein Toliver das Unausweichliche vorhergesehen und Pionierarbeit geleistet; und so gestaltete sich Thomas' Wandel vom Herrn zum reinen Grundbesitzer und der der Schwarzen von Sklaven zu bezahlten Arbeitern relativ unproblematisch.

Doch es gab auch Kritik an den Tolivers. Die meisten Pflanzer hatten ihre Sklaven erst nach der Ernte über den Emancipation Act informieren wollen, aber dieses Vorhaben war durch Thomas' Verlesung vereitelt worden. Als die Neuigkeit sich auf den Baumwollfeldern herumsprach, verließen die schwarzen Arbeiter die Plantagen zu Hunderten.

»Tja, Jessica, nun bist du wohl glücklich«, sagte Lorimer Davis.

»So kurz nach Silas' Tod?«, fragte Jessica.

»Du weißt ganz genau, dass ich von der Abschaffung der Sklaverei spreche.«

»Ich bin immer glücklich, wenn sich die Gerechtigkeit durchsetzt«, stellte Jessica fest.

Lorimers Sklaven hatten das Weite gesucht, so dass seine Baumwolle ungepflückt auf den Feldern verrottete, und kein Versprechen besserer Behandlung hatte sie zurücklocken können. Ohne Arbeitskräfte stand die Davis-Plantage wie viele andere der Gegend vor dem Ruin.

General Grangers Truppen folgten weitere fünfzigtausend Männer, die nach Texas strömten, um Ortschaften gemäß des Kriegsrechts einzunehmen, welches den »eroberten Provinzen« der Konföderierten vom US-Kongress auferlegt wurde.

Die Besetzung durch die Union war die erste Phase einer Zeit, der die Kongressabgeordneten offiziell die Bezeichnung »Reconstruction – Wiederaufbau« gaben. Unionsbeamte ersetzten die bisherigen Behörden, sollten die freien Schwarzen vor Unterdrückung schützen und für die Sicherheit der Agenten in den Freedman's Bureaus sorgen, Organisationen, die die US-Regierung einrichtete, um früheren Sklaven dabei zu helfen, sich an die Freiheit zu gewöhnen. Die Bürger von Howbutker warteten erzürnt, weil doch heimisches Blut vergossen worden war, um die texanischen Grenzen gegen die Invasion zu verteidigen, und mit angehaltenem Atem, was die Besetzung sonst noch bringen würde.

Eines Nachmittags Anfang Juli, als die Houston Avenue in der Hitze des Hochsommers döste, unterbrach Hufschlag die schläfrige Stille. Jessica, abgesehen von den Bediensteten allein im Haus, war gerade mit der schmerzlichen Aufgabe beschäftigt, Silas' Kleidung in einen Baumwollsack zu packen, als sie draußen Lärm hörte. Thomas hielt sich wie üblich auf der Plantage auf, und ihre Schwiegertochter besuchte mit Vernon seine andere Großmutter. Jessica hielt beim Falten eines Hemds inne. Sie wusste gleich, dass die gefürchteten Besatzer eingetroffen waren, weil die Kunde von ihrem Nahen sich herumgesprochen hatte. Bürger hatten ihre Wertsachen versteckt, als sie von bereits eingenommenen Orten erfuhren, dass Privathäuser als Quartiere für Soldaten genutzt wurden, und man ging davon aus, dass die Yankees ihr Lager in der Houston Avenue aufschlagen und die Offiziere die Herrenhäuser für sich in Anspruch nehmen würden.

Wenige Minuten später waren gleichzeitig die Klingel und Schritte auf der Treppe zu hören. Kurz darauf flog die Tür auf. Petunia hatte sich nicht die Mühe gemacht zu klopfen. »Miss Jessica«, sagte sie atemlos, »auf der Veranda sind Unionssoldaten.«

Jessica faltete Silas' Hemd zu Ende. »Danke, Petunia. Ich gehe runter, um zu hören, was sie wollen.«

Sie hastete mit rasendem Puls die Treppe hinunter, weil sie von brutalen Übergriffen der Besatzer wusste. In Gonzales hatte Unionssoldaten eine Bemerkung eines Arztes missfallen, worauf sie ihn an den Füßen aus seiner Praxis zerrten und auf der Straße erschossen. Privathäuser und Geschäfte waren geplündert, persönliches Eigentum gestohlen, Besitz beschädigt und Frauen belästigt worden. Jessica hatte bereits Monate zuvor eine Pistole in die unterste Schublade ihres Kleiderschranks gelegt.

Durch den Glaseinsatz über der Tür sah sie mehrere Offiziershüte. Sie öffnete. »Guten Tag. Kann ich Ihnen helfen?«, fragte sie.

Der befehlshabende Offizier, ein groß gewachsener Mann Anfang dreißig, war gerade dabei, den Staub der Straße von seiner dunkelblauen, mit Goldpaspelierung verzierten Jacke zu klopfen. Wenn da nicht seine Uniform gewesen wäre, hätte er mit seinem jungenhaften Aussehen einnehmend wirken können. Jessica hatte eine Schwäche für Menschen ihrer Haarfarbe, und dem Major standen seine ziegelroten Haare und die helle Haut mit den Sommersprossen sowie seine regelmäßigen Züge und die weißen ebenmäßigen Zähne gut zu Gesicht. Als er Jessica sah, tippte er an die Krempe seines Huts und verbeugte sich leicht.

»Major Andrew Duncan, Madam. Verzeihen Sie die Störung und meine schmutzige Uniform, aber darf ich hereinkommen?«

»Habe ich denn eine Wahl?«

»Leider nein.«

Als er Jessicas kritischen Blick auf seine Stiefel sah, putzte er sie grinsend an der Matte auf der Veranda ab. »Genügt das?«

Jessica machte einen Schritt zur Seite, und der Major gab seinen Leuten ein Zeichen, dass sie draußen bleiben sollten. Er brachte den Geruch eines Mannes mit, der lange im Sattel gesessen hat. Der Blick des Offiziers wanderte über den prächtigen, mit Spiegeln ausgestatteten Eingangsbereich, der von dem Porträt des Duke of Somerset beherrscht wurde. »Genauso schön, wie er es beschrieben hat«, lautete sein Kommentar.

Jessicas Augen wurden schmal. »Wie wer es beschrieben hat?«

»Mein Cousin«, antwortete der Major. »Guy Handley. Sie erinnern sich bestimmt an ihn.«

SIEBENUNDSECHZIG

»Guy?«, fragte Jessica. »Natürlich erinnere ich mich an ihn.«

»Ich bin selbst vor ein paar Jahren hier gewesen, hinter Ihrem Haus, weil ich Sie für den Fall eines Krieges als Unionsspionin anwerben wollte. Aber Ihre Bedienstete hat damals gesagt, Sie seien nicht zu Hause. Ich weiß noch, dass Waschtag war.«

Jessica erinnerte sich an die verächtliche Bemerkung von Stephanie Davis über einen Unbekannten, der sich hinter dem Haus der Tolivers herumgetrieben habe. »Keiner von uns«, hatte sie gesagt und damit angedeutet, dass sie den Mann für einen Abolitionisten hielt. Ausnahmsweise hatte Stephanie recht gehabt.

»Darauf hätte ich mich nicht eingelassen«, erklärte Jessica, die spürte, wie sie vor Entrüstung rot wurde. »Meine Sympathie für die Sache der Abolitionisten wäre nicht so weit gegangen, Verrat an dem Land zu begehen, für das mein Sohn kämpfen wollte.«

»Das hat Guy seinerzeit auch gemeint, weswegen ich nicht wiedergekommen bin.« Der Major sah sich um. »Ich würde ja fragen, ob ich mich setzen darf, aber mit meiner Hose würde ich Ihren Stuhl schmutzig machen. Vielleicht könnten wir unser Gespräch an einem Ort fortsetzen, an dem ich weniger Schaden an Ihren feinen Polstern anrichte.«

»Im Arbeitszimmer meines Mannes stehen Ledersessel.«

»Wenn Sie mir den Weg zeigen würden. Wie geht es Ihrem Mann?«

»Er ist tot.«

Das Klacken seiner Stiefel auf dem polierten Boden verstummte. »Oh, das tut mir leid«, sagte er mit aufrichtigem Bedauern in der Stimme. »Guy hat viel von ihm gehalten.«

»Haben Sie eine Ahnung, was mit Ezekiel und seiner Frau passiert ist?«, erkundigte sich Jessica.

»Sie leben auf einer Farm in Massachusetts und sind stolze Eltern von Zwillingsjungen.«

»Und Guy?«

»Ist am Bull Run gefallen.«

»O nein!« Das bedeutete, dass er im ersten großen Gefecht des Bürgerkriegs umgekommen war.

Der Major ergriff ihren Ellbogen. »Wollen wir uns setzen?«, schlug er mit sanfter Stimme vor.

Jessica führte ihn ins Arbeitszimmer, deutete auf einen Stuhl vor Thomas' Schreibtisch und nahm selbst dahinter Platz. Der Major ließ die Hand bewundernd über die glatte Kiefernholzoberfläche des Tischs gleiten. »Ein schönes Stück«, bemerkte er.

»Den hat Robert Warwick, ein Freund der Familie, für meinen Sohn gefertigt.«

Dem Major fiel auf, dass in eine Ecke des Tischs in geschwungenen Buchstaben »James Toliver« geschnitzt stand. »Ich dachte, Ihr Sohn heißt Thomas.«

»Ja«, bestätigte Jessica, die sich fragte, woher der Major das wusste. »James ist sein zweiter Vorname. Robert hatte die merkwürdige Marotte, beim Schreiben von hinten anzufangen. Bis zum ersten Vornamen meines Sohnes ist er nicht mehr gekommen.«

»Warum nicht?«

»Ein Kavallerieoffizier der Union hat ihn in den Kopf geschossen.«

Major Duncan war sein Unbehagen anzumerken. »Nun scheint der richtige Zeitpunkt zu sein, uns für die Opfer des Krieges gegenseitig unser Beileid auszusprechen.«

»Sagen Sie mir doch bitte, was Sie sonst noch zu mir führt, Major.«

Andrew Duncan schlug die Beine übereinander und legte den Hut auf seinem Knie ab. An der Sohle seines Stiefels haftete Schmutz. »Wie Sie sicher wissen, ist dies kein Freundschaftsbesuch. Meine Männer und ich sind hier, um Howbutker unter das Protektorat der Armee der Vereinigten Staaten zu stellen …«

»Ein Euphemismus für Militärherrschaft, nehme ich an«, fiel Jessica ihm ins Wort.

Der Major nickte kaum merklich. »Wenn Sie meinen. Jedenfalls sind wir hier, um für Ruhe und Ordnung zu sorgen, und dabei halten wir uns an die Regeln militärischer Besetzung. Wenn wir nicht behelligt werden, respektieren wir Personen und persönliches Eigentum. Plünderungen sind untersagt. Missbraucht einer meiner Männer seine Macht, hat er mit harten Strafen zu rechnen. Darauf gebe ich Ihnen mein Wort.«

Jessica nickte. »Das klingt vernünftig, und Sie sehen mir aus wie ein Mann, der vorhat, sein Wort zu halten. Doch höre ich da ein ›Aber‹?«

»Aber wir erwarten Kooperation von den Bewohnern der Stadt – keine höhnischen Bemerkungen, kein Spucken und keine anderen Akte der Provokation gegenüber meinen Soldaten. Sie haben in diesem Krieg genauso hart und tapfer gekämpft wie die Ihren, und … verzeihen Sie, wenn ich Sie daran erinnere … gewonnen. Mit anderen Worten, Mrs Toliver: Unsere Arbeit, die darin besteht, dafür zu sorgen, dass die Entscheidungen des Kongresses umgesetzt werden, darf nicht sabotiert werden.«

Ein wenig benommen zuckte Jessica die Schultern. »Ich habe nicht die Absicht, Ihre Soldaten zu verhöhnen, zu bespucken oder auf andere Art zu provozieren, Major Duncan. Warum also erklären Sie mir das?«

Der Major stellte die Beine nebeneinander und beugte sich ein wenig vor. »Eigentlich wollte ich Ihren Mann bitten, sich mit seinen Freunden ...« Er warf einen Blick auf ein Blatt Papier, das er aus der Innentasche seiner Jacke zog, und las vor: »... Henri DuMont und Jeremy Warwick und mir zusammenzusetzen. Von Guy weiß ich, dass sie in der Stadt großen Einfluss besitzen. Ich hatte gehofft, ihre Unterstützung zu gewinnen bei dem Versuch, gewisse ... renitente Gruppen davon zu überzeugen, dass ihr Widerstand gegen unsere Anwesenheit nur zu weiterem Blutvergießen führen wird.«

»Sie meinen die Bürgerwehren?«

»Ja.«

»Unser Sohn Thomas hat den Platz seines Vaters eingenommen, und die Söhne der erwähnten Herren besitzen ebenfalls Einfluss. Ich könnte dafür sorgen, dass sie, Jeremy und Henri mit Ihnen reden. Bestimmt stehen sie Ihrem Bestreben nach friedlichem Miteinander aufgeschlossen gegenüber.«

»Dafür wäre ich Ihnen sehr dankbar, Mrs Toliver«, sagte Major Duncan und erhob sich. »Leider muss ich Sie um noch einen Gefallen bitten.«

Jetzt kommt's, dachte Jessica. Der Major wollte bestimmt bitten – fordern, dass er und seine Offiziere in ihrem Haus untergebracht wurden.

»Ich möchte meine Männer auf der Weide hinter dieser Straße lagern lassen, und soweit ich weiß, haben Sie einen ungenutzten Raum über der Remise. Den hätte ich gern für mich. Würden Sie dafür sorgen, dass er für mich hergerichtet wird?«

Jessica seufzte erleichtert. »Wenn Sie darauf bestehen, Major.«

»Ja, ich muss leider.«

Aus dem Eingangsbereich drangen Geräusche, die darauf schließen ließen, dass Priscilla mit Vernon von dem Besuch bei ihrer Mutter zurückkehrte. Vernon weinte müde. Jessica hörte, wie Priscilla nach ihr rief – bestimmt hatte sie die Unionssoldaten auf der Veranda gesehen.

»Priscilla, ich bin im Arbeitszimmer«, rief Jessica zurück.

Priscilla stürzte herein, und einen kurzen Augenblick lang war Jessica wie hypnotisiert von ihrer Schönheit. Hitze und Aufregung hatten ihre Wangen gerötet, was das Blau ihrer Augen besonders gut zur Geltung brachte, und ihre blonden Locken wippten um ihr herzförmiges Gesicht mit der makellosen Haut.

»Oh!«, seufzte Priscilla, als sie den Unionsoffizier bemerkte.

»Priscilla, meine Liebe, das ist …« Als Jessica sich dem Major zuwandte, bemerkte sie, dass er ihre Schwiegertochter mit großen Augen anstarrte. »… Major Duncan. Er ist der Kommandeur des Bataillons der US-Army, das Howbutker besetzen wird. Major, das ist meine Schwiegertochter Mrs Toliver.«

Priscilla, auf deren Arm der kleine Vernon quengelte, begrüßte ihn so fasziniert, wie er sie ansah.

Major Duncan fing sich als Erster wieder, trat auf sie zu und streckte ihr die Hand mit der Handfläche nach oben hin. Priscilla legte die Fingerspitzen darauf, und er hob sie kurz an seine Lippen. »Guten Tag, Mrs Toliver. Tut mir leid, dass ich Ihr Leben durcheinanderbringe.«

Jessica verfolgte das Ganze mit einem unguten Gefühl.

Priscilla entzog Major Duncan die Hand und blickte Jessica hilfesuchend an. »Ich muss Vernon ins Bett legen«, erklärte sie errötend.

»Tu das, meine Liebe«, sagte Jessica. »Der Major entschuldigt dich bestimmt.«

»Ungern.« Major Duncan verbeugte sich galant. »Aber ich kann verstehen, dass der Kleine seinen Schlaf braucht.«

Nachdem Priscilla den Raum verlassen hatte, fragte Jessica: »Sind Sie verheiratet, Major?«

»Nein, Madam. Mein Beruf als Soldat hat das bisher nicht zugelassen.« Er setzte den Hut auf, und Jessica begleitete ihn zur Tür.

»Wann wollen Sie die Remise beziehen?«, erkundigte sie sich.

»Wenn möglich, morgen früh.«

Fast hätte Jessica ihm gesagt, dass es behaglichere Unterbringungsmöglichkeiten gebe als den Raum über der Remise, doch dann überlegte sie es sich anders, denn am Ende fiel es dem Major noch ein, dass ihm ein Zimmer im Herrenhaus besser konvenieren würde.

Jessica wies Petunia an, die Remise gründlich sauber machen zu lassen, und kehrte dann nach oben zu den Kleidungsstücken von Silas zurück, bei denen sie seine Gegenwart besonders stark spürte. Wie sehr sie sich im Augenblick nach seinem Trost sehnte! Das Knistern, das sie zwischen Major Duncan und Priscilla wahrgenommen hatte, beunruhigte sie. Hoffentlich war es nur die ganz natürliche Reaktion eines Mannes auf eine schöne Frau und umgekehrt die Freude über die Faszination eines attraktiven Mannes, die in der Beziehung mit Thomas zweifelsohne fehlte.

Die Ehe von Thomas und Priscilla wurde immer mehr zum Trauerspiel. Thomas hatte sich die Worte seines Vaters zu Herzen genommen, und es gab kaum einen Ehemann, der seine Frau mit mehr Respekt und Höflichkeit behandelt hätte als er Priscilla, doch das Ganze wirkte beiderseits sehr bemüht und steif.

Ihr Sohn und ihre Schwiegertochter spielten ohne Wärme und Spontaneität Mann und Frau. Das einzige Verbindungsglied war ihr Kind. In ihrer Verlobungszeit hatten sie davon gesprochen, ein eigenes Herrenhaus auf dem Grund der Plantage zu erbauen, aber von diesen Plänen war seitdem nie wieder die Rede gewesen. Als Jessica Thomas gefragt hatte, warum, hatte dieser geantwortet, Priscilla wohne lieber in der Stadt, in der Nähe ihrer Eltern, und er selbst wolle seine Mutter nicht in dem Haus in der Houston Avenue allein lassen. Wenn Vernon nicht nach dem Essen fröhlich vor sich hin glucksend auf dem Boden gespielt hätte, wären diese Abende für Jessica unerträglich gewesen.

ACHTUNDSECHZIG

Vom Fenster ihres Zimmers im oberen Stockwerk aus konnte Jessica Major Andrew Duncan beobachten. Bei Sonnenaufgang lief er mit klackenden Stiefeln die Stufen von seiner kleinen Wohnung hinunter, um sich zu seinen Männern zu gesellen, die auf der Weide Zelte aufgestellt und Lagerfeuer entzündet hatten. Dort, vermutete sie, trank er Kaffee und frühstückte. In der Remise schlief er nur. Als Kommandostelle seiner Kompanie diente ein Gebäude in der Stadt in der Nähe des Freedman's Bureau und der Stelle, welche er als Bauplatz für die Schule auserkoren hatte, in der die Kinder der befreiten Sklaven lernen sollten.

In der Houston Avenue sprach sich herum, dass Major Duncan mutig und fair war und bei Verstößen gegen das Gesetz kurzen Prozess machte. Nach einem Monat mussten die Händler und Bewohner der Stadt widerwillig zugeben, dass die Anwesenheit seiner Soldaten durchaus die herumstreifenden Banden von Gesetzlosen, Deserteuren und Nichtsnutzen abschreckte, die gern die aufgrund des Krieges unbewachten Geschäfte, Plantagen und Behausungen geplündert hätten. Die Bürgerwehr verhielt sich ruhig, nachdem ein Militärgericht zwei ihrer Mitglieder für schuldig befunden hatte, einen befreiten Sklaven fast zu Tode geschleift zu haben, und sie zu einer lebenslangen Haftstrafe in einem Gefängnis in Huntsville, Texas, verurteilte. Pferdediebe wurden verfolgt und in der sengenden Sonne an den Pranger gestellt, Viehdiebe mussten hinter schwedischen Gardinen bei Brot und Wasser darben. Gleichzeitig trieben die Unionssoldaten den Bau der Schule für die Kinder der befreiten Sklaven voran.

Jessica, die Major Duncans beharrliche Bemühungen, die Schule zu errichten, begrüßte, hatte vor, sich freiwillig als Lehrerin zu melden, wenn das Gebäude fertig wäre. Natürlich würde sie kritisiert werden – was für eine Idee, dass eine Weiße schwarze Kinder unterrichten wollte! –, doch von einer Jessica Wyndham Toliver war ja nichts anderes zu erwarten.

Es dauerte nicht lange, bis Andrew Duncan zum wöchentlichen Gast am Esstisch der Tolivers wurde. Die Abende waren die einzigen Zeiten, in denen Thomas von der Plantage nach Hause kam und der Major dienstfrei hatte, so dass sie sich über öffentliche Angelegenheiten unterhalten konnten. Manchmal gesellten sich Jeremy, Henri und ihre Söhne nach dem Essen auf eine Zigarre und Portwein zu ihnen. Jessica, die ihre Gespräche und ihr Lachen oft noch oben im Bett hörte, hielt diese Zusammenkünfte der früheren Feinde für etwas sehr Gutes. Der kultivierte Major fühlte sich im gepflegten Domizil der Tolivers ganz offensichtlich wohl und schätzte es als Rückzugsmöglichkeit von dem Schmutz und der Anspannung, die die Pflicht für ihn mit sich brachte. Und Jessica entging es, anders als ihrem Sohn, nicht, dass er Priscilla als eine zusätzliche Attraktion des Hauses betrachtete.

Bei einem dieser Abendessen etwa zwei Monate nach Beginn der Besatzung verkündete Priscilla zur Überraschung aller, dass sie gern an der Schule unterrichten würde, sobald diese eröffnet wäre.

»Priscilla, das ist ja wunderbar!«, rief Jessica aus. »Wir gehen gemeinsam hin. Major, ich wollte Ihnen ebenfalls meine Dienste anbieten.«

Priscilla wandte sich stirnrunzelnd Jessica zu. »Aber wer soll dann auf Vernon aufpassen?«

Verwundert über die Gereiztheit ihrer Schwiegertochter, antwortete Jessica: »Nun, Petunia und Amy natürlich.«

»Ich möchte nicht, dass mein Kind in diesem Alter ohne jemanden von der Familie allein zu Hause ist. Sein Vater ist den ganzen Tag nicht da. Einer von uns muss hier sein, und ich brauche Zerstreuung. Außerdem hast du genug für die Allgemeinheit getan, Jessica.«

Alle lauschten wie vom Blitz getroffen. Es war das erste Mal, dass Priscilla auf irgendetwas beharrte, und ihre Miene und ihr Tonfall duldeten keinen Widerspruch.

»Sie hat recht, Mutter«, sagte Thomas. »Du kannst Priscilla bei der Auswahl von Büchern und beim Erstellen der Stundenpläne helfen. Überlass ihr dieses Projekt. Das gibt ihr Gelegenheit, der Stadt zu zeigen, aus welchem Holz *sie* geschnitzt ist.«

Er sprach als Haushaltsvorstand von seiner Frau Priscilla, ein veränderter Status, den Jessica bereitwillig anerkannte. Thomas' Einsatz für seine Frau hätte sie sogar gefreut, wenn sie nicht den Verdacht gehegt hätte, dass Priscillas unbedingter Wunsch, in der Schule zu unterrichten, wenig mit ihrem Bedürfnis, den Kindern der freien Sklaven das Lesen und Schreiben beizubringen, zu tun hatte.

»Könnten wir Vernon nicht in den Stunden, die wir in der Schule wären, bei seiner anderen Großmutter lassen?«, schlug Jessica vor.

»Ich möchte, dass er hier bei dir bleibt, weil er viel lieber bei dir ist als bei ihr. Sie ist … Sie kann einfach nicht so gut mit ihm umgehen.«

»Dann wäre das also geklärt«, meinte Thomas und wandte sich Jessica zu, die rechts von ihm saß. Aus diplomatischen Gründen hatte sie ihren Stuhl am Kopfende des Tisches Priscilla überlassen, nachdem Thomas nach Silas' Tod dessen Platz eingenommen hatte. Bis zu jenem Abend hatte Jessica nie den Eindruck gehabt, dass Priscilla sich darauf wohlfühlte.

»Mutter, du hast genug getan und kannst es anderen überlassen, sich für die Schwarzen einzusetzen«, erklärte Thomas. »Bleib zu Hause und freu dich an deinem Enkel.«

Major Duncan, der Jessica gegenübersaß und von einem Bad in der Hütte, welche seine Soldaten zu diesem Zweck hinter den Stallungen errichtet hatten, frisch und in seiner blauen Ausgehuniform mit den goldenen Epauletten höchst attraktiv wirkte, hielt sich aus der Diskussion heraus. Jessica fragte sich, ob er ahnte, worum es tatsächlich ging. Männer konnten ziemlich blind sein, wenn es um weibliche List ging.

»Wie du meinst, Priscilla«, lenkte Jessica schließlich ein. »Aber bitte vergiss nicht, dass du unter Beobachtung der Leute in der Stadt stehen wirst.«

Die verdeckte Warnung kam nicht bei Priscilla an. »Auch nicht mehr, als du es immer schon gewesen bist, Jessica. Ich werde versuchen, meine Aufgabe mit der gleichen Würde wie du zu bewältigen.«

Thomas verzog den Mund zu einem Grinsen. »Ausgerechnet du warnst Priscilla davor, dass sie in Ungnade fallen könnte? Darum hast du dich doch selbst nie geschert, Mutter.«

»Das habe ich nicht gemeint, Thomas. Ich wollte deiner Frau nur raten, sich vor Klatsch in Acht zu nehmen.«

»Weil ich schwarzen Kindern Dinge beibringe, die sie nach Meinung mancher Leute nicht lernen sollten, stimmt's, Jessica?«, stellte Priscilla fest. »Keine Sorge. Mir wird niemand am Zeug flicken können, weil ich mich auf die Vermittlung von Lesen, Schreiben und Rechnen beschränken werde.«

Thomas schmunzelte. »Priscilla, ich glaube, Mutter will dir sagen, du sollst dich bemühen, nicht den Eindruck zu erwecken, dass du so wirst wie sie.«

»Das halte ich nicht für wahrscheinlich«, erwiderte Priscilla. Dabei blitzten ihre Augen auf. Jessica deutete das als Eifersucht auf sie. Bewusst oder unbewusst hatte Thomas seiner Frau das Gefühl gegeben, dass er sie mit seiner Mutter verglich und sie diesem Vergleich nicht standhielt. »Originale lassen sich nicht kopieren«, fügte Priscilla hinzu.

»Gut formuliert, Mrs Toliver!«, erklärte der Major und erhob sein Glas auf Priscilla. Thomas tat es ihm mit einem stolzen Blick auf seine Frau gleich.

»Ja«, sagte er.

Jessica seufzte. *Gütiger Himmel!*

Am liebsten hätte sie Thomas dafür geschüttelt, dass er Priscilla das verwehrte, was jede Frau brauchte und sich wünschte – von ihrem Mann wahrgenommen und geschätzt zu werden. Sah er denn nicht, wie hübsch sie war? Priscilla mochte nicht viel im Kopf haben und sich durch große Namen und gesellschaftliche Position beeindrucken lassen, aber sie hatte ein gutes Herz und war fürsorglich. Konnte er diese Qualitäten nicht auch außerhalb des Schlafzimmers würdigen? Stand er ihren Gefühlen so gleichgültig gegenüber, dass er nicht merkte, wie er sie in die Arme eines anderen trieb?

Wusste er nicht, dass das Herz einer Frau, wenn es zu viel Gleichgültigkeit ertragen musste, zu Eis erstarren konnte?

In solchen Momenten sehnte Jessica sich besonders stark nach Silas. Thomas ließ sich von ihr nur deshalb keine Ratschläge mehr geben, weil er meinte, er benötige sie nicht. Silas hätte mit ihm von Mann zu Mann, von Ehemann zu Ehemann, geredet. Ihm hätte Thomas das nicht übel genommen, doch wenn seine Mutter sich auf so dünnes Eis begab … Sie hörte ihren Sohn schon fast fragen: *Mutter, was redest du da?*

Zwei Wochen später wandte Priscilla sich in »einer heiklen Angelegenheit« an Jessica. Als Jessica gehört hatte, worum es ging, suchte sie in der Miene der jungen Frau nach Hinweisen darauf, ob sie sich im Klaren darüber war, in welch gefährliche Gewässer sie sich begab. In den vergangenen Tagen hatte Priscilla die letzten Handgriffe an der Schule überwacht. Das Freedman's Bureau hatte mit der Einschreibung angefangen, und der Unterricht sollte in der folgenden Woche beginnen. Priscilla hatte Jessica das Erstellen der Stundenpläne, das Zusammentragen von Büchern von Nachbarn und Freunden und die Sicherung der Schulvorräte überlassen, da sie selbst das Gefühl hatte, dass ihre Dienste eher an der Baustelle benötigt wurden.

»Wir brauchen mehr Platz«, erklärte Priscilla ihre Bitte an Jessica, das Bett und das Wohnzimmer, die sie sich mit Silas geteilt hatte, aufzugeben. Jessica würde dafür die Räume in einem anderen Flügel erhalten, die sie und Thomas bis dahin bewohnt hatten. »Wir würden das Wohnzimmer gern in ein Kinderzimmer für Vernon umwandeln, wo er für sich ist.«

»Für sich? Vernon ist doch erst fünf Monate alt«, sagte Jessica.

»Er wird schon noch älter.«

Was sollte Jessica darauf sagen? Das Haus gehörte ihr, und es hätte ihr freigestanden, selbst über seine Nutzung zu entscheiden, aber um des lieben Familienfriedens willen tat sie es nicht. Sie war froh darüber, dass Thomas und Priscilla die Idee, ein Herrenhaus auf dem Grund von Somerset zu errichten, aufgegeben hatten. Jessica wollte, dass Vernon hier aufwuchs, nicht auf der Plantage. Vielleicht würde der Junge so der Faszination entgehen, die sie auf seinen Vater ausgeübt hatte.

Priscilla war zu dem Fenster hinübergeschlendert, von dem aus sie die Remise sehen konnte, als sie Jessica ihre Bitte vorgetragen hatte. Hielt die junge Frau ihre Schwiegermutter denn für blind?, fragte sich Jessica.

»Wann soll der Umzug stattfinden, Priscilla?«, erkundigte sie sich.

Priscilla wandte sich ihr, erleichtert über ihre Zustimmung, zu. »Sobald ich die Bediensteten dazu bringen kann, sich darum zu kümmern«, antwortete sie.

NEUNUNDSECHZIG

Es war bereits Anfang Oktober 1866, als Jessica sich wieder dem dreißigsten Jahr ihrer Aufzeichnungen über die Tolivers, Warwicks und DuMonts zuwenden konnte. Nun schlug sie den harten Pappdeckel ihres Notizbuchs in ihren neuen Räumen auf, in denen sie ihre Korrespondenz erledigte, seit sie die Führung des Haushalts Priscilla überlassen hatte. Damit war die Übergabe des Frühstückszimmers an ihre Schwiegertochter einhergegangen, mit der einzigen Bedingung, dass ihr Sekretär in ihre Räume verbracht wurde. Inzwischen war es Herbst, kalter Regen prasselte gegen die Fenster, und im Kamin brannte Feuer. Petunia hatte ihr eine Kanne mit dampfendem Tee gebracht.

Jessica starrte das leere weiße Blatt Papier an. Wo sollte sie mit dem Bericht für die Nachwelt – und für ihre eigene Erinnerung, wenn die verblassen würde – über das Ende einer neunundvierzig Jahre währenden Ära beginnen? Heute war ihr Geburtstag. Sie schenkte sich eine Tasse Tee ein und überlegte. Wohl am besten bei ihrer Geburt.

Die »Heimat«, wie viele aus dem Treck von damals South Carolina nach wie vor nannten, hatte der Marsch General Shermans durch den Süden am härtesten getroffen. Die gesamte Infrastruktur war zerstört. Eisenbahnlinien, Brücken, Straßen, Piers, Baumwollentkernungsmaschinen und Lager waren vernichtet, Plantagen geplündert, Häuser und Felder abgefackelt, Vieh gestohlen oder geschlachtet, Farmgeräte kaputt. Keine der drei zurückgebliebenen Pflanzerfamilien

Wyndham, Warwick und Toliver war dem Werk der Vernichtung entgangen. Michael wohnte jetzt mit seiner Familie in einer Zwei-Raum-Hütte auf dem ehemaligen Grund von Willowshire. Einer von Jeremys Brüdern war bei dem aussichtslosen Versuch, den Besitz zu verteidigen, getötet worden, und der andere hatte alles auf eine Karte gesetzt und mit seiner Familie einen Neuanfang in Südamerika gewagt. Morris war kurz nachdem Shermans Armee Columbia, die Hauptstadt von South Carolina, erreicht hatte, einem Herzinfarkt erlegen, und seine beiden Söhne hatten die Schlacht von Shiloh nicht überlebt. Lettie und ihre Tochter wohnten nun bei ihrer Schwester in Savannah.

Jessica nahm sich vor: *Dort anfangen, wo alles begann.*

Die Schicksale der texanischen Warwicks und DuMonts waren erfreulicher. Jeremy und Henri hatten sich finanziell wacker geschlagen, besonders Jeremy. Alles, was Jeremy anpackte, schien sich in Gold zu verwandeln, sein bevorzugtes Zahlungsmittel. Im April war die US Telegraph Company, an der er zahlreiche Anteile hielt, von Western Union geschluckt worden, so dass das größte Unternehmen dieser Branche im Land entstand und Jeremy ein sehr reicher Mann wurde. Bewunderung für seine erfolgreichen Investitionen tat er mit einem Achselzucken ab. Sein Herz schlug nach wie vor für die Holzindustrie. »Der wahre Reichtum von Texas liegt im Holz, meine Freunde«, sagte er gern. »Ihr werdet schon noch sehen.«

Seine überlebenden Söhne hatten geheiratet und schenkten ihren Großeltern mehrere Enkel. Der älteste, ein Junge, ein Jahr älter als Vernon, erhielt den Namen Jeremy III. Camellia nannte die Träger dieses Namens lachend »Jeremy, der Vater; Jeremy, der Sohn; und Jeremy, der heilige Schreck.«

Die Blockade hatte den Transport von Henris europäischem Inventar verzögert, doch seine Kontakte zu den in

Mexiko präsenten Franzosen, die der Sache der Konföderierten wohlgesinnt gewesen waren, glichen diese Verzögerung zum Teil aus. Französische Kuriere konnten im Rahmen ihrer diplomatischen Immunität Waren über die texanische Grenze bringen, und Dinge, die sich nicht auf diese Weise befördern ließen, wurden geschmuggelt. Henri war ebenfalls Jeremys Rat gefolgt und hatte seine Vorkriegsgewinne bei einer Bank im Norden angelegt. Er teilte die Überzeugung seines Freundes, dass es in Texas wegen der Abwanderung von Menschen aus dem Süden, die einen Neuanfang in einem nicht vom Krieg verwüsteten Staat wagen wollten, wirtschaftliches Wachstum geben würde. Mit diesem Gedanken im Hinterkopf hatte er Grund in Howbutker gekauft, den er als Miet- und Geschäftsraum verpachten wollte.

Von den beiden DuMont-Söhnen hatte nur Armand geheiratet und einen strammen Sohn gezeugt, den seine Eltern Abel nannten. Er war genauso alt wie Jeremy III., und man erwartete, dass Vernon und die anderen Jungen genauso eng befreundet sein würden wie ihre Großväter und Väter.

Den Blick auf die nach wie vor leere Seite gerichtet, überlegte Jessica, was – und wie viel – sie von den Ereignissen der vergangenen siebzehn Monate in ihrer eigenen Familie in ihren Bericht aufnehmen sollte. Unabhängig von den Eifersüchteleien und persönlichen Ressentiments gegenüber den Tolivers war man allgemein der Meinung, dass man ihnen Respekt zollen musste, und so war die Familie nach dem Krieg einflussreicher als zuvor. Die Entwicklung der Dinge hatte Silas bestätigt. Viele hätten sich gewünscht, seinerzeit auf seinen Rat gehört zu haben und seinem Beispiel gefolgt zu sein. Thomas, der damals dafür kritisiert worden war, dass er sich nicht sofort den Konföderierten angeschlossen hatte, galt nun als einer der Tapfersten im Kampf für seine Heimat, und Jessica besaß in den Annalen von Howbutker einen legendären Ruf, weil … nun, weil sie Jessica war.

Somerset gehörte zu den wenigen Plantagen in Osttexas, die sich mit intakter Basis aus den Trümmern erhoben. Silas war es vor der Unionsblockade gelungen, eine große Lieferung Baumwolle nach England zu schaffen, so dass nach dem Krieg Tausende von Dollar nur darauf gewartet hatten, abgeholt zu werden. Mit Jessicas Geld von der Bostoner Bank, von dem Thomas voller Erstaunen gehört hatte, standen nun die Mittel zur Verfügung, veraltete Geräte und schwache Zugtiere auszutauschen, Reparaturen durchzuführen und die früheren Sklaven so gut zu bezahlen, dass nur wenige weggingen. In jenem Jahr war die Ernte gut ausgefallen, und der Baumwollhandel mit dem Norden und den europäischen Märkten hatte sich erholt.

Vernon war mittlerweile anderthalb und ein richtiger Sonnenschein. Er füllte die Lücke, die Silas hinterlassen hatte. Hätte Silas ihn doch nur so erleben können! Jessica hatte gefürchtet, dass der Junge, wenn er heranwuchs, durch die Spannungen zwischen seinen Eltern belastet werden würde, doch als er alt genug war, diese zu bemerken, besaß ihre Ehe bereits eine Patina aus Höflichkeit und gegenseitiger Toleranz, die als Liebe durchgehen konnte. Eine Weile war ihr Priscilla wie ein neuer Mensch erschienen, freier, lebhafter, glücklicher. Jessica hatte keinen Beweis dafür, dass Major Duncan der Grund für diese Veränderung war, aber jedenfalls hatte sie eine Woche nach der Eröffnung der neuen Schule eingesetzt. Priscilla war sichtlich aufgeblüht. Jessicas Ansicht nach hatte das nichts damit zu tun, dass sie unruhigen, kichernden, ungewaschenen schwarzen Kindern in einem stickigen Klassenzimmer Lesen, Schreiben und Rechnen beibrachte. Sie erinnerte sich, dass sie nach besonders guten Nächten mit Silas mit genauso leuchtenden Augen und genauso beschwingtem Schritt durch die Welt marschiert war wie Priscilla jetzt.

Jessica schwieg sich über ihre Vermutungen aus. Sie konnte nur auf die Diskretion ihrer Schwiegertochter, die allmählich ihre Schüchternheit, Unentschlossenheit und Angst ablegte, und auf die Blindheit von Thomas hoffen. Doch am Ende fiel Priscillas Veränderung ihrem Sohn auf.

»Das Unterrichten scheint dir gutzutun«, stellte er fest.

Jessica bemerkte sein wachsendes Interesse an ihr. Er kam früher nach Hause – anfangs fürchtete Jessica, dass er etwas ahnte, aber er wollte nur bei Frau und Sohn sein. Jessica gewöhnte sich an, sich nach dem Abendessen unter einem Vorwand zurückzuziehen, damit er mit Priscilla und dem Kleinen Zeit im Salon verbringen konnte.

Ihr Liebesleben schien sich zu verbessern. Eines Morgens saß Jessica sogar allein beim Frühstück.

»Wo sind mein Sohn und meine Schwiegertochter?«, fragte sie Petunia.

»Sie sind noch nicht aus dem Bett«, antwortete Petunia mit einem vielsagenden Lächeln. »Ich hab mich schon mal um den Kleinen gekümmert.«

Zwei Monate nach der Eröffnung der Schule ereigneten sich drei Dinge so kurz hintereinander, dass Jessica sich bis zu ihrem Lebensende fragte, ob sie miteinander verbunden gewesen waren. Die Schule brannte nieder, Brandstiftung, was niemanden überraschte, weil sie manchem in der Stadt von jeher ein Dorn im Auge gewesen war. Kurz darauf bat Major Duncan um Versetzung, und Priscilla, deren Lehrerlaufbahn durch den Brand beendet war, verkündete, dass sie schwanger sei.

SIEBZIG

Mutter, sie ist dir wie aus dem Gesicht geschnitten«, stellte Thomas fest und drehte das in Tücher gewickelte kleine Mädchen zu Jessica, damit diese einen ersten Blick auf ihre Enkelin werfen konnte.

»Oje«, lautete Jessicas Kommentar, als sie das kleine rote Gesicht von Regina Elizabeth Toliver sah.

»Na, na«, protestierte Thomas, ganz der stolze Vater, lachend. »Ich weiß, dass du deine helle Haut, die Sommersprossen und die roten Haare noch nie gemocht hast, aber Papa hat das alles geliebt, und ich werde es an diesem kleinen Engel lieben.« Er küsste seine Tochter auf die winzige Stirn.

»Vielleicht bleiben ihr wenigstens meine Sommersprossen erspart«, meinte Jessica, die daran zweifelte, dass sie für das Aussehen der Kleinen verantwortlich war.

Thomas bedachte seinen zweijährigen Sohn, der sich an seinem Bein festhielt und neugierig sein Geschwisterchen auf dem Arm seines Vaters betrachtete, mit einem Lächeln. Sie waren allein in der Bibliothek. Die Woodwards hielten sich oben bei ihrer Tochter auf, und schon bald würde Priscillas Mutter hereinkommen, um das Kind wieder der Mutter an die Brust zu legen.

»Gut, Vernon«, sagte Thomas. »Jetzt bist du dran. Komm, setzen wir uns, dann stelle ich dich deiner kleinen Schwester vor.«

Jessica beobachtete, wie ihr Sohn einen Stuhl heranzog, damit ihr Enkel das erste Mädchen, das in der Familie der Tolivers seit zwanzig Jahren zur Welt gekommen war, besser sehen konnte. Thomas' Freude über das Geschlecht des Kindes überraschte sie, denn eigentlich hatte er sich einen Jungen als Spielkameraden für Vernon gewünscht. Und er machte auch kein Hehl daraus, dass er noch zahlreiche Brüder für Vernon wollte. Er hatte es schade gefunden, nach Joshuas Tod allein aufwachsen zu müssen, und damals immer wieder gefragt: »Wann kriege ich einen kleinen Bruder wie meine Freunde?«

»Zwanzig Jahre!«, hatte Priscilla wiederholt, als Thomas ihr dieses bis dato unbekannte Detail aus der Geschichte der Tolivers verriet. »Das ist ja eine ganze Generation!«

»Du hast das geschafft, was keiner anderen Frau der Familie in all der Zeit gelungen ist«, hatte Thomas sie gelobt und ihr mit einem Handtuch sanft die nasse Stirn abgetupft.

»Du bist nicht enttäuscht?«, hatte Priscilla nach drei Stunden intensiver Wehen, die sie mit erstaunlicher Gelassenheit ertragen hatte, erschöpft gefragt. Dr. Woodwards Kollege, welcher bei der Geburt hinzugezogen worden war, hatte Priscillas Vater, der nervös im Flur wartete, mitgeteilt, dass er noch nie eine so kooperative Gebärende erlebt habe.

»Sie wollte dieses Kind unbedingt«, hatte er gesagt.

Und Thomas hatte sanft geantwortet: »Nein, ich bin nicht enttäuscht. Tut mir leid, dass du den Eindruck hattest, das fragen zu müssen.«

»Du hast dir so sehr einen Sohn gewünscht.«

»Ich wollte noch ein Kind. Angesichts der vielen Söhne, die hier geboren werden, habe ich nicht zu hoffen gewagt, Vater einer Tochter zu werden.«

»Es macht dir auch nichts aus, dass sie keinem von uns ähnlich sieht?«, hatte Priscilla gefragt.

»Aber nein. Sie kommt nach meiner Mutter.«

»Gott sei Dank siehst du das so«, hatte Priscilla gesagt.

Jessica, die dieses Gespräch, weil sie den Platz neben dem

Bett für Priscillas Mutter frei gemacht hatte, aus einer Ecke des Zimmers mit angehört hatte, dachte: War es wichtig, wer der Vater des Kindes war? Was hatte das mit der Liebe zu dem kleinen Wesen zu tun?

Alles, falls Thomas jemals auf die Idee kommen sollte, dass seiner Tochter kein Platz im Stammbaum der Tolivers zusteht, hatte sie gedacht. Bislang hatte er nichts gemerkt. Die gegenseitige Anziehung von Priscilla und Major Duncan schien ihm völlig entgangen zu sein. Nicht einmal die eingetrübte Stimmung seiner bis dahin so fröhlichen Frau nach dem Verschwinden des Majors hatte sein Misstrauen geweckt. Er machte die Zerstörung der Schule dafür verantwortlich. »Die Arbeit dort war ihr sehr wichtig«, hatte er erklärt.

»Genau«, hatte Jessica ihm beigepflichtet, war jedoch nicht überrascht gewesen, als Priscilla, ihre Schwangerschaft vorschützend, eine Anfrage des Freedman's Bureau, ob sie ihre Unterrichtstätigkeit in einem leer stehenden Lagerhaus wiederaufnehmen könne, bis ein neues Gebäude errichtet sei, abschlägig beschieden hatte.

Vaterschaft, Blutsbande und Familienerbe waren Thomas wichtig. Jessica spürte kalte Angst in sich aufsteigen, als sie hörte, wie Thomas Vernon seine Pflichten als Bruder seiner kleinen Schwester erläuterte. Was, wenn Thomas aus keinem bestimmten Grund zu überlegen begann, ob das kleine rothaarige Mädchen, das er seine Tochter nannte, tatsächlich sein Fleisch und Blut war? Was, wenn er an einem Tag wie jedem anderen Regina Elizabeth, die den Namen ihrer Queenscrown-Großmutter trug, beim Spielen zusah und sich unerwarteterweise an Major Andrew Duncan und daran erinnerte, wie lebhaft seine Frau während seines Aufenthalts in Howbutker gewesen war? Was, wenn ein Gedanke zum anderen führte und es Thomas plötzlich wie Schuppen von den Augen fiel? Solche Dinge passierten.

Zum Beispiel ihr. Jessica erinnerte sich gut an den Augenblick, als ihr unvermittelt klar geworden war, dass Jeremy Warwicks Gefühle für sie über die reiner Freundschaft hinausgingen, auch wenn er sich das niemals hätte anmerken lassen. Damals hatten die Familien Krocket auf dem Rasen der Warwicks gespielt, Jeremy zusammen mit Jessica, Henri mit Camellia, während Bess die Limonade servierte. Durch Jeremys Schlag hatten sie gewonnen, und er hatte Jessica angelächelt. »Wir haben gewonnen«, hatte er ausgerufen, und in dem Moment war es Jessica aufgegangen.

Und Jeremy wusste, dass Silas es gewusst hatte. Deshalb hatte Jeremy sie gebeten, Silas auf dem Sterbebett nichts von dem Geld in Boston oder wie es dorthin gelangt war zu sagen.

Silas hatte ihr vertraut, dass sie ihm trotz ihrer ganz besonderen Freundschaft mit Jeremy nicht untreu werden würde, und so würde es auch bleiben – sie würde Jeremy nie von ihrer damaligen Erkenntnis erzählen.

»Ja«, hatte sie ihm seinerzeit einfach nur beigepflichtet, die Kugel aufgehoben und sie jubelnd hochgehalten.

Doch was für eine Tragödie wäre es, wenn Thomas entdeckte, dass Regina Elizabeth von einem anderen gezeugt worden war, noch dazu von einem Unionsoffizier. Dieser Schaden wäre irreparabel – sowohl für Thomas' Ehe als auch für seine Beziehung zu seiner Tochter.

»Poppy«, krähte Vernon. »Ihre Haare sind rot wie Mohn.«

»Dann nennen wir sie einfach so, mein Sohn: Poppy – Mohn.«

Sie waren wunderschön anzuschauen, ihr strahlender Sohn und ihr neugieriger Enkel, beide über das kleine Kind in Thomas' Arm gebeugt, ein Sujet für einen Porträtmaler, dachte Jessica und fragte sich, warum sie als Angehörige der ersten Generation sich nicht überwinden konnte, sich dazuzugesellen.

»Komm doch zu uns, Mutter, bevor sie uns unsere kleine Prinzessin wieder wegnehmen.«

Da öffnete sich die Bibliothekstür, und Petunia trat ein. »Miss Priscilla hat mich geschickt. Ich soll die Kleine holen, Mister Thomas. Sie will sie stillen.«

Nun begann Regina tatsächlich vor Hunger zu schreien und mit den Ärmchen zu fuchteln. Thomas reichte das Bündel widerstrebend der Bediensteten. »Bring sie mir zurück, Petunia«, wies er sie an. »Ich möchte, dass sie ihren Vater kennenlernt.«

Als Petunia Jessica einen Blick zuwarf, sah diese mit einem flauen Gefühl im Magen weg. »Wie Sie meinen, Mister Thomas«, sagte Petunia.

Unruhen kennzeichneten das Frühjahr und den Sommer vor Jessicas fünfzigstem Geburtstag. Major Duncans Nachfolger war durch einen stahlharten General ersetzt worden, der das Oberkommando über alle Unionstruppen in Texas hatte. Verärgert über die Versuche des Gebiets, die Weisungen des Kongresses zur Umgestaltung seiner politischen, gesellschaftlichen und wirtschaftlichen Struktur zu umgehen, ließ der General sich in Howbutker nieder und brachte die Bürger sofort gegen sich auf, indem er die gewählten Bezirksvertreter und Richter entfernte und sie durch von ihm ernannte Leute ersetzte. Nur diejenigen, die einen Eid ablegten, dass sie sich nicht freiwillig bereit erklärt hatten, Waffen gegen die Vereinigten Staaten zu führen, und dass sie »Personen, die in den bewaffneten Widerstand verwickelt gewesen waren, nicht unterstützt oder ermutigt hatten«, durften ein öffentliches Amt bekleiden. Thomas wurde sofort seiner Funktion als Vorsitzender des Stadtrats und Armand DuMont seines Amtes als Bürgermeister enthoben.

Diese Positionen wurden wie andere vom eisernen Besen des Kommandanten Betroffene mit sogenannten *carpet baggers* aus dem Norden neu besetzt, die diesen Namen erhielten, weil die meisten von ihnen bei ihrem Eintreffen ihren gesamten Besitz in Stoffsäcken bei sich trugen. Sie erwarben Farmen, Plantagen und Viehfarmen, deren Eigentümer Geld brauchten, zu einem Bruchteil des Preises, den sie für Vergleichbares im Norden hätten zahlen müssen. Im Bezirk warteten alle bang, wie diese Personen ihre neue Macht nutzen würden.

Das Elend des Jahres 1867 verstärkte sich durch eine Gelbfieberepidemie in Osttexas und eine neue blätterfressende Plage für die Baumwollpflanzer, den *army worm*. Jessica, die bei geschlossenem Fenster in ihrem Zimmer saß, um die Mücken draußen zu halten, und fast vor Hitze einging, erinnerte sich daran, wie Außenminister William Seward Alaska von Russland gekauft und das Staatsgebiet der Vereinigten Staaten solchermaßen um 586 412 kalte *square miles* vergrößert hatte. Konnte man dort wohl Baumwolle anbauen?, fragte sie sich. Die Kinder waren unruhig, Thomas war besorgt und gereizt, Jessica müde von ihrer deprimierenden Arbeit in einem Hospital für Veteranen des Bürgerkriegs. Priscilla hingegen schien auf ihrer Wolke der Zufriedenheit über ihr verbessertes Verhältnis zu ihrem Ehemann, die ihr die Energie verlieh, die Kontrolle über den Haushalt zu übernehmen, über allem zu schweben.

»Was machst du denn da, Jessica?«

Jessica drehte sich um. Priscilla stand am Eingang zur Speisekammer, wo Jessica den schwindenden Vorrat an Grundnahrungsmitteln überprüfte, die nach dem Krieg immer noch Mangelware waren.

Jessica war ein wenig verärgert darüber, dass sie sich erklären musste. »Du siehst ja selbst, dass ich gerade in der Vorratskammer nachsehe, welche Lebensmittel wir noch haben.«

»Ist das nicht meine Aufgabe?«

»Ja, aber du erledigst sie nicht.«

»Ich bin mit den Kindern beschäftigt.«

»Weshalb ich es tue.«

Solche Wortwechsel mit ihr waren nichts Ungewöhnliches. Verschwunden war das schwärmerische, schüchterne Mädchen, das über die Eleganz und Kultiviertheit der Schwiegereltern gestaunt hatte. Das war vor Major Andrew Duncan gewesen, der sie von einigen … Hemmungen befreit hatte, wovon Thomas nun profitierte.

Der Oktober brachte kühleres Wetter und die Meldung, dass Priscilla wieder schwanger war. Und am Nachmittag ihres fünfzigsten Geburtstags erhielt Jessica überraschend Besuch. Im Salon wartete eine Schwarze mit spindeligen Armen und Beinen auf sie, die etwa so alt war wie sie selbst und eines jener neuen Kleider trug, welche auf Krinolinen und Korsette verzichteten und ihrer merkwürdigen Gestalt so etwas wie Figur verliehen. Die Frau reagierte auf Jessicas Staunen mit einem breiten Grinsen. »Du hast doch wohl nicht geglaubt, dass ich mir deinen fünfzigsten Geburtstag entgehen lassen würde, oder?«, fragte Tippy.

EINUNDSIEBZIG

Die DuMonts, die verantwortlich waren für den Überraschungsbesuch, feierten die beiden Frauen mit einem Geburtstagsfest in ihrem schlossähnlichen Domizil, das an die rauschenden Feste vor dem Krieg erinnerte. Die Kleidung der Gäste war jedoch deutlich weniger modisch und abgetragener als damals, und die reifrockfreien weichen Gewänder von Camellia Warwick, Bess DuMont und Tippy stachen heraus wie bunte Karussellpferdchen.

»Der Krieg hat seinen Tribut gefordert«, bemerkte Tippy später über die reduzierte Anzahl der Gäste aus der Houston Avenue.

»Genau wie Silas es vorhergesehen hat«, sagte Jessica.

»Mir ist aufgefallen, dass die Davis gefehlt haben. Sind sie nicht gekommen, weil das Fest auch mir zu Ehren stattfand?«

»Sie waren nicht da, weil sie sich wegen ihrer Armut schämen und deswegen verbittert sind. Bis zu einem gewissen Grad kann ich sie und ihre Gefühle verstehen. Sie haben ihren Sohn Jake im Krieg verloren, den netten Jungen. Thomas und seinen Freunden fehlt er sehr. Doch für alles andere ist Lorimer selbst verantwortlich. Er hat bis zum Ende Silas' Vorhersage nicht geglaubt, dass die Konföderierten haushoch gegen den Norden verlieren würden, und weiter auf Kredit Land und Sklaven gekauft, obwohl es vernünftiger gewesen wäre, den Ausgang des Krieges abzuwarten. Als er die Kredite nicht zurückzahlen konnte, wurde sein gesamter Besitz, darunter das Haus in der Houston Avenue, einem Konkursverwalter in Galveston unterstellt. Der General, dem der Distrikt untersteht, hat es für sich selbst und seine Offiziere gemietet, eine weitere bittere Pille für die Davis. Aber sie sind in ihrem Kummer nicht allein. Zahllose andere bekannte Pflanzerfamilien in ganz Osttexas hat das gleiche Schicksal ereilt.«

Tippy schüttelte traurig den Kopf. »Nur Somerset hat alles überstanden.«

Jessica zuckte mit den Schultern. »Dafür hat Silas Thomas zuliebe gesorgt, und Thomas wird wiederum für seinen Sohn dafür sorgen. Vernon ist schon mit knapp drei Jahren seinem Vater sehr ähnlich. Er bettelt, dass er mitdarf, wenn Thomas morgens losreitet, aber wer weiß, vielleicht ist dem Jungen nur einfach die Gesellschaft seines Vaters lieber als ein Haus voller Frauen.«

»Der Junge ist wie er«, erklärte Tippy in ihrer gewohnt hellsichtigen Art.

Jessica und Tippy genossen gerade die Herbstsonne auf der vorderen Veranda, auf der sie so oft ungeachtet der Verärgerung der Nachbarn darüber, dass eine der Ihren sich beim Tee mit einer Schwarzen blicken ließ, geplaudert hatten. Jessica tat ihre Verachtung mit einem Naserümpfen ab. Diejenigen, denen es gelungen war, ihre Häuser in der Houston Avenue zu halten, hätten sich, bis auf die DuMonts und die Warwicks, glücklich schätzen können, finanziell so gut dazustehen und so hervorragende gesellschaftliche Kontakte zu besitzen wie Tippy. Isabel, wie sie nun hieß, war inzwischen eine der gefragtesten Modeschöpferinnen Amerikas. Ihre Kleider- und Accessoireentwürfe für das Damenbekleidungsunternehmen in New York, von dem sie seinerzeit eingestellt worden war, hatten eingeschlagen wie eine Bombe und zu anderen, noch lukrativeren Stellenangeboten in der Welt der Haute Couture geführt. Um als »Haute Couture« bezeichnet zu werden (was

Tippy als »Hohe Kunst des Nähens« übersetzte), musste das Modehaus dem Chambre Syndical de la Couture Française in Paris angehören, das dem französischen Wirtschaftsministerium unterstand. Tippy kreierte ihre Entwürfe für das einzige amerikanische Unternehmen, das von sich behaupten konnte, Mitglied dieses erlauchten Kreises zu sein. Zu ihren Kundinnen zählten die Damen der Familien Astor, Vanderbilt und Morgan, und sie hatte sich mit Sarah Josepha Hale, Ikone des amerikanischen Geschmacks und Herausgeberin von Godey's *Lady's Book*, angefreundet.

»Ich weiß nicht, ob ich das hören wollte«, sagte Jessica und reichte Tippy die Sahne.

»Dass Vernon wie sein Vater ist? Warum nicht?«

Jessica rührte in ihrem Tee. Welche Antwort sollte sie Tippy darauf geben? Nun befand sie sich in einem ähnlichen Dilemma wie die Male, in denen sie nach langer Pause zu ihrem Tagebuch zurückkehrte und nicht wusste, wo sie anfangen sollte. Doch anders als die leeren Seiten würde Tippy zuhören und ihre Äußerungen kommentieren. Ihre älteste und einzige weibliche Vertraute würde sie am Morgen wieder verlassen und in Begleitung von Jeremy, der in der Stadt zu tun hatte, nach New Orleans und weiter nach New York fahren. Jessica blieben nur noch ein paar Stunden mit ihr, um sie um Rat zu fragen.

»Thomas ist in die Fußstapfen seines Vaters getreten und hat Somerset zuliebe eine Frau geheiratet, die er nicht liebt«, erklärte Jessica.

Tippy hob die Augenbrauen, die wie ihre Haare grau und sehr fein waren. »Mir scheint Thomas in dieser Hinsicht ein genauso glückliches Händchen bewiesen zu haben wie Silas bei dir«, entgegnete sie.

»Na ja, inzwischen macht er sich schon etwas aus Priscilla.«

Aus dem Innern des Hauses hörte Jessica dumpfe Geräusche. Die Bediensteten rückten Möbel, um die Teppiche zu säubern. »Bist du fertig mit deinem Tee?«, fragte sie.

Tippy schaute in ihre Tasse. »Spielt das eine Rolle?«

»Nein. Lass uns einen Spaziergang im Garten machen. Die Lancasters und Yorks zeigen sich gerade von ihrer besten Seite.«

In sicherer Entfernung vom Haus und den Bediensteten erzählte Jessica Tippy vom Eintreffen des attraktiven und charismatischen Majors Duncan zu einem Zeitpunkt, als die Ehe ihres Sohnes und ihrer Schwiegertochter am Tiefpunkt angelangt war. »Allen bis auf Thomas ist aufgefallen, wie hingerissen er von ihr war«, sagte sie. »Ich fürchte, dass meine Schwiegertochter sich, ausgehungert nach Zuneigung, wie sie war, auf ihn eingelassen hat.«

»Hat Thomas das gemerkt?«

»Nein, Gott sei Dank nicht. Es war unmittelbar nach dem Krieg. Er hatte gerade seinen Vater verloren und war mit anderen Dingen beschäftigt.«

»Und wo liegt das Problem?«, unterbrach Tippy sie. »Ihre Ehe wirkt nicht schlechter als früher, und im Hinblick auf Priscillas Frigidität scheint Major Duncan Thomas einen Gefallen getan zu haben.«

»Ich mache dem Mädchen keine Vorwürfe für die Affäre, falls es überhaupt eine gegeben hat, und ich denke auch nicht an meinen Sohn.«

»An wen dann?«

»An Regina Elizabeth.«

Tippy sah sie mit großen Augen an. »Du meinst …«

»Ja.«

»Woher willst du das wissen?«

»Ich weiß es nicht.« Mittlerweile waren sie am Gartentor angelangt, das Jessica nun aufschloss. »Vielleicht haben Major Duncan und Priscilla nur heftig poussiert, und er hat ihr Selbstbewusstsein gestärkt und ihr die Angst vor dem Körperlichen genommen. Das bezweifle ich zwar, aber möglich ist es. Priscilla ist leicht zu beeindrucken. Doch was, wenn Thomas es durch eine Laune des Zufalls herausfindet? Dann gnade ihnen Gott! Thomas würde nie mehr dasselbe für das Kind empfinden. Tippy …« Jessica wandte sich ihr mit einem flehenden Blick zu. »Du weißt solche Dinge, denn du kommst von den Sternen. Werden wir jemals sicher sein können, dass Regina eine Toliver ist?«

Tippy dachte stirnrunzelnd nach. »Ich glaube, alles Verborgene wird irgendwann enthüllt, was bedeutet, dass du es eines Tages wissen wirst. Hoffentlich wird es dann noch nicht zu spät für dich sein, sie zu lieben.«

»Wieso sagst du das?«, fragte Jessica verblüfft. »Natürlich liebe ich das Kind.«

»Nicht, wie du es tun würdest, wenn du mit letzter Sicherheit wüsstest, dass sie die Tochter deines Sohnes ist.«

Jessica wandte sich errötend ab. »Du hast immer schon gemerkt, was andere nicht erkennen. O Gott, Tippy. Ich hasse mich selbst dafür, aber … wenn ich sie anschaue, sehe ich die Sommersprossen und die roten Haare von Major Duncan. Er hat die Situation ausgenutzt, und Priscilla hat es zugelassen. Obwohl ich begreife, wie und warum es passiert ist, und keiner einen Nachteil deswegen zu haben scheint, ist das Kind für mich Frucht ihres Betrugs.«

»Du bist die Mutter von Thomas, Jessie. Du glaubst, dass Priscilla deinem Sohn untreu war, und selbsverständlich beeinflusst das deine Gefühle für sie und das Kind, aber schau doch nur, wie sehr du Amy, die Tochter von Petunia, liebst. Sie ist nicht mit dir verwandt und gehört nicht einmal derselben Rasse an wie du.«

»Das stimmt, Tippy, doch das Kind einer Freundin zu mögen ist nicht das Gleiche, wie ein Kind aus der eigenen Familie zu lieben. Regina ist entzückend, und ich würde niemals sie für die Indiskretion ihrer Mutter verantwortlich machen, aber bei ihr erkenne ich einfach nicht die gleichen Blutsbande wie bei Vernon.«

»Dann glaubst du also wirklich, dass Regina nicht von Thomas ist?«

»Du weißt, dass ich nicht zu Hirngespinsten neige.«

Tippy schüttelte traurig den Kopf. »Das ist schade, denn Regina wird dich am innigsten lieben und am stärksten um deine Anerkennung buhlen.«

Jessica ließ den Blick über die roten und weißen Rosen in ihrem Garten wandern, deren im Wind wippende Blüten in der Herbstsonne leuchteten. *Würde sie einmal gezwungen sein, ihrer Enkelin eine rote Rose vor die Füße zu legen?* Schon bei der sechsmonatigen Regina waren Anzeichen dafür zu entdecken, dass Tippys Vorhersage zutraf. Ähnlich wie die Hauskatze, die die Nähe von Jessica suchte, obwohl diese Katzen nicht sonderlich mochte, streckte Regina ihre Ärmchen immer nach ihrer Großmutter aus und ließ sich nur von ihr beruhigen, wenn sie weinte.

»Thomas liebt seinen Sohn«, sagte Jessica. »Aber Regina verehren er und Vernon. Ich will mir ihren Schmerz oder den von Regina nicht vorstellen, falls die Wahrheit jemals ans Licht kommt.« Sie schloss die Augen. »Wenn Somerset nicht gewesen wäre, hätte Thomas Priscilla niemals geheiratet. Ich habe immer schon befürchtet, dass sich seine Entscheidung einmal rächen würde, und kann nur hoffen, dass es nicht Regina trifft.«

»Dass Silas dich geheiratet hat, hat sich auch nicht gerächt, Jessica.«

Jessicas freudloses Lachen durchschnitt die kühle Luft wie ein Messer. »O doch, Tippy, das hat es.«

ZWEIUNDSIEBZIG

Als sie leises Klopfen an der Tür hörte, hob Jessica den Blick von ihrem Tagebuch. Wahrscheinlich war das Amy, die ihr den Vormittagstee brachte, dachte sie. Das Mädchen war mittlerweile siebzehn und eine unverzichtbare Hilfe im Haushalt. Jessica hatte Amy angeboten, sie aufs Oberlin College in Ohio zu schicken, die erste höhere Bildungsstätte, die Frauen und Schwarze aufnahm, doch Amy hatte dankend abgelehnt. Ihr Platz sei hier, hatte sie gesagt, sie genieße das Leben »unter Büchern und Blumen und denen, die ich mag und um die ich mich kümmern muss«. Jessica hatte den Verdacht, dass Liebe im Spiel war. Amy »ging aus« mit dem Gärtner der DuMonts, und es schien auf eine Hochzeit hinauszulaufen. Was für eine Verschwendung, dachte Jessica, auch mit schlechtem Gewissen darüber, dass Amy sie als eine derjenigen sah, für die sie zu sorgen hatte.

Die Treue von Amy und ihrer Mutter Jessica gegenüber gehörte zu den zahlreichen Dingen, die ihre Schwiegertochter ärgerten. Jessicas Stellung innerhalb des Haushalts hatte sich im Lauf der Jahre kaum merklich verändert; inzwischen blieb sie morgens immer lange in ihrem Zimmer.

Aus ihrem Tagebuch starrte ihr das Datum der aufgeschlagenen Seite entgegen: 7. November 1873. *Wo waren all die Jahre geblieben?* Ihr Sohn war sechsunddreißig, Vernon acht, David, ihr jüngster Enkel, fünf und Regina sechs. Sie legte den Stift weg.

»Komm rein, Amy.«

Keine Reaktion. Verwirrt stand Jessica von ihrem Schreibtisch auf. Vielleicht brauchte Amy Hilfe mit dem Teetablett. Doch das kleine sommersprossige Gesicht, das sie begrüßte, als Jessica die Tür öffnete, gehörte Regina. Das war etwas Neues. Bisher war ihre Enkelin nie zu ihr ins Zimmer gekommen.

»Guten Morgen, Oma«, begrüßte sie sie und sah Jessica mit großen Augen an, in denen zu lesen war, dass sie nicht wusste, ob sie willkommen war.

Der Blick versetzte Jessica einen Stich. Was tat oder sagte sie nur, dass die Kleine an der Begeisterung ihrer Großmutter über ihre Anwesenheit zweifelte? »Guten Morgen, Regina. Was führt dich zu mir?«

»Ich … wollte dir ein Geschenk bringen.«

»Ein Geschenk?«, wiederholte Jessica in einem Tonfall, der freudige Überraschung ausdrücken sollte. »Tritt ein, damit ich sehe, was du für mich hast.« Sie streckte ihr lächelnd die Hand hin, und die Kleine ergriff sie. Die Finger des Kindes waren zart und fein geformt. Niemand sonst in der Familie hatte Hände wie Regina. »Du kommst gerade recht zum Tee. Amy wird ihn gleich bringen. Wir tun viel Milch und Zucker rein, damit deine Mutter dich nicht schimpft, dass er dich nervös macht.«

»Das wäre gut«, meinte Regina.

Amüsiert – die Kleine begann, sich Jessicas Ausdrucksweise zu eigen zu machen – fragte sie: »Sollen wir uns an das Teetischchen setzen, ins Licht am Fenster?«

»Ja, das wäre sehr gut«, wiederholte Regina und legte das in ein Taschentuch eingewickelte Geschenk auf den Tisch. Dann setzte sie sich, den Rücken kerzengerade, und ordnete sorgfältig die üppigen Rüschen ihres Seidenkleidchens. Ihre Mutter sorgte dafür, dass die Kleine bereits ein Korsett trug, und kleidete sie stets in die neueste Kindermode aus dem DuMont Department Store, wie das Etablissement seit Neuestem hieß. »Möchtest du dein Geschenk aufmachen?«, fragte Regina.

»Ja gern.« Als Jessica das Spitzentuch auseinanderfaltete, entdeckte sie darin eine Packung Kaugummi Adams No. 1. Diese Neuigkeit war erst seit dem vergangenen Jahr auf dem Markt und hatte ausgerechnet dem berühmt-berüchtigten General Antonio Lopez de Santa Anna seine Entstehung zu verdanken. Zeitungsartikel behaupteten, die beliebte neue Leckerei sei entdeckt worden, als der frühere Diktator, der im Exil in New Jersey lebte, dem Erfinder Thomas Adams eine Lieferung Chiclegummi, welche er aus Mexiko mitgebracht hatte, als Gummiersatz verkaufte. Dem Erfinder war aufgefallen, dass Santa Anna gern Chicle kaute, eingedickten Milchsaft des mittelamerikanischen Sapotillbaums. Nachdem es Adams nicht gelungen war, das Material wie Gummi zu härten, hatte er eines Tages etwas davon gekaut, festgestellt, dass es ihm schmeckte, es zum Kochen gebracht und so das Ding, das Jessica nun in der Hand hielt, kreiert.

»Was für ein netter Gedanke!«, rief sie mit geheuchelter Begeisterung über das schwarze geschmacklose Zeug, das gerade der letzte Schrei war, aus.

»Den hab ich mit meinem Taschengeld in Monsieur DuMonts Geschäft für dich gekauft«, erklärte Regina stolz.

»Wie aufmerksam von dir«, sagte Jessica in der Hoffnung, das Kind möge nicht von ihr erwarten, dass sie das grässliche Chicle in ihrer Gegenwart kaute. Da hörte sie das Klappern von Geschirr auf dem Flur – endlich Amy mit dem Tee. Jessica würde sie einladen, bei ihnen zu bleiben, denn anders als Petunia liebte Amy das kleine Mädchen abgöttisch.

Reginas Blick wanderte neugierig zu Jessicas Sekretär. »Schreibst du ein Buch?«, fragte sie.

»So etwas Ähnliches. Ein Tagebuch.«

»Darf ich fragen, was ein Tagebuch ist?«

»Natürlich. Es ist ein Bericht über die Ereignisse im Leben einer Person.«

»Ereignisse?«

»Dinge, die im Alltag von einem selbst, von Familie und Freunden, von Angehörigen des Haushalts und den Bewohnern der Stadt passieren, und das, was man darüber denkt. Die schriftliche Aufzeichnung von Erinnerungen.«

»Schreibst du darin auch über Mama und Daddy?«

»Ja.«

»Und über Vernon und David?«

Jessica zögerte. Sie ahnte, welche Richtung dieses Gespräch nehmen würde. »Ja«, antwortete sie.

»Schreibst du auch manchmal über mich?«, erkundigte sich die Kleine.

»Ja«, antwortete Jessica wahrheitsgemäß. »Sogar oft.«

Ihre Augen begannen zu leuchten. »Wirklich? Und was?«

»Dass du ein ausgesprochen liebes, sanftes Kind mit perfekten Manieren bist, die du ganz bestimmt nicht von den Tolivers geerbt hast.«

Regina lachte erfreut, wobei ihre kleinen, hübschen Zähne zum Vorschein kamen. »Daddy sagt, ich bin wie du«, erklärte sie, ein wenig ernster. »Und ich möchte auch wie du sein.«

Was sollte sie darauf sagen? Dankbar begrüßte sie Amy, die gerade mit dem Teetablett hereinkam. »Ich habe Besuch zum Tee«, erklärte Jessica und wollte Amy gerade einladen, bei ihnen zu bleiben, als der flehende Blick Reginas sie zurückhielt. *Sag nicht, dass sie bleiben soll*, sollte er bedeuten, als hätte das Kind ihre Gedanken gelesen. »Bringst du uns bitte noch eine Tasse?«, bat Jessica Amy. »Und Kekse. Regina und ich haben hier eine kleine Teegesellschaft.«

»Sofort«, sagte Amy und zwinkerte Regina zu. »Dann achte mal auf deine Manieren, meine Süße.«

»Als ob man sie daran erinnern müsste«, meinte Jessica.

»Wer ist der Junge auf dem Bild, Oma?«, fragte Regina und glitt vom Stuhl, um die Daguerreotypie näher zu betrachten, die in einem Regalfach von Jessicas Sekretär stand.

Jessica verschlug es den Atem. Es war Jahre her, dass das Foto irgendjemandem aufgefallen war, und in letzter Zeit hatte sie sich oft dabei ertappt, wie sie an Joshua dachte. »Das ist Joshua, der Bruder deines Vaters.«

Regina sah sie fragend an. »Dein anderer Sohn?«

»Ja, mein … anderer Sohn.«

»Wo ist er?«

»Er ist vor vielen Jahren gestorben, mit zwölf. Ein Pferd hat ihn abgeworfen, und bei dem Sturz hat er sich das Genick gebrochen.«

»Oh!«, rief Regina aus und presste die zarten Hände gegen ihre Wangen, wie ihre Mutter es tat, wenn sie bestürzt war. »Das tut mir leid, Oma. Darüber bist du bestimmt sehr traurig gewesen.«

»Ja. Er fehlt mir bis heute.«

»War er wie Daddy?«

»Nein. Sie waren sehr unterschiedlich.«

»In welcher Hinsicht?«

»Dein Vater liebt das Land. Sein Bruder hat die Menschen auf dem Land geliebt.«

»Und das hat sie unterschieden?«

»Ja.«

»Hat das auch einen Unterschied gemacht in der Art und Weise, wie du sie geliebt hast?«

»Wahrscheinlich schon«, antwortete Jessica. *Was für eine Frage für ein sechsjähriges Kind!* »Aber nicht im Grad meiner Liebe für sie«, fügte sie hinzu.

»Grad?«

»Die Menge. Es hat keinen Unterschied gemacht in der

Menge meiner Liebe für sie. Ich habe sie gleich viel geliebt.« Jessica merkte, wie ihr Gesicht warm wurde. *Das Kind wusste Bescheid.* Sosehr Jessica sich auch bemühte, niemanden zu bevorzugen: Regina schien zu spüren, dass die Gefühle ihrer Großmutter für ihre Geschwister anders waren als die für sie.

Da trat Amy mit der Tasse und einem Teller voller Kekse ein. Regina kletterte wieder auf ihren Stuhl. Jessica nahm ihr gegenüber Platz und blinzelte die Tränen weg. »Soll ich dir den Tee einschenken und Milch und Zucker hineingeben?«, fragte sie.

»Das wäre sehr schön.«

Jessica hob die Teekanne. *Das Kind hat sich hinter einem Wall aus guten Manieren verschanzt, um nur ja nicht meine Missbilligung zu provozieren*, dachte sie. *Wie konnte die Kleine nur annehmen, dass ich in der Lage sei, sie zu verletzen?*

»Würdest du mir, wenn wir den Tee getrunken haben, aus einem deiner Geschichtenbücher vorlesen?«, fragte Jessica. »Wir könnten uns vor den Kamin setzen, darauf lauschen, wie der Wind uns von draußen Geheimnisse zuträgt, und raten, was er uns zu sagen versucht.«

Das kleine Mädchen strahlte. »Nur du und ich? Ich muss dich nicht mit meinen Brüdern teilen?«

»Nur du und ich«, versicherte Jessica ihr.

»Und wir können uns in bunte Decken hüllen?«

»Ja, wir können uns in bunte Decken hüllen.«

»Das wäre wirklich sehr schön«, sagte Regina.

DREIUNDSIEBZIG

Priscilla blieb vor der Tür zu Jessicas Bereich stehen. Obwohl alle anderen in der Familie den ganzen Nachmittag weg sein würden und sie sich versichert hatte, dass die Bediensteten unten zu tun hatten, sah sie nach links und rechts, bevor sie die Tür öffnete. Auch nach fünf oder sechs geheimen Ausflügen in Jessicas Zimmer erzitterte sie noch bei dem Gedanken, dass ihre Schwiegermutter etwas vergessen haben und zurückkommen könnte oder am Ende gar – Gott möge es verhüten! – Petunia, Jessicas Zerberus, mit frischer Wäsche oder Rosen aus dem Garten.

Wie sollte sie dann erklären, warum sie sich in die Räume ihrer Schwiegermutter geschlichen hatte und ihre privaten Tagebücher las, die sie aus dem verschlossenen Fach genommen hatte? Dafür gab es keine Erklärung. Priscilla wusste, dass sie bei Thomas und Jessica unten durch sein würde, wenn man sie ertappte, doch sie glaubte, dass es das Abenteuer angesichts des minimalen Entdeckungsrisikos wert war. Jessica hatte nicht die geringste Ahnung, dass jemand ihre Tagebücher las. Priscilla prägte sich ihre Anordnung jedes Mal genau ein, wenn sie das oberste Fach des Sekretärs öffnete, und legte sie und den Schlüssel wieder exakt dorthin zurück, wo sie sie gefunden hatte, wenn sie fertig war.

Fast vom Moment ihrer Geburt an hatte Jessica ihre Tochter Regina mit einem Argwohn behandelt, den sie Vernon gegenüber nicht zeigte. Eine Weile hatte Priscilla gedacht, das liege daran, dass ihr erstgeborener Enkel ihr Liebling war.

»Zweite Enkel sind nicht mehr so aufregend wie die ersten, stimmt's?«, hatte Priscilla ihre Mutter gefragt.

»Wieso denn nicht?«, hatte diese geantwortet. »Warum fragst du?«

»Regina scheint Jessica nicht so zu interessieren wie Vernon.«

»Sie hat eine Vorliebe für Jungen und nur Jungen aufgezogen. Sie ist einfach nicht herzlich genug für Töchter, wie du ja selbst schon gemerkt haben dürftest.«

Priscilla hatte ihr beigepflichtet. Sie und Jessica hatten zu Priscillas Enttäuschung nie richtig Zugang zueinander gefunden. Aber Jessica liebte Amy und überhaupt alle Kinder, unabhängig von Geschlecht, Rasse oder Schicht.

»Das bildest du dir ein«, hatte Thomas gemeint, als sie ihn darauf hinwies. »Meine Mutter zieht Vernon nicht Regina vor.«

Als David auf die Welt gekommen war, hatte sich Thomas' Feststellung, zumindest an der Oberfläche, bestätigt. Jessica schien ihre Zuneigung peinlich genau auf alle drei Enkel aufzuteilen, doch bei Regina wirkte sie immer ein wenig zurückhaltend. Das merkte nur eine Mutter.

Jessicas Distanz Regina gegenüber war ein Störfaktor im Zusammenleben mit ihrer Schwiegermutter. Die kleinen Eifersüchteleien, die Priscilla sich bisher bemüht hatte, im Zaum zu halten, wuchsen sich zu Ressentiments aus. Es handelte sich um die Probleme, mit denen jede Schwiegertochter zu kämpfen hatte, die im selben Haushalt lebte wie die Mutter ihres Mannes. Dass Thomas ihrer Ansicht nach seine Mutter ihr gegenüber immer verteidigte (obwohl Jessica niemals eine Situation provozierte, die das erforderte), begann ihr auf die Nerven zu gehen. Allmählich machte sich ihre Verärgerung darüber, dass die Kinder vor ihrer Großmutter Respekt hatten, während sie ihrer Mutter freche Antworten gaben, sowie darüber, dass Petunia und die anderen Bediensteten nur Jessica gehorchten, obwohl sie, Priscilla, die Herrin des Hauses war, bedingt durch Jessicas merkwürdige Distanz Regina gegenüber, bemerkbar.

Warum, fragte Priscilla sich, hatte sie das Offensichtliche erst im vergangenen Dezember, also 1874, als ihre Tochter sieben Jahre alt war, gesehen? Die Erkenntnis hatte sie getroffen wie ein Blitzschlag: Jessica hatte den Verdacht, dass ihre Enkelin die Frucht eines Seitensprungs war und Major Andrew Duncan, nicht Thomas, ihr Vater.

Diese Erkenntnis hatte sie fast in Ohnmacht fallen lassen, als die Familien am Weihnachtsabend traditionell mit Eierlikör anstießen. Sie waren bei den DuMonts gewesen, und die Kinder hatten unterm Baum Geschenke ausgepackt. Regina hatte ein grünes Samtkleid mit weißem Spitzenkragen sowie ein grünes Band in den Haaren, geschmückt mit roten Beeren und Stechpalmenzweigen, getragen, das einzige Mädchen unter den Jungen – eine Prinzessin mit ihren Vasallen Vernon und David, Abel, Jeremy III. und deren jüngeren Brüdern.

Bess hatte bemerkt: »Ich muss schon sagen, Jessica, deine Enkelin sieht dir mit jedem Jahr ähnlicher.«

Jessica hatte ihr Glas abgestellt. »Keine Ahnung, warum. Regina ist so hübsch.«

Priscilla hatte ihre Schwiegermutter verblüfft angesehen, und Jessica war ihrem Blick ausgewichen.

In jener Nacht hatte Priscilla starr vor Angst neben Thomas wach gelegen. *Was, wenn Jessica ihren Verdacht irgendwann Thomas mitteilte?* Danach hatte sich die Idee, Jessicas Tagebücher zu lesen, herauskristallisiert, die diese gewissenhaft als Vorbereitung für das Buch, welches sie über die Gründerfamilien von Howbutker schreiben wollte, verfasste. Bestimmt vertraute sie ihnen ihre geheimsten Gedanken an. Welche bessere Möglichkeit gab es herauszufinden, ob ihre Ängste gerechtfertigt waren, als in Jessicas Aufzeichnungen zu lesen? Die Tagebücher waren verschlossen, doch ein Jahr zuvor, als Regina zum Tee bei ihrer Großmutter eingeladen gewesen war, hatte Priscilla beobachtet, wie Jessica ihr Tagebuch im Sekretär verstaute, die Tür dazu verschloss und den Schlüssel unter einem Tintenfass versteckte.

Sie hatte gleich den Band mit der Aufschrift »1866« aufgeschlagen – das Jahr, in dem die Besetzung von Howbutker durch die Union begonnen hatte – und ihre Ängste bestätigt gefunden. Jessica verdächtigte sie, sich körperlich auf Major Duncan eingelassen zu haben. Der Eintrag, der sie am meisten entsetzte, stammte vom 19. August 1866.

Ich zögere, meinen schrecklichen Verdacht zu Papier zu bringen, aus Angst davor, dass diese Zeilen irgendwann einmal von jemand anders gelesen werden, aber mein Herz ist schwer, und ich habe keine andere Möglichkeit, es zu erleichtern. Ich glaube, dass meine hübsche Schwiegertochter eine Affäre mit Major Andrew Duncan hat. Hilflos habe ich mit ansehen müssen, wie das sich nach Liebe verzehrende Kind unter der Aufmerksamkeit des attraktiven Majors aufblüht. Sie ist durch ihre Schwärmerei für ihn so sehr geblendet, dass sie nicht sieht, was für mich und möglicherweise auch für Petunia, Gott sei Dank aber nicht für Thomas, auf der Hand liegt. Thomas nimmt, abgesehen von seinen Pflichten für Somerset und seiner Freude an Vernon, nichts wahr.

Und später ein weiterer hastig notierter Absatz mit dem Datum 10. April 1867:

Heute ist Regina Elizabeth Toliver zur Welt gekommen. Sie ist wunderschön und hat helle Haut und rote Haare – wie ich, sagen alle. Nun … wir werden sehen.

Wieder später im Jahr, kurz nach Jessicas fünfzigstem Geburtstag:

Tippy sagt, eines Tages werde ich wissen, ob das Kind eine Toliver ist. Ich frage mich, wie sich das offenbaren wird.

Priscilla hatte zwischen Aufzeichnungen über regionale und nationale Ereignisse, Nachrichten von Freunden, Erfindungen, Mode, Büchern und Musik suchen müssen. – *In diesem Jahr 1867 hat Johann Strauß, Sohn, dieser unserer furchteinflößenden Welt einen der schönsten Walzer geschenkt, die je komponiert wurden, »An der schönen blauen Donau«*, hatte Jessica auf eine Seite geschrieben. Priscilla hatte sich an den Abend erinnert, an dem sie bei einem Fest, das Major Duncan für die Bewohner der Stadt veranstaltete, zu einer Komposition von Brahms mit ihm tanzte. Bei der Lektüre war sie aus Entsetzen über sich selbst rot geworden. Wie hatte sie so dumm sein können, nicht daran zu denken, dass alle, die sie miteinander sahen, das Knistern zwischen ihnen bemerken könnten?

Priscilla hatte über Andrews Schulter zu ihrem Mann hinübergeschaut, der mit anderen Pflanzern in einer Ecke saß, und gewusst, dass ihr nichts passieren konnte. Sie war es so satt gewesen, ihren Gatten permanent um Liebe anbetteln zu müssen und einen Mann zu lieben, der ihr niemals die ersehnten Gefühle entgegenbringen würde. Er hatte sie geheiratet, um einen Erben zu zeugen. Sie wollte Thomas, doch – wie Jessica ganz richtig bemerkt hatte – auch die Art von Aufmerksamkeit, die Andrew ihr, anders als ihr Ehemann, schenkte. War es möglich, dass die ganze Stadt sich beim Blick auf Regina Fragen stellte, auf die Thomas nie gekommen war?

Priscilla hatte die Tagebücher in chronologischer Ordnung zurückgestellt und Jessicas Zimmer verlassen, um über die neu erworbenen Informationen nachzudenken. Jessica hatte ihren Verdacht für sich behalten, nur, bewusst oder unbewusst, Regina die Wärme versagt, die sie den Jungen schenkte, aber im vergangenen Jahr war Priscilla aufgefallen, dass sie ihre Tochter freundlicher behandelte. Vielleicht hatte Jessica endlich gemerkt, wie sehr Regina sie verehrte, egal, ob ihr Blut nun in ihren Adern floss oder nicht.

Jessica würde Thomas nichts verraten. Warum auch? Ihr Sohn und ihre Schwiegertochter hatten sich miteinander arrangiert. Ihre Familie gedieh, ihr Haushalt war friedlich. Auch wenn sich ihre Ehe nicht ganz so gestaltete, wie sie sie sich das vielleicht vorgestellt hatten, waren sie mit dem gegenwärtigen Zustand zufrieden. Sie hatten beide bekommen, was sie verdienten. Thomas hatte seine beiden Jungen als Erben und Priscilla den Namen Toliver mit allem, was dazugehörte. Sie hatte sich einen Platz im Herzen ihres Mannes erarbeitet. Warum sollte eine liebende Mutter und Großmutter all das zunichtemachen?

Die Zeit würde das Bild von Major Duncan verblassen lassen. Inzwischen war er sieben Jahre fort. Erst neulich hatte jemand Mühe gehabt, sich an seinen Namen zu erinnern. Priscilla fiel nichts anderes ein, das ihren Seelenfrieden hätte stören können. Das Leben neigte dazu, den Staub, den man unter den Teppich kehrte, irgendwann wieder hochzuwirbeln, hätte Jessica wohl gesagt, aber fürs Erste sah Priscilla keinen Grund, warum alles auffliegen sollte.

Wenn sie nicht einen merkwürdigen Hinweis entdeckt hätte, der ihr Interesse an der Geschichte der Tolivers geweckt hatte, wäre sie vermutlich niemals zu den Tagebüchern in Jessicas Zimmer zurückgekehrt. Nun musste sie noch drei Jahre des geheimen Lebens der Jessica Wyndham Toliver durcharbeiten, um alles über den Fluch zu wissen, der auf den Tolivers lag.

VIERUNDSIEBZIG

1876 ging der Republikaner Rutherford B. Hayes aus einer der umstrittensten Wahlen des neunzehnten Jahrhunderts als neuer Präsident der Vereinigten Staaten hervor. Das Volk sah Hayes' Gegenkandidaten Samuel Tilden, den Demokraten und Gouverneur von New York, vorn. Drei Wahlgänge endeten unentschieden. Politische Analysten der Zeit glaubten, dass man sich am Ende hinter verschlossenen Türen darauf einigte, Hayes ins Weiße Haus zu bringen. Die Demokraten des Südens im Wahlausschuss beschlossen, Hayes den Zuschlag zu geben, dafür, dass die Republikaner die Unionstruppen aus dem Süden abzogen und die Reconstruction beendeten. Dieser Handel führte zum Kompromiss von 1877, einer mündlichen Vereinbarung, in der die nationale Regierung den früheren Konföderierten Staaten gestattete, ihre politischen Angelegenheiten ohne Einmischung des Nordens selbst zu regeln.

Das hatte zur Folge, dass die freien Schwarzen im Süden schutzlos den sogenannten »Jim Crow Laws« ausgeliefert waren. Dabei handelte es sich um Gesetze des Bundes und der einzelnen Staaten, die dazu dienten, die Schwarzen von der weißen Gesellschaft fernzuhalten, sie ihrer sämtlichen Bürgerrechte zu berauben und auf ihre gesellschaftliche Stellung vor dem Krieg zu reduzieren. Das Pachtsystem kettete sie noch stärker an ihre früheren Herren. Es funktionierte folgendermaßen: Der Grundbesitzer stellte seinem Pächter auf Kredit die nötige »Ausstattung«, Maultier und Pflug, Saat,

Unterkunft und Lebensmittel, zur Verfügung. Ein Vertrag regelte, dass die Kosten für diese Ausstattung vom Anteil des Schwarzen an seiner Ernte abgezogen würden. Sehr oft überstiegen am Ende nach den Berechnungen des Landbesitzers die Schulden des Schwarzen, der nicht lesen, schreiben oder rechnen konnte, seinen Gewinn, und er war gezwungen, weiter in dem Teufelskreis zu verbleiben, der ihn auf ewig an den Grundbesitzer band. Ein Entkommen daraus war so gut wie unmöglich. Arbeiter, die vor ihren gesetzlichen Verpflichtungen zu fliehen versuchten, wurden von den örtlichen Sheriffs oder eigens zu diesem Zweck zusammengestellten Trupps eingefangen und zum Grundbesitzer zurückgebracht, wo sie weiterschufteten, bis ihre Schulden beglichen waren.

Auf diese Wiedereinführung der weißen Herrschaft reagierten die Schwarzen schließlich mit dem massenhaften »Schwarzen Exodus von 1879«, bei dem nahezu zwanzigtausend frühere Sklaven die baumwollproduzierenden Gebiete der früheren Konföderierten Staaten verließen, weil ihnen Gratisland in Kansas, Oklahoma und Colorado versprochen wurde. Unter ihnen befanden sich auch Jaspers zwei Söhne und deren Familien.

»Aber warum?«, hatte Thomas verständnislos gefragt, als Rand, der ältere der beiden Söhne, ihn über ihren unmittelbar bevorstehenden Aufbruch informierte. »Habe ich euch denn nicht anständig behandelt?«

»Doch, doch, Mister Thomas, und ich und meine Familie und die Familie von meinem Bruder sind Ihnen auch sehr dankbar. Weil Sie so gut zu uns waren, haben wir jetzt das Geld für einen ordentlichen Anfang und die Bildung, damit niemand uns übers Ohr hauen kann. Wir gehen nicht, weil wir etwas gegen Sie haben, sondern weil wir hoffen, unser eigenes Land zu besitzen, das wir in Somerset nie kriegen würden.«

Aus Rands Worten war der unmissverständliche Hinweis darauf herauszuhören gewesen, dass sie, wenn er bereit gewesen wäre, ihm und seinem Bruder Willie das Land zu verkaufen, das sie bestellten, geblieben wären. Rands Blick hatte Thomas gesagt, dass es noch nicht zu spät war, sich darauf zu verständigen.

»Ich wünschte, ich könnte euch den Grund verkaufen, den ihr all die Jahre gepachtet habt, Rand, aber das Land der Tolivers stand niemals zum Verkauf, und daran wird sich auch nichts ändern. Das habe ich meinem Vater versprochen, und dieses Versprechen werde ich halten.«

»Das haben Sie im Lauf der Jahre klar genug gemacht«, hatte Rand entgegnet. »Willie und ich kümmern uns noch um die Aussaat und bleiben zur Taufe von Amys Tochter, aber dann machen wir uns auf den Weg. Vielleicht schaffen wir es vor dem Winter nach Kansas und können noch den Weizen aussäen.«

Nun war Rand gekommen, um sich zu verabschieden. Sie hatten sich vor dem alten Zuhause seiner Familie versammelt, das Thomas als Plantagenbüro übernommen hatte, nachdem es nach Jaspers Tod frei geworden war. Der vierzehnjährige Vernon stand neben seinem Vater. In Gegenwart seines Sohnes bemühte sich Thomas, das Vorbild zu sein, dem sein Sohn hoffentlich nacheifern würde, wenn er Herr der Plantage wäre. Es tat ihm in der Seele weh, zwei der fleißigsten, loyalsten und zuverlässigsten Familien von Somerset zu verlieren, doch das ließ er sich nicht anmerken. Rand, seinem Bruder und deren Familien stand es frei zu gehen. Rand streckte ihm die Hand hin, und Thomas schüttelte sie.

»Ihr habt bestimmt von den Strolchen gehört, die im Voraus Geld verlangen, damit sie einen ins Gelobte Land bringen, und dann an dem Tag, an dem es losgehen soll, nicht auftauchen«, sagte Thomas. »Nehmt euch in Acht vor ihnen. Und ihr wisst, dass ihr immer zurückkommen könnt, wenn es in Kansas nicht klappt. Zu den gleichen Bedingungen wie bisher.«

»Das weiß ich, Mister Thomas.« Rand setzte seinen alten, mit Schweißflecken übersäten Hut auf und wandte sich Vernon zu. »Meine Jungen haben mich gebeten, Ihnen auf Wiedersehen zu sagen, Master Vernon. Sie sind nicht gekommen, weil ihnen der Abschied zu traurig ist.«

Thomas sah, dass sein Sohn schluckte. »Sie werden mir fehlen«, meinte Vernon. »Ich kann mir nicht vorstellen, ohne sie zu angeln.«

»Das geht ihnen genauso.« Rand sah Thomas an. »Dann auf Wiedersehen von uns allen, Mister Thomas. Und bitte sagen Sie Petunia, dass wir schreiben.«

Thomas und Vernon sprachen kein Wort, als sie Jaspers Erstgeborenem nachblickten. Er und sein Bruder Willie hatten ihr ganzes Leben auf der Plantage verbracht. Thomas war mit ihnen aufgewachsen wie Vernon mit ihren Söhnen. Jasper war damals mit den Tolivers nach Texas gekommen und zu einem Teil der Geschichte von Somerset geworden. Er hatte einen Ehrenplatz auf dem Friedhof, dessen Boden er Silas Toliver zu roden geholfen hatte.

»Hättest du ihm nicht das Land verkaufen können, damit sie bleiben, Daddy?«, fragte Vernon, Tränen in den Augen.

Thomas hob sein Kinn ein wenig an, um ihm ins Gesicht sehen zu können. Vernon reichte ihm inzwischen bis fast zur Schulter; es würde nicht mehr lange dauern, bis sie auf Augenhöhe wären. »Manche Dinge sind wichtiger als persönliche Gefühle, mein Sohn. Somerset gehört dazu. Dies ist Toliver-Land, und kein einziger Acre davon wird verkauft, zu keinem Preis und aus keinem Grund. Wir sind seine alleinigen Herren und teilen es mit niemandem. Das darfst du nie vergessen.«

»Ja, Daddy.«

Thomas nickte. Er zweifelte nicht daran, dass sein Sohn sich an seine Worte erinnern würde, denn er war ihm mit seinen vierzehn Jahren sehr ähnlich. Vernon liebte die Plantage und interessierte sich seit der Zeit dafür, als er an der Hand seines Vaters die Reihen der Baumwollpflanzen abgegangen war. Und bei seinem elfjährigen Sohn David, dem Frechdachs, war es genauso. Thomas war mit zwei Söhnen gesegnet, die sich seit jeher für die Leitung der Plantage interessierten. David wäre ebenfalls bei ihnen gewesen, wenn er nicht an diesem Samstagmorgen bei einem Baseballspiel mitgemacht hätte, dem neuen Sport des neunzehnten Jahrhunderts. Beide wussten, was von einem Toliver erwartet wurde. Thomas würde nicht dulden, dass einer seiner Söhne von den Früchten der Familienarbeit lebte, ohne selbst dazu beizutragen. Keiner seiner Sprösslinge würde sich im Glanz des Namens sonnen, ohne sich das Recht zu erwerben, dass er ihn trug.

Auch seine Tochter begriff ihre Rolle als Mitglied einer Familie, die sich an herkunftsbedingte Traditionen hielt. Ein Lächeln trat auf Thomas' Gesicht, als er an Regina dachte. Söhne kamen von der Göttern, Töchter von den Engeln. An jenem Morgen hatte sie ihm erklärt: »Daddy, Petunia und Amy sind sehr traurig.«

Sie hatte ihn als erstes seiner Kinder »Daddy« genannt. Das war aus einem »da-da« entstanden, und die Jungen hatten es irgendwann übernommen. Regina gab oft den Ton im Haushalt der Tolivers an. Von allen Tolivers, die er kannte, verkörperte sie am ehesten das Ideal des geistigen Adels. Sie war sanftmütig und großzügig, besaß jedoch einen starken Willen.

»Ich weiß, mein Liebes«, hatte er gesagt.

»Petunias Brüder und ihre Familien verlassen Somerset. Kannst du sie nicht irgendwie zurückhalten?«

»Nein. Es ist ihre Entscheidung.«

Dies war eines der wenigen Male gewesen, dass er seiner Tochter einen Wunsch abschlug, und ihre Enttäuschung versetzte ihm einen Stich. Einen kurzen Augenblick lang hatte er tatsächlich mit dem Gedanken gespielt, es sich anders zu überlegen – alles, damit dieser gequälte Ausdruck aus ihrem sommersprossigen Gesicht verschwand. Am Ende hatte er sie, obwohl sie schon zwölf war, auf seinen Schoß gezogen. Die meisten Väter hätten ihren Kindern in einer solchen Situation irgendein Geschenk gemacht als Ausgleich für den verwehrten Wunsch, aber das funktionierte bei Regina nicht. Kein Zugeständnis würde sie von ihrer ursprünglichen Bitte abbringen. Sie ließ sich nicht kaufen.

»Sie ziehen an einen Ort, den sie für besser halten als diesen«, hatte er erklärt.

Sie runzelte die Stirn. »Besser als Somerset?«

»Ja.«

»Einen besseren Ort als Somerset gibt es nicht«, hatte sie festgestellt.

Er hatte sie an sich gedrückt. »Ich hoffe nur, dass Petunias Brüder das nicht in Kansas merken.«

Wenn Thomas niedergeschlagen war wie heute und an seine Familie dachte, besserte sich seine Stimmung sofort. Er konnte sich wirklich glücklich schätzen, eine so zupackende Frau und liebevolle Mutter zu Hause zu haben, dazu die Erinnerung an einen hingebungsvollen Vater und drei entzückende Kinder, die ihn Daddy nannten.

»Warum lächelst du, Daddy?« In Vernons Stimme schwang Missbilligung mit. Seine Tränen waren kaum getrocknet, und schon lächelte sein Vater.

Thomas legte seinem Sohn einen Arm um die Schultern,

als sie in die Hütte gingen. »Ich habe darüber nachgedacht, wie glücklich ich mich schätzen kann, der Vater so wunderbarer Kinder zu sein«, antwortete er.

»Die Erben von Somerset. Die sind wir doch, oder?«

»Genau, mein Sohn. Die Erben von Somerset. Ich wünschte, mein Vater hätte es noch erlebt zu sehen, dass kein Fluch auf dem Land liegt.«

»Ein Fluch?«

Wäre ihm das doch nicht herausgerutscht!, dachte Thomas, denn wenn Vernon etwas wissen wollte, gab er keine Ruhe. »Ja. Die Strafe einer übernatürlichen Macht für falsches Handeln.«

»Dein Vater hat etwas falsch gemacht?«

»Nein, nein. Er hat … gewisse Opfer gebracht, um Somerset aufbauen zu können.«

»Und zwar?«

»Das weiß ich nicht mehr.«

»Welche Strafe hätte der Fluch seiner Ansicht nach zur Folge gehabt?«

Thomas zögerte. In Louisiana wütete gerade eine Gelbfieberepidemie, die sich mit Sicherheit auch nach Osttexas ausbreiten würde, doch alle Fenster in ihrem Haus in der Houston Avenue waren kurz zuvor mit diesen neuen Fliegenschutzgittern ausgestattet worden, um Mücken abzuhalten. Es bestand immer die Gefahr, dass die Cholera zurückkehrte oder andere Krankheiten oder Unfälle ihm ganz plötzlich die Kinder raubten, doch das hatte dann nichts mit der Prophezeiung seiner wütenden Großmutter fast ein halbes Jahrhundert zuvor zu tun. Trotzdem war Thomas abergläubisch genug, die Angst seines Vaters, dass ihr Fluch sich auf die Zeugung und das Aufwachsen der Toliver-Erben bezog, nicht laut auszusprechen. Silas Toliver hatte sich sinnlos den Kopf zerbrochen. Ja, er hatte seinen ersten Sohn Joshua verloren, doch der wäre ohnehin kein wahrer Erbe von Somerset gewesen. Silas Tolivers echter Erbe war am Leben und strotzte vor Gesundheit, und seine Enkel würden den Namen Toliver und die Plantage in die nächste Generation führen.

»Es ist Zeitverschwendung, über solchen Unsinn zu reden«, sagte Thomas zu seinem Sohn. »Flüche gibt es nicht.«

VIERTER TEIL

(1880-1900)

FÜNFUNDSIEBZIG

Jeremy betrachtete die im Salon und Tanzsaal Versammelten, die gekommen waren, um Philippe DuMont willkommen zu heißen. Der zweiundvierzigjährige ledige Sohn von Henri und Bess DuMont hielt sich kurz zu Hause auf, bevor er sich nach elf Jahren bei den Texas Rangers, der berittenen Staatstruppe, die sich während der texanischen Revolution zum Schutz der Grenze formiert hatte, zu seiner neuen Stelle bei der Pinkerton Detective Agency in New York aufmachen wollte. Zweiundzwanzig Personen unterschiedlichen Alters, samt und sonders aus den Familien DuMont, Toliver und Warwick, hatten sich zusammengefunden. Inzwischen waren es zu viele Enkel, als dass sie alle noch am Esszimmertisch von Bess Platz gefunden hätten, weshalb sie unter spöttischen Bemerkungen an den »Kindertisch« verbannt worden waren. Die dritte Generation der Toliver-Sprösslinge bestand aus dem fünfzehnjährigen Vernon, der dreizehnjährigen Regina und dem zwölfjährigen David. Den DuMont-Clan vertraten Armands Söhne Abel, sechzehn, und Jean, dreizehn. Zu den Warwicks gehörten Jeremy juniors Namensvetter Jeremy III., sechzehn, und Brandon, dreizehn, sowie Stephens Söhne Joel, fünfzehn, und Robert, sechzehn.

Bess hätte sich anlässlich der Heimkehr ihres Sohnes ein größeres Fest gewünscht, doch das hatte Philippe nicht gewollt.

Sie mochten Philippe alle sehr, obwohl er nie wirklich einer der Ihren gewesen war. Der groß gewachsene, langgliedrige, kantige Philippe, dem die körperliche Eleganz seines Vaters und seines Bruders fehlte, hatte sich, wenn schon nicht als schwarzes Schaf der Familien, so doch als überraschender Mischling in einem Wurf von Reinrassigen entpuppt. Von seinem ersten Bartflaum an war am zweiten Sohn Henris etwas Hartes gewesen, das auf wunderliche Weise durch seine Sanftheit gegenüber den Schwachen und Hilflosen abgemildert wurde. Dass er seine kleine Schwester Nanette und Jeremys asthmatischen Sohn Robert fast schon zwanghaft beschützte, hatte alle amüsiert. Wer sich mit Robert anlegte, bekam es mit dem kräftigen, furchtlosen Philippe zu tun. Jeremy gefiel das. Nanettes Tod hatte die letzten Jahre von Philippes Kindheit überschattet, und der sinnlose Mord an Robert zu seinem wachsenden Zorn auf Menschen beigetragen, die die Schwachen quälten. Philippe war mit seinem Bruder Armand nach dem Krieg nach Hause zurückgekehrt, um seinem Vater bei der Leitung des DuMont Department Store zu helfen, und alle hatten erwartet, dass die beiden Henri nach dessen Rückzug aufs Altenteil ablösen würden.

Doch er war bereits einen Monat später wieder gegangen, um sich den Texas Rangers anzuschließen. Er sei nicht dafür geschaffen, hinter der Theke eines Ladens zu stehen, hatte er gesagt, oder in einem feinen Haus mit Bediensteten zu wohnen, die ihm die Stiefel putzten und sein Bett machten, sondern dafür, Wildleder zu tragen, seine Mahlzeiten am Lagerfeuer einzunehmen und unter freiem Himmel zu leben. Außerdem brauche Texas Männer wie ihn zur Verteidigung gegen Komantschen, Kiowa und Apatschen, die noch immer wehrlose Trecks und Siedlungen überfielen, Männer skalpierten, Frauen vergewaltigten und Kinder entführten.

Sehr zu Bess' Kummer und Henris Verdruss war Philippe 1870 nicht nach Hause zurückgekehrt, als die Rangers durch eine Friedenstruppe der Union mit der Bezeichnung Texas State Police ersetzt wurden. Nach der Auflösung seiner Organisation war Philippe vielmehr nach Norden zum Panhandle aufgebrochen, wo er Ranchers, die ihr Land vor der Übernahme durch Viehbarone zu schützen versuchten, Schützenhilfe anbot.

Die Wahl von Gouverneur Richard Coke im Jahr 1873 läutete das Ende der Texas State Police und die Neuformierung der Texas Rangers ein. Philippe schloss sich ihnen sofort wieder an und trug zu deren sagenumwobenem Ruhm bei, den sie sich durch die Festnahme und Tötung berüchtigter Banditen und die Vertreibung der Indianer aus den texanischen Ebenen erwarben.

Genau das ließ Jessica die Stirn runzeln, als Philippe vom Anteil der Texas Rangers an der Kapitulation des Komantschenhäuptlings Quanah Parker, die das Ende der texanisch-mexikanischen Auseinandersetzungen markierte, erzählte. Jeremy wusste, dass Jessicas Stirn ihre eigene Sprache sprach. Wenn sie zuckte oder sich zusammenzog, konnte man daran ihre Gedanken ablesen. An jenem Abend deutete die winzige Hebung einer Augenbraue auf ihren Ekel über die Zerstörung der Komantschendörfer durch die US-Army sowie die Tötung von dreitausend Pferden, den wertvollsten Besitz der Indianer, hin. Egal, wie sehr Philippe sich durch die Brutalität der Rothäute gegenüber den Siedlern und Büffeljägern in seinem Handeln gerechtfertigt sah: Jeremy wusste, dass Jessicas Herz für die Indianer und all die anderen Menschen schlug, die durch die Gier des weißen Mannes vertrieben worden waren, und dass sich daran bis zu ihrem letzten Tag nichts ändern würde.

Bis zu ihrem letzten Tag. Jeremy, der gerade dabei war, Camellia zu verlieren, konnte nur hoffen, dass es bis dahin noch lange dauern würde. Die Lungenkrankheit, die irgendwann seinen zweiten Sohn dahingerafft hätte, raubte ihm jetzt seine kleine Blume.

»Quanah Parker …«, murmelte Bess. »Ist das nicht der Sohn von Cynthia Ann Parker, die als kleines Mädchen von den Komantschen entführt wurde?«

»Ja«, antwortete Henri. »Sie wurde 1836 im Alter von neun Jahren gekidnappt und 1860 wieder zurückgeholt …«

»Von den Rangers unter Hauptmann Sul Ross«, fiel Philippe ihm stolz ins Wort.

Jeremy, Jessica und Henri sahen einander an; nur sie erinnerten sich an die Zeit damals. »*Mon dieu*«, stöhnte Henri, »sind das John-Parker-Massaker und die Entführung des kleinen Mädchens wirklich schon vierundvierzig Jahre her?«

»Ja, und wir wären seinerzeit auch fast ins offene Messer gelaufen«, sagte Jeremy.

»Bitte erzähl uns davon, Opa«, bettelte Brandon, der jüngere Sohn von Jeremy junior.

»Ein andermal«, erwiderte Jeremy. »Genug Geschichtsunterricht für heute Abend, ich muss nach deiner Großmutter schauen.« Als er sich von seinem Stuhl erhob, knackten seine Kniegelenke. Jessica stand ebenfalls auf. Ihr Schweigen wies darauf hin, dass sie in Gedanken bei Philippes Beschreibung des letzten Kampfes gegen die Indianer sechs Jahre zuvor war. Jeremy wäre es lieb gewesen, wenn Philippe ihn nicht so ausführlich geschildert hätte. Bestimmt würden die Kinder Albträume von dem Massaker bekommen.

»Soll ich dich nach Hause begleiten, Jess? Es ist eine dunkle Nacht«, fragte Jeremy in der geräumigen Eingangshalle der DuMonts, als die Bediensteten ihnen in ihre warmen Wintersachen halfen. Es war Februar 1880.

»Das wäre nett, Jeremy. Ich sage Thomas Bescheid. Er und Priscilla wollen bestimmt noch ein bisschen bei Philippe bleiben.«

Auf dem kurzen Weg zum Haus der Tolivers sprachen sie wenig, weil sie vertieft waren in ihre Gedanken an Quanah

Parker und Camellias Krankheit. Schließlich sagte Jeremy: »Ich spüre jedes einzelne meiner vierundsiebzig Jahre, Jess.«

Jessica hakte sich bei ihm unter. »Leichter wird's nicht, was?«

»Trotz der Behaglichkeiten, die wir jetzt genießen. Die einzige Waffe gegen den Zahn der Zeit ist es, aktiv zu bleiben.«

»Und das bist du«, bemerkte Jessica. Es hatte vierzig Jahre gedauert, bis Jeremys Glaube an die Holzindustrie sich endlich als berechtigt erwiesen hatte, doch mit dem Bau der Eisenbahnlinien stand die Warwick Lumber Company nun an vorderster Front. 1878, als in Texas mehr Schienen verlegt wurden als im gesamten übrigen Land zusammengenommen, warteten die riesigen Kiefern- und Hartholzwälder des Unternehmens nur auf die Abholzung und den Transport zu den Märkten. Um den Bedarf der Eisenbahngesellschaften an Weichen, Güterwaggons und Depots zu decken sowie die Flut von Bestellungen der Baufirmen in neu gegründeten Städten und Bezirken zu bewältigen, hatte das Unternehmen begonnen, zusätzliche Sägewerke und Einrichtungen für die Arbeiter, alles unter Aufsicht von Jeremy und seinen beiden Söhnen Jeremy junior und Stephen, zu errichten.

»Manchmal spiele ich mit dem Gedanken, kürzerzutreten und mehr Zeit mit Camellia zu verbringen«, hatte Jeremy ein Jahr zuvor bei einem ihrer Treffen in der Laube zu Jessica gesagt. »Sie möchte mit mir nach Europa fahren. Ich könnte mich zurückziehen, das Holzgeschäft den Jungs überlassen und mich auf meine anderen Unternehmungen konzentrieren, aber gerade jetzt stehen wir an der Schwelle zu einem neuen Zeitalter, und ich möchte seine Sonne auf meinem Gesicht spüren, wenn es anbricht.«

Jessica fragte sich, ob Jeremy sich noch an diese Worte erinnerte und es bedauerte, dass ihm seine geschäftlichen Interessen wichtiger gewesen waren als der Wunsch seiner

Frau, nun, da sie nicht mehr viel Zeit haben würde, die Sonne auf ihrem Gesicht zu spüren.

Offenbar erriet Jeremy ihre Gedanken. »Sie ist mir immer eine wunderbare Frau gewesen, Jess.«

Jessica hörte, dass es ihm die Kehle zuschnürte. »Ja, das stimmt, Jeremy.« Vor ihren Mündern bildeten sich Atemwolken, die die dunkle Nacht verschluckte. Die Kälte sorgte dafür, dass sie den warmen Seehundfellumhang trug, den ihre Familie ihr zu Weihnachten geschenkt hatte, und Jeremy seinen Kamelhaarmantel mit den Lammfellaufschlägen. In der kristallklaren Luft lag eine Ahnung von Schnee.

»Sie hat als Ehefrau besser getaugt als ich als Ehemann.«

»Da wäre Camellia anderer Meinung.«

»Mag sein, aber ich weiß es.«

Als sie die Stufen zur Veranda ihres Hauses erreichten, legte Jessica eine Hand auf sein Revers. »Dann lass sie in dem Glauben sterben, Jeremy.«

Das Mondlicht erhellte den erstaunten Ausdruck in seinen Augen. »Du weißt es?«, fragte er.

»Ja.«

»Das heißt aber nicht, dass wir nicht die besten Freunde bleiben können, oder?«

»Wir werden immer die besten Freunde sein, Jeremy.«

Er beugte sich zu ihr hinab und küsste sie auf die kalte Wange. »Gute Nacht, Jess.«

»Gute Nacht, Jeremy.«

SECHSUNDSIEBZIG

Den ganzen Morgen über hatten Enkel bei ihr vorbeigeschaut. Zuerst Vernon, der an ihre Tür geklopft hatte, als Jessica sich ankleidete. »Oma, hilfst du mir überlegen, was David und ich Poppy zum Geburtstag schenken könnten?« Und später, nach dem Frühstück, war ihr Liebling David noch bei ihr geblieben. Jessica war die Einzige im Haus, mit der ihr jüngerer Enkel über seine Leidenschaft für Baseball sprechen konnte.

»Wär das nicht schön gewesen, wenn wir die zwei Homeruns von Montie Ward bei dem Spiel der New York Gothams gegen die Beaneaters gesehen hätten, Oma?«, hatte er gefragt.

»Allerdings«, hatte sie gesagt.

»Vielleicht können wir zwei mal ein Match miteinander anschauen.«

»Aber sicher«, hatte Jessica gemeint.

Und nun kam Regina sie besuchen. Von der Laube aus verfolgte Jessica, wie ihre Enkelin durch die Fliegenschutztür an der hinteren Seite des Hauses hinaustrat. »Ich hab mir schon gedacht, dass ich dich hier finden würde«, rief sie ihrer Großmutter zu.

So schwierig war das nicht gewesen, dachte Jessica, als sie beobachtete, wie Regina ihre Röcke hob und anmutig über die Stufen und den Ziegelweg zur Laube lief. Wenn das Wetter es erlaubte, nahm Jessica immer vormittags ihren Tee in der Schaukel. Regina hatte ein wenig von der Gedankenlosigkeit ihrer Mutter geerbt, doch bei ihr wirkte das, anders als bei Priscilla, einnehmend und liebenswert. Es war unmöglich, sie nicht zu mögen.

»Ich habe eine zweite Tasse mitgebracht«, teilte Regina ihr mit. »Du hast doch nichts dagegen, den Tee mit mir zu teilen, oder?«

»Ich freue mich wie immer über deine Gesellschaft«, sagte Jessica und machte Platz auf der Schaukel. »Was hast du denn da? Ist das das Päckchen mit den sehnlich erwarteten Schnittmustern von Tippy?«

Regina kicherte. »Ich finde es süß, dass du eine der berühmtesten Modeschöpferinnen Amerikas Tippy nennst, die alle nur als Isabel kennen.«

»Sie ist nicht immer Isabel gewesen. Welches Muster hast du dir ausgesucht?«

»Darüber würde ich gern mit dir reden.« Regina nahm drei Umschläge aus einer modernen Versandtasche, wie es sie seit Kurzem gab. »Ich brauche deine Hilfe bei Daddy.«

Jessica schenkte Regina eine Tasse Tee ein. »Ich kann mir nicht vorstellen, wieso du bei deinem Vater meine Hilfe brauchen solltest. Er frisst dir doch aus der Hand.«

Regina lächelte. »Nein, bei so was leider nicht«, widersprach sie. »Armands Schneiderin soll mir das Kleid für mein Geburtstagsfest nach diesem Muster nähen.« Sie reichte Jessica einen der drei bunt illustrierten Umschläge. »Mutter und ich fürchten, dass es Daddy zu gewagt sein wird. Sie sagt, ich soll mir ein schlichteres aussuchen, aber ich möchte dich bitten, Daddy davon zu überzeugen, dass das hier das richtige für mich ist.«

Jessica nahm die Brille aus ihrer Kleidtasche, um die Illustration auf dem Umschlag zu betrachten, in dem sich der Schnittmusterbogen befand. Das Abendkleid war als Entwurf von »Isabel« gekennzeichnet, kreiert für die E. Butterick

Company in New York. Tippy arbeitete seit 1876 für das Unternehmen, als Ebenezer Butterick ihr die Stelle als Chefdesignerin angeboten hatte. Seit seiner revolutionären Erfindung von Schnittmusterbogen für den Hausgebrauch im Jahr 1867 war es auf hundert Zweigstellen und tausend Agenturen in den Vereinigten Staaten, Kanada, Paris, London, Wien und Berlin angewachsen. Das Gewand hatte einen tiefen Ausschnitt und eine Wespentaille. Jessica konnte nachvollziehen, dass Thomas etwas dagegen haben würde. Mit ihren sechzehn Jahren besaß Regina eine ziemlich weibliche Figur – »ein weiterer Vorzug, den wir dir zu verdanken haben, Mutter«, hatte ihr Sohn mit einem väterlichen Seufzen erklärt.

»Ich werde bald sechzehn, Oma«, sagte Regina. »Daddy sollte allmählich merken, dass ich kein kleines Mädchen mehr bin.«

»Dass ihre Töchter keine kleinen Mädchen mehr sind, merken Väter nie.« Jessica betrachtete das Muster mit zusammengekniffenen Augen. »Wie wär's, wenn die Schneiderin den Ausschnitt ein klein wenig höher ansetzt und die Schultern ein bisschen nach unten zieht? So kannst du immer noch genug nackte Haut zeigen.«

»Oma, du bist ein Genie«, rief Regina aus und schlang die Arme um sie. »Danke, dass du keine *Spitze* vorgeschlagen hast wie Mutter. Kannst du dir *Spitze* am Ausschnitt eines solchen Kleids vorstellen? Das würde doch die Wirkung ruinieren.«

»Und wie soll diese Wirkung beschaffen sein? Willst du damit allen Jungen im Raum den Kopf verdrehen?«

Regina machte es sich auf der Schaukel neben Jessica bequem. »Nicht allen«, sagte sie. »Nur einem. Tyler McCord.«

»Der Rancherssohn.«

»Genau der. Ach, Oma, er ist … einfach süß. So groß und stark … wie Daddy.«

»Ja, er ist ein hübscher Kerl«, pflichtete Jessica ihr bei.

»Und noch netter, als er aussieht. Oma, wie alt warst du, als du geheiratet hast?«

Oje, dachte Jessica. Den Grund für diese Frage konnte sie sich vorstellen. »Achtzehn«, antwortete sie.

»Jetzt wirst du mir gleich erklären, dass achtzehn fürs Heiraten damals etwas anderes war als heute, oder?« Regina legte den Kopf ein wenig schief. An Tagen, an denen ihre Mutter nicht von ihr verlangte, dass sie »Besucher empfing«, trug Regina ihre üppige rote Mähne offen, weil sie sich weigerte, die Stunde still zu sitzen, die Amy gebraucht hätte, um sie zu bändigen. Eine Aprilbrise wehte ihr die Haare aus dem blassen sommersprossigen Gesicht. Jessica konnte nie in Reginas haselnussbraune Augen mit den grünen Sprenkeln blicken, ohne sich an die von Major Duncan zu erinnern, die sie nach den wenigen Wochen damals nie mehr gesehen hatte.

»Weit gefehlt«, entgegnete sie. »Achtzehn bleibt achtzehn, in jeder Generation, obwohl die Jahre nicht immer das wahre Alter ausdrücken.«

Regina nahm einen Schluck Tee und sah Jessica über den Rand ihrer Tasse hinweg an. »Warst du denn innerlich achtzehn, als du achtzehn geworden bist?«

»Nicht in jeder Hinsicht.«

»Warst du bereit für die Ehe?«

Jessica überlegte und schmunzelte dann. »Ich war jedenfalls nicht bereit für Silas Toliver.«

»Ach.« Regina machte große Augen. Jessica wusste, dass sie die Momente mit ihr allein genoss, in denen sie ihrer Großmutter Erinnerungen an ihre Jugend entlocken konnte. »War er denn bereit für dich?«

»Ich glaube, das kann ich mit Nein beantworten.«

Reginas Lachen klang jung und rein und glücklich, eine Woche vor ihrem sechzehnten Geburtstag. Als sie sich wieder beruhigt hatte, erklärte sie in ernstem Ton: »Tyler ist bereit für mich.«

»Das macht deinem Vater Kopfzerbrechen: Er denkt, dass du mit deinen sechzehn Jahren nicht für ihn bereit bist.«

»Aber ich werde irgendwann achtzehn. Oma, ich will Tyler heiraten. Tyler ist Daddy natürlich nicht gut genug für mich.«

»Das dürfte bei allen Vätern von Töchtern so sein. Vätern ist kein Mann gut genug für ihr kleines Mädchen.«

»War Großvater Silas nach Ansicht deines Vaters gut genug für dich?«

Jessica trank einen Schluck Tee. Regina sah sie erwartungsvoll an. »Vermutlich nicht«, antwortete Jessica und tupfte sich die Lippen mit einer Serviette ab. »Aber dein Großvater hat ihn damit überrascht, dass er mich glücklich gemacht hat. Welche Farbe und welchen Stoff willst du nun für das Kleid wählen?«

»Das muss ich mit Armand besprechen«, antwortete Regina, die sich durch Jessicas Frage vom Thema ablenken ließ. »Ich würde sagen Satin und eine Pastellfarbe, mit ellbogenlangen Ärmeln im selben Stoff …«

Jessica lauschte, ohne ihr zuzuhören. Ihre Gedanken waren bei Jeremy senior. Er hatte gehofft, dass einer seiner Enkel, Jeremy III. oder Brandon, Reginas Herz gewinnen würde – »eine Vermischung des Bluts unser beider Familien, Jess. Könnte es eine süßere Ironie des Schicksals geben?« Bestimmt hatte er sich gewünscht, in einem Großenkel einen Teil von Jessica wiederzufinden.

Camellia war im Frühjahr 1880 gestorben, drei Jahre zuvor. Jeremys Söhne standen nun ihren eigenen Haushalten vor, und ihr Vater wohnte ganz allein in seiner Riesenburg. Nur eine Köchin und eine Haushälterin kümmerten sich um ihn. Wenn er nicht gerade zwölf Stunden täglich arbeitete oder seinen Kindern und Freunden ein wenig Zeit zugestand, las er eifrig. Von allen Angehörigen der Familien war er der belesenste. Jeremy hatte Jessica von den Experimenten eines österreichischen Mönchs namens Gregor Mendel erzählt, dessen Züchtungsversuche mit Erbsen zu der Entdeckung geführt hatten, dass die Grundprinzipien der Vererbung von Farbe, Form und Größe bei Pflanzen sich auf Menschen und Tiere übertragen ließen. Jeremy hatte ihr ein Kapitel in einem Buch gezeigt, das erklärte, wie gewisse Eigenschaften von Menschen, die dort »dominant« und »rezessiv« genannt wurden und sich auf alles, von der Haarfarbe bis zum Temperament, bezogen, in der zweiten Generation verschwinden, aber in der folgenden wieder auftauchen konnten.

»Damit haben wir eine Erklärung für Reginas rote Haare, ihre Sommersprossen und ihre weiblichen Formen«, hatte Jeremy gesagt.

Normalerweise fühlte Jessica sich nicht wohl dabei, wenn jemand das Aussehen ihrer Enkelin mit dem ihren verglich, weil es für jeden, der Major Andrew Duncan gekannt hatte, nur ein winziger Schritt bis zu ihm war. Doch Jeremy hatte ihr mit dem Buch eine wunderbare Möglichkeit verschafft, eine falsche Spur zu legen. Sie hatte es sich von ihm ausgeliehen und Thomas gezeigt. »Das könnte dich interessieren«, hatte sie gesagt. »Die eingemerkten Kapitel erklären, wieso ich schuld bin.«

In einer seltenen Geste der Zuneigung legte Jessica den Arm um die Schultern ihrer Enkelin und drückte sie an sich. In einer Woche wäre Regina sechzehn und in weiteren zwei Jahren verheiratet. Sie würde ihre Familie verlassen, um bei ihrem Mann auf dessen Ranch zu leben und ihre eigene Familie zu gründen. Und wenn sie älter wurde, beschäftigt mit ihren Pflichten als Ehefrau und Mutter, würde die Zeit ihre Spuren in ihr Gesicht graben. Die Jahre würden jeden Verdacht der Verbindung zu dem Major, der vor so langer Zeit nach Howbutker gekommen war, auslöschen. Regina musste nur noch die folgenden beiden Jahre hinter sich bringen, danach konnte Jessica sich keine Situation oder Gelegenheit mehr vorstellen, die die Frage danach, wer ihr Vater war, aufkommen lassen würde.

»Ich lege wegen des Kleids ein gutes Wort für dich ein bei deinem Vater«, versprach Jessica ihr.

SIEBENUNDSIEBZIG

Thomas sah seine Frau entsetzt an. »Du bittest *mich*, für dich einen Hut abzuholen? In einem Frauenladen? Was ist, wenn ich nicht weiß, wie er aussieht?«

»Der Hut oder der Laden?«

»Der Hut. Der Laden ist am Ende der ersten Straße, die vom Circle abzweigt, oder?«

»Genau. Und es ist kein Hut, mein Lieber, sondern ein *Haarreif*, und du musst gar nicht wissen, wie er aussieht. Das weiß schon Mrs Chastain, die Modistin.«

»Kannst du nicht eine Bedienstete schicken?«

»Die müssen mir alle bei den Vorbereitungen für das Fest helfen. Thomas, bitte – ich brauche den Reif heute, damit Regina ihn vor morgen anprobieren kann und sich noch, falls nötig, Änderungen vornehmen lassen. Es soll eine Überraschung sein. Ich habe ihn vorigen Monat passend zu ihrem Kleid bestellt. Das wird das Tüpfelchen auf dem i.«

»Er ist für Regina? Warum sagst du das nicht gleich?«

Priscilla seufzte frustriert. »Wenn es für Regina ist, geht plötzlich alles. Ich habe es dir nicht gesagt, weil du vor dem Mädchen nichts geheim halten kannst.«

»Sie kitzelt mir eben alles heraus.«

»Weil du Andeutungen machst.«

»Mrs Chastain, sagst du, heißt die Frau?«

»Ja, das ist die Inhaberin des Ladens. Sie weiß, dass jemand den Reif abholt. Er liegt bereit, du wirst also nicht warten müssen.«

»Welche Farbe hat er?«

»Lindgrün mit goldenem Schimmer.«

»Klingt hübsch. Das bringt bestimmt Reginas braune Augen gut zur Geltung.«

Priscilla erhob sich hastig von ihrem Schreibtisch im Frühstückszimmer, einem schweren, reich verzierten Monstrum, das Jessicas zierlichen Queen-Anne-Sekretär ersetzt hatte. »Schatz, wenn es dir nichts ausmacht: Ich brauche den Reif so schnell wie möglich. Ich habe heute noch jede Menge Dinge zu erledigen für das Fest und würde diesen Punkt gern abhaken, wenn Regina von der Klavierstunde zurück ist. *Alle*, die eingeladen sind, kommen. Das will sich *niemand* entgehen lassen.«

»Solange sie kommen, um den Geburtstag unserer Tochter zu feiern, und nicht aus Neugierde auf das Haus«, sagte Thomas.

Priscilla legte eine Hand auf die Brust, um ihr Entsetzen über diesen Gedanken auszudrücken. »*Natürlich* kommen alle wegen Reginas Geburtstag. Ich habe auch nicht mehr renovieren lassen als die anderen in der Houston Avenue«, erklärte sie. »Das interessiert niemanden.«

Thomas erhob sich. »Ich muss wirklich nur hingehen und das Ding abholen?«

»Der Reif wird eingepackt auf dich warten.«

»Hoffentlich hat die Frau keine Unterwäsche im Schaufenster.«

»Es ist ein *Hut*laden, Thomas.«

Es war ein schöner Tag für einen kurzen Ritt in die Stadt, und Thomas war froh, aus dem Gebäude herauszukommen, das ihn kaum mehr an sein früheres Zuhause erinnerte. Abgesehen vom Bereich seiner Mutter hatte seine Frau sämtliche Räume neu gestalten lassen, oben und unten, sogar sein Arbeitszimmer, als er geschäftlich in Galveston weilte. Fast alles in dem sonnigen Haus seiner Kindheit mit dem weißen Deckenstuck, den Wedgewood-blauen Wänden, den cremefarbenen Sofas und Sesseln sowie den Seidenvorhängen in Pastelltönen war durch dunkle viktorianische Farben ersetzt worden. Schon die Bezeichnungen allein – »ochsenblutfarben«, »moosgrün«, »fahlrosa«, »schattengrau«, »herbstbraun« – deprimierten Thomas. Massive, reich verzierte Möbelstücke aus dunklem Holz, Buntglasfenster, damastbedeckte Wände, schwere Stoffe, geschmückt mit Quasten, Fransen, Perlen und Pailletten hatten die schlichtere, hellere und anmutigere Einrichtung seiner Mutter ersetzt. »Jetzt ist das Haus ein verfluchtes Museum«, hatte Thomas sich Armand gegenüber beklagt, als die Innenausstattung abgeschlossen war.

»Deine Frau wollte es so, mein Freund«, hatte Armand entgegnet.

Das Gebäude war um die dreißig Jahre nicht renoviert worden, und er hatte nicht in ein Hornissennest stechen wollen, indem er Priscillas Bitte, »ein paar Sachen neu zu gestalten«, abschlug. Als er seine Mutter um deren Zustimmung gebeten hatte, sagte diese: »Lass sie machen, Thomas. Ich bin nicht wichtig. Du wirst noch hier wohnen, lange nachdem ich nicht mehr lebe.«

Ihre Bemerkung hatte eine traurige Saite in ihm angeschlagen, die nicht mehr verstummt war. Seine Mutter war siebenundsechzig. Sein Vater fehlte ihm jeden Tag aufs Neue. Jeremy und Henri, sein doppelter Vaterersatz, wurden älter. Wie verzweifelt er sich fühlen würde, wenn es sie nicht mehr gab. Natürlich hatte er seine Freunde – Jeremy junior, Stephen und Armand – und seine Kinder, doch seine geliebte Tochter würde bald heiraten, und Vernon und David würden es ihr irgendwann gleichtun. Sie würden ihr Zuhause verlassen, und dann wäre er allein … mit Priscilla.

Diese Gedanken beschäftigten ihn, als er das kleine Geschäft betrat, das einfach nur »Der Hutmacherladen« hieß und das es noch nicht lange gab. Was Thomas darüber wusste, hatte er von Armand, der inzwischen das Warenhaus führte. Obwohl der Laden Konkurrenz für die Hutabteilung seines Freundes war, zuckte Armand nur die Achseln. »Es gibt genug Kundschaft für alle, und Mrs Chastain hat Modelle im Sortiment, die ich nicht führe. Die Inhaberin ist Kriegswitwe, ihr Mann in Manassas gefallen. Sie hat keine Kinder. Ich finde sie nett und wünsche ihr nur das Beste.«

Ein silbernes Glöckchen an der Tür kündete von seinem Eintreten. Thomas blieben nur ein paar Sekunden, den angenehmen Geruch und die sehr weibliche Atmosphäre des Geschäfts wahrzunehmen, als auch schon eine Frau hinter einem Spitzenvorhang im hinteren Teil des Ladens hervortrat.

»Guten Tag, Sir. Kann ich Ihnen helfen?«

Sie sprach sehr tief, die schönste Stimme, die er je gehört hatte. Zu seiner Überraschung spürte Thomas, wie seine Haut zu prickeln begann. »Äh, Mrs Chastain?«

»Ja.«

»Ich bin … Thomas Toliver, und … man hat mich geschickt, um etwas für meine Frau zu holen.«

Die Frau lächelte. »Ich weiß, wer Sie sind, Mr Toliver.« Sie griff unter die Verkaufstheke und zog ein Päckchen hervor. »Es ist bereits bezahlt. Ich hoffe, Ihrer Tochter gefällt es.«

»Da bin ich mir ziemlich sicher.« War das zu fassen? Er hatte sich schon mühelos mit den Reichsten und Mächtigsten, mit Honoratioren und Belesenen, Berühmten und Berüchtigten unterhalten, und nun verschlug es ihm in Gegenwart einer Hutmacherin, die für die Welt nicht mehr Bedeutung besaß als eine Feder an einem ihrer Hüte, die Sprache.

»Möchten Sie sich das Stück, das Ihre Frau für Ihre Tochter

erworben hat, ansehen? Soweit ich weiß, soll es eine Überraschung sein.«

»Ja gern.«

»Dann packe ich es Ihnen aus.«

Sie legte das Päckchen auf die Theke und löste das Band, das es zusammenhielt, mit wenigen geschickten Bewegungen. »Wie gefällt er Ihnen?«, fragte sie, als sie den Reif mit Satinrosetten in Grün und Gold, wie seine Frau ihn beschrieben hatte, hochhielt.

Thomas nahm ihn in die Hand. »Er hat die gleiche Farbe wie die Augen meiner Tochter.«

»Haselnussbraun, soweit ich weiß.«

»Ja, haselnussbraun.«

»Nicht ganz grün wie die Ihren.«

»Nein …«

»Man hat mir gesagt, sie hätte rote Haare.«

»Ja, wie meine Mutter.«

»Dann passt der Reif bestimmt wunderbar zu ihren Haaren.«

Er sollte ihr den Reif zurückgeben und wieder einpacken lassen, dachte Thomas. »Wie … funktioniert das?«, fragte er.

Die Frau nahm ihre Kreation in die Hand. »So«, sagte sie und demonstrierte es. »Er hält die Haare aus dem Gesicht und rahmt es ein. Gewiss wird er an Ihrer Tochter sehr hübsch aussehen. Soll ich ihn wieder einpacken?«

»Ja bitte.«

Thomas betrachtete ihre Hände, die zart wie Bone China waren. Sie trug nach wie vor einen Goldreif am Ringfinger, das sah er, als sie ihm das Päckchen reichte. »Hier«, sagte sie mit einem Lächeln, das sein Herz höher schlagen ließ. »Ich freue mich schon darauf, ein Bild von Ihrer Tochter mit dem Haarreif im Gesellschaftsteil der Sonntagszeitung zu sehen.«

»Ich habe eine bessere Idee«, entgegnete Thomas.

»Warum kommen Sie nicht zu ihrer Geburtstagsfeier und betrachten Ihr Werk an ihr? Sie beginnt morgen Abend um sieben. Bestimmt würde meine Tochter sich gern persönlich bei Ihnen bedanken.«

»Das ist sehr freundlich von Ihnen, aber … was würde Mrs Toliver dazu sagen?«

»Meine Mutter?«

»Nein, Ihre Frau.«

»Ach. Sie wäre sicher sehr erfreut.«

»Darf ich mir Bedenkzeit auserbeten, Mr Toliver?«

»Ja natürlich.« Thomas nahm das Päckchen. »Und ich heiße Thomas.«

Sie streckte ihm die Hand hin. »Jacqueline.«

Er drückte sie sanft. »Jacqueline. Vielleicht würden Sie ernsthaft in Erwägung ziehen, die Einladung anzunehmen?«

»Vielleicht. Auf Wiedersehen … Thomas.«

Thomas tippte an die Krempe seines Huts. »Bis morgen Abend, hoffe ich.«

ACHTUNDSIEBZIG

Du hast *was* getan?«, fragte Priscilla.

Thomas band gerade vor dem Spiegel seine Abendkrawatte. »Ich habe Mrs Chastain, die Hutmacherin, zur Geburtstagsfeier unserer Tochter eingeladen, weil ich glaube, dass es ihr bestimmt gefallen würde, ihr Werk selbst an ihr zu sehen.«

»Thomas …« Priscilla stellte sich zwischen ihren Mann und den Spiegel. »Jacqueline Chastain ist wirklich eine nette Frau, jedoch nur eine *Hutmacherin*, eine einfache *Ladeninhaberin*.«

Thomas schob seine Frau sanft, aber bestimmt beiseite. »Und?«

»*Und?* Leute wie sie haben auf Reginas Fest nichts verloren!«

Als Thomas mit der Krawatte fertig war, wandte er sich seiner Frau zu. »Wie hättest du es gefunden, wenn das früher jemand über dich gesagt hätte – dass du nur die Tochter eines einfachen Arztes bist, eines Quacksalbers?«

Priscilla wurde rot. »Sprich nicht so von meinem Vater, Gott hab ihn selig.«

»Ich spreche nicht von deinem Vater, sondern von dir, Priscilla. Versuch dir vorzustellen, wie es gewesen wäre, wenn du nicht in die Toliver-Familie eingeheiratet hättest.«

Priscillas Augen funkelten. »Und denk *du* an die Kinder, die du ohne mich nicht haben würdest«, zischte sie.

»Glaube mir, Priscilla, daran denke ich jeden Tag. Reg dich

nicht auf, meine Liebe. So wie Mrs Chastain aussieht, isst sie nicht viel.«

Beim Plaudern mit den Gästen behielt Thomas den Eingang im Auge, um sie nicht zu verpassen. Am Esstisch war ein Platz für Jacqueline Chastain gedeckt, so weit wie möglich von dem seinen am Kopfende weg. Thomas fühlte sich versucht, ihre Platzkarte näher zu der seinen zu rücken, aber dann würde seine Frau ins Grübeln kommen. Was war nur in ihn gefahren? Er spielte mit der Gefahr – oder? War es denn so falsch – unmoralisch –, eine andere Frau als die eigene zu bewundern? Und das Vergnügen ihrer Gesellschaft zu genießen? In all den Jahren seiner Ehe hatte er niemals eine andere Frau auch nur angeschaut. Er hätte nicht erklären können, was ihn dazu veranlasst hatte, Mrs Chastain zum Fest seiner Tochter einzuladen, und auch nicht seine Vorfreude auf ein Wiedersehen mit ihr. Schließlich hatte er nur wenige Worte mit ihr gewechselt und lediglich einige Minuten in ihrer Gesellschaft verbracht, aber er konnte ihre Stimme nicht vergessen, ihr hübsches Gesicht und ihr angenehmes Wesen.

Thomas konzentrierte sich auf seine Tochter, die mit ihren Freunden lachte, Tyler McCord immer an ihrer Seite, und seufzte. Der Junge war ein guter Fang. Er stammte aus einer soliden, fürsorglichen Familie und war völlig vernarrt in Regina. Alle im Haushalt der Tolivers, besonders die Jungen, mochten ihn. Tyler und Vernon konnten sich über den Grundbesitz unterhalten, er und David sprachen mit ihm über Baseball, und die McCords behandelten Regina bereits wie eine der Ihren. Als Vater konnte Thomas sich nicht mehr wünschen. Der lindgrüne Haarreif aus Satin brachte die rote Lockenpracht seiner Tochter bestens zur Geltung. In der Mitte steckte eine kleine Brillantnadel, die er und Priscilla ihr zu ihrem sechzehnten Geburtstag geschenkt hatten.

»Danke, Mutter und Daddy«, hatte Regina sich auf ihre

überschwängliche Art nach dem Auspacken der Geschenke vor der Feier bedankt. (Vernon und David hatten sie mit Seidenstrümpfen bedacht, und ihre Großmutter hatte ihr emaillierte Haarklammern überreicht.) »Diese Nadel wird mich immer an das wunderschöne Fest erinnern, das ihr zu meinem sechzehnten Geburtstag ausgerichtet habt.«

Priscilla hatte Regina die Nadel eigentlich ans Kleid stecken wollen, doch Thomas war dafür gewesen, sie in der Mitte des Haarreifs anzubringen. »Daddy! Das ist eine prima Idee!«, hatte Regina ausgerufen, während Thomas den misstrauischen Blick von Priscilla einfach ignorierte.

Wie sehr er sich wünschte, dass Mrs Chastain käme, um ihr Werk zu bewundern! Priscilla hatte Regina erklärt, dass der Reif eigens für sie entworfen worden sei, und geprahlt, niemand sonst in der Stadt besitze etwas Vergleichbares. Die Bilder des Zeitungsfotografen würden ihm nicht gerecht werden.

»Entschuldigung, Mister Thomas«, flüsterte Barnabas, Petunias Mann und Hausdiener der Tolivers, ihm zu. »Die Mrs Jacqueline Chastain, die Sie erwarten, ist an der Tür.« Er reichte Thomas ihre Visitenkarte.

Thomas' Herz machte vor Freude einen Sprung. »Dann holen wir sie doch herein, Barnabas.«

Sie stand mit einer Würde, die ihre Unsicherheit kaschieren sollte, in dem von einem Kronleuchter erhellten, mit zu vielen Möbeln vollgestopften Eingangsbereich. Dass sie sich unbehaglich fühlte, weckte Thomas' Zorn. Er würde dafür sorgen, dass niemand ihr das Gefühl gab, in *seinem* Haus nicht willkommen zu sein. Also ging er mit einem Lächeln und ausgestreckter Hand auf sie zu. Sie trug, anders als die anderen anwesenden Frauen, kein üppig geschmücktes, mit Turnüre und Korsett versehenes Gewand, sondern ein weißes, locker geschnittenes Kleid – ihr eigener Entwurf, vermutete

Thomas, der ihren Mut bewunderte, gegen den Strom zu schwimmen. Ihre dunklen Haare waren nach oben gesteckt und mit gelben Satinbändern umwunden.

»Mrs Chastain«, begrüßte er sie und nahm ihre Hand. »Schön, dass Sie kommen konnten.«

»Die Freude ist ganz meinerseits, wenn auch ein wenig durch meine Nervosität getrübt, Mr Toliver«, gestand ihm Jacqueline.

Thomas streckte ihr den Arm hin. »Dagegen weiß ich genau das richtige Mittel, Mrs Chastain. Gehen wir zum Tisch mit der Bowle.«

Priscilla begrüßte sie mit dem Charme der geübten Gastgeberin, hinter dem sie nicht ihr Erstaunen darüber verbarg, dass die Hutmacherin die Dreistigkeit besessen hatte, tatsächlich zu erscheinen. »Hoffentlich haben wir Sie durch die kurzfristige Einladung nicht in Verlegenheit gebracht, Mrs Chastain. Mein Mann kann manchmal sehr … spontan sein.«

»Aber nein, Mrs Toliver. Mir gefällt Spontaneität. Sie hat etwas sehr Großzügiges.«

Als Thomas Mrs Chastain seiner Tochter Regina vorstellte, umarmte diese sie. »Ich *liebe* diesen Haarreif, Mrs Chastain. Ganz, ganz herzlichen Dank für die Zeit und die Mühe, die Sie darauf verwendet haben.«

»Ihn von Ihnen getragen zu sehen lässt die Zeit und Mühe unerheblich erscheinen, Miss Toliver.«

»Sagen Sie doch Regina zu mir. Und darf ich Sie Jacqueline nennen? Das ist ein sehr schöner Name. Französisch, nicht wahr?«

Am liebsten hätte Thomas seine Tochter gedrückt. Als Jacqueline sich Vernon und David zuwandte, die sie herangewinkt hatten, nahm er Regina beiseite und küsste sie auf die Schläfe. »Ich liebe dich, Poppy.«

»Ich liebe dich auch, Daddy.«

Als er Jacqueline seiner Mutter vorstellte, bemerkte Thomas ihr leichtes Stirnrunzeln. Doch sie nahm Jacqueline die Nervosität, indem sie ihr ein Kompliment für ihr Kleid machte.

»Wie ich sehe, pflichten Sie wie ich Oscar Wilde bei, der diese ›Kleidverbesserer‹«, Jessica ließ die Hand über ihre Turnüre gleiten, »für eine moderne Monstrosität hält. Meine liebe Freundin Tippy – Isabel – entwirft Kleider ohne diese Abscheulichkeiten. Haben Sie schon von Isabel gehört?«

»Selbstverständlich, Mrs Toliver«, antwortete Mrs Chastain erstaunt. »Sie *kennen* Isabel? Persönlich?«

»Ja, allerdings.«

Höchst erfreut beobachtete Thomas, wie die beiden Frauen sich angeregt über die Freundschaft seiner Mutter mit Tippy unterhielten. Schon bald gesellten sich andere Gäste zu ihnen; die Frauen bewunderten Jacquelines Kleid, die Männer Jacqueline.

Am Ende des Abends fragte Thomas sie: »Wie sind Sie hergekommen, Mrs Chastain?«

»Mit einer Mietdroschke. Ich habe dem Fahrer gesagt, er soll mich um zehn abholen.«

»Jackson sitzt jetzt vermutlich betrunken im örtlichen Wirtshaus. Ich lasse Sie von meinem Fahrer nach Hause bringen.«

Am liebsten hätte er das selbst getan, aber damit hätte er das Schicksal herausgefordert. Also begleitete er sie nur zur Kutsche und gab seinem Fahrer Anweisung, sich erst zu entfernen, wenn Mrs Chastain sicher in ihrer Wohnung über dem Laden wäre. Sie verabschiedeten sich mit einem Händedruck voneinander. »Auf Wiedersehen … Jacqueline. Herzlichen Dank, dass Sie gekommen sind.«

»Es war nett von Ihnen, mich einzuladen … Thomas.«

Als sie ihn anlächelte, schimmerte das Mondlicht auf ihren dunklen Haaren und gelben Satinbändern. »Vielleicht ergibt sich die Gelegenheit, dass wir uns wiedersehen«, sagte er.

»Ich halte das zwar für eher unwahrscheinlich, aber es ist ein netter Gedanke. Auf Wiedersehen … Mr Toliver.«

Als Thomas der Kutsche nachsah, musste er schlucken.

NEUNUNDSIEBZIG

Der fünfzehnjährige David Toliver zog sich leise in dem dunklen Schlafzimmer an, das er sich mit seinem älteren Bruder Vernon teilte, doch offenbar nicht leise genug.

»David, was machst du da?«

Die laute Stimme seines Bruders ließ ihn zusammenzucken. Vernon entging wirklich nichts, dachte er. »Ich ziehe mich an«, antwortete er.

»Warum?«

»Ich will beim alten Sägewerk üben.«

»Das lässt du bleiben. Daddy zieht dir die Ohren lang. Du weißt doch, dass er uns heute Morgen draußen in Somerset erwartet. Wir müssen beim Entkernen der Baumwolle helfen.«

»Ich bin wieder da, bevor er merkt, dass ich weg war.«

Vernon setzte sich im Bett auf und fuhr sich mit der Hand durch die schwarzen, vom Schlaf zerzausten Haare. »Zum Baseballspielen ist es zu dunkel, und ich will nicht, dass du allein gehst.«

David schloss den letzten Knopf seines Hemds. »Wer bist du? Mein Vater? Nur weil du achtzehn bist, hast du noch lange kein Recht, mir vorzuschreiben, was ich zu tun und zu lassen habe. Ich treffe mich mit Sam und Nick, okay? Wir üben ein paar Stunden, und zum Frühstück bin ich wieder da. Bitte verpetz mich nicht. Versprochen, Bruder?«

»Wohl ist mir nicht dabei, David. Der Teich am alten Sägewerk zieht in der Nacht allerlei Getier an, und es ist stockdunkel da draußen. Außerdem habe ich Gerüchte gehört, dass der Ku-Klux-Klan sein Unwesen treibt.«

»Wir spielen ja nicht im Teich, und es ist fünf Uhr früh, also fast Tag. Hörst du nicht die Kirchenglocken? Einem Toliver tut der Klan nichts.«

»Glaubst du wirklich, dass du bei den ganzen Baumwollballen, die wir rumhieven müssen, noch Training brauchst? Solltest du deinen Arm vor dem Spiel am Sonntag nicht lieber schonen?«

David schlüpfte in seine Jacke und grinste seinen Bruder an. Vernon war der attraktivere von ihnen. Davids ein wenig zu kurz geratener, stämmiger Körper und seine groben Gesichtszüge standen in deutlichem Kontrast zu seinem hoch aufgeschossenen, schlanken Bruder mit der fein ziselierten Physiognomie und der widerspenstigen rabenschwarzen Mähne, die David gern »die Toliver-Krone« nannte. Er selbst hingegen hatte feine mausbraune Haare.

Doch Davids Persönlichkeit machte sein weniger gutes Aussehen wett. Sein freundliches Lächeln ließ seine tiefblau schimmernden Augen erstrahlen und seinen scharfen Verstand und schalkhaften Humor erahnen, die ihn bei ihren Freunden beliebter machten als seinen ernsteren Bruder. Er war eher das Maskottchen der Mädchen als jemand, für den sie schwärmten, eher der Klassenclown als der Schönling des Fests. Seine Mutter brachte er gelegentlich zur Verzweiflung, seinem Vater machte er jeden Tag aufs Neue Freude. Seine Großmutter und seine Geschwister liebten ihn.

»Wenn du Baseball spielen würdest, Vernon, könntest du mich verstehen. Der Arm eines Baseman braucht täglich Übung.«

Sein Bruder schlüpfte wieder unter die Bettdecke. »Sei vorsichtig«, ermahnte er ihn.

David verließ das Haus lautlos durch einen Seiteneingang,

weil er nicht riskieren wollte, durch die hintere Küchentür hinauszugehen. Amy, Barnabas und ihre Tochter Sassie wohnten gleich neben der Speisekammer, und seit dem Tod ihrer Mutter im vergangenen Jahr schreckte Amy schon beim leisesten Geräusch im Salon auf. Sie würde ihm sein Vorhaben ausreden wollen, und das würden seine Eltern, die im Zimmer gleich über der Küche schliefen, möglicherweise hören. Die »weißen Ritter«, wie die mit einem weißen Bettlaken verhüllten Mitglieder des Ku-Klux-Klans sich selbst nannten, hielten alle bis Tagesanbruch von den Straßen fern; Amy hatte eine Heidenangst vor ihnen.

»Sie mögen ein Toliver sein, aber was ist, wenn Sie etwas beobachten, das Sie nicht sehen sollen?«, hatte Amy an einem anderen Morgen zu ihm gesagt, als er ebenfalls aus dem Haus geschlichen war, um sich mit seinen Freunden zu treffen. »Wenn dieses Gesindel mit den weißen Laken was getrunken hat, ist denen alles egal. Dann könnten Sie auch der Sohn von Jesus sein. Die würden dafür sorgen, dass Sie niemandem was von ihrem Treiben erzählen.«

David verriet nicht, dass er die Identität der meisten Männer, die sich unter den Kapuzen verbargen, kannte, weil sein Baseballkumpel Sam Darrow es ihm verraten, ihn aber zum Stillschweigen verpflichtet hatte. Mr Darrow gehörte zu ihnen. Und David glaubte, dass er nichts zu befürchten hatte, wenn Sams Dad bei den Männern mitmachte.

David rückte seine Kappe zurecht, steckte seinen fingerlosen Handschuh in die Jackentasche und machte sich, den Baseballschläger über der Schulter, auf in die Dunkelheit. Er atmete die belebende Morgenluft tief ein. Gott, war das eine Freude, am Leben zu sein, besonders um diese Jahreszeit! David liebte den Herbst, wenn die Blätter sich verfärbten und es kühl wurde – das perfekte Baseballwetter –, und er würde sich noch Jahre an dem Sport freuen können, weil man ihn auch als Erwachsener ausüben konnte. Diese erstaunliche Erkenntnis war ihm am sechzehnten Geburtstag seiner Schwester im Frühjahr gekommen, als er seinen Vater mit seinen besten Freunden Armand DuMont, Jeremy junior und Stephen Warwick auf der anderen Seite des Raums hatte stehen sehen, alle Mitte vierzig und im besten Mannesalter. Er hatte zu rechnen begonnen. Bis er so alt wäre wie sie, konnte er noch über dreißig Jahre lang den Schläger schwingen und den Ball werfen. Die Jungen, mit denen er jetzt spielte, würden zu einer Mannschaft zusammenwachsen wie die, die im vergangenen Jahr in Marshall gegründet worden war. Vermutlich würde die ihre das erste Erwachsenenteam in Howbutker werden. Männern wie seinem Vater fehlte die Leidenschaft für diesen Sport, obwohl sie nichts gegen die Begeisterung ihrer Söhne dafür hatten, solange niemand dabei verletzt wurde.

Bei dem Geburtstagsfest war David zu dem Schluss gekommen, dass er sich glücklich schätzen konnte, weil er die beiden Dinge tun durfte, die ihm am meisten am Herzen lagen: Baumwolle pflanzen und Baseball spielen. Außerdem hatte er – abgesehen von den Warwicks und DuMonts vielleicht – die besten Eltern und Geschwister und die beste Großmutter der Welt.

Sam Darrow und Nick Logan erwarteten ihn bereits ungeduldig. Hinter ihnen ragte in der Dunkelheit das verlassene Sägewerk auf, die Silhouette ein wenig verschwommen in dem Dunst, der vom nach dem Altweibersommer noch warmen Teich aufstieg. Das ungenutzte Grundstück neben Sägewerk und Teich wurde von den Jungen der Gegend schon lange für Treffen genutzt. Das Sonntagsspiel gegen Marshall jedoch würde im Stadtpark ausgetragen werden, wo es einen Musikpavillon und Plätze für Zuschauer gab.

Sam und Nick waren die Einzigen in ihrem Team, die sich trauten, so früh am Morgen ohne Wissen ihrer Eltern herzukommen. David war klar, dass seine Mutter etwas dagegen hatte, wenn er sich mit »solchen Jungen« traf. Diese Freunde stammten nicht aus der Houston Avenue, wo die anderen Spieler wohnten, sondern lebten auf dem Land, und ihre Väter trugen bei der Arbeit keine Gehröcke und Westen. Einer war Bremser bei der Southern-Pacific-Eisenbahngesellschaft, die anderen arbeiteten in einer Gerberei. Wie auf David warteten auch auf sie am Samstagmorgen Aufgaben, die sie bis zur Abenddämmerung auf Trab hielten, und ihre Mütter ließen sie nach dem Essen und dem Einbruch der Dunkelheit nicht mehr aus dem Haus. Die Samstagabende wurden bei den Darrows und Logans zum Baden und Schuheputzen für die Sonntagsschule und die Kirche genutzt, weshalb sie sich zum Üben vor dem Match am folgenden Nachmittag nur noch heute in der Morgendämmerung treffen konnten.

»Hey, Jungs!«, begrüßte David seine Freunde fröhlich. Die anderen erwiderten seinen Gruß. An diesem Morgen wollte Sam Werfen, Nick Schlagen und David Fangen üben, was sie jeweils am besten beherrschten. Der Tag brach an, als die Jungen ihre Jacken auszogen und David in seinen fingerlosen Lederhandschuh schlüpfte, der erst kürzlich zum Schutz der Fängerhand ersonnen worden war. Nick schnappte sich den Schläger, Sam nahm die Wurfposition ein, und David machte sich zum Fangen oder Laufen bereit.

Schon beim ersten Schlag von Nick flog der Ball über Sams und Davids Köpfe hinweg und landete in der Dunkelheit am Ufer des Teichs. »Prima Schlag!«, rief David und rannte dem Ball nach. »Wenn du das morgen auch so hinkriegst, gewinnen wir haushoch!«

Verdammt, wo ist der Ball nur?, fragte sich David und versuchte, in der Dunkelheit den braunen Lederball im hohen Sumpfgras zu finden. Er wollte ihn keinesfalls verlieren, weil es sich um einen von A. G. Spalding handelte, den sein Vater ihm zu Weihnachten geschenkt hatte, und der bei dem Match am folgenden Tag zum Einsatz kommen sollte. David hörte einen seiner Freunde rufen: »David, pass auf, da gibt's Schlangen!« – Da entdeckte er den Ball und griff mit der linken Hand danach, damit der Handschuh an seiner Rechten nicht nass wurde.

Zu spät sah er, dass der Ball eine schwarze Wasserschlange aufgeschreckt hatte, die sich mit weit geöffnetem Maul, die Zähne im Mondlicht schimmernd, aufrichtete und sie tief in seinem Handrücken vergrub. Entsetzt riss David sie aus seinem Fleisch und schleuderte sie in den Teich, bevor er rückwärts aus der Gefahrenzone stolperte. Dabei fiel sein Blick auf die kleinen Wunden, aus denen Blut zu sickern begann. Wenige Sekunden später fühlte sich seine Hand an, als hätte er sie in glühende Kohlen gehalten.

Die anderen rannten schreiend zu ihm. »Ich bin gebissen worden«, flüsterte David, einen Geschmack von Metall im Mund. Er spürte, wie sich der Rhythmus seines Herzschlags veränderte und das Atmen beschwerlich wurde. Sein Blick verschwamm, sein Darm entleerte sich, ihm wurde übel. Er hörte Sam noch »O mein Gott!« ausrufen, dann dachte er an das Spiel, das er nicht mehr erleben würde.

ACHTZIG

Eines frühen Morgens nach der Beerdigung ritt Thomas hinaus nach Somerset und stieg auf dem Hügel ab, auf dem sein Vater begraben lag. Die Blätter der Roteiche, des Sumachs und des Hickorybaums entlang des Weges zur Plantage verfärbten sich. Thomas wusste, dass er an solchen orangegoldenen Oktobermorgen zeit seines Lebens daran denken müsste, wie ein ähnlicher Morgen seinem Sohn den Tod gebracht hatte. Er nahm den Hut ab und ging vor dem Grabstein in die Hocke. Dabei fiel ihm das Gespräch ein, das seine Eltern zweiundzwanzig Jahre zuvor geführt hatten, und er erinnerte sich daran, dass sein Vater von der Prophezeiung seiner Mutter und von dem Fluch erzählt hatte, der angeblich auf Somerset lag.

Thomas schüttelte den Kopf, um den Gedanken loszuwerden, dass der Tod seines Sohnes etwas mit diesem Fluch zu tun haben könnte, doch es gelang ihm nicht. Er war hierhergekommen, wo er oft mit seinem Vater Zwiesprache über Sorgen, Hoffnungen und Erfolge hielt, weil er sich von ihm Rat erhoffte. Von dieser Stelle entfernte er sich meist leichteren Herzens und entschlossener, aber heute hatte er das schreckliche Gefühl, an den falschen Ort gekommen zu sein.

Vor seinem geistigen Auge sah er seinen Vater, wie er sich gern an ihn erinnerte – groß gewachsen, aufrecht, altersweise. Doch in seinen klaren grünen Augen konnte Thomas keine Bestätigung dafür finden, dass der Toliver-Fluch absurd war.

Wie sein Vater hatte er seinem Egoismus das Glück eines

anderen Menschen geopfert und das sein Leben lang bedauert, was ihm Fluch genug war. Oft fragte Thomas sich, besonders jetzt, da er glaubte, dass Priscilla ihn hasste, wie viel glücklicher sie doch geworden wäre, wenn sie einen Mann geheiratet hätte, der sie liebte. Dieses Glück hatte er ihr genommen und dafür mit seinem eigenen bezahlt. Aber war sein egoistischer Kuhhandel für das Land schuld an Davids Tod? Natürlich nicht. Männer heirateten Frauen aus geringeren Gründen als aus Liebe, und manchmal starben ihre Kinder. Das hatte nichts mit einem Fluch zu tun. Henri und Bess hatten eine Tochter verloren; Jeremy und Camellia Warwick einen Sohn. Lag auf ihnen ebenfalls ein Fluch?

Thomas erhob sich, setzte den Hut wieder auf und schaute über die endlosen Baumwollreihen, die sein einziger Trost waren. Die Arbeiter gingen gerade zum zweiten Mal die Felder ab. Ein schöner Anblick. Die Weite und Größe dieser weißen Fläche beglückten ihn, das konnte er nicht bestreiten. Er erinnerte sich, wie sein Vater Priscilla bei der Verlobung erklärt hatte: »Wir Tolivers sind Seeleute. Aber wir wurden nicht geboren, um mit Schiffen über die Weltmeere zu segeln. Etwas drängt uns vielmehr dazu, das Land zu beherrschen – so viel Land wie möglich –, es uns anzueignen, wie unsere Vorfahren in England und South Carolina es getan haben.«

Wie konnte ein Mann verleugnen, wer und was er war, wozu er geboren wurde, was er zum Überleben brauchte, was er seiner festen Überzeugung nach seinen Nachkommen hinterlassen musste? Wenn Kummer ihn überkam beim Anblick des Erbes, das sein jüngerer Sohn nun nicht mehr mit seinem Bruder teilen konnte, war das Schicksal, kein Fluch. Ein Erbe war ihm genommen worden, für den er eine Frau geehelicht hatte, die er nicht liebte. Doch dieser Verlust hatte nichts mit den Opfern zu tun, welche er oder sein Vater für Somerset gebracht hatte. Thomas schwor sich, das nie zu vergessen.

EINUNDACHTZIG

Am letzten Tag des Jahres 1883 nahm Jessica einen Block von dem Stapel im oberen Fach ihres Sekretärs, drehte den Docht ihrer Kerosinlampe hoch und begann zu schreiben.

31. Dezember 1883

Im Haushalt der Tolivers ist ein Licht verloschen, das all unsere Kerzen nicht ersetzen können. Was für eine traurige Weihnachtszeit es dieses Jahr gewesen ist – noch schlimmer als damals bei Silas. Silas hatte sein Leben wenigstens gelebt; bei David war das nicht der Fall. Ich habe mich immer noch nicht von dem Schock über den Tod meines Enkels erholt; unser Kummer wird lange währen – der seiner Eltern ewig. Gern würde ich meinen Sohn und seine Frau trösten, doch ich weiß nicht, wie. Ich habe mich entfernt, als der Geistliche mit seiner Bibel kam, weil ich seine hohlen Worte nicht hören wollte. Das Gesicht von Thomas war genauso aschfahl, das von Priscilla genauso ausdruckslos und das von Vernon genauso tränennass wie zuvor, als der Priester sie wieder verließ. Regina hat sich in die Arme von Tyler geflüchtet, bei dem sie seit der Beerdigung ihres Bruders die meiste Zeit verbringt. Die Anwesenheit von Henri, Bess und Jeremy war tröstend. Sie haben das, was Thomas und Priscilla jetzt durchmachen müssen, selbst schon erlebt. Thomas bedauert Vernon, weil er sich daran erinnert, wie es damals beim Tod von Joshua war.

Der Kummer im Haus verstärkt sich noch durch die Dis-

tanz, die ich zwischen Thomas und Priscilla spüre. Mein Sohn versteht ihren verärgerten Rückzug nicht. Eigentlich sollte die Trauer sie vereinen. Auch ich bin verwirrt. Es ist, als würde Priscilla Thomas für den Tod ihres Sohnes verantwortlich machen, als hätte sie irgendwie von dem Toliver-Fluch erfahren und gäbe ihm die Schuld für das, was geschehen ist. Aber wie sollte sie davon wissen? Es sei denn …

Jessica legte den Stift weg und blickte in die Abenddämmerung hinaus. Ein Gedanke sprang sie an wie die Schlange, die sich aus dem Nichts auf ihren Enkel gestürzt hatte. *Gütiger Himmel! Hatte Priscilla ihre Tagebücher gelesen?* Wie sonst konnte sie von dem Fluch wissen? Bestimmt nicht von Thomas, denn dem hatte Jessica den Unsinn verschwiegen, der seinen Vater quälte. Aber war die junge Frau tatsächlich so prinzipienlos und … unehrenhaft? Bildete Jessica sich Dinge ein? Tat sie ihrer Schwiegertochter unrecht?

Priscillas Feindseligkeit ihrem Mann gegenüber konnte auch einen anderen Grund haben: Priscilla hatte bei Reginas Geburtstagsfeier die Anziehung zwischen Thomas und Jacqueline Chastain bemerkt. Soweit Jessica wusste, hatte Thomas der Versuchung widerstanden, doch seit damals schien Priscilla die erbitterte Feindin der Hutmacherin zu sein. Anfangs hatte es nicht den Eindruck gemacht. Priscilla hatte alle möglichen Hüte bei ihr gekauft, so viele, dass Thomas sich eines Abends beim Essen dazu äußerte.

»Es freut mich sehr, dass du Mrs Chastain unterstützen möchtest, Priscilla, aber musst du das tun, als wärst du die einzige Kundin in Howbutker?«, hatte er gefragt.

»Ich versuche wie der Rattenfänger von Hameln, alle meine Freundinnen zu ihr zu locken«, hatte Priscilla erwidert.

Doch Jessica war aufgefallen, dass Priscilla die Hüte nie trug, und außerdem wusste sie von Bess, dass Briefe zirkulierten, in denen die Moral der Witwe, der der Hutladen gehörte, angezweifelt wurde. Sie behaupteten, Jacqueline habe Thomas verführt, und rieten den Frauen der Stadt und ihren Männern, sich in Acht zu nehmen, solange sich diese »liederliche Person« im Ort aufhalte.

»Wer würde so etwas tun?«, hatte Bess gefragt. »Natürlich muss man überlegen, ob etwas Wahres dran ist an diesen Briefen, auch wenn Mrs Chastain nicht so wirkt, aber wer weiß? Sie ist sehr attraktiv und ungebunden …«

Jessica konnte sich denken, wer. Bei ihr war kein Brief eingetroffen, ein weiteres Indiz dafür, dass Priscillas Hand den Stift geführt hatte. Ihre Schwiegertochter hatte all die Hüte erworben, um den Verdacht von sich abzulenken. Leider hatte Bess ihre Abschrift des verleumderischen Schreibens vernichtet, so dass Jessica die Unterschrift der Verfasserin nicht mit der von Priscilla vergleichen konnte. Jessica wusste nicht, was sie tun sollte. Wenn ihre Schwiegertochter nichts mit der Sache zu tun hatte, würde eine tiefe Kluft zwischen ihnen entstehen, falls sie sie zur Rede stellte. Und wenn sie die Briefe tatsächlich geschrieben hatte, wäre Thomas nicht mehr in der Lage, mit ihr unter einem Dach zu leben. Welche Folgen hätte eine solche Entfremdung für die Kinder? Jessica blieb letztlich keine andere Wahl, als den Mund zu halten und zu hoffen, dass die Angelegenheit keine schwerwiegenden Auswirkungen auf Mrs Chastain und ihr Geschäft haben würde.

Wenn Priscilla tatsächlich verantwortlich war für die üble Nachrede, konnte es gut sein, dass sie sich auch in die Räume ihrer Schwiegermutter geschlichen, das Fach in deren Sekretär aufgeschlossen und ihre privaten Tagebücher gelesen hatte. Der Gedanke war so entsetzlich, dass Jessica aufsprang und auf und ab zu laufen begann. Herr im Himmel, die Geheimnisse, die sie ans Licht fördern konnte! Warum hatte sie

sie überhaupt gelesen? Ihr Interesse für die Herkunft ihres Mannes konnte doch nicht *so* groß sein!

Jessica ging im Geist die Informationen durch, über die ihre Schwiegertochter nun verfügte, wenn sie die Tagebücher tatsächlich gelesen hatte. Mit zu den delikatesten gehörte Jessicas Verdacht, dass Priscilla sich mit Andrew Duncan eingelassen hatte und dieser der Vater von Regina war.

Jessica zwang sich, ruhig zu bleiben. Es konnte gut sein, dass sie sich das alles nur einbildete. Priscilla hatte nie den Eindruck erweckt, als wüsste sie etwas. Und sie hatte diese Informationen auch nicht gegen die ihr immer verhasster werdende Jessica verwendet. Was hatte sie nur veranlasst, etwas so Riskantes wie die Lektüre der Tagebücher ihrer Schwiegermutter zu wagen? Ihr musste klar gewesen sein, dass eine Entdeckung Schande über sie gebracht und Thomas völlig von ihr entfremdet hätte. Warum also hatte sie die ihr so wichtige Stellung innerhalb der Familie aufs Spiel gesetzt?

Jessica schlenderte zum Fenster, das auf die Remise ging. Manchmal glaubte sie mitten in der Nacht noch den Hufschlag von Major Duncans Pferd zu hören. Plötzlich fiel es ihr wie Schuppen von den Augen. *Natürlich! Der Major! Der rothaarige sommersprossige Andrew Duncan war der Grund, warum Priscilla ihre Tagebücher gelesen hatte.*

Irgendwie hatte sie Priscilla wohl Anlass gegeben, sich zu fragen, ob ihre Schwiegermutter etwas von ihrer Affäre mit dem Major ahnte, worauf diese sich dann der einzigen Informationsquelle zugewandt hatte, die ihr zur Verfügung stand.

Jessica schwirrte der Kopf, als sie in einen Sessel sank. Was nun? Mit Thomas zu reden kam nicht infrage. Nicht auszudenken, was das zur Folge hätte! Der Skandal von Priscillas Ehebruch, die Unsicherheit darüber, wer Reginas Vater war, die eheliche Entfremdung – und das alles so kurz nach Davids Tod. Außerdem hatte Jessica keinen Beweis, dass die Frau ihres Sohnes ihre Tagebücher gelesen hatte. Priscilla konnte – und würde – alles abstreiten. Jessica musste auch an die Kinder denken. Wieder einmal durfte sie keine schlafenden Hunde wecken. Denn nun, da Priscilla vom Toliver-Fluch wusste, waren andere, viel wildere Hunde geweckt.

Eines nach dem anderen entfernte Jessica die Tagebücher aus ihrem Sekretär und steckte sie in chronologischer Folge in Kissenbezüge, die sie in ihrem Schrank verbarg. Den Schlüssel legte sie oben auf ihren Bettpfosten. Wenn Priscilla noch einmal hereinkäme und sähe, dass die Tagebücher weg waren, würde sie noch früh genug von der Entdeckung ihrer unverzeihlichen Tat erfahren.

ZWEIUNDACHTZIG

Wieder einmal war es Frühling. Hartriegel und Spiräen, Cercis und lilafarbene Glyzinien blühten. Als Thomas von der Houston Avenue in die Stadt ritt, fragte er sich, ob er sich jemals wieder so fühlen würde wie ein Jahr zuvor, am sechzehnten Geburtstag seiner Tochter. Damals hatte er gemeint, in der Blüte seines Lebens zu stehen, nur seine Ehe hatte das Bild getrübt, aber man konnte nicht alles haben. Doch seit Davids Tod fühlten er und die anderen in der Familie sich wie in einem dunklen Loch, aus dem sie nur ganz allmählich wieder herauskamen. Keiner von ihnen war so wie früher.

Man bräuchte noch mehr ... Distanz zu diesem dunklen Ort, dachte Thomas. Dann würde das Leben vielleicht wieder so werden, wie es gewesen war, oder zumindest so ähnlich. Im Augenblick konnte er wenig Begeisterung aufbringen für seine Ehe, seine Verpflichtungen der Stadt gegenüber – sogar für Somerset. Er tat, was er immer tat, war aber nicht mit dem Herzen dabei. Ein *carpet bagger* bewarb sich um sein Amt im Stadtrat, und Thomas hatte gute Lust, es ihm kampflos zu überlassen. Vernon führte nun praktisch die Plantage, und was seine Ehe betraf ... Er besaß einfach nicht die Energie, das Feuer zu schüren, und Priscilla wollte sich offensichtlich auch gar nicht daran wärmen. Es wunderte ihn immer noch, dass sie seine Tröstungsversuche nach Davids Tod zurückgewiesen und sich von ihm abgewandt hatte, und manchmal ertappte er sie dabei, wie sie ihn vorwurfsvoll ansah – als machte sie ihn für den Tod ihres Sohnes verantwortlich. Irgendwann war er zu dem Schluss gelangt, dass ihre Kälte etwas mit der ernüchternden Erkenntnis zu tun hatte, die ihm schon einige Zeit zuvor gekommen war: Ihr Erstgeborener war erwachsen, und ihre lebhafte Tochter würde das Haus verlassen, wenn sie im folgenden Jahr heiratete. Dann wäre Priscilla mit ihrem langweiligen Ehemann und seiner alternden Mutter allein.

An jenem Morgen war Thomas zu Armand unterwegs, um mit ihm zu Mittag zu essen. Eine weitere dunkle Wolke hing über ihnen: Henri DuMont war todkrank, und Armand erlebte nun den Schmerz, den Thomas erlitten hatte, als sein eigener Vater im Sterben lag. Wie damals Armand ihm würde Thomas nun Armand beistehen.

Doch zuerst musste er Geschäftliches besprechen mit dem Mann, der seine Baumwollsamenmühle auf der anderen Seite von Howbutker betrieb. Thomas hatte die Mühle 1879 eingerichtet, als Baumwollsamen für fast alles, von Viehfutter bis Matratzenfüllungen, gefragt war. Das Öl der Baumwollsamen hatte das von Flachs als begehrtestes Pflanzenöl der Vereinigten Staaten verdrängt, ein neuer Markt sich durch die Erfindung von Margarine erschlossen, für deren Herstellung Pflanzenöl statt tierisches Fett benötigt wurde. Thomas wollte mit seinem Vormann über eine Kapazitätserweiterung der Mühle reden, um die Flut von Bestellungen bewältigen zu können. Darüber hätte er sich eigentlich freuen müssen, aber er war einfach nicht in der Stimmung.

Als Thomas das Gerichtsgebäude erreichte, wanderte sein Blick wie immer die Straße entlang, die zu Jacqueline Chastains Laden führte. Er hatte es nie gewagt, diese Richtung einzuschlagen, aus Angst davor, dass er stehen bleiben würde. Es war ein Jahr her, dass er ihren Hinterkopf durch das Fenster seiner Kutsche gesehen hatte. Als er nach Davids Tod ihren Kondolenzbrief erhalten hatte, wäre er am liebsten zu ihr gelaufen und hätte sich an ihrem schönen Busen ausgeweint.

An diesem Morgen nun lenkte er sein Pferd tatsächlich zu ihrem Laden. Wieso auch nicht? Vielleicht würde er jetzt, ein Jahr später, nicht mehr dasselbe empfinden, wenn er sie sah. Er war ja nicht mehr derselbe Mann und sie möglicherweise nicht mehr dieselbe Frau.

Wenig später betrachtete er ungläubig das Schild im Fenster: GESCHLOSSEN. Und im Schaufenster waren keine Damenhüte, -schirme, -handschuhe und Taschen mehr ausgestellt wie im vergangenen Frühjahr. Der Laden wirkte verlassen, als wäre er schon einige Zeit geschlossen. Thomas stieg ab und versuchte, die Tür zu öffnen. Sie war zugesperrt. Als er hineinschaute, entdeckte er nur leere Regale und eine nackte Verkaufstheke. *Was, zum Teufel?* Er trat einen Schritt zurück und blickte hinauf in den oberen Stock, wo er zu seiner Erleichterung Geranien vor dem Fenster entdeckte. Dort wohnte also noch jemand.

Thomas machte sein Pferd fest und ging um das Gebäude herum, wo er eine Treppe fand, die zur Wohnung hinaufführte. Er lauschte und hielt Ausschau nach Lebenszeichen, einer Bewegung hinter einem Vorhang, irgendeinem häuslichen Geräusch, sah und hörte jedoch nichts, was darauf hingewiesen hätte, dass jemand zu Hause war. Da strich etwas an seinem Bein entlang. Eine Katze. Sie sprang auf die unterste Stufe und dann ganz hinauf und forderte laut miauend Einlass. Als die Tür oben sich öffnete, hielt Thomas den Atem an. Es war Jacqueline Chastain.

»Jacqueline?«, rief Thomas leise.

Sie schaute hinunter. »Thomas? Was machen Sie denn hier?«

»Ich … Ich habe das Schild im Fenster gesehen. Ich hatte keine Ahnung, dass Ihr Laden geschlossen ist.«

»Ja, schon seit vier Monaten. Er hat sich nicht mehr getragen.«

Bestürzt setzte er einen Fuß auf die unterste Stufe.

Die Resignation war ihr anzumerken. Sie trug einen Morgenmantel, und die dunklen Haare hingen ihr offen über die Schultern.

»Es schien doch gut zu laufen.«

»Ja … zumindest eine Weile.«

»Werden Sie in Howbutker bleiben?«, erkundigte sich Thomas.

»Nur noch, bis hier alles erledigt ist. Armand DuMont war so freundlich, mich weiter in der Wohnung bleiben zu lassen, aber ich will ihm nicht länger zur Last fallen.«

»Armand DuMont?«

»Ihm gehört das Haus. Es tut mir sehr leid, dass sein Vater so krank ist.«

Nur der großzügige Armand würde der Konkurrenz eine Wohnung vermieten, dachte Thomas und fragte, einem plötzlichen Impuls gehorchend: »Darf ich auf einen Kaffee hinaufkommen?«

Nach kurzem Zögern antwortete sie: »Ja.«

Sie servierte ihm dampfenden Kaffee in feinen Porzellantassen in dem kleinen Raum zur Straße, der als Wohnzimmer diente. Thomas fielen die Kisten auf, die überall herumstanden. »Wo werden Sie hingehen?«, erkundigte er sich.

»Zu meiner Schwester nach Richmond, Virginia. Sie und ihr Mann wollen mich bei sich aufnehmen. Ich hoffe, Arbeit bei einem Hutmacher in der Stadt zu finden.«

»Und wann wird das sein?«

»In ein paar Wochen, sobald ich meine Restbestände losgeworden bin.« Sie deutete auf die Holzkisten. »Ein Laden in Marshall will sie nehmen. Dann habe ich das Geld für die Fahrt.«

»Es tut mir sehr leid, dass es nicht geklappt hat. Bei Ihrem Geschick dachte ich, Sie würden sich vor Aufträgen kaum retten können.«

Sie lächelte traurig. »Anfangs war das auch so, aber …« Sie zuckte mit den Achseln. »Es hat nicht sollen sein. Wie geht es Ihnen seit … der Tragödie?«

»So lala«, antwortete er mit einem matten Lächeln.

Sie nickte. Dieses Nicken sagte ihm, dass sie seine Gefühle verstand. Thomas hielt sie für eine Frau, die nicht versuchen würde, ihn mit Allgemeinplätzen zu trösten. Ihr grauer Kater sprang auf ihren Schoß und rollte sich darauf zusammen. Sie nahm einen Schluck Kaffee. Thomas stellte seine Tasse ab. Es war Zeit zu gehen, gab nichts mehr zu sagen, dachte er, aber so vieles wollte heraus. Er wusste nichts von dieser Frau. Man konnte sich täuschen in den Menschen, sogar von erprobten Instinkten in die Irre geführt werden. Doch eines wusste er sicher über Jacqueline Chastain: Sie war zu besonders, um in einem Speicher oder Hinterzimmer im Haus ihrer Schwester zu wohnen, und zu talentiert, um für wenig Geld die Entwürfe anderer in einem Hutgeschäft zu verkaufen.

Er beugte sich vor. »Mrs Chastain – Jacqueline. Würden Sie bleiben, wenn es Ihnen gelänge, eine geeignete Stelle hier in Howbutker zu finden?«

»Ja natürlich«, antwortete sie. »Ich glaube allerdings nicht, dass es eine solche Stelle gibt.«

»Warum nicht?«

»Gewisse … Einflüsse in dieser Stadt verhindern, dass sie mir angeboten würde.«

Er runzelte die Stirn. »Welche Einflüsse?«

Sie erhob sich, die Katze auf dem Arm. »Das kann ich Ihnen nicht sagen, Mr Toliver, aber ich weiß Ihre Sorge zu schätzen. Danke, dass Sie sich nach meinem Befinden erkundigt haben.« Sie brachte ihn zur Tür, wo sie ihm zum Abschied lächelnd die Hand reichte. »Die Zeit wird die Lücke in Ihrem Herzen nicht schließen, doch ich hoffe, dass die Jahre sie mit glücklichen Erinnerungen an Ihren Sohn füllen.«

»Sie hören wieder von mir, Mrs Chastain«, erklärte Thomas. »Geben Sie die Hoffnung nicht auf.«

»Ich fürchte, die habe ich bereits aufgegeben, Mr Toliver«, entgegnete sie.

DREIUNDACHTZIG

Ohne noch einen Gedanken an das Treffen mit dem Vorarbeiter seiner Baumwollsamenmühle zu verschwenden, machte Thomas sich auf den Weg zum DuMont Department Store. Wie jedes Mal, wenn er ihn betrat, was selten genug passierte, zum Beispiel um die Weihnachtsgeschenke für Regina und seine Mutter zu besorgen, stockte ihm der Atem. Nach seinen ersten missglückten Versuchen, seiner Frau zu festlichen Gelegenheiten eine Freude zu machen, hatte sie lieber Henri oder Armand zugeflüstert, was sie sich wünsche. Die sagten es ihm, und er bat sie daraufhin, es auf seine Rechnung zu setzen, einpacken und ihm nach Hause schicken zu lassen. Thomas konnte sich an kein einziges Stück erinnern, das er selbst für Priscilla ausgewählt hatte.

Der DuMont Department Store war ein mit Gold, Marmor und Spiegeln ausgestatteter Palast, dessen exklusive Waren und opulente Einrichtung von Dutzenden gasbeleuchteten Kristalllüstern ins rechte Licht gerückt wurden. Es gab dort Abteilungen für Herren-, Damen- und Kinderbekleidung, Schmuck, Geschenke, Innenausstattung und Pelze. Unter seinem Dach befanden sich eine Teestube, ein Friseursalon, ein Buchladen, Entwurfsräume und eine Schneiderei sowie die Büros der Verwaltung, alles auf drei Stockwerke verteilt und über eine elegante breite Treppe zu erreichen.

Für Thomas war dieses Warenhaus ein texanisches Phänomen. Welcher Geschäftsmann wäre wohl auf die Idee gekommen, ein Einzelhandelsgeschäft wie den DuMont

Department Store in einer Kleinstadt in Osttexas zu eröffnen und sich davon Profit zu erhoffen, der die kostspielige Ausstattung und Größe rechtfertigte? Doch genau das hatte Henri getan. Von Anbeginn an war sein Gespür für den richtigen Kundenkreis, dessen Geschmack und Bereitschaft, Geld auszugeben, Garant für den Erfolg des Unternehmens gewesen. Henri kannte den Nutzen von Reklame und war immer auf der Höhe der Zeit. Er und Armand gehörten zu den wenigen Einzelhändlern, die erkannten, dass die Massenproduktion, für die der Bürgerkrieg den Weg bereitet hatte, verändern würde, wie Amerikaner sich kleideten, einkauften und aßen. Sie begriffen, dass der Geschmack von Männern wie Frauen sich von der kostspieligen Maßanfertigung wegbewegen würde, und bereiteten den DuMont Department Store auf Mode von der Stange vor.

Die Kunden kamen von überallher, so dass Henris Konkurrenten in anderen texanischen Städten, in Louisiana und Mexiko sich etwas einfallen lassen mussten. Um Ostern und Weihnachten war es nichts Ungewöhnliches, dass ganze Familien sich für ein Wochenende im Fairfax Hotel in Howbutker einquartierten, um in den DuMont Department Store einzufallen, oder dass Damenkränzchen mit dem Zug anreisten, um die schimmernden Vitrinen des Geschäfts leer zu kaufen. Die Inneneinrichtungsabteilung war beliebt, und kein wohlhabender texanischer Rancher oder Farmer konnte es wagen, seine Tochter in ein Mädchenpensionat zu schicken, ohne sie zuvor mit den modischsten Gewändern aus dem DuMont Department Store ausgestattet zu haben. Inzwischen mussten die Kunden das Warenhaus überhaupt nicht mehr persönlich aufsuchen, sondern konnten aus seinem Versandkatalog bestellen, eine Idee, auf die Aaron Montgomery Ward 1872 gekommen war.

Thomas ging in die erste Etage hinauf, von wo aus die mit

Glaswänden ausgestatteten Verwaltungsräume das Hauptstockwerk überblickten. Auf dem Weg zu Armand kam er am Büro von Henri mit seinem verwaisten Sessel vorbei. Armand, in dessen schmalem aristokratischem Gesicht die Sorge um seinen Vater zu lesen war, warf einen Blick auf die Kaminuhr, als seine Sekretärin Thomas hereinführte. »Du bist früh dran«, stellte er fest. »Du scheinst Hunger zu haben.«

Thomas redete nicht lange um den heißen Brei herum. »Armand, ich möchte dich um einen Gefallen bitten.«

Armand lehnte sich auf seinem Sessel zurück und spreizte die Daumen in die Taschen seiner Seidenweste. »Raus mit der Sprache.«

»Worum ich dich bitten möchte, wird dir vielleicht nicht gefallen.«

»Sag es mir einfach, mein Freund.«

»Es geht um Jacqueline Chastain. Wie du weißt, hat sie ihren Laden schließen müssen. Es ist sehr großzügig von dir, sie weiter in der Wohnung zu lassen, bis sich eine andere Lösung ergibt.«

Armand winkte ab. »Das ist das Mindeste, was ich für sie tun kann.«

»Freut mich, dass du das so siehst«, sagte Thomas. »Ich habe mich heute Morgen mit ihr unterhalten. Ihre Pläne für die Zukunft hören sich ziemlich düster an. Sie hat vor, zu ihrer Schwester und ihrem Schwager in Richmond, Virginia, zu ziehen und Arbeit in einem dortigen Hutladen zu finden.«

Armand lauschte schweigend. Thomas hatte seinen Freund im Verdacht, dass er ahnte, um welchen Gefallen es sich handelte. »Ich wollte fragen, ob du nicht eine Stelle für sie hättest, wo ihr das Fachwissen zugutekäme«, erklärte Thomas. »Ich kenne mich nicht aus mit Damenhüten, aber die, die ich in ihrem Laden gesehen habe, als ich dieses Haardings für Regina abgeholt habe …«

Armand beugte sich vor und stützte die Ellbogen auf dem Schreibtisch ab. »Ich wünschte, ich hätte verhindern können, was geschehen ist, aber das war nicht möglich.«

»Du konntest ihr ja nicht die Kunden zuschanzen.«

»Das meine ich nicht. Ich spreche von dem bewussten Boykott ihres Ladens. Jemand hat Briefe verschickt, die eine Flüsterkampagne gegen sie in Gang gesetzt haben. Geschmacklose Behauptungen. Die Verleumdung ist offenbar auf fruchtbaren Boden gefallen, und …«, Armand zuckte mit den Achseln, »… das Resultat hast du ja gesehen.«

Thomas spürte, wie er einen roten Kopf bekam. »Briefe?«

»Sehr schädlich nicht nur fürs Geschäft, sondern auch für sie selbst. Die arme Frau ist jetzt eine Persona non grata und lebt fast wie eine Einsiedlerin.«

»Wieso weiß ich davon nichts?«

»Warum solltest du?«

»Hast du eine Ahnung, wer hinter diesen Briefen steckt?«

Armand sah ihm in die Augen. »Ich kann es mir denken.«

»Wer?«

»Ich habe dich noch nie angelogen, Thomas, also bitte frag mich nicht.«

»Aber du weißt es?«

»Ich habe einen begründeten Verdacht. Doch zurück zu deiner Bitte: Ich stelle Mrs Chastain gern ein. Eine kreative Hutmacherin ihres Formats können wir gut brauchen. Der Gedanke, ihr eine Stelle anzubieten, war mir schon gekommen, aber unter den gegebenen Umständen hatte ich nicht damit gerechnet, dass sie in Howbutker bleiben möchte. Soll ich sie fragen?«

»Dafür wäre ich dir sehr dankbar, Armand«, antwortete Thomas, der überlegte, wer in der Stadt sich so große Mühe machen würde, eine Frau wie Jacqueline Chastain zu vernichten. Zu Hause würde er Priscilla fragen. Sie gehörte sämtlichen Frauenklubs im Bezirk an und kannte jeden Klatsch. Wenn irgendjemand es wusste, dann sie. Und wenn er erst den Namen des Schuldigen kannte …

Sie verabschiedeten sich mit einem Händedruck. Als Thomas seine Hand von der seines Freundes lösen wollte, hielt dieser sie fest. »Thomas, mein Freund, ich würde dir raten, der Sache nicht weiter nachzugehen.«

Thomas sah ihn verwundert an. »Warum? Der Verantwortliche hat es verdient, mit Schimpf und Schande aus der Stadt gejagt zu werden!«

Armand ließ seine Hand los. »Sind wir nach wie vor zum Lunch verabredet? Dann schaue ich auf dem Weg ins Fairfax bei Mrs Chastain vorbei und kann dir beim Essen schon mehr sagen.«

»Und ich weiß bis dahin vielleicht den Namen des Verleumders. Als Erstes reite ich nach Hause. Priscilla kann mir bestimmt erklären, wer dahintersteckt. Meine Frau hat alles in ihrer Macht Stehende getan, um Mrs Chastain zu unterstützen, und über ein Dutzend Hüte bei ihr gekauft.«

»Tatsächlich?« Armand hob eine elegant geschwungene Augenbraue. »Wie … großzügig von ihr. Dann um eins im Fairfax?«

Thomas trieb sein Pferd an. Und brachte es auf halbem Weg zur Houston Avenue so abrupt zum Stehen, dass es fast gestürzt wäre. Die Erkenntnis traf ihn wie ein Blitzschlag. *Herr im Himmel! Priscilla! Priscilla hat die Briefe geschrieben!* Wer sonst konnte Interesse daran haben, Jacqueline Chastain aus der Stadt zu verjagen? Auch Armands ausweichende Reaktion und Warnung sowie Jacquelines Bemerkung – *Gewisse Einflüsse in dieser Stadt verhindern, dass mir eine solche Stelle angeboten würde* – deuteten darauf hin, dass seine rachsüchtige, eifersüchtige Ehefrau für die Hetzkampagne verantwortlich war.

Priscilla! Seine geistlose Frau, die sich einer Ladeninhaberin überlegen fühlte, welche die Freundlichkeit und den Anstand besaß, ihrem Gatten nichts von ihrer Boshaftigkeit zu verraten. Thomas war sich sicher, dass Jacqueline Priscilla im Verdacht hatte. Er erinnerte sich an die Empfangsbestätigungen, die seine Frau für die Hüte unterzeichnet hatte, die Erwerbungen eine List, um ihn und andere von dem Verdacht abzulenken, dass sie die Verfasserin der verleumderischen Schreiben sein könnte. Offenbar hatte Jacqueline einen der Briefe in die Finger bekommen und die Schrift mit der Signatur seiner Frau auf den Empfangsbestätigungen verglichen. Wie Armand. Bestimmt hatte Priscilla versucht, ihre Schrift zu verstellen, doch ihre zahlreichen Schnörkel verrieten sie.

Während Thomas sein Pferd antrieb, bemühte er sich, seine Wut zu zügeln. Er musste aufpassen, wie er Priscilla zur Rede stellte, und durfte nicht vergessen, dass sie die Mutter seiner Kinder war und gerade um einen toten Sohn trauerte. Außerdem musste er an Vernon und Regina denken und ihnen das Leid ersparen zu sehen, wie sie aufeinander losgingen. Ihnen war ohnehin bewusst, dass ihre Eltern miteinander nicht so glücklich waren wie die ihrer besten Freunde. Die Ehepaare im Haushalt der Warwicks und DuMonts waren Seelenverwandte. Das konnten seine Kinder von ihm und Priscilla nicht behaupten.

Ungeschoren davonkommen durfte Priscilla jedoch auch nicht. Ihm würde schon etwas einfallen.

VIERUNDACHTZIG

Am späten Nachmittag desselben Tages schloss Henri DuMont mit siebenundsiebzig Jahren die Augen zum letzten Mal. Jeremy, der als Erster merkte, dass er gestorben war, legte sanft die Hand auf seine Stirn und sagte: »Auf Wiedersehen, alter Freund.« Armand schluchzte hemmungslos vor seinen ebenfalls weinenden Söhnen Abel und Jean, und der alte Haudegen Philippe neigte traurig das Haupt. Armands Frau wartete etwas abseits darauf, die Arme für ihren Mann und ihre Söhne ausbreiten zu können, während Bess mit zusammengepressten Lippen, aber stoischer Miene das Laken über das Gesicht des Mannes zog, mit dem sie achtundvierzig Jahre lang verheiratet gewesen war.

Auf dem Flur vor Henris Schlafzimmer warteten Thomas und Jessica mit Jeremy junior und dessen Frau. Als Thomas das Klagen hörte, drückte er Jessica an sich. »Er ist bei Papa, Mutter.«

»Ja«, sagte Jessica leise. »Er war uns immer ein guter, großzügiger Freund.«

Thomas wischte seine Tränen weg und ließ seine Mutter bei Bess, um es Vernon, Regina und ihren Altersgenossen Brandon, Richard und Joel aus der Warwick-Familie im Salon mitzuteilen. Regina wusste, was geschehen war, bevor er den Mund aufmachte, und stand auf, um ihn zu umarmen. »Soll ich dich nach Hause begleiten, Daddy?«, fragte sie, als er erklärte, er müsse gehen und es ihrer Mutter sagen.

»Nein, Poppy. Bleib bei Abel und Jean. Sie werden deinen Trost brauchen.«

Thomas ging schweren Schritts zu seinem Pferd. Gott, wie er sich wünschte, bei Jacqueline Chastain zu sein! Einer seiner besten Freunde war gestorben, und er wäre gern bei der Frau gewesen, die seinen Schmerz über diesen Verlust verstand.

Armand hatte ihm im Fairfax gesagt, dass Jacqueline sein Angebot, Hüte für das Warenhaus zu entwerfen und den Verkaufstisch für Damenaccessoires zu übernehmen, angenommen habe. In ihrem Gehalt sei die Wohnung über dem Laden eingeschlossen. Dieses Gehalt werde um den Betrag der Miete steigen, wenn die Wohnung irgendwann an jemand anders vergeben werden sollte.

Dankbar und zutiefst gerührt über die Großzügigkeit seines langjährigen Freundes, hatte Thomas gefragt: »Armand, gehst du denn bei der Vorgeschichte von Jacqueline Chastain kein Risiko ein, dass dir ihretwegen die Kunden wegbleiben?«

»Ich vertraue darauf, dass meine Kundinnen eine Dame erkennen, wenn sie sie sehen«, hatte Armand geantwortet.

Und eine Dame war seine Frau nicht gerade, dachte Thomas angewidert, als er sein Haus betrat. Amys achtjährige Tochter Sassie rannte ihm entgegen, um ihn zu begrüßen. »Miss Priscilla ist oben, Mister Thomas.«

Er berührte ihre tränennasse Wange. In der Houston Avenue hatte es sich bereits herumgesprochen, dass Mister Henri gestorben war. Henri hatte Petunia und Amy und nun Sassie immer, besonders in der Weihnachtszeit, Leckereien aus dem Warenhaus zukommen lassen. »Ich hab ihn gern gemocht«, erklärte Sassie mit bebenden Lippen. »Er war ein guter Mensch.«

»Das stimmt, meine Kleine«, pflichtete Thomas ihr bei. »Du brauchst der Herrin nicht zu sagen, dass ich da bin.«

Als er zu Priscilla ging, probierte diese gerade Hüte auf, von denen eine ganze Auswahl in Schwarz auf dem Bett lag. *Himmel!* Seine Frau, die Kleiderfanatikerin, suchte bereits aus, was sie zu der Beerdigung tragen wollte. Sie drehte sich vom Spiegel weg und ihm zu. »Amy hat es mir gesagt, Thomas«, teilte sie ihm mit angemessen betroffener Miene mit. »Mein Beileid. Ich weiß, wie viel dir an Henri gelegen ist. Wie geht's Bess?«

»Was glaubst du wohl?«

Sie zuckte mit den Achseln. »Ich hab ja bloß gefragt.«

Thomas deutete auf die Hüte. »Was ist das?«

»Wonach sieht's denn aus?«

Er hatte diese Art von verbalem Schlagabtausch gründlich satt. »Welche sind aus dem Laden von Mrs Chastain?«

Priscilla wandte sich wieder dem Spiegel zu. »Keiner. Sie sind aus dem DuMont Department Store.«

»Wo hast du die vom Hutmacherladen?«

Sie sah ihn über die Schulter an.

»Wo sind sie, Priscilla?«

»In dem Schrank da drüben. Warum interessiert dich das?«

Als er die Schranktür öffnete, entdeckte er darin ein Durcheinander aus Damenhüten, unordentlich aufeinandergestapelt, ohne Rücksicht auf Federn, Bänder oder Blumen. Die Preiszettel hingen noch daran. Priscilla hatte also nie vorgehabt, sie aufzusetzen oder ihre Freundinnen wie der Rattenfänger von Hameln zu Mrs Chastain zu locken. Thomas zog vorsichtig einen schwarzen Hut aus dem Haufen. »Hier«, sagte er. »Ich möchte, dass du den zur Beerdigung trägst.«

Sie wurde blass. »Warum?«

»Als Werbung für Mrs Chastain. Hast du sie nicht deshalb gekauft? Ich war heute mit Armand beim Essen. Er sagt, jemand hätte verleumderische Briefe verschickt, in denen

Mrs Chastains Charakter schlechtgemacht werde, um sie aus der Stadt zu vertreiben. Ihr Laden ist geschlossen. Ich kann mir nicht vorstellen, wer etwas so Abscheuliches tut. Kannst du das, Priscilla?«

Seine Frau schluckte. »Nein, aber wieso soll ich den Hut tragen, wenn ihr Laden gar nicht mehr existiert?«

»Armand hat sie eingestellt. Sie soll für ihn Hüte entwerfen und den Verkaufstisch für die Damenaccessoires übernehmen. Das bedeutet, dass sie in der Stadt bleibt, weswegen ich es sehr nett von dir finden würde, wenn du als Zeichen deiner Unterstützung eine ihrer Kreationen aufsetzt. Zeig Howbutker, dass du kein Wort von dem Unsinn glaubst, der in diesen Briefen steht. Hast du übrigens auch einen bekommen?«

Wieder schluckte Priscilla. »Nein.«

Thomas nahm die Hüte aus dem Schrank und legte sie auf Tisch und Stühle. »Dieses Schandmaul hat also geahnt, dass es bei dir nichts ausrichten würde.« Er begutachtete den Kopfschmuck und prägte sich alle Einzelheiten ein. »Ich kann mich nicht erinnern, dich jemals mit einem von denen gesehen zu haben«, stellte er fest.

Priscilla lachte nervös. »Wie auch? Dir fallen solche Dinge doch nicht auf.«

»Die hier werde ich mir merken. Wo sind die anderen – die, die du tatsächlich trägst?«

Priscilla deutete stumm auf den zweiten Schrank. Thomas betätigte die Klingel, bevor er die Türen öffnete. Dann begann er, wortlos die Hüte aus den Fächern zu ziehen und sie zu den anderen, die sie zuvor schon aufs Bett gelegt hatte, zu werfen. Kurz darauf erschien Amy. »Sie haben geklingelt?«

»Ja, Amy«, antwortete Thomas. »Sammle bitte die Hüte vom Bett auf und verteil sie an deine Freundinnen, oder nimm sie alle zum Kirchenflohmarkt mit, das kannst du selbst entscheiden. Miss Priscilla braucht sie nicht mehr. Wenn du damit fertig bist, räumst du die Hüte auf dem Tisch und den Stühlen bitte in den frei gewordenen Platz im Schrank.«

Amy sah ihn mit großen Augen an. »Ja, Mister Thomas. Ich hole Jutesäcke zum Einpacken.«

Als sich die Tür hinter ihr geschlossen hatte, bedachte Thomas seine Frau mit einem scharfen Blick. »Ich denke, zu diesem Thema gibt es nichts mehr zu sagen. Stimmt's, Priscilla?«

»Vermutlich«, antwortete Priscilla mit verkniffenem Gesicht.

»Sehr gut. Wenn du mich jetzt entschuldigen würdest. Ich reite nach Somerset, zum Grab meines Vaters.«

FÜNFUNDACHTZIG

In den Jahren gleich nach Henris Tod rückten die Söhne der Gründer von Howbutker noch enger zusammen. Thomas, Jeremy junior und Armand waren mittlerweile fünfzig, Stephen war nur wenig jünger. Ihre Söhne, alle Anfang zwanzig, arbeiteten so tatkräftig in den jeweiligen Familienunternehmen mit, dass ihre Väter mehr Zeit füreinander hatten. Angehörige der Clans teilten sich nach dem Alter in Gruppen auf. Jessica, Bess und Jeremy gehörten der einen an, Thomas, Armand, Jeremy junior und Stephen einer anderen, und ihre Söhne – Vernon und Jeremy III., Brandon, Richard und Joel Warwick sowie Abel und Jean DuMont – bildeten die jüngste.

Thomas genoss die Zeit mit seinen drei Freunden. Ohne sie wäre er einsam gewesen. Seine Tochter hatte geheiratet – und führte, wie er erfreut feststellte, eine glückliche Ehe –, und sie erwartete für das Jahr 1887 ihr erstes Kind. Begleitet von Jeremy und Bess, machte seine Mutter eine Weltreise, die fast ein Jahr dauern würde, und anschließend wollten die drei Tippy in New York und Sarah Conklin in Boston besuchen. Jessica wäre also erst wieder um Erntedank zu Hause.

Vernon wohnte während der Woche in Jaspers altem Haus und stattete es für den nächsten Erben von Somerset mit Jalousien und anderen Annehmlichkeiten aus. Nach Davids Tod war er nicht mehr der Alte und am liebsten für sich. Er steckte seine ganze Energie in die Plantage. In Texas waren die Zeiten für Baumwolle gut. Trotz Verbesserungen im Entkernungsprozess und der Erfindung einer Pressanlage, die Fünfhundert-Pfund-Ballen auf die halbe Größe komprimieren konnte, so dass sie sich leichter mit der Bahn transportieren ließen, waren die Pflanzer kaum in der Lage, den Weltbedarf an dem flauschigen weißen Rohstoff zu befriedigen. Thomas beteiligte sich nach wie vor an der Verwaltung seines Lebenswerks, wurde aber nicht mehr völlig davon vereinnahmt. Er beneidete seine Freunde um ihre anhaltende Begeisterung für ihre jeweiligen Berufe, obwohl auch sie ein wenig kürzertraten, um die Früchte ihrer Arbeit zu genießen.

Nun merkte Thomas, dass ein glückliches Zuhause die Grundlage bildete für diese Begeisterung, und das besaßen seine Freunde im Gegensatz zu ihm. Wie ganz zu Anfang ihrer Ehe begann wieder der Tanz der Stachelschweine zwischen ihm und Priscilla. Ihr gegenseitiger Respekt konnte den Groll, den seine Frau ihm gegenüber hegte, nicht kaschieren. Er hatte sie durchschaut, und nun hasste sie ihn, weil er wusste, zu was sie fähig war. Da er nie mehr eine hohe Meinung von ihr haben würde, tröstete sie sich damit, selbst das Schlechteste von ihm anzunehmen. Als seine Kinder von zu Hause ausgezogen und seine Mutter zu der Reise aufgebrochen waren, hatte Amy Thomas gefragt, ob er seine Mahlzeiten mit Priscilla an dem kleinen Tisch im Frühstückszimmer einnehmen wolle, und er hatte verneint. Das hätte er nicht ertragen. Also speisten sie weiter im Esszimmer, jeder am einen Ende des langen Tischs. Nachts schliefen sie so weit wie nur irgend möglich voneinander entfernt im selben Bett. Am liebsten wären Thomas getrennte Betten gewesen, doch er brachte es nicht übers Herz, das vorzuschlagen, weil seine Frau dies als die schlimmste aller Zurückweisungen aufgefasst hätte.

Die vier Freunde gewöhnten sich an, jeden Mittwoch im Fairfax miteinander zu Mittag zu essen. Thomas ritt von der Plantage aus hin und machte sein Pferd vor dem DuMont

Department Store fest. Er hätte auch gleich ins Hotel kommen können, aber es machte ihm Freude, Armand abzuholen und mit ihm den einen Häuserblock zu Fuß zu gehen. Das redete er sich jedenfalls ein, obwohl er genau wusste, dass dies ihm die einzige Gelegenheit verschaffte, Jacqueline Chastain zu sehen.

In den zwei Jahren, die sie mittlerweile in dem Warenhaus arbeitete, war sie zu einer unverzichtbaren Stütze für Armand geworden. »Ich wüsste nicht, was wir ohne sie anfangen würden«, sagte Armand. »Ihre Kreativität erinnert mich an Tippy.« Es hatte nicht lange gedauert, bis Jacquelines Lauterkeit und Anstand die Kundinnen am Inhalt der verleumderischen Briefe zweifeln ließen. Bei einem Fest im Haus der DuMonts hatte eine Matrone über das Fachwissen »dieser wunderbaren Verkäuferin« geschwärmt und hinzugefügt: »Wer dieses Schandmaul auch immer gewesen sein mag, das diese grässlichen Briefe gegen Mrs Chastain geschickt hat – der Verantwortliche verdient eine ordentliche Tracht Prügel.«

Wieder einmal war es Mittwoch. Thomas betrat das von Kronleuchtern erhellte Warenhaus mit einem Blick in Richtung Damenaccessoire-Abteilung. Als Jacqueline Chastain ihn entdeckte, lächelte sie. Für gewöhnlich sagte Thomas nun etwas wie: »Guten Tag, Mrs Chastain« und lüftete den Hut. »Wie geht es Ihnen?«

»Gut, Mr Toliver, und Ihnen?«

»Besser, seit ich hier bin, Mrs Chastain. Ich freue mich, Sie wiederzusehen.«

»Die Freude ist ganz meinerseits.«

Das war alles. Beobachter hätten kaum eine Verlangsamung seines Schritts wahrgenommen, wenn er an Jacqueline Chastains Tisch vorbeiging. Sie wechselten nie mehr als ein paar Worte. Manchmal war sie gerade dabei, Kunden zu bedienen, und so zog er auf dem Weg zur Treppe nur kurz den Hut.

Doch ihr Anblick und der Klang ihrer Stimme ließen sein Herz immer ein wenig höher schlagen. Einige Monate nachdem sie in dem Warenhaus angefangen hatte, war sie von der Wohnung über ihrem früheren Laden in das Häuschen gezogen, das ehemals Tippy bewohnt hatte. Es lag ganz in der Nähe des Warenhauses, hatte einen weißen Zaun und einen kleinen Garten zur Straße. Thomas, der wusste, dass Jacqueline keine Kutsche besaß, war froh, dass sie nach der Arbeit nicht weit nach Hause hatte. An diesem Tag war im DuMont Department Store nicht so viel los wie sonst, und in der Abteilung mit den Damenaccessoires hielt sich überhaupt keine Kundin auf, weswegen Jacqueline hinter der glänzenden Glasvitrine ein wenig wie eine Königin ohne Untertanen wirkte.

»Mrs Chastain …«, hob Thomas an und verstummte gleich wieder. An diesem Tag fühlte er sich besonders niedergeschlagen. Zuvor hatte er sich auf der Plantage mit seinem Sohn unterhalten. Vernon ging schon eine ganze Weile mit der hübschen Tochter eines Farmers aus, den die Tolivers seit Jahren kannten.

»Liebst du sie?«, hatte Thomas gefragt.

»Ich … weiß es nicht, Daddy. Wie fühlt sich Liebe denn an?«

Das hatte Thomas ihm nicht beantworten können, weil er selbst keine Ahnung hatte. »Ich kann dir nur sagen, wie Liebe sich nicht anfühlt …«

Und am Ende hatte er seinem Sohn gestanden, dass er seine Mutter nur geheiratet hatte, um einen Erben für Somerset zeugen zu können. »Ich dachte, wir würden irgendwann lernen, einander zu lieben, aber ich habe mich getäuscht«, hatte er geendet.

»Bedauerst du es?«, hatte Vernon gefragt, der über das Geständnis seines Vaters nicht überrascht gewesen war. »Ich meine, war Somerset das Opfer wert?«

»Ja, die Plantage war es wert, Sohn. Damals ist mir keine andere Wahl geblieben. Natürlich frage ich mich, wie meine Ehe – und die deiner Mutter – sich gestaltet hätte, wenn ich nicht Panik bekommen und aus den erwähnten Gründen geheiratet hätte. Aber wenn ich Priscilla nicht geehelicht hätte, wäre keins meiner drei wunderbaren Kinder auf die Welt gekommen. Du wirst erst begreifen, wie sehr ich euch liebe, wenn du selbst Kinder hast, Vernon. Und noch etwas: Ich kann in dem Wissen sterben, dass meine Arbeit und mein Opfer für das Land meines Vaters nicht umsonst waren.«

Thomas hatte über die abgeernteten Felder geblickt, wo der Wind die weißen Bäusche wie Schneeflocken zwischen den nackten Stängeln hindurchwehte, und gespürt, wie sich sein alter Stolz wieder regte. »Ich bedaure nur eines …«

»Und was, Daddy?«

»Zu sterben, ohne je mit einer Frau zusammen gewesen zu sein, die ich liebe.«

Und diese Frau war Jacqueline Chastain, dachte Thomas nun und ergriff die seltene Gelegenheit, ihr in die Augen zu schauen. Sie musste inzwischen über vierzig sein, aber sie war immer noch schön, wenn nicht sogar attraktiver als früher.

»Mr Toliver«, entgegnete Jacqueline und hob fragend die Augenbrauen.

»Bald ist Erntedank«, sagte er verlegen.

»Ja, das habe ich auch gehört.«

»Dann kommt meine Mutter von ihrer Weltreise nach Hause.«

»Bestimmt freuen Sie sich schon auf ihre Heimkehr. Sie wird viel zu erzählen haben.«

»Und ich werde Großvater. Meine Tochter erwartet im April nächsten Jahres ihr erstes Kind.«

»Wie schön.«

Armand wartete sicher schon auf ihn. Er musste gehen, das

wusste er, doch er blieb. Wie es ihrer Katze gehe?, erkundigte sich Thomas. Sie sei faul und gefräßig, antwortete sie. Und ihrem Garten? Dieses Jahr erwarte sie eine üppige Blüte, besonders bei den Bartnelken. Der Duft sei einfach himmlisch. Habe sie von dem Pariser Skandal über John Singer Sargents Gemälde von *Madame X* gehört? Schon faszinierend, was Menschen in Aufregung versetzte, finde sie nicht auch? Ja, pflichtete sie ihm bei. Ihr gefalle das Bild, ihrer Ansicht nach passe das schwarze Kleid, über das die Kritiker sich so ereiferten, sehr gut zur Schönheit der Frau. Die Franzosen hätten keine Scheu vor dem Unkonventionellen.

Thomas fragte sich, wie ihr Leben nach der Arbeit aussah. Wie beschäftigte sie sich in ihrem kleinen Haus? War sie einsam? Hatte sie sich mit jemandem angefreundet? Wurde sie von jemandem umworben? Armand bezeichnete sie als »ausgesprochen unabhängig« und erzählte, dass sie Reparaturen am liebsten selbst erledige, statt sie seinen Wartungsleuten zu überlassen.

Thomas ließ den Blick über die Vitrine wandern. »Ich würde meiner Mutter gern ein Willkommensgeschenk machen. Hätten Sie einen Vorschlag?«

»Wir haben soeben eine Kollektion hübscher leichter Fächer hereinbekommen, genau das Richtige für unsere heißen Sommer. Möchten Sie sie sehen?«

»Gern.«

Thomas erstand einen Fächer. Wenig später sah er Armand herunterkommen. »Es war mir ein Vergnügen, Mrs Chastain … Jacqueline«, verabschiedete er sich.

»Mir auch, Mr Toliver … Thomas«, erwiderte sie.

Als er am späten Nachmittag zu Hause eintraf, erwartete Priscilla ihn bereits.

SECHSUNDACHTZIG

Wenn Thomas sein Pferd in den Stall gebracht hatte, betrat er das Haus für gewöhnlich durch die Küchentür. In dem blitzblanken, einladenden Raum mit den aufgehängten Töpfen und Pfannen, dem sauber geschrubbten Hackblock, der tiefen Spüle und den Arbeitsflächen war er früher immer von Petunia begrüßt worden, als diese noch lebte. Nun waren es Amy und ihre Tochter Sassie. Amy würde sich danach erkundigen, wie sein Tag gewesen war, und sich aufrichtig für seinen Bericht interessieren. Manchmal setzte er sich mit einer Tasse Kaffee zu Amy, um sich den Klatsch anzuhören, der in der Houston Avenue kursierte. Seit seine Mutter auf Weltreise war, schüttete Thomas gelegentlich sein Herz aus über Sorgen, die Somerset oder den Stadtrat betrafen, weil er wusste, dass davon nichts aus dem Haus dringen würde. Auf dem Weg durch die Küche gab es immer etwas Verführerisches zu kosten. Heute fiel sein Blick auf einen gehäuften Teller mit Pekannusskeksen, dem Lieblingsgebäck seines Sohnes. Vernon wollte zum Abendessen kommen und das Wochenende bleiben.

»Mister Thomas, Ihre Frau erwartet Sie im Frühstückszimmer«, teilte Amy ihm zur Begrüßung mit. Ihr besorgter Tonfall und ihr vielsagender Blick rieten ihm, auf der Hut zu sein. Wenn es nach Priscilla gegangen wäre, hätte Amy mit ihrem Mann und ihrer Tochter neben den anderen Mitgliedern der Familie ihres Onkels Jasper Baumwolle gepflückt. Jaspers Söhne Rand und Willie waren nach Somerset zurückgekehrt, nachdem sie hatten feststellen müssen, dass es in Kansas zu viele Menschen gab und die Gegend unwirtlich und für den Ackerbau nicht geeignet war. Obwohl Priscilla die Hausherrin war, unterstanden die Bediensteten Amy, deren Loyalität Jessica galt. Thomas war klar, dass diese häusliche Struktur seine Frau schrecklich ärgerte.

»Amy sagt, du möchtest mich sehen«, begrüßte Thomas Priscilla, als er das Frühstückszimmer betrat.

Ihn entsetzte, was sie mit dem Raum angestellt hatte, der ihm in seiner Jugend als Zufluchtsort gedient hatte. Damals war es hier licht und hell gewesen, jetzt machten die schweren Vorhänge alles dunkel, und es gab auch nicht mehr die bequemen Sitzgelegenheiten von früher, weswegen Thomas sich nicht setzte. Priscilla erhob sich von ihrem riesigen Schreibtisch; ihre mahlende Kiefermuskulatur zeugte von ihrer Aufgewühltheit.

»Ich habe mir viel von dir gefallen lassen müssen, Thomas, aber das geht zu weit«, erklärte sie.

Gefallen lassen? Er hatte seine Frau nie im Zorn angerührt, und sie gab das Geld mit vollen Händen aus. »Was genau willst du dir nicht mehr von mir gefallen lassen, Priscilla?«

Sie trat näher zu ihm. Inzwischen hatte sie keine ganz so schmale Taille mehr wie einst, und auch ihre breiteren Hüften verrieten, dass sie allmählich ins mittlere Alter kam, doch ihr Gesicht zeugte nach wie vor von ihrer früheren Schönheit.

»Jacqueline Chastain«, presste sie hervor.

Er zuckte unwillkürlich zurück. »Was ist mit ihr?«

»Du hast eine Affäre mit ihr – oder hättest das zumindest gern.«

Thomas lachte auf. »Wer hat dir denn das erzählt?«

»Ich habe meine Quellen, aber die bräuchte ich gar nicht. Ein Blinder sieht, warum du Armand jeden Mittwoch im DuMont Department Store abholst.«

Thomas runzelte die Stirn. »Vielleicht, weil er dort arbeitet?«

»Tu nicht so unschuldig. Ihr könntet euch zu eurem allwöchentlichen Mittagessen auch gleich im Fairfax treffen.«

»Die Hotelverwaltung sieht es nicht so gern, wenn die Restaurantgäste ihre Pferde vor dem Gebäude anbinden, und das kann ich verstehen. Wie du weißt, gehen die Fenster auf die Straße. Außerdem vertreten Armand und ich uns gern die Beine.«

Priscilla verzog den Mund. »Du kannst behaupten, was du willst, Thomas, aber ich glaube dir nicht. Ich weiß, dass du jedes Mal, wenn du in dem Warenhaus bist, bei Mrs Chastain vorbeischaust. Und bei ihrem Anblick durchläufst du eine Metamorphose. Angeblich siehst du dann aus wie ein Schuljunge, der seiner Lieblingslehrerin einen Apfel bringt.«

»Wer sagt das? Und woher um alles in der Welt kennst du ein Wort wie ›Metamorphose‹?«

Am liebsten hätte sie ihm wohl eine Ohrfeige gegeben. Ihre Kiefer mahlten noch heftiger. »Es spielt keine Rolle, woher ich es weiß, aber glaub nicht, dass Howbutker so etwas entgeht.« Priscilla trat näher zu ihm heran, so nahe, dass er die feinen Haare über ihrer Lippe und die winzigen Poren auf ihrer Nase durch den dünnen Schweißfilm darauf sehen konnte. »Wenn du mich mit einem Techtelmechtel mit dieser Mrs Chastain zum Gespött der Stadt machst, sorge ich dafür, dass du das dein Leben lang bereust. Dann tue ich dir so weh, dass der Schmerz unerträglich wird. Hast du gehört?«

Thomas wich vor ihrem Zorn zurück. Er hatte sich nicht als der Ehemann entpuppt, den sie sich bei der Hochzeit erträumt hatte, das musste er zugeben, doch immerhin hatte er versucht, diesen Mangel auszugleichen, indem er nicht nur ihren Hang zum Luxus, sondern auch ihren Snobismus als Frau von Thomas Toliver tolerierte. Er konnte Snobs nicht leiden, die sich durch den glücklichen Umstand ihrer Herkunft oder durch Heirat in einer gesellschaftlichen Position befanden, die sie sich nicht selbst erarbeitet hatten, und sich für etwas Besseres hielten. »Snob« bedeutete wörtlich »ohne Nobilität«, und genau das traf auf Priscilla zu. Arroganz ertrug Thomas nicht, er begegnete ihr mit Spott.

»Du erstaunst mich immer wieder, Priscilla. Zuerst die Sache mit der *Metamorphose*, und jetzt das. Wie kommst du auf die Idee, dass du deine Drohungen mir gegenüber wahrmachen könntest?«

Als sie wieder einen Schritt auf ihn zutrat, roch er den Alkohol in ihrem Atem. Sie schien Sherry getrunken zu haben. »Ich weiß Dinge über deine Familie, die das County in Aufruhr versetzen würden, wenn sie ans Licht kämen.«

Thomas sah sie fragend an. »Ach. Du hast Stoff für Klatsch in der Geschichte meiner Familie ausgegraben? Den würde ich gern hören. Bisher habe ich die Tolivers immer für ziemlich langweilig gehalten.«

Sie wich entsetzt darüber, dass sie so viel verraten hatte, zurück. Wohl schon zum tausendsten Mal fragte Thomas sich, wie er hatte so verblendet sein können, diese Frau für die perfekte Gattin zu halten. Vermutlich hatte ihr Interesse an der Geschichte seiner Familie, besonders an seinen Verbindungen zur englischen Aristokratie, ihn davon überzeugt, dass sie die Richtige für ihn war. Nicht die geringste Einzelheit aus der Familienhistorie war ihrer Neugierde entgangen. Thomas hatte es gefreut, wie Priscilla sich auf die kleinste Information über die Tolivers und Wyndhams stürzte, die bei Tisch erwähnt wurde, was Thomas' Vater für gewöhnlich zu einem Exkurs über die geschichtlichen Zusammenhänge veranlasste.

Thomas war glücklich darüber in den Krieg gezogen, dass Priscilla ihren späteren Kindern das Wissen um ihre Herkunft und deren Würdigung nahebringen würde. Solches

Wissen band die Nachkommen an die Familie und das Land und brachte sie dazu, das fortzuführen, was ihr Vater und Großvater begonnen hatten. Egal, was mit ihm passieren würde – Priscilla würde unter der Anleitung von Silas Toliver nicht zulassen, dass seine Kinder vergaßen, wer sie waren und was sie dem Namen ihrer Familie schuldeten.

Wie dumm er gewesen war!

»Was hast du gerade gesagt, Schatz?«, fragte er höflich.

Der Zorn seiner Frau fiel in sich zusammen wie ein Soufflé, und sie wich mit hängenden Schultern noch weiter von ihm zurück. »Pass auf, was du tust, Thomas. Ich werde zu verhindern wissen, dass du Schande über unsere Kinder bringst.«

»Das würde ich niemals tun, Priscilla. Hör zu. Falls ich jemals Gerüchte über eine Affäre zwischen Mrs Chastain und mir hören sollte, wirst du das bereuen. Ich denke dabei weder an mich noch an dich, noch an die Kinder, sondern an Mrs Chastain, die keine Ahnung hat von deinen grundlosen Behauptungen. Wie kannst du nur auf die Idee kommen, dass sie eine Affäre mit einem verheirateten Mann beginnen würde? Das ist nicht ihre Art. Deshalb kann ich mich dessen, was du mir vorwirfst, gar nicht schuldig gemacht haben.«

Eisiges Schweigen.

»Und sag deiner kleinen Spionin im DuMont Department Store, dass ich sie hochkant rauswerfen lasse, wenn ich jemals wieder ein Wort der Verleumdung gegen Mrs Chastain hören sollte«, fuhr er fort. »Dann ziehe ich sie persönlich dafür zur Rechenschaft.«

Da räusperte sich hinter ihnen jemand. Thomas und Priscilla drehten sich um. An der Tür stand Vernon. »Ich bin zum Essen gekommen, Mutter und Daddy«, erklärte er.

SIEBENUNDACHTZIG

Thomas mochte seinen Schwiegersohn und war dankbar dafür, dass die Ehe seiner Tochter ihm Gelegenheit verschaffte, die Eltern des Jungen besser kennenzulernen. Zuvor waren Curt und Anne McCord nur Bekannte gewesen. Sie lebten mit ihren unverheirateten Zwillingssöhnen, die einige Jahre jünger waren als Tyler, auf einer großen Ranch in einem weitläufigen Haus. Sogar Priscilla war entzückt über die Familie, in die ihre Tochter eingeheiratet hatte. Die McCords waren nicht nur wohlhabend und angesehen, sondern liebten und behandelten Regina auch wie die Tochter und Schwester, die sie sich immer gewünscht hatten. Der Wohnbereich von Tyler und Regina, ein hübsches Cottage, war unter der künstlerischen Anleitung von Armand DuMonts Inneneinrichter aus einer ehemaligen Scheune entstanden. Thomas liebte das Gefühl der Weite, welches sowohl das Haus seiner Tochter als auch das ihrer Schwiegereltern mit den geräumigen Wintergärten dahinter vermittelten, von denen aus man die grüne Fläche der Ranch betrachten konnte, ohne von Fliegen oder Mücken belästigt zu werden.

Bei den McCords fühlte sich Thomas, der heute mit seiner Familie zum sonntagnachmittäglichen Picknick auf der Ranch eingeladen war, zu Hause. Es war April 1887; sein erstes Enkelkind sollte in diesem Monat zur Welt kommen, so dass dieses Treffen vermutlich das letzte ohne das Kleine wäre. Jeremy Warwick senior und Bess DuMont wurden ebenfalls erwartet. Die Großzügigkeit der McCords, auch die erweiterte Familie der Tolivers zu sich zu bitten, gehörte zu den vielen Gründen, warum Thomas sie schätzte und mochte. Jeden Tag dankte er Gott für die glückliche Ehe seiner Tochter. Um Regina machte er sich keine Sorgen. Anders als um Vernon.

Nachdem Thomas sich angezogen hatte, ging er zum Zimmer seines Sohnes, der diese Ausflüge zur Ranch der McCords wie er genoss und sich dazu gern von Somerset loseisen ließ.

»Thomas, dem Jungen wächst die Baumwolle noch zu den Ohren heraus«, meinte Priscilla. »Wir müssen etwas unternehmen – es ihm schmackhaft machen, sich mit etwas anderem zu beschäftigen als mit dieser verdammten Plantage!«

Thomas pflichtete ihr bei, ohne seine Frau daran zu erinnern, dass »diese verdammte Plantage« immerhin den Luxus finanzierte, welcher ihr ihrer Meinung nach zum Ausgleich für andere Dinge im Leben, die ihr fehlten, zustand. Er klopfte, und Vernon öffnete die Tür. Was war er doch für ein gut aussehender Bursche! Vernon ähnelte eher seinem Großvater als Thomas. Thomas sah das Erbe der Tolivers zwar auch in sich selbst – die grünen Augen des Duke of Somerset, die schwarzen Haare, die Andeutung eines Kinngrübchens –, aber er war nicht so groß wie diese und nicht so aristokratisch wie die imposante Gestalt auf dem Gemälde im Eingangsbereich, der Silas Toliver so ähnlich gesehen hatte und der auch Vernon wie aus dem Gesicht geschnitten war.

»Fertig?«, fragte Thomas. Vernon trug Reitkleidung, weil er mit den McCord-Zwillingen, die wie er um die einundzwanzig waren, vor dem Essen einen Ausritt über die Ranch machen wollte. Der Junge war einsam. Er hatte ein besonders enges Verhältnis zu seinen Geschwistern gehabt, und nun war sein Bruder tot und seine Schwester verheiratet. Für seine Freunde aus den Warwick- und DuMont-Clans hatte er nur wenig Zeit, und von der Farmerstochter hatte er sich nach dem Gespräch mit seinem Vater auf der Plantage vergangenen November getrennt.

»Ja, Sir«, antwortete Vernon. »Ich bin fertig. Sind alle unten?«

»Alle bis auf uns. Jeremy und Bess sind schon da, und die Kutsche wartet vor dem Haus. Ich habe mir gedacht, du und ich, wir könnten hinterdreinreiten und dein Pferd satteln lassen.«

»Heißt das, dass du mit mir reden möchtest?«

»Ja, unser letztes Gespräch ist schon eine Weile her.«

Sein Sohn hatte nichts von der Auseinandersetzung seiner Eltern erwähnt, in die er an jenem Nachmittag im vergangenen November hineingeplatzt war. Was seinem Wesen entsprach. Vernon kümmerte sich nur um seine eigenen Angelegenheiten. Thomas und Priscilla waren damals beide erstarrt und hatten sich gefragt, wie viel ihr Sohn von ihrem Wortwechsel gehört hatte, und Priscilla hatte sich ein Lächeln abgerungen. »Wir ... Wir dachten, du kommst später«, hatte sie gestottert.

»Scheint so«, hatte Vernon entgegnet, sich umgedreht und war in sein Zimmer hinaufgegangen. Das gemeinsame Abendessen war in angespannter Atmosphäre verlaufen, und am folgenden Morgen hatte Vernon sich auf den Weg nach Somerset gemacht, bevor Thomas zum Kaffee nach unten gekommen war. Doch nun wollte er sich mit ihm über das Thema Jacqueline Chastain unterhalten und jeglichen Verdacht über eine mögliche Affäre mit ihr ausräumen.

Nach jenem grässlichen Nachmittag hatte Thomas beschlossen, fürderhin auf die kurzen Gespräche mit Mrs Chastain zu verzichten. Wenn noch andere als Priscillas Spionin Notiz davon nahmen, käme es vielleicht zu Spekulationen. Er musste an ihren Ruf denken, konnte jedoch ihre Mittwochsbegegnungen nicht einfach beenden, ohne ihr zu erklären, warum. Er spielte mit dem Gedanken, ein letztes Mal bei ihr vorbeizuschauen oder ihr eine Nachricht nach Hause zu schicken, aber was würde passieren, wenn er etwas sagte oder schrieb, das mehr hinter ihren harmlosen Gesprächen vermuten ließ, als sie selbst darin sah? Er war immer davon ausgegangen, dass sie so empfand wie er, doch was war, wenn er sich täuschte? Er tat sich schwer, ihre Gefühle zu beurteilen, und was sollten sie machen, wenn sie sie tatsächlich erwiderte? Er war verheiratet und Jacqueline Chastain eine alleinstehende Frau in einer Stadt, deren Bewohner schon bei der Andeutung einer unschicklichen Handlung nicht zögern würden, sich auf sie zu stürzen.

Also hatte er nichts getan, sich fortan mit Armand im Fairfax getroffen und Mrs Chastain seitdem nicht mehr gesehen.

Sie brachen auf, Jessica, Jeremy, Bess und Priscilla in der Kutsche, Barnabas auf dem Kutschbock und Thomas und Vernon zu Pferd hinterher. Priscilla bestand darauf, dass Barnabas Livree trug, eine rote Uniform mit schwarzer Paspelierung, ergänzt durch ein weißes Spitzenhalstuch mit Rüschen. Zwei stolze schwarze Hengste zogen die glänzende schwarze Kutsche mit den Goldverzierungen. Ebenfalls auf Wunsch von Priscilla prangte auf den Türen das Wappen der Tolivers, eine rote Rose, verschlungen mit Waffen, das Ganze vor grünem Hintergrund.

Es war ein schöner Sonntagnachmittag. Am Morgen hatten sie gemeinsam den Gottesdienst besucht, und Thomas erinnerte sich an den Satz aus den Sprichwörtern, den der Geistliche vorgelesen hatte: *Erzieh den Knaben für seinen Lebensweg, dann weicht er auch im Alter nicht davon ab.*

Vernon war der lebende Beweis dafür, dass die Bibel recht hatte. All die Mühen der Landarbeit – die schweißtreibende Plackerei, Missernten, wetter- und geldbedingte Sorgen –

brachten seinen Sohn nicht wie so viele Söhne von Farmern der Gegend dazu, sich einem anderen Beruf zuzuwenden, sich in die Stadt locken zu lassen oder das College zu besuchen. Doch letztlich war es Thomas gar nicht so recht, dass sein Sohn ihm nacheiferte. Er musste Vernon davor warnen, sich für die Plantage auf zu große Opfer einzulassen. Vernon durfte nichts tun, um die Gefahr, die Somerset drohte, heraufzubeschwören.

Aber das war ein Thema für ein anderes Gespräch. An diesem Nachmittag wollte Thomas erfahren, wie viel Vernon von der Tirade seiner Mutter mitbekommen hatte. Priscilla war betrunken gewesen, jedoch nicht so sehr, dass ihr Wutausbruch nicht überzeugend gewesen wäre. Ihre Andeutungen hatten Thomas verwirrt. Welche Informationen über seine Familie würden das County in Aufruhr versetzen? Und wie konnte sie ihm so wehtun, dass der Schmerz unerträglich würde?

Vernon lächelte ihm zu. »Und, wollen wir nun reden?«, fragte er.

Thomas lenkte sein Pferd so weit von der Kutsche weg, dass die Darinsitzenden sie nicht hören konnten. »Sohn, diese Auseinandersetzung zwischen deiner Mutter und mir, in die du seinerzeit hineingeraten bist …«

»Das geht mich nichts an, Daddy.«

»Es sollte dich aber etwas angehen zu wissen, dass dein Vater …«

Da hörten sie sich rasch nähernden Hufschlag. Als ihre Pferde nervös zu tänzeln begannen, lenkte Barnabas das Gespann an den Straßenrand.

»Wer hat's denn am helllichten Sonntagnachmittag so eilig?«, rief Thomas aus. Ein Reiter und eine Reiterin kamen im Galopp heran. Thomas erkannte sie als den Nachfolger des verstorbenen Dr. Woodward und die örtliche Hebamme.

Als der Arzt die Kutsche erkannte, zügelte er sein Pferd, während die Hebamme weiterpreschte. »Mr Toliver, Sie sollten mitkommen«, rief er. »Aber bitte beeilen Sie sich.«

»Warum?«, fragte Thomas.

»Ihre Tochter. Die McCords haben nach mir geschickt. Das Kind kommt, es scheint eine schwere Geburt zu sein. Ich bin unterwegs zu ihrer Ranch.« Ohne auf eine Antwort zu warten, schnalzte der Arzt mit den Zügeln und entfernte sich in einer Staubwolke.

Priscilla streckte, die blauen Augen vor Schreck geweitet, den Kopf aus der Kutsche. »Thomas, habe ich richtig gehört? Es geht um Regina?«

»Ja«, antwortete Thomas. »Vernon, bleib bei deiner Mutter. Barnabas, gib trotz der Eile acht auf die Straße.« Er spornte sein Pferd an und galoppierte dem Arzt mit schlimmsten Vorahnungen hinterher.

ACHTUNDACHTZIG

Er traf wenige Minuten nach dem Arzt ein. Die Männer der McCord-Familie – Tyler, seine Zwillingsbrüder und ihr Vater – standen mit gesenkten Köpfen und hängenden Schultern auf der rundum verlaufenden Veranda des Haupthauses. Als Thomas das Gesicht von Curtis McCord sah, der ihm entgegeneilte, bekam er es mit der Angst zu tun.

»Gott sei Dank bist du hier. Gerade noch rechtzeitig …«

»Wofür?«

»Beeil dich«, sagte Curtis. »Bitte mach schnell.«

Thomas schob ihn beiseite und hastete an dem weinenden Tyler vorbei.

Ein Bediensteter, der ihn erkannte, deutete stumm die Treppe hinauf. Schon bevor Thomas das Zimmer am Ende des Flurs erreichte, stieg ihm der metallische Geruch von Blut und anderen Körperflüssigkeiten in die Nase, den er von den Schlachtfeldern des Bürgerkriegs kannte. An der offenen Tür verstellte ihm die groß gewachsene wortkarge Mexikanerin, die den Haushalt mit fester Hand führte, den Weg. »Sie können nicht hinein, Señor. Arzt ist jetzt da. Keine Männer.«

»Das ist mir egal. Ich bin ihr Vater.« Thomas schob die Haushälterin weg und stürmte ins Zimmer. Als er seine Tochter auf dem Bett liegen sah, den Unterleib mit einem blutgetränkten Laken bedeckt, stieß er einen Schrei aus. Ihr gespenstisch blasses Gesicht, eingerahmt von einer Mähne schweißnassen Haars, die Sommersprossen wie Zimtsprenkel auf einem leeren weißen Teller, schien auf dem Kissen zu schweben. Als sie seine Stimme hörte, drehte sie ihm den Kopf zu, doch ihre Augen blieben geschlossen.

»Daddy ...« Regina hob matt die Hand, und Thomas eilte zu ihr, um sie zu ergreifen. Dass Anne McCord, der Arzt und die Hebamme auf der anderen Seite des Betts standen, bekam er nur aus den Augenwinkeln mit.

»Ich bin da, Poppy, ich bin da«, keuchte Thomas und kniete neben dem Bett nieder. »Was kann Daddy für sein kleines Mädchen tun?«

»Halt ... einfach nur ... meine Hand«, murmelte Regina, die Augen nach wie vor geschlossen, der Atem flach. Der Arzt hob kurz das Laken an.

»Solange du willst, Liebes«, sagte Thomas und strich ihr über die kalte, feuchte Stirn. »Ich bleibe bei dir.«

»Das Kind ... ist ... tot zur Welt gekommen«, flüsterte Regina. »Ein Junge ...«

»Sch, ruh dich aus, Liebes. Es wird alles gut.«

»Mutter?«

»Kommt gleich. Und Oma und Vernon auch.«

Da hörte er Priscillas hysterische Stimme von unten, gefolgt von hektischen Schritten die Treppe herauf. Als Thomas zur Tür blickte, bemerkte er, wie der Arzt die Hebamme ansah und den Kopf schüttelte. Er hatte das Gefühl, als würde ihm der Boden unter den Füßen weggezogen. Wenige Sekunden später stürzte Priscilla, seine Mutter im Schlepptau, herein, doch sie kamen zu spät. Als Thomas sich wieder seiner Tochter zuwandte, senkte sich ihr Brustkorb zum letzten Mal.

Priscilla schob Thomas beiseite und drückte ihre Tochter an ihre Brust wie früher, als Regina ein Kind gewesen war. Thomas rappelte sich hoch, sank in einen Sessel und bedeckte das Gesicht mit den Händen. Er hörte Anne und den Arzt etwas zu seiner Mutter sagen, bevor sie mit der Hebamme das Zimmer verließen, und dann trat Jessica zu ihm und legte ihm eine Hand auf die Schulter. Ihr sanfter Druck fühlte sich an wie eine zentnerschwere Last. Thomas hob das tränenüberströmte Gesicht. »Liegt ein Fluch auf uns Tolivers, Mutter?«

Sie schloss die Augen, und ihr Gesicht fiel in sich zusammen. Plötzlich wurde Thomas bewusst, wie alt sie war – im Oktober wurde sie siebzig, in dem Monat, in dem eines seiner anderen Kinder gestorben war.

»Ich weiß es nicht«, antwortete sie.

»Ich schon!«, kreischte Priscilla und drehte sich, ihre Tochter immer noch im Arm, Hass im Blick, zu ihnen. »Ihr Tolivers seid verflucht, verflucht, *verflucht*!«, schrie sie. »Deswegen sind mein kleiner Junge und jetzt auch noch meine Tochter tot. Ich wünschte, ich hätte nicht in diese Familie eingeheiratet! Ich wünschte, ich wäre euch nie begegnet!«

Vernon, der sicher bald eintreffen würde, durfte seine Mutter nicht hören. »Priscilla, bitte«, presste Thomas hervor. »Du bist völlig aus der Fassung. Du weißt nicht mehr, was du sagst.«

»Und ob ich das weiß!« Priscilla senkte ihre Tochter vorsichtig aufs Bett zurück und richtete sich auf. Ihr Hut saß schief auf ihrem Kopf, das Vorderteil ihres mit Bändern verzierten Oberteils war mit dem Schweiß ihrer Tochter getränkt. Ihre Augen glänzten irre.

»Jessicas Vater hat Silas Toliver Geld gegeben, damit er die Frau, die er liebte, verlässt und deine Mutter heiratet, Thomas. Hast du das gewusst? Und für das Geld hat er Somerset gekauft – den Altar, an dem alle Tolivers ihre Opfer darbringen.«

Sie war zu Thomas getreten und befand sich nun nur noch wenige Zentimeter von seinem Gesicht entfernt. »Deine

Großmutter hat prophezeit, dass deswegen ein Fluch auf dem Land liegen würde, und das hat dein Vater zu glauben begonnen, als er seinen Sohn verlor und von den anderen Kindern hörte, die er gehabt hätte, wenn er die Frau, die er eigentlich heiraten sollte, nicht verlassen hätte. Bis zum Tag seines Todes hat dein Vater geglaubt, dass seine Kinder – die Erben von Somerset – wegen seines Pakts mit dem Teufel gestorben sind.«

»Woher weißt du das alles?«, fragte Thomas entgeistert.

»Sie hat meine Tagebücher gelesen«, antwortete Jessica mit ruhiger Stimme.

Priscilla sah sie blinzelnd an, als bemerkte sie ihre Anwesenheit gerade erst.

»Du hast die Tagebücher meiner Mutter gelesen?«, krächzte Thomas.

Priscilla stolperte zurück, schloss die Augen und presste die Finger gegen die Schläfen. »Nein! Ich habe Gerüchte gehört, das ist alles.«

»Leider stimmt das nicht«, widersprach Jessica, trat ans Bett und strich mit dem Handrücken über die Wange ihrer Enkelin, bevor sie sich über sie beugte, um ihre fahle Stirn zu küssen. »Schlaf gut, liebes Kind.« Als sie sich wieder aufrichtete, sah sie Thomas und Priscilla mit einem Blick, kühl wie Marmor, an. »Passt auf, was ihr sagt. Vernon ist auf dem Flur.«

»Bitte sorg dafür, dass er noch eine Weile draußen bleibt, Mutter, und mach die Tür zu«, bat Thomas sie, als sie hinausging.

Als die Tür geschlossen war, fragte er: »Ist das wahr, Priscilla? Hast du die Tagebücher meiner Mutter gelesen?«

»Nein! Warum ist das überhaupt wichtig? Unsere Tochter ist tot«, jammerte Priscilla. Thomas erhob sich schwerfällig von seinem Sessel. Wenn er doch nur in der Lage gewesen wäre, die Mutter seiner Tochter in den Arm zu nehmen! Doch die Gefühle für seine Frau waren genauso tot wie Reginas Körper unter dem blutgetränkten Laken.

»Wir müssen Tyler bitten, uns unsere Tochter mit nach Hause nehmen zu lassen«, sagte er.

Vier Tage später, am Nachmittag des Tages, an dem Regina Elizabeth Toliver McCord mit ihrem tot geborenen Sohn im Friedhof der Familie beigesetzt worden war, saßen die Tolivers im Salon des Herrenhauses schweigend in den harten, mit Rosshaar gepolsterten Sesseln und auf den Sofas. Priscilla und Jessica hatten ihre Hüte, Thomas und Vernon ihre steifen Tücher nicht abgenommen. Amy trat leise mit einem Tablett ein, auf dem sich Tee und Gebäck befanden, und verließ den Raum ebenso leise wieder.

Seit dem Abend, an dem die kleine Prozession mit Regina zur Houston Avenue gefahren war, um sie für die Aufbahrung zu waschen und zu kleiden, hatten Thomas und Priscilla kein Wort mehr miteinander gewechselt als unbedingt nötig. Schmallippig und ohne Tränen in den Augen hatten sie den Strom der Trauergäste auf getrennten Seiten des Raums empfangen. Am Abend ihrer Rückkehr hatte Thomas in einem der Gästezimmer geschlafen, und am folgenden Tag hatte er die Bediensteten angewiesen, seine Sachen aus dem Zimmer zu holen, das er sich bis dahin mit Priscilla teilte, und sie in sein neues Domizil zu bringen.

»Jemand muss etwas sagen«, bemerkte Vernon.

Jessica schenkte den Tee ein. »Ein Stück oder zwei?«, fragte sie, die Zuckerzange in der Hand.

»Weder noch«, antwortete Vernon und erhob sich. »Ich reite raus auf die Plantage.«

»Und ich lege mich ein bisschen hin«, erklärte Jessica. »Vielleicht solltest du das auch tun, Priscilla.«

»Ja«, pflichtete diese ihr matt bei.

»Thomas?« Seine Mutter sah in seine Richtung.

Thomas erhob sich. »Ich komme zum Abendessen nicht nach Hause«, verkündete er.

Priscilla blickte ihn bestürzt an. »Wo willst du hin?«

»Raus«, antwortete er.

NEUNUNDACHTZIG

Du warst bei ihr, stimmt's?«, fragte eine Stimme aus den Schatten des Alkovens gegenüber von Thomas' Zimmer.

Thomas drehte sich um. In der Nische befand sich Stauraum für Teesachen und Kaffeetabletts. Als Kinder hatten David und Regina sich beim Spielen gern dort versteckt. »Fängst du jetzt auch noch an, mir nachzuspionieren, Priscilla?«, fragte Thomas, als er den Schlüssel ins Schloss seiner Tür steckte.

Priscilla trat aus dem Schatten auf den Flur, der von einem Wandleuchter erhellt wurde. Es war fast Mitternacht. Thomas fand das Rascheln und Schimmern ihres Kleids im Licht der einzelnen Kerze gespenstisch. In den zwei Monaten nach dem Tod ihrer Tochter hatte sie abgenommen, und auf ihrem Gesicht lag ein gequälter Ausdruck. Thomas konnte ihren Schmerz verstehen, allerdings nur, weil er die Trauer um ihr gemeinsames Kind teilte. Er konnte sich nicht überwinden, sie wie ein Ehemann zu trösten. Priscillas Kummer verstärkte sich noch durch ihr Bedauern darüber, dass die Sache mit den Tagebüchern herausgekommen war. Thomas fragte sich nun nicht mehr, woher sie Dinge über seine Familie wusste, die das ganze County in Aufruhr versetzen würden. Und es war ihm egal, dass sie ihm unerträglichen Schmerz zufügen konnte. Denn das hatte sie bereits getan.

»Ich spioniere dir nicht nach«, entgegnete Priscilla. »Leider muss ich vor der Tür meines Mannes warten, wenn ich mit ihm sprechen möchte. Ich wäre in dein Zimmer gegangen, aber du scheinst dich ja bemüßigt zu fühlen, es zu verschließen.«

»Dazu habe ich auch allen Grund, meinst du nicht?«, sagte Thomas. »Wir unterhalten uns morgen früh. Es ist spät, und ich bin müde. Geh ins Bett.«

Priscilla bekam einen roten Kopf, doch sie ließ sich nicht abwimmeln. »Nein, wir reden jetzt. Ich will wissen, ob es stimmt.«

»Was?«

»Dass du dich mit Jacqueline Chastain triffst.«

»Du meinst, ob wir uns hin und wieder in der Stadt begegnen?«

»Soweit ich weiß, hast du sie letzten Sonntag in der Kutsche mitgenommen.«

»Ich habe ihr angeboten mitzufahren, weil sie auf dem Weg zu ihrer Kirche war und ich auf dem zu meiner. Es war zu heiß zum Gehen.«

»Passenderweise gerade an dem Sonntag, an dem ich zu niedergeschlagen war, um den Gottesdienst zu besuchen.«

»Denk, was du willst, Priscilla.« Thomas öffnete die Tür zu seinem Zimmer.

»Ist es dir denn egal, was die Leute munkeln?«, fragte sie.

Thomas betrat sein Zimmer und zog sie mit hinein, weil er nicht wollte, dass seine Mutter in ihrem Bereich am anderen Ende des Flurs die schrille Stimme seiner Frau hörte. Er schloss die Tür. »Was munkeln *die Leute* denn, Priscilla? Oder ist das nur wieder eine deiner unbegründeten Mutmaßungen?«

»Wo warst du heute Abend?«

»Ich habe Karten gespielt mit Jeremy junior, Armand und Philippe. Philippe hat Urlaub.«

»Du warst nicht bei ihr?«

»Ich bin nie bei ihr gewesen.«

»Das glaube ich dir nicht.«

»Das steht dir frei.«

»Wo treibst du dich herum, wenn du nicht zu Hause, auf der Plantage oder im Stadtrat bist?«

»Lass mich überlegen, was für andere Möglichkeiten bleiben. Dann bin ich vermutlich bei einem meiner alten Freunde.«

»Du verbringst ziemlich viel Zeit mit ihnen.«

»Ja, sieht ganz so aus.«

»Warum bist du so oft auf der Plantage? Ich dachte, Vernon kümmert sich inzwischen darum.«

»Das tut er auch, aber er braucht meine Hilfe.«

»Du hast ihn gegen mich aufgebracht.«

»Das hast du selbst getan, Priscilla. Bei den McCords hat er jedes Wort deiner Tirade gehört.«

Wie üblich verpuffte Priscillas Angriffslust sofort, und sie schlang die Arme um den Leib. »Thomas … Ich war, wie du ganz richtig bemerkt hast, aus der Fassung. Und völlig zu Recht, wie ich meine. Meine Tochter war gerade gestorben. Ich wusste nicht, was ich rede. Das kann man mir nicht zum Vorwurf machen.«

»Hast du die Tagebücher meiner Mutter gelesen?«

»*Nein!*«, rief Priscilla aus. »Was ich gesagt habe, basiert auf Gerüchten. Die Familien sind das gefundene Fressen für Klatsch. Das solltest du eigentlich wissen.«

»Ja. Wenn dich das tröstet: Ich habe mich auch schon gefragt, ob nicht ein Rachegott für die Tragödien in der Toliver-Familie verantwortlich ist, wegen der Opfer, die mein Vater und ich für die Plantage gebracht haben, aber nur in Momenten tiefster Verzweiflung. Ich neige nicht zu Aberglauben. Der tödliche Sturz meines Bruders vom Pferd, der Tod unseres Sohnes und unserer Tochter, die Unfähigkeit meiner Mutter, weitere Kinder zur Welt zu bringen – all das ist genauso wenig ein Mysterium wie die Tatsache, dass die DuMonts ihre Tochter in einem Wirbelsturm verloren haben oder die Warwicks ihren Sohn im Krieg. Viele junge Frauen sterben im Kindbett. Und das, was David widerfahren ist, hätte jedem der Jungen passieren können, die dort am Teich gespielt haben.«

Plötzlich wurde Priscilla merkwürdig ruhig, und ein eigenartiger Glanz trat in ihre Augen. Sie straffte die Schultern. »Du hast erwähnt, dass auch du Opfer für Somerset gebracht hast. Wie sahen die aus, Thomas? War ich eines davon?«

Thomas hörte so etwas wie Hoffnung darauf in ihrer Stimme mitschwingen, dass er Nein sagen würde. Er wandte sich von ihr ab und begann, seine Weste aufzuknöpfen. Hätte sie diese Frage doch nicht gestellt! Allen anderen Problemen zum Trotz hatte Priscilla ihm seine Kinder geboren und war ihnen eine liebevolle Mutter gewesen.

»Sag es mir, Thomas. Ich will es wissen.«

Er löste seine Manschettenknöpfe. »Ja, Priscilla, du warst das Opfer, das ich für Somerset gebracht habe.«

Es herrschte Stille wie nach lautem Donner. Thomas blieb mit dem Rücken zu ihr stehen, weil er nicht sehen wollte, wie sehr er sie verletzt hatte.

»Du wolltest einen Erben für den Fall, dass du nicht aus dem Krieg zurückkommst, und zu dem Zeitpunkt war keine Passendere verfügbar«, stellte Priscilla erstaunlich ruhig fest. »Stimmt's?«

»Ja. Ich dachte, wir würden es irgendwie hinkriegen.«

»Aufgrund des Opfers, das du durch die Heirat mit mir gebracht hast, sind jetzt zwei unserer Kinder tot.«

»Das glaube ich nicht.«

»Ich schon. Und deine Mutter auch. Ich habe gelogen, Thomas. Ich habe ihre Tagebücher gelesen.«

Als Thomas sich abrupt umdrehte, sah er, wie ihr Tränen

in die Augen traten, und er bemühte sich, seine Wut zu zügeln. Er hatte jeden Zweifel beseitigt, den sie hinsichtlich seiner Motivation für diese Ehe noch gehabt haben mochte. Verdacht war die eine Sache, Wissen eine ganz andere. Es wunderte ihn, dass sie nach all den Jahren immer noch gehofft hatte, er habe sie aus Liebe geheiratet.

»Tut mir leid, Priscilla«, sagte er. »Ich habe dich getäuscht, weil ich glaubte, dass unsere Kinder und das Leben, das ich dir bieten konnte – das Leben, das dir zu gefallen scheint –, ein Ausgleich wären. Mir ist klar, dass ich dir gewisse Freuden vorenthalten habe, die du kennengelernt hättest, wenn ich dir … andere Gefühle entgegenbringen könnte oder du jemand anders geheiratet hättest, aber warum um Himmels willen hast du die Tagebücher meiner Mutter gelesen?«

Sie zog ein Taschentuch aus dem Ärmel ihres Morgenrocks, das sie immer für überraschende Momente überwältigender Emotion bei sich trug. Auch Thomas hatte sich angewöhnt, stets eines in seiner Jackentasche zu haben für die Zeiten, in denen ihn die Erinnerung an seine Verluste überkam.

Priscilla tupfte ihre Augen ab und schob das Taschentuch zurück in ihren Ärmel. Für ihn würde sie nicht mehr weinen, sollte diese Geste Thomas sagen. »Ich habe die Lügen satt«, erklärte sie. »Also versuche ich es zur Abwechslung mit der Wahrheit. Mal sehen, wie dir das gefällt. Ich habe Jessicas Tagebücher gelesen, um herauszufinden, ob sie mich im Verdacht hat, mich körperlich auf Major Andrew Duncan eingelassen zu haben.«

Thomas sah sie mit offenem Mund an.

Priscilla bedachte ihn mit einem unschuldigen Blick. »Und es ist tatsächlich so. Ich habe Jessicas Gedanken zu diesem Thema schwarz auf weiß gelesen, in ihrem Tagebuch des Jahres 1866.«

»Priscilla … hattest du tatsächlich eine Affäre mit ihm?«

»Allerdings, also glaube ich, nicht ganz ohne die Freuden älter geworden zu sein, die du mir vorenthalten hast.«

Die Erinnerung an den schneidigen rothaarigen Major der Union, der über einundzwanzig Jahre zuvor in der Remise untergebracht gewesen war, blitzte in Thomas' Gehirn auf. Einundzwanzig Jahre zuvor …

»Das ist dir überhaupt nicht aufgefallen, oder?«, fragte Priscilla mit einem Ausdruck selbstgefälliger Zufriedenheit. »Du warst so beschäftigt mit deiner geliebten Plantage und mir gegenüber so gleichgültig, dass du nichts gemerkt hast – anders als deine Mutter. Warum, glaubst du wohl, hat sie Regina ihr Leben lang auf Distanz gehalten?«

»Willst du damit sagen, dass Regina …?«

»Von Major Duncan war? Ja, das will ich.«

Thomas zuckte zurück, als hätte ihm jemand Säure ins Gesicht geschüttet.

»Das wird deine Trauer über Reginas Tod vielleicht ein wenig mildern und bestimmt auch die Schuldgefühle, die du möglicherweise mir gegenüber hast, weil du mir nicht genug Beachtung geschenkt hast.«

»Du … du lügst, Priscilla. Das sagst du nur, um dich an mir zu rächen, mir wehzutun …«

»Genau davor hatte ich dich doch gewarnt, oder?«

»Regina war meine Tochter! *Meine!*«

»Und von wem, meinst du, hatte sie die roten Haare, die Sommersprossen und die helle Haut?«

»Von meiner Mutter!«

»Oder von Major Duncan. Mit letzter Sicherheit werden wir das wohl nie erfahren.« Priscilla trat näher zu ihm, die kleinen Zähne aufeinandergepresst. »Ich habe dich geliebt, Thomas. Ich wollte *dich*. Weder dein Geld noch den Namen deiner Familie noch die Brotkrumen, die du mir zum Ausgleich für deine fehlende Liebe hingeworfen hast. Sicher, ich hatte meine … Hemmungen, aber durch deine Liebe hätte ich sie bei dir genauso überwinden können wie bei Andrew. Er hat mich dir als neue Frau geschenkt, an der du ein paar Jahre lang deine Freude hattest.« Sie tätschelte seine Hemdbrust. »Du wirst eine Weile brauchen, dich an die *Wahrheit* zu gewöhnen, Thomas, aber wir werden weitermachen wie bisher. Und du solltest die Finger von Jacqueline Chastain lassen. Du schuldest mir deine Treue.«

Thomas schob ihre Hand weg. »Morgen leite ich alles in die Wege«, sagte er.

Priscilla legte den Kopf ein wenig schief. »Was willst du in die Wege leiten?«

»Die Scheidung. Ich beschuldige dich des Ehebruchs.«

NEUNZIG

»Denk an Vernon«, flehte Priscilla ihn an. »Und an Regina, in welchem Licht sie das erscheinen lassen würde.«

»Denk lieber *du* an sie, Priscilla.«

Natürlich gab es Gerede im County, als sich herumsprach, dass Thomas und Priscilla Toliver sich nach sechsundzwanzig Jahren Ehe trennen würden, aber ein offener Skandal wurde abgewendet, weil Priscilla sich bereit erklärte, sich ohne viel Aufhebens von Thomas scheiden zu lassen. Thomas diktierte die Bedingungen und versprach, seine Motive für die Scheidung vor dem Bezirksrichter nicht zu erläutern, wenn sie sich widerspruchslos aus seinem Haus und seinem Leben verabschiedete, ohne juristischen Anspruch auf Wiederkehr. Als Begründung für die Auflösung ihrer Verbindung würde er die Standardformulierung wählen, dass die Ehe »aufgrund von Entfremdung und Unvereinbarkeit der beteiligten Personen, die dem Zweck der Ehe zuwiderlaufen« nicht mehr aufrechtzuerhalten sei und keine Hoffnung auf Versöhnung bestehe.

»Keine Hoffnung auf Versöhnung, Thomas?«, wiederholte Priscilla mit rauer Stimme.

»Nein.«

Und so geschah es. Priscilla entschied sich für Houston als neuen Wohnsitz, weil die Stadt eine gute Zuganbindung besaß und es somit für Vernon, ihre Brüder und ihre wenigen verbliebenen Freunde leicht sein würde, sie zu besuchen. Thomas besorgte ihr ein kleines elegantes Haus im besten

Viertel der Stadt, eröffnete ein Konto auf ihren Namen und stellte ihr drei Bedienstete und eine Kutsche zur Verfügung.

Die Scheidung trat neunzig Tage nachdem der Bezirksrichter das Dokument unterzeichnet hatte, das Thomas aus der Ehe entließ, in Kraft, und am einundneunzigsten Tag machte er Jacqueline Chastain seine Aufwartung. Drei Monate später waren sie verheiratet. Wieder einmal verlor der DuMont Department Store seine kreativste Kraft.

Vier Jahre später, also im Herbst 1892, zeigte Vernon dem Schaffner seine Fahrkarte und machte es sich im Erste-Klasse-Abteil bequem. Der Zug ratterte durch die Vororte von Howbutker an einem See entlang. Durchs Fenster bemerkte Vernon, dass die Zypressen wie immer als erste Bäume in Texas die Blätter abwarfen. An einem Oktobermorgen wie diesem neun Jahre zuvor war sein kleiner Bruder gestorben. Inzwischen wäre David dreiundzwanzig Jahre alt gewesen. Der Schmerz, der Vernon beim Gedanken an seinen Bruder immer überkam, verstärkte seine Niedergeschlagenheit. Vernon, der seine Mutter übers Wochenende in Houston besuchen wollte, liebte sie und hatte Mitleid mit ihr, aber ihm graute auch schon vor den Stunden in ihrem Haus.

Von der früheren Eitelkeit seiner Mutter, die sich gekleidet und Schmuck getragen hatte, wie es der Frau von Thomas Toliver und ihrer Stellung an der Spitze der Gesellschaft von Howbutker – ja, des Staates – geziemte, war nichts mehr zu spüren. Sie hatte ihr ganzes Leben auf die Erziehung ihrer Kinder und darauf ausgerichtet gehabt, anderen zu imponieren, gesehen zu werden und dazuzugehören. Nun fehlte ihr der Anreiz, sich herauszuputzen, und das schlug sich in einer Gewichtszunahme und in Gleichgültigkeit ihrem Äußeren gegenüber nieder.

Vernon gelang es nicht, sie für ein Engagement im Wohltätigkeitsbereich zu interessieren, oder sie dazu zu bringen, dass sie sich geistig beschäftigte oder Freundschaften in ihrer neuen Umgebung aufbaute. Seine Mutter zog es vor, sich nicht dem Gerede über ihre Scheidung und die demütigende Heirat seines Vaters mit seiner »Geliebten« auszusetzen, und pflegte den Schmerz über den Verlust ihrer beiden Kinder und ihrer früheren gesellschaftlichen Stellung lieber hinter verschlossenen Türen.

Vernon seufzte. Eigentlich konnte er sich momentan überhaupt nicht von der Plantage entfernen. Es war Erntezeit, und eine neue Plage hatte sich über das texanische Brownsville von Mexiko eingeschlichen. Es handelte sich um den Baumwollkapselkäfer, ein etwas mehr als einen Zentimeter langes Insekt mit Flügeln und vorstehendem Rüssel. Baumwoll- und Maisfarmer hatten schon andere Bedrohungen der Ernten erlebt, doch gegen diese schienen sie machtlos zu sein. Vernon würde das Treffen der Pflanzer und Farmer am Abend verpassen, bei dem mit dem Vertreter des Landwirtschaftsministeriums der Vereinigten Staaten eine gemeinsame Vorgehensweise gegen den Schädling besprochen werden sollte, aber er konnte seine Mutter am Vorabend des Tages, an dem sein Bruder gestorben war, nicht alleinlassen. Sein Vater hatte ja immerhin Jacqueline Chastain, die ihm Trost spendete.

Über die Trennung seiner Eltern war Vernon sehr betrübt gewesen, obwohl er sie als unausweichlich akzeptierte, nachdem er sich von seiner Großmutter über den Toliver-Fluch hatte aufklären lassen, dessen Existenz ihm durch den Ausbruch seiner Mutter beim Tod seiner Schwester offenbart worden war.

Seine Großmutter hatte ihm die Stationen der Reise bis zu jenem schrecklichen Streit geschildert, den er im Flur des Hauses der Familie McCord belauschte. Natürlich war die Annahme, dass auf Somerset ein Fluch liege, der seinen

Ursprung bei seiner Urgroßmutter in South Carolina habe, blanker Unsinn. Er hakte sie als einen weiteren Vorwurf ab, den seine Mutter seinem Vater entgegenschleudern konnte. Den Grund, warum er sie geheiratet hatte, kannte er bereits, und er war sich ziemlich sicher, dass seine Mutter ihn ebenfalls kannte. Er konnte die Motive seines Vaters und die Ressentiments seiner Mutter verstehen. Doch von dem turbulenten Beginn der augenscheinlich so glücklichen Ehe seiner Großeltern hatte er nichts geahnt.

Letztlich war Vernon froh, dass David und Regina den Schmerz der Scheidung nicht mehr hatten erleben müssen und ihnen der Anblick ihrer Mutter, wie sie jetzt war, erspart blieb. Ihre Entwicklung hatte in ihm den Beschluss reifen lassen, nur dann zu heiraten, wenn er eine Frau kennenlernte, die er liebte und von der er ebenfalls geliebt wurde, doch was, wenn er eine solche Frau nie fand? Er war siebenundzwanzig Jahre alt, und weit und breit gab es niemanden, der dieser Definition auch nur nahekam. Er war der einzige noch lebende Erbe von Somerset. Was würde mit der Plantage geschehen, wenn ihm kein Toliver mehr nachfolgte, der sie übernehmen konnte?

Um sich von seinen düsteren Gedanken abzulenken, nahm er einen Bericht mit den wenigen Informationen, die die Wissenschaftler bisher über den Baumwollkapselkäfer gesammelt hatten, aus seiner Aktentasche. Der Käfer, erfuhr Thomas, konnte nur kurze Strecken fliegen, aber Wirbelstürme, die im September im Golf von Mexiko häufig auftraten, waren in der Lage, ihn weit über seine ursprüngliche Heimat hinauszutragen. Wenig später wurde Vernon durch leises Klopfen an der Tür seines Abteils aus seinen Gedanken gerissen. »Herein«, rief er, ohne den Blick von dem Bericht zu heben.

Bertram, der schwarze Schaffner, mit dem Vernon sich während seiner Fahrten nach Houston schon öfter unterhalten hatte, streckte den Kopf herein. »Entschuldigen Sie, Mr Toliver. Ich wollte fragen, ob es Ihnen etwas ausmachen würde, Ihr Abteil mit einer Dame zu teilen, die in Houston aussteigt. Sie sitzt jetzt in der dritten Klasse und wird dort von Radaubrüdern belästigt. Es handelt sich um eine sehr ruhige Dame, Sir. Sie stört Sie bestimmt nicht bei der Arbeit.«

»Kein Problem«, antwortete Thomas. »Schicken Sie sie herein.«

Wenige Minuten später traf sie, begleitet von dem Schaffner, ein. Vernon hob den Blick, um sie mit einem höflichen Nicken zu begrüßen und sich dann wieder seiner Lektüre zuzuwenden. Doch als er sie sah, machte er große Augen.

»Vielen Dank, Sir«, sagte die etwa zwanzigjährige Frau, der seine Faszination nicht aufzufallen schien. Ihr Hut saß schief auf ihrem Kopf, und sie war ein wenig atemlos. Sie legte Handkoffer und Schirm ab und setzte sich ihm gegenüber hin, an der Tür, um ihn möglichst wenig zu stören. Dort rückte sie ihren Hut zurecht, ein Strohding, das viel zu brav wirkte für ihre zu einem Knoten geschlungene rotbraune Mähne. Die Mode hatte sich längst von den Rüschen verabschiedet, die seine Mutter noch immer liebte, und das schlichte Reisekostüm der Frau mit dem eng anliegenden Oberteil, der Sanduhrtaille und dem schmal geschnittenen Rock brachte ihre wohlgeformte Figur bestens zur Geltung. Vernon hatte das Gefühl, noch niemals einem so begehrenswerten Wesen begegnet zu sein.

Sobald ihr Hut wieder gerade saß, faltete seine Mitreisende die Hände im Schoß und stieß einen Seufzer der Erleichterung aus, was ihren üppigen Busen noch verführerischer wirken ließ. Als sie Vernon dabei ertappte, wie er sie anstarrte, verzog sie ihre vollen Lippen zu einem kleinen Lächeln. »Ich verspreche Ihnen, Sie nicht zu stören«, erklärte sie mit kehliger, sinnlicher Stimme.

Vernon setzte sich aufrecht hin und räusperte sich. »Sie dürfen mich stören, so viel Sie möchten.«

Sie hob erstaunt eine rotbraune Augenbraue. »Könnten Sie dann möglicherweise den Schaffner bitten, ein Glas Wasser zu bringen?«, fragte sie. »Ich habe schrecklichen Durst.«

»Wasser gegen Durst? Darf ich etwas Besseres vorschlagen?«

»Zum Beispiel?«, fragte sie, die bernsteinfarbenen Augen auf ihn gerichtet.

»Champagner«, antwortete Vernon und streckte die Hand nach dem Klingelzug aus.

»Um elf Uhr vormittags?«

»Es ist schon fast Mittag.«

»Nun …« Ihre Hand wanderte zum hohen Kragen ihrer Bluse. »Wenn Sie darauf bestehen …«

»Allerdings«, erklärte Vernon mit einem Lächeln.

Sie hieß Darla Henley und kehrte von einem Besuch bei ihrer verwitweten Tante, die eine seit zwei Generationen in der Familie befindliche Farm leitete, nach Houston zurück. Ihr Vater war Postmeister in Houston, ihre Mutter tot. Sie selbst arbeitete nach dem Erwerb eines Sekretärinnendiploms in einem Verlag.

»Was genau machen Sie in dem Verlag?«

»Ich prüfe Manuskripte, die Autoren uns zuschicken, und lese Korrektur.«

Beim zweiten Glas Champagner fragte er: »Warum sind Sie nicht verheiratet – eine Frau wie Sie?«

Sie nahm einen Schluck. Inzwischen saß sie auf seine Einladung hin ihm gegenüber am Fenster. »Ich war verlobt, habe die Verlobung aber gelöst.«

»Warum?«, erkundigte sich Vernon.

»Ich habe noch rechtzeitig gemerkt, dass wir nicht zueinanderpassen«, antwortete Darla Henley ein wenig beschwipst.

»Ach. Und wie?«

»Er wäre kein Mann gewesen, der um elf Uhr vormittags Champagner für eine Dame bestellt.«

Vernon lachte, und plötzlich hatte er das Gefühl, vollkommen sorgenfrei zu sein, ein Zustand, in dem er sich schon lange nicht mehr befunden hatte. Wie war ihre Äußerung zu interpretieren? Wollte sie sich einen reichen oder einen spontanen Mann angeln? Das hoffte er herauszufinden. Er holte eine schmale Brieftasche aus seinem Mantel, nahm seine Visitenkarte heraus und reichte sie ihr. »Darf ich mich während meines Aufenthalts in Houston bei Ihnen melden, Miss Henley?«

»Aber natürlich. Darüber würde ich mich wirklich sehr freuen, Mr Toliver«, antwortete sie.

EINUNDNEUNZIG

Eigentlich hatte er nur das Wochenende in Houston verbringen und am Sonntag wieder nach Hause fahren wollen, um in Somerset überprüfen zu können, wie es mit der ersten Ernte voranging, doch am Ende blieb Vernon vier Tage in der Stadt. Als er in die Houston Avenue zurückkehrte, empfing Jacqueline ihn erleichtert. »Vernon, wir haben uns Sorgen gemacht. Wir dachten schon, dir ist etwas passiert.«

»Ich hätte ein Telegramm schicken sollen. Tut mir leid. Jacqueline … kann ich mit dir sprechen?«

Vernon ging mit ihr in die Bibliothek, wo er zu ihr sagte: »Jacqueline, ich glaube … ich habe mich verliebt.«

»Ach. Das also war der Grund für die Verzögerung. Wer ist sie? Wie hast du sie kennengelernt?«

Mit Jacqueline zu reden fiel ihm leicht. Anfangs war Vernon ihr gegenüber skeptisch gewesen, doch schon nach wenigen Wochen hatte er begriffen, was seinen Vater zu ihr hinzog. Vernon hatte erwartet, dass sie das Regiment im Haus übernehmen und ihren Willen und Geschmack durchsetzen würde, aber das tat sie nicht. Sie passte sich an, eroberte die Herzen der Bediensteten im Sturm, errang die Anerkennung seiner Großmutter und am Ende auch die Bewunderung ihres Stiefsohnes. Jacqueline brachte Ruhe und Gelassenheit ins Haus, und trotz der Kummerfalten, die inzwischen das fünfundfünfzigjährige Gesicht seines Vaters durchfurchten, hatte Vernon ihn noch nie so glücklich erlebt.

»Im Zug nach Houston«, antwortete er seiner Stiefmutter. »Jacqueline, glaubst du an Liebe auf den ersten Blick?«

Jacqueline schürzte die Lippen. »In deinem Alter glaube ich eher an körperliche Anziehung auf den ersten Blick.«

»Warum in meinem Alter? Wie war das denn bei dir und meinem Vater?« Vernon hatte von seiner Mutter gehört, dass sie den »Fehler ihres Lebens« begangen habe, als sie seinen Vater zu Jacqueline Chastains Laden schickte, um den Haarreif zum sechzehnten Geburtstag seiner Schwester abzuholen. »Irgendwie ist der Funke zwischen den beiden übergesprungen, und diese Frau hat die Glut weiter angefacht«, hatte seine Mutter geklagt.

»Weil wir in unserem Alter jenseits der körperlichen Anziehung etwas ineinander gesehen haben, wonach wir uns beide sehnten und das wir einander geben konnten«, antwortete Jacqueline.

»Und wie findet man heraus, dass es über das rein Körperliche hinausgeht?«

»Indem man den anderen besser kennenlernt.«

Vernon fuhr sich erregt mit der Hand durchs Haar. »Ich habe nicht das Gefühl, dass ich warten kann, bis ich Darla Henley besser kennenlerne. Ich bin von ihr hingerissen. Jacqueline, es ist mir sehr schwergefallen, mich von ihr zu verabschieden. Am liebsten hätte ich sie gleich mit nach Hause gebracht. Ich hätte nie gedacht, dass ich jemals einer Frau solche Gefühle entgegenbringen könnte, aber sie raubt mir den Verstand …«

Seine Mutter hatte ihn gewarnt, dass Darla nur auf sein Geld aus sein könnte, doch das glaubte Vernon nicht. Er hatte bewusst den Eindruck von Reichtum, den er durch das Erste-Klasse-Abteil, den Champagner und die feine Kleidung vermittelte, heruntergespielt, um herauszufinden, wie sie darauf reagierte. An seinem zweiten Abend in Houston hatte er sie nicht in das elegante Restaurant über The Townsman, dem exklusiven Herrenklub, eingeladen, dem sein Vater und er angehörten, sondern war mit ihr in ein bescheideneres Lokal gegangen. Er hatte Kleidung angezogen, die er sonst im Haus seiner Mutter trug, sie mit einer Mietdroschke von dem schmalen zweistöckigen »Eisenbahnerhaus« ihres Vaters abgeholt und sie auch wieder so zurückgebracht. Wenn Darla überrascht oder enttäuscht gewesen sein sollte über den Mann, der sich von dem augenscheinlich betuchten Herrn aus dem Zug unterschied, hatte sie sich das nicht anmerken lassen. Sie hatte vielmehr erfreut darüber gewirkt, dass er sich tatsächlich bei ihr meldete. Im Zug hatte er es geschickt vermieden, über sich selbst zu reden, und sie war zu höflich gewesen, sich zu erkundigen, womit er sich seinen Lebensunterhalt verdiene. Später im Gespräch hatte er von sich aus erzählt, dass er mit seinem Vater eine Baumwollplantage in Osttexas leite.

»Das ist harte Arbeit«, hatte Darla gesagt. »Davon kann meine Tante ein Lied singen.«

Nachdem Vernon Jacqueline das alles erzählt hatte, fragte er: »Glaubst du, sie wird gekränkt sein, wenn sie herausfindet, dass ich ein wohlhabender Mann bin?«

»Du meinst, ob sie denken wird, dass du dich bewusst unter deinem Stand gekleidet und mit ihr Etablissements aufgesucht hast, die dir als dem ihren angemessen erschienen?«

»Ja, genau das meine ich.«

»Sei ehrlich zu Darla, Vernon. Erkläre ihr, dass du dabei nicht an *ihren* Stand gedacht hast, sondern an deinen eigenen, und warum du dir überhaupt Gedanken machst. Gib ihr die Chance, sich entweder über dich zu ärgern oder zu begreifen, dass du herausfinden wolltest, warum sie sich etwas aus dir macht.«

»Trotzdem …«, meinte Vernon zerknirscht, »war mein Vorgehen hinterhältig.«

»Ja, das stimmt«, pflichtete Jacqueline ihm bei. »Es hätte auch andere Möglichkeiten gegeben, ihre wahren Gefühle zu ergründen.«

»Das werde ich mir zu Herzen nehmen, Jacqueline. Danke«, sagte er und umarmte sie.

Am folgenden Samstag stand Vernon wieder vor Darlas Tür, nachdem er sie über seine Rückkehr brieflich in Kenntnis gesetzt hatte. Er hatte beschlossen, noch ein wenig zu warten, bis er seinen wahren Hintergrund zu erkennen geben würde, weil er nicht wusste, was das zur Folge hätte. *Status*. Wie sehr er dieses Wort hasste! Es erinnerte ihn an seine Mutter. Damit er die wenige Zeit nicht mit ihr teilen musste, hatte er sich mit schlechtem Gewissen in einem Hotel eingemietet, das sich nicht weit vom Haus der Henleys entfernt befand. Am frühen Nachmittag betätigte er nun den Klingelzug dort.

»Bin ich zu früh?«, fragte er, als sie die Tür öffnete.

»Keineswegs«, antwortete sie lächelnd. »Ich halte schon seit dem Morgen nach dir Ausschau.«

Sie hatte einen Picknickkorb für einen hübschen kleinen Park ganz in der Nähe gepackt. Das Wetter sei ideal für einen Herbstspaziergang, so müssten sie kein Geld für eine Droschke ausgeben, erklärte sie. Sie suchten sich ein mit Gras bewachsenes Fleckchen unter einem Baum und breiteten eine Decke aus. Nach den Sandwiches und dem Kuchen ließ Vernon sich, den Kopf in ihrem Schoß, von ihr vorlesen. »Ich liebe Gedichte«, erklärte sie und zeigte ihm einen schmalen Band mit Werken von Henry Wadsworth Longfellow.

»Ich auch«, log Vernon.

Beim Vorlesen strich sie ihm übers Haar, massierte seine Schläfen und glättete seine Stirn. Er genoss ihre sinnliche Stimme, die wie aus anderen Sphären zu ihm drang, und das

Gefühl, ihre Oberschenkel unter seinem Kopf zu spüren. Nur der Stoff ihres Rocks und Unterrocks trennten ihn von ihrer warmen Haut. Einen schöneren Nachmittag hatte er noch nie erlebt.

»Gehst du sonntags in die Kirche?«, erkundigte er sich in der Hoffnung, dass sie Nein sagen würde und er die wenigen Stunden des folgenden Morgens, die ihm blieben, bis er den Zug nach Howbutker erreichen musste, noch mit ihr verbringen konnte.

»Manchmal«, antwortete sie. »Mein Vater ist kein eifriger Kirchgänger.«

Einige Stunden später standen sie vor ihrer Haustür, neben der eine Lampe brannte. Zuvor hatten sie in einem Café in der Gegend zu Abend gegessen. »Wirst du morgen den Gottesdienst besuchen?«, fragte er.

»Nein, ich hatte gehofft, dass du morgen mit Papa und mir frühstückst.«

»Sehr gern«, sagte Vernon und streckte die Hand nach der Lampe aus, um den Docht herunterzudrehen, so dass sie im Halbdunkel standen. »Und jetzt würde ich dich gern küssen.«

»Wenn du darauf bestehst«, antwortete sie mit kokettem Augenaufschlag.

»Und ob ich das tue.«

Er versank in ihren bernsteinfarbenen Augen, bevor diese sich schlossen und sie sich mit einer Leidenschaft seinem Kuss hingab, die ihn hätte vermuten lassen können, dass sie leicht zu kriegen sei, wenn da nicht dieses Gefühl gewesen wäre, dass sie wie er empfand – dass sie füreinander geschaffen waren. Vernon erinnerte sich an die Worte seines Vaters: »Mein Sohn, es gibt keine trockenere Wüste als eine Ehe ohne Liebe. Heirate aus Liebe oder überhaupt nicht.«

»Auch nicht für Somerset?«, hatte er gefragt.

»Auch nicht für Somerset.«

Vernon erinnerte sich des Weiteren daran, wie er nach einem besonders trockenen Sommer über die Felder von Somerset geblickt hatte. Der Regen war dann in der Nacht gefallen, hatte die trockene Erde getränkt, die Furchen zwischen den Baumwollreihen mit dem lebenswichtigen Nass gefüllt, und er hatte förmlich den Durst der Pflanzen gespürt. Genau dieses Gefühl hatte Vernon jetzt.

Doch er würde Jacquelines Rat befolgen. Man konnte nur mehr über eine Frau erfahren, wenn man sie besser kennenlernte. Er würde nicht den gleichen Fehler machen wie sein Vater. Als ihre Lippen sich voneinander lösten, schaute Vernon in ihre bernsteinfarbenen Augen und sagte das, was er hoffte, fortan jeden Abend seines Lebens zu ihr sagen zu können: »Bis morgen dann.«

»Ich warte auf dich.«

Am folgenden Morgen, als Darla Vernon nachwinkte, der sich in einer Mietdroschke entfernte, gesellte sich ihr Vater zu ihr. »Wann willst du ihm sagen, dass du weißt, wer er ist?«, fragte er.

»Wenn er sich mir offenbart«, antwortete Darla. »Das ist früh genug.«

Er war ihr bereits im Zug bekannt vorgekommen. Der rabenschwarze Haarschopf, die leuchtend grünen Augen, das Kinngrübchen waren einfach zu einprägsam, um in ihr nicht den Verdacht zu wecken, dass sie sein Foto schon in irgendeinem Artikel gesehen hatte. Ihr Verlag arbeitete mit Zeitungsagenturen zusammen. Das hatte sie Vernon bei der Schilderung ihrer Tätigkeit bewusst verschwiegen. Sie hatte sich bei ihrem Chef über Vernon Toliver erkundigt, dem der Name der Familie natürlich bekannt war. Die Tolivers seien »altes Texas«, hatte er ihr mitgeteilt – betucht und prominent in ihrem Teil des Staates. Und sie hatte sich weiter informiert. Am Ende der Woche und nach ihrem zweiten Treffen mit

Vernon Toliver war sie bereits bestens vertraut mit der Geschichte der texanischen Baumwollpflanzerfamilie Toliver aus Howbutker.

Darla war alles andere als gekränkt darüber, dass Vernon ihr seine Bekanntheit und seinen Wohlstand verschwiegen hatte. Im Gegenteil: Sie fand das sogar klug, weil er ja nichts über sie wusste. Aber er musste sich keine Sorgen machen: Sie war nicht hinter seinem Geld her, sondern wollte nur seine Frau werden und ihn bis an sein Lebensende umsorgen. Er brauchte sie, und sie würde seine Bedürfnisse befriedigen. Sie würde viele Kinder mit ihm haben – Jungen, wie sie hoffte, denn sie hielt sich nicht für eine Mutter von Töchtern. Diese waren ihr zu verschlagen, und außerdem war ihr klar, dass sie es nicht ertragen würde, die Liebe ihres Mannes mit einer anderen Frau zu teilen, auch nicht mit ihrer eigenen Tochter. Sobald Vernon sich ihrer Liebe sicher wäre, würde er sich ihr offenbaren. Bis dahin würde Darla sich von ihrem Instinkt leiten lassen.

ZWEIUNDNEUNZIG

Dezember 1893

Es war das Jahr der Kirchenglocken – der drei im Turm der First Methodist Church of Howbutker. Die Kirche erhebt Anspruch darauf, aber eigentlich gehören sie der Stadt und dienen dazu, ihren Bürgern die Tageszeit anzuzeigen oder sie vor Bränden, Überschwemmungen oder Verbrechen zu warnen. Dieses Jahr wurden Bankräuber gefasst, weil es einem Angestellten während des Überfalls gelungen war, sich unbemerkt hinauszuschleichen und die Glocken zu läuten. Das lockte die Menschen auf die Straße, unter ihnen der Sheriff, und die Übeltäter rannten den Deputys direkt in die Arme.

Im Frühjahr verkündeten die Glocken, dass drei Paare vor dem Altar der Kirche den Bund fürs Leben schlossen. Drei der Söhne aus der dritten Generation der Gründerfamilien von Howbutker schworen ihren Zukünftigen ewige Treue: Jeremy III. im April, Abel im Mai und Vernon im Juni. Ich hätte ein und dasselbe Kleid zu allen drei Anlässen getragen, wenn Tippy mir nicht eines für jeden geschickt hätte.

»Jessica«, hatte sie in dem Brief geschrieben, der dem Päckchen von ihrem geräumigen Büro am New Yorker Broadway beilag. »Ich möchte Bilder von Dir sehen, auf denen Du zu jeder der Hochzeiten eines dieser Kleider trägst. So wie ich Dich kenne, würdest Du sonst wieder irgendein altes Ding aus dem Schrank nehmen und bei allen drei Hochzeiten anziehen. Die Jungs sollen doch stolz auf Dich sein.«

Als ob irgendjemandem auffallen würde, was die Großmutter eines der Bräutigame trägt! Doch ich fühlte mich sehr geehrt, als Abel und Jeremy III. mich baten, während der Zeremonien bei ihren Familien zu sitzen, weil ich die letzte Matriarchin der Clans bin. Bess DuMont lebt nicht mehr. Ich habe sie im Garten gefunden, als ich mit ihr und Jeremy zum Kaffee verabredet war. Nach der Rückkehr von unserer Weltreise hatten wir drei es uns angewöhnt, uns jeden Dienstagmorgen in einem unserer Gärten zu treffen. Ich war ein wenig zu früh dran und erfuhr, dass Bess noch dabei sei, Blumen für den Kaffeetisch zu pflücken, ihre kleine persönliche Geste zu den französischen Gebäckstücken, die Jeremy so liebt. Ich entdeckte meine liebe Freundin auf dem Boden, den Korb mit Pfingstrosen und Löwenmäulchen neben sich. Sie lag mit zur Seite gewandtem Gesicht, die Augen offen, als wollte sie das Ohr auf den Boden pressen. Ein Schmetterling saß mit flatternden Flügeln auf ihrer Schulter.

So schlugen die Glocken auch für Bess.

Kurz darauf holte Armand den Leichnam seines Bruders Philippe heim, der bei einer Schießerei mit der berüchtigten Wild Bunch, einer Gang gewalttätiger Verbrecher mit ihrem Anführer Bill Doolin, umgekommen war. Philippe, der zu dem Zeitpunkt nach wie vor für die Pinkerton Detective Agency arbeitete, war nach Oklahoma gerufen worden, um Gesetzeshütern gegen die Bande beizustehen, die Angst und Schrecken im Staat verbreitete. Ich zitiere Armands Worte bei Philippes Beerdigung: »Ich bin froh, dass die Engel Mama geholt haben, bevor sie den Sohn begraben musste, von dem sie immer gewusst hat, dass er eines Tages durch die Waffe sterben würde, mit der er gelebt hat.«

Dieses Jahr hat auch das Leben meiner alten Feindin Stephanie Davis gefordert. Lorimer ist schon vor Längerem gestorben – »an gebrochenem Herzen, weil er gezwungen war, sein eigenes Land von einem carpet bagger *zu pachten«, hatte Stephanie behauptet, und wir alle, die noch vom Willow-Grove-Treck übrig waren, pflichteten ihr bei. Stephanie segnete das Zeitliche in dem Altenheim, das für die wachsende Zahl älterer Witwen eingerichtet worden war, welche der Krieg mittellos gemacht hat, und zu denen gehörte auch Stephanie. Es wird von den Wohltätigen Schwestern geleitet, und ich spende den Bewohnern einmal pro Woche ehrenamtlich Trost. Ziemlich lange habe ich Stephanie wohl an all das erinnert, was sie verloren hat, und sie ist mir aus dem Weg gegangen, aber ganz allmählich wich ihre Verbitterung der Einsicht, dass ich zu den wenigen gehörte, die sich noch ihres Sohnes Jake und »der Tage damals« entsannen. Am Ende brachten wir viele Stunden damit zu, uns an Jake und Joshua und unsere gemeinsame Zeit in New Orleans sowie die Jahre der mühsamen Anfänge in Texas zu erinnern.*

Stephanie hat mir ein Geschenk hinterlassen – ebendiese Erinnerungen, an die ich mich ohne sie vielleicht nicht herangewagt hätte. Sie haben mich angeregt, mein Material für die Chronik der Gründerfamilien von Howbutker zu sortieren. Mit sechsundsiebzig Jahren kann ich es mir nicht leisten, das noch lange hinauszuschieben. Eigentlich hatte ich erwartet, auch Einblick in Priscillas Aufzeichnungen über die Geschichte der Familie nehmen zu können, doch zu meinem und Thomas' Erstaunen hat sie diese nach der Scheidung mitgenommen. Thomas meint, dass seine frühere Frau sie irgendwann genüsslich verbrennen wird.

Die Glocken läuteten 1893 also für Hochzeiten und Beerdigungen, Geburten und Todesfälle. Zu den positiven Dingen, auf die ich in diesem Jahr zurückblicken kann, zählt, dass mein Sohn und mein Enkel glücklich verheiratet sind. Sie scheinen genau die richtigen Frauen gefunden zu haben. Jacqueline Chastain ist ein Segen für uns alle, Darla nur für Vernon.

Wenn es nach Darla ginge, würde sie ihren Mann völlig von der Familie abschotten und ganz für sich behalten. Doch sie weiß, dass Vernon das niemals zulassen würde, und so bemüht sie sich, seinem Vater, Jacqueline, mir und auch den Warwicks und DuMonts gegenüber, die mein Enkel als Teil seiner Familie betrachtet, freundlich zu sein.

Darla Henley ist schlau. Vernon war ganz aus dem Häuschen, als sie sich bereit erklärte, abseits von uns in der Houston Avenue zu wohnen. Er war sicher, dass Darla, die aus bescheidenen Verhältnissen stammt, gern in unserem Herrenhaus residieren würde, doch sie versicherte ihm, solange sie zusammen wären, sei es ihr egal, wo sie lebten. Jacqueline äußerte sich nicht dazu, aber bestimmt hat sie wie ich erkannt, dass Darlas rasche Zustimmung nur dazu diente, Vernon nicht mit uns anderen, besonders den Frauen, teilen zu müssen.

Wer kann es ihr verdenken? Drei Frauen in einem Haus können den Männern das Leben zur Hölle machen. Offen gestanden waren Jacqueline und ich beide überrascht über die Entscheidung der frisch Vermählten, von Armand DuMont ein Stadthaus in Howbutker zu mieten, bis sie beschlossen hätten, wann und wo sie selbst ein Domizil errichten würden.

Auf der negativen Seite der Bilanz dieses Jahres ist die Finanzkrise zu vermerken. Der weiße Mann hat nichts aus der Geschichte gelernt und wiederholt in seiner Gier seine Fehler. Die Ursachen der Panik von 1893 sind die gleichen wie die der Wirtschaftskrise 1873. Zu viele Eisenbahnlinien, zu viele neu errichtete Wohn- und Geschäftshäuser, Fabriken und Häfen, zu viel Bergbau und Landwirtschaft – alles auf Kredit, gesichert einzig und allein durch die Aussicht auf atemberaubende Gewinne – haben zum Zusammenbruch der Finanzmärkte hier und im Ausland geführt. Natürlich ist auch Somerset davon betroffen.

Dem Himmel sei Dank für den Geschäftssinn von Jeremy

Warwick, der mit seinen siebenundachtzig Jahren nach wie vor Weitblick beweist und um die Gier des Menschen weiß. Er hat Thomas vor der drohenden Blase in allen Branchen gewarnt und ihm geraten, seine Anteile vor dem unvermeidlichen Zusammenbruch zu verkaufen. Gott sei Dank hat Thomas Jeremys Rat befolgt, und so ist nun Geld vorhanden, um Somerset weiterführen und die laufenden Ausgaben begleichen zu können.

Doch das bedeutet nicht, dass wir große Sprünge machen können. Somerset sieht sich zahlreichen Herausforderungen gegenüber. Die nationalen und internationalen Baumwollmärkte sind aufgrund der übermäßigen Produktion mit Ware überschwemmt, was darauf zurückzuführen ist, dass sie sich nun mit der Eisenbahn transportieren, mit ausgefeilteren Maschinen und Gerätschaften ernten und verarbeiten lässt. Ägypten und Indien sind ernst zu nehmende Konkurrenten geworden, und der Baumwollkapselkäfer wird den Pflanzern wohl noch Jahre Kopfzerbrechen bereiten.

Wie viele bin ich von dem neuen Fortbewegungsmittel Fahrrad begeistert. Kaum hatte ich das Tippy gegenüber erwähnt, als sie mir auch schon zwei eigens fürs Radfahren entworfene Kleidungsstücke schickte. In dem einer Pumphose ähnlichen Unterteil komme ich mir vor, als steckten meine Beine in Kürbissen, aber es ist praktisch.

Jedenfalls bin ich letzten Herbst eines Tages nach Somerset hinausgeradelt, und der Anblick der sich schier endlos erstreckenden schneeweißen Felder hat mir den Atem geraubt. Als der Wind in den Baumwipfeln der Kiefern raschelte, konnte ich fast fühlen, wie Silas' Hand mein Gesicht streichelte. Ich spürte Stolz in mir aufsteigen, als ich die Früchte der Arbeit meines Mannes, meines Sohnes und meines Enkels betrachtete, und ich, die ich sonst niemals bete, bat Gott, dieses Land der Tolivers für die folgenden Generationen zu bewahren. Egal, ob ein Fluch darauf liegt oder nicht: Somerset verdient es, erhalten zu werden.

Damit beende ich den letzten Eintrag in meinem Tagebuch. Um Zeit zu sparen, werde ich mich in Zukunft ganz auf das Schreiben von Rosen *konzentrieren.*

DREIUNDNEUNZIG

Thomas las entsetzt den Absender auf dem Umschlag: *Priscilla Woodward Toliver*. Er war an ihn adressiert, nicht an Vernon. Thomas hatte einen anstrengenden Tag hinter sich und keine Lust auf weitere Probleme. Was wollte Priscilla? Mehr Geld?

Er ging mit dem Kuvert in sein Arbeitszimmer, wo er sich einen Scotch mit Wasser einschenkte, bevor er es öffnete. Auch Menschen, die man zu kennen glaubte, konnten einen überraschen und enttäuschen. Heute war er bei seinen Nachbarn gewesen, um ihnen den von der Regierung empfohlenen Plan zur Eindämmung der Baumwollkapselkäferplage vorzustellen. Er sah vor, dass man die abgeernteten Stängel sofort nach der Ernte verbrannte und in die Erde einpflügte, damit die Käfer keine Chance zum Überwintern hatten, doch der Erfolg hing davon ab, dass alle mitmachten. Die Käfer konnten zum Feld des Nachbarn wandern, weswegen alle Pflanzer sich darauf einigen mussten, ihre Erntereste zur selben Zeit abzufackeln.

Thomas war schockiert gewesen über die mangelnde Kooperationsbereitschaft der Nachbarn. Jacob Ledbetter, dem Fair Acres gehörte, eine Plantage zwischen Somerset und Thomas' Stück Land entlang des Sabine River, sträubte sich mit folgender Begründung: »So viele Feuer gleichzeitig wären eine Bedrohung für unsere Häuser und Scheunen und das Vieh, wenn der Wind in die falsche Richtung dreht.«

Natürlich hatte Jacob damit nicht ganz unrecht, doch was

blieb ihnen anderes übrig, wenn sie im folgenden Jahr eine halbwegs profitable Ernte einfahren wollten?

Sein anderer Nachbar Carl Long, ein *carpet bagger* aus Minnesota, der die Plantage von Thomas' langjährigem Freund Paul Wilson zu einem Spottpreis erstanden hatte, wollte ihn sogar erpressen. Thomas nahm einen Schluck Scotch, um den sauren Beigeschmack von Carls Worten loszuwerden. »Weißt du was, Thomas? Wenn du mir meine Plantage abkaufst, kannst du sie meinetwegen abfackeln. Wenn nicht, machen wir kein Geschäft. Ich habe einfach nicht die Leute, um deinen Vorschlag in die Tat umzusetzen.«

Thomas hätte nichts lieber getan, als das Land der Longs und Fair Acres zu erwerben, das nicht zum Verkauf stand, doch dafür fehlte ihm das Geld. Er hatte sich schlecht gelaunt von den beiden Männern verabschiedet. Carl Long war ihm nicht wichtig, aber die Beziehungen mit Jacob Ledbetter würden möglicherweise belastet, wenn er die Felder von Somerset abbrannte. Seit den Gründertagen gewährten die Ledbetters den Tolivers das Durchgangsrecht zu ihrem Land am Sabine River, wo sich die Baumwollentkernungsanlage, die Baumwollsamenmühle und der Pier befanden. Und diesen Zugang konnte Jacob jederzeit schließen.

Gab es größere Dickköpfe als Pflanzer? Thomas erinnerte sich an die Zeit vor dem Krieg, in der sein Vater immer wieder Argumente gegen die Sezession vorgebracht hatte, die ungehört verhallt waren. Später hatten alle es bereut, ihn nicht unterstützt zu haben, doch jetzt hörten sie wieder nicht zu. Die Pflanzer vergruben die Köpfe genauso tief im Sand wie damals und begriffen nicht, dass ihre Lebensgrundlage durch den Baumwollkapselkäfer stärker gefährdet war als seinerzeit durch die Unionsarmee. Wieder einmal lag die einzige Chance eines Tolivers darin, sich – vermutlich erneut vergebens – an die Behörden zu wenden, damit diese für

Baumwollpflanzer und Maisfarmer verpflichtende Termine für die Vernichtung der abgeernteten Stängel einführten.

Thomas riss den Umschlag auf und nahm ein einzelnes Blatt Papier heraus. Im Haus herrschte Stille, denn es war der Nachmittag, an dem Jacqueline und seine Mutter ihren Lesezirkel besuchten und anschließend zum Tee blieben. *Thomas*, schrieb Priscilla, *ich muss Dich so schnell wie möglich sehen. Darf ich Dich am Sonntag erwarten? Bitte antworte per Telegramm. Du musst kommen, Thomas. Es ist dringend. PWT.*

Thomas faltete den Brief zusammen. *Sonntag*. Das war in drei Tagen. Er hatte Priscilla seit damals, seit der Organisation ihres neuen Lebens in Houston vor acht Jahren, nicht mehr gesehen. Obwohl eingeladen, war sie nicht zur Hochzeit ihres Sohnes gekommen. Thomas erkundigte sich nie nach ihr, und Vernon erzählte von sich aus nichts. Vernon und Darla besuchten seine Mutter und ihren Vater regelmäßig und offenbar gar nicht so ungern. Überraschenderweise hatten Priscilla und Barney Henley sich angefreundet und trafen sich abends zum Kartenspielen.

Jacqueline würde ihn ermutigen hinzufahren, es als seine Pflicht erachten, Priscillas Wunsch zu erfüllen. Schließlich trug er eine Teilschuld am Scheitern der Ehe, und Priscilla hatte in den acht Jahren danach keine Zusatzforderungen gestellt. Sie hatte sich an die in der Scheidungsvereinbarung formulierten Bedingungen gehalten und war ohne Aufhebens aus seinem Leben verschwunden.

Thomas hatte ein ungutes Gefühl. Was konnte Priscilla von ihm wollen? Und warum diese Eile? Thomas graute davor, sie zu sehen. Er war sich sicher, dass die Zeit ihre Spuren bei ihr hinterlassen hatte, und fühlte sich zum Teil dafür verantwortlich. Trotzdem hätte er die vergangenen acht Jahre, in denen er Jacqueline lieben und mit ihr hatte zusammen sein können, für kein Leben ohne Gewissensbisse eingetauscht.

Mit jedem Jahr wuchs die Liebe zu seiner Frau, und mit fast neunundfünfzig bedauerte er nur die immer weniger werdende Zeit, die ihm mit ihr noch blieb.

Er klingelte nach den Bediensteten. Sassie erschien, die ihn daran erinnerte, wie schnell die Jahre vergangen waren. Sassie war neunzehn, verlobt und wollte im folgenden Jahr heiraten. Noch gestern, so erschien es Thomas, war sie als kleines Mädchen hinter ihrer zwanzigjährigen Mutter Amy hergetrippelt.

»Sassie, sag meiner Frau doch bitte, wenn sie nach Hause kommt, dass ich zum Telegrafenamt gegangen bin«, bat Thomas sie.

Priscilla hatte ihr bestes, wenn auch schrecklich altmodisches Kleid angezogen. Thomas machte sich nichts aus Mode, aber sogar er wusste, dass Turnüren mittlerweile dank vernünftiger Modeschöpfer wie Tippy Faltenröcken gewichen waren. Priscilla begrüßte ihn mit einem kühlen Lächeln und einer noch kühleren Hand. Sie sah nicht gut aus und hatte abgenommen.

»Tee, Thomas?«, fragte sie, setzte sich in ihrem düsteren Salon an einen Tisch, der für den Nachmittagstee gedeckt war, und signalisierte ihm, es ihr gleichzutun.

»Nein danke.«

»Dann vielleicht lieber Scotch mit Wasser?« Priscilla deutete auf die Anrichte wie in alten Tagen, wenn er nach einem langen Tag nach Hause gekommen war und sich vor dem Abendessen noch etwas zu trinken eingeschenkt hatte.

»Ja, warum nicht?«, antwortete er.

Als sie, er mit einem Kristallglas, sie mit einer Teetasse in der Hand, am Tisch saßen, fragte Thomas: »Warum wolltest du mich sehen, Priscilla? Ich muss mit dem letzten Zug zurück nach Howbutker.«

Sie verzog den Mund. »Ich hatte nicht erwartet, dass du bleiben würdest, Thomas, nur, dass du überhaupt kommst.«

»Und jetzt bin ich da. Was willst du?«

Sie griff ins Bücherregal und nahm einen schweren ledergebundenen Band heraus. »Hier«, sagte sie und reichte ihn ihm. »Für Vernon – mein Abschiedsgeschenk.«

Thomas nahm das Buch. Dabei fiel sein Blick auf die geprägte Goldschrift auf dem Einband. *Die Tolivers: Eine Geschichte der Familie ab 1836*. Er sah sie verblüfft an. »Du hast die Chronik also tatsächlich geschrieben, von der du immer gesprochen hast?«

»Das war ein guter Zeitvertreib. Ich hoffe, dass Vernon sie für die Nachwelt aufbewahrt, denn ich möchte, dass er über die Wurzeln seiner Familie Bescheid weiß. Der Titel ist nicht ganz korrekt. Sie reicht bis zu den Anfängen der Tolivers und Wyndhams in England zurück.«

»Woher hattest du die Informationen?«

»Du meinst, welche Quellen habe ich abgesehen von den Tagebüchern deiner Mutter benutzt?«

Thomas spürte, wie er rot wurde. »Das habe ich nicht gefragt, Priscilla«, erwiderte er.

»Ich weiß«, erklärte sie, etwas weniger angriffslustig. »Hauptsächlich habe ich das *New England Historical and Genealogical Register*, das Stammbaumverzeichnis der Neuenglandstaaten, zurate gezogen. Die Organisation, die es erstellt, beauftragt Stammbaumforscher im In- und Ausland, in Kirchenverzeichnissen und Archiven zu recherchieren. Die Fotografien stammen aus Zeitungen und den Alben der DuMonts und Warwicks, die sie mir freundlicherweise zur Verfügung gestellt haben, und natürlich von deiner Mutter.«

»Sie wird sehr beeindruckt sein«, sagte Thomas mit rauer Stimme. Das Buch war ein ansehnliches Konvolut von Familienstammbäumen, Landkarten, Bildern, Anekdoten und geschichtlichen Daten, aufwendig gebunden. Sie musste Jahre gebraucht haben, all das zu sammeln. Er ließ die Hand bewundernd über den Umschlag gleiten. »Das war sicher nicht billig.«

Sie winkte ab. »Geld war mir nicht wichtig. Wie du siehst, lebe ich einfach. Du wirst feststellen, dass in den Stammbäumen Platz für Neuzugänge ist. Bald wirst du dem der Tolivers einen weiteren Namen hinzufügen können.«

»Ja«, sagte Thomas und räusperte sich. »Darla wird wohl nächsten Monat entbinden.«

»Und Jeremy III. und Abel werden ebenfalls stolze Väter, nicht wahr?«

»Ja. Falls es Söhne sein sollten, hoffen die beiden, dass sie ebenso eng befreundet sein werden wie sie selbst.«

Ein wehmütiger Ausdruck trat auf Priscillas Gesicht. »Die Freundschaft von Vernon, Jeremy III. und Abel ist etwas ganz Besonderes. Ich hoffe mit dir, dass die nächste Generation von Jungen etwas Ähnliches erleben darf.«

»Hast du mich des Buches wegen hergebeten, Priscilla? Wenn ja, möchte ich mich bedanken. Wir werden es in Ehren halten, aber nun muss ich wirklich gehen.«

Als er aufstehen wollte, hielt sie ihn zurück. »Da wäre noch etwas anderes, Thomas.«

Das hatte er sich schon gedacht. »Und zwar?«

»Es geht um deine Tochter Regina.«

VIERUNDNEUNZIG

Sein Herz zog sich zusammen. »Regina?«

»Ja, deine Tochter, Thomas.«

Thomas stand so abrupt auf, dass er gegen das Teesieb stieß und Teesatz auf dem weißen Damasttischtuch landete. »Ich habe keine Lust, mit dir über Regina zu sprechen, Priscilla, und muss jetzt gehen. Den Weg hinaus finde ich allein.«

»Bevor du hörst, dass ich dich darüber angelogen habe, wer ihr Vater ist?«

Thomas, der mit dem Buch schon fast an der Tür war, blieb stehen und drehte sich um. »Du hast gelogen?«

»Ich hätte es nicht getan, wenn ich geahnt hätte, dass du dich dann von mir würdest scheiden lassen. Leute in deinen Kreisen lassen sich nicht scheiden.«

»Das war die einzig logische Reaktion auf dein Geständnis, dass du mich betrogen hast, Priscilla.«

Priscilla erhob sich ein wenig unsicher. Sie hatte dunkle Ringe unter ihren immer noch strahlend blauen Augen. War sie krank, fragte er sich, oder kam ihr Aussehen von ihrem Einsiedlerdasein davon, dass die Vorhänge geschlossen blieben, in dem Raum ein muffiger Geruch hing und sie nur selten Besuch empfing?

»Ich wollte dich verletzen«, teilte Priscilla ihm mit und stützte sich am Tisch ab. »Und ich wusste, dass ich dein kaltes Herz nur über Regina erreichen konnte.«

Thomas' Kiefer mahlten. »Ich weiß ja nicht, was das wieder für ein Spielchen ist, Priscilla, aber eins steht fest: Ich mache nicht mit. Offen gestanden ist es mir scheißegal, ob du mit Duncan geschlafen hast. Wer Reginas Vater war, ist nicht wichtig. Sie war in jeder Hinsicht meine Tochter, wenn auch vielleicht nicht mein eigen Fleisch und Blut.«

»Wer lügt jetzt?«, fragte Priscilla. »Du weißt genauso gut wie ich, dass dich der Gedanke, deine über alles geliebte Tochter könnte von einem anderen sein, nachts wach hält. Und tagsüber wird deine Erinnerung an sie dann von der Vorstellung vergiftet, dass in ihren Adern das Blut eines Unionssoldaten, des Feindes, gegen den du gekämpft hast, eines Yankee, floss – dass die Tochter, in der du die besten Eigenschaften eurer Familien gesehen hast, genauso wenig eine Toliver … oder eine Wyndham … war wie ich.«

Thomas schluckte. Ja, noch Jahre nach Reginas Tod konnte er nicht an seine Tochter denken, ohne sich zu fragen, ob das Kind seines Herzens nicht einen anderen Vater gehabt hatte.

»Wenn du meinst, Priscilla. Dann ist es eben wichtig«, sagte Thomas. »Wenn es dir Befriedigung verschafft, mir Schmerz zuzufügen.« Er öffnete die Tür.

»Thomas, ich habe dich hergebeten, um dir die Wahrheit zu sagen. Bitte, du musst mir glauben«, rief sie ihm nach, als er in den Flur hinaustrat.

Thomas nahm seinen Hut von der Garderobe. »Warum sollte ich das?«

»Weil ich bald sterben werde und die letzten Dinge regeln möchte.«

Er drehte sich zu ihr um. »Lügst du mich an, Priscilla?«

»Das wirst du ja bald herausfinden, oder? Thomas, ich bin zu schwach, um mich mit dir zu streiten. Du kannst es glauben oder nicht. Ich habe dreimal mit Andrew Duncan geschlafen, und nicht in Zeiten, in denen ich hätte schwanger werden können, was bedeutet, dass Regina nur deine Tochter gewesen sein kann.«

Thomas kehrte in den Salon zurück. Bei Priscilla konnte man nie so genau wissen, ob sie die Wahrheit sagte, aber dass sie krank war, sah man. Ihm fielen ihre Blässe, die tief in den Höhlen liegenden Augen und ihre hohlen Wangen auf. Plötzlich überkam ihn Mitleid mit ihr, doch er durfte nicht vergessen, zu welcher Falschheit sie fähig war.

»Woher soll ich wissen, dass du mir nicht einfach erzählst, was ich hören möchte? Dass diese … *Beichte* nicht nur der Versuch ist, eine widerwärtige Behauptung zurückzunehmen, von der du wünschst, sie nie ausgesprochen zu haben?«

Priscilla schloss müde die Augen. »Denk, was du willst, glaube es oder nicht. Was geht es mich an, wenn du den Rest deines Lebens in Unsicherheit verbringst? Du hast ja *Jacqueline* …«, Priscilla zischte den Namen, »… die dich trösten kann.« Priscilla betätigte den Klingelzug, bevor sie in einen Sessel sank. »Bitte geh jetzt, damit ich meine Schmerzmittel nehmen kann. Mein Mädchen dosiert sie für mich.«

Thomas wusste nicht so genau, was er davon halten sollte. Konnte er ihr glauben? Hätte sie sich doch nur stärker bemüht, ihm seine Zweifel zu nehmen! Würde sie tatsächlich bald sterben? … Die Mutter seines Sohnes? »Priscilla, ist das alles wirklich wahr?«, fragte er.

»Ich habe dir gesagt, weswegen ich dich hergebeten habe, Thomas. Darüber hinaus schulde ich dir nichts. Was du mit dem Wissen anfängst, liegt bei dir. Und jetzt geh bitte.«

»Es tut mir leid, dass dein Leben so endet …«

Priscilla winkte ab. »Ich bedaure nur, dass ich niemanden geheiratet habe, der mich geschätzt hätte wie Major Andrew Duncan.«

»Das bedaure ich auch für dich, Priscilla.«

»Aber ich war eine gute Mutter, und ich habe drei wunderbare Kinder zur Welt gebracht.«

»Ja, das stimmt. Das kann dir niemand nehmen.«

»Schick mir Vernon. Sag ihm, dass er so schnell wie möglich kommen soll, ohne seine Frau. Sie wird ihn zum glücklichsten Ehemann der Welt machen, aber alle anderen sollten sich vorsehen.«

»Das sagt meine Mutter auch.«

Priscilla verzog den Mund. »Die gute alte Jessica. Ihr entgeht wirklich nichts.«

Die Bedienstete trat mit einem Tablett voll Medikamenten zu ihrer Herrin, die matt in dem Sessel am Fenster saß, stellte das Tablett auf einen Tisch und zog die Vorhänge noch weiter zu. Priscilla, die die Augen geschlossen hatte, schien vergessen zu haben, dass Thomas da war. Während das Dienstmädchen ein Fläschchen aufschraubte, trat er zu Priscilla und drückte ihre Hand. Sie reagierte nicht. Als er sich von ihr abwandte, um zu gehen, sagte sie, ohne die Augen zu öffnen: »Es gibt eine Möglichkeit, dich zu vergewissern, dass Regina von dir war, Thomas.«

Er blieb wie angewurzelt stehen. »Und die wäre?«

»Lies die Chronik«, antwortete Priscilla und machte den Mund weit auf, um von der Bediensteten einen Löffel flüssigen Schlafes zu empfangen.

FÜNFUNDNEUNZIG

Als Thomas nach Hause kam, war es früher Abend. Man hatte ihm das Essen warm gehalten, doch er schüttelte den Kopf und ging, nachdem er Jacqueline lange umarmt hatte, mit Priscillas Chronik der Tolivers hinauf zu seiner Mutter. Auf dem Heimweg in seinem Erste-Klasse-Abteil waren vor den blinkenden Lichtern der fernen Häuser draußen Bilder aus der Vergangenheit aufgestiegen. Er hatte sich daran erinnert, wie Priscilla sich beklagte, dass seine Mutter sich mehr aus ihren Söhnen mache als aus ihrer Tochter. Damals hatte er ihre Bemerkung als albern abgetan. Seine Mutter liebte alle ihre Enkelkinder gleich. Sie besaß nur einfach mehr Erfahrung im Umgang mit Jungen und fühlte sich in ihrer Gesellschaft wohler. Beschäftigt und blind, wie Thomas gewesen war, hatte er nie einen Gedanken an die kaum merkliche Distanz seiner Mutter Regina gegenüber verschwendet. Ihm war lediglich aufgefallen, wie das kleine sommersprossige Gesicht seiner Tochter zu strahlen begann und wie sie die Arme ausstreckte, wenn ihre Großmutter in Sicht kam. Detail um Detail war vor seinem geistigen Auge aufgetaucht, das Priscillas Aussage bestätigte; er musste tatsächlich blind gewesen sein. Spätestens nach Priscillas Geständnis, dass sie die Tagebücher seiner Mutter gelesen habe, um zu erfahren, ob diese ihre Affäre mit dem Major entdeckt habe, hätte ihm etwas dämmern müssen.

Ein Schauder lief ihm über den Rücken, als Thomas klar wurde, dass seine Mutter von Reginas Geburt an den Verdacht gehegt hatte, ihre Enkelin könne das Kind von Andrew Duncan sein. *Könne*, denn wie sollte sie das mit letzter Sicherheit wissen? Thomas hatte all die Jahre mit dem Zweifel an seiner Vaterschaft gelebt, der in ihm verkapselt war wie eine alte Gewehrkugel. Doch nun würde er seine Mutter fragen, der, wie Priscilla ganz richtig festgestellt hatte, nichts entging.

Jessica, die gerade dabei war, ihre allabendliche heiße Schokolade zu trinken, öffnete ihm die Tür im Nachtgewand. Sie wirkte überrascht, ihn zu sehen.

»Ja, Sohn, was ist?«

»Mutter, ich muss mit dir reden.«

»Ich höre.«

Thomas hatte niemandem von Priscillas Geständnis ihrer Untreue oder ihrer Behauptung erzählt, dass er nicht Reginas Vater sei. Acht Jahre lang hatte er die Last ihrer Eröffnung allein getragen; jetzt hielt er es nicht mehr aus.

»Du hast von Anfang an über ihre Affäre mit Duncan Bescheid gewusst, oder, Mutter?«, erkundigte sich Thomas, nachdem er ihr erklärt hatte, dass Priscilla hinsichtlich der Vaterschaftsbehauptung zurückgerudert war.

»Und nun fragst du dich, warum ich es dir nie gesagt habe«, stellte Jessica fest. »Was für einen Sinn hätte das gehabt? Außerdem war es nur ein Verdacht. Ich wusste es nicht sicher.«

»Aber du hast Regina behandelt, als wüsstest du es.«

Jessica wurde rot. »Ja, das stimmt, und ich hoffe, dass du mir verzeihst, was ich mir selbst nie werde verzeihen können. Ich war mir damals so sicher, dass Andrew Duncan Reginas Vater ist, wie ich es jetzt bin, dass er es nicht war.«

»Warum? Woher dieser Gesinnungswandel?«

Jessica legte die Chronik der Tolivers, in der sie zu einem früheren Zeitpunkt geblättert hatte, auf ein Beistelltischchen.

»Woher ich es weiß, spielt keine Rolle«, sagte sie mit einem traurigen Lächeln. »Vielleicht ist es großmütterliche

Intuition, aber Priscilla hat dir ja alle Belege geliefert, die du brauchst. Du kannst jetzt ruhig schlafen.«

»Heißt das, dass ich ihr glauben soll?«

»Ja, Sohn. Priscilla sagt die Wahrheit.«

»Woher weißt du das?«

»In solchen Fällen, mein Lieber, muss man die Wahrheit nach dem beurteilen, was man über die betreffende Person weiß. Dir ist klar, dass Priscilla dich hasst, wie es nur eine verschmähte Frau vermag. Warum sollte sie sich bemüßigt fühlen, den Stachel des Zweifels zu entfernen, wenn Andrew Duncan Reginas Vater war? Sie hat dich nicht davon befreit, um dir den Schmerz zu nehmen, sondern um ihres lieben Seelenfriedens willen. Könntest du dir vorstellen, mit einer solchen Lüge zu sterben? Traust du Priscilla so viel Mut zu? Vermutlich hofft sie darauf, dass du ihrer Beichte keinen Glauben schenkst und den Rest deines Lebens leidest, aber für sich hat sie reinen Tisch mit ihrem Schöpfer gemacht, und das ist das Einzige, was für sie zählt. Glaube ihr, Sohn, und bewahre deine Erinnerungen an deine Tochter.«

Thomas sah seine Mutter an. Er würde niemals einen Beweis dafür haben, dass die Tochter, die neben seinem Sohn begraben lag, tatsächlich sein Fleisch und Blut gewesen war, aber er konnte nachvollziehen, was Jessica ihm soeben erklärt hatte. Erleichterung durchströmte ihn. Er stand, den Tränen nahe, auf und beugte sich zu der Frau hinab, die ihn geboren hatte, um sie auf die Wange zu küssen. Natürlich vergab er ihr. Sie hatte länger als er unter dem Zweifel gelitten, ob er Reginas Vater war, und musste nun den Rest ihrer Zeit auf Erden mit dem schlechten Gewissen darüber leben, dass sie der Besten der Tolivers ihre Zuneigung verwehrt hatte.

Er wischte eine Träne von ihrer Wange. »Danke, Mutter. Schlaf gut. Ich jedenfalls werde es tun.«

»Wo willst du denn um diese Uhrzeit noch hin?«

Er nahm die Chronik der Tolivers in die Hand. »Zu Vernon. Ich muss ihm sagen, dass seine Mutter bald sterben wird.«

Jessica hörte, wie die Schritte ihres Sohnes sich entfernten. Sie klangen leichter als zuvor. Sie war dankbar dafür, dass es ihr vergönnt gewesen war, lange genug zu leben, um ihren Sohn von dem Schmerz zu befreien, den sie all die Jahre nicht bemerkt hatte. Und für die Eingebung, die es ihr ermöglicht hatte, den Beweis dafür, dass Thomas Reginas Vater war, in Priscillas Persönlichkeit zu suchen. Thomas glaubte ihr, und so musste seine Mutter nicht mehr länger fürchten, ihm die Wahrheit zu erläutern, wie sie sie sah.

Ich weiß schon lange, dass Regina deine Tochter war, Thomas. Tippy hat mir einmal gesagt, dass ich eines Tages wissen würde, ob sie dein Fleisch und Blut ist.

Und wieso war sie es?

Weil Regina gestorben ist, mein Sohn. Als Tochter eines anderen wäre sie am Leben geblieben.

Zum Glück war ihr diese Erklärung erspart geblieben. Dank Priscilla war es ihr gelungen, ihn mit vernünftigen Argumenten zu überzeugen, und das war die einzige Sprache, die Thomas verstand.

Priscilla hatte ihm die Richtung gewiesen mit ihrer Bitte, die Chronik der Tolivers zu lesen. Der Beweis, den er suchte, lag vor seiner Nase, in den Stammbäumen, doch Thomas würde ihn nie erkennen. Denn er glaubte, anders als Priscilla, nicht an den Fluch.

Acht Jahre zuvor, an dem Abend, an dem sie Reginas Leichnam zur Beisetzung nach Hause gebracht hatten, war Vernon mit rot geweinten Augen zu ihr gekommen. Von was für einem Fluch hatte seine Mutter da geredet, hatte er wissen wollen. Seinerzeit war er zweiundzwanzig Jahre alt gewesen, ein ausgewachsener Mann, aber der Kummer hatte ihn wieder zu einem kleinen Jungen gemacht, der trostsuchend auf den Schoß seiner Großmutter kletterte.

Jessica hatte ihm die Gründe für den Fluch erläutert und beobachtet, wie ein skeptischer Ausdruck in die Augen ihres Enkels getreten war.

Am Ende hatte Vernon ihre Ausführungen zusammengefasst: »Nur um sicher zu sein, dass ich alles richtig verstanden habe, Großmutter. Dieser … Fluch, der angeblich auf Somerset liegt, begann, als mein Großvater dich geheiratet hat statt der Frau, mit der er verlobt war, und deswegen ist sein Sohn gestorben, und du konntest nach meinem Vater keine Kinder mehr bekommen?«

Jessica hatte zugeben müssen, dass das weit hergeholt klang, weil sich in anderen Familien ähnliche Tragödien ereigneten, doch da gab es noch diesen Punkt mit den Kindern von Thomas, die gestorben waren.

»Weil mein Vater meine Mutter für Somerset geheiratet hat?«, hatte Vernon ungläubig gefragt.

»Das glaubt jedenfalls deine Mutter.«

Vernon hatte erleichtert geseufzt. Junge Leute, hatte Jessica gedacht, hielten einfache Erklärungen gern irrtümlich für die ganze Antwort auf eine schwierige Frage. »Danke, dass du mir alles dargelegt hast. Ich hatte gefürchtet, dass mehr dahintersteckt. Meine arme Mutter hat den Verstand verloren, und das kann ich gut nachvollziehen.« Er war aufgestanden und hatte sie mit einem traurigen Lächeln bedacht. »Wie du immer sagst, Großmutter: ›Eine Schwalbe macht noch keinen Sommer.‹ Ich bin der Ansicht, dass die Todesfälle in zwei Generationen, obwohl sie natürlich auch als Folge unpassender Ehen interpretiert werden könnten, kein Muster ergeben – und nicht auf einen Fluch zurückzuführen sind. Aber zur Sicherheit«, fügte er hinzu, »werde ich in der dritten Generation die Sünden der Väter nicht wiederholen. Ich werde die Frau heiraten, die ich liebe.«

Beim Abschied hatte Vernon Jessica an Silas erinnert. Thomas war im Alter voller geworden; sie erkannte den Einfluss der Wyndham-Männer in seinen breiteren Schultern und der größeren Körperfülle, doch Vernons Figur würde wie die seines Großvaters immer so bleiben wie die schlanke, elegante Gestalt seines adeligen Vorfahren.

»Und lass mich das noch sagen, Großmutter«, hatte Vernon hinzugefügt, »egal, wie wunderbar die Frau in South Carolina auch gewesen sein mag, die mein Großvater damals nicht geheiratet hat: Die Ehe mit dir war kein Fehler.«

Jessica wurde nach wie vor warm ums Herz beim Gedanken an das Kompliment ihres Enkels. Sie hatte Angst gehabt, dass Vernon sie fragen würde, ob *sie* an den Fluch glaube. Zwei Wochen später war ein Grabstein mit der Aufschrift »Regina Elizabeth Toliver« aufgestellt worden, und Jessica hatte einen ganzen Korb voll roter Rosen abgeschnitten und davorgestellt.

SECHSUNDNEUNZIG

Die Frauen von Vernon, Jeremy III. und Abel brachten im Herbst 1895 innerhalb weniger Wochen alle etwa acht Pfund schwere gesunde Jungen zur Welt. Darla wollte, dass ihr Sohn nach ihrem Großvater Miles genannt wurde, und Vernon erfüllte ihr diesen Wunsch gern. Der Junge sah keinem aus seiner Familie ähnlich und hatte eher die hohe Stirn und die ziemlich spitze Nase seines Schwiegervaters und anderer Henleys, die Vernon von Fotos kannte. Der Sohn von Jeremy III. erhielt nach einem englischen Vorfahren den Namen Percy, und die Abel DuMonts tauften ihren männlichen Erben Ollie.

Die drei Kinder verstanden sich wie ihre Mütter sofort prächtig. Vernon war erleichtert, dass Darla die Frauen seiner besten Freunde mochte und gern mit ihnen zusammen war. Er hatte Angst gehabt, dass sie sich den Mädchenpensionatsabsolventinnen, die aus wohlhabenden Familien stammten, unterlegen fühlen würde. Die Gattin von Jeremy III. war eine temperamentvolle junge Frau aus Atlanta namens Beatrice, deren Vater eine Flotte von Handelsschiffen sein Eigen nannte. Und Abel hatte eine schlagfertige Debütantin und Fabrikerbin mit dem Spitznamen Pixie geehelicht, die aus Williamsburg, Virginia, stammte.

An Pixie und Beatrice gab es für eine Frau viel zu beneiden. Nicht nur ihre Ehemänner konnten sich alles leisten, sondern auch sie selbst. Der Vater von Beatrice schenkte den Warwicks zur Hochzeit ein neues Haus. Er hatte den Warwick-Clan bei den vorhochzeitlichen Feiern kennengelernt und war zu dem Schluss gelangt, dass Warwick Hall, obwohl groß und feudal, für den befriedigenden Beginn einer Ehe zu viele Menschen beherbergte. Dort lebten drei Generationen: Jeremy senior, seine beiden Söhne Jeremy junior und Stephen sowie deren Frauen, dazu die vier Enkel des Patriarchen, von denen Jeremy III. der eine war. Seine Tochter, erklärte Beatrice' Vater, würde bei so vielen Warwicks untergehen und bei der Führung des Haushalts wenig zu melden haben.

Ein Vorkriegshaus an der Houston Avenue wurde abgerissen und durch ein prächtiges neues Gebäude ersetzt. Modernste Technik wurde installiert und verlegt. Das zweistöckige, mit Säulen verzierte Schmuckstück konnte mit Wasserklosetts, fließendem Wasser aus dem Hahn und elektrischem Licht aufwarten. Keine Kosten wurden gescheut für Ausstattung, Möbel und Gartengestaltung.

Abel und Pixie beschlossen, im schlossähnlichen Herrenhaus bei Armand, dessen Frau im Jahr zuvor an Krebs gestorben war, und Jean, seinem anderen Sohn, der nicht geheiratet hatte, zu bleiben. Pixie, die keine Geschwister hatte und deren Eltern tot waren, erklärte, ihr gefalle die Idee, »Herrscherin über ein Haus voller Männer« zu sein.

Ihre Untertanen verehrten sie und ließen sie walten, wie sie wollte. Eine ihrer ersten Pflichten, die sie taktvoll übernahm, war es, dem Haus neues Leben einzuhauchen. Der Tod von Armands Mutter Bess 1893 und der seiner Frau 1894 hatten einen Schatten auf den Haushalt geworfen. Vor ihrem Ableben war aus Hochachtung vor Henri jahrelang kaum ein Sofaschoner ausgetauscht worden. Nun machte Pixie sich einfühlsam daran, die Erinnerungen an Krankheit und Verlust zu beseitigen. Das bedeutete, dass Dunkles durch Helles, Altes durch Neues, Altmodisches durch Modernes ersetzt wurde – alles dem Geschmack der früheren Herrin entsprechend.

Das Ergebnis konnte sich sehen lassen. »Endlich haben wir in meinem alten Zuhause wieder Luft zum Atmen«, seufzte Armand.

Die Warwicks und die DuMonts konnten es sich leisten, auf großem Fuß zu leben. Ihre Familien gehörten zu den reichsten im Staat, neigten jedoch beide nicht zu offensichtlicher Verschwendung. Die Holzwirtschaft war mittlerweile die umsatzstärkste Branche von Texas und der DuMont Department Store das Einkaufsmekka. Es war das Ende des Goldenen Zeitalters in Amerika, eine Ära beispielloser Kauflust, gefördert durch den Ausbau der Eisenbahnlinien, des Finanzwesens, der Fabriken, des Handels, durch neue Erfindungen, Kommunikationsmittel und die Entdeckung von Öl. Obwohl Texas und der Süden nicht ganz Teil der florierenden Wirtschaft im Rest des Landes waren, besaß der Staat ein schier grenzenloses Potenzial für finanzielles Wachstum. Der einzige Bereich, der im gesamten Land Mühe hatte, Gewinn abzuwerfen, war die Landwirtschaft. Dürre, der Baumwollkapselkäfer, niedrige Baumwollpreise und exorbitante Kosten für den Transport mit der Bahn machten sich auch in Somerset bemerkbar.

Bei seiner Hochzeit hatte Vernon gehofft, seiner Frau alles geben zu können, was sie sich wünschte, da sie, abgesehen von seiner Liebe und seiner Aufmerksamkeit, die er ihr bereitwillig schenkte, nichts verlangte und erwartete. Zu seiner Überraschung hatte Darla die Tatsache, dass sie letztlich doch mit keinem so reichen Mann wie vermutet vermählt war, gelassen hingenommen. »So wohlhabend wie die Tolivers früher sind wir nicht mehr«, hatte Vernon ihr gestanden. »Aber das wird sich ändern, wenn wir mit unserer Baumwolle wieder an vorderster Front stehen.«

Es würde noch einige Jahre dauern, bis Somerset erneut satte Gewinne abwerfen könnte, doch Vernon und sein

Vater waren zuversichtlich, dass die dafür nötigen Ernten kommen würden. Man erwartete ergiebigen Regen. In *The Farmer's Manual and Complete Cotton Book* war immer wieder von neuen Verwendungsmöglichkeiten für Baumwolle und Baumwollsamen zu lesen, und die Konkurrenz in den Vereinigten Staaten ging zurück, weil immer mehr Landwirte sich anderen Pflanzen zuwandten. Vernon und sein Vater bekamen den Baumwollkapselkäfer allmählich durch effizientere Anbaumethoden und besseren Dünger sowie Felder, die sich weiter von Sumpfgebieten und Wäldern befanden, in denen der Käfer sich besonders gern aufhielt, in den Griff. In der Politik begann der Kongress die Eisenbahnmonopole aufzubrechen, die überzogene Transportgebühren verlangten, und das wirkte sich positiv auf die Farmer aus. Wenn Darla sich noch ein wenig gedulde, erklärte Vernon ihr, werde sie irgendwann wieder im feinsten Tuch, das der DuMont Department Store zu bieten habe, gekleidet sein, und dann würden sie selbstverständlich in das große Herrenhaus in der Houston Avenue ziehen.

»Wozu Geduld?«, fragte Darla mit einem koketten Augenaufschlag und zog Vernon zu sich heran, um ihn zu küssen. Sie habe alles, was sie sich wünsche, hier in ihrem geliebten kleinen Haus bei Mann und Sohn.

Vernon konnte sein Glück kaum fassen. Er brauchte mehrere Jahre, bis er sie durchschaute. Die klammeren finanziellen Verhältnisse der Tolivers waren bei ihren engsten Freunden kein Geheimnis, und Darla gestaltete das wenige, das sie sich leisten konnte, eindrucksvoller als das, was Pixie und Beatrice für viel Geld erwarben.

In ihrer Sparsamkeit – »ich komme aus kleinen Verhältnissen«, sagte sie gern – war Darla in der Lage, aus nichts etwas zu zaubern. Mit erstaunlichem Geschick kochte sie Mahlzeiten aus preiswerten Zutaten, welche Damen, die es sich leisten konnten, Kostspieligeres aufzufahren, Entzückensschreie entlockten. Sie erwarb Haus- und Kleidungstextilien von einem Lager in Marshall, das Händler wie Armand mit Vorjahresware belieferten, welche dort zu günstigen Preisen verkauft wurde. Wenn sie Komplimente für ihre Vorhänge und Gewänder erhielt, die sich durchaus mit denen der wohlhabenderen Familien messen konnten, schämte sie sich nicht zuzugeben, dass sie sie »mithilfe von Isaac Singer« eigenhändig an ihrer Nähmaschine fertigte.

Sie hatte nur zwei Bedienstete, eine davon Amys Tochter Sassie, die Darla half, sich um Miles zu kümmern. Da zwei Leute nicht ausreichten, das Haus in dem makellosen Zustand zu halten, den Darla sich vorstellte, packte sie selbst mit an. Wer das einstöckige weiße Schindelgebäude besuchte, das die Vernon Tolivers gemietet hatten, schwärmte von der Sauberkeit und Ordnung sowie dem Frieden und der Harmonie darin.

Vernon fragte sich manchmal, warum seine Frau so besessen davon war, sich mit ihrer Fähigkeit, aus wenig viel zu machen, vom Reichtum ihrer besten Freunde abzuheben. Bei den Tolivers, DuMonts und Warwicks hatte es bis dahin nie auch nur den geringsten Hinweis darauf gegeben, dass irgendjemand den anderen übertrumpfen wollte. Die wirtschaftlichen Verhältnisse und was man daraus machte, spielten für ihre Freundschaft keine Rolle. Vernon war dankbar, dass Jeremy III. und Abel Frauen geheiratet hatten, die ihre enge Verbindung zu würdigen wussten und genauso unprätentiös waren wie sie selbst.

Vernon schrieb Darlas Neigung, sich hervorzutun, ihrem Bedürfnis zu, ihn auf sich stolz zu machen. Er sollte es nicht bedauern, keine hübschere und reichere Frau geheiratet zu haben. Und er bewies ihr jeden Tag und jede Nacht aufs Neue, dass sie alles war, was er sich von einer Gattin wünschte. Keine sonst hätte ihm besser das Gefühl geben können, ein kleiner König in seinem Zuhause, unter seinen Freunden und in der Gesellschaft zu sein.

Allerdings hingen zwei Wolken über seinem häuslichen Glück. Trotz ihrer aufrichtigen Bemühungen war Darla nicht wieder schwanger geworden, aber das Gleiche galt für Pixie und Beatrice, was gegen Vernons Befürchtung, dass vielleicht doch etwas an dem Toliver-Fluch dran sein könnte, sprach. Der zweite Punkt war seine Enttäuschung über seinen Sohn. Miles war inzwischen vier Jahre alt. In seinem Alter hatte Vernon oft begeistert ganze Tage mit seinem Vater draußen in Somerset verbracht. Er hatte es geliebt, von den Arbeitern verhätschelt zu werden, Wassermelonen vom Feld zu essen, die Tiere zu beobachten und mit den schwarzen Kindern zu spielen. Am liebsten war er mit seinem Vater über die Felder geritten. Bei seinem Vater und dessen Vater war es genauso gewesen. Doch die Besuche von Miles endeten, schon wenige Minuten nachdem Vernon ihn vom Wagen gehoben hatte, mit Tränen und Tobsuchtsanfällen. Lauthals vorgetragene Klagen folgten auf jeden von Vernons Versuchen, seinen Sohn dazu zu animieren, dass er sich über solche Ausflüge freute. Er saß nicht gern im Sattel und hatte Angst vor dem Pferd. Das Leder rieb seine Beine auf. Die Kinder der Arbeiter waren ihm zu grob. Die Schweine und Ziegen stanken. Die Sonne war zu heiß. Die Fliegen und Mücken störten ihn. Er hatte Hunger. Er hatte Durst. Ihm war langweilig. Er wollte nach Hause.

»Er ist zu jung, um für die Plantage das zu empfinden, was du fühlst, Vernon«, erklärte Darla. »Gib ihm Zeit.«

Doch Vernon hatte das ungute Gefühl – vielleicht zu Unrecht, wie er sich selbst einzureden versuchte –, dass die Zeit nichts an der Abneigung des Jungen gegen die Plantage ändern würde. Darla waren die täglichen Mühen und Aufgaben, die die Plantage mit sich brachte, welche Silas Toliver der Wildnis abgerungen und sein Sohn Thomas unter solch großen Opfern bewahrt hatte, letztlich egal. Sie zeigte bestenfalls höfliches Interesse, wenn Vernon versuchte, sie an den Ereignissen des Tages teilhaben zu lassen. In dieser Hinsicht, vermutete er, war Miles Darla ähnlich. Was würde aus Somerset werden, wenn sein Sohn und einziger Nachkomme nicht in die Fußstapfen seiner Vorfahren treten wollte?

Doch am Ende verzog sich immerhin eine der Wolken, als Darla verkündete, dass sie schwanger sei.

SIEBENUNDNEUNZIG

»Darla hofft auf einen weiteren Jungen«, teilte Jessica Jeremy mit.

»Ein Mädchen in der Familie wäre schön«, meinte Jeremy. »Mädchen bringen frischen Wind ins Leben. Was wünscht Vernon sich?«

»Er hätte nichts gegen eine Tochter, aber die Mädchen in unserer Familie haben leider die Neigung, nicht lange am Leben zu bleiben.«

»Ah«, seufzte Jeremy, wie immer bei Themen, über die es nichts weiter zu sagen gab. Jessica hatte im Lauf der Jahre gelernt, dieses »Ah« zu lesen wie er das Spiel ihrer Augenbrauen.

»Vernon hat mir anvertraut, dass das Kind, falls es ein Mädchen wird, ihn Daddy nennen soll«, erklärte Jessica. »Ihm gefällt es nicht, dass Miles Papa zu ihm sagt. Das gibt ihm das Gefühl, alt zu sein. Das ›Papa‹ ist Darlas Wunsch.«

»Ah«, meinte Jeremy wieder.

»Ja, genau«, pflichtete Jessica ihm bei.

Wieder einmal war es Herbst, drei Monate vor Ende des neunzehnten Jahrhunderts, ein Ereignis, das die ganze Nation in Atem hielt und auch Thema des Gesprächs der Freunde in der Laube war. Jessica hatte Jeremy, der sich gern von ihr erzählen ließ, was sie gerade las, erklärt, dass das neue Millennium für Puristen erst am 1. Januar 1901 beginne, weil der gregorianische Kalender die Jahre eines Jahrhunderts von 1 bis 100 zähle. Sie sei froh, dass die Allgemeinheit diesem

Vorschlag nicht folge und sich lieber an die alten Astronomen halte, die sie von 0 bis 99 nummerierten, weil sie Angst habe, vielleicht nicht mehr am Leben zu sein, wenn das neue Jahrhundert erst 1901 anfange.

»Jess …«, fiel Jeremy ihr ins Wort.

»Ich spreche nur das Offensichtliche aus, Jeremy. Mein alter Körper erschöpft sich allmählich, daran erinnert er mich tagtäglich beim Aufstehen.«

»Nun …« Jeremy schlug die Beine übereinander. Bei dem Thema war ihm nicht wohl, das merkte Jessica. Sie war zweiundachtzig und er dreiundneunzig. Also wandte sie sich anderen Neuigkeiten zu.

Sie hatte Briefe von Sarah Conklin und Tippy erhalten. Die Handelskammer hatte Sarah zu einer von Bostons Frauen des Jahrhunderts gewählt, und Tippy brachte gerade eine neue feminine Modelinie für die Avantgarde jener Frauen heraus, die gesellschaftlich nützlich und persönlich unabhängig sein wollten.

»Bequem, praktisch und ästhetisch ansprechend«, zitierte Jessica Tippys Beschreibung ihrer Entwürfe, worauf Jeremy wieder mit einem »Ah« reagierte. Am Ende wandte Jessica sich dem Thema zu, dessentwegen sie ihn zu sich gerufen hatte, und griff nach einem Schmuckkästchen.

»Jeremy, mein Lieber, könntest du mir einen Gefallen tun?«

»Immer gern, Jessica, das weißt du doch.«

»Würdest du die für mich verkaufen?«

Jessica klappte den Deckel des Kästchens auf, in dem sich die Smaragdbrosche befand, die ihr Vater ihr seinerzeit zum achtzehnten Geburtstag geschenkt hatte. Ihr alter Freund erkannte sie sofort.

»Jess! Das ist doch die Brosche, die du getragen hast, als ich dich kennengelernt habe!«, rief er erstaunt aus.

»Du hast ein gutes Gedächtnis, Jeremy.«

»Wie könnte ich das vergessen?«

Jessica glaubte zu sehen, wie seine Augen kurz feucht wurden, als das Licht der Morgensonne die Brosche wie grünes Feuer erstrahlen ließ. »Nach dem Abend habe ich sie nie wieder getragen«, erklärte sie. »Ich habe sie für schlechte Zeiten aufbewahrt. Sie müsste ein hübsches Sümmchen bringen.«

»Aber warum, um Himmels willen, möchtest du sie verkaufen, Jess?«

»Weil ich Geld für die Veröffentlichung von *Rosen* brauche. Ich selbst besitze nicht genug, und kein Verlag wäre bereit, *mir* Geld für das Privileg zu zahlen, die Geschichte unserer Familien zu drucken. Wer würde die schon kaufen wollen? Und wie du dir denken kannst, ist jetzt nicht der richtige Zeitpunkt, Thomas um Geld zu bitten.«

»Ah, Jess …« Jeremy nahm die Brosche aus dem Kästchen, um sie zu bewundern. »Sie ist so ausgefallen und sah wunderschön aus an dir am Abend deines achtzehnten Geburtstags. Warum behältst du sie nicht und lässt dir das Geld für die Veröffentlichung des Buches von mir geben?«

»Nein, Jeremy, mein Lieber. Das wäre nicht im Sinne von Silas und würde der Abmachung widersprechen, die er seinerzeit mit dir und Henri getroffen hat, dass ihr einander nie etwas schulden sollt. Diese Vereinbarung hat sich in all der Zeit als sehr sinnvoll erwiesen. Außerdem möchte ich nicht, dass Jacqueline und Darla sich nach meinem Tod um die Brosche streiten müssen. So wie ich Jacqueline kenne, würde sie sie Darla überlassen, aber bevor das passiert, würde ich sie lieber vergraben. Verkaufst du sie für mich?«

»Natürlich. Ich weiß auch schon wem.«

»Und, Jeremy?«

»Ja, Jess?«

»Bitte schlag nichts auf den Verkaufserlös drauf. Versprochen?«

»Ja, Jess.«

Am folgenden Morgen fuhr er mit dem Zug nach Houston. Jeremy tätigte Geschäfte sonst gern in Howbutker, doch sein heutiger Auftrag erforderte Anonymität und Fingerspitzengefühl. Er wollte zu einem Juwelier, bei dem er früher immer Geschenke für seine verstorbene Frau erworben hatte. Zum Glück hatte er im Hinblick auf Camellias Schmuck nicht Jessicas Probleme. Camellia wäre stolz gewesen zu sehen, wie seine beiden Schwiegertöchter und Beatrice, die Frau von Jeremy III., nun ihren Schmuck trugen.

Thane und Thaddeus Oppenheimer waren stolze Inhaber eines Schmuckgeschäfts, das nur die Wohlhabenden frequentierten. Thane verkaufte, Thaddeus kaufte. Jeremy erklärte der elegant gekleideten Verkäuferin, dass er mit Thaddeus sprechen wolle, und nach einem Blick auf seine Visitenkarte und seine teure Kleidung führte sie ihn geradewegs nach hinten zu ihm.

»Was für ein schönes Stück!«, rief Thaddeus aus, als er die Brosche mit der Lupe betrachtete. »Eigentlich sollte ich Ihnen das nicht sagen, weil Sie sonst den Preis in die Höhe treiben.«

»Das wird schon Thane beim Verkauf tun«, konterte Jeremy.

»Könnte gut sein«, murmelte Thaddeus und nannte ihm einen Betrag.

»Einverstanden«, sagte Jeremy.

»Das Stück kommt sofort in eine Vitrine«, erklärte der Juwelier. »Wahrscheinlich ist es bereits am Abend verkauft.«

»Vermutlich«, pflichtete Jeremy ihm bei.

Jeremy speiste in The Townsman, seinem Klub in Houston,

zu Mittag, das Geld für die Brosche in der Brieftasche. Er ließ sich Zeit und genoss nach dem Essen einen Brandy und einen Kaffee im Salon, wo er mit anderen Industriekapitänen plauderte und einem der neuen Reichen im Land begegnete. Es handelte sich um einen Mann aus Corsicana in Osttexas, der beim Anbohren eines artesischen Brunnens auf seinem Anwesen 1897 auf Öl und Gas gestoßen war. Nach einer angeregten Unterhaltung mit ihm warf Jeremy einen Blick auf seine Taschenuhr aus Gold und kam zu dem Schluss, dass genug Zeit verstrichen war, um die Daten der Brosche aufzunehmen, sie zu reinigen, mit einem Preis auszuzeichnen und im hellen Licht der Vitrinen im Geschäft der Oppenheimers auszustellen. Nun musste er sich beeilen.

Thane stand hinter der Verkaufstheke. Jeremy entdeckte die Brosche in einer Vitrine im vorderen Bereich des Ladens.

»Ich würde gern diese Smaragdbrosche erwerben, Thane«, erklärte er.

Thane war sichtlich verwirrt. »Aber … die haben Sie uns doch gerade erst verkauft, Mr Warwick.«

»Und jetzt möchte ich sie eben zurückkaufen – selbstverständlich zu dem Preis, den Sie dafür verlangen.«

»Äh … ja. Wie Sie meinen, Mr Warwick.«

Jeremy stellte dem Juwelier einen Scheck aus. »Sie müssen sie mir nicht einpacken lassen, Thane. Zu Hause kommt sie gleich in den Safe.«

»Soll sie denn nicht am Hals einer schönen Frau glänzen, Mr Warwick?«, fragte der Juwelier verwundert.

»Nur in der Erinnerung, Thane«, antwortete Jeremy.

Jessica zählte erstaunt die Scheine. »So viel hast du dafür bekommen, Jeremy? Und du schwörst, dass du nichts aus der eigenen Tasche draufgelegt hast?«

Jeremy hob die Hände. »Ich schwöre es. Das ist genau der

Betrag, den der Juwelier für die Brosche bezahlt hat. Glaube mir, er verkauft sie für sehr viel mehr.«

»Wer sie wohl erstehen wird?«, überlegte Jessica laut.

»Vielleicht ein Mann, der eine Frau sehr liebt«, antwortete Jeremy.

ACHTUNDNEUNZIG

Am Neujahrstag 1900 begann Jessica ernsthaft mit der Arbeit an der Geschichte der Gründerfamilien von Howbutker. Die Vorbereitung des Buches sollte das erste Vierteljahr in Anspruch nehmen, das tatsächliche Schreiben die beiden nächsten. Sie hoffte, den Text zu Beginn des letzten Vierteljahres dem Verlag schicken zu können, damit noch genug Zeit wäre, *Rosen* zu drucken und den drei Familien zu Weihnachten zu schenken.

Ihr Budget erlaubte ihr den Erwerb einer Remington-Schreibmaschine sowie die Beschäftigung einer Schreibkraft und eines Korrekturlesers. Nach Gesprächen mit den wenigen qualifizierten Bewerbern entschied Jessica sich für eine junge Frau, die ihr Sekretärinnengehalt aufbessern wollte. Und zur Korrektur ihrer grammatikalischen Fehler heuerte sie einen ebenso jungen Reporter an, der sich recht und schlecht mit dem Verfassen von Artikeln für die *Howbutker Gazette* durchschlug.

»Darla hat sich vor der Ehe ihren Lebensunterhalt mit Korrekturlesen verdient, Mutter«, hatte Thomas erklärt. »Warum lässt du dir nicht von ihr helfen?«

Jessica hatte ihn mit einem Blick bedacht, den er falsch interpretierte.

»Ach so. Wegen der Schwangerschaft wäre das wahrscheinlich zu viel verlangt.«

»Das siehst du ganz richtig«, hatte Jessica gesagt.

Jessica, die Sekretärin und der Jungreporter bildeten ein

fröhliches Trio, das Amy gern zweimal wöchentlich einen halben Tag lang mit Tee und Gebäck versorgte. Die übrige Zeit zog sich Jessica mit ihren Tagebüchern, Blöcken und Stiften zurück und tauchte nur zu den Essenszeiten aus ihrem Zimmer auf.

»Deine Mutter scheint es eilig zu haben«, bemerkte Jacqueline Thomas gegenüber.

»Sie ist fast dreiundachtzig«, entgegnete Thomas. »Das kann ich verstehen.«

»Verschrei's nicht«, murmelte Jacqueline.

Jacqueline fehlte die Gesellschaft ihrer Schwiegermutter. Sonst lasen sie gern miteinander, arbeiteten im Garten oder machten Ausflüge mit dem Fahrrad. Allmählich begann Jacqueline sich einsam zu fühlen. Thomas verbrachte nun, da Baumwolle im Welthandel wieder gefragt war, jeden Tag auf der Plantage. Kurz vor Anbruch des neuen Jahrhunderts wurde die Bedeutung der texanischen Baumwollsamenproduktion nur von der der Holzindustrie übertroffen, und die Baumwollsamenmühle der Tolivers war Tag und Nacht in Betrieb, um die Nachfrage zu befriedigen. Textilfabriken, die sich mit denen im Norden messen konnten, entstanden in Texas und im übrigen Süden, und Somerset nahm eine Vorreiterrolle bei der Lieferung von Baumwollballen ein, die national und international benötigt wurden. Für die Tolivers schien sich alles zum Guten zu wenden.

Anfang April, als Jessica seit nunmehr drei Monaten an ihrem Schreibtisch arbeitete, machte Jacqueline Thomas einen Vorschlag, der ihr weiteres Dasein verändern sollte. Darla hatte noch einen Monat bis zum berechneten Entbindungstermin und erlebte eine schwierige Schwangerschaft. Die vergangenen dreißig Tage war sie ans Bett gefesselt gewesen, und Sassie, die nur von einer einzigen Bediensteten unterstützt wurde und zudem auf ihre eigene vierjährige Tochter Pansy aufpassen musste, schaffte es fast nicht, die Wünsche ihrer gereizten Herrin zu erfüllen. Das Mietshaus war zu klein, um genug Platz für eine weitere Hilfe zu bieten, weswegen Jacqueline auf die Idee kam, dass die gesamte Familie zu ihnen in die Houston Avenue ziehen solle – »nur bis das Kleine da und Darla wieder auf den Beinen ist«, sagte sie. So würde Thomas seinen Enkel öfter sehen, und Amy würde es freuen, wenn ihre Tochter und ihre Enkelin sich unter demselben Dach wie sie aufhielten.

Thomas zögerte. Obwohl im Hinblick auf Frauen eher begriffsstutzig, war ihm von Anfang an klar gewesen, warum seine Schwiegertochter nicht im Domizil der Familie ihres Mannes wohnen wollte. Sie war keine Frau, die gern teilte, und zu ihren Besitztümern gehörten ihr Mann, ihr Sohn und ihr Haus.

Allerdings machte Thomas sich Sorgen um das Kleine in ihrem Bauch. Darlas Jähzorn und Unruhe, von denen er über Amy und Sassie erfuhr, konnten der Gesundheit und Entwicklung des Kindes nur schaden. Vernon brauchte noch einen Erben. Thomas liebte seinen Enkel Miles, aber der Junge war ganz offensichtlich ein Henley, aus dem gleichen Holz geschnitzt wie seine Mutter. Weder Thomas selbst noch Vernon sah in Miles den zukünftigen Steuermann von Somerset.

Also stimmte Thomas zu, und schon wenige Wochen später war die Familie von Vernon Toliver in einem Flügel des Herrenhauses in der Houston Avenue untergebracht. Was immerhin bewirkte, dass sich Darlas Jähzorn legte. Sie entspannte sich sogar genug, um sich auf ihr Kind zu freuen, für das sie aufgrund der schwierigen Schwangerschaft bis dahin keine große Begeisterung hatte aufbringen können. Im Gegensatz dazu war die mit Miles ein Spaziergang gewesen.

Anfang Mai wurde Darla nach acht Stunden heftigster Wehen endlich von ihrem Kind entbunden. Da sie zu erschöpft war, um ihrem Gesicht einen angemessenen Ausdruck der Freude zu verleihen, sahen alle Tolivers und sämtliche Bediensteten ihre Enttäuschung über das Geschlecht des Säuglings, als ihr Mary Regina Toliver in den Arm gelegt wurde. Vater, Großvater und Urgroßmutter der Kleinen standen neben dem Bett und bewunderten sie. Der dichte schwarze Haarschopf, die Andeutung eines Kinngrübchens, die elegante Form des Kopfes, der Hände und Füße wiesen sie als echte Toliver aus.

Jacqueline, die das Ganze vom Fußende des Betts aus mit verfolgte, erkannte die gleiche Verzückung im Gesicht ihres Ehemannes, mit der er seine Tochter Regina so viele Jahre zuvor an ihrem sechzehnten Geburtstag angesehen hatte. Dieses Kind würde Thomas nicht mehr hergeben wollen; er würde nicht zulassen, dass die Kleine in einem anderen Haus wohnte. Was bedeutete, dass die Vernon Tolivers unter ihrem Dach blieben. Bei ihrem Einzug hatte Jacqueline beobachtet, wie Darla sich in ihrer neuen Unterkunft umsah. Die verbesserte wirtschaftliche Lage der Vernon Tolivers sowie ihre wachsende Familie erforderten, dass sie ein Haus bezogen, das ihrem Status und ihren Bedürfnissen entsprach. Und welchen geeigneteren Ort hätte es da gegeben als das, in dem Vernon zur Welt gekommen war und auf das er Anspruch hatte. Jacqueline sah das Menetekel an der Wand. Das neue Kind besiegelte ihr Schicksal. Jacqueline wäre nicht mehr lange Herrin über das Haus.

Ihre Befürchtungen traten ein. Darla machte sich, ohne dass ihr Ehemann und Schwiegervater das merkten, daran, Jacqueline zu zeigen, dass sie als Stiefmutter einen Platz für sich beanspruchte, den sie nur durch das Versagen einer anderen Frau erlangt hatte – und diese, die echte Frau und Mutter des Anwesens, war nun tot. Was bedeutete, dass sie, die Ehefrau des Erben von Somerset und Mutter seiner

Nachkommen, ihre rechtmäßige Stellung als Herrscherin über das Haus übernahm.

Jacqueline war mittlerweile sechzig Jahre alt und hatte weder den Wunsch noch das Durchhaltevermögen, sich gegen eine Frau mit Darlas Entschlossenheit aufzulehnen. Natürlich hätte sie sich an Jessica wenden können, die Darla dann die Sache mit der »rechtmäßigen Stellung« erklärt hätte, aber sie wollte keinen Zwist. Die Kinder unterstanden der strengen Kontrolle ihrer Mutter, weswegen sie kaum Zugang zu ihnen hatte, also entwickelte Jacqueline neue Interessen, unter anderem das Reisen. Ihrer häuslichen Pflichten enthoben und die meiste Zeit allein, weil ihr Mann sich den ganzen Tag auf der Plantage aufhielt oder seinen Pflichten im Stadtrat nachkam, besaß Jacqueline die Freiheit, Zugfahrten zu Museen, Kunstgalerien und anderen Sehenswürdigkeiten in San Antonio, Houston oder Dallas zu unternehmen, bei denen sie auch manchmal über Nacht wegblieb. Oft wurde sie dabei von Mitgliedern ihres Lesezirkels oder seltener auch von Beatrice und Pixie begleitet.

Anfang September 1900 bat Jacqueline Thomas, mit ihr in Galveston den riesigen Blumengarten zu besichtigen, der im ganzen Land Lob erntete. Doch in Wahrheit war diese Fahrt nur eine Ausrede, um einige Tage Ruhe vor der Frau zu haben, die sie in ihrer grenzenlosen Naivität zu sich eingeladen hatte. In letzter Zeit war Darla den Bediensteten, besonders Sassie, gegenüber ziemlich herrisch gewesen, und es fiel Jacqueline schwer, tatenlos zuzusehen, wie Darla Miles ganz offen bevorzugte, während Mary sich in ihrem Bettchen die Lunge aus dem Hals schreien konnte, ohne herausgenommen zu werden. Sie könnten in dem feudalen Hotel am Hafen von Galveston übernachten, das eigens für Besucher der spektakulären Gartenschau erbaut worden sei, schlug Jacqueline Thomas vor.

Leider musste Thomas Nein sagen, denn es war Erntezeit in Somerset, und er konnte Vernon nicht allein lassen. Vielleicht würde seine Mutter sie begleiten.

Jessica schreibe gerade an *Rosen*, erinnerte Jacqueline ihn.

Und Darla?, fragte Thomas.

Nein, nein, erklärte seine Frau hastig. Sie würde nicht im Traum daran denken, Darla von den Kindern wegzuholen. Da fahre sie lieber allein oder versuche, jemanden aus ihrem Lesezirkel für ihr Vorhaben zu interessieren.

Am Ende fuhr Jacqueline allein nach Galveston. Es war nicht das erste Mal, dass sie ohne Begleitung reiste. Vor ihrem Aufbruch suchte sie Jessica in ihrem Zimmer auf, wo diese über den letzten Seiten ihrer Chronik der Tolivers, DuMonts und Warwicks in Osttexas saß.

»Meinst du, dass irgendjemand das lesen möchte?«, fragte Jessica sie.

»Diejenigen, die wichtig sind, schon«, antwortete Jacqueline.

»Wie lange wirst du weg sein?«

»Ich weiß es nicht.«

Jessica sah sie über den schmalen Goldrand ihrer Brille an. »Lange genug, um das, was dich quält, loszuwerden?«

Jacqueline bedachte sie mit einem schiefen Lächeln. Jessica entging wirklich nichts. »So lange kann ich gar nicht wegbleiben. Ich schicke ein Telegramm, wann ich nach Hause komme.«

»Du wirst uns fehlen«, sagte Jessica.

Thomas brachte Jacqueline zum Bahnhof und zu ihrem Platz in der ersten Klasse. Die Versicherung des Schaffners, er würde ein Auge auf sie haben, und das Versprechen eines Freundes, sie in Galveston vom Zug abzuholen und sie zum Hotel zu begleiten, beruhigten ihn.

Das Telegramm wurde nie abgeschickt. Am 8. September

baute sich, während die ahnungslosen 37000 Bewohner von Galveston ihren Geschäften unter blauem Himmel nachgingen wie immer, obwohl einige der Straßen am Morgen überflutet worden waren, im Golf von Mexiko ein Wirbelsturm auf. Dieser traf in der schlimmsten Naturkatastrophe, die die Vereinigten Staaten je heimsuchen sollte, nachmittags auf Land, als Jacqueline gerade im Palm Room ihres Hotels den Tee nahm. Das Hotel war das erste Hindernis, das der Sturm überrollte.

NEUNUNDNEUNZIG

Nach der Katastrophe von Galveston brauchte Jessica zwei Wochen, um Kraft für eine Konfrontation mit Darla zu schöpfen. Nach dem Anziehen schickte sie Amy zur Frau ihres Enkels, um diese ins Frühstückszimmer zu zitieren.

»Im Frühstückszimmer, Miss Jessica? Nicht hier oben in Ihrem Arbeitszimmer?«

»Im Frühstückszimmer, Amy.«

Darla marschierte in den Raum, den sie für sich als Kommandozentrale reklamiert hatte, und machte große Augen, als sie die Großmutter ihres Mannes auf dem Schreibtischstuhl sitzen sah, den sie als den ihren erachtete.

»Du wolltest mit mir sprechen, Jessica?«

»Ja. Nimm Platz, Darla.«

»Tut mir leid, das geht nicht. Ich bin beschäftigt …«

»Setz dich, Darla!«

Darla folgte ihrer Anweisung. Jessica drehte sich auf ihrem Stuhl zu ihr. »Nur damit du's weißt: Ich mache dich für den Tod meiner Schwiegertochter verantwortlich. Ohne dich und deine unerträgliche Herrschsucht hätte sie sich nicht gezwungen gesehen, das Weite zu suchen.«

»Wie bitte?«

»Ich hole mir mein Haus zurück. Entferne deine Sachen noch heute Vormittag aus diesem Raum. Sonst lasse ich sie entfernen, und zwar nicht so ordentlich, wie du das gern hättest. Und in Zukunft unterstehen die Bediensteten mir. Ist das klar?«

Darla erhob sich zu ihrer vollen Größe. »Da hat Vernon auch ein Wörtchen mitzureden.«

»Vernon hat im Hinblick auf dieses Haus überhaupt nichts zu sagen. Dieses Haus gehört mir, und ich treffe die Entscheidungen darüber. Wenn dir das nicht passt, kannst du mit deiner Familie ausziehen.«

Entgeistert entgegnete Darla: »Du würdest es nicht wagen, deinem Enkel und seinen Kindern das anzutun.«

Jessica stand ihrerseits auf und stellte sich vor Darla, um in ihre bernsteinfarbenen Augen zu blicken. »Nein, *du* würdest es nicht wagen, mich dazu zu zwingen, aber falls du doch den Mut dazu aufbringst, Darla, mache ich meine Drohung wahr. Und glaub ja nicht, dass du mir deinerseits damit drohen kannst, Thomas oder mir Vernon und die Enkel zu entziehen. Das würde Vernon niemals zulassen. Du würdest eine Seite deines Ehemannes kennenlernen, die dir besser verborgen bleiben sollte, und er würde eine Seite von dir sehen, die du ihm bisher tunlichst vorenthalten hast. Habe ich mich klar genug ausgedrückt?«

Darla wich vor ihrem durchdringenden Blick zurück und griff sich an den Hals. »Ich denke schon.«

»Sehr gut«, sagte Jessica.

»Da wären wir, Mrs Toliver«, begrüßte ein Vertreter der Hawks Publishing Company in Houston Jessica und reichte ihr einen in rotes Leder gebundenen und mit geprägten Goldlettern versehenen Band. »Das erste Exemplar von *Rosen*, frisch aus der Druckerpresse. Ist ziemlich gut geworden, wenn ich das bemerken darf.«

»Sie dürfen.« Jessica blätterte in den Seiten, die das Ergebnis ihrer Sichtung von Hunderten von Tagebüchern waren. »Wirklich ein sehr schöner Band und gerade rechtzeitig zu Weihnachten. Würden Sie bitte dafür sorgen, dass der Rest meiner Bestellung zu mir nach Hause in Howbutker geliefert wird?«

»Gern, Mrs Toliver. Wir von Hawks hatten große Freude an diesem Buch. Als Texaner bin ich Ihnen dankbar, dass Sie sich die Zeit genommen und die Mühe gemacht haben, uns ein solches Vermächtnis zu hinterlassen.«

»Ich kann nur hoffen, dass die Gründerfamilien es genauso zu schätzen wissen«, erklärte Jessica. »*Rosen* ist mein Weihnachtsgeschenk an sie.«

Das Buch in der Hand, wünschte sie dem Mann vom Verlag schöne Weihnachtsfeiertage und trat auf den Gehsteig hinaus. Plötzlich fühlte sie sich ein wenig niedergeschlagen. Ihr Projekt war genau so gelaufen, wie sie es sich vorgestellt hatte, sogar noch besser. Die liebevolle Ausstattung des Bandes bewies, dass sie ihn in fähige Hände gegeben hatte. Hawks Publishing war ein guter Verlag. Doch nach einem Jahr Arbeit an ihrem Werk kam sie sich vor wie ein Luftballon, aus dem die Luft herausgelassen worden war. Und was machte man mit einem solchen Ballon?

Wenn nur Jeremy da gewesen wäre! Er hätte sie aufgemuntert und mit ihr in The Townsman gefeiert. Vielleicht hätte sie sich sogar einen kleinen Champagnerschwips angetrunken, und ihm hätte das nichts ausgemacht. Sie hatte ihn nicht gebeten, sie nach Houston zu begleiten, weil sie sich die Überraschung mit dem Geschenk für ihn nicht verderben wollte.

Auch gut, dachte Jessica, während sie die Straße nach einer Droschke absuchte, die sie zum Bahnhof bringen sollte. Sie musste ohnehin nach Howbutker zurück. Thomas machte sich Sorgen, wenn sie allein unterwegs war, und sie wollte ihm nicht noch mehr Kopfzerbrechen bereiten. Er hatte sie angefleht zu warten, bis er sie begleiten könne, doch das wäre für ihr Vorhaben zu spät gewesen. Es war schon Mitte November

1900. Sie würde sich einfach während der Zugfahrt über ihre Leistung freuen, denn eine Leistung war es gewesen, das hätte ihr Jacqueline bestätigt.

Jacqueline …

Bis auf Jeremy und Tippy waren alle ihre besten Freunde tot. Der Schmerz über Jacquelines Verlust durchzuckte sie jeden Morgen beim Aufstehen, und von ihrer Trauer nach Silas' Tod wusste sie, was Thomas empfinden musste, wenn er die Augen aufschlug. Sie konnte Gott nur für Mary danken. Dieses wunderbare Kind hatte ihren Sohn davor bewahrt, in Trübsinn zu versinken.

Nach Jessicas Standpauke im Frühstückszimmer hatte Darla dafür gesorgt, dass er mehr Zeit mit seiner Enkelin verbringen konnte. Am Abend reservierte sie »Opa-Thomas-Zeit« für ihn. In diesen kostbaren Minuten durfte er Mary in den Schlaf wiegen, und Miles erzählte ihm von seinem Tag. Weil Thomas dabei »Mary Had a Little Lamb« vortrug, begannen irgendwann alle im Haushalt, auch Darla, die Kleine Mary Lamb zu nennen.

Vernon schrieb die Lockerung des Regiments dem Mitleid seiner Frau mit seinem Vater zu. Jessica konnte nicht beurteilen, ob Darlas Großzügigkeit nur wieder eine ihrer Strategien war, aber letztlich spielte das keine Rolle. Jedenfalls gestaltete sich das Zusammenleben mit ihr nun leichter. Darla lockerte auch andere Regeln für die Kinder, besonders für Mary, die bis dahin kaum mit anderen Menschen als mit ihren Eltern in Kontakt gekommen war. Sie übertrug die tägliche Aufsicht Sassie, die Mary abgöttisch liebte, und verscheuchte Miles' Freunde Percy Warwick und Ollie DuMont nicht von ihrem Bettchen, wenn diese zu Besuch kamen. Besonders Percy schien ganz vernarrt zu sein in die kleine schwarzhaarige Schwester seines Freundes. Er schenkte ihr Spielzeug und schnitt Grimassen, um sie zum Lachen zu bringen, und oft musste Miles ihn von ihr weg- und zu ihm und seinen Freunden rufen. Vernon wurde am Ende von Mary doch nicht »Daddy« genannt, allerdings nicht durch Darlas Schuld. Mary hatte das, was ihr Bruder immer zu ihm sagte, nachgeäfft, und dabei war »pa-pa« herausgekommen, was Vernon fortan als »Papa« deutete.

Während Jessicas Aufenthalt in Houston war die Temperatur auf knapp über null Grad gefallen, und sie stellte den Kragen ihres Mantels hoch. Bald würde es regnen. Natürlich hatte sie das Haus wieder ohne Schirm verlassen, und natürlich war weit und breit keine Droschke zu sehen. Sie ging bis zur nächsten Kreuzung, wo sie wahrscheinlich leichter eine finden würde, doch der Regen war schneller als sie. Als es ihr schließlich gelang, eine Droschke heranzuwinken, war sie bis auf die Knochen nass, und sie geriet abermals in einen Schauer, als der Fahrer sie vor dem Bahnhof absetzte. Der Zugschaffner, den ihre Familie schon lange kannte, brachte ihr ein Handtuch, eine Decke und eine Tasse heiße Schokolade zum Aufwärmen, aber am Morgen nach ihrer Heimkehr in die Houston Avenue wachte Jessica mit schrecklichem Husten auf.

»Ach, das ist nichts«, beruhigte sie Thomas und Amy. »Ich habe eine Lunge wie ein Schlachtross.«

Sie glaubten ihr. Ihrer Erinnerung nach hatte Jessica noch nie eine Erkältung gehabt. Die Kiste mit ihren Büchern traf am folgenden Abend mit dem Zug ein. Der Stationsvorsteher war so freundlich, sie von seinem Sohn bringen zu lassen, so dass Jessica sich in den frühen Morgenstunden des nächsten Tages ans Werk machen konnte.

Der DuMont Department Store wollte im Dezember eine hübsche Neuheit einführen: Fortan würde man Weihnachtsgeschenke nicht mehr wie bisher in braunes Packpapier einwickeln, sondern in rotes und grünes Seidenpapier.

DANK

Die Idee, die Vorgeschichte zu den *Erben von Somerset* zu schreiben, stammt von meinem Mann. Immer wieder fragten Leser mich, ob ich nicht eine Fortsetzung der Geschichte verfassen wolle, aber ich hatte keine Lust, den Rosenkrieg fortzusetzen. Diese Erzählung war abgeschlossen. Als mein Mann jedoch erwähnte, dass es ihn interessieren würde, wie die Warwicks, Tolivers und DuMonts nach Texas gekommen waren, faszinierte mich dieser Gedanke sofort. Ja, wie *waren* diese Familien nach Texas gekommen?

Um eine Antwort auf diese Frage zu finden, begann ich meine Reise auf den Spuren der Familienpatriarchen, bevor Texas überhaupt existierte. Und diese Reise war ausgesprochen interessant und aufregend. All jenen, die mich dabei begleitet haben, ein herzliches Dankeschön. Ihr wisst selbst, wen ich meine, aber ich werde trotzdem ein paar Namen erwähnen. Ich fange mit meinem Mann Richard Meacham an, der mir Gesellschaft geleistet, mich unterstützt und ermutigt hat. Dank auch an meine lieben Kolleginnen Janice J. Thomson und Ann Zeigler, ohne die ich in einem Vakuum schreiben würde und ohne die meine Arbeitstage einsam wären. Natürlich danke ich wie immer meinem Agenten David McCormick von der McCormick and Williams Literary Agency und Deb Futter, Cheflektorin bei Grand Central Publishing, sowie ihrer Assistentin Dianne Choie, die zu den nettesten, hilfsbereitesten und kenntnisreichsten Menschen der Branche gehören. Danke an meine Verlegerin Jamie Rabb, die das Manuskript, soweit ich weiß, mit einer Taschenlampe im Hurrikan Sandy las und das Okay für die Veröffentlichung gab. Außerdem möchte ich Leslie Falk von McCormick and Williams danken, die ich nie persönlich kennengelernt habe, die mich aber immer mit sanfter Beharrlichkeit angetrieben hat. Danke Leslie. Und den Fans und Lesern meiner Bücher: Danke Ihnen allen. Ich stehe in Ihrer Schuld.